Das unauffällige Leben des Wilhelm Friedrich Gugel

„Die Erinnerung ist das einzige Paradies, aus dem man nicht vertrieben werden kann!"

Jean Paul

Gewidmet sind `Meine Erinnerungen´
meiner Familie
und meiner Verwandtschaft.

Mögen die Erzählungen meiner Erlebnisse dazu beitragen,
die Kindheit ihres Vorfahrens
und ihres in ihrer Generation jüngsten Vetters
mit der eigenen Kindheit zu vergleichen.

Großer Dank gebührt meiner Frau Rose,
die meiner Schreibarbeit wegen
auf ungezählte Stunden der Gemeinsamkeit verzichtet hat.

Den innigsten Dank aber schulde ich
Anneliese Gartner, ohne deren Begeisterung,
ohne deren fortwährende `Anschubser´,
ohne deren tatkräftige Unterstützung
und ohne deren vielfältige, unschätzbare Hilfe
dieses Buch nicht entstanden wäre.

Herstellung und Verlag:
BoD - Books on Demand, Norderstedt
ISBN 978-3-7412-7392-6

`Vorwort´

Dass meine Erinnerungen so vielfältiger Art sein würden, hatte ich nicht angenommen, als ich damit begonnen habe, sie aufzuschreiben! Ich habe nicht geglaubt, dass sie – erst einmal zu Papier gebracht – so viele Seiten füllen würden.
Ich hatte damit angefangen, ein paar Geschichten aus meiner Schulzeit in mein Gedächtnis zurückzurufen, um sie nachzuerzählen. Anlass dazu gab das bevorstehende Jubiläumsklassentreffen, das ich für den Sommer des Jahres 2008 vorbereitete. Zum 40sten Male jährte sich der Schulabschluss der ehemaligen Klasse 6a von 1968 an der Albert-Schweitzer-Realschule in Tübingen.

Ich entdeckte dabei die Lust am Schreiben - und auch, wie viel Freude es bereiten kann, um die treffendsten Worte und Formulierungen zu ringen.
Mit der Lust am Schreiben ging die Freude einher, sich an immer mehr und längst verschüttet geglaubte Geschehnisse zu erinnern, darüber zu staunen, wie stark die Welt sich seit meiner Kinderzeit verändert hat und auch das Leben im Allgemeinen – und das nur in wenig mehr als fünfzig (wahrgenommenen!) Jahren.
Überrascht stellte ich fest, wie gut es tun und wie befreiend es sein kann, sich bisher verschwiegene Dinge und im tiefsten Innern Vergrabenes von der Seele zu schreiben!
Und wie aufregend es ist, zu sehen, wie sich die Ereignisse wie Teile eines Puzzles ineinanderfügen, wenn man sie aus zeitlicher Distanz betrachten kann.
Erstaunlich für mich ist auch zu sehen, wie deutlich sich die jeweilige Stimmung ablesen lässt an den Worten, mit denen ich die Gefühle und die Geschehnisse beschreibe,

die gelegentlich viele Jahre umfassen: die Kinderzeit in der Rathausgasse, die den hauptsächlichen Inhalt dieses Buches ausmacht, die Schulzeit, die erste Liebe, das Studium, die Familie, der Beruf, die Freunde............

Immer dann, wenn ein Schriftsteller, ein Filmemacher, ein Maler, ein Bildhauer oder ein anderer Kreativkünstler vor laufender Kamera und hingehaltenem Mikrofon glaubte, sagen zu müssen, er fände es spannend zu verfolgen, was aus seinem begonnenen Roman, seinem Film, seinem Bild oder seiner Skulptur werden würde, dachte ich: Welch ein Unsinn! Er muss doch von Beginn an wissen, worauf er hinarbeitet, wenn er mit seinem Werk anfängt!
Doch das stimmt nicht! Nicht *immer* weiß man es.
Ich jedenfalls wusste es nicht!
Und selbst der 85 jährige *Siegfried Lenz* meinte noch: *„Zurzeit arbeite ich an einer Novelle mit dem Titel `Die Maske´. Ich weiß nicht, wohin es führen wird........"*

Arduum res gestas scribere
(Es ist anstrengend Geschichten zu schreiben).

Die Erkenntnis, dass es schwerfällt, authentisch zu bleiben, also immer bei der Wahrheit zu bleiben, ehrlich zu sein - vor allem gegenüber sich selber - und dabei nicht der Versuchung zu erliegen, die *Francoise Hardy* einmal während eines Gespräches äußerte: *Wenn die Wahrheit zu sehr schmerzt, muss man lügen!* ist durchaus eine Last. Die wirklich wichtigen Dinge so darzustellen, dass sie nicht nur bequem, sondern aufrichtig sind, kann tatsächlich schmerzlich sein. Schreiben tut dann wahrhaftig weh!
 Ganz gewiss gibt es spannendere, aufsehenerregendere, interessantere Lebensläufe zu lesen, als eben meinen!

Neben den zahlreichen Biografien von den großen Persönlichkeiten, wie Staatenlenkern, Künstlern, Philosophen oder genialen Wissenschaftlern aus aller Welt, nehmen sich meine Aufsätze zwangsläufig bescheiden aus.......

Ich bin nicht so größenwahnsinnig, mich mit solchen Übermenschen zu vergleichen.

Ich bin auch nicht so vermessen zu glauben, dass Gott *mich* erschaffen hat, um hernach mit dem Ergebnis seiner Mühen zu prahlen........

Wie dem auch immer sein mag: zur gleichen Zeit wie die berühmten Größen haben in allen Epochen stets auch ungezählte einfache Menschen gelebt, denen es nicht vergönnt war zu Ruhm, Ehren und Reichtümern zu gelangen. Von ihnen blieb meist nicht einmal die Erinnerung an sie zurück. Und oft weiß schon der Urenkel nichts mehr vom Vater seines Großvaters, obwohl zwischen dessen Geburtsjahr und dem eigenen gerade einmal ein Jahrhundert liegen mag – so wie es auch bei mir der Fall ist!

Eigentlich schade, sollte man denken, denn wichtig sind nicht nur die Taten der ʽGroßenʼ, sondern auch das, was das Leben der vielen namenlosen Menschen ausmachte, die eben *nicht* im Rampenlicht der Geschichte auftauchten und die es dennoch fertiggebracht haben, alle Fährnisse durch Mut und ausdauernde Zuversicht zu überwinden - und ihr Leben zu meistern.

Wenn ich gelegentlich bei Bekannten dieses Thema anspreche, zeigt sich, dass auch sie es im Allgemeinen bedauern, so wenig Kenntnisse über ihre ʽAltvorderenʼ zu besitzen.

Wer waren diese Menschen? *Wo* und *wie* haben die Ahnen gelebt? *Woran* dachten und welche Gefühle bewegten sie? *Was* hat sie berührt und wovor hatten sie einst

Angst gehabt? Hatten sie ihr Leben geliebt oder war es ihnen eine Last gewesen? War es von Glück oder von Leid geprägt?
Antworten auf diese Fragen findet man nicht in den amtlichen Meldebüchern oder in den unbeseelten Stichworten trockener Familienchroniken.

Mit dem Tod meiner Tante *Liesel* – sie starb vierundneunzigjährig ohne Nachkommen – wurde diese Generation der Familie Gugel – eben der, welcher mein Vater angehörte – Geschichte!
Von acht Geschwistern hat `die Tante´ das höchste Alter erreichen dürfen.
Mehrfach habe ich versucht, sie zu überreden, ihr umfangreiches Wissen über die verwandtschaftlichen Beziehungen, ihre Bekanntschaften, ihre Familie und ihre Erlebnisse mit ihr – schlicht ihr Leben – doch bitte, bitte niederzuschreiben!
Sie hat es niemals getan! Leider!
Übrig geblieben ist nur ein Grabstein:

Luise H......
geb. Gugel   1908 – 2002.

Gemäß der hiesigen Friedhofsordnung endet die Ruhezeit nach zwanzig Jahren. Danach erinnert nichts mehr daran, dass unter einem unauffälligen Rasenstück des von ungezählten Tränen und Weihwasser durchfeuchteten Gottesackers ein Mensch begraben liegt, der einmal gelebt, geliebt, gelacht und geweint hat.

Doch nicht nur bei der `Tante´ blieb Vieles ungesagt!
Selbst nach dem Tod meines eigenen und dem meines Schwiegervaters ist es uns Kindern schwergefallen, Begebenheiten aus dem frühen Leben der beiden zu schil-

dern, damit die Pfarrer sie in ihre Trauerreden einbinden konnten.

Ein lieber Freund, Schulkamerad und Weggefährte aus `alten´ Tagen, musste 2005 seine Familie zurücklassen, weil eine fürchterliche Krankheit ihm sein Leben stahl!
Eines Tages fragte mich sein Sohn, was wir denn früher `so gemacht hätten´.
Sein Vater hatte wohl nur wenig von unserer gemeinsamen Jugendzeit erzählt. *Nicht wichtig genug* war ihm dieser Lebensabschnitt vermutlich erschienen. `*Vielleicht später einmal´* wird er wohl gedacht haben.

Es ist zu spät!

Der Tod eines nahestehenden Menschen ist immer ein Anlass, der einen dazu zwingt, darüber nachzudenken, was man dem Verstorbenen alles hätte noch sagen müssen. So viele Dinge hatte man mit ihm noch unternehmen, so Vieles hätte man ihn noch fragen wollen, manches wäre mit ihm noch zu klären gewesen. Man wusste noch so Vieles nicht voneinander.
Zu spät.......... Es ist *immer* zu spät

Memoiren zu schreiben ist im Allgemeinen die Sache von alten Menschen, die sich mehr oder weniger ihrem Ende nahezustehen wähnen.

Doch „*........nichts ist so gewiss wie der Tod und nichts ist so ungewiss wie seine Stunde!*"
Dieses viel zitierte `letzte Stündlein´ könnte bereits näher gerückt sein, als man glauben mag.

Vielleicht fallen diese Aufzeichnungen eines Tages jemandem in die Hände, der sich für das unauffällige und wenig bedeutungsvolle Leben des

Wilhelm Friedrich Gugel, geboren am 30. Mai 1951 in Tübingen

interessiert.

Zum Nachstehenden

Es schien unmöglich zu sein, all die Geschehnisse, die sich im Laufe der Jahre eben nicht nur hintereinander gereiht, sondern sich zur gleichen Zeit ereignet haben, so durchgängig zu erzählen, dass der berühmte `rote Faden´ noch gut erkennbar bliebe! Also habe ich der Versuchung widerstanden und es – mit wenigen Ausnahmen – tunlichst unterlassen, einzelne Themenkreise zu starren Blöcken zusammenzufassen und sie dabei möglichst scharf gegeneinander abzugrenzen. Die Erzählungen wären zu langweilig und womöglich `unlesbar´ geworden! Es gibt deshalb Überschneidungen, es gibt Abweichungen und Annäherungen wie bei einem mäandernden Fluss und es gibt Wiederholungen in meinen Schilderungen, weil es Ereignisse gab, die sich im *einen* Lebensabschnitt zugetragen und erst später in *einem anderen* ihre Auswirkungen gezeigt haben; oder sie geschahen zur gleichen Zeit. Ich habe versucht, das Erlebte *so* zu schildern, dass die Zusammenhänge dennoch leicht herstellbar geblieben sind.

Man mag sich während des Lesens Augen reibend fragen, ob es denn möglich ist, sich nach vierzig und mehr Jahren noch an den Wortlaut einzelner Szenen zu erinnern. Das ist es tatsächlich nur in äußerst seltenen Fällen – dennoch gibt es sie! Und wenn sie mich selbst betreffen, wenn ich also Teil einer Szene gewesen bin, so kann man davon ausgehen, dass sich die Dinge genau so zugetragen haben und die Worte so gefallen sind – oder wären(!), wie ich sie niedergeschrieben habe.
Es sind in jedem Falle *meine Worte,* denn es ist *mein Leben,* das ich in *meinen Erinnerungen* nacherzähle – und es sind *meine Gefühle,* die ich in *meiner Sprache*

zum Ausdruck bringe. Sie haben sich nicht verändert. Dennoch sollte man zwei Dinge nicht vergessen: *Erinnerungen sind immer auch Interpretation* und – frei nach Friedrich Hebbel – *es gibt keine reine Wahrheit, aber auch keinen reinen Irrtum.*
So gesehen mag es sein, dass es keine *Autobiografie ist,* die ich geschrieben habe, sondern ein *Biografie-Roman* – ich könnte damit leben!
An einzelnen Stellen mag der Eindruck entstehen, mein bisheriges Leben sei eine Aneinanderreihung von Komödien gewesen, ein Lustspiel - ein `Mai-Festspiel´ gar. Dem ist nicht so! Im Gegenteil: Es gab Tage in meinem Leben, an denen wäre selbst Hiob verzweifelt.

Friede, Fraide, Flädlesupp´ - mitnichten!
Ich erlebte Zeitabschnitte – und ich erlebe sie noch immer! - in denen die Probleme manchmal *groß*, manchmal nicht kleiner, sondern nur *weniger groß* und gelegentlich sehr belastend, bedrückend oder sogar lähmend gewesen sind. Ich fürchte, an diesem Umstand wird sich auch in Zukunft nicht viel ändern.
In ihrer steten Unterschiedlichkeit waren Schwierigkeiten zu jeder Zeit meine Begleiter, und sie haben mich immer wieder aufs Neue herausgefordert! Dabei sind die Geldsorgen gewiss nicht die größten gewesen, die es zu lösen galt. Im Laufe der Jahre stellte sich auch bei mir die Erkenntnis ein, dass es besser ist, *vom* Geld zu leben als *für* das Geld.

Schicksalsschläge als solche zu akzeptieren, musste ich lernen.
Manche Ungerechtigkeit, die das Leben mit sich brachte und die ich in der Jugend als unentschuldbar betrachtet habe, sehe ich heute mit größerer Gelassenheit, obwohl

ich weiß, dass es – wenn überhaupt - nur in den seltensten Fällen eine `ausgleichende Gerechtigkeit´ gibt. Viel mehr als es in früheren Jahren der Fall gewesen ist, verabscheue ich heute die Gemeinheiten, die sich die Menschen - nicht nur im geschäftlichen Bereich oder in der Politik - immer wieder gegenseitig antun zu müssen glauben!
Die Gedankenlosigkeit, mit der sie Dinge passieren lassen, die das Leben von anderen Menschen unnötigerweise erschweren oder vieles Gute gar verhindern, weil das unbändige Streben nach Geld und der vermeintlich davon abhängenden gesellschaftlichen Anerkennung den Blick fürs wirklich Wichtige verstellt, machen mich sprachlos und oft genug wütend. Man scheint vergessen zu haben, wie wichtig *wahre* Freundschaft ist, wie gut Fröhlichkeit tut, wie wichtig der achtsame Umgang mit dem anderen ist, und wie gut es sich anfühlt, aufgehoben zu sein und trotz seiner Fehler geliebt zu werden. Und doch ist es Maßlosigkeit, die unseren Alltag prägt.

Am schlimmsten scheint mir zu sein, dass das eigene Schuldbewusstsein, der *gesunde* Gerechtigkeitssinn und die Fähigkeit *sich selbst* kritisch zu sehen gänzlich aus den Köpfen verschwunden ist.
Respekt vor dem anderen zu haben, seine Anliegen ernst zu nehmen, Demut zu empfinden und sich selbst bescheiden zu können – das sind Eigenschaften, die der immer noch schneller werdende Lebenstakt unserer Zeit in die Archive verbannt hat und sie dort achtlos vergilben lässt.
Niemand ist mehr bereit, gegenüber anderen den gemachten Fehler einzugestehen – am wenigsten vielleicht sich selbst - geschweige denn dafür geradezustehen!
Umso ausgeprägter ist der Drang zu einer geradezu fana-

tischen Suche nach einem Schuldigen – egal wie banal die Angelegenheit sein mag, um die gestritten wird!
Es wird keine Gelegenheit ausgelassen, sich das Leben gegenseitig schwer zu machen. Und eher wird der andere beleidigt gemieden, ignoriert und ʼlinks liegen gelassenʼ, als dass man ihn offen und ohne ein Blatt vor den Mund zu nehmen auf sein Fehlverhalten anspricht.
Dabei könnte manches doch um so vieles einfacher sein, wenn jeder Einzelne sich den flapsigen, für einen Schwaben geradezu programmatischen Spruch des Uwe Ochsenknecht zu eigen machen würde, der da lautet:

Man versuche jeden Tag aufs Neue, sich nicht wie ein Arschloch zu benehmen..........

Kann man die Frage, ob der Versuch, den Tag nach dem vorstehenden Motto zu meistern, in der Mehrzahl gelungen ist, mit „*Ja*" beantworten, so sollte dies doch zu jener Meyʼschen inneren *Zufriedenheit* führen, die in den Grabstein gemeißelt zu werden es verdiente:

*Hier liegt einer, der nicht gerne,
aber doch zufrieden ging.*

Die Sicht aus dem ʼ*Jetzt*ʼ lässt es nicht nur zu, die gemachten Fehler im ʼ*Damals*ʼ zu erkennen, diese zuzugeben und selbstkritisch zu werten; sie lässt es auch zu, erfreut festzustellen, was man gut gemacht hat und welche Entscheidungen die richtigen gewesen sind. Wobei es nicht von Bedeutung ist, ob sie ʼ*aus dem Bauch herausʼ*, also von Gefühlen geleitet, oder *der reinen Vernunft folgend* getroffen wurden. Zusammengenommen sind sie wie die vielen, vielen Fasern, die sich, von einer starken Kraft - vielleicht von dem einen *göttlichen Reepschläger* angetrieben, - um eine Seele namens Menschlichkeit winden, um daraus ein festes Tau zu schlagen, das stark genug ist, die schweren Lasten des Lebens zu tragen.

Die Erinnerungen aber sind es, die sich wie ein Ariadnefaden vom Anfang eines Weges bis zu seinem Ende durchziehen und mit dessen Hilfe man - wenn nötig – ein Stück weit auf ihm zurückfinden kann.

Am Ende meiner Erinnerungen stelle ich fest,
dass der `rote Faden´
das Leben selbst ist
und *das Leben* letztendlich nichts anderes
als *die Summe aller Erinnerungen!*
*

Rathausgasse 13

Wohnzimmer Küche Bad

D´Liesel, dr Willi, d´Anna ond s´Moschtobst

Kind Willi

Ehne Opa Brezelkäfer

Meine Mutter

Mein Vater

Die Felder

Meine Pubertät

1.) Rathausgasse 13

*So sah die Rathausgasse in dem Jahr aus,
in dem ich geboren wurde.*

Meine ersten Lebensjahre verbrachte ich in einem alten Fachwerkhaus inmitten des Kernes der Tübinger Altstadt: in der Rathausgasse. Diese steile, mit groben Basaltsteinen gepflasterte Gasse stellt die Verbindung her zwischen der Haaggasse, die vom Haagtor – einem der ehemaligen mittelalterlichen Stadttore – zu Rathaus und Marktplatz hinaufführt, und der Kornhausstraße, die, den Lauf der Ammer begleitend, in der Ebene verläuft.

Wie alle Gebäude trug auch mein Elternhaus eine Nummer: eine weiße Dreizehn auf schwarzem Grund, eingerahmt von einer feinen, weißen Linie. Zehn mal zehn Zentimeter groß war das Emailletäfelchen mit den altmodischen Ziffern und dem großen Buchstaben `B´ darüber gewesen, das man rechts oberhalb des steinernen Torbogens angebracht hatte.

Das musste schon vor vielen Jahren gewesen sein, denn ich erinnere mich noch genau an die rostig gewordenen Schrauben und an die morschen, grau verwitterten Holzklötzchen im groben Putz, in denen sie, lange schon locker geworden, steckten – die Vorläufer der heutigen Dübel.

Ob sich die „13" als Glückszahl oder als schlechtes Vorzeichen erweisen würde, hat sich noch nicht herausgestellt – ich weiß es auch heute noch nicht! In meinem Leben gab es gute und schlechte Zeiten. Ich glaube nicht, dass alles Schlechte, das ich erlebte, in irgendeinen Zusammenhang mit dieser Zahl gebracht werden kann. Auch die schönen Dinge nicht - und wohl auch nicht mit irgendeiner anderen Zahl! Ich bin nicht abergläubisch.

Rechts des steinernen Haustürgewändes ragte - knapp über dem Boden eingemörtelt - ein `Schuhabstreifer´ aus der Wand. Ein Gegenstand, an dessen Anblick sich heute kaum noch jemand erinnern wird - obwohl er in meiner Kinderzeit zur Standardausrüstung der allermeisten Altstadthäuser gehörte. Auf dem etwas breiter als eine Hand gearbeiteten Eisenbügel streifte man tatsächlich den anhaftenden Dreck von der Schuhsohle, bevor man den Hausflur betrat. Ein für die damalige Beschaffenheit der Tübinger Straßen und Gassen durchaus sinnvoller Gegenstand.

Links der Haustüre lag ein mächtiger, regelmäßig aber grob behauener Sandsteinquader auf dem Pflaster, dessen Kanten von Wind und Wetter gerundet waren, über dessen Sinn und Zweck ich mir jedoch niemals Gedanken gemacht habe. Er lag eben da, schwergewichtig, unverrückt und wohl auch unverrückbar. Unsere Katzen liebten ihn offensichtlich sehr, war er doch ein idealer Beobachtungsposten, von dem aus man jeden sich nähernden Hund sofort erkennen konnte. Außerdem speicherte er die Wärme des Tages. Die Stubentiger konnten sich also jeden Tag auf gemütliche Abendstunden mit warmen Pfoten freuen..

Jedenfalls hat sich niemand jemals die Mühe gemacht, dieses steinerne Schwergewicht zu bewegen. Selbst dann schob man ihn nicht beiseite, wenn vor dem Haus an dieser Stelle große Meterscheite zu einer von jenen „Holzbeigen" gestapelt wurden, die man zu dieser Zeit vor fast jedem bewohnten Haus sehen konnte. Man stapelte eben darum herum. Die "Beigen" blieben dort sitzen, bis das Holz getrocknet war und dann ein gewisser Herr *Köhnlein* aus der Max-Eyth-Straße mit seiner Sägemaschine die Gasse heraufgeknattert kam, um die meterlangen Stücke kurz zu sägen.

Der Holzsäger Köhnlein

Köhnleins seltsames Vehikel war schwarz lackiert, hatte rot gestrichene Speichenräder aus Gusseisen mit gut einem drei viertel Meter Durchmesser, die von schmalen Vollgummireifen umspannt waren. Auf dem vorderen Teil des Ungetüms war eine blanke, mit versenkten Schrauben befestigte Metallplatte montiert, in deren Mitte durch einen Schlitz das gezahnte Stahlband geführt wurde, mit dem sich die groben Holzscheite in kurze „*Rugeln*" schneiden ließen.

Die Maschine wurde oben abgedeckt durch ein gewölbtes Dach aus verbeulten, zusammen genieteten Blechen. Es war nur an einer Stelle durchbrochen von dem Auspuff, der schwarzen, schmierigen Dieselqualm ausstieß – sehr zum Leidwesen der Hausfrauen, die ihre frisch gewaschene Wäsche zum Trocknen an Drähten aufgehängt hatten, die von Haus zu Haus quer über die Gasse gespannt waren...

Noch immer sehe ich die beiden riesigen Scheibenräder vor mir, auf die Herr *Köhnlein* mit vorsichtigen Handgriffen das Sägeband auflegte. Ich sehe ihn an blanken Handrädern drehen, um es zu spannen, und wie er schließlich dem unteren Rad so viel Schwung mitgab, dass der Motor hustend einsetzte und man mit der Arbeit beginnen konnte.

Bis heute habe ich das derbe Krachen im Ohr, wenn mein Vater die Scheite auf die dicke Stahlplatte wuchtete, das laute Singen der Sägezähne, wenn das blanke, stahlblau schimmernde Band durch das Holz schnitt, und wie dieses helle Singen in ein hässliches Kreischen über ging, sollte einmal der Stamm zu dick oder *Köhnleins* Drücken gegen das Holz zu ungestüm gewesen sein.

Gelegentlich starb dabei der Motor fast ab. Doch wenn der „Holzsäger" den astigen Kloben ein wenig zurück nahm, nahm der betagte Diesel mit trotzigem, allmählich schneller werdendem *„taaaack............., taaack........., taack......, tack..., tack., tack, tack, tack, tack, tack, tack..."* wieder Drehzahl auf und blies erneut schwarzen, öligen Qualm in die Luft und in die Schlupflöcher der aufgehängten Unterhosen........

Nur selten hörte man den hageren, wortkargen `Holzsäger´ fluchen, dafür aber jedes Mal - und dann aber um so unflätiger - wenn sich in dem Holz ein Metallstück befand, das den Sägezähnen sofort jeglichen Schliff nahm!
„Dia Huarajäger mit ihrm scheiß Schrot........! Heilandsakrament aber ao!"

Dann wechselte *Köhnlein* mit zusammengekniffenen Augen innerhalb weniger Augenblicke das stumpfe Band gegen ein geschärftes aus, hängte das nutzlos gewordene mit einem Hanfbändel zusammengebunden zu den anderen und die Arbeit wurde fortgesetzt.

Fast genau so sah das Vehikel Köhnleins, die"Rugelessäge" aus, mit der in der Rathausgasse das Holz gesägt wurde.

Noch heute vermeine ich das Petroleum zu riechen, das mit einem Pinsel auf der Platte verteilt wurde, wenn diese durch das Harz im Holz stumpf geworden war, oder den ranzigen Fettklumpen, der vorsichtig seitlich gegen das Stahlband gehalten wurde, damit dieses leichter durch die Führung im Sägetisch gleiten konnte.

Voll Interesse sah ein kleiner Junge mit hinter dem Rücken verschränkten Armen und hin und her schwingendem Oberkörperchen zu, wie von Zeit zu Zeit an einer Fetthülse gedreht wurde oder wie mit einer Presse Öl durch die Schmiernippel in ein Lager gedrückt wurde – ohne wirklich schon zu verstehen, weshalb der Herr Köhnlein das tat.
Fast schien es so, als würde es dem drahtigen Mann Freude bereiten, die Scheite so schnell zu zerteilen, dass sein Gegenüber Mühe hatte, die Stücke hinter sich zu werfen.
Mein Vater mühte sich redlich ab, in dem er die über einen Meter langen Scheite aus dem Stapel hob und zur Säge trug. Sie hatten teilweise ein beträchtliches Gewicht, denn es handelte sich meist um dicke Äste oder gar um Stämme von alt gewordenen Obstbäumen, die man von Hand gefällt und noch auf der Baumwiese mit Waldsägen zerlegt hatte.
Eine `Knochenarbeit´, die in späteren Jahren auch von mir zu erledigen war.
War die Arbeit getan, dann klopfte sich der schweigsame *Köhnlein* Sägemehl, Holzsplitter und kleine Rindenstücke von dem verschlissenen und an manchen Stellen nur notdürftig geflickten Pullover. Er tat dies mit seiner schwarzen, durch anhaftendes Öl glänzenden Schildmütze, ohne die dieser Mann niemals gesehen wurde.

Sie bestimmte genau so seine Persönlichkeit, wie seine immerzu klimmende, aus dem Mundwinkel hängende *„REVAL"- Kippe,* deren aufsteigender Rauch ihn unablässig dazu zwang, aus seinen Augen schmale Sehschlitze zu machen. Das für diese Marke typische gelbe Schächtelchen lag stets auf der Sägeplattform.
Diese Zigarettenpackung und das Rot der Räder waren das einzig Farbige an Mann und Maschine, denn Köhnleins derbe Schnürschuhe bestanden aus zähem, mit schwarzem Fischtranfett eingeschmiertem Leder, seine abgewetzte Hose war aus schwarzem Cord geschneidert und wurde von schwarzen Hosenträgern gehalten. Die Art seines Pullovers nennt man *„Trojer".* Seeleute von der Waterkant tragen für gewöhnlich solche warmen Überzieher mit umgelegtem Kragen und einem Reißverschluss am Ausschnitt. Um seinen Hals hatte er sich ein dunkelblau-schwarz kariertes Halstuch gebunden, damit ihm das kratzende Sägemehl nicht unters Hemd rieseln konnte. Selbst sein Haar und die buschigen Augenbrauen waren eher schwarz als dunkelbraun.
Den Lohn für seine Arbeit steckte Köhnlein in einen abgegriffenen, altmodischen Geldbeutel. Ein kurzes, zufriedenes Lächeln huschte über sein Gesicht, wenn der Schnappverschluss einklickte.
Wenn der Holzsäger mit untergeschobenem Lederkissen *(„dass mer en der Kurv' der Arsch et drvo rutscht....... ")* auf der Vorderkante der durch jahrelanges Arbeiten blank polierten Arbeitsplatte seiner Maschine sitzend in die Kornhausstraße einbog, hing noch eine Zeitlang der Duft von Harz und frischem Holz in der Luft.
Wir Kinder durften dann mit dem Häufchen warmen Sägemehles spielen, das sich unter der Bandsäge zu einem Kegel auf gerieselt hatte. Die Spuren dieses Häufchens hielten sich trotz sorgfältigstem Fegen mit dem gelben

Sorgo-Besen noch wochenlang in den Fugen der Pflastersteine.
Ich erinnere mich gut an die Faszination, welche die unterschiedlichen Farbschichten auf mich ausgeübt hatten: Je nachdem, ob das Mehl von weißem Birkenholz oder dem gelblichen Holz eines Apfelbaumes stammte, ob der Stamm einer Schweizer Wasserbirne orangefarbene und braunrote Schichten aufwies oder ob sogar das Schwarz von faulenden Ästen eines Zwetschgenbaumes darunter war, unablässig rieselte das bunte Mehl auf den Boden - solange bis der Holzsäger seinen Lohn erhalten hat. Auch Fetzen von grauen Flechten und rostbraune Splitter von knorriger Rinde ließen sich finden.

Die *Rugeln* regten zudem unsere kindliche Fantasie an und führten zu herrlichen Spielen. Man setzte sich auf die größeren von ihnen und benutzte sie als Stühle, man stapelte sie übereinander und sah in ihnen Wirtshaustische, Schulbänke oder den Verkaufstisch vom `Bomberskarle´ oder von der *Frau Jaggy* oder vom Bäcker Renz. Aus Splittern und Holzfetzen wurden Bestecke, aus dünnen Stämmchen Sprudelgläser oder Bierhumpen, auf dünnen Holzscheibentellern wurde während des `*Mutterles on Vatterles*´- Spiels braune Birnbaum-Sägemehlsuppe oder weißer (Tannen-) Reisbrei serviert, und dazu gab es Spinat oder Salat aus Moospolstern oder ein saftiges *Geggale,* das nur ein nüchterner, mit wenig Fantasie gesegneter Kleingeist als *Holzbolla mit zwoi kloine Äscht* bezeichnen würde.
Auf dem Steinquader neben unserer Haustür wurden kleine, runde Holzstücke genau so übereinandergestapelt wie wir es von der `*Bixawurf-Bude*´ auf dem `*Rommel*´ *(Rummelplatz / Sommerfest)* her kannten. Dort waren es zerdellte, zu Pyramiden übereinandergestapelte Blech-

büchsen gewesen, die man gegen ein geringes Entgelt mit jeweils drei Würfen mit Bällen aus zusammengeschnürten Lumpen 'über den Haufen' werfen durfte. *Wir schmissen kostenfrei mit Holzscheiten*..........
Bis in die späten Abendstunden hinein – und nicht selten ist es dabei dunkel geworden – wurde so lange Holz gespalten, bis man alle Rugeln zu handlichen Scheiten verarbeitet hatte. Das helle Klingen der Beile, die krachend in das Holz fuhren, und das trockene Klacken der gespaltenen Scheite, wenn sie vom Spaltblock auf das Pflaster purzelten, erfüllten die Rathausgasse. Wir Kinder halfen den Erwachsenen dabei, das zerhackte Holz aufzuklauben, es in geflochtene Weidenkörbe zu sammeln und die schweren 'Weidakrädda' schließlich zu zweit ins *letschde Eck* im Holzstall zu schaffen, von dessen Decke graue, verstaubte Spinnweben herunterhingen. In diesem dunklen Raum, der nur spärlich von einer Fünfzehnwattglühbirne erhellt wurde, kletterten wir unermüdlich samt Korb mühsam über die bereits hingeworfenen kantigen Scheite nach oben und rutschen doch wie Sisyphos immer wieder zurück. Am Ende türmte sich der Haufen aus duftenden *Brennholzscheitle* bis unter die Kehlbalken.
Gevespert wurde an diesen Tagen 'uff der Gass'. Das galt auch für uns Kinder. Und es machte großen Spaß, den Vätern und älteren Vettern so lange beim Schwätzen zuzuhören, bis Mama ihre Zöglinge nach oben beorderte, um sie ins Bett zu 'verfrachten'.
Im Laufe des Tages hatten sich kleine Priesen dieses mit der Zeit immer lästiger juckenden Holzmehles unter die Hemdchen der Kinder 'geschlichen'. Mutter kehrte es geduldig mit dem 'Kehrwisch' auf die 'Kutterschaufel', nachdem sie ihre beiden Holzfällerbuben ins Bett gebracht hatte......

Am nächsten Tag bauten wir Kinder ein `Lägerle´ in diesen Holzscheitles-Haufen hinein. Man warf dazu den gestern noch mühsam aufgeschütteten Berg aus frisch gespaltenen `Holzscheitla´ über den Haufen, arbeitete eine Kuhle heraus und hatte ein ganz hervorragendes Versteck, wenn wieder einmal das Suchspiel `Schtäckelesverband´ angesagt gewesen ist.

Der Akt des Holzsägens und des Holzspaltens unter freiem Himmel hat sich im Herbst eines jeden Jahres wiederholt.
Manches Mal hat sich mein Vater mit unserem Nachbarn *Walter S.* zusammengetan, damit *Köhnlein* nicht mehrere Male anzufahren hatte. Auch meine Tante Anna, deren Mann Eugen in den letzten Kriegstagen noch ums Leben kam - er war der Bruder meines Vaters gewesen - hatte ihren Anteil an der Holzbeige vor dem Haus.
Auf tragische Weise wurde Eugen in Tübingen getötet, wo er mit russischen Kriegsgefangenen am Neckar-Stauwerk gearbeitet hatte und als Einziger vor den heranrasenden Tieffliegern nicht mehr rechtzeitig den schützenden Bunker hatte erreichen können.
Herr *S.*, Vater und mein Vetter Hermann (Tante Annas älterer Sohn) unterhielten sich während der anstrengenden Arbeit. Es ist durchaus vorgekommen, dass auch andere Nachbarn beim Holzspalten geholfen und sich an der Unterhaltung beteiligt haben – spontan- und ohne etwas dafür zu verlangen.
Wir Kinder hörten aufmerksam zu und nahmen auf diese Weise Anteil am Leben der Erwachsenen.
 Die Arbeiten im Zusammenhang mit dem Brennholz waren nicht die allerfrühesten Erinnerungen an meine Kindheit, die ich habe. Aber sie gehören zweifellos dazu!

Meines Vaters Haus

Natürlich sind die Berührungen meiner Eltern und die meiner Geschwister, ihre Gesichter und ihre Stimmen das, was ich als ganz kleiner Erdenbürger überhaupt an ersten Eindrücken wahrgenommen habe. Das war bei meiner Brutpflege gewiss nicht anders gewesen, als bei allen Menschen dieser Welt. Dennoch hat sich das geheimnisvolle und zuweilen auf mich sogar unheimlich wirkende Haus in der Rathausgasse so nachhaltig in meine Erinnerungen eingegraben, dass diesen starken Eindrücken nichts vergleichbar ist!
Die verschachtelten Räume, die bedrückende Dunkelheit überall in dem Jahrhunderte alten Bau, das gelegentliche Knacken der Balken, das Knarzen der Bodendielen – es wird wie mit Händen greifbar, wenn ich an die Zeit zurückdenke, in der ich dort lebte.
Meine Kindheit ist ohne das elterliche Haus nicht vorstellbar! Es ist schlicht mein Zuhause gewesen, meine engste Umgebung, mein Nest - alles, was mit `Aufgehobensein´ und Geborgenheit im weitesten Sinne zu tun hat. Hier lebte ich zusammen mit meiner Familie und den Menschen, die mir nahe standen.
Es waren insgesamt elf Kinder und Erwachsene! Unglaublich viele, legt man heutige Maßstäbe an!

Das Haus meines Vaters war ein durchaus stattliches! Es gehörte damals zu den großen Gebäuden dieser Gasse, denn es besaß außer dem Erdgeschoß und dem darüber liegenden Stockwerk noch ein zweites Obergeschoss. Erst *darüber* hatte man die zweigeschossige Bühne errichtet.
Es war ursprünglich wohl ein Bauernhaus gewesen und damit wohl typisch für die Tübinger Altstadt. Angeblich

gehörte es vor undenklicher Zeit sogar zum Besitztum des Klosters in Bebenhausen! Ob das stimmt, weiß ich nicht, es ließe sich anhand alter Katasterbücher vielleicht belegen. Denkbar ist es allerdings schon, denn die Größe des Gebäudes, die relativ hohen Räume des Obergeschoßes (verglichen mit den Häusern in der Nachbarschaft) und vor allen Dingen die schön getäfelten Decken darin lassen die Vermutung ohne Weiteres zu.

Die Rathausgasse gehört zur `Unteren Stadt´- der so genannten *„Gôgerei"* also. Hier lebten die Tübinger, die ihren Lebensunterhalt nicht aus dem großen Topf der Staatsgelder bestritten, die folglich nicht irgendwie Mitarbeiter der Universität oder der Stadtverwaltung gewesen sind. In diesem Teil der Stadt wohnten Ackerbürger, Weingärtner, Arbeiter und Handwerker schon seit den Anfängen der ersten Besiedelung – just an der Stelle, wo sich Ammer und Neckar am nächsten kommen.

Hier trugen die Menschen seit Generationen Namen wie *Brodbeck, Kehrer, Schmied* oder *Weimer, Kürner, Karrer, Schramm, Schreiner* oder *Hartmeier, Krauss, Kost* - oder eben **Gugel!**

Diesen Menschen wird nachgesagt, dass sie zu jenem Menschenschlag gehörten (und das noch bis in die heutigen Tagen tun!), deren jedes Mitglied für sich in Anspruch nehmen kann, ohne Weiteres eine mittlere Pferdestärke zu repräsentieren!

Zäh und ausdauernd musste man in jenen Tagen schon arbeiten können, um in dieser harten Welt zu bestehen. Und schlagfertig musste man sein, um nicht als tumb und einfältig zu erscheinen.

Dem Unverständnis, der Ignoranz und auch der überwiegend bei Akademikern häufig anzutreffenden Hochnäsigkeit diesen redlichen, rechtschaffenen Tübingern ge-

genüber, hatten diese oft genug nur ihre Schlagfertigkeit, ihren Mutterwitz und ihren hintergründigen, zuweilen bärbeißigen Humor entgegenzusetzen gehabt.
Einzelne Szenen, die sich so oder so ähnlich im alten Tübingen abgespielt haben mögen, wurden weiter erzählt, übertrieben, zugespitzt und schließlich gesammelt und aufgeschrieben vom `Raupen-Professerle´ *Heinz-Eugen Schramm* - auch „Leck-me-am-Ar........-" oder „Buurzelboom-Professer" genannt. Bezeichnungen, auf die der studierte Germanist zeitlebens stolz gewesen ist!

Familie Paul Gugel in frühenFünfzigern des letzten Jahrhunderts vor der Haustüre der Hauses Rathausgasse 13

Diese Anekdotensammlung ist bis weit über die schwäbischen Landesgrenzen hinaus unter dem Begriff „*Gôgenwitze*" bekannt geworden.
Sie hat allerdings – für mich völlig unverständlich! – noch nicht als Beitrag der Tübinger Weingärtner den direkten Zugang zur Weltliteratur gefunden...

Doch meine Kindheit fällt in die frühen Fünfzigerjahre des Zwanzigsten Jahrhunderts, also in die so genannte „Nachkriegszeit." Deshalb lebten in der Rathausgasse

eben auch Menschen, die nicht nur andere Namen hatten, sondern auch in einer anders klingenden Sprache, mit ungewohnten Worten und anderer Betonung - in einem anderen Idiom also - redeten als meine Eltern. Diese Menschen hatte es hierher in die schwäbische Provinz verschlagen – und ich bin mir nicht sicher, ob sie sich in dieser sowohl räumlichen, als auch menschlich-geistigen Enge immer nur wohlgefühlt haben.
Jedenfalls besaßen sie nicht irgendwo in und um Tübingen herum einen *„Platz"* oder ein *„Gütle",* wie man hier ein Grundstück zu nennen pflegt – egal, ob es sich dabei um eine Ackerfläche, eine Obstbaumwiese oder um einen Weinberg handelt.
Meine Eltern hatten von allem etwas!
Die zugezogenen Menschen hatten es schwerer als die Bewohner des Hauses mit der Nummer 13, denn ihnen fehlten - neben den Möglichkeiten sich durch landwirtschaftliche Arbeit eigene Lebensmittel zu erzeugen - außerdem oft die bestehenden Freundschaften oder gar die Familien. „Flüchtlinge" – mit dieser wenig charmanten Vokabel bezeichnete man diese bedauernswerten Leute im Allgemeinen.

Immerhin: So gesehen hatte ich es also alles in allem ganz gut getroffen!

Das Erdgeschoss

Rechts von der bogenüberspannten Haustür befand sich das breite, zweiflügelige Scheunentor. Auf seinen verwitterten Brettern und Deckleisten hafteten noch Reste der gleichen Farbe, wie sie auch bei der Haustür verwendet wurde: ein eigenartiges dunkles Rotbraun. Auf ihren Innenseiten wurden die Torhälften von rostigen Stahlbändern zusammengehalten, die aber doch nicht hatten verhindern können, dass sich die beiden Flügel zur Mitte hin absenkten. Sie waren also krumm, schief und teilweise so schadhaft geworden, dass es keine Probleme für Katzen gab, durch die klaffenden Lücken ins Haus zu gelangen – nicht für die eigenen *Mäusefänger* und auch nicht für die, die unser Haus ebenfalls und mit tierischer Selbstverständlichkeit als das Ihrige betrachteten.....
Kittekat bekamen allerdings nur unsere eigenen Katzen. Diese neuartige Tiernahrung wurde seit wenigen Monaten bei" Imhof" zum Kaufen angeboten. Ein Döschen mit zweihundert Gramm kostete damals fünfunddreißig Pfennige. Deshalb gab es diese Delikatesse für unsere `Stubentiger´ auch nur einmal in der Woche und jedes Mal, wenn Mutter nach dem schwarzen Dosenöffnerhebel griff, hockte die alte getigerte „Hex" neben ihren Söhnen „Rex" mit dem gänzlich weißen und *„Mäx"* mit dem gänzlich schwarzen Fell wie ägyptische *Bastet*-Statuetten auf den Hinterpfoten und schauten erwartungsfroh zu unserer Mutter hoch.
Mutter mochte unsere Haustiere – wir Kinder auch.

Später ließ mein Vater die Flügeltore gegen ein modernes Schwingtor austauschen. Bei dieser Gelegenheit wurden auch gleich die großen Steinplatten herausgerissen, die ursprünglich den Scheunenboden bedeckt hatten.

Diese Scheuer nahm die Hälfte der Hausbreite ein. Sie erstreckte sich außerdem über die gesamte Tiefe des Hauses. Mein Vater hat schließlich eine unverputzt gebliebene Wand aus roten Backsteinen eingezogen. Dadurch ist ein Raum geschaffen worden, in dem sich nun der Holzvorrat auftürmte.

Gleich neben der Türöffnung stand ein rundes, hölzernes Fass ohne Deckel, in dem sich ein seltsam glänzendes Pulver befand: Grafit! Ich weiß bis heute nicht, wozu dieses Zeug verwendet wurde und von wem. Jedenfalls war es äußerst schwierig gewesen, dieses puderige Pulver wieder von den Fingern abgewaschen zu bekommen – und erst recht, es aus den Kleidern zu kriegen. Es haftete an allem, was man anfasste.

Auf der anderen Seite der von vorn bis nach hinten durchgehenden Wand befand sich in der Ecke gleich links neben der Haustüre ein Verschlag aus rotbraun gestrichenen Brettern, dessen Tür mit einem Riegel zu schließen war.

Darin wurde alles mögliche Gerät aufbewahrt. Gegenstände, die man in derartigen Haushalten so gebraucht hat: Sensen, Wetzsteine mit dem dazu gehörigen hölzernen Köcher (den man mit ein wenig Wasser darin am Gürtel trug) , ein runder Holzklotz –

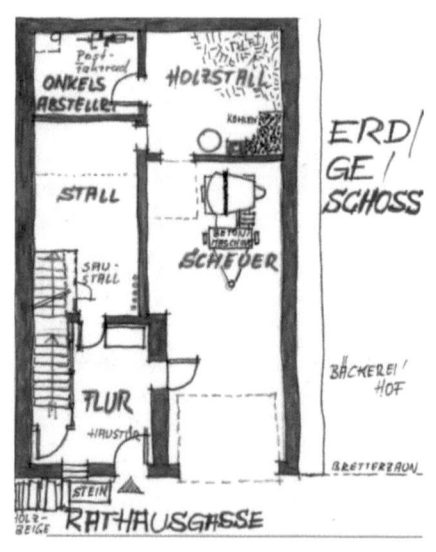

der Spaltblock fürs Holz oder auch Richtblock für die Hennen, die auf ihm ihr Leben lassen mussten.... In den Block wiederum hatte man oben ein stählernes Klötzchen eingeschlagen,
auf dem man die Scharten in den Sensenblättern mit einem besonders geformten Hammer heraus*dengeln* konnte.
Im `Verschlag´, der im Übrigen keinen richtigen Boden besaß, bewahrte man neben weiteren unterschiedlichen Gerätschaften auch den robusten Ständer aus Gusseisen auf. In dessen obere, dreieckige Aussparung konnte man ebenso aus Guss geformte „Füße" in unterschiedlichen Größen einstecken.
Über diese „Füße" schob man die Schuhe mit den dicken Ledersohlen und schlug in sie die eigens für diesen Zweck geformten Schuhnägel ein - mit einem `krummen´ *Schusterhammer!*
Bei den Arbeitsschuhen meines Vaters habe ich dies noch bis in die späten sechziger Jahre(!) gemacht. Gerne sogar, denn es machte Spaß, und die Schläge mit dem Hammer hörten sich irgendwie vertraut an. Genau so hatte es aus der Werkstatt des alten Schuhmachermeisters Fauser geklungen, als er im runden Erkerzimmerchen im ersten Stock des Hauses Ammergasse 1 an seiner Arbeit gesessen hat und in stetem Rhythmus die Nägel einschlug. *Bam, bam, bam,* ***bamm****.........bam, bam, bam,* ***bamm****.........bam, bam, bam,* ***bamm****.*

Ich erinnere mich noch ganz genau an die blaue Dose mit dem aufgedruckten Lachs. Sie war mit einem kleinen, drehbaren Riegelchen zu öffnen und enthielt mit Ruß vermischtes Fischtranfett – eben für Vaters Stiefel, die damals noch bis zu seinen Knien reichten.

Für die Pflege 'normalen' Schuhwerks verwendete man Creme in kleineren Dosen. Unter der oberen Klappe des Schuhschränkchens bewahrten wir sie auf.

Ich denke, dass sie noch aus seiner Zeit als Oberwachtmeister bei der Wehrmacht stammten.

An eine weitere *Büchse* erinnere ich mich ebenfalls noch gut! Diese ist völlig verrostet gewesen und hatte tiefrote „*Karrensalbe*" enthalten, die ausgesehen hat, wie Marmelade, aber ganz gewiss nicht so schmeckte – ich habe es ausprobiert!

Während dieser Verschlag außer festgestampfter Erde keinen Bodenbelag enthielt, war die restliche Fläche des Eingangsbereiches mit den damals weit verbreiteten dicken Natursteinplatten belegt, die praktisch nicht sauber zu halten gewesen sein dürften, denn die Fugen dazwischen waren unregelmäßig und breit. Und sie waren angefüllt mit jener seltenen Mischung aus verfestigtem Staub, Wachs, Waschwasserzusätzen und all dem, was man an den Schuhen klebend ins Haus herein getragen hat.

Der Stall und das Schwein

Der Haustüre gegenüber befand sich die Türe zum ehemaligen - Kuhstall! Öffnete man die Tür zu diesem

Raum, so trat man auf eine leicht abschüssige Pflasterfläche, die vor einer quer zum Haus verlaufenden Rinne führte. Dahinter lag eine leicht erhöhte, betonierte Fläche. Hier hatten einst ein paar Kühe oder Ochsen gestanden, die Milch gegeben bzw. die Karren oder Ackergeräte gezogen haben.

Diese Tiere habe ich allerdings nicht mehr erlebt. Aber an das Schwein erinnere ich mich noch, das meine Eltern in einem winzigen Koben unter der Treppe gehalten haben, die vom Eingangsbereich neben dem Geräteverschlag in den ersten Stock hoch führte.

Das Tier lebte von den Abfällen und Essenresten, die täglich anfielen, und von eigens angebauten Kartoffeln, von Kleie, und von ebenfalls selbst angebauten Futterrüben, und ich glaube nicht, dass das bedauernswerte Tier, nach dem es vor Monaten als Ferkel auf dem *Saumarkt* bei der Jakobuskirche gekauft worden war, danach das Tageslicht jemals wieder gesehen hat!

Vermutlich war es geblendet vom hellen Licht, als man es – fett geworden – eines Tages mithilfe eines Korbes, den man dem Tier vor den Kopf gehalten hat, damit es im Zurückweichen (ohne es zu ahnen) in den Anhänger des Metzgermeisters Schneider stolperte, um anschließend seinen letzten Gang im Schlachthaus anzutreten. Es war eine andere Zeit...

In etliche Stücke zerteilt wurde das Schwein dann in unserer Küche weiter verarbeitet. Das Fleisch in Dosen gefüllt oder durch den Wolf gedreht und zu Wurst verarbeitet, das Fett zerkleinert, ausgelassen und als Schmalz in Töpfe verteilt. Mit diesem Schmalz wurde dann in den folgenden Monaten gekocht und gebraten.

Eine tiefe Schüssel stand immer oben auf dem Küchenbuffet, zugedeckt mit einem Tuch. Sie enthielt *Grieben*,

also die kleinen Stückchen der Schwarte oder des Fleisches, das am Speck haften geblieben war, und die beim Auskochen des Schmalzes knusprig und kross geröstet wurden.
Frisches Brot mit Griebenschmalz und Salz – damals eine gerne gegessene Delikatesse, die man heute nur noch ausnahmsweise auf den Speisekarten von Landgasthöfen findet.
Am Ende des Tages wurde dann das Schlachtfest gefeiert! Es gab die obligatorische *Metzelsuppe* mit Sauerkraut, Knöchle (Schweinsfüße), Kesselfleisch und gekochten Würsten.
Selbstverständlich war die ganze Familie anwesend – also auch die Tanten, Basen und Vettern, die nicht bei uns im Hause wohnten – und natürlich ich selbst. Allerdings als ganz kleiner Bub, der sich heute nur noch mit äußerster Mühe an diese Angelegenheit meiner frühesten Kindertage erinnern kann.

Hinter der Rückwand des Kuhstalles befand sich noch ein kleiner Raum, der nur vom `Holzstall´ zu erreichen war.
Seine Wände bestanden ebenso wie die der anderen Räume im Erdgeschoss aus unverputztem und von Spinnweben überzogenem Natursteinmauerwerk, aus dessen Fugen zudem allmählich der Sand rieselte, weil das Mischungsverhältnis des Mörtels einst vermutlich 1:2 lautete: ein Sack Zement für zwei Lastwagen Sand.......
Die klapprige Tür schlug zum Holzlager auf. Durch heruntergekullerte Holzscheite ist sie stets blockiert gewesen - was wenig störte, denn sie war sowieso immer abgeschlossen!
Dieser Abstellraum war meiner Tante Liesel und Onkel Willi vorbehalten, und weil er abgeschlossen war, erregte

er natürlich meine Neugier! Als ich die Tür eines Tages unverschlossen vorfand, erforschte ich sofort diesen stockdunklen Raum. Durch die geöffnete Tür fiel nur ein schwacher Schein der spärlichen Funzel im Holzlager. Was ich sah, war neben dem üblichen Kram vor allem eines: Onkel Willis gelb lackiertes Fahrrad! Ein absolut kostbarer Schatz zu jener Zeit, denn Autos gab es in der `Unteren Stadt´ praktisch noch keine.

Wie mein Onkel in den Besitz dieses Juwels gekommen sein mag, ist für mich ein ungelöstes Rätsel geblieben, denn auf dem Rahmen stand klar und deutlich POST...

Die erste ASTOR

Während die Decke über dem Hausflur und vor allem über der Scheuer so hoch lag, dass man früher mit den hölzernen Leiterwagen einfahren und diese entladen konnte, hatte man über dem Holz- und Kuhstall eine zusätzliche Decke eingezogen.

Der sehr niedrige Raum, der sich dadurch zwangsläufig ergeben hatte, war bestenfalls anderthalb Meter hoch und völlig ohne Licht. Zugänglich war er ausschließlich über eine schräg geschnittene Tür neben der Treppe zum Obergeschoss und einer Öffnung über der Türe zwischen Scheuer und Holzstall. Um durch sie hinein zu gelangen, brauchte man allerdings eine Leiter. Durch ein schmales Fensterchen über der Stalltüre fiel höchstens an hellen Sommertagen ein schwacher Lichtschein in dieses finstere Gelass.

Ich glaube mich erinnern zu können, dass meine Eltern in der Nähe dieses Fensterchens ihren Kohlenvorrat gelagert hatten, um nicht jedes Mal bis zum Holzstall in der hintersten Ecke im Erdgeschoss des Hauses hinuntersteigen zu müssen, wenn im Obergeschoss ein Brikett nachgelegt werden musste.

Jedenfalls lag hier in vollendetem Durcheinander eine große Zahl von *„Bischela"* herum. Reiser von gestutzten Weinreben also, die mit einer Rebschere auf eine Länge von etwa einem halben Meter geschnitten und mithilfe einer speziellen Vorrichtung, die ebenfalls hier `herumfuhr´, und mit Draht zu einem Bündel zusammen gezurrt worden waren. Das ideale Material, um als Anzündhilfe für die damals üblichen Holz- und Kohleöfen zu dienen – wenn es entsprechend ausgetrocknet war.

Die Reisigbündel waren trocken. Und wie trocken sie gewesen sind! Die Dinger lagen hier schon seit etlichen Jahren und sind wohl das Ergebnis der letzten Arbeiten gewesen, die mein Großvater, der *„Ehne"*, in seinen letzten Lebensjahren noch hatte ausführen können.

Viele dieser Bündel bestanden aus den abgeschnittenen Trieben von Obstbäumen. Auch die waren inzwischen restlos ausgetrocknet; die feine Rinde war runzelig und schwarz geworden.

Zwischen dieser verstaubten und von Spinnweben eingehüllten Masse tat ich im zarten Alter von höchstens neun(!) Jahren meine ersten Züge durch den immerhin für eine Zigarette einzigartigen Naturkorkfilter einer *ASTOR*- Zigarette.

Hermann O., ein Freund aus der Nachbarschaft (er wohnte mit seinem älteren Bruder, seiner Schwester und seiner Mutter in dem imposanten Haus der Metzgerfamilie *Zeiher* in der Marktgasse) war es gewesen, der die Gugel-Brüder zu diesem zweifelhaften Vergnügen überredet hat. Er war drei Jahre älter als ich und entsprechend mutiger – oder vielleicht doch nur leichtsinniger!? Wäre hier ein „*Stritze*"- so nannten wir damals die Streichhölzer - beim Anbrennen auf den staubigen, knochentrockenen Boden gefallen, die Glut von einer Zigarette oder, noch gefährlicher: die Kerze wäre von der Kiste heruntergepurzelt und hätte den Staub und die allgegenwärtigen Spinnweben, die brottrockenen Grashalme oder was sich sonst noch alles hier angesammelt hatte in Brand gesteckt..........Unvorstellbar! Nicht auszudenken, was alles hätte passieren können, wäre so etwas geschehen! Die Hälfte der ˋunteren Stadtˊ hätten wir mit unserem Leichtsinn in Schutt und Asche verwandeln können! Womöglich etliche unersetzliche original Tübinger ˋRaupenˊ gleich mit..............

Dagegen wäre die Standpauke meines Vaters ein vergleichsweise leises, unbedeutendes Lüftchen gewesen – vorausgesetzt, wir hätten uns überhaupt aus dieser Räucherkammer ins Freie retten können!

Unsere Mutter hatte natürlich den Zigarettenduft bemerkt! Nachdem sie das erste Entsetzen überwunden und uns tüchtig ausgeschimpft hatte, hat sie unserem Vater selbstverständlich von unserem Treiben berichtet.

Das erste Donnerwetter hatten wir also bereits überstanden gehabt. Dass dieses eine Mal, bei dem wir ertappt worden sind, natürlich das letzte Mal gewesen ist, braucht man nicht extra zu sagen - das einzige Mal war es aber nicht gewesen! Doch das zu gestehen hätte doch nun wirklich nichts mehr gebracht, oder? Dazu war uns das Herz ehrlicherweise doch schon *zu* tief in die Hosentasche gerutscht...

An eine wirklich *unangenehme* Sache, und für diejenigen, die sie beseitigen mussten, nicht minder *mühsame* Angelegenheit erinnere ich mich ebenfalls noch: Um das Plumpsklo stilllegen und das Abwasser in den neu ange-

legten Straßenkanal einleiten zu können, mussten im Haus schwarze, gusseiserne Rohre verlegt werden.
Sie wurden mit Rohrschellen unter der hohen Decke über der Scheuer und an den Wänden befestigt.
In besonders kalten Wintern ist es dann gelegentlich vorgekommen, dass diese Rohre eingefroren sind, weil sie einerseits über eine lange Strecke zu führen waren, andererseits vermutlich zu wenig Gefälle aufwiesen und vor allen Dingen nicht gegen Kälte isoliert gewesen sind. Es blieb nichts anderes übrig, als die Rohre von außen, auf einer langen Leiter stehend, mit warmen Tüchern zu erwärmen und ständig heißes Wasser (aus dem Schiffchen!) nachzugießen, wollte man nicht auf den Gang zur Toilette verzichten.........
Der Einsatz eines Gasbrenners oder eines Lötkolbens wäre angesichts des vielen, trockenen Bauholzes entschieden zu gefährlich gewesen.

Der erste Stock

Der erste Stock war von meiner Familie bewohnt. Das heißt, hier lebten Vater, Mutter, meine Schwester Bärbel, mein Bruder Paul und ich in der einzigen Wohnung auf dieser Etage. Von uns Dreien bin ich der Jüngste!
Unsere Wohnung war in sich nicht abgeschlossen, das heißt, die Treppe vom Erdgeschoss mündete in einen großen, dunklen Flur, den auch die anderen Mitbewohner benutzen mussten, um ins nächste Geschoss zu gelangen. Dies bedeutete, dass jeder aus unserer Familie ebenfalls diesen Flur zu überqueren hatte, wollte er vom Wohnzimmer in die Küche oder aus der Küche zur Toilette gelangen.
Ich glaube sogar, dass es anfänglich dort noch nicht einmal eine Lampe gegeben hat. Erst später wurde dort eine

Kugelleuchte aus weißem Milchglas unter die Decke montiert. Links von der Küchentüre befand sich fortan ein Schalter, der für den Knirps Willi lange Zeit „höhenmäßig" unerreichbar geblieben ist.
Zur Rathausgasse hin lagen die Zimmer für Paul und mich sowie das Wohnzimmer und ein weiterer Raum mit einer Nische für das Bett unserer Schwester Barbara, die aber von allen immer nur *Bärbel* genannt wurde.

Ursprünglich hatte über die ganze Hausbreite gewiss nur ein einziger Raum bestanden. Doch später – allerdings bereits vor meiner Geburt –
hatte man durch dünne, tapezierte Sperrholzplatten dieses Zimmer so unterteilt, dass links und rechts jeweils ein kleiner Raum entstand. Der eine, der an den Hinterhof der Bäckerei Renz angrenzte, war gerade mal so breit, dass zwischen dem Bett von Paul (seines stand entlang der Außenwand) und

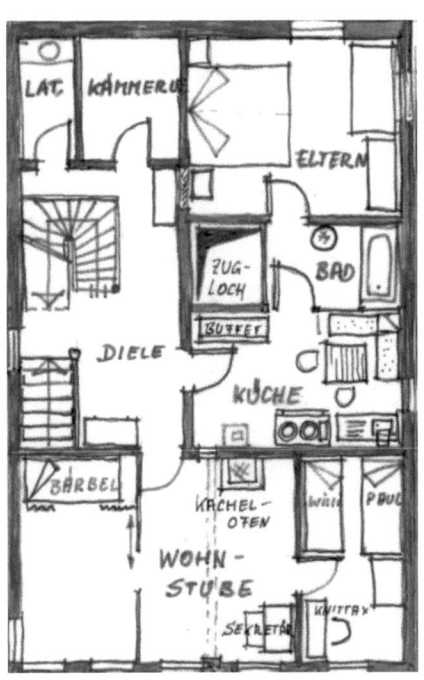

Unser Obergeschoss im Haus Rathausgasse

meinem so viel Platz blieb, dass unsere Mutter dazwischen treten konnte, um ihre beiden Büble ins Bett zu bringen, oder um die Betten „zu machen." Einen Ofen oder eine andere Heizquelle gab es übrigens nicht in diesem schmalen Zimmerchen! Während sich neben dem unteren Ende meines Bettes die Tür zum Wohnzimmer befand, stand ihr gegenüber eine Kommode mit drei übereinander liegenden Schubfächern, die alle Wäsche, Strümpfe, Pullover und Hemden von uns Kindern enthielten.

Rechts neben der Kommode aus dunklem Nussbaumholz stand ein Kleiderschrank, von dem nur seine Existenz, nicht aber sein Aussehen in meiner Erinnerung haften geblieben ist. Rechts von der Tür, also dem Schrank gegenüber, stand eine wunderschöne Nähmaschine. Die Maschine selbst und erst recht der zierliche Unterbau und das Antriebsrad bestand aus filigran gegossenen Teilen, die mit hübschen Ornamenten verziert waren. Auf der Trittplatte stand der eingegossene Schriftzug `SINGER´ zu lesen. Ich erinnere mich gut an die oft von mir gestellte Frage, *wie das geht* mit dem Nähen. Nadel, Faden, Schiffchen, Lederriemen – und an die unbefriedigende Erklärung Mutters, der ich nicht folgen konnte......

Später hat meine Mutter sich für diesen Platz von einem Schreiner ein schmales Tischchen anfertigen lassen, gerade breit genug, dass darauf eine „KNITTAX"- Strickmaschine (!) Platz fand. Mit diesem `Gerät´ war es möglich, in kurzer Zeit aus Wolle einen Pullover zu stricken!

Die Knittax und der Bobbelwickler

Diese etwa einen Meter breite Maschine besaß eine riesige Anzahl nebeneinander angeordneter Nadeln – eher nach oben gerichteter Häkchen, die jede mit einer winzigen Klappe versehen waren. Diese konnten geschlossen oder eben geöffnet werden – je nachdem, ob der Wollfaden im Häkchen verbleiben oder über diesen hinweg gleiten sollte („Masche fallen lassen..."). Auch konnten die Nadeln zurück- oder vorstehen, ganz so, wie das gewünschte Strickmuster es verlangte, denn es konnten außerdem mehrere Farben verstrickt werden. Um ein gleichmäßiges Muster zu erreichen gab es eine Art von Schablone. Es war eine Kunststoffleiste aus der man viele nebeneinander angeordnete Häkchen herausziehen oder in sie hineinschieben konnte. Mithilfe dieser Häkchen richtete man dann die Nadeln aus. - je nach gewünschtem Muster.

Mit einem Schlitten, den man hin und her schieben musste, wurden die schwarzen Klappen, die zwischen jeder Nadel angeordnet waren, eine nach der anderen in rasendem Tempo angehoben oder abgesenkt. Auf diese Art wurden die Strickmaschen gebildet. Und so wuchs nach jeder „Schlittenfahrt" der Pullover gleich um eine ganze Maschenreihe!

Jedes Mal, wenn Mutter am Stricken war, redete sie vom *„Norwegermuster"*, das sie offenbar ganz besonders begeistert hat.

Vor meinem geistigen Auge sehe ich noch immer das Familienfoto mit den beiden kleinen Jungen, angetan mit jenen maschinell gestrickten Pullovern. Quer über die Brust verliefen zwischen Streifen stilisierte Schneeflocken und weiße Pünktchen in der restlichen Fläche, die eigentlich mit hellblauer Wolle gestrickt, vom Fotografen auf dem `Originalbild´ jedoch versehentlich nachträglich von Hand weinrot eingefärbt worden war. Auf der Schwarz-Weiß-Aufnahme sieht man diesen Fehler allerdings nicht.

`Echte´ Farbfotografien wären damals viel zu teuer gewesen!

Und noch eine Neuerung hatte es gegeben: Um die KNITTAX mit entsprechenden Wollknäueln bestücken zu können, war es notwendig, die Wollfäden nicht mehr wie bisher von Hand über die Finger aufzuwickeln, sondern dafür einen „*Bobbelwickler*" einzusetzen! Es war ein kleines Gerät aus Holz, das man mit einer Zwinge an der Tischplatte festklemmen konnte.

Auf dem Basisbrettchen befanden sich zwei unterschiedlich große Riemenscheibchen aus Holz, von denen das eine mit einem kleinen Kurbelgriff versehen war, das andere hingegen hatte ein Ärmchen, das schräg angeordnet war und auf dessen Dorn eine Holzspindel aufgesteckt werden konnte. An deren oberem Ende gab es einen Schlitz, in welchen man den Wollfaden einzuklemmen hatte.

Drehte man nun an der Kurbel, so wurde über einen Gummiring das kleine Rädchen mit der Spindel in Kreis herumgewirbelt, und es entstand ein zylindrisch aufgespulter Wollknäuel mit sich überkreuzendem Faden. Diesen Knäuel wiederum konnte Mutter auf den Schlitten Der KNITTAX stecken und – Pullover stricken!

Die Folge war: Klein-Willi hatte als manueller Wollstranghalter ausgedient!

Zu dem Wickelmaschinchen gehörte nämlich zwangsläufig noch ein hölzernes Kreuz mit jeweils einem senkrecht aufragenden Stäbchen an den Enden. Das Kreuz war in der Mitte drehbar gelagert. Über diese vier Stäbchen wurde der gekaufte Wollstrang gelegt und anschließend in ein Knäuel verwandelt. Ich fand das alles faszinierend!

Vor der Anschaffung des „*Bobbelwicklers*" hatte ich mit angewinkelten Armen und vorgestreckten Händen die Arbeit des Kreuzes verrichten müssen... Mehr als einmal war dabei der Strang zu Boden gefallen, weil sich beim Abwickeln der Faden verheddert und mit einem Ruck von meinen Fingern gerissen wurde, oder weil mir die

Arme zu schwer geworden sind. Dann war es mühsam, den Strang wieder so aufzunehmen, dass er nicht noch mehr durcheinandergeriet und es wieder ruckte!
Ich erinnere mich noch sehr gut an das Gefühl, das ich in den Armen hatte, wenn der Strang fast abgearbeitet war. Dann musste ich nur noch wenige Runden überstehen.

Familienbild mit Bleyle-Hosen vom "Haible"
und selbstgestrickten Pullover

Die Spannung in den Wollfäden gab schließlich dem Druck meiner Hände nach, und sie konnten sich wieder frei bewegen.
Oft hatte meine Mutter sich aber auch damit beholfen, indem sie zwei Stühle so mit den Rückenlehnen aneinanderrückte, dass sie den Wollstrang darüberlegen und den Faden nach oben abwickeln konnte. Ich bin aber sicher, es wäre ihr lieber gewesen, wenn ihr Söhnchen ihr diesen Dienst geleistet hätte.
Mit der Wolle hatte es im Übrigen eine besondere Bewandtnis. Wolle war teuer.
Ich erinnere mich in diesem Zusammenhang an eine

Frau. Sie war die Frau eines (ehemaligen) Mitarbeiters der Firma *Kürner & Gugel*. Eines Tages stand sie in Mutters Küche. Auf dem Tisch lagen einige Wollstränge und auch ein paar konische Pappspindeln, auf denen ebenfalls Wolle aufgewickelt war. Derartige Spindeln sieht man auf Prospekten von Webereien oder von Strickwaren-Herstellern wie zum Beispiel die Firma *Bleyle*....... Jedenfalls verkaufte man sie nicht beim `Wolle-Rödel´ in der Neckargasse.
Ich bin ziemlich sicher, dass die Dame die billige Wolle nicht auf legalem Wege erworben hat. Und ich weiß, dass Mutter sich ganz und gar nicht wohlgefühlt hat, als sie Vater gestand, sie habe sich von der Dame zum Kauf überreden lassen.
Die Fünfzigerjahre – Nachkriegszeit.
Wer weiß – vielleicht bestand mein hellblauer Pullover aus reiner, *bis in die Wolle gefärbter* Hehlerware.........
Ganz sicher nicht um Hehlerware handelte es sich bei der nagelneuen PFAFF-Nähmaschine, die sich Mutter neben ihre Knittax stellen durfte. Darauf nähte sie Hemden für ihre `Männer´ und Kleidchen für Bärbel.
Bärbel näht noch heute gelegentlich auf dieser unverwüstlichen Maschine. Auch manches Segel für meine Schiffsmodelle liefen unter der flinken Nadel hindurch.

Der Knalleffekt

Unser Kinderzimmer besaß ein Fenster auf der Gassenseite (mit Sprosseneinteilung und Einfachverglasung). Es befand sich rechts über dem Scheunentor.
Im Wohnzimmer gab es zwei Fenster. Vor jedem Fenster auf jeder Seite des Hauses waren grün gestrichene Klappläden angebracht.
Auf der Fensterbank unseres Kinderzimmerfensters hatte

sich einst in einer eisigen Neujahrsnacht ein zweites 'brandgefährliches' Geschehen abgespielt!
Zu Sylvester pflegte Vater mit Walter S. gewissermaßen um die Wette zu schießen! Jeder anständige, traditionsbewusste Weingärtner, der etwas auf sich hielt, besaß eine großkalibrige *Wengerter*-Pistole'! So auch die beiden Rathausgassennachbarn S. und Gugel.
Das bedeutete, dass auch beide über einen ansehnlichen Vorrat an Schwarzpulver verfügen durften - beantragt, amtlicherseits genehmigt und schließlich legal bei *Bögle & Reiff* käuflich erworben 'zum Zwecke der Pflege der weingärtnerischen Tradition' und zur wirksamen Verteidigung des Weintraubenertrages gegen die allgegenwärtige Raben-, Krähen- und Starenplage!
Das wechselseitige Abfeuern dieser gewaltigen 'Schreckschusspistolen' an der engsten Stelle der Gasse verursachte einen dermaßen überzeugenden Geschützdonner, dass es uns Brüdern erst gar nicht einfiel mit solchen vergleichsweise lächerlichen Kracherchen wie *'Schweizer Kracher'*, 'Kanonenschlägen' oder den schnurumwickelten 'Böller'- Würfeln dagegen 'anstinken' zu wollen.
Wir gaben stattdessen in der "Kronendrogerie" auf der "Krummen Brücke" unsere während langer Monate beiseitegelegten Ersparnisse für 'Schwärmer', 'Goldregen', 'Luftheuler' oder ähnliches aus, die zwar nicht krachten, deren Feuerschweife dafür jedoch umso schöner anzusehen gewesen sind.
Dennoch befanden sich in unserem Sortiment etliche *'Knallfrösche'*, billige *'Chinakracher'* und etliche an einem Zündschnürchen aufgefädelte *'Judenfürzle'*, winzig kleine rote *Knellerla* also, die genau so laut krachten, wie sie hießen..........
Aufbewahrt und laufend ergänzt hatten Paul und ich diese Schätze in einem hölzernen Zigarrenkistchen, bis wir

an Sylvester endlich erwartungsfroh am offenen Fenster stehen konnten, um es dann 'ordentlich' krachen lassen zu können.

Es hat dann auch gekracht! Und *wie* es gekracht hat!

Paul Gugel *sen.* und Walter S. *sen.* hatten gerade – ganz zufrieden mit ihrer Leistung - die Pistolen mit den glühend heiß gewordenen Läufen weggepackt, als endlich Paul Gugel jun., assistiert von seinem brüderlichen Helferlein Willi, mit einem *Luftheuler* unser kleines Privatfeuerwerk starten durften.

Paul hatte die *zündende* Idee gehabt, den aufklappbaren Deckel des Zigarrenkistchens als Startrampe einzusetzen. Der zischende Feuerschweif des Heulers schoss in das Kistchen hinein und setze die Lunten des gesamten dort gelagerten Arsenals hochbrisanter Sylvester-Artikel auf einmal in Brand. Sämtliche 'Sprengsätze' gingen nun mehr oder weniger gleichzeitig in die Luft.

Das heißt, es wäre gut gewesen, wenn sie denn *in die Luft* gegangen wären! Von der so plötzlich entstandenen Situation nicht nur überrascht, sondern gleichermaßen überfordert, rissen wir beide vor Schreck zunächst einmal die Hände schützend vor das Gesicht - wohl auch, um das heraufziehende Fiasko nicht mit ansehen zu müssen!

Mehrere Knallfrösche sprangen krachend ins Zimmer herein, und der eine oder andere Heuler raste durch den Feuerschweif angetrieben, wilde Haken schlagend, durch das in Sekundenschnelle völlig verrauchte Gugel'sche Kinderzimmer – man kennt solche Bilder von zischenden Flugkörpern aus alten Wochenschauen, in denen von den Raketenversuchen Wernher von Brauns in Peenemünde berichtet wurde...

Doch dann hatte Paul die *rettende* Idee: Er klappte den Deckel des Kistchens zu, gab dem Ganzen einen Schubs und stieß es kurzerhand auf die Gasse hinunter! Mit

schreckgeweiteten Augen sahen wir zu, wie sich das chaotische Spektakel nicht nur auf dem Pflaster vor dem Haus mit der Nummer dreizehn fortsetzte, sondern auch noch eine Zeit lang in unserem Kinderzimmer!
Trotz unserer betretenen Gesichter fanden wir nur wenig Trost bei unseren Eltern, die zunächst belustigt von der Gasse aus unserem Drama zugesehen und uns dann hinterher auch noch schallend ausgelacht haben!
Als sich nach ausgiebigem Lüften der dichte Rauch in ihrem Zimmer gelegt hatte und die zwei jugendlichen Amateurpyrotechniker sich zum ersten Mal im neuen Jahr schlafen legen wollten, sahen sie mehr zufällig als überlegt unter ihren Betten nach, ob nicht womöglich..........
Tatsächlich fanden sie neben einem abgebrannten Bändchen *"Judenfürzle"* (die Dinger hießen tatsächlich so – ich kann's nicht ändern) und zwei ausgebrannten Goldregen-Röhrchen

noch die Blindgänger von einem großen und einem kleinen Knallfrosch, deren Lunte gottlob längst erloschen war........

Der Sekretär
Darüber gibt es noch eine weitere Schublade, die ich als kleines Bübchen unmöglich hatte bewegen können, zumal an keiner der Schubladen irgendwelche Griffe angebracht sind.

Für mich als Kind war es verwunderlich, dass die Holzmaserungen mit ihren Färbungen sich über die gesamte Breite der Front zogen, und ich fragte mich, was das wohl für ein riesiger Baum gewesen sein musste, damit man aus seinem Stamm ein solch breites Brett hatte schneiden können... Den oberen Abschluss bildete eine kleine, einfache Reling aus schwarz-gebeiztem Holz. Alles in allem ganz gewiss kein allzu edles, kostbares Stück – für mich dennoch etwas ganz Besonderes, denn alle meine Freundinnen und Freunde hatten Zuhause nichts Vergleichbares vorzuweisen.

Wenn man die Klappe nach unten aufschlägt, kann man sie als Schreibplatte verwenden. Dann gibt sie außerdem das Innenleben des Möbelstückes preis: Links und rechts sind drei übereinanderliegende kleine Schubkästchen eingebaut. Dazwischen gibt es ein schmales, bis zur Rückwand reichendes offenes Fach. Das Innere des Sekretärs wird nach oben ebenfalls mit einem breiten, flachen Fach abgeschlossen.Ich beschreibe dieses
Stück in der Gegenwartsform, denn heute habe ich es in meinem Haus stehen und halte es in Ehren!

Im mittleren Fach des Sekretärs steht bis zum heutigen Tag eine dicke, schwarze Bibel und daneben, extra zum Schutz in einen Schuber aus Pappe gesteckt, ein altertümliches „Familienbuch des Hausvaters" mit biblischen Andachtstexten für jeden Tag des Jahres – ebenso dick und ebenso schwarz. Dort sind die Eltern des Hausvaters, der Hausmutter,

die Kinder und noch manch anderes verzeichnet. Doch dazu später noch mehr.

Eine ganz besondere Faszination übten zwei eigenartige Utensilien auf mich aus, deren genaue Bezeichnung ich nicht kannte. Es waren halbrunde Gegenstände aus glänzend lackiertem Nussbaumholz, etwa acht Zentimeter breit und vielleicht zwanzig Zentimeter lang. Auf der gebogenen Unterseite waren sie mit dickem, saugfähigem Fließpapier bespannt. Die Oberseite war flach und mit einem gedrechselten Griff versehen. Man benutzte diese `Löschwiegen´, um das frisch mit Tinte Geschriebene abzutrocknen, damit die Schrift nicht mit der Handkante verwischt werden konnte. Die Tinte trocknete damals noch nicht so rasch ab, wie sie es heutzutage tut – wenn man überhaupt noch damit schreibt.

In einem hölzernen Kästchen lagen mehrere bunt lackierte Federhalter und glänzendeStahlfedern; vor meiner Zeit hat man damit geschrieben, indem man sie in ein kleines Tintenfässchen aus Glas tauchte. Füllfederhalter gab es damals noch nicht, jedenfalls nicht für arme Leute. Die grüne Tapete des mittleren Faches beweist übrigens, dass so ein Tintengläschen gelegentlich umkippen konnte...

Natürlich habe ich längst vergessen, was meine Eltern alles in diesem Schrank aufbewahrten. Vermutlich alle wichtigen Unterlagen wie z.B. Versicherungspolicen, Rentenbescheide, notarielle Schriftstücke - solche Papiere eben. Wo sollten derartige Dinge denn sonst ihren Platz haben?

Ganz gewiss jedoch hatte mein Vater Bücher, Bilder, Urkunden, Schriftstücke und andere Gegenstände in den Fächern untergebracht, die im Zusammenhang mit dem „Weingärtner Liederkranz" standen, dessen langjähriger Vereinsvorstand er war. Es befanden sich etliche Akten darunter, die angeblich von Ludwig Uhland geschrieben und unterzeichnet waren, der einst Gründungsmitglied des Gesangsvereines gewesen sein soll.

Dann gab es noch ein Kästchen mit Plaketten und Medaillen, die zum Besitz des Vereines gehörten. Man hatte sie bei zahlreichen Sängertreffen, Stiftungsfesten und Jubiläumsfeiern zur Ehrung und als Anerkennung verliehen bekommen.

Voller Stolz wurden diese Auszeichnungen oberhalb der Vereinsfahne an einem eigens dafür angebrachten Mastring getragen, wenn es galt, an der Spitze eines festlichen Umzuges diese Fahne aus schwerem, schwarzem Samt zu präsentieren.

Solche Umzüge gab es in meiner Jugendzeit viel häufiger als heutzutage. Dabei folgten im Gleichschritt die Sangesfreunde – angetan mit der vereinstypischen Tracht – dieser wunderschönen traditionellen Fahne.

Die Sängerinnen und Sänger legen ihre Trachten zu besonderen Anlässen auch heute noch an!

Die Männer tragen dann zur schwarzen Hose eine kurze offene Jacke mit langen Ärmeln - ebenfalls schwarz. Über dem weißen Hemd eine hellrote Weste mit weißem Rücken.

Diese Weste ist verziert mit zwei Reihen glänzender Silberknöpfe; manche tragen eine Taschenuhr in dem knapp geschnittenen Täschchen mit der dazu gehörenden Uhrkette. Zur Tracht gehört außerdem eine schwarze Schildmütze und eine Art Fliege, die unter dem Hemdkragen zu tragen ist.

Die Damen tragen weiße Kniestrümpfe, flache, schwarze Schuhe und eine weiße Schürze mit großer Schleife im Rücken über dem grünen weit geschnittenen Rock. Dazu

Während eines Umzuges anlässlich eines Sängerfestes in Besigheim trägt Paul das Namensschild des Vereins vorneweg

gehören eine weiße Bluse mit Puff-Ärmeln und ein eng geschnittenes schwarzes Mieder.
Kein Hut oder etwas Ähnliches!
Am „Stadtfest" zum Beispiel, oder bei ähnlichen Feierlichkeiten, sind die aktiven Mitglieder stets gerne gesehenes „Personal", wenn sie mit ihrer Tracht viel zur Farbigkeit beitragen, während sie häufig hohe geladene Gäste bewirten.
Ganz besonders stolz war mein Vater auf die "Zelter"-Plakette! Sie ist oval, aus Bronze gegossen und misst mindestens 15 cm in der Länge. 1957 wurde das begehrte Ehrenzeichen von Theodor Heuss dem Verein in Köln persönlich überreicht. Sie wird sogar in einem eigens für sie bestimmten Etui aufbewahrt! Nur bei besonderen Anlässen hängt sie als einzige an einer eigenen Kette bis auf den Samt der Fahne mit den Lettern aus vergoldetem Metall herunter.

Jeder Verein - und das waren nicht eben viele! – der diese besondere Auszeichnung erhalten hatte, musste über ganz besondere gesangliche Qualitäten verfügen – so meinte ich. Tatsächlich war es aber wohl so, dass die Plakette den Vereinen zum hundertjährigen Bestehen verliehen wurde. Aber immerhin: Selten genug!
Vor jedem Fest, an dem die Fahne gezeigt wird, werden diese Edelmetallstücke von den Vorstandskindern mit POL – Paste vom Jahrmarkt geputzt und auf Hochglanz poliert!
Solche Dinge besitzen natürlich keinen nennenswerten materiellen Wert, doch für mich war es besonders wichtig, diesen Schatz in unserem „Besitz" zu wissen.
Sehr ungewöhnlich für mich war ein Vereinsstempel mit einer schön ausgearbeiteten Traube inmitten einer oval gestalteten Randeinfassung und mit einem hübsch anzusehenden Schriftzug: Weingärtner Liederkranz Tübingen.
In einem der seitlichen Schubkästchen bewahrte mein Vater mehrere seiner Taschenuhren auf. An einer davon war eine besonders schön gearbeitete, doppelreihige Kette angebracht. Sie gehörte zur roten Trachtenweste und machte sich gerade auf diesem leuchtenden Stoff ganz besonders schön aus!

Das Fest rund um den Bismarckturm

Im Übrigen: Die Tracht wurde selbstverständlich bei jedem Stiftungsfest des Liederkranzes getragen, das traditionell jedes Jahr in den oberen Räumen des Museums veranstaltet wurde. *Oberbürgermeister Hans Gmelin* und sein erster Bürgermeister *Doege* waren jedes Mal Ehrengäste an der Tafel, an der Vater als Vorstand neben anderen Honoratioren gesessen hat: Der Leiter des Kulturamtes Tübingen, Herr Kemmer, Herr Paulus vom Kulturreferat des Regierungspräsidiums, der Vorsitzende des Schwäbischen Sängerbundes, der eine oder andere Ehrenvorstand der `Wengerter´, der Chorleiter Herr Schrepfer mit seiner attraktiven Gattin, der in der Langen Gasse ein Briefmarkensammler-Paradies betrieb und einzelne Vorstands-Kollegen aus anderen Gesangsvereinen. Häufig nahmen geladene Gäste aus den Partnerstädten *Montei* (Monthey), *Ägle* (Aigle), *Duhrhamm* (Durham), *Ääxenbrowaas* (Aix en Provence) und *Annabuhr* (Ann Arbour) an diesen Festen teil............ (Vater schwitzte nicht wenig, wenn er als Fremdsprachenunkundiger in seiner Begrüßungsansprache diese für ihn kaum richtig auszusprechenden Städtenamen aufzusagen hatte).

Trachtenpflicht herrschte selbstverständlich auch auf jedem Sommerfest rund um den Bismarckturm.
Die einzelnen Mitglieder des Vereines hatten schon Tage vor dem Beginn des Festes einen Tanzboden aus groben Dielen aufgebaut. Zwei, drei Stufen führten hinauf zur Tanzfläche, die zudem mit einem stabilen Geländer umgeben war. Der Zimmermann Paul Schmid, ein Verwandter Tante Annas, leitete den Aufbau dieses Bauwerkes.
Die Gipserfirma Römpp aus dem Schleifmühleweg stellte die Gerüststangen und anderes Baumaterial zur Verfügung, mit dem man das ganze Gelände rund um den Turm mit einem Dach aus Zelt- und Lastwagenplanen überdeckte, damit die Gäste bei *Sonnenschein im Schatten* sitzen konnten, wenn eine Musikkapelle aus der näheren Umgebung ihre Weisen schmetterte (für diese Kapelle gab es sogar ein extra `Zelt´ - gleich neben dem Tanzboden) oder *im Trockenen,* wenn es einmal regnen sollte. Dies geschah nicht selten. Dann wurden mit Stangen die Wassersäcke nach oben gedrückt und es bildeten sich jedes Mal wahre Wasserfälle oder heftige Sturzbäche, die

platschend in die Sträucher oder ins Gras rauschten – sehr zur Freude von uns Kindern.
Die Sängerinnen und Sänger des *Weingärtner Liederkranzes* nahmen stündlich Aufstellung auf den Stufen und Sockelpodesten des Bismarckturmes, wenn sie ihre einstudierten Lieder vortrugen. Volkslieder vorwiegend – solche von Silcher und Uhland zum Beispiel. Das *'La Montanara'* aus dem Südtiroler Liederschatz wurde ebenso immer wieder gerne intoniert wie das *'Ich weiß ein Fass in einem tiefen Keller'*, *'Das ist der Tag des Herrn'* oder *'Mädle ruck, ruck, ruck an meine grüne Seite......'*.

Für uns Kinder waren die Tage *'uff am Bismarckturm'* herrlich! Man traf viele Gleichaltrige aus der Nachbarschaft, man konnte die Eltern um ein paar Groschen für Süßigkeiten anbetteln, und weil die Väter und Mütter stets für irgendwelche Dienste eingeteilt waren, hatten sie nur wenig Zeit um 'nein' zu sagen. Von den Onkeln und Tanten gab es ohnehin alles, was man wollte: Die dritte rote Wurst mit Senf, die vierte Bluna, gesalzene Erdnüsse, Storck-Riesen, Bärendreck-schnecken oder – Pfeifen mit rot-, gelb- oder weiß gefärbten Zuckerschaumpfropfen und rot-weiß-gefärbte Pfefferminzzuckerstangen. Dubble-Bubble-Kaugummi und Zigarren aus braun und weiß gefärbtem Zucker lagen gleich neben den süßen Waffeln mit der entsetzlich klebrigen rosa oder weißen Füllung.
Brausewürfel wurden mit der Zunge geleckt, so lange, bis diese ganz wund geworden war und in der Farbe der angegebenen Geschmacksrichtung angenommen hatte: rot für Himbeere, gelb für Zitrone und grün für Waldmeister. Oder man kaufte die Brause gleich in Pulverform in einem Tütchen für fünf Pfennige.

Man schüttete das Häufchen auf die hohle Hand und sah zu, wie die Brause sich in dicken Blasen aufzuwerfen begann nachdem man einen großen Tropfen Spucke hat drauf fallen lassen – und schleckte dieses Gebräu dann auf. Oder lies dies den besten Freund tun...

Der Park um den Turm herum wurde eingesäumt von sorgfältig zurechtgeschnittenen Buchenhecken.
Außerhalb dieser grünen Begrenzungen wurden Sackhüpfwettbewerbe und Eierlaufen durchgeführt. Man hielt einen Esslöffel im Mund, auf dem ein rohes Ei bis ins Ziel balanciert werden musste, ohne dazu die Hände benützen zu dürfen. Die Bahnbegrenzungen hatte man mit Sägemehl ins Gras gestreut. Oder – ganz wichtig – es wurden Kletterstangen aufgerichtet. Das waren entrindete Tannenstämmchen, die man glatt gehobelt und geschliffen hatte. Die eine (*de Kloi*) war etwa dreieinhalb Meter lang die andere (*de Graoß*) maß vielleicht viereinhalb Meter. Die Stangen steckte man jeweils in eine eiserne Rohrhülse, die im Boden eingegraben war, und verkeilte sie, damit sie nicht wackeln oder gar umfallen konnten, wenn die Kinder an ihnen hochkletterten, um sich mit einem von den vielen festgebundenen Sachen für die aufgewandte Mühe zu belohnen.
Diese `Sachen` hatten die Mitglieder des Vereins für diesen Zweck gespendet und der kinderfreundliche Gottfried `Goffi´ Gugel – ich sehe seinen für ihn so charakteristischen Bürstenhaarschnitt noch genau vor mir! - hat an ihnen schon eine halbe Stunde vor Beginn der Aktion einen weißen Zwirn befestigt und diesen durch die Löcher einer ausgedienten Fahrradfelge gefädelt. Allerlei Gegenstände baumelten schließlich unter den beiden Felgen, als Gottfried sie vom nahe gelegenen Gartenhäuschen zum Aufstellplatz hinüber trug. Längst schon hatten

die Kinder ausgespäht, was sie sich erklettern wollten und liefen ganz aufgeregt neben `Goffi´ her. Vorsichtig wurden die behängten Felgen an der Spitze der Stangen befestigt und diese dann in die Bodenhülsen gesteckt und festgekeilt. Dabei fiel die eine oder andere Gabe zu Boden, die nicht sorgfältig genug angebunden worden war.
Frau Bölzle aus der Judengasse hatte Radiergummis, Schreibhefte, farbige Hefteinbände, Bleistifte und die heiß begehrten, modernen Filzstifte gespendet. Oder Bleistiftspitzer mit einem Dösle drunter. Von Herrn Grünewald kamen Taschentücher und Kindersöckchen (damals schon mit `Neon´- farbigen Streifen!) aus seinem Kurzwarengeschäft neben dem *Zigarren-Brodbeck* in der Kornhausstraße.

Memmingers ließen Landjägerpärchen oder eine geräuchte Schinkenwurst ans Rad binden und von "Spielwaren Dauth" kamen Federballschläger, Steifftierchen und Plastikspielzeug, mit denen man durch das Drücken einer Taste Tischtennisbälle durch die Luft schnellen lassen konnte. Es gab kleine Plastikgriffe, in denen sich ein winziger Schnurzug verbarg. Zog man an dem Schnürle, dann hob mit leisem Surren eine `fliegende Untertasse´ mit der Größe einer Schallplatte ab, die man zuvor auf einen kleinen Stutzen aufgesteckt hatte.
Ebenfalls heiß begehrt: eine Wasserpistole...
Die Jungs drängelten einander zur Seite, um ja der Erste an der Stange und somit derjenige, mit der der größten Auswahl zu sein. Längst hatte man sich Schuhe und Strümpfe ausgezogen und die grasfeuchten Fußsohlen an den Waden trocken gerieben. Während die größeren Jungs mühelos den Mast hochklettern konnten, blieben die Wünsche der Kleineren zunächst in unerreichbarer Höhe hängen. `Goffi´ Gugel gab natürlich Hilfestellung, indem er die Dreikäsehochs, so weit seine ausgestreckten

Arme reichten, an der Stange hochschob. Schaffte das Kind es trotzdem nicht, die restliche Höhe zu überwinden, oder es hatte es mit der Angst zu tun bekommen, dann wurde weiter geholfen: Für solche Fälle hielt `Goffi´ ein Brett bereit, das er den Buben und Mädchen unter das kleine Hinterteil schob und ihnen mit einem kräftigen Schub so weit nach oben half, bis sie die quer eingepasste Haltestange erreichen, eines der festgebundenen Geschenke abreißen und es hinunter schmeißen konnten. Leer ausgegangen ist kein Kind. Konnte eines keine der Gaben ergreifen, weil es sich nicht traute, eine Hand loszulassen und danach zu greifen, dann gab es zum Trost eines der zuvor heruntergefallenen Geschenke. Manches der Kinder ließ sich dann anschließend so zügig an der Stange abwärts , dass es sich beim gleiten Auftreffen auf dem Boden an den Holzkeilen in der Erdhülse die Füße verletzt haben. Damals kein Problem – heute hätte ein solches `Vorkommnis´ wohl mehrere Verhandlungstage vor Gericht wegen fahrlässiger Körperverletzung, Missbrauch Jugendlicher zum Zwecke der Volksbelustigung, Schadensersatzforderung bezüglich mehrerer Stunden Sport-unterrichtsausfalles am Folgetag, Nichtbeachtung der Vorschriften zur Unfallverhütung und vieles andere mehr zur Folge...

Man rannte als Kind auf dem oberen Absatz unzählige Male rund um den Turm herum und spielte Fangis! Wie oft rannte man die Stufen vor der eichenen Turmtür rauf und runter. Und wie oft kam es vor, dass ein Kind im 'Jäschd´von diesem Absatz herunter fiel.... Außerhalb der Heckenumzäunung stand ein Apfelbaum, dessen einer Ast annähernd waagrecht und gut zwei Meter über dem Boden gewachsen ist. Man kletterte hinauf und ging freihändig auf ihm spazieren, verlor das Gleichgewicht und sprang im letzten Moment ab.
Ebenfalls außerhalb der Hecken gab es eine Gruppe von mehreren ineinander und dicht beieinanderstehender Bäumchen. Man stieg hinauf, stieß sich ab und packte wie Tarzan im freien Flug einen der sogenannten Schwingäste, die sich bogen und die Helden sanft auf den Boden brachten, wenn sie denn einen erwischten....

Etwas älter geworden, bot das Fest um den Bismarckturm Gelegenheit, ganz unauffällig mit der Freundin (oder dem Freund) zu erscheinen um sie (ihn) in den Freundes- oder Verwandtenkreis einzuführen. Man war auch stolz darauf, zeigen zu können, dass man bekannt und anerkannt gewesen ist bei den älteren Freunden der Eltern.
Gelegentlich durfte man als Jugendlicher den `Altgedienten´ zur Hand gehen, indem man beim Würstle-Braten die ausgegebenen Marken entgegen nahm, oder im Angesicht der Freundin, die von Vetter Eugen mit Liebe, in Öl und Gewürzen zubereiteten Göckele an die wartenden Kunden weiterreichte, während nebenan gesungen wurde:
„.......sie sagt, sie wär´ aus Schwaben. Aus Schwaahaaben. Juchhei! Die muss ich haben! Trallala, Tralalalalaaa. Juchei, die muss ich haahahahaaahahahaaaaben......."

Man mag sich heute darüber Gedanken machen, weshalb sich in meinen Kindertagen verhältnismäßig viele junge Menschen in Gesangsvereinen zusammengeschlossen haben. Die Frage ist im Grunde einfach zu erklären: Es war für viele von ihnen die einzige Möglichkeit, Musik zu hören – oder selbst zu musizieren.

Daran, dass das Leben während meiner Kinderzeit im wörtlichen Sinne deutlich ruhiger - oder besser: Stiller, geräuschärmer, gewesen ist, denkt man heutzutage im Allgemeinen überhaupt nicht mehr. Vielleicht deshalb, weil sich niemand bewusst macht, dass es ein Leben ohne Radio und Fernsehen gewesen ist. Nicht überall war das so – aber ganz bestimmt in der Rathausgasse. Man hat selbst gesungen. Mutter sang oft und gerne während ihrer täglichen Arbeit im Haus - oder sie hat die Melodien gepfiffen. Tante Anna machte es genauso. Wir Kinder – die Mädchen mehr als die Buben – bildeten oft kleine Gruppen, in den gehäkelt, gestickt, gestrickt, `gestricklieselt´ und – gesungen wurde. Man tat dies auch auf dem offenen Feld. Zum Beispiel haben Bärbel und unsere Base Erika auf dem Acker im Aischbach oft zusammen sämtliche Kinder- und Volkslieder gesungen, die sie in der Schule beigebracht bekommen hatten.
Bärbel wurde eines Tages sogar stolze Besitzerin eines Akkordeons! Ich glaube, es war ihre Freundin Traudel F., die sie zu den Übungsstunden bei ihrem Lehrer (`der Fingersatz´) begleitet hat und dort selbst ebenfalls das Spiel mit den schwarz-weißen Tasten erlernte. Flöte gespielt hat ohnehin so gut wie jedes Kind (wenn es nicht gerade Willi Gugel hieß...).

Der schwarze Volksempfänger wurde eines Tages von seinem Wandbrett heruntergenommen und durch ein für heutige Verhältnisse riesiges NORDMENDE-Rundfunkgerät ersetzt, das seinen Platz auf dem Sekretär in 'der Stube' gefunden hat. Es besaß das berühmte grüne 'Magische Auge', mit dessen Hilfe man den Empfang der ausgestrahlten Sendungen einstellen konnte. Darunter auch die mit Ungeduld erwarteten täglichen Beiträge des "Gutenachtonkels". Empfangen wurde UKW, KW und MW über eine kreisförmige Antenne auf zwei Stäben, die man nun fast an jedem Haus angebracht sah.

Vor den Fenstern unseres Hauses ging es indessen recht beschaulich zu.
Die Geräusche, die zu hören gewesen sind, beschränkten sich das Klappern von leeren Konservendosen, die sich die Kinder mangels 'richtiger Stelzen' unter die Füße gebunden haben. Hatte der Holzsäger *Köhnlein* wieder einmal eine Holzbeige in kurze Rugeln zusammengesägt, dann hörte man das Holzspalten auch dann, wenn die Beile in der Judengasse oder in der Marktgasse geschwungen wurden.

Am Himmel war das Brummen der Flugzeugmotoren zwar wesentlich lauter zu hören, als die Triebwerke heutige Düsenjets. Aber es kam weiß Gott nicht jeden Tag vor, dass Tübingen überflogen wurde. Und wenn doch, dann konnten wir Jungs, ohne hinzugucken, genau sagen, ob es eine zweimotorige Swissair-*Convair* oder eine viermotorige *Super-Constelation* der Lufthansa mit drei Leitwerken am Heck gewesen ist.
Noch einfacher zu erkennen war die *Noratlas* mit gleich zwei parallel angeordneten Rümpfen und erst recht die Starfighter, die tatsächlich einen solchen Lärm verursachten, dass man jedes Mal erschrak, wenn diese Flieger über unsere Stadt hinwegdonnerten.

Ansonsten hörte man das Schlagen des Springseiles beim Seilhüpfen der Kinder, ihr *„Kaiser wieviel Schritte gibst du mir?"*, die begeisterten Schreie der Buben beim Fußballspielen. Gelegentlich hörte man das panische Quieken einess gemästeteten Schweines, das der Metzger Schneider aus Walter S. Stall zerrte oder es mit einem vor den Kopf gehaltenen Weidenkorb rückwärts in den Anhänger drängte. Und an den Sonntagmorgen erklangen zum betulichen Klampfenspiel die Lieder der uniformierten Heilsarmee - Soldaten und - Soldatinnen in der Gasse. Gleich darauf vernahm man das leise Aufschlagen von Münzgeld, das man zuvor in einen Fetzen Zeitungspapier eingewickelt hatte, damit die christlichen Musikanten es nicht mühsam einzeln vom Pflaster aufklauben mussten – und um zu verbergen, wieviel (oder wie wenig!) man gespendet hat.

Tatsächlich ist es durchaus lohnenswert und auch angebracht, sich zu erinnern, welche Geräusche in jener Zeit über die grade beschriebenen hinaus zu vernehmen waren. Geräusche, die man heutzutage nicht mehr wahrnimmt, weil es sie gar nicht mehr gibt. Öffnete man zum Beispiel die Tür zum Keller auf der gegenüberliegenden Gassenseite, dann hörte es sich völlig anders an, als wenn sich der Schlüssel im Schloss der Haustüre unseres Nachbarn drehte. Zog man unsere Haustür etwas heftiger zu als sonst, dann klang dies, wie in einer Halle; erst recht, nachdem Vater den Boden hatte mit Fliesen belegen lassen. Taten dies die Menschen aus Jochens Familie, dann hörte sich das Türenschlagen kurz und trocken an. Drückte Erika die Tür zu ihrem Elternhaus auf, dann hörte man das Kratzen des in sich verzogenen Türblattes über den Estrich des Flurs dahinter. Man wusste, wann wer grade nach Hause kam oder wer sein Haus verlies.

Jedes ungeölte Umlenkrädchen quietschte auf eine andere Art, wenn die fleißigen Hausfrauen die Wäscheleinen hin und her bewegten, die sich von Haus zu Haus spannten. Das quetschende und schlagende Geräusch eines Wäschestampfers, mit dem man die in einem verzinkten Blechzuber eingeweichte Wäsche wusch, ist aus dem Kanon der Rathausgassentöne vermutlich endgültig verschwunden. Man hörte das Riegelchen auf dem Holzsims klappern, wenn der Nachbar das Fenster öffnete oder schloss, oder wenn man die Fensterläden verriegelte. Leiterwägelchen mit Eisenreifen wurden knirschend über die Pflastersteine gezogen oder wurden durch die schleifenden Schuhsohlen eines drinsitzenden Kindes gebremst. Man hörte das helle Singen der Mädchen, wenn sie strickend auf den warmen Stämmen der Holzbeigen zu dritt, zu viert oder 'zu mehrt' saßen.
Das laute Brummen des Gülleautos, das in der Gasse stand, um die Abortgruben zu leeren, und bei dem man den auf- und abschwappenden Stand der Brühe in einem Schauglas ablesen konnte, übertönte jedes Gespräch. Man hörte das Schleifen der Saugschläuche aus dickem schwarzen Gummi und das Schlagen der metallenen Verbindungsstücke, wenn der 'Gillelehrer' sie aus den Winkele heraus und übers Pflaster zerrte und sie anschließend neben dem Jauchetank in eine Rinne auf seinem Laster warf. Das Dengeln der Sensen, welches aus den Öhrn der Häuser drang, ist ebenso längst aus den Ohren verschwunden wie das Ausklopfen eines Teppichs im frisch gefallenen Schnee mit dem 'Debbichbatscher'. Verschwunden auch der Klang des Einschlagens der Nägel in eine Schuhsohle. Man hört nie mehr das Dröhnen des Motors der gigantisch anmutenden KAELBLE-Straßenkehrmaschine mit den rotierenden Besen und das nicht weniger geräuschvolle Rotieren der Schnecke im

Innern des Müllautos, in dessen offenen Schacht die Müllmänner Tag für Tag(!) den stinkenden, unsortierten Inhalt aller auf dem *Trottwa (Trottoire)* bereitgestellten *Viktor*-Mülleimer hineinschütteten - samt Geklapper der hochgezogenen Mülleimerdeckel. Die Militärmusik des französischen Musik-Korps ist verklungen, die uns Kinder an jedem 14. Juli zum Marktplatz rennen ließ. Keine Kuh brüllt mehr im Stall. Keine Kette rasselt an dem hölzernen Gatter, wenn das Rindvieh den Kopf nach vorne reckt, um frisch gemähtes Gras zu fressen. Keine Ziege meckert mehr im Stall, wenn sie gemolken werden will. Auch der Traktordiesel des 'Mitternachtsbauern' versucht nicht mehr, nagelnd die Steigung der Gasse hinauf zur Haaggasse zu überwinden. Kein aufmunterndes Zurufen und kein beifälliges Klatschen ertönt, wenn ein Junge die gleiche Anstrengung mit seinem Fahrrad unternommen hat! Kein Nachbar versucht den Motor seines Schleppers in Gang zu bringen, indem er ein dünnes Seil um eine Scheibe wickelt und ruckartig daran zieht. Das Hufgeklapper von den Pferden der Stadtreiter, des Postkutschengespanns oder den Fuhrwerken von den Fuhrmännern Rilling und Kehrer dürfte ebenfalls für immer aus der Altstadt verschwunden sein, wie deren Hinterlassenschaften in Form von dampfenden Rossbollen inmitten der Gassen.

Doch von allen 'Geräuschen', die verschwunden sind und die ich vermisse, empfinde ich am schmerzlichsten die laute, selbstbewusste, humorvolle Unterhaltung von Menschen, die so reden, wie es sich in einer Tübinger Altstadtgasse gehört: Schwäbisch!

Von all dem abgesehen herrschte tatsächlich Ruhe in den Gassen der Altstadt

Die `Gesichter´ der Rathausgassenhäuser

Das Haus Nr.6 (links) wurde aufwändig und sehr schön saniert und ist zu einem wahren Schmuckstück in der Gasse geworden Der Kellerhals (rechts) wurde in eine steinerne Hülle gepackt und mit einem Zeltdach überdeckt. Ein Kuriosum. Während einer Stadtführung wurde dieses kleine Häuschen einmal sogar als Scheune bezeichnet. Mir drehte sich schier der Magen um...

Das Haus direkt unterhalb des Rathauses wurde abgebrochen und ein neues Gebäude wurde an seiner Stelle errichtet. Eine Brücke führt vom Rathaus in das Gebäude der ehemaligen Gaststätte "Rathausstüble". Der blühende Strauch des Blumengeschäftes Hamm verdeckt gnädig eine nach meinem Geschmack nicht besonders gelungenen Neubaufassade

links: Abgesehen vom erkennbar später eingebauten Fenster mit dem weißen Rahmen hat sich die rückwärtige Fassade des Hauses Helmrich bis zum heutigen Tage nicht verändert.
Dem Kiespressdach im Vordergrund ist allerdings das graue Blechdach gewichen, dessen Stehfälze ich noch in meiner Erinnerung behalten habe, und das während meiner Kinderzeit noch vor dem Schlafzimmerfenster meiner Eltern vorhanden war.
Selbst die Abdeckung des hervorstehenden Pfettenkopfes ist noch im Original erhalten geblieben...

Der Blick auf das Nachbarhaus aus dem Wohnzimmerfenster der ersten Etage von Rathausgasse 13 stellt sich heute völlig anders dar als noch in den ersten Sechzigerjahren.

Noch nicht einmal den hoch aufragenden Giebel des Rathauses konnte man hinter den längst abgebro chenen Häusernerkennen. Das Zeltdach im linken Bild unten rechts bedeckt den Kellerhals des darunter liegenden Gewölbes.

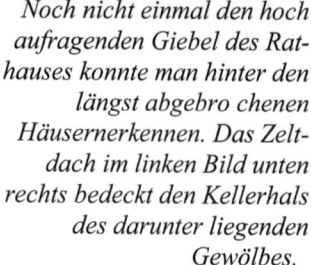

Das Eckhaus zum Gambrinusgässle wurde saniert. Das nächsthöher gelegene Haus ist neu und ein wenig von der Rathausgasse nach hinten gerückt. An der Stelle des Hauses von Familie B. erhebt sich der turmartige Anbau des Ratskellers.

An das Haus der Frau K. und der Familie A. erinnert nichts mehr und auch nicht an die Scheunen, die einst die `sieben Winkele' gebildet haben. An ihrer Stelle erhebt sich ein mehrgeschossiger Neubau aus den Achtzigerjahren, über dessen Architektur man sicher geteilte Ansichten haben darf............
Dieser Ausblick auf das `Löwen'- Gebäude hat sich nur in der Farbgebung verändert.
Die Läden der Dachgaupe haben gelegentlich offen gestanden. Gab es ein heftiges Sommergewitter, dann machten wir die Familie R. darauf aufmerksam, dass es auf den Dachboden regnen könnte. Zum Dank für die Warnung gab es eine Gratisvorstellung von einem `Dick & Doof'- Film...
Die Brüstung des Fensters ganz links im ersten Obergeschoss des Nachbarhauses wurde ausgebrochen, um einen direkten Fluchtweg ins Freie zu schaffen für den Filmvorführer des `Löwen' - Kinos. Viele Jahre lang `zierte' die hässliche Stahlkonstruktion eines Podestes dieseFassade. Im unteren Bild erkennt man das Haus der Metzgerfamilie Memminger.

Die Bilder wurden aufgenommen aus dem Fenster meines ehemaligen Kinderzimmers, das ich mit meinem Bruder Paul geteilt habe. Vom Sims dieses Fensters aus starteten wir beide (unfreiwillig) unser legendäres Feuerwerk..........

Rathausgasse 13 im Jahre 2011

Wie sehr hat sich doch unser Wohnzimmer verändert: Es gibt keine getäfelte Decke mehr und keinen schiefen verbretterten Boden.....
Immerhin: Das Wohnzimmerhat seine damalige Größe beibehalten, genau wie auch Pauls und mein Zimmerle.
Dort allerdings wurde ein Fenster zum Hof (der Bäckerei Rees) eingebaut und eine Verbindungstüre zur Küche durchgebrochen. Das Kinderzimmer wurde zum Esszimmerchen umgestaltet.

Im Treppenhaus gibt es keine Räucherstube, keinen Treppenabsatz, keinen Glasverschlag und keine Holzvertäfelung mehr, und die Haustüre ist nach rechts versetzt worden

Der Maler auf dem Bild oben arbeitet im ehemaligen `Kämmerle´, das mit dem einstigen Abort vereint und nun in ein Kinderzimmer verwandelt wurde. Die Tür im Flur ganz hinten rechts führt in das Zimmer, das meinen Eltern als Schlafzimmer diente. Es hat also seine Funktion erhalten. Die hintere der beiden nächsten Türen auf der rechten Flurseite führt zur Toilette, die sich ebenfalls wieder an der Stelle des ehemaligen Zugloches befindet. Die vordere Tür wurde nach links versetzt und führt wie eh und je zur Küche. Die Flurwand auf der linken Bildseite gab es früher nicht.

Die dunkle, auf den kleinen Willi oft unheimlich wirkende Etage, hat sich in eine helle, freundliche Altstadtwohnung verwandelt, in der es sich gut leben lässt.

Die Wehmut, die mich viele Jahre lang jedes Mal beschlichen hat, wenn ich an mein Vaterhaus zurückdachte, oder wenn ich vor ihm gestanden und den Giebel hinauf bis zur zweiten Bühne geblickt habe, hat sich in eine ungetrübte Freude darüber verwandelt, dass diese für mein Leben so wichtige Erinnerungsstätte auch in Zukunft noch erhalten bleibt. Hier verbrachte ich meine Kindheit. Hier musste ich den schlimmen Verlust der Mutter erleben, der schließlich zum Wegzug aus der Rathausgasse geführt hat. Ich fühle mich mit dem Schicksal ausgesöhnt.

Dafür danke ich meinem Klassenkameraden Rudolf Ehehalt, der mich einst als Volksschüler hier besucht hat, und der nun für die greise Frau Rees die Malerarbeiten in ihrem Haus ausführt. Er gab mir die Möglichkeit mein Elternhaus nach annähernd fünfzig Jahren noch einmal zu betreten.

Tübinger Familien-Namen

Tübingen.

Gedenkblatt der Konfirmanden
1898.

I. Am Sonntag Lätare, den 20. März.

Söhne:
1. Hermann Gotthold Theodor Breitenbach.
2. Ernst Otto Haldenwang.
3. Hermann Streib.
4. Ernst Otto Hornberger.
5. Karl Christoph Ehrhardt.
6. Friedrich Eugen Schäfer.
7. Julius Gottlieb Zeeb.
8. Job. Jak. Ulrich Friedrich Haug.
9. Gustav Adolf Birkmeyer.
10. Johannes Schreiner.
11. Karl Weiß.
12. Wilhelm Jakob Dieterich.
13. Karl Adolf Forstbauer.
14. Eugen Gutbrod.
15. Otto Paul Eugen Dendel.
16. Karl August Schmid.
17. Gustav Adolf Reichert.
18. Rudolf August Hipp.
19. Wilhelm Adolf Karrer.
20. Jakob Thom. Christian Dieterich.
21. Karl Wilhelm Pfizer.
22. Christian Heinrich Mornhinweg.
23. Karl Adolf Schäfer.
24. Johann Georg Walker.
25. Karl Wilhelm Kost.
26. Karl Wilh. Friedrich Gugel.
27. Christoph Friedrich Krauß.
28. David Friedrich Motzer.
29. Paul Vollmer.
30. Gottlob Heinrich Brodbeck.
31. Karl Friedrich Bayer.
32. Arthur Edwin Paul Baumgarten.
33. Karl Jakob August Koch.
34. August Hermann Zinner.
35. Georg Immanuel Krauß.
36. Theodor Häring.
37. Johann Wilhelm Hermann Walz.
38. Karl Christian Stammler.
39. Oskar Heinrich Weiß.
40. Gottlieb Friedrich Kehrer.
41. Karl Johannes Denneler.
42. Christoph Friedrich Kehrer.
43. Wilhelm Friedrich Ulmer.
44. Werner Ferdinand Nägele.
45. Martin Wilhelm Elsäßer.
46. Adolf Friedrich Kehrer.
47. William Charles Lawton.
48. Karl Friedrich Schneider.
49. Karl Gustav Rupf.
50. Christian Friedrich Schmid.
51. Hans Kuno Franz Vorst.
52. Sixt Karl Otto Kapff.

Töchter:
1. Emma Gertrud Eppeler.
2. Marie Elise Julie Trompetter.
3. Emma Marie Kapff.
4. Lydia Julie Geilsdörfer.
5. Gertrud Klara Emilie Albrecht.
6. Marie Barbara Schweifer.
7. Julie Karoline Stähle.
8. Marie Hortensie Elisabeth Krauß.
9. Amanda Klara Marie Christine Maier.
10. Frida Luise Haag.
11. Julie Auguste Elisabeth Mina Brill.
12. Myra Förster.
13. Luise Dorsch.
14. Mathilde Luise Diez.
15. Elise Friederike Laupp.
16. Pauline Neff.
17. Lina Wilhelmine Knecht.
18. Anna Maria Groß.
19. Karoline Elise Pfeiffer.
20. Marie Rosine Brutscher.
21. Marie Friederike Haug.
22. Marie Huber.
23. Marie Sophie Munz.
24. Auguste Mathilde Laier.
25. Eugenie Karol. Wilh. Luise Beck.
26. Klara Emilie Ries.
27. Emilie Luise Götz.
28. Sophie Barbara Müller.
29. Mina Göfele.
30. Karoline Friederike Zinner.
31. Rosine Wilhelmine Kost.
32. Sophie Albertine Gammerdinger.
33. Emilie Karoline Ries.
34. Marie Rosine Binder.
35. Rosine Friederike Kürner.
36. Julie Füger.
37. Pauline Karoline Krauß.
38. Regine Thekla Karrer.
39. Emma Kehrer.
40. Luise Ottilie Feucht.
41. Emma Martha Schnaith.
42. Luise Wilhelmine Maurer.
43. Luise Justine Kost.
44. Sophie Marie Brodbeck.
45. Maria Agnes Trost.
46. Emilie Sophie Deile.
47. Pauline Wilhelmine Stahl.
48. Pauline Rosine Forstbauer.

II. Am Sonntag **Judica**, den 27. März.

Söhne:
1. Christian Otto **Erbe**.
2. Eugen Aloys **Erbe**.
3. Friedrich Christian **Böchting**.
4. Hermann Gottfried Johannes **Weimer**.
5. Hermann Albert **Rauscher**.
6. Emil **Claß**.
7. Gustav Adolf **Müller**.
8. Hermann Adolf **Zinner**.
9. Wilhelm Heinrich **Kolb**.
10. Max Gottlob **Müller**.
11. Otto Sigmund Rudolf **Teuffel**.
12. Albert Hermann **Binder**.
13. Eugen **Witzig**.
14. Ludwig Konstantin **Mang**.
15. Paul Albert **Regelmann**.
16. Wilhelm Johannes **Karrer**.
17. Georg **Reichle**.
18. Karl Wilhelm **Kaiser**.
19. Karl Friedrich **Hipp**.
20. Friedrich Ludwig **Sontheimer**.
21. Karl Erwin **Schwarz**.
22. Wilhelm Friedrich **Beckert**.
23. Christian Aug. Friedr. **Waiblinger**.
24. Ernst Johann **Beckert**.
25. Friedrich Christian **Bäßler**.
26. Johann Gottlob **Schmid**.
27. Karl Adolf **Belser**.
28. Hermann Gustav **Böbel**.
29. Christian Friedr. **Mornhinweg**.
30. Gottlieb Friedr. Otto **Eitel**.
31. Otto **Kofink**.
32. Christoph Karl **Böbel**.
33. Christian Andreas **Hiller**.
34. Hans Christian **Lichtenberger**.
35. Adolf August **Karrer**.
36. Eugen Reinhold **Pfleiderer**.
37. Jakob **Tausch**.
38. Karl Hugo **Mattes**.
39. Karl Heinrich **Maigler**.
40. Louis Albert **Schott**.
41. Karl Eduard Elias **Cellarius**.
42. Ernst Ludwig **Gußmann**.
43. Ludwig Friedrich **Fauser**.
44. Karl Heinrich **Schmid**.
45. Johann Christian **Hirn**.
46. Christian Gottlieb Thomas **Zinner**.
47. Karl August **Fromm**.
48. Andreas Friedrich **Laitscher**.
49. Abraham Ferdinand **Waiblinger**.
50. Friedrich Gustav Adolf **Zeyer**.

Töchter:
1. Luise Friedr. Margarete **Spannenberger**.
2. Margarete Sophie **Wolff**.
3. Pauline Wilhelmine **Werner**.
4. Albertine Sophie **Schramm**.
5. Anna Elise **Kost**.
6. Marie Luise **Kürner**.
7. Anna Rosine **Niske**.
8. Wilhelmine Luise **Schwägerle**.
9. Marie Luise **Aicheler**.
10. Emilie **Steinhilber**.
11. Friederike Sophie **Kürner**.
12. Marie Luise **Huber**.
13. Christine Marie Sophie **Maier**.
14. Marie Wilhelmine **Grüninger**.
15. Bertha **Jung**.
16. Emilie **Weller**.
17. Frida Christine **Gebhardt**.
18. Marie Amalie **Breitmaier**.
19. Pauline **Löffler**.
20. Friederike Wilhelmine **Fauser**.
21. Amalie Friederike Karoline **Armbruster**.
22. Auguste Sophie **Wiedmann**.
23. Wilhelmine Karoline **Kehrer**.
24. Bertha Johanna **Hang**.
25. Marie Karoline **Schmid**.
26. Friederike Karoline **Krauß**.
27. Luise Friederike **Kürner**.
28. Luise Sophie **Schnaidt**.
29. Sophie **Späth**.
30. Eugenie Helene **Brodbeck**.
31. Wilhelmine Friederike **Morlock**.
32. Ottilie Agathe **Nall**.

Gesänge bei der Konfirmationshandlung.

1) Vor dem Anfang (die Kinder):
Nro. 245. **Stärk uns, Mittler** etc. Vers 1.

2) Nach der letzten Frage und Antwort des Konfirmations-Büchleins (die Kinder):
Herr Jesu, dir leb' ich etc.

3) Nach der Einsegnung der Söhne (Kinder und Gemeinde zusammen):
Nro. 245. **Stärk uns, Mittler** etc. Vers 4.

4) Nach der Einsegnung der Töchter (Kinder und Gemeinde zusammen):
Die Gnade etc.

5) Zum Schlusse:
Nro. 2. **Nun danket alle Gott** etc.

Druck und Verlag von E. Riecker's Buchdruckerei in Tübingen.

2.) Wohnzimmer, Küche, Bad, WC.........

Dem Sekretär gegenüber, der mir immer irgendwie geheimnisvoll erschienen ist, stand ein altes Sofa. Seine Rückenlehne war geschwungen; sein Stoff, schwarz mit feinem Muster und „kratzig" an all den Stellen, wo er nicht abgenutzt und speckig geworden war, zeigte deutliche Gebrauchsspuren!
Zur Zierde waren in der Mitte der beiden runden Armlehnen Troddeln angebracht. Sie baumelten an einer dicken, gedrehten Kordel.
Die Lehnen waren unten jeweils mit zwei senkrecht nach unten zeigenden Metallbügeln versehen, die ein hakenähnliches Ende besaßen. Zog man die seitlichen Polster in ihren Führungen nach oben und schob die Bügel dann in flache, kantige Langlöcher, so konnte man das Sitzmöbel in eine Liege verwandeln, auf der es sich gut ausstrecken ließ.

Im Wohnzimmer gab es außerdem einen Tisch mit Stühlen, deren Aussehen mir nicht im Gedächtnis haften geblieben ist. Entfallen ist mir auch das Aussehen der Lampe, die von dem dicken Tragbalken herunter hing, der die Wohnzimmerdecke in zwei Hälften teilte. Ich erinnere mich jedoch daran, dass sie aus sogenannter *Elefantenhaut* gefertigt war, aus einzelnen, postkartengroßen Stücken bestand, die perforierte Kanten besaßen, und dass man sie mit einem schmalen Band zusammengenäht hatte.
Und noch einen Sessel gab es!
Er hatte geschwungene Lehnen, einen Rahmen aus Holz und war mit einem grauen Bezugstoff gepolstert. Man hatte ihn zwischen der Wand zum Kinderzimmer und dem bereits erwähnten Kachelofen aufgestellt.

Der ʽEhne´ habe stets gerne darin gesessen, sagte man mir. Der Sessel blieb dort stehen, bis wir aus der Wohnung auszogen.

Der Kachelofen

Er ist in meinen Empfindungen tief und als angenehm verankert geblieben!
Er war für das Verständnis eines kleinen Jungen groß und massig. In Wirklichkeit maß er wohl weniger als einen Meter in der Breite und nicht mehr als sechzig Zentimeter in der Tiefe. Er war aus wunderschönen russischgrünen Kacheln gefügt; die Formate sind quadratisch, schlicht und ohne Einbuchtungen gewesen, die Glasur hochglänzend. In Augenhöhe eines Erwachsenen umlief ein etwa zehn Zentimeter breites Gesims mit profilierten Kacheln den Ofen auf drei Seiten. Darüber gab es einen niedrigen Aufsatz, hinter dem sich das ʽOfenrohr´ verbarg, das in der Küche direkt von unten in den Schornstein führte; man hat es gelegentlich mit ʽSilberbronze´ aus einem winzigen Döschen gestrichen, damit es in der Küche nicht so rostig ausgesehen hat...
Auf beiden Seiten des Kachelofens waren verstellbare Jalousien eingebaut, die man offen oder geschlossen halten konnte, je nachdem, ob man die warme Luft im Raum haben wollte oder sie im Ofen bleiben sollte, zum Warmhalten von irgendwelchen Sachen.
Vorne in der Mitte des Aufbaues war eine Zierkachel eingelassen, die in Höhe und Breite doppelt so groß gewesen ist, wie die übrigen. Sie zeigte in Reliefform die beiden heimkehrenden Kundschafter *Josua und Kaleb* aus der Bibel, die, in der Tracht des *„Weingärtner Liederkranzes"* dargestellt, auf den Schultern eine dicke Stange trugen, an der wiederum die riesige Weintraube

hing. Der *Ehne* hatte die Kachel von einem Künstler extra anfertigen lassen, um so seinen Stolz auf den Berufsstand seiner Vorfahren zum Ausdruck zu bringen. Vermutlich hatte ihn die Erfüllung dieses Wunsches für damalige Verhältnisse ziemlich viel Geld gekostet.
Unterhalb des Gesimses hatte er auf der Vorderseite ein zweiflügeliges Türchen einbauen lassen, in das ebenfalls Jalousien eingelassen waren und dessen vernickelte Metallkonstruktion wundervoll glänzte. Dahinter befand sich ein Raum (`s´ Röhrle´), den man zum Warmhalten von Speisen oder zum Erwärmen von Wasser nutzen konnte. Gelegentlich wurde Hefeteig in einer Schüssel dort hineingestellt, damit er besser „ginge." Oder, ganz wichtig: *Bettfläscha* (Wärmflaschen) aus Kupferblech wurden da drinnen angewärmt, um sie vor dem Schlafengehen den Kindern ins Bett und unter die Decke legen zu können. Das war ganz und gar kein überflüssiger Luxus gewesen: Man kann es sich heute nur schwerlich vorstellen, dass in besonders kalten Winternächten durch die feuchte Atemluft die Bettdecke an der Wand festfror!
Der Boden des „Röhrle" bestand aus einer schweren Stahlplatte, auf der man zudem *Goldparmänen, Boskop, Baumanns Renetten* oder andere Sorten in Bratäpfel verwandeln oder sonstiges Obst zu „*Hutzla"* braten konnte – Dörrobst würde man heute dazu sagen. Man verwendete dazu Bühler *Zwetschgen, Petersbirnen* und Äpfel der Sorte *Gewürzluiken* – eigene natürlich!
Mutter „hütete" einen Vorrat davon in einem kleinen Leinensäckchen.
Niemals werde ich den köstlichen Geschmack der säuerlichen Apfelschnitze und der trockenen, beinharten Zwetschgen vergessen, aus denen man vor dem Dörren die Kerne nicht entfernt hatte und an denen man sich die Zunge wund lecken konnte, nach dem man das schwarz-

braun und zäh gewordene Fruchtfleisch bereits genüsslich „abgenagt" hatte.

Die linke Seite des Ofens zierte unterhalb des Gesimses eine weitere besonders schöne Kachel. Auf ihr war nur eine einzelne blaue Weintraube dargestellt – wunderschön, und doch fand sie weitaus weniger Beachtung als die Frontplatte mit den beiden Gestalten aus der biblischen Geschichte, die sich auf dem Heimweg befinden, nachdem sie das Gelobte Land erkundet hatten.
Auf dem kleinen Sims vor dem Backfach hatte meine Mutter kleine Plastikfigürchen aufgestellt. Zwerge aus weißem Kunststoff - Zinnsoldaten nicht unähnlich - mit einem eckigen, grünen Sockel unter den Füßen. Diese Dinger fand man damals in den QUIETA- Packungen gewissermaßen als `Dreingabe´ und Kaufanreiz. QUIETA war das Konkurrenz - Produkt zu *LINDE's* Kaffee-Ersatz." Das war ein braunes, etwas grob gemahlenes Pulver in einer blauen Pappschachtel mit den vielen weißen Punkten gewesen, die damals jedes Lebensmittelgeschäft im Sortiment zu führen hatte. Gemessen mit heutigen Maßstäben eine jämmerliche Plörre! Aber: Echter Bohnenkaffee war viel zu teuer!
Diesen Zwergen war ein tragisches Ende beschieden!
Tante Anna, die in der Etage über uns wohnte und deren Ofen an denselben Schornstein angeschlossen war, wie unsere grüne Wohnzimmerheizung (der gemauerte Schornstein stand auf den Balken der Küchendecke), hatte eines Tages die Idee, dass ein mit Spiritus getränkter Lappen sich gut als Anzünder eignen müsste! Als sie diesen ins Ofenloch gestopft und erst mit feinen und dann mit ein wenig dickeren Holzscheiden bedeckt hatte, hielt sie ein Schwefelhölzchen daran. Es gab es eine so gewaltige Verpuffung, dass es unseren „Grünen" (der einen

Stock tiefer stand, und dessen Rauchrohr von unten *direkt ens Kamee* eingeführt wurde, und wo auch der *Äschekasten* hing) einmal kurz aber kräftig durchschüttelte!
Keiner der Bakelitzwerge hat den fürchterlichen Absturz aus einer Höhe von gut 150 cm unbeschadet überstanden...
Wir Kinder waren über den Verlust natürlich untröstlich und zeigten dies unserer Tante auch deutlich! Doch was sollte sie schon machen? Es tat ihr wirklich leid; sie beteuerte es mehrfach – und glaubhaft. Schließlich hatte sie nicht nur unsere Klagen anzuhören gehabt, sondern musste darüber hinaus ihre Wohnung vom umher- fliegenden Ruß befreien – und Mutter unsere Küche......

Die unteren zwei Reihen der grünen Kacheln wiesen unzählige Beschädigungen auf. Die Oberfläche war übersät von winzigen Hammerschlägen. Es wurde erzählt, dass Bruder Paul wohl zur Unzeit an ein Werkzeug gelangt war, das derartige Schäden nach sich zog. Jeder Schlag hatte winzige Splitter aus der Glasur gerissen. Im zarten Alter von drei oder vier Jahren hatte er wohl schon den Drang verspürt, seinen handwerklichen Neigungen nachzugeben...!
Links vom Ofen gab es einen kleinen Wanddurchbruch mit einem Fensterchen, an dessen Rahmen ein dünnes gehäkeltes Spitzenvorhängle angebracht war. Das *Vorhangstängle* bestand übrigens aus dünnem, weiß lackiertem zusammengerolltem Blech, hatte zwei kleine Löcher an den Enden zur Aufnahme zweier Häkchen, die man ins Holz des Rahmens geschraubt hatte. Es gibt sie heute noch.
Der Sinn dieser Einrichtung blieb mir bis heute verschlossen. Vielleicht diente sie als Durchreiche für Spei-

sen, doch dafür ist sie eigentlich zu klein gewesen und die Wegersparnis von der Küche ins Wohnzimmer kaum nennenswert.
Gegessen wurde ohnehin ausnahmslos in der Küche.
Links wiederum von diesem Fensterchen befand sich die Tür zum Flur.
In ihrem oberen Viertel war eine Scheibe aus Kathedralglas eingesetzt. Das gestemmte Türblatt war im gleichen Grauton gestrichen, wie er sich auch an der Deckentäfelung fand. An den Sockelfries hatte Vater einen dicken Filzstreifen angenagelt, um das Eindringen von kalter Zugluft zu verhindern; er war weich genug, um nachzugeben, wenn man die Tür öffnete und der unebene Bretterboden anstieg und doch steif genug, um wieder zurück zu federn, wenn man sie wieder schloss, und der Türschlitz dementsprechend wieder größer wurde.
Der Kachelofen stellte die einzige Möglichkeit dar, alle drei Zimmer auf der Gassenseite zu heizen. Der Flur und sowieso das gesamte Erdgeschoss blieben unbeheizt und waren im Winter eiskalt!

Bärbels Zimmerle

Auch das dritte Zimmerle ist nur vom Wohnzimmer aus zu erreichen gewesen. Doch hier gab es eine Schiebetür. Wohl deshalb, weil dieser Raum gerade einmal so breit gewesen ist, wie Bärbels Bett lang! Dieses Bett stand, hinter einem Vorhang verborgen, auf einem Sockel in einer Wandnische - genau über der Treppe zum Erdgeschoss.
Bärbels Zimmerle hatte ein Fenster zur Rathausgasse hin und noch ein weiteres, von dem aus man die Rathausgasse hinauf schauen konnte, auf der anderen Seite der Hausecke – nach Süden also.

Von diesem Fenster aus konnte man vor allem in den Bereich zwischen den Häusern blicken, der sich wie eine Art kleiner Hof ausnahm. Dieser wurde eingerahmt von den Häusern.
In diesem Hof spielte sich das Leben in der Rathausgasse ab!
Vor dem Südfenster gab es außerdem zwei auskragende Metallbügel, zwischen denen mehrere dünne Leinen gespannt waren. Eine weitere Möglichkeit für Mutter, Wäsche zum Trocknen aufzuhängen. Von Zeit zu Zeit hingen an mehreren Tagen hintereinander an diesen Wäscheleinen auch jene länglichen, aus kochfester Baumwolle gehäkelten Teile, die heute längst durch die speziellen Hygieneprodukte mit der Bezeichnung Camelia ersetzt worden sind. Das wäre heutzutage sicherlich eine undenkbare Peinlichkeit - damals vor den Fenstern der Altstadthäuser der absolute Normalfall. Und gestrickte Unterhosen an den Wäscheleinen sah man ebenfalls nicht eben selten. Insgesamt war die Wäsche damals recht rustikal – geräumig und warm – zum Schutz gegen Zug - und sie war ganz bestimmt bar jeglichen Kunstfaseranteiles!
Man trug gehäkelte 'Leibchen' – nichts Anderes als kratzige Strumpfgürtel - an denen breite, dehnbare Bänder mit Knopflöchern befestigt waren, in welche man die Knöpfe, die an lange, von Hand gestrickten Strümpfe angenäht worden waren, einhängen konnte.
Auch mich hatte man damit ausgestattet!
Zum Beweis dafür gibt es eine Fotografie, die das kleine vielleicht drei-, vierjährige *Willile* auf dem bereits erwähnten Steinquader stehend zeigt. Sollte man nach dem gequälten Gesichtsausdruck mit der gekräuselten Stirn auf die Stimmungslage und die Leiden, die solche Kleidungsstücke bei dem Bübchen zu verursachen pflegten,

schließen, so müsste man diese Dinger noch nachträglich verdammen!

Man stelle sich vor, wie sich vom Regen durchnässte Wollstrümpfe auf der Haut anfühlen - zumal es solche Errungenschaften wie Weichspüler noch Jahrzehnte lang nicht gab!

Auf dem Stein vor der Haustüre der Rathausgasse Nr. 13

Es dauerte etliche Jahre, bis ich die kurzen BLEYLE–Hosen (man kaufte solche Sachen beim *Haible* in der Collegiumsgasse) gegen lange Stoffhosen tauschen durfte, und so die Leibchen mitsamt den eingehängten, quälenden Strickstrümpfen ausgedient hatten. In späteren Jahren waren Vater und seine Söhne Kunden im Geschäft des Herrenausstatters *Tressel* in der Kronenstraße. Dort wurden auch die Jacken und die dazu passenden kurzen Hosen gekauft, die Paul und ich aus Anlass des Besuches aus Monthey bekommen haben.

Ich erinnere mich außerdem an den winzigen dunklen Geschäftsraum des Kappenmachers *Speitel* in der Froschgasse. Längst hat sich dort ein Goldschmied eingemietet. Die 'Schiebermütze', die Vater für seine Buben gekauft hat, habe ich nie gemocht – und nur so oft getragen, wie ich Sauerkraut aß...

Ob es in Bärbels Zimmerchen außer dem Bett noch weitere Möbel gab, weiß ich nicht mehr. Vielleicht ein Stuhl? Vergessen!
Doch, es gab noch einen! Einen mit breiter Rücklehne, dessen Sitzpolster mit knallrotem Kunstleder bezogen war. An der Seite reihte sich ein rot lackierter Ziernagel an den anderen. Da es solche Nägel in den unterschiedlichsten Farben in Onkel Willis Werkstatt gab, nehme ich an, dass der Stuhl von ihm bearbeitet worden war. Wo er einmal gestanden hat, weiß ich nicht mehr. Er hat den späteren Umzug in die Schwärzlocher Straße wohl nicht mehr mitgemacht.

Küche

Vom Wohnzimmer aus ging es zunächst hinaus auf den Flur. Linker Hand oben hingen an der Wand der schwarze Strom- und der graue Gaszähler –quasi am Fußende von Bärbels Bett. Es war übrigens die 'Bettlade' in welcher der Ehne bis zu seinem Tod geschlafen hatte - mit hohem Kopfteil, niedrigerem Fußende und rissigem Lack. Rechts, dem Zähler gegenüber, befand sich die Tür zur Küche. Sie schlug nach links auf, gegen das Küchenbuffet. Rechts von der Tür gab es einen kleinen freien Platz unter dem Durchreichefensterchen, links daneben befand sich die Rückseite des Kachelofens, den man von hier aus befeuerte.

Direkt neben der Küchentüre stand rechts ein Schuhschränkchen mit mehreren übereinander angeordneten Klappen. Öffnete man diese, so wurden durch einen ausgeklügelten Mechanismus die neben einander aufgereihten Schuhe dem entgegengeschoben, der gerade welche herausnehmen wollte. Als Kind beeindruckte mich diese praktische Technik stark. Oben, auf dem Klappdeckel, lag Vaters hölzerner Stiefelknecht.

Gleich neben dem Schränkchen stand der Kohlenfüller! Ein viereckiger, hoher Eimer aus gehämmertem, schwarz lackiertem Blech, der, wie andere Eimer auch, einen Bügel aus stabilem Stahldraht mit einer Holzrolle als Griff besaß. Am unteren Ende gab es einen angeschweißten Haltegriff. Die schräg angeschnittene Mündung passte gerade in das Ofenloch, sodass das Einschütten von Eierkohlen oder Koks eigentlich recht einfach war – vorausgesetzt, man verfügte über die notwendige Kraft und Körpergröße!

Es gab auch Anthrazitkohle, die einen besseren Heizwert besitzt, doch diese war erheblich teurer! Meine Eltern kauften deshalb davon nur vergleichsweise wenige Säcke und mischten unter die Eierkohlen immer nur wenige Brocken dieses höherwertigen Brennstoffes. Deshalb stand neben dem Kohlenfüller stets eine Kiste mit Anthrazit, einem *Kohlaschäufele* darin, und ein Eimer für die Asche. Der 'Kohlenmann' musste im Übrigen mit großen Körperkräften ausgestattet gewesen sein, denn die Säcke aus derbem Kokosfasergewebe wogen stets einen Zentner - und der Mann hatte sie nicht selten ins Obergeschoss oder in die Keller der Altstadthäuser zu 'schleifen'. Um die Schultern geschlungen trugen diese Männer eine Art Latz aus dickem Rindsleder, die das Drücken der harten Kohlen auf die Schultern ein wenig erträglicher machte. Die Säcke blieben im Übrigen immer offen.

Am Rand der Öffnung waren zwei dicke aus Hanf geflochtene Haltegriffe angenäht, die das Tragen der Säcke auf dem Rücken erleichterte.
Im Hause 13 hatte der *Kohlenboxer* von der *Firma Bantleon* vergleichsweise leichte Arbeit. Bei uns musste er die Kohlen nur ebenerdig in den Holzstall schleppen und sie dort einfach auf den Boden schütten.
Die Briketts blieben entweder dort auf dem Boden des Holzstalles liegen, oder wir Kinder stapelten sie gelegentlich zu kleinen Mäuerchen aufeinander und um den Haufen Eierkohlen herum.
Die Kohlen wurden übrigens noch bis in die Siebzigerjahre hinein von Hand in die Säcke gefüllt. Im Kupferhammer - auf der anderen Seite des Westbahnhofes - hatte der Brennstoffhändler "Bantleon" einen Lagerplatz mit Gleisanschluss. Ein Mann schaufelte die Kohlenstücke ziemlich geräuschvoll zunächst in eine Schütte aus Blech. Diese Schütte war so konstruiert, dass sie zu kippen begann, wenn ein Zentner erreicht worden war. Dann rauschte der Inhalt in den bereitgestellten Kohlensack. Der Mann kippelte die Schütte danach mehrfach auf und ab, dass auch nicht eine einzige Kohle versehentlich zurückblieb.
Dieses hässliche Geräusch des Einschaufelns, das anschließende Rauschen der Kohlen aus der Schütte und ihr trockenes Klacken, wenn die Stücke in den Sack fielen, und erst recht das mit jedem Kippen leiser werdende Scheppern, werde ich niemals vergessen können. Es ist untrennbar verbunden mit den Erinnerungen, die ich an meine spätere Zeit in der Schwärzlocher Straße habe.

Links vom Kachelofenloch ruhte - unverrückbar wie der Stein vor dem Haus - ein *Monstrum* von Herd!
Er hatte, wie damals üblich, oben eine gusseiserne Platte,

wo man Pfannen und Töpfe erhitzen konnte. Es gab dort außerdem zwei runde Öffnungen, in die man mehrere Ringe aus konzentrischen Eisenringen einlegen oder eben herausnehmen konnte. In das so entstehende unterschiedlich große Loch setzte man die Töpfe ein, die unten so geformt waren, dass sie genau in diese Öffnung passten und so dem Feuer darunter direkt ausgesetzt waren. Die erforderliche Hitze konnte praktisch nicht reguliert werden, sodass die Köchin sehr aufmerksam zu Werke gehen musste, sollte nichts anbrennen oder überkochen. Der entsprechende Brandgeruch stand in solchen Fällen tagelang im ganzen Haus, denn eine moderne Abzugshaube gab es selbstverständlich nicht.

Der Herd besaß außerdem eine Backröhre und ein *Schiffchen*.

Dieses Schiffchen war nichts anderes, als ein tiefer, eckiger Topf aus Kupfer mit zwei angenieteten Messinghandgriffen und einem Deckel. Diesen Kessel konnte man von oben in eine entsprechende Vertiefung einsetzen, die sich auf der linken Seite der Ofenplatte befand. Auf diese Weise konnte eine größere Menge Wasser erhitzt werden, wenn man zum Beispiel baden oder Wäsche waschen wollte. Vorne am Herd gab es eine dicke Stange aus verchromtem Stahl. Hier konnte man die Kohlenzange, den Schürhaken, den Griff zum Herausnehmen der Eisenringe oder sonstige Küchengeräte anhängen. Gleichzeitig verhinderte die Stange, dass man während des Kochens dem heißen Ofen zu nahe treten und sich den Bauch verbrennen konnte...

Das Ofenrohr, das natürlich auch zum Herd gehörte, war mit `Silberbronze´ angestrichen. Das tat man gelegentlich, damit alles ordentlich ausgesehen hat. Die Rippen bei den Bögen allerdings waren ein Sch...

Links neben dem Herd befand sich der Schüttstein - ein Vorläufer der heutigen Spültische. Dabei handelt es sich um eine Art tiefes Waschbecken mit angesetzter Abtropffläche - aus einem Stück in Form gegossenen *Terrazzo,* also einer besonderen Art von Kunststein mit farbigen Zuschlagstoffen. Eigentlich sehr feiner Beton mit geschliffener Oberfläche, gerade so, wie es ihn auch heute noch als Fußbodenbelag zu haben gibt.
Am Boden des Beckens, das normalerweise auf einem Tischchen stand, gab es ein Ausgusssieb aus zwei gelochten Kupferblechscheiben. Diese konnten gegeneinander verdreht werden, sodass man das Wasser langsam oder schneller ablaufen lassen konnte. Dadurch ist es außerdem möglich gewesen, zu verhindern, dass etwa kleine Dinge wie Bohnenkerne, Erbsen oder abgerissene Knöpfe nach dem Waschen ins Abflussrohr geraten konnten.
War der kupferne Ausguss nach längerer Benützung dunkelbraun angelaufen, so reinigte Mutter ihn mit SIDOLIN - Milch und feiner Stahlwolle, bis er wieder glänzte wie Rotgold!
Die Fugen des Beckens bestanden aus Kitt, der im Laufe der Zeit rissig und undicht wurde, der schlecht sauber zu halten, und der deshalb ganz bestimmt nicht hygienisch zu nennen war.
Hier wurde natürlich nicht nur Gemüse geputzt und gewaschen! Hier drin wusch man die kleine Wäsche, hier putzte man die Schuhe, hier hinein schüttete man das Putzwasser.
Über diesem Becken putzte man sich mit Kaltwasser die Zähne, kämmte sich das Haar, wusch man sich das Gesicht und auch die Haare, aus denen man anschließend mit Wasser – gemischt mit heißem Wasser aus dem Schiffchen und versetzt mit einem Schuss Essig - den

Shampooschaum heraus spülte. Es gebe dem Haar einen schöneren Glanz, hieß es...

Für uns Kinder gab es einen kleinen Schemel, auf den man stehen konnte, um an den Wasserhahn heran- reichen zu können. Hatte man sich zuvor noch mit kaltem Wasser aus der Leitung begnügen müssen, so hatte Vater schließlich einen mit Gas betriebenen Durchlauferhitzer einbauen lassen. Für uns alle eine angenehme und nützliche Einrichtung.

Das Leitungsrohr hatte man - wie allgemein üblich - mit Rohrschellen vor der Wand installiert. Es war mit Ölfarbe gestrichen und diente nebenbei zum Aufhängen des Waschlappens und als Ablage für das Stück Kernseife, die die ganze Familie zur Körperpflege benutzte!

Auch die Wände im Bereich des Schüttsteines waren mit Ölfarbe gestrichen, die man von Zeit zu Zeit abwischen konnte.

Linker Hand der Spüle befand sich das Küchenfenster. Es war nach Norden ausgerichtet und, genau wie alle anderen, mit Sprossen versehen. Von hier aus konnte man in den Hof blicken, der sich zwischen meinem Elternhaus und der Rückseite der Häuser bildete, die zur Kornhausstraße zählen.

In diesem Hof stapelte sich eine erkleckliche Zahl gepresster Kohlenblöcke, die man in der Bäckerei Renz zum Betreiben ihres Backofens brauchte. Sie waren bestimmt sechsmal so groß, wie ein normales Brikett.

Später ließ Herr Rees, der Bäckermeister, in diesem Hof einen großen Öltank zusammenschweißen, nachdem er einen neuen Backofen in seinen Betrieb hatte einbauen lassen. Die kurzen abgebrannten Schweißdrahtreste wurden von Vetter Eugen und Paul aufgesammelt. Sie fanden Verwendung als Achsen in ihren MÄRKLIN - Baukästen!

Überhaupt bot der Blick aus diesem Fenster stets Abwechslung! Zum einen reichte der Blick bis zur Hausecke des „LÖWEN". Dort konnte man die Leute vorbeigehen sehen. Dabei liegt die Betonung auf „gehen", denn die Hektik von heute gab es damals noch nicht. Zum anderen tat sich im Hof selbst immer irgendetwas. Mal schraubte Walter, Geselle in der Bäckerei Renz, in seiner Freizeit an der NSU - Maschine herum, ein andermal wusch Martin Rees selbst seinen DKW im Hof.

In späteren Jahren wurde sogar eine Garage an das Eckhaus zur Kornhausstraße gebaut.
Gelegentlich flog ein Ball über den Bretterzaun! Die Rathausgasse wurde nämlich fast immer auch als Spielplatz genutzt – und das nicht nur von Kindern!
Dann kletterte ein besonders mutiger Bursche über den mannshohen Zaun, um die kostbare `Pille´ wieder herauszuholen. Mut musste man dazu schon haben, denn der Bäcker sah dieses Eindringen in seinen Hof überhaupt nicht gerne.

Oben: 'Vereinigte Hüttenwerke' der Bäckerei Renz

Rathausgasse 13, hinter dem Fenster ganz rechts im Obergeschoss lag mein Kinderzimmer

Und nicht zum ersten Mal hätte er mit einem Messer diesen Fußball zerstochen, sollte der nicht ohnehin schon an den Spitzen des Stacheldrahtes kaputt gegangen sein, den Martin Rees zur Abschreckung auf die obere Abdecklatte des Zaunes genagelt hatte.

Der Verlust seines Balles traf den jeweiligen Eigentümer dann hart, denn nicht jeder Junge hatte damals einen – weder einen aus Kunststoff und schon gar nicht einen aus Leder! Konnte doch jemand solch einen Schatz sein eigen nennen, so wussten die meisten Kinder, um wen es sich dabei handelt! Und derjenige bestimmte natürlich und ganz selbstverständlich, wer damit spielen durfte und wer nicht! Heute kennt man bestenfalls das Kind, das *keinen* Ball besitzt!

Einmal flog ein schwarz-weißer Plastikfußball so weit neben das Ziel, dass er auf dem Dach der Bäckerei landete und dort hinter dem Schneefanggitter liegen blieb. Er hat dort viele Jahre lang gelegen, obwohl es für Martin Rees ein Leichtes gewesen wäre, ihn vom Fenster einer Dachgaube aus herunterzuholen.

Manchmal fuhr von der Kornhausstraße aus der "SCHWABENBRÄU"-Laster in die untere Rathausgasse ein.
Der Fahrer des Bierautos klappte den seitlichen Schlag der Pritsche herunter. Dort standen in Reih und Glied die runden Eichenfässer mit dem begehrten Gerstensaft. Die Laster der Brauereien "Wulle", "Stuttgarter Hofbräu", "Dinkelacker", "Haigerlocher Schlossbräu" oder "Sigel" (*"Sigelbier ist unerreicht – zwei gesoffen drei gesaicht"*) belieferten die übrigen `Boiza´ der Altstadt. "Ulmer Goldochsen", "Alpirsbacher Klosterbräu","Plochinger Waldhornbräu"

Der Bierkutscher musste ein kräftiger Kerl sein. Er kippte zuerst mehrere Fässer auf die Seite, stieg wieder herab von der Ladepritsche und packte mit beiden Händen die Ränder eines Fasses, um es bis an die Kante der Ladefläche zu gautschen. Dann lies er die Fässer – ohne sie loszulassen - eines nach dem anderen- auf ein Prallpolster aus äußerst robustem Leder fallen. Das dumpfe `Pftttt´ des Aufschlagens habe ich sofort wieder im Ohr. Und auch das Rollen des Fasses über die wenigen Meter Pflasterfläche zum Kellerloch.
In der Wand, nahe der Hausecke (dort befindet sich noch heute ein Schaukasten mit Bildern und Plakaten der Filme, die in dem oberen Saal als nächste gezeigt werden sollten), befand sich eine Lukentüre mit einem Schacht davor. Klappte man den schweren Stahlblechdeckel zur Seite, dann kam dort ein Schrägaufzug zum Vorschein, der einen an zwei schweren Ketten aufgehängten und auf Schienen geführten Schlitten besaß.

In dessen sichelförmige Arme ließ der Bierkutscher das erste Fass einrollen. Dann gab er seinem Gehilfen unten im Keller (meist war es der Wirt) ein Zeichen, damit er den Schlitten ein Stück nach unten fuhr, stellte das zweite Fass aufrecht auf das erste und legte dann das dritte wiederum auf das zweite obenauf. Dann verschwand die Fracht nach unten in den tiefen Keller des „Löwen". Auf dem gleichen Weg Dann verschwand die Fracht nach unten in den tiefen Keller des „Löwen". Auf dem gleichen Weg in umgekehrter Richtung wurden die leergetrunkenen Bierfässer heraufgeschafft. Doch selbst die leeren Fässer wiesen noch ein beträchtliches Gewicht auf, bestanden sie doch allesamt aus Eichenholz. Sie mussten von Hand auf die Ladefläche gehoben werden.

Ohne es zu wissen, glaube ich, sagen zu können, dass jedes Fass mindestens fünfzig Liter Bier enthalten hat. Erst Jahre Später wurden Fässer aus Aluminium eingeführt.

Nicht viel leichter als die Bierfässer dürften auch die meterlangen Stangen aus Eis gewesen sein, die man ebenfalls mit dem Aufzug nach unten geschafft hat. Man brauchte sie, um das Bier zu kühlen, denn einen hochtechnischen Kühlraum - wie heute längst üblich - gab es im Löwen nicht. Das Eis lag - mit einem schweren braunen Tuch abgedeckt – während der Lieferfahrt auf der Pritsche des `Bierautos´. Die Spur des Schmelzwassers gehörte ebenso zu ihm, wie der schwarzblaue Dieselqualm des Büsing-Lasters.

Das Ruckeln des Schlittens, das Quietschen der Rollen, das Aufschlagen der Fässer auf der Pritsche des Lasters und das Hin-und-her-Geruckel der Fässer darauf werde ich nie vergessen – und auch nicht den lauten Knall, wenn die schwere Platte aus Stahl über dem Kellerschacht zugefallen ist.

Nicht jeder Bierkeller konnte auf diese Art und Weise bestückt werden: Das Gewölbe unter dem „Fässle" der Frau Kost in der Marktgasse besaß keinen Aufzug. Dort musste der Lieferant das volle, auf die Seite gelegte und ins Genick gerollte Fass mit nach hinten gereckten Händen festhalten und es über die steile Holzstiege in das niedrige Kellergelass hinunter tragen. Ein heute kaum mehr vorzustellender 'Knochenjob' für den Mann mit der braunen Lederschürze und dem derben Nackenpolster.

Einer der vom „Löwen"- Kino angekündigten Filme trug den Titel „Eine Reise ins Glück".
Die saxofonlastige Filmmusik à la Max Greger oder Hugo Strasser ist gelegentlich noch heute im Radio zu hören.
Die jungen Damen trugen damals flache Schuhe, einen weiten Rock, der vom Petticoat mit Schaumstoffeinlage auf Distanz von den Beinen gehalten wurde, einen breiten, die Taille eng einschnürenden Gürtel und einen 'körpernah' geschnittenen Pulli mit rundem Halsausschnitt.
Die jugendlichen Liebhaber waren allesamt gut bei Stimme und hießen Freddy Quinn, Willi Hagara und Rudolf Schock. Die Deppen in den komischen Rollen wurden dargestellt von Walter Groß, Heinz Erhard, Hans Moser und Walter Giller.
Die Handlungen spielten überwiegend im damaligen Traumurlaubsland Italien – und Conny Froboess trällerte „Zwei kleine Italiener, sie träumen von Napoli, von Tina und Marina. Sie warten schon lang auf sie...."
Wenn der Film zu Ende war, quollen die Zuschauer aus den beiden Ausgängen des Löwen-Kinos der Frau Reichert und traten mit blinzelnden Augen ins helle Licht der Rathausgasse.
Es war spannend zu beobachten, wie stark sich das jewei-

lige Publikum in seiner Zusammensetzung von- einander unterschied – je nachdem, welchem Genre die einzelnen Filme angehörten.

„Machiste, der Held von Rom......" wurde vor allem von jungen Halbstarken angeschaut, die sich nach dem Filmgenuss mit geschwellter Brust erst einmal eine Reval anzündeten und nicht selten gleich mit den Kameraden ein Gerangel anzettelten.

Jerry Cotton- und *Riffifi-Reißer* hatten kaum weibliche Zuschauer, die Sissi-Filme hingegen fast ausschließlich solche. Herz-Schmerz- und Alpen-Heidekraut-Heimat-Filme wurden hauptsächlich von älteren Menschen angesehen, Zorro-Streifen nur von Halbwüchsigen, und Louis Trenker-Bergsteiger-Filme zogen nur romantisch veranlagte Albverein-Naturburschen und die ausgemachten Bergfexen der Tübinger Sektion des Deutschen Alpenvereines an.

In der Pause des überlangen Hollywoodschinkens *„Die zehn Gebote"* mit dem jungen Charlton Heston in der Hauptrolle 'vertraten' sich ergriffen die Angehörigen aller Altersstufen in der Rathausgasse die Beine.

Den Ingrid-Bergmann-Streifen *„Das Schweigen"* sahen sich nur verheiratete Paare an – in den Spätvorstellungen. Schließlich wollte man nicht von Bekannten dabei ertappt werden, wenn man sich an *den* erotischen Szenen ergötzte, für die dieser Film bekannt gewesen ist, oder in dem man sich gar Anregungen für die heimische Bettstatt holen zu können erhoffte...

Die Walt Disney-Zeichentrickfilme hatten durchweg junges Volk als Publikum, das sich nach 'The End' glücklich lachend oder flüsternd oder auch aufgeregt und übertrieben laut wie Donald Duck quäkend oder maulend, wie Goofy, auf den Heimweg machte.

Selbstverständlich übten die Filmvorführungen einen

kaum zu unterdrückenden Reiz auf uns Rathausgassenkinder aus.

Der eine der beiden Ausgänge des Vorführraumes rechts und links der Filmleinwand mündete direkt in die Rathausgasse, der andere endete – in der Reichert'schen Garage! Während die Filme liefen, blieben die Türen aus brandschutztechnischen Gründen natürlich unverschlossen. Allerdings hätte dies im Ernstfall nicht viel zu bedeuten gehabt, denn nur allzu häufig stellte Metzgermeister *Zeiher* vom Marktplatz seinen grauen Viehtransportanhänger in der Rathausgasse ab – just vor den Kinoausgangstüren mit dem angeschraubten gelben Täfelchen, das die Aufschrift trug „Ausgang bitte freihalten!" Hergestellt vom *Stempel-Binder*.

Gelegentlich beschwerten sich die Köche über den abgestellten Anhänger, weil er ihnen das Sonnenlicht für ihre Küche raubte, die sich direkt neben der bereits erwähnten Garage befunden hat, solange es die Gaststätte `Zum Löwen´ noch gab.

In der Bar "*Pigalle"*, die ein paar Jahre später in den `Löwen´- Galträumen ihren Einzug gehalten hat, wurden keine Speisen mehr angeboten. Man verlangte nach schärferen Sachen.......

Wir Kinder benutzten die *Ausgangs*türen als *Eingangs*türen und schlichen heimlich und auf Zehenspitzen durch die Flure und über die Treppen bis vor den Kino-Saal. An manchen Tagen im Sommer blieben der Wärme wegen diese Saaltüren nämlich gelegentlich einen schmalen Spaltbreit geöffnet, der immerhin breit genug war, um heimlich und unentgeltlich am Filmgeschehen teilnehmen zu können. Nur musste man dabei mucksmäuschenstill sein, denn direkt neben der Tür saß auf einem Stuhl die Platzanweiserin, die nicht nur dann höllisch aufpasste, wenn Filme `Frei ab 18 J´. gezeigt wurden...

Gab es aber Filme, die mit „Frei ab 6 J!" angekündigt waren, dann konnte es geschehen, dass *Julie Reichert*, die Tochter der Kinobesitzer, sagte:*„Wenn ihr wollt, dann könnt ihr euch heute mit `reinsetzen. `S'koscht nix."*
Charly Chaplin und Buster Keaton erweiterten auf diese Weise den Kreis ihrer Anhänger ebenso wie *Pat & Patachon, Stan Laurel & Oliver Hardy* alias *Dick & Doof.*

Links von unserem Küchenfenster stand ein schmales Sitzbänkchen mit zwei Armlehnen aus dunklem Holz. Darüber hing an der Wand eine Uhr mit einem verglasten Gehäuse, das mit einigen gedrechselten Säulchen verziert war. Ein Pendel - ein Gehänge aus Messingdrähten und mit einem Medaillon aus weißer Emaille - schwang unter einem ebenfalls weiß emaillierten Zifferblatt hin und her, auf das schwarze römische Zahlen gemalt waren. Ich fand die zwar hübsch und irgendwie geheimnisvoll. Ich konnte aber überhaupt nichts mit ihnen anfangen. Am unteren Rand des Medaillons – es trug im Übrigen verschnörkelte, in sich verschlungene Initialen, die dem Zirkel einer studentischen Verbindung ähnelten - gab es eine winzige Stellschraube, mit der man den Ausschlag der Pendelschwingung beeinflussen konnte.
Zu jeder vollen und zu jeder halben Stunde gab dieses Gebilde aus dünnem Glas, schwarz gewordenem Holz und Messing jämmerlich scheppernde Geräusche von sich, in dem ein winziges Hämmerchen mit verschlissener Filzauflage auf ein paar Metallstäbe schlug.
Die Uhr wurde von einem Federwerk angetrieben (immerhin gab es keine Gewichte mehr!), das von Zeit zu Zeit aufgezogen werden musste! Diesen Part übernahm ich, so oft ich konnte, denn mir gefiel der Schlüssel, der hinter dem gläsernen Türchen aufbewahrt wurde!

Vor dem Sitzbänkchen stand ein Tisch mit einer Besteckschublade. Die Tischplatte trug ursprünglich ein aufgeklebtes grünes Linoleumstück. Sie wurde später durch eine mit RESOPAL beschichtete Sperrholzplatte ersetzt. Der Umleimer war aus einem gelblich-weißen Plastikstreifen gefertigt, den man mit winzigen Nägelchen an die Kanten und die eigens dafür rund gesägten Ecken nagelte(!).
Auf dieser Oberfläche konnte Mutter nun den Kuchenteig direkt kneten und auswellen, ohne das Backbrett benützen zu müssen, das von Stund' an ausgedient hatte. *(Heute befestige ich darauf Aquarell-Papier-Bögen......)*
Uns beiden Jungs gegenüber an der anderen Längsseite des Tisches saß gewöhnlich Mutter auf einem Stuhl. Bärbels Platz war an der einen Stirnseite des Tisches, links von uns. Vater saß ihr gegenüber an der anderen.
Weitere Möbel gab es hier drin nicht.

Schlafzimmer der Eltern

Von der Küche aus gelangte man ins Schlafzimmer der Eltern. Es lag also über dem Holzstall, bzw. über dem Zwischengeschoss mit seiner 'Raucherecke'.
Gleich rechts neben der Türe ruhte auf einer zentimeterdicken Steinplatte der zweite Ofen unserer Wohnung. Ein Schachtofen, dessen Türchen in eine schräg angeordnete Fläche eingelassen war. Vor dem Ofen hatte man ein poliertes Blech auf die Bodenbretter genagelt, damit beim Herausscharren der Asche keine Glutstückchen den eingewachsten Bretterboden versengen oder gar in Brand stecken konnten.
Vor die nördliche Zimmerwand hatten meine Eltern den Kleiderschrank gerückt. Ihn verschlossen drei hohe Türen, wobei sich hinter der linken das Wäschefach befand.

Vor der gegenüberliegenden Wand stand das Ehebett der Eltern. Links und rechts davon gab es jeweils ein Nachtkästchen. Im Schlafzimmer gab außerdem ein *Sideboard*, das damals natürlich noch *Kommode* hieß.
Alle diese Möbel und außerdem das Küchenbüffet hatten meine Eltern bei einem verwandten Schreiner in Mähringen anfertigen lassen. Mähringen ist die Nachbargemeinde von Lehr bei Ulm, dem Geburtsort unserer Mutter.
Die Stücke waren schlicht gearbeitet, hatten aber einen gewissen Charme! Das ursprünglich fast weiße Fichtenholz hatte sich im Laufe der Jahre stark ins Honiggelbe verfärbt – es gefiel mir gut.
A propos Schlafzimmer und schlafen: Es gab im Hause Gugel einen netten Brauch: wer am Palmsonntag als letzter das Bett verließ, wurde zum `Palmesel´ ernannt. Das bezog sich auf alle Bewohner des Hauses Nr. 13...
Die Flächen bei den Türen oder den Kopf- und Fußteilen des Bettes hatten einen Rahmen und eine glatte Füllung aus Sperrholz. Am Bett befanden sich außerdem aufgeleimte Rundhölzer an den waagerechten Kanten.
Als Türgriffe hatte der Schreiner gedrehte Aluminiumstücke angeschraubt. Genau die gleichen hat er auch an die Türen und Schubfächern des Küchenbüffets montiert. In einer dieser Schubladen befanden sich das Mehl und eine hölzerne Kelle, die wie ein flacher Suppenschöpfer aussah – also wie eine Halbkugel geformt war. Mit ihr `baute´ ich Kuppeln aus Mehl. Eine neben die andere. Die anderen Laden waren mit dem gleichen abwaschbaren Wachspapier ausgelegt, mit dem Mutter auch die Regalbrettchen belegt und mit Reißwecken befestigt hatte. In diesem Büffet stand natürlich auch Mutters Kochbuch, das sie zu *Weihnachten 1948* von ihrer `sorgenden Mutter´ als Weihnachtsgeschenk bekommen hatte. *Zum gesegneten Andenken*. Leider ließ ein Wasser-

schaden im Schleifmühleweg 94 die Seiten aufquellen. Ich hatte das Buch in Ehren gehalten - auch wenn ich es im Abstellraum aufbewahrt habe. An eine Seite des Möbelaufsatzes war ein Gegenstand mit einer Kurbel und einem kleinen Schubfach angeschraubt. Auf dem Porzellan - Zylinderchen wies ein blauer Sütterlin-Schriftzug auf seine Zweckbestimmung hin: es war eine Kaffeemühle.

Rudolf Rösch:
'So kocht man in Wien'

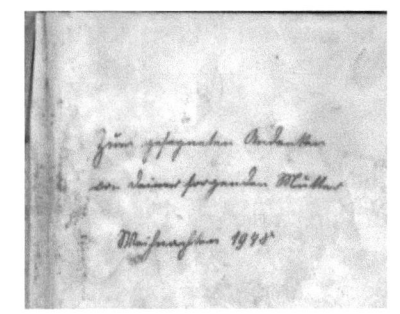

Dann gab es noch das 'Kämmerle', was nicht mehr und nicht weniger als eine Rumpelkammer gewesen ist – ein Abstellraum also.
Es lag direkt neben dem Schlafzimmer der Eltern auf der westlichen Giebelseite, war aber nur vom Flur aus zu erreichen. Hier lag allerlei nützliches und nicht mehr gebrauchtes Zeug herum.
Die Türe ist meist abgeschlossen gewesen; das Interesse an diesem öden Raum hielt sich verständlicherweise in engen Grenzen.
Das sollte sich allerdings im Laufe der Zeit ändern.

Das Klosett, die Diele und das Gewehr

Hinter der *halb gewendelten* Treppe zum Obergeschoss befand sich die Latrine.
Ein Plumpsklo klassischer Ausprägung: lang, schmal und mit einem winzigen Fensterchen über dem Abtritt versehen. Dieser ist nichts anderes gewesen als ein breites Brett mit einem runden Loch, auf das man sich setzte,

und das man mit einem passenden Deckel verschließen konnte. Der stechende Geruch nach Salmiak hat sich niemals ganz verflüchtigt.

Papier von der Rolle gab es zu Anfang nicht. Später ersetzte man die in handgerechte Formate gerissenen und auf einen in die Wand geschlagenen Nagel gespießten Zeitungsseiten durch gekauftes Toilettenpapier.

Die in einem der bereits erwähnten `Gôgenwitze´ geäußerte Befürchtung, der Hintern könnte durch diese *hinterrücks* verwendeten Seiten der „TÜBINGER CHRONIK" gescheiter werden als der Kopf war also durchaus berechtigt.

Natürlich gab es keine Heizung in diesem Séparée! Es war im Winter dort drinnen *saukalt!*

Immerhin konnte man dort ein elektrisches Licht einschalten und die Türe mit einem Haken von innen zuhalten.

Tapeten an den Wänden gab es keine; die waren stattdessen `geweißelt´, d.h. mit Kalkfarbe gestrichen. Ich trug deshalb gelegentlich weiße Abriebspuren an der Kleidung davon.

Hin und wieder denke ich noch daran, dass ich trotz der winterlichen Kälte häufig viel länger auf dem Klo sitzen geblieben bin, als es nötig gewesen wäre, denn ich hatte eine fürchterliche Angst gehabt, den bereits in den frühen Abendstunden dunkel gewordenen, unheimlichen Flur zu überqueren. Ich drehte dann das Licht aus, stieß zugleich die Klotür auf, tat die drei, vier hastigen Schritte zum Schrank hinüber, drückte mich mit dem Rücken an ihn und schob mich weiter an die Wand gelehnt bis hinüber zur Küchentür. Den Blick hatte ich dabei starr auf das schwarze, dräuende Treppenloch gerichtet, aus dem jederzeit der `Nachtgrabb´ hervorstürzen konnte, um mich aufzufressen. Oft ließ ich für den `Rückweg´ die Tür of-

fen stehen und – ‛aus Versehen´ natürlich – das Licht brennen, das die Mutter dann später ausschalten musste. Aber so konnte ich besser sehen, wenn ich den weiteren Weg zur Stubentüre lief.
Manchmal wartete ich aber auch so lange, bis mein gnädiges Mütterlein nach ihrem ängstlichen, längst überfälligen Söhnchen suchte...
Für den Fall, dass uns des Nachts ein menschliches Bedürfnis ereilte, gab es einen weiß emaillierten Nachttopf mit breitem Rand für Paul und mich. Das Ding – es sah aus wie ein umgedrehter Zylinderhut mit Henkel - wurde allerdings nicht häufig benutzt! Die Wohnzimmertür wurde nachts nämlich abgesperrt – von außen! Und auch die Küchentür wurde abgeschlossen. Wie gesagt, die Häuser waren alles andere als gegen Eindringlinge sicher (dafür uninteressant, denn es gab nichts, was sich gelohnt hätte zu stehlen.....).
Zwar lag der Schlüssel zur Wohnzimmertüre in seinem Versteck hinter dem kleinen Fensterchen zwischen Stube und Küche neben dem Kachelofen. Doch nie hätte ich mich getraut, den Flur nachts zu überqueren, wenn schon alle schliefen.
Übrigens: Der Spruch *„Jetzt gang´ i en Krätta on guck durch da Henkel....."* hatte durchaus seine Berechtigung gehabt. Als Säuglinge hatten wir drei Gugel-Kinder kein *richtiges* Bettchen gehabt. Unsere Eltern hatten uns kurzerhand in einen großen Korb aus gebleichten Weidenruten gelegt. Dieser Korb diente eigentlich dazu, in ihm die Wäsche auf die Bühne hinauf zu tragen. Dazu hatte er zwei Tragegriffe. Henkel eben...

Die dunkle Diele war ebenfalls möbliert!
Rechts vor dem ‛Kämmerle´ stand ein riesiger Schrank mit zwei hohen Türen (er verdeckte eine Türe, die direkt

ins Schlafzimmer der Eltern führte). Das Holz war rissig geworden und sein Anstrich schrundig. Schwarz gedunkelt ließ er die Düsternis des Flurs sogar noch bedrohlicher wirken.

Im Schrank selbst entdeckte ich irgendwann einmal Familie Gugels Waffenarsenal! Auf dem Boden des Kastens unter Wolldecken und den aufgehängten Mänteln verborgen lagen ein wegen seiner geringen Größe harmlos anmutendes `Spatzagwehrle´ und eine umso klobigere `Wengerterbischdol´ - samt einer Tüte mit einem kleinen Vorrat an grobkörnigem Schwarzpulver!

Mit dem zierlichen Repetiergewehr von einem *Dionisus Letzgus* soll angeblich der`Ehne´ aus Übermut Birnen von den Bäumen geschossen haben! Doch sollte eine solche Verschwendung einem *Schwaben* wirklich zuzutrauen sein? Tatsächlich waren diese `Birnen´ wohl eher schwarz gewesen, hatten Federn getragen und gelbe, Trauben naschende Schnäbel besessen..........

Die Pistole war ein grosskalibriger Vorderlader mit Schnappschloss. Der Schaft bestand aus wunderschön patiniertem Nussbaumholz. Dieses Monstrum fand an den Samstagen jeden Herbstes bei der Weinlese seine Verwendung!

Während meiner Zeit bei der Fa. Maschinen-Majer habe ich die Pistole auseinandergenommen, jedes einzelne Teil sorgfältig gereinigt und alle wieder zusammengesetzt. Seither erstrahlt sie in neuem Glanz – im Haus meines Bruders. Mein damaliger Lehrlingsmeister sah mir bei dieser Arbeit (nach Feierabend!) wohlwollend über die Schulter: Roland Sinner. Er stammte selbst aus einem alten Tübinger Wengerter-Geschlecht.

Nach jedem Auskippen eines *Butten* in eine hölzerne *Gölt,* die auf einem Karren mit großen Rädern stand, wurde in die Luft geschossen! Einmal um die (überlebenden) räuberischen Stare zu verscheuchen, das andere Mal, um dem nachbarlichen *Wengerter*kollegen zu zeigen, wie reichlich in diesem Jahr die eigene Traubenflut ausgefallen ist.

Die renovierte Treppe vom EG ins OG,
Vom Treppenabsatz geht es rechts zum `Raucherzimmer´.
Über dem erhöhten Deckenteil am oberen Bildrand stand Bärbels Bett.

Ganz rechts: der Glasverschlag, den Vater einbauen ließ. So hell wurde das Treppenhaus erst, nachdem das Haus neben uns abgerissen worden ist, und die Stadt als neue Besitzerin der Rathausgasse 13 es grundlegend hatte renovieren lassen. Die Treppe zum Obergeschoss ist bereits neu. Sie wurde von der Zimmerei Paul Schmid (`dr Schmida-Paule´) angefertigt.

Die dritte `Waffe´ war ein Zierdegen! Vater hatte ihn als Wehrpflichtiger während seiner Kommis-Zeit getragen. Auf einem alten Foto, das ihn in Uniform zusammen mit seiner Mutter zeigt, kann man diesen Degen sehen, der natürlich nicht geschliffen war. Um den Griff war kunstvoll eine sogenannte Schützenschnur in Silber geschlungen – wohl eine Auszeichnung für besondere Schießleistungen. Dabei handelte es sich um eine mit Silberfäden durchzogene, zu einem flachen Zopf geflochtene Kordel mit Reichsadler und Hakenkreuz im Wappenfeld.

Damals wusste buchstäblich jedes Kind, dass Dinge, die das Hakenkreuz trugen, verpönt, wenn nicht gar verboten waren. Der Degen ist deshalb lange Zeit für mich tabu gewesen. Nicht einmal bei meinen Freunden habe ich ihn erwähnt.
Dass dieser eigentlich harmlose Gegenstand überhaupt aufbewahrt worden ist, hat ganz sicher nichts mit der Gesinnung meiner Eltern zu tun gehabt, die ich als gänzlich unpolitisch in Erinnerung habe.

Den Degen besitze ich nicht mehr. Ich habe ihn zusammen mit dem Gewehr an meinen Neffen Olaf weitergegeben. Er ist begierig darauf, alte Familienstücke wie diese zu horten. Ich hingegen hege nicht mehr den geringsten Stolz auf solcherlei Dinge..........
Das letzte erwähnenswerte Möbelstück, das meinen Eltern gehörte, ist eine weitere Kommode gewesen, grau lackiert und mit mindestens einer Schublade ausgestattet. In dieser befand sich das Werkzeug, das gebraucht wurde, um Vaters Stiefelsohlen zu ʾnagelnʾ, nachdem es den Verschlag im Erdgeschoss ebenfalls nicht mehr gab! Dieser wenig ansehnliche Kasten stand gegenüber der Küchentür, gleich rechts, neben dem Treppenaustritt.
Als Kind machte ich mir einen Spaß daraus, mich mit den Händen jeweils am Geländer festzuhalten, mich so weit wie es irgend ging(und soweit die Kraft dazu ausreichte) nach vornüber zu beugen und die Beine dann nach vorne schwingen zu lassen, ohne die hölzernen Stufen mit den Füßen zu berühren und mit ihnen erst auf der ersten, zweiten, dritten Steinstufe zu ʾlandenʾ. Wie oft ich mir dabei die Füße verstauchte oder auf den Hintern fiel..!?

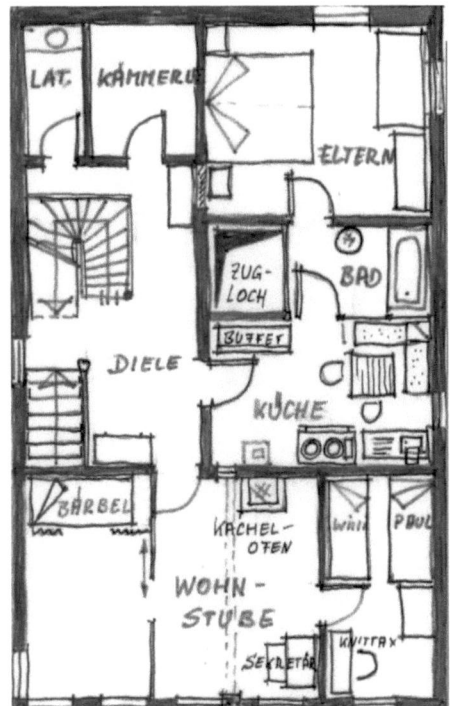

Grundriss des Obergeschoßes

Mit dem Beseitigen des Verschlages im Erdgeschoss gingen noch weitere Veränderungen einher. Zunächst wurden die Steinplatten im Eingangsbereich durch einen Betonboden mit einem leicht zu reinigenden Plattenbelag ersetzt, und die Treppe, die vom Erdgeschoss nach oben führte, wurde mit einer verglasten Holztäferwand umbaut. Die darin integrierte Glastür konnte man abschließen. Ebenso die Türe zum ehemaligen Stall (in dem schon längst kein Schwein mehr grunzte) und zur Scheuer. In diese hatte man ebenfalls einen Betonboden eingezogen und das alte hölzerne Tor durch ein modernes Kipptor ersetzt.

Innerhalb des Hauses: Die Treppe und der Glasverschlag.
Die Rathausgasse 13 (z. Zt. der Aufnahme im Eigentum der Stadt Tübingen) wurde von der Bäcker-familie Rees übernommen.
Hinter dem vergitterten Fenster über der Haustüre fand ich das ideale Versteck beim `Steckis´ spielen. Ich kletterte über die Türklinke und das Türblatt hoch und konnte sogar noch zusehen, wie der Sucher unter mir das Haus durchsuchte.......

Die wichtigste Veränderung ließ Vater in der Mitte des Hauses vornehmen! Das bisher mehr oder weniger offene und deshalb gefährliche, unheimliche und im Winter Eiseskälte ins Innere des Hauses bringende Zugloch wurde durch das Einziehen von Decken (besser: von Böden) abgeschlossen. Man brauchte die Lotteranlage schon längst nicht mehr. Das Mehl wurde in kleinen Mengen eingekauft und musste nicht mehr in großen Säcken auf die Bühnen geschafft werden, wie all die Jahre zuvor. Das Kornfeld im Ammertal - unweit der *Kiliansbrücke* unterhalb *Schwärzlochs* gelegen - hatte man aufgegeben.

In die beiden übereinander liegenden Räumchen wurden zwei Toiletten eingebaut. Mit Wasserspülung! Das eine Klo für meine Familie, das andere für Tante Anna und ihre Kinder. Dieses Klo wurde auch von der Tante Liesel und Onkel Willi benutzt. Die Plumpsklos hatten endlich ausgedient.

Das `Kämmerle´ wurde ausgeräumt, modernisiert und darin ein Zimmer für Annas ältesten Sohn Hermann eingerichtet. Ein Elektroöfchen heizte im Winter den kleinen Raum.

Das Wichtigste überhaupt jedoch war der Einbau unseres Badezimmers gewesen!

Vater ließ einen Teil der großen Küche durch eine mit Holz verschalte und mit Oberlichtern versehene Wand abtrennen. Das so entstandene Räumchen lag nun zwischen der Küche und dem Schlafzimmer meiner Eltern. Die übrigen Wände wurden gekachelt und eine Wanne eingebaut. Ein Badeofen, ein hohes, rundes Ungetüm, lieferte etwa hundert Liter heißes Wasser, wenn man ihn zuvor mit Holz und Kohlen befeuerte. Das Rauchrohr führte man in den Schornstein im Schlafzimmer. Aus heutiger Sicht mag das alles recht primitiv anmuten. Aber es bedeutete gegenüber *dem Vorher* eine deutliche Verbesserung der Lebensum- stände.

Bisher hatte man inmitten der Küche einen hölzernen Backtrog auf zwei Stühle gestellt, heißes Wasser aus dem Schiffchen des Herdes hinein geschüttet und die beiden Bübchen Paul und Willi ins Badewasser `hineingelupft´!

Frau Kost, die Wirtin des Gasthauses *"Zum Fässle"* in der Marktgasse modernisierte damals ihren Gastraum. Vater übernahm gerne die ausgediente Eckbank des Stammtisches und ließ sie in unserer Küche einpassen.

Das alte Bänkle, auf dem bisher Paul und ich gesessen hatten, wurde ins Esslingslohhäusle geschafft.

Das war unser Weinberghüttchen. Man konnte sich von nun an sogar hinsetzen, wenn man während der Arbeit einmal vom Regen überrascht wurde und im `Häusle´ hatte Zuflucht finden können. Das ist nicht eben selten vorgekommen, denn die vielen Arbeiten ließen es nicht zu, dass man sich nur bei schönem Wetter dort draußen aufhielt.

Als Kind genoss ich solche Regengüsse sogar recht gerne, denn dann hatte Mutter Zeit für mich und wir führten bei diesen Gelegenheiten die so wichtigen `ernsten Gespräche´ von Mutter zu Sohn...

Außerdem sog ich – aus dem Fensterchen über dem Josuah-und- Kaleb-Stein hinausblickend - liebend gerne den Odem der regennassen Luft durch die Nase, wenn es aufgehört hatte zu regnen, und die Feuchte des Grases und des frisch geharkten Bodens aufstieg, um sich mit dem Duft der blühenden Kletterrosen zu einem unnachahmlichen natürlichen Parfüm zu verbinden.

Diesen Ausblick hatten vorher nur die Hühner.
Bärbel, Paul und Eugen schauen fröhlich in eine
verheißungsfrohe Zukunft.
Aber: „Freibier ist ausverkauft...."

Der Anbruch einer besseren Zeit

Unsere Familie

Im Haushalt gab es etliche Erleichterungen. Handelsvertreter klingelten an der Haustüre und boten Staubsauger, Rührmixer, Küchen-, Kaffee- und Nähmaschinen, Kühlschränke, Radios und Fernsehgeräte an. Der Antennenwald auf den Dächern der Stadt begann zu sprießen!

Man trank zumindest an Sylvester einmal eine Flasche Sekt! Man gönnte sich gelegentlich ein Fläschchen Weißwein: *Liebfrauenmilch, Gröver Nacktarsch* oder den roten `Zwölf Apostel-Wein´ aus dem *Weinhaus Schmid* in der Jakobsgasse.
Tante Liesel bereitete aus Kondensmilch(!) und dem "*Lorsata*-Pulver" von Dr. Oetker im Frostfach ihres neuen Kühlschrankes das erste selbst gemachte Speiseeis zu! Man bedeckte zum ersten Male die beim Bäcker gekauften Biskuit-Kuchenböden mit Bananenhälften und Ananasscheiben. Zum ersten Male wurden Champignons in Dosen angeboten, und in den besseren Restaurants

servierte man eine ganz besondere Kartoffeldelikatesse aus Belgien : Pommes frites!

.......und man fand die Zeit, sich sonntags im ehemaligen Hühnerhaus zu treffen, das Onkel Willi in ein Gartenhäuschen mit Laube umgebaut hat, um gemeinsam echten Jakobs Bohnenkaffee zu trinken, oder ONKO oder MAXWELLS; den "LINDES" Kaffee-Ersatz-*Muggefugg* aus Zichorien oder die Zwerglein liefernde QUIETA-Plörre gab es nun nicht mehr!

Ein paar Jahre nach der vorhergehenden Aufnahme zeigt sich die Familie Gugel wieder im Burgholz zwischen den Sträuchern in Tante Liesels Garten

Das Kaffeewasser schöpften wir Kinder in Milchkannen direkt aus der Quelle des Bächleins, das im *Hellerloch* bzw. im *Helmling* entspringt - einem traulichen Tal auf der Ammertalseite des Spitzberges unterhalb des Bismarckturmes. Onkel Willi nahm es des Öfteren auf sich, mit der kleinen Schar aus Neffen und Nichten an so manchem Sonntagmorgen einen Spaziergang bis zum Schützenhaus unterhalb des "Burgholzes" zu unternehmen – dem anderen Burgholz allerdings. Diesen Namen trägt bis zum heutigen Tag das Gelände bei den Kasernen an der Reutlinger Straße, die dort zu den Härdten-Gemeinden (Kusterdingen, Wankheim, Jettenburg) den Hang hinauf führt. Gelegentlich unternahm man Familienausflüge zum *"Schwärzlocher Hof "*- oder mit den Bekannten der Eltern vom Verein oder von Vaters Jahrgängern.

Man beachte die eigenwillige Schaukelkonstruktion...

Onkel Willi mit seinen Neffen Willi und Paul in der Gartenwirtschaft beim Schützenhaus.

Dort gab es für uns Kinder Butterbrote mit Honig und *Bluna,* Orangenlimonade, nachdem wir uns ausgiebig die Schimpansen in ihrem Käfig und die Rad schlagenden Pfauen angesehen hatten.
Die Eltern saßen mit ihren Freunden oder den Verwandten oft mehrere Stunden bei Wein, Bier und Most beieinander.
Dies ist für uns Kinder meist eher langweilig gewesen. Deshalb erkundeten wir die nähere Umgebung *"Schwärzlochs",* und häufig taten wir dies in Grüppchen, zu denen auch Kinder aus anderen Familien zählten. Es waren Kinder aus der Nachbarschaft, aus dem Bekanntenkreis unserer Eltern, aus dem Liederkranz oder Schulkameraden. Unsere Ausflüge unternahmen wir zum *"Ammerhof "*oder auf die Höhe des *Spitzberges* hinauf und zum *Bismarckturm.* Über den *Helmling* und das *Hellerloch* wanderten wir am Waldrand entlang zurück unter die Schatten spendenden Kastanien und Linden *"Schwärzlochs".* Wir spielten `Verstecken´ oder `Fangen´, umrundeten dabei mehrmals die Gartenwirtschaft und liefen unzählige Male die lange Treppe auf der Ostseite des *"Schwärzlocher Hofes"* hinauf und hinunter. Völlig ausgepumpt und erschöpft ließ sich ein Kind nach dem anderen auf seinen Gartenstuhl sinken und erhielt

prompt eine Flasche *Bluna-, Libella-* oder *Sinalco-*Limonade. Die Mutter meines späteren Freundes und Klassenkameraden Gerhard bediente damals die Gäste. Er ist dabei gewesen, wenn wir Kinder auf der Straße zur *Kiliansbrücke* hinunter rannten, denn unter ihren Bögen forderten die mit Steinplatten befestigten Böschungen uns Jungs geradezu heraus, Anlauf zu nehmen und über die Ammer zu springen! Das Bemühen, trocken zu bleiben, war nicht immer von Erfolg gekrönt...
Heute ist die Brücke in einem beklagenswerten Zustand: Die Schrift ist verwittert, die vorspringenden Pfeiler haben tiefe Risse bekommen und das eindringende Regenwasser hat bereits lange Tropfsteine gebildet, die wie der weiße Bart eines Greises unter den Bögen einer Brücke sprießen, deren verkommenes Äußere den Blick auf die schöne Gestalt ebenso verstellt, wie der Wildwuchs des wuchernden Gestrüpps auf beiden Seiten. Nur die beiden mächtigen Laubbäume auf der Südseite weisen von Weitem darauf hin, dass an dieser Stelle ein Weg über die munter fließende Ammer führt.

FÜHRT DICH DER WEG
ÜBER DIE KILIANSBRÜCK
HALT AN = SCHAU NOCH EINMAL ZURÜCK
WIE AUCH DEIN LEBENSWEG VERLIEF,
OB ER KRUMM WAR ODER SCHIEF.
HAST DU NIE SORGE, SCHMERZ UND LEID,
EIN HERZ VOLL LIEB OHN' HASS UND NEID,
HILFREICH DEM NÄCHSTEN ZU JEDER STUND,
GETREU VERWALTET AUCH DEIN PFUND,
SO DANKE GOTT FÜR SOLCHE GNAD,
WEICH JA NICHT AB VON DIESEM PFAD.
GEH ALSDANN WEITER IN DEINEM GLÜCK,
SCHAUE VORWÄRTS, NICHT ZURÜCK

Während die anderen Jungs den Sprung immer und immer wieder wagten, las ich den Spruch so oft, bis ich ihn auswendig hersagen konnte; er ist in die Brüstung eingemeißelt und ziert noch heute die Brücke.

Vor dem Fenster des umgebauten `Hennaschtall´ im Burgholz hatte Tante Liesel einen blühenden Blumengarten angelegt.
Von links nach rechts: Tante Marie, Mutter, Hermann, Vater Tante Liesel, Onkel Willi, Gretel,
Vorne: Willi, Bärbel, Paul

Sonntagsspaziergänge gehörten während meiner Kinderzeit zum völlig normalen Leben. Die Familien begegneten sich auf den Gehwegen oder auf den Sträßchen der näheren Umgegend. Neben "*Schwärzloch*" sind – wie noch heute– der *Steinenberg-Turm*, der *Österberg* und die "*Rosenau*" beliebte Ausflugsziele gewesen.
Natürlich ging man zu Fuß dort hin, und es wurde angehalten, um mit den Menschen zu reden, die man unter-

wegs getroffen hat. Es gab kein Telefon; und wenn man sich nicht in einem Verein zusammenfand, dann konnte es geschehen, dass die Leute wochenlang nichts voneinander gehört haben. Der Freundeskreis und die Verwandtschaft besuchten sich gegenseitig Zuhause. Und man traf sich gelegentlich auf dem Friedhof.
Der Besuch des Grabes meiner Tübinger Großeltern erfolgte im Vergleich zu heute nicht selten.

An den Sterbetagen und an den Geburtstagen von Karoline und Josef Gugel fand man sich am Grab auf dem Tübinger Stadtfriedhof ein. Der Ehne hatte für seine Frau im oberen Abschluss ihres Grabsteines eine Weintraube kunstvoll in den weißen Marmor einhauen lassen, als sie im Januar 1941 des Jahres gestorben ist.
Meine Eltern schmückten das Grab häufig mit den Blumen aus dem *Esslingslo*. Pfingstrosen, `Sterne´(Narzissen), die in den Gräben zwischen Traubenstöcken und verstreut zwischen Beerensträuchern erblühten, auch Astern und Gladiolen stellte man in die mitgebrachten Gläser, die als Vasen dienen mussten.
Dicke Sträuße weißer Schneeballzweige zierten ebenso oft die Grabstätte, wie die Fliedergebinde aus Tante Liesels Burgholz. Auch Tante Anna steuerte mit selbst gezogenen Blumen aus dem Feld im *Aischbach* zum Grabschmuck ihrer Schwiegerelten bei. Am Totengedenktag trafen sich praktisch alle Familien auf dem Friedhof, um der Rede des Pfarrers zu lauschen.
An den Heimweg von "Schwärzloch" , vorbei an den Wiesen und den mit Obstbäumen gesäumten Weg, bis zum Hohlweg am Ende der *Schwärzlocher Straße* erinnere ich mich noch sehr gut.
Es gab in dieser Straße zur damaligen Zeit so gut wie keine Häuser! Hans Kreuls Wohnhaus, seine kleine Instrumentenfabrik und die Gebäude der Weinhandlung

Waiblinger bildeten die einzige Bebauung des westlichen Teiles der *Schwärzlocher Straße*. Erst mit dem modernen Bungalow der Zanker-Schwester Themann, der alten Backsteinvilla am oberen Ende des `Zankerbuckels´ und dem neuen Fabrikantenluxuswohnhauses mit Schwimmbad im Garten begann die eigentliche Wohnhausbebauung in Richtung Stadt. Eine Straßenbeleuchtung fand sich überhaupt nicht, so- dass die gesamte Strecke zwischen "*Schwärzloch*" und *Haagtorplatz* in der Dunkelheit zurückgelegt werden musste - zu Fuß natürlich.

Dann starb Mutter!
In der Nacht vom 6. Auf den 7. August 1962.
Sie hat nur 47 Jahre, drei Monate und drei Tage lang leben dürfen

3.) D´Liesel, dr Willi, d´Anna ond´s Moschtobst

Wollte man im Haus 13 vom ersten in den nächsthöher gelegenen Stock gelangen, so musste man die Treppe hinauf steigen, hinter der sich das bereits erwähnte Klo befand.
Bei der Stiege handelte es sich übrigens um eine „gestemmte" Treppe, das heißt, sie war nicht nur mit Trittstufen ausgestattet, sondern besaß außerdem noch sog. „Stellbretter." Diese verhinderten einerseits, dass man zwischen den Stufen hindurch blicken konnte, andererseits wurde so ein kleiner, nicht definierbarer Raum unter der Treppe geschaffen, wo, hinter einem Vorhängchen verborgen, der „Kuttereimer" Platz fand.
Tante Liesel nannte diesen Müllkübel mit dem patentierten Bügel `Viktor´, warum auch immer! (Heute weiß ich: der Hersteller hieß so. Mit *Viktorbauer* (hier Bauer = Fuhrmann) bezeichnete man damals den Müllkutscher...) Unter `Kutter´ verstanden wir alles, was in den *Viktor* hinein geschüttet wurde, nämlich der gesamte Müll! Asche, Küchenabfälle, Papier, zerdeppertes Glas, erschlagene Kätzchen, abgebrochene Zwerge – eigentlich alles, was angefallen ist - selbstverständlich noch unsortiert und ohne Müllbeutel! Entsprechend hat es um den Eimer herum gerochen......... Allerdings wurden die Mülltonnen alle zwei Tage gelehrt. Die Männer schütteten die schweren Kübel von Hand in die Mulde des Müllautos. Eine Knochenarbeit! Gestank und Aschestaub sind oft schier unerträglich gewesen.
Die Trittstufen unserer Stiege waren ausgetreten und die Kanten vom jahrelangen Spänen mit Stahlwolle abgerundet und abgenutzt. Es knarrte und ächzte bei jedem Tritt. Eigentlich knarrte und ächzte es den ganzen Tag über

irgendwo, denn über unseren Köpfen wohnten Tante Anna mit ihrer Tochter Erika und den beiden Söhnen Hermann und Eugen. Außerdem lebten auf der gleichen Etage noch Tante Liesel und Onkel Willi, sodass fast immer irgendwer unterwegs gewesen ist – vor allem an den Sonntagen und nach Feierabend.

Tante Anna

Tante Anna war Vaters Schwägerin, die Frau seines Bruders. Anna stammte aus Tübingen. Sie hatte in einem Hinterhaus der Belthlestraße gewohnt, gegenüber der Häuserzeile am *Zwingel,* die direkt auf der mittelalterlichen Stadtmauer errichtet worden waren. Nach dem Tod ihres Mannes zog sie mit ihren drei Kindern in der Rathausgasse 13 ein.
Anna hatte ein schweres Los zu meistern gehabt!
Sie wohnte zwar mit uns im gleichen Haus, wir begegneten uns täglich und wir redeten miteinander, aber ich hatte keine besonders innige Beziehung zu ihr. Tante Anna hatte gleich mehrere Putzstellen annehmen müssen, um ihren Lebensunterhalt zu verdienen und ich weiß, dass es ihr schwergefallen ist, den monatlichen Mietzins von vierzig Mark aufzubringen und an meine Eltern zu bezahlen. Ihre Witwenrente kann nur sehr gering gewesen sein, denn in den Fünfzigern des vergangenen Jahrhunderts dürfte Anna wohl gerade einmal gute vierzig Jahre alt gewesen sein; ihr Mann war bereits seit 1945 tot! Gewiss war der Rentenanspruch nicht hoch, denn die Einzahldauer konnte ja keine lange gewesen sein!
Eugen hatte das Maurerhandwerk gelernt und hätte eines Tages Ehnes Baugeschäft übernehmen sollen!
Vermutlich wären die wirtschaftlichen Aussichten seiner Familie wesentlich bessere gewesen, als sie es nach sei-

nem Tod für die nun alleine mit ihren drei kleinen Kindern dastehende Anna der Fall gewesen ist. Ihr erster Sohn Hermann (er ist 1937 auf die Welt gekommen) hat seinen Vater also bereits im Alter von acht Jahren verloren. Der zweite Sohn Eugen wurde gar erst im Todesjahr seines Vaters geboren........

Ich vermute, dass mit der Trauer über den Tod ihres Mannes noch eine große Enttäuschung über die ihr vom Schicksal entrissene Chance auf ein besseres Leben einherging. Vielleicht hat sie unsere Familie deshalb beneidet – ich weiß es nicht. Allerdings nicht bezogen auf den Lebensstandard! Dieser unterschied sich kaum von dem ihrigen. Sondern bezogen auf die Umstände, in denen *wir* leben konnten und auf die Zukunftsaussichten meiner Familie. Von dem bevorstehenden Wirtschaftswunder konnte damals allerdings noch keiner auch nur ansatzweise träumen!

Es ist auch meinen Eltern nicht leicht gefallen, die Rentenbeiträge aufzubringen. Ich weiß mich noch ganz gut an die Seufzer zu erinnern, die Mutter ausgestoßen hat, wenn spät am Abend sich die schweren Schritte und der pfeifende Atem der alten Dame vernehmen ließen, als diese unsere Treppe heraufstieg, um den monatlichen Beitrag persönlich bei ihren Versicherten einzuziehen hatte.

„Jetzt kommt dui Naachteil' scho' wieder!"

Das klang ungemütlicher als es gemeint war, denn die alte von Asthma geplagte Dame wurde stets auf ein Schwätzchen in unsere Küche hereingebeten. Sie ging erst wieder, nach dem sie ihr Glas Most ausgetrunken und den Geldbetrag in bar kassiert hatte. Sie hätte in der damaligen Zeit wegen des Geldes in ihrer Tasche ein leichtes Opfer für einen Räuber werden können, doch der resoluten Frau grauste es offensichtlich vor gar nichts. Vielleicht diente ihr jene Alte als Vorbild, die nächtens den Angriff eines irregeleiteten Lüstlings mit den Worten abgewehrt hatte: *„Dua mer jô nix - leucht' mir zeerscht ins G'sicht!"* Erschrocken über den Anblick soll der Mann die Flucht ergriffen haben....

Tante Annas Wohnung lag auf der der Rathausgasse zugewandten Seite unseres Hauses. Dazu gehörte eine Stube, also das Wohnzimmer, auf der Süd-Ost-Ecke und ein Schlafzimmer – für die zwei Buben auf der gegenüberliegenden Seite. Anna schlief mit Erika in einem(!) Bett im Wohnzimmer - unter einem der unsäglichen Lindberg-Schutzengelbilder.

Außerdem gab es noch eine Küche mit einer Essecke. Hier wurde gekocht, gegessen und sich gewaschen ,wie bei uns auch! Ein Bad gab´s nicht für Tante Anna......

Ein Fest in Tante Annas Stube.
Hinten: Fritz, Gretel, Tante Liesel, Bärbel, Tante Anna.
Vorne: in der Mitte Mutter, Vater und Onkel Willi

Das Klosett befand sich (später) genau über dem des Obergeschosses. Es wurde auch von Tante Liesel und Onkel Willi benutzt.
Bei diesen beiden hatte man sich angewöhnt, die Namen wegzulassen. Alle nannten sie nur `Tante´ und `Onkel ´,und alle wussten, wer damit gemeint war!

Die `Tante´ und ihre Wohnung

`Tante´ und `Onkel´ bewohnten zwei Räume.
Die Küche der beiden hatte die eine Wand mit der Küche Tante Annas gemeinsam. Allerdings war sie im vorderen, also dem Flur zugewandten Teil deutlich schmäler, d.h., wenn man sie von der Diele aus betrat, hatte sie nur wenig mehr Breite, als die Türe selbst, denn direkt daneben verbarg sich, hinter Brettern verborgen, das Zugloch!
Dies war nichts Anderes als ein Schacht,
der von der Scheune im Erdgeschoss bis hoch unter das

Dach reichte. Dort oben hing von einem Balken herunter eine Seilrolle mit einem dicken, darüber gelegten Tau, also eine so genannte `Lotteranlage´. Damit konnte man alles Mögliche auf die Bühne schaffen, ohne dazu die unbequeme Treppe benützen zu müssen.
Hinter diesem mit Brettern vernagelten Schacht entstand eine Nische in Tante Liesels Küche. In dieser Nische befand sich eine - Badewanne! Die einzige, die ich kannte! In allen Häusern, in die ich als Kind Gelegenheit hatte hineinzukommen, gab es so etwas nicht! Man wusch sich von Kopf bis Fuß in der Küche –gebadet oder geduscht wurde nicht. Höchstens als Kind; und ins Uhlandbad ging man bestenfalls zum Schwimmen.
Ich erinnere mich noch gut an die Worte "WANNENBÄDER" und "VOLKSBAD" , die ich bei solchen Gelegenheiten auf einem Täfelchen geschrieben sah. Ich wusste damit lange Zeit nichts anzufangen....
Bevor das Badezimmer Allgemeingut wurde (ich denke, es war tatsächlich erst in den Fünfziger Jahren), dienten Waschtische und –schüsseln der körperlichen Reinhaltung. Davor ist die Körperpflege wohl eher eine Nebensache gewesen - war man von fließend warmem Wasser doch noch `meilenweit´ entfernt.

Abgetrennt von der Küche war *Tantes* Badewanne durch einen Vorhang aus ACELLA, einer lichtdurchlässigen Plastikfolie, die Onkel Willi in seinem Geschäft in der Marktgasse verkaufte. Warmes Wasser kam aus einem Badeofen. Er stand auf der rechten Seite der Küche und war über ein langes waagrechtes Fuchsrohr an den gleichenSchornstein angeschlossen, der auch den Rauch des Schlafzimmerofens meiner Eltern aufnahm.

Ich habe den genauen Grundriss des 2. Obergeschosses nicht mehr im Gedächtnis behalten können

Immerhin: Allzu große Abweichungen dürfte es nicht geben

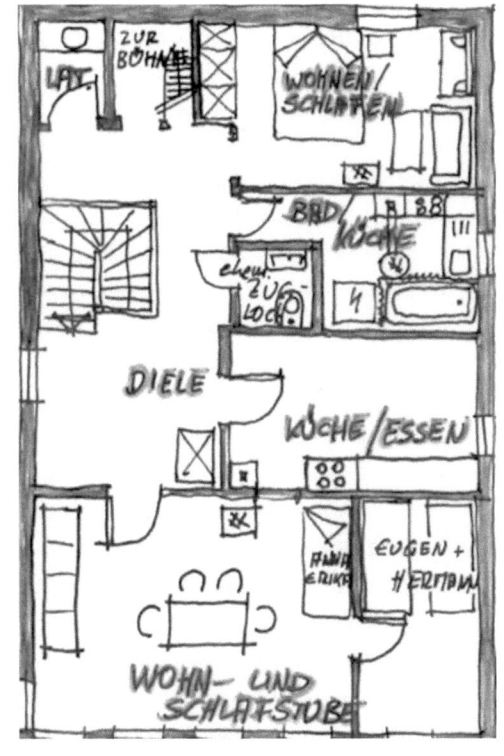

Im Übrigen wurde die Küche entweder über den Holz- und-Kohle-Beistellherd beheizt oder durch einen elektrischen Heizstrahler mit glühenden Drähten...
Das Küchenfenster Tante Liesels zeigte nach Norden, wie auch unseres, also in Richtung Kornhausstraßen–Hinterhäuser. Auch eines der beiden Fenster ihres Wohn- und Schlafzimmers wies in diese Richtung.
Das andere lag Richtung Westen und damit über dem Schlafzimmerfenster meiner Eltern.
Aus diesem Fenster starrten wir in die Nacht hinaus. Alle Lichter hatte man ausgeknipst, damit kein ʾfalschesʿ Licht in Onkel Willis Nachtglas fallen konnte. Aus dem Lautsprecher seines cremeweißen Phillips-Radios war nämlich die Meldung gedrungen, dass die Russen einen Satelliten in den Weltraum geschossen hatten. Und den könne man bei klarer Wetterlage mit bloßem Auge deut-

lich über den nächtlichen Himmel ziehen sehen. Weder der große Willi mit dem Feldstecher, noch das kleine Willile mit seiner kindlichen Fantasie haben den Sputnik tatsächlich gesehen, obwohl der große Willi dies behauptet hat und sich dabei auf das heftige Kopfnicken des kleinen berufen hat...

Die Tante lebte in genauso beengten Wohnverhältnissen wie wir alle – nur wurde dies vom kleinen Willi nicht so wahrgenommen! Für ihn ist diese Welt genau *so* in Ordnung gewesen, wie sie war! Er verspürte keinen Mangel und litt nicht unter diesen Verhältnissen. Schließlich ging es allen Menschen in seiner Umgebung mehr oder weniger gleich.

Heute kann ich mir nicht mehr vorstellen, wie man *diese* Verhältnisse ertragen konnte.

Onkels und *Tantes* Wohnzimmer bestand eigentlich nur aus einer Ecke, die nicht direkt dem Schlafen diente! Hier stand eine schmale Couch, ein Tischchen, dessen Platte man mit einer Kurbel in der Höhe verstellen konnte und zwei in ihrer Form und ihrem Bezug völlig unterschiedlichen Sessel.

Betrat man vom Flur aus den Raum, so fand man gleich links den Schlafzimmerschrank. Er hatte, der damaligen Mode entsprechend, geschwungene Türen; sein Nussbaumfurnier war auf Hochglanz poliert. An den Schlüsseln baumelten lange Troddeln aus glänzenden, goldgelben Fäden.

Die Kopfseite des großen Doppelbettes zeigte nach Westen. Zwischen Bettseite und Schrank war gerade so viel Platz, dass sich die Türen noch öffnen ließen. Das Bett war immer unter einer aus glänzendem Seidenstoff gefertigten, gesteppten Tagesdecke verborgen.

Natürlich gab es auch hier auf beiden Seiten ein Nachtkästchen.

Noch ein weiteres, für mich ungewöhnliches Möbelstück gab es im Haushalt der Eheleute Huber: eine Frisierkommode! In ihrem etwa sechzig Zentimeter hohen Korpus gab es zwei niedrige Türchen mit Fächern dahinter. Darüber waren zwei flache Schubladen eingebaut. Die Oberseite der Kommode war mit einer Glasplatte abgedeckt. Darunter hatte die Tante ein Deckchen aus Brokat gelegt, was sehr dekorativ und edel ausgesehen hat.
Tante besaß ein rundes Henkelkörbchen mit geflochtenem Rand – aus gebranntem Steinzeug! Die Glasur war in gedecktem Rot und in Beige gehalten.
Wertvoll ist das Stück sicher nicht gewesen, aber immerhin hübsch anzusehen! Es hatte etliche Macken.
In diesem Körbchen lag Tante Liesels Schmuck und ihre Armbanduhr – Dinge, wie sie meine Mutter damals nicht besaß. Dem Körbchen gegenüber ruhte die aus roter und brauner Wolle gehäkelte Haube, die man über eine abgesteppte, mit "Kapok"-Fasern ausgestopfte Hülle gestülpt hatte: Der Kaffeekannenwarmhalter - ein für die damalige Zeit (und vor der Erfindung der Thermoskanne) unentbehrliches Utensil. Genau wie der Tropfenfänger, ein unappetitlich aussehendes Schaumgummi-Röllchen, das man unter den Ausgussschnabel der Kaffeekanne spannte, damit es keinen Flecken auf der Tischdecke geben konnte...
Der Clou war jedoch ein dreiteiliger Spiegelaufsatz, in den ich oft hineingeschaut habe. Klappte man nämlich die Seitenteile ein, so konnte man sich selbst von der Seite oder gar von hinten betrachten! Ich war davon stets aufs Neue begeistert!
Und noch etwas gehörte zu Tante Liesels Inventar: eine Stehlampe, die Fußplatte rund und auf Hochglanz poliert, das Ständerrohr aus einem sechskantigen Messingrohr.

Der Schirm, ebenfalls rund, bestand aus einem Drahtkreis, der mit einem hundertfach gefältelten Plastikstoff bespannt war, und der an einem Bogen aus rundem Messingrohr hing. Aus und eingeschaltet wurde die Glühbirne mit einem winzigen Druckschalter am matt gebürstetem Ständerrohr.

Auch dieser Einrichtungsgegenstand war für mich ungewöhnlich – und deshalb war es auch die Tante selbst. Onkel Willi ist dies sowieso gewesen! Leider weiß ich über ihn viel zu wenig. Immerhin weiß ich, dass er seine erste Frau und seine Kinder während des Krieges verloren hat, weil eine Talsperre einem heftigen Bombenangriff feindlicher Flieger nicht standgehalten hat und geborsten ist. Die schreckliche Flut stürzte zu Tal und zerstörte alles, was ihr im Wege stand

Tante Liesel war also `Onkels´ zweite Frau. Er selbst stammte zwar aus Steinheim an der Murr, er hatte aber anscheinend längere Zeit `in der Fremde´ gelebt, denn er hatte sich angewöhnt, nur noch hochdeutsch zu reden. Er sagte zum Beispiel `Zollstock´ wenn er einen schwäbischen Meterstab meinte......

Tante Liesel und Onkel Willi während der Kriegszeit

Die Tante 1992

Die Tante 1999

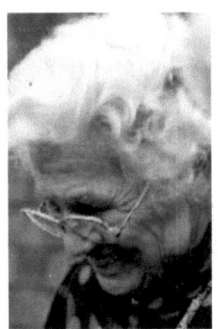

Tante Marie

Auch Tante Marie, die zweitälteste Schwester meines Vaters, hatte ihren Ehepartner durch den Krieg verloren. Ihr Mann Hermann hatte sich einst bei der Familie Zundel auf deren `Berghof´, einem sehr ansehnlichen Gut hoch über Lustnau gelegen, als Baumwart verdingt.Frau Zundel war sehr eng mit der Familie des Gründers des Firmen-imperiums Robert Bosch verwandt. Sie hat viele Jahre später mit einem kleinen Teil ihres Vermögens die Kunsthalle auf der Tübinger Wanne finanziert.
Onkel Hermann ist in Frankreich gefallen. Er ließ Tante Marie mit ihren vier Kindern Ilse, Fritz, Hermann und Gretel zurück; sie teilte somit ihr Schicksal mit Tante Anna. Allerdings konnte *sie* im Gegensatz zu ihrer Schwägerin mit ihren Kindern im eigenen Haus in der *"Köstlinstraße"* leben.

Mutter hat sich mit Tante Marie nicht immer gut verstanden. Mag sein, dass es daran gelegen hat, dass sie aus einem kleinen Dorf in der Nähe Ulms stammte und das Leben in einer Stadt wie Tübingen mit vielen Ämtern, Instituten, der Universität - und damals sogar mit dem Regierungssitz des Landes im Schloss von Bebenhausen - sicher sehr befremdlich und gewöhnungsbedürftig für sie gewesen ist.
Vieles dürfte sie vorher nicht gekannt haben.

Tante Paula

Vaters älteste Schwester hieß Pauline. Sie lebte in Pfullingen. Ihr Mann *Wilhelm* war mein Patenonkel, der `Döte´, und wohl außerdem mein Namensgeber gewesen. Der Kontakt zur Familie *Hoch* war nicht sehr intensiv.
 Er beschränkte sich im Wesentlichen auf die wenigen Besuche in Tübingen und – was mich betraf – auf einen alljährlich zu Weihnachten mit der Post zugesandten Zehnmarkschein. Meine Eltern legten noch etwas Geld darauf und beschenkten mich in zwei, drei aufeinander-

folgenden Jahren mit einem LEGO-Kasten zu vierundzwanzig DM.

Onkel Karl und Hedwig Hagner

Karl und Hedwig um 1960

Karl und Hedwig 1972

Onkel Karl- Vaters ältester Bruder- war eine schillernde Persönlichkeit! Seinen
Besuchen haftete jedes Mal etwas Besonderes an, nicht nur, weil sie noch
seltener vorkamen, als die der `Pfullinger´.
Meine Eltern freuten sich stets, wenn er im Haus Rathausgasse 13 die Steige heraufkam. Wir Kinder freuten uns nicht weniger, denn er hatte immer für jeden von uns eine Tafel Schokolade in seiner abgegriffenen Ledertasche dabei.
Irgendetwas schien es in Karls Leben gegeben zu haben, das ihn für mich in einem besonderen Licht erscheinen ließ. Es war nicht nur der graue Hut, der ihn von den anderen Bekannten unterschied. *Er* hatte immer einen aufsitzen; die anderen männlichen Verwandten trugen keine Hüte.
Onkel Karl, der in seinem Äußeren meinem Vater sehr

ähnlich war, lebte mit einer Frau zusammen, deren Nachname *nicht* Gugel lautete! Sie hieß *Hedwig H.*
Die beiden sind also nicht verheiratet gewesen.
Hedwig nannte ihren Karl nur `Mister´. Sie war groß, schlank und sportlich. Sie trug ihr
- später weißes - Haar stets gut frisiert, sie schminkte sich die Lippen rot und lackierte ihre Nägel. Ihre ganze äußere Erscheinung hatte nichts gemeinsam mit denen meiner Tanten oder den Frauen in der Nachbarschaft. Hedwig war chic gekleidet, sehr `kultiviert´ und gebildet.
Außerdem besaß sie als die einzige Tante einen Führerschein! Und nicht nur das. Hedwig besaß sogar ein Auto: *Lloyd Alexander* hieß das Gefährt, mit dem die beiden von Heilbronn nach Tübingen über die Autobahn *gebrettert* kamen.
Nach dem Tod meiner Mutter hielt sich `Tante´ Hedwig gelegentlich mit ihrem `Mister´ Karl in Tübingen auf. Sie zeigte mir damals den Umgang mit Pinsel, Terpentin und Ölfarben. Auf eine vorbereitete Malpappe mit wenigen aufgezeichneten Linien malte ich mit unverdünnten "*Schmincke*"-Künstlerfarben Landschaften mit Bergen, Wiesen und bayrischen Bauernhäuser.
Ich mochte Tante Hedwig , schon deshalb, weil sie mich bat, das `*Tante*´ einfach wegzulassen. Es war völlig ungewohnt für einen elfjährigen Jungen, eine Erwachsene nur mit dem Vornamen anzureden. Ich fühlte mich groß – und ernst genommen.
Ich erfuhr von ihr, dass ihre erwachsenen Söhne in Kanada lebten, und dass sie diese gelegentlich besuchte. Karl war deswegen bereits mehrmals mit seiner Freundin nach Amerika geflogen und hatte somit weit mehr von der Welt gesehen, als der gesamte Rest der Familie – bis dahin. Hedwig sprach Englisch, natürlich! Ich bewunderte sie deshalb, denn als kleiner Junge konnte ich mir zu-

nächst nicht vorstellen, dass man eine *ganze Sprache* mit all den unzähligen Worten, die man alle auswendig kennen musste, *überhaupt* lernen konnte.

Onkel Karl und Hedwig lebten in Heilbronn.
Karl hat dies allerdings nicht freiwillig getan: Der Ehne hatte einst seinen ältesten Sohn in Schimpf und Schande aus dem Haus gejagt!
Tante Liesel erzählte mir, als ich längst schon erwachsen war, in groben Zügen, was einst vorgefallen war, und was zum Bruch zwischen Vater und Sohn geführt hat.

Karl Gugel, der Baumeister

Karl war der Erstgeborene, der *Kronprinz* gewesen.
Er war als Lernender am `Baustall´ in Stuttgart eingetragen. Karl Gugel wollte Baumeister werden, also Architekt, und wurde es wohl auch! Jedenfalls hat er später in der Tübinger Hermann-Kurz-Straße mehrere Häuser gebaut. Darunter allerdings nicht jenes, welches heute im Besitz von Herrn Professor *Gugel* ist, der als Dozent am Reutlinger Technikum lehrt. Außerdem ist dieser `Gugel´ Vizepräsident des bislang noch `exklusiven´ Tübinger Stocherkahnvereins, dem auch ich als Mitglied angehöre.

Karl hatte angeblich schon damals eine Gesellschaft gegründet, die mit Fremdkapital Häuser baute.
An der Problematik und an den Risiken, die mit derartigen Geschäften verknüpft sind, hat sich offenbar bis heute nichts geändert!
Karl hat wohl Schiffbruch erlitten!
Wie viele seiner Nachfolger im Immobilienwesen hat er sich irgendwann verkalkuliert und finanziell übernommen - `verlupft´ halt!

Weshalb seine Wahlheimat dann Heilbronn geworden ist, habe ich nicht erfahren.

Die Brüder Paul und Karl Gugel verstanden sich zeitlebens ausgezeichnet. Ich erinnere mich noch recht gut daran, wie die beiden zusammen im Wohnzimmer in der Schwärzlocher Straße gesessen haben, und wie die zwei armen Kerle nach einem Glas Rotwein zu viel, gemeinsam und wie die Schlosshunde herzzerreißend heulten.
Endlos klagten die beiden Brüder über ihr doch ach so hartes Los...

Karl hat sich vermutlich für das Schicksal seiner Frau zumindest teilweise verantwortlich gefühlt.
Was ihre beiden Ehefrauen anbelangte, so konnte ich zumindest meinen Vater gut verstehen. Ich bin sicher, dass er trotz seiner erneuten Heirat den Tod unserer Mama niemals völlig überwunden hat.

Ich selbst habe meinen Vater nie auf meine Mutter angesprochen.
Über die Zeit, in der beide noch jung gewesen sind, was Mutter als Kind und als junges Mädchen erlebt hat, wie sie und Vater sich kennengelernt haben, oder was die beiden zusammen unternommen haben, weiß ich nur wenig. Dass es eine harmonische Ehe gewesen ist, die beide geführt haben, ist allerdings sicher. Denn ich hörte Mama gelegentlich sagen, dass sie sich niemals mit Papa gestritten habe. Meine Mutter hat mir das einmal sogar selbst gesagt, als ich mit ihr im *Esslingsloh* gewesen bin.

Von Vater habe ich nicht eben sonderlich viel über meine Mutter erfahren – eben weil ich ihn nicht nach ihr gefragt habe! Ich wollte ihm - aber vor allem mir selbst - mit

solchen Fragen nicht wehtun...
Aus freien Stücken hat mein Vater diese `Angelegenheit´ nie angesprochen.

Die Bühne

Über Tante Liesels und Tante Annas Wohnungen gab es keine weiteren Räume mehr – nur noch die Bühnen, die Dachböden also.
Dort hinauf gelangte man nur über eine steile und schmale Stiege. Sie war auf der anderen Seite *der* Wand angebracht, an der Tante Liesels Kleiderschrank stand. Das Fachwerk war nicht verputzt, seine Balken nur gekalkt. Die grauen Schwemmsteine dazwischen hatte man einst mit braunem Mörtel vermauert, der zu viel Sand, dafür umso weniger Zement enthielt und deshalb stark sandelte. Als Handlauf diente ein dünner Strick, der in sanftem Bogen vor der Wand hing.
Es war unmöglich, sperrige Gegenstände über diese Treppe nach oben zu schaffen. Wie Mutter das mit den schweren aus Weiden geflochtenen Wäschekörben geschafft hat, weiß ich nicht. Den Abstieg schaffte man in jedem Falle nur rückwärts!
Der winzige Raum unter dieser Treppe war mit einem dünnen Vorhängchen vor Einblicken geschützt und bot nur wenig Platz; Tante Liesel hatte dort ihren *Victor* stehen und – ihren Staubsauger! Jawohl – Tante besaß bereits damals so ein Ding! Ein rundes Ungetüm auf Kufen. Das Gehäuse bestand aus dunkelrot lackiertem Blech. Metallene, verchromte Schnallen hielten einen Deckel fest verschlossen, den man aber aufklappen konnte, um den Stoffsack herauszunehmen, in dem sich der aufgesogene Staub angesammelt hatte.

Der Schlauch war aus Gummi mit einem verstärkenden Textilgewebe gefertigt. Dieser Schlauch hat sich während des Saugens allmählich statisch aufgeladen und zog dann die Härchen auf den Armen an, wenn man sich ihm näherte.
Ich fand dies immer wieder lustig, hatte als kleiner Bub natürlich keine Ahnung davon, weshalb das geschah.
Die Bühne wurde nur durch Lattenverschläge abgeteilt. Vor der Treppe, die nach ganz oben führte, also auf die zweite Bühne, befand sich eine Lattentüre mit Vorhängeschloss. Dort hinauf gelangte ich nur in Begleitung Mutters.
Unter der Treppe gab es ein kleines Gelass, das Tante Anna als Abstellfläche benutzen konnte.
Neben vielen anderen Dingen wurde hier ein viel bewundertes Modell des Schlachtschiffes `Bismarck´ und die Skier und Stöcke meines Vetters Eugen aufbewahrt.
Die Teller der Stöcke waren aus einem dünnen Bambusring und zusammen genieteten Lederschlaufen gefertigt worden. Die Stöcke selbst bestanden ebenfalls aus biegsamem Bambusrohr, das man mit einer Spitze aus Eisen versehen hatte; die Bindungen setzten sich aus stählernen Schnallen und einer Spiralfeder zusammen, die sich um die Ferse des Skistiefels legte. Solchermaßen ausgestattet, wagte man sich damals allen Ernstes auf die Abfahrtspisten des *Österbergs!*
Und auch Eugens Dampfmaschine wurde hier in diesem Gelass aufbewahrt.
Nur selten spielte mein Vetter mit diesem interessanten Gerät, dessen rot lackiertes Schwungrad mich ganz besonders tief beeindruckt hat – besonders dann, wenn es sich mit ungeheurer Drehzahl um seine Achse gedreht hat und die Pleuelstange nur so auf und ab flitzte.

Auf einem Brett waren etliche ʻNutzerʼ montiert, die über eine Transmission aus leicht beweglichen Spiraldrähten in Bewegung versetzt wurden. Die Maschine ließ Männchen aus bunt lackiertem Blech Holz spalten oder Baumstämme zersägen. Es gab eine kleine Windmühle, deren Flügel sich drehten, und eine winzige Pumpe, mit deren Hilfe man aus einem kleinen Behälterchen Wasser durch den Speier eines winzigen Brünnleins fließen lassen konnte. Voraussetzung: Eugen hatte für ein paar Groschen beim Müller in der Neckargassen-Drogerie ein paar Würfelchen ESBIT-Brennstoff kaufen können, das man in einem Pfännchen anzündete, um es darin unter den Kessel der Dampfmaschine schob. Durch das bläulich abbrennende Feuerchen wurde der Dampfdruck erzeugt.
Und pfeifen konnte die Maschine und zischen, wenn das Ventil sich öffnete, um den Überdruck abzulassen. Und genau deshalb war mir die Dampfmaschine stets ein wenig unheimlich...

Die Bühne hinter dem Ostgiebel zur Rathausgasse hin war leer. Auf dem Bretterboden allerdings lag, gelegentlich breit und flach verteilt, die große Menge weißer Bohnenkerne, die man zuvor mühsam aus ihren Hülsen gepult hatte. Ansonsten diente dieser Raum hauptsächlich als Trockenboden für die Wäsche aller drei Familien.
Fast immer hingen hier an gespannten Leinen vor allem die großen Wäschestücke zum Trocknen. Oft half ich meiner Mutter dabei, die weißen Leintücher aufzuhängen, indem ich den Wäschekorb dort hinschob, wo sie gerade stand. Manches Mal versteckte ich mich hinter den Tüchern und atmete den feuchten, nach Seife riechenden Duft der frisch gewaschenen Wäsche ein.
Ein dritter Raum gehörte der *Tante*.

Alleine war ich fast nie hier oben!
Entweder ist Mutter dabei gewesen oder Paul – nur selten Eugen. Im ersten Fall war ich sicher in ihrer Obhut. Im zweiten ist dies keineswegs so gewesen! Das Zugloch war nämlich nur durch ein paar angenagelte Bretter gesichert, die schnell überklettert werden konnten. Es reizte, sich an den Lattenverschlägen entlang zu hangeln, um diesen dunklen Schacht, dieses dräuende schwarze Loch zu umrunden, und um es damit den beiden gleichzutun. Wenn ich heute daran denke, so schaudert es mich! Ein falscher Griff, ein falscher Tritt, und ich hätte bis auf den Boden der Scheuer hinunter stürzen können, annähernd zehn Meter tief.
Unsere Mutter muss bei diesem Gedanken oft das nackte Entsetzen gepackt haben!

Auf dem oberen der beiden Bühnenböden lag zum Trocknen ausgebreitet das Korn, das man gelegentlich mit einer breiten Schaufel umwenden musste.
Auch ein paar Sensen wurden dort oben aufbewahrt. Eine davon hatte am unteren Ende des Stieles einen hölzernen Bogen, der mit einem stabilen Tuch bespannt war. Mit dieser Art von Sense wurde damals der Hafer gemäht. Es lagen außerdem etliche großmaschige Siebe mit hohem Rand und mit einem Gitter aus Draht in den Haufen aus Weizenkörnern.
Von der Firstpfette hing an rostigen Eisenstangen ein langes Rundholz herab, über das man eine mehrere Säcke aus grobem Jutetuch gehängt hatte: gewaschene Obstsäcke, auf denen die Aufschrift *Josef Gugel* zu lesen war. In solchen Säcken schaffte man die aufgelesenen Äpfel und Birnen von der Baumwiese zur Kelter, um den Saft aus ihnen zu pressen.

Auch unzählige sogenannte *Garbenstrickle* hatte man zu ordentlichen Bündeln gefasst und hier oben aufgehängt. Diese bestanden wohl ebenfalls aus Jutefasern. Allerdings hatte man ihnen nicht ihre natürliche braune Farbe gelassen, sondern sie seltsam violett gefärbt.
Ich habe solche Stricke niemals in einer anderen Farbe gesehen.
In jedem Haushalt, zu dem eine kleine Landwirtschaft gehörte, fanden sich diese eigenartigen Dinger, die obendrein alle jeweils an ihrem einen Ende ein kurzes Holzstückchen eingeflochten hatten - auch dieses violett eingefärbt.
Ich vermute, dass es sich bei dieser Farbe um eine Art Imprägnierung handelt, die man entweder gegen Fäulnis oder gefräßige Nagetiere einsetzte.
Noch heute meine ich den Kanon der Gerüche in der Nase zu haben, die sich hier oben vermischten. Das war vor allem dann der Fall, wenn im Sommer die Hitze unter dem Ziegeldach dem alten Holz seinen harzigen Duft zurückgab, wenn der feine, trockenen Staub, der in der heißen Luft schwebte, das flache Aroma trockenen Filzes verströmte, wenn das aufgeschüttete Korn (*'d' Fruucht*) nach Malz roch, die Wäsche nach Veilchenseife duftete, und die Bohnenschoten den Geruch von warmer Pappe angenommen hatten.
Und manchmal stank es scharf nach Katzendreck........
Von den Bohnen, die man hier oben trocknete, damit man in den Wintermonaten die deftigen weißen Bohnen mit Rauchfleisch zubereiten konnte, blieben immer etliche liegen. Wir Kinder fingerten sie aus den Ritzen zwischen den grauen Bodenbrettern. Dann dienten sie uns als harmlose Geschosse, die wir vom Fenster der Bühne aus auf Fußgänger niederprasseln ließen.
Verletzen konnte man damit keinen, aber erschrecken!

Der Keller und das Licht

Außer den Bühnen hoch oben im Haus zählte noch ein weiterer großer und ganz spezieller Raum zum Besitz unserer Familie(n): der von allen Bewohnern meines Elternhauses genutzte Keller!

Dieser befindet sich interessanterweise nicht unter meinem Elternhaus Rathausgasse 13, sondern unter dem Haus mit der Nummer 4 – schräg gegenüber, auf der anderen Seite der Gasse!

Für mich als Kind ist es ein Graus gewesen, dort hinuntergeschickt zu werden, um etwas für die Küche herauf zuholen, denn in diesem Keller gab es so gut wie kein Tageslicht! Nur ein enger Schacht führte genau vor die Haustüre des Hauses, in denen die Buchers wohnten. Er war abgedeckt mit einem Schuhabstreifer-Rost...

Man war gezwungen, nach dem Aufschließen der Türe eine Kerze anzuzünden, und dann mit dieser äußerst spärlichen Beleuchtung die Treppe hinab in die gähnende Finsternis zu steigen.

Die Kerze war gleich neben der Bogentür auf der obersten Stufe zu finden. Sie steckte in einem emaillierten Kerzenhalter mit Schale und Griff, gerade so, wie man ihn von der allseits bekannten "DARMOL" - Werbung kennt.

Daneben musste immer eine kleine blaue Schachtel *Welthölzer* liegen. Eine große, gelbe `5´ (entsprechend dem Preis von fünf Pfennigen) und ein diagonal darunter gelegtes Streichhölzchen zierte das Etikett. Die Reibflächen waren auf beiden Schmalseiten des Schächtelchens gestrichen - oft feucht geworden und deshalb unbrauchbar. Die Schachtelhülle selbst bestand aus dünnem Birkenholzfurnier! Das kleine Schublädchen allerdings war damals bereits aus dünnem Karton gefaltet, genau wie

heute. Allerdings enthielt es seinerzeit deutlich mehr Zündhölzchen als heutzutage. Sie sind länger gewesen, und sie hatten immer nur rote oder braune Köpfchen. Andersfarbige gab es erst Jahre später.
Immer wieder wurde das Flämmchen von einem Luftzug ausgeblasen! Dann musste man die Treppe wieder hochsteigen – es sei denn, man hätte die Streichhölzer vorsichtshalber eingesteckt. Hat man das Schächtelchen jedoch einmal ʾverdirrlemitzletʾ, das heißt, es auf dem Rückweg vergessen aus der Hosentasche zu nehmen und neben der Kerze wieder abzulegen, dann hatte das nächste „Opfer" nichts zum Anzünden!
Der Ärger war in diesen Fällen groß, weil man wieder über die Gasse zurück zum Haus musste, um ein ʾneis Schächteleʾ zu holen!
Auch dann ärgerte man sich, wenn Nachbar Bucher in seinem Haus versehentlich den Hauptschalter für die untere Kellerbeleuchtung auf „aus" gedreht hatte! In diesem Falle atmete man am besten erst einmal kräftig durch...

Der Keller *war* nicht nur tief, er *ist* es noch!
Die Häuser, die einst über ihm errichtet worden waren, gibt es zwar längst nicht mehr; sie wurden in den frühen Siebzigerjahren abgebrochen – den Keller jedoch hat man verschont!
Seine große Tiefe ist deshalb so ungewöhnlich, weil der unmittelbar daneben liegende Keller des Gebäudes Rathausgasse 6, das der Familie Sinner gehörte, zwar nur halb so tief in den Untergrund reicht, der dennoch nach jedem heftigeren oder länger als normal anhaltenden Regenfall volllief!
Unser Keller hingegen blieb immer trocken!

Unten angekommen tastete man nach dem Schlüssel, den man brauchte, um die Lattentüre aufzuschließen, die unseren Teil des Kellers von den anderen abtrennte. Der Schlüssel hing an einem eingeschlagenen Nagel und war deshalb eigentlich für jeden greifbar. Man hätte ihn genau so gut im Schloss stecken lassen können. Am besten hätte man die Tür überhaupt unverschlossen halten können. Wer würde denn hier etwas stehlen wollen?!
Erst innerhalb unseres Kellerraumes konnte man das Licht einschalten, denn dort gab es den elektrischen Schalter wenn - wie gesagt - Herr B. ...

Solch große Kellergewölbe wurden in der gesamten Altstadt üblicherweise von mehreren Parteien genutzt. Insofern hatte ich sogar noch Glück! Nicht selten lag der Kellerteil einer Familie nämlich nicht einmal in derselben Gasse, in der sie wohnte! Menschen, die Körbe oder Krüge quasi von Haus zu Haus trugen, gehörten damals deswegen zum alltäglichen Stadtbild!

Hier unten in der Dunkelheit ruhten auf ihren hölzernen Balkenlagern eine ganze Reihe mächtiger Eichenfässer.
Mein Vater besaß davon gleich mehrere!
Tante Liesels Fässchen lagerte gleich neben der Lattentüre. Die beiden Fässer, die Tante Anna gehörten, standen in der gleichen Reihe, wie die meines Vaters.
Von einem weiß ich, dass es mehr als 600 Liter fasste! Alle anderen waren kleiner. Sie konnten aber immerhin zwischen 330 und 450 Liter aufnehmen. Gefüllt wurden sie alle mit Apfel- oder Birnenmost – vorausgesetzt auf den Baumwiesen hat es genügend Obst gegeben! Außerdem füllte man in mindestens eines der Fässer Wein, denn meine Familie besaß auch einen eigenen Weinberg!

War die Weinlese einmal sehr spärlich ausgefallen, so schüttete man die geringe Menge Traubensaft kurzerhand zu dem Apfelmost hinzu und wertete damit diesen zum sogenannten *Sonntagsmost* auf.
Diesen, durch den Traubensaft rot gefärbten Most, gab es dann - wie der Name sagt - nur an Sonntagen zu trinken!
Sonntagsmost wurde allerdings auch in den Jahren des Überflusses gemacht, nämlich dann, wenn nicht die gesamte Menge Traubensaft in das mit Weinsteinkristallen verkrustete Fass ʼpassenʼ wollte. Auch dann mischte man den überschüssigen Saft dem Apfel- oder Birnen-Most bei und ließ alles gemeinsam vergären.

Die Fässer und das Putzen

Übrigens: Die Fässer mussten natürlich gereinigt werden, nachdem man sie ausgetrunken oder sonst wie geleert hatte, um den übrig gebliebenen Most in der Destille Karl Aichelers zu Schnaps brennen zu lassen!
Man vermag es sich heute kaum noch vorzustellen, dass man zum Putzen *in* das Fass hineinkriechen musste!
Nur mit einer Badehose angetan – wenn überhaupt!
Das Putztürchen war gerade einmal zwanzig Zentimeter breit – eher weniger! - und höchstens vierzig hoch.
Natürlich ʼpassteʼ nur ein *Kind – Paul* oder *ich* nämlich!
– durch   dieses erbärmliche Loch. Doch um in das hoch gelagerte Fass hineinzukommen, brauchte ich jemanden, der mich um die Hüfte fasste und anhob, denn nur mit ʼhochkantʼ verdrehter Schulter konnte man die enge Öffnung passieren. Alleine hätte das nur ein geübter Verrenkungskünstler fertiggebracht. Eng ging es auch *im* Fass drinnen zu!

Durch dieses Türchen schob man einst die kindlichen Fassputzer. Die Öffnung war gerade einmal zwanzig Zentimeter breit

Bedenkt man, dass ein Raum mit je einem Meter Seitenlänge genau eintausend Liter Inhalt ergibt, so kann man sich vorstellen, wie `bequem´ es in einem Fass mit 350 Litern Fassungsvermögen überhaupt sein kann!
Klaustrophoben, also von Platzangst geplagte Menschen, hätte ganz gewiss sofort `der Schlag´ getroffen! Sie wären vor Angst bestimmt auf der Stelle gestorben, hätte man sie in ein solches Behältnis gesperrt!
Das Innere eines Fasses war kein Ort um sich wohlzufühlen – zumal es hier außerdem alles andere als sauber zuging! War schon die klebrige, schmierige, wachsartige Unschlittmasse (`Fassdichte´) der Putztürchenöffnung sehr unangenehm auf dem Körper zu ertragen, so waren es die schleimigen, breiigen und streng sauer riechenden Hefereste und die in dieser `Pampe´ treibenden vergorenen Fruchtstückchen erst recht! Genau dieses Zeug umgab einen auf allen Seiten wie die Käseschmiere das Ungeborene in der Gebärmutter!
Einem wohligen, vorgeburtlichen Vergnügen ist der Aufenthalt hier drinnen nun ganz gewiss nicht einmal im weitesten Sinne nahe gekommen!

Den Deckel und den Boden des Fasses zu putzen war noch einigermaßen unproblematisch. Den Bauch und vor allem die Wölbung über seinem Kopf mit beiden Händen an einer breiten Wurzelbürste zu schrubben hingegen war äußerst unangenehm. Ständig tropfte einem diese eklige Brühe in die Haare.

Ganz besonders unwohl jedoch fühlte ich mich, wenn ein Spritzer den Docht der Kerze traf und die Flamme auslöschte! Die hatte man mit einem flüssigen Tropfen Kerzenwachs in der Putztürchenöffnung 'festgeklebt'. Natürlich gab es *in* einem Fass kein elektrisches Licht – und auch kein fließendes Wasser! Kein kaltes und noch weniger warmes.

War die Kerze erloschen, so hockte man notgedrungen alleine und gefangen in einem dunklen Keller in einem noch viel dunkleren Fass und hatte ganz *höllischen Schiss;* die Fersen und den Hintern in einer bestenfalls noch lauwarmen, bleichen Mischung aus Hefe, sauer gewordenem, abgestandenem Restmost, Wasser, aufgeweichten Apfelstückchen, schwimmenden Unschlittfetzelchen, vom Fassgrund losgelösten Schwefelkrusten und – Schweiß! Dieser floss in Strömen, denn die 'Fassputzete' war nämlich nicht wenig anstrengend!

So saß ich also des Öfteren in völliger Dunkelheit in einem Fass aus deutscher Eiche und wartete, bis jemand kam, um den nass gewordenen Docht der Kerze wieder anzuzünden und das kalte Schmutzwasser gegen sauberes und heißes auszutauschen. Dazu musste man das Fass samt (menschlichem) Inhalt zuerst nach vorne neigen, damit die Brühe auslaufen konnte, dann nach hinten, damit das frische Wasser drinnen blieb, das- kochendheiß- die Füße verbrühte, und welches das Innere des Fasses im Nu in ein türkisches Dampfbad verwandelte.

Hätte man mich jetzt gefragt, wie es mir ginge, und ich

hätte geantwortet *'total sch....ße'* - es wäre geprahlt gewesen...

Durfte ich dann endlich – nach sorgfältigem Abspülen der Fassinnenseiten mit heißem Wasser aus einem *'Handschäpfle'* und erfolgter eingehender Sauberkeitsprüfung durch meinen Vater („*Isch's au ganz gwieß sauber, ha?*")– diese drangvolle Enge mit dem Kopf voraus wieder verlassen (oft genug um gleich in das nächste Fass hineingeschoben zu werden!), so erblickte ich im Gegensatz zu einem Neugeborenen nicht etwa das Licht der Welt sondern bestenfalls den spärlich glimmenden Glühfaden einer Fünfzehnwatt-Funzel in einem dunklen, feucht-kühlen Keller inmitten einer schwäbischen Provinzstadt namens Tübingen.

Der Lohn für diese unsägliche Mühe: fünfzig Pfennige! Das heißt, für dreimal Fassputzen gab es ein Büssing-Lastwagen-Modell der Firma Wiking - oder fast ein Pfund Erdnüsse...

Das zuvor Gesagte galt übrigens nur für *Most*fässer! Es gab da nämlich noch eine verschärfte Form des Putzens in Gestalt *'des Fässle'!* Sagte Vater „*'Das Fässle'* muss geputzt werden!", so handelte es sich dabei unmissverständlich um das Weinfass! Es passten deutlich weniger als dreihundert Liter hinein und es war alleine schon deshalb sehr unbequem in seinem Bauch. Doch so *richtig* fies war die millimeterdicke Kruste aus rotem Weinstein! Diese raue Oberfläche war eigentlich nicht sauber zu kriegen! Zu allen anderen Qualen kam noch hinzu, dass man sich an den spitzen Kristallen jedes Mal die Fingerknöchel, Knie, Ellbogen und Fersen aufriss. Selbstverständlich musste ausgerechnet das *'Fässle'* ganz besonders sorgfältig geputzt werden!

Drohte einmal der Apfelmost in einem Fass ʼumzukippenʼ, also sauer zu werden wie Essig, sodass er nicht mehr zu trinken gewesen wäre, dann konnte man mit ein wenig Glück daraus noch immer Schnaps brennen. Schließlich lagerte wirklich noch genügend Most in den anderen Fässern.

Wurde aber der *Wein* ungenießbar, weil die Rückstände im ʼFässleʼ nicht restlos weggeputzt worden waren, dann war nicht nur dieser sauer, sondern die ganze Verwandtschaft gleich mit – und neben dem verdorbenen Wein war auch die Stimmung für ein ganzes Jahr im Keller...

Nachdem ich dieses enge Verlies verlassen hatte und mich beim Austritt durch dieses enge Loch noch einmal mit dem anhaftenden Unschlitt beschmutzt hatte, nahm Vater einen Klumpen eben dieses Fassabdichtungsmittels und beschmierte damit gekonnt erst die ʼLaibungʼ und dann den Rand des Türchens. Dieser Rand war schräg angeschliffen und passte genau in die ebenso schräg geformte Türöffnung. Dann schob man das Türchen ins Fassinnere. Dazu steckte man den Finger der einen Hand in das "Hahnenloch" und zog gleichzeitig mit der anderen Hand an der langen Schraube das Türchen gewissermaßen von hinten in die Öffnung. Vorsichtig setzte man es dann in die untere Nut der Öffnung und schob mit einigem Geschick das Loch im "Schließ" (einem schön geformten Querholz) über die vorstehende Schraube im Türchen. Mit einem großen Schlüssel drehte man schließlich vorsichtig so lange an der vierkantigen Eisenmutter, bis es den "Orschlich" rings um das Türchen aus der Fuge quetschte. Nun saß das Türchen fest und dicht an seinem Platz. Zum Schluss trieb man mit ein paar Hammerschlägen einen Korken in die kleine Öffnung hinein, in die man beim Fassanstich den hölzernen

Hahn einschlagen würde.
Das Fass war nun fest verschlossen und fast bereit, aufs Neue mit Most gefüllt zu werden. Fast bereit.
In die obere Daube des Fasses hatte der Küfer das konische Spundloch eingebohrt. Durch dieses führte Vater nun eine brennende, an einem Draht aufgehängte Schwefelschnitte (ein mit Schwefel beschichteter Papierstreifen) in das Fass ein, um das Innere keimfrei zu machen – *auszuschwefeln* eben.
Ein stechender Schwefeldampf hing noch mehrere Tage in der stickigen Luft des Kellers.
Nachdem die Schwefelschnitte abgebrannt war, zog man den zu schwarzer Asche verbrannten Streifen möglichst vorsichtig durch das Spundloch heraus und hielt das Fass mit einem kräftig eingeschlagenen hölzernen Pflock so lange verschlossen, bis endlich der Tag ´des Mostens´ gekommen war.

Obstauflesen und Mosten

Gemostet wurde in der Kelter oder – ausnahmsweise - im Hinterhof des Küfers *Aicheler* in der *Madergasse"* gleich neben der ´*Jakobskirche*´.
Die Bewohner der Häuser Rathausgasse 6 und erst recht der Nummer 13 aber ließen ihr Obst traditionell in der alten Kelter *vermosten.*
Albert Berthold – damals der einzige verbliebene Winzer Tübingens, der nach wie vor ausschließlich vom Obst-Weinbau lebte, betrieb im Herbst das Mostgeschäft in der mittelalterlichen Kelter neben dem im neunzehnten Jahrhundert abgebrochenen *Schmidtor.*
In den wenigen Tagen und Wochen nach Beginn der Apfelernte und des damit einhergehenden ´Obstauflesens´ arbeitete ´*dr Berthold*´ wie ein Pferd! Man kann ruhig

sagen: Tag und Nacht!
Immerhin dürften die Einnahmen, die ihm die Zeit der Obsternte bescherten, einen beträchtlichen Teil seines Jahreseinkommens ausgemacht haben – und die Besenwirtschaft im Oberstübchen der Kelter natürlich!

Albert Berthold fand in meinem Namensvetter Hermann Gugel viele Jahre nach seinem Tod einen würdigen Wengerter-Nachfolger. Zusammen mit seinem Sohn Christian baute er sich im `Kreuzberg´ ein kleines Weingut auf. In Unterjesingen, in Wurmlingen, unterhalb des Schlosses Roseck, in Hirschau und an verschiedenen Südhängen Tübingens betreibt er inzwischen auf einer Rebfläche von mehr als dreißig Hektar einen respektablen Weinanbau mit teilweise prämierten Weinen.

Die Kelter war ein dunkler Ort, ein großer, fensterloser Raum, verwinkelt und vollgestellt mit allerlei Gerätschaften, die für eine solche Betriebsamkeit notwendigerweise vorgehalten werden mussten.
Runde und ovale Eichenfässer standen auf dem Boden oder türmten sich übereinander, oben offene, konisch zulaufende Stände lagerten auf Gestellen aus schweren Eichenbalken und enthielten die Maische von Dutzenden Butten voller blauer "*Taylor"*-Trauben** oder weißen Sorten. Berthold hatte mit Kreide auf die Dauben geschrieben, wem der Inhalt gehörte: Kehrer, Karrer, Schmid, Brodbeck, Sinner, Krauss, Kürner, Schramm, Gugel...
Bottiche mit und ohne Rollen standen herum und warteten auf ihren Einsatz.
**(Diese amerikanische Rebsorte war eingeführt worden, nachdem eine Reblausepidemie die heimischen Sorten völlig vernichtet hatte)

Die ganze Familie – Kinder und Erwachsene hatten sie beim `Trauba-raa-dô´` mühsam mit kleinen Rebscheren vom *Rebstock* abgeschnitten, in `Emailoimer´` gesammelt und sie in den Butten geschüttet. War die Butte dann voll, so wurde zuerst ein Häufchen Schwarzpulver in den Lauf der `Wengerterbischtool´` geschüttet, ein Zündhütchen aufgesetzt und die Pistole abgefeuert. Der laute Knall verscheuchte die Vögel `aus em Wengert´;` er bedeutete auch: *„Henner deen Glepfer g'heert? I han neemlich scho wieder an voola Budda!"*

Ein kräftiger Mann aus der Verwandtschaft nahm die Butte schließlich auf den Buckel und schleppte die schwere Last – möglichst ohne zu stolpern – über die schmale `Furch´` mit ihren tückischen, weil unregelmäßigen `Wengertschtäffela´` hinunter.

In der Kelter angekommen, wurden die Trauben von der Gölt auf dem *Leuteschinder*-Karren mit einer vielzinkigen Gabel in den Trichter der Raspel geschafft. Die Stachelwalze am unteren Ende des Trichters wurde durch ein gusseisernes Handrad angetrieben und trennte die Beeren von den Stängeln. Die bereits zerquetschen Beeren ruhten dann mehrere Tage `uff der Schal´`, um die Farbe an den Saft abzugeben.
Wiederum von Hand schöpfte Berthold - oder sein in diesen Wochen praktisch ständig anwesender Kollege, dessen Stumpen nie ausging - mit einer kupfergetriebenen Schöpfkelle die Maische in die Tücher, die sich, mit Platten aus Holzgeflecht abwechselnd, Lage für Lage zu einem Turm auf-schichteten.
Erst dann wurde der Saft aus den Trauben gepresst.
Die Jute(?)–Tücher hatten – genau wie Bertholds Unterarme und Hände - längst die dunkelrot-braune Farbe ei-

ner Lohgerberei angenommen. Sie hingen nach einem langen Keltertag über Stangen gehängt von der Decke herab. Alle Fruchtstückchen mussten herausgewaschen sein, sollten die Tücher zum Pressen von Traubenmaische eingesetzt werden, nachdem man zuvor Äpfel oder Birnen gepresst hatte.

Am Ende des Tages wurde der Boden mit einem scharfen Wasserstrahl abgespritzt und damit zerquetschte Obststücke und all das in die Dohle gespritzt, was sich tagsüber angesammelt hat.

Es roch süß nach frischem Most, nach feuchtem, sauer werdendem Trester, nach dem Schmierfett an der Säule der Presse, nach verschwitzten Pullovern - und nach Schnaps, den sich die Männer, lachend und zufrieden mit ihrer Arbeit, zum Feierabend gönnten. Man stand dazu in dem winzigen Kabuff Bertholds beieinander, der dort drinnen in einer Tischschublade seinen Lohn aufbewahrte. In diesem kleinen Räumchen gab es außerdem einen kleinen Ofen. Dort konnte man sich aufwärmen, wenn der Herbst bereits für niedrige Temperaturen und klamme Finger gesorgt hat...

In der Kelter

Ganz besonders an den Samstagen im Herbst herrschte Ausnahmezustand rund um Obstschütte, Mahlwerk, Presse und an den Gölten. Friedliche Nachbarn kannten in jenen Tagen weder Freund noch Feind, wenn's *'om da oigana 'Moscht'* gegangen ist. Exemplarisch für einen typischen Kelterdialog könnte folgender (konstruierter) Wortlaut zweier *Unterstadt-Aboriginees* stehen:

„Komm, Eigehn, jetzt hair' amôl uff mit deam Bubabberlesg'schäft on mach' amôl nôre, du allmachts

Schlôfhaub! I sott jetzt ao endlich amôl den Sackkarre dô hao. Sabberlodd!"
„Du? Zo waaa denn? Dui Kischd isch doch eebavool mit meine Epfl! Dô brengsch doch Du koin gotziga Butza mae nae! Ond ieberhaubd – mô kommsch 'n Du uff oimôl daher g'roiflat?"
„Ha, deesch doch mir scheißegal. I kô mae Oobscht jô wenigschtens schô môl nôriechta. Nô gôts hennadrei a bissle schneller. Auf jetzt, lupf dein Arsch!"
„Môromm brässierschn so gottsallmächtig, du Goddliab? Waardet s' Mammele dahoim mit dr Nuudlsubb, oder hôsch d'Lochschnättrate oder wäga waa? Jetzt wuurd bloß et hischdeerisch, gell!"
„Deen Karra her jetzt, sag e! I schtand doch et dô fir bassledda! Wäga dir Lombaseggl schloif i dia Säck doch et uff am Buggl durch d' Gegend ond schtand vor de and're dô wia der Karle Blôarsch............"

Dabei schien die umkämpfte Sacktraghilfe noch aus der ersten Versuchsreihe des Hephaistos zu stammen die dieser persönlich gleich nach der Entdeckung der Eisenverhüttung aufgelegt und die Teile eigenhändig mit dem Faustkeil zusammen gedengelt hat...
Die Säcke mit dem angelieferten Mostobst wurden abgeladen, mit dieser uralten, eisernen Sackkarre in die Kelter geschafft und dort auf einen hüfthohen Holzklotz gehoben, die Schnur aufgeknotet und die Äpfel, die Birnen und gelegentlich auch Quitten aus den Säcken in eine Art Kiste geschüttet, deren Boden schräg auf eine Öffnung hin geneigt war. Der Inhalt von mindestens zehn Säcken fand Platz in dieser Schütte.
Die `Durchflussmenge´ des Obstes regelte man, indem man das kleine Falltürchen, durch welches die Äpfel kullerten, an einem Kettchen mehr oder weniger hochzog,

oder mit einem derben Prügel auch noch das allerletzte `Epfale´ durch die Öffnung stieß. Eine einfache, aber wichtige und deshalb begehrte Aufgabe für uns Kinder. Von der Schütte fiel das Obst zuerst in einen Schacht mit

Albert Bertold

Wasser. Dort blieben Laub und Gras zurück, das noch den Früchten anhaftete.
In diesem Bad fiel dem kritischen Auge Bertholds sofort jeder schwarze, verfaulte oder mit braunen `Môsa´ übersäte Apfel auf, der im Wasser umher- torkelte. Mit der Zeit reihte sich auf dem oberen Kantholz der Kiste ein herausgefischter fauler Apfel an den anderen.

„*Kôsch du et besser uffbassa, du Mammasuggele!? Dô hôts doch scho wieder an ganza Krätta vool vo deene beerschwaarze Ebbfl drenn. Nôô a baar vo de sotte on dei´ Vadder sauft hennadre´ koin Tropfa mae vo dära fauliga Brie. Deesch doch schad ôm d´ Arbet, wenn da seine Epfl so dubbalich verbrombeerlasch.*"

Dann etwas milder: *„Du muasch oifach besser nô gugga, Buale, sonsch kôschs et verschprenga, wenners merkt..........! Der haut dr sonscht gao mit seira Batschkapp' oine uffs Hirn nuff, dass du dir vorkommsch wia a Wengertpfeschtle. Du kennsch'an jô ond woisch wianer omgôt mit sotte Zendkegl wia dir, gell. Ruggzugg guggsch du dô durch deine Ribba wia em Schwärzlocher sei' Aff' Bimbo durchs Gidder."*

Eine archimedische Schraube beförderte die Äpfel hinauf zu einer Art Häcksler, der sie zu winzigen Stückchen zerkleinerte. Die zermatschten Früchte sammelten sich in einer Blechkiste, die zwischen den Lagern einer beweglichen Gabel hing und aussah wie die Backform für einen Weißmehlkipf – bloß größer.
Auf dem Boden einer quadratischen Wanne, die man auf Rollen bewegen konnte, stapelte man abwechselnd hölzerne Gitter aus flachen, zusammen genieteten Leisten und braunen, sehr robusten, grobmaschig gewobenen Tüchern.
Auf das Gitter legte man zunächst einen hölzernen Rahmen. Das Tuch, das deutlich größer war als dieser, breitete man so über ihm aus, dass die Tuchecken über die Seiten des Rahmens hingen. Dann kippte Berthold den gemahlenen Inhalt des schwenkbaren Blechkübels auf das Tuch und breitete den Obstbrei mit den bloßen Händen gleichmäßig aus. Anschließend schlug man die Ecken des Tuches so zur Mitte, dass der gesamte Brei vom Tuch bedeckt war. Man nahm den Rahmen weg, legte ein weiteres Gitter über die eingepackte Masse und wiederholte das ganze so oft, bis der Turm aus Mus und Gittern gerade so hoch geworden war, dass er noch unter die Bohlen der Presse passte oder das Obst des Kunden zu Ende war. Der Stapel aus gefüllten Tüchern und Gittern wuchs bis

zu einer Höhe von etwa einem drei viertel Meter an. Anschließend schoben zwei Männer die schwer beladene Wanne über die Stempelplatte einer hydraulischen Presse, die den Stapel mit gehöriger Kraft nach oben und so lange gegen das Widerlager drückte, bis aller Saft aus dem Brei gepresst und durch die Tücher in die Wanne gelaufen war.

Der rotbraune, naturtrübe Süßmost rann über den Stapel, sammelte sich in der Wanne und wurde von dort über einen Hahn in eine hölzerne Gölt abgelassen. Von dort pumpte man den Saft in ein Fass, das auf einem `Leuteschinder´ genannten Karren ruhte. Manchmal waren es sogar zwei Fässer.

Dieser `Moschtkarra´ hatte stahlbereifte, hölzerne Speichenräder mit mindestens zwei `Miggana´ an den Hinterrädern (schwäbisch: Migge = Bremse aus einem Holzklotz, den man mit einer Kurbel gegen die Stahlreifen drückte).

An der Deichsel befand sich ein Querholz, das so breit war, dass auf jeder Seite zwei Männer ziehen konnten – oder zwei Ochsen.

Böse Zungen behaupteten, man erkenne den Unterschied nur an der Anzahl der Beine.........

„Wenn mer uich vo weidam dahär g'schlenkrad komma g'sieht nô moint mer dô keemdat zwoi Rendviecher uff oin zua - ond wenner dô senn, nô isch's a Tatsach´....!"

Bedenkt man das Gewicht von Karre, Fass und Saft, so kommt man gut und gerne auf eine halbe Tonne, die über das holprige Pflaster der Altstadtgassen gezogen sein wollte. Ein Kraftakt jedes Mal.

„Kommet amôl här ge hälfa!" hallte es zu jener Zeit deswegen nicht eben selten und niemals ungehört durch die Gassen der herbstlichen Altstadt.

Die Kelter – das Ziel nach einem arbeitsreichen Tag. Man erkennt die Tresterhaufen und die langdeichseligen Leuteschinder´- Karren mit den Transportfässern

Übrigens: Most wurde auch getrunken in der Burgsteige, auf dem *Österberg*, im *Hennental* und am *Frondsberg*. War die Anfahrt einmal wirklich nicht zu schaffen, dann half der `Schneiders Karle´ gerne mit seinem grünen Unimog aus. Der allerdings ebenfalls nur im Schritttempo fahren konnte, denn der Most rauschte bei jeder Kurve im Fass auf der Pritsche dermaßen hin und her, dass die Gefahr bestand, das Gefährt könnte samt Huckepackfass umkippen...

Für uns Kinder
der Altstadt dauerte das Warten, bis man `dran´ war, oft unerträglich lange.`
Gerne halfen wir deshalb den Erwachsenen bei der anstrengenden Arbeit den ausgepressten Trester aus den Tüchern zu schütteln oder den säuerlich duftenden Haufen mit breiten Schippen auf den Anhänger zu schaufeln, den `*der Schneiders Karle*´ vor das Kelterntor gefahren hat.

Oft schon in den Morgenstunden war man aufgebrochen, um das Obst einzusammeln. Zu Mittag wurde 'auf dem Feld' gevespert.
Zehn, fünfzehn, zwanzig Zentner zusammengeklaubtes Obst waren keine Seltenheit.
Erst Stunden später hatte man die Kelter erreicht – zu Fuß natürlich und mit einem 'Leuteschinder', der zu diesem Zwecke allerdings mit einer Pritsche ausgestattet war. Dabei ist der Weg vom Ursrainer Eggert auf der Höhe durch das Tal des *Elysiums* oder den steilen, damals noch steinigen ÖhlerHohlweg hinab zur Kelter keineswegs gefahrlos gewesen! Nicht immer nämlich hat auf nass-rutschigem Weg die 'Migge' so gut gegriffen, wie sie sollte. Am *Blumenbrünnele* konnte man nicht nur seinen Durst stillen, sondern auch den Angstschweiß von der Stirn waschen – bevor man die nächste Gefällestrecke bis zum unteren Teil des Schnarrenberges in Angriff nahm, um anschließend seine kostbare Last den tückischen Frondsberg hinunter zu karren - und dabei noch kräftiger die 'Migge' zu bedienen als zuvor!
Bei der Kelter angekommen, fand man sich dann womöglich am Ende einer langen Schlange ungeduldig wartender *Raupen* – trotz des frühen Aufstehens, und nicht selten war es bereits nach zehn Uhr abends, als der Letzte endlich seinen Most in die geschwefelten Fässer im Keller füllen konnte.
Dabei ging es gelegentlich recht hektisch zu! Dann nämlich, wenn gleich mehrere Fässer im Keller gefüllt werden sollten. Das bedeutete, dass derjenige, der als nächster an der Reihe war, solange warten musste, bis 400, 500, 600 oder gar noch mehr Liter vom Fass oben in der Gasse durch den Schlauch in das Fass unten im Keller gelaufen waren, und *'der Karra'* endlich wieder in die Kelter zurück gebracht worden war.

Kann man sich als nicht Eingeweihter die Szenen ausmalen, die sich bei derartigen Gelegenheiten im Keller abgespielt haben? Schwerlich!

Man müsste sich nämlich vorstellen, dass man bei spärlicher Beleuchtung auf wackeligen Beinen zwischen dicht an dicht neben einander gelagerten Fässern steht, sich über Spinnweben, den feuchten Staub auf den Dauben und über rostige Fassreifen beugt, um mit einem Auge in das schwarze `Schbondaloch´ zu linsen, und um zu sehen, ob das Fass nun endlich voll ist oder noch nicht, und dass, eh man sich versieht, dann just in *dem* Augenblick, in dem man den Hahn mit dem abgewinkelten Messingrohr im Spundloch anhebt, um besser sehen zu können und um den Saftzufluss per Hahndreh gegebenenfalls zu stoppen, aus eben diesem Loch eine zischende, weiß-rosa Schaumfontäne schießt, die einen mitten im Gesicht trifft, die Augen verklebt, sich über Hals und Haupthaar ergießt, kalt in den Ausschnitt des `Trojers´ rinnt, dass dann diese klebrig-süßen Saftströme über Brust und Rücken laufen, um sich am tiefsten Punkt der Unterhose - *im Gemächt* halt - wieder zu vereinen, wie anno `89 am Brandenburger Tor das jubelnde deutsche Volk?

Raupen unter sich

Wenn dann der von diesem unverhofften Saftsegen Getroffene dem ungeduldigen Mann am oberen Fass auf dessen Frage *„Isch´s nô et bald vool?"* noch einigermaßen gelassen antworten kann:*„Gfielsmäßig schao. I zieh bloß nemme so reacht dazua. Hôschn du dees ´Raor nô et rauszooga wiane g´sait hao?"*, dann, ja dann kann der Mann am Fass, unten im tiefen Keller der Familie Gugel, **nicht** Walter S. heißen..., erst recht dann nicht, wenn die Antwort oben in der Rathausgasse nicht angekommen ist, das Saugrohr im oberen Fass nach wie vor im Süßmost eingetaucht geblieben ist, und deswegen der Kampf mit dem herausschießenden Element im Keller mit gnadenloser Härte weitergeführt werden muss. Der Mann dort unten im Gewölbe – im Glauben, von oben käme nun nichts mehr – sah sich auf einmal gezwungen, wie ein Walross prustend und blind wie ein Auwertl das Spundloch des nächsten Fasses zu ertasten und dabei mit der Hand die Rohrmündung zu zuhalten............

War dann endlich aller Most in die Fässer gelaufen, und stand der `Kellergeist´ dann abgekämpft, dumpf vor sich hinbrütend und mit aufgerollten, klebrigen Schläuchen wieder im herbstlich-fahlen Sonnenlicht der Rathausgasse, dann **hätte(!) sich** am Ende der Schlauchaktion ein Zwiegespräch **ergeben können,** das sich in etwa so angehört haben mochte:

„Ha, sa´môl, Kerle, wia siesch´n D u aus?"
„Jetzt gugg et so bleed!.........wenn Du
Allmachtsgrasdaggl ao s´ Raor et rauszuigsch.......!"
„Ha, dô heert sich doch älles uff! Jetzt gôscht der mi ô!
Du bisch doch a Granadaseggl! Hedsch halt ebbas
gsait! Siadichs Donderwedder.......... Muasch halt äbbes
dô, dass mer de mergt."
„Hanne doch! Wia a Mugg emm a Reerle! Glei´ a baar
môl! Aber Du hairsch jô nix.......! Dir sott´ mer halt
amôl mit a ma Fenger vool Schbugge en d´Leffl fahre
on s Schmalz aus de Aoralabba raus dô!"
„Hanno jetzt komm! Dô kô doch i nix dafier! Du Sembl
muasch halt lauder schreia! Hôsch doch sonscht ao
äwwl so a graoße Gôsch! I la´ me doch et vo jedam
verseggla! Mier kô mer doch et ällas uffbremsa!"
„Ha wa! Komm, leck me doch am Arsch, du Bachel!
Dier verzeele gau ebbas!"
„Du gell! Dees war jetzt aber fei´ net nett, net!? Vor

mei'm isch neemlich ao koi Gidder! On ieberhaupt: Du kôsch dae G'sicht selber wäscha......... Isch'n viel danäba naus gloffa?"
"Ha schô a gheeriche Gôsch vool. Dui Dregglach' dô donna hett gwieß an ganza Oimer g'fillt. Wenne dees älles g'soffa hett, nô hett me d'Scheißerei no bis zor Kirbe en dr G'wald! Jetzt gugg me doch amôl ô, nô siehsch jô wia i aussieh.........soichnaß bis naa en Grattl, wia bei ma Wigglkendle! Oh, dass Gotterbarm............"
"Ha, s' gôt' jo grad nômmol! S o o schlemm isch nô ao wieder net!"
"Jô,jô - s'isch jô et dae Moscht gwä, gell! S' isch jô bloooß der mae. mô du verhansleonhardlet hôsch. Du hôsch guat schwätza – on i han dafier koin Moscht mae. Mensch, wenn e nô et werd' wia Du....! Aber oinawäg: s' geit jô gnuag dees môl. Jetzt langet's wieder fir a Weile. Nô griagat halt oifach d' Nôchber a weng weniger!"
"Ääba! So isch nô halt ao wieder............."
"On wenn äbbas iebrig isch, nô duen grad glei nomm zom Karle Aicheler - ge schnabsa."

Stets wurde nach dem `Moschta´ jedes Glas, jeder Krug und jeder andere Kolben, den die Nachbarn hingehalten haben, mit Süßmost gefüllt, und fast in jedem Haushalt duftete es am folgenden Tag nach frischem Zwiebelkuchen mit Speckwürfelchen und Kümmel.

Süßmost und Zwiebelkuchen passen halt zusammen wie frisches Brot und Griebenschmalz, wie `Bräschtleng´ mit Zugger on Schlagrahm – damals wie heute. Oder *wia der Arsch uffs Abtrittloch.*

!!!
Die nachstehenden in Kästchen eingerahmten Texte sind ebenso frei erfunden wie die Namen, die darin auftauchen! Ähnlichkeiten mit lebenden Personen sind rein zufällig.
!!!

Das Pfirsichsteinauge

„Also, komm´, mach nôre jetzat – dr Berthold braucht sein Karre wieder. Mir miaßat nandernôch ahne mache. Der Kehrers Karle isch als näxschter drô gwä! On dô danôch dr **Oxalobl***, dr* **Markschtoisetzer***, dr* **Schwerleicht** *ond nô no em* **Hittascheißer** *sei Oddole....! Vo deene Huatsempl kô doch koiner et waarda. Dia miaßat doch ällaweil pfluudra oder sonscht ebbes omdreiba. Vo deene Bachel isch doch deroewiaderander!"*
„Widd Du et zerscht amôl a anders Hemmad ôziaga? Dees mô da ôhôsch wird doch bocksterrig - on **diie** *frierts doch sonscht nôchher wia d´Sau an der Kuddl, en daera bätschnassa, gschlabbadda Schaffkudd! Du keetsch dr jô wenigschdens d´Hôôr a bissle aadriggna. Hôsch koi Fazzanäddle em Sack?"*
„Ha wa! Zo waaas ao. Dees duats ao morga nô, bevor e mer beim Schtaffelkapitän**** d´ Hôôr schneida lass´! I gang halt nôchher gschwend zom Beerdamack***** nomm. Der Lôôle hôt´s doch emmer so ôbacha warm en sei´ra Bachschtub"
„Sell kôsch fei laut saga! Duat deem sei Eeleefale eigentlich wieder? Dr Weimers Ottl hôt gerscht neemlich gmoint, dees sei so heeh wia em Schmida Wilhelm sei Kreiz.........!"
„Jô, deem duats fei´gottsschträflich wae! Em Helm isch sogar nô der Schässloh z´heerd. As sott am halt oifach

*der Schmid Beckert oder dr Scheela Konrad vor Mordiogass' an nuia Kreiznagel zeemaglopfa........"
„Hawa! Der Dubbaler sott halt et andauernd en seim Wengert romm grubba wia so a Halbdaggl. Woisch, deem sein Essich kô sowiso koi Sau saufa. Sei'Luisle, dees Lombadier, hôt neilich em Vetter Maddees seim Weib a Flasch dervo nomm dô, weil se so a aag'schaffts Gsiicht gheet häb. Aber d'Mehna hôt g'sait, mô se an Schbritzer vo deem Semsagräbbsler an ihrn Aggerslaad nô gleert häb'sei der glei' zeema g'fahra on ganz läätschig on lommelich worda - on dass der Kurtle Schramm en der Werkstatt vom NSU-Wandel jetzt damit an seim Raupaschlepper da Roscht vodde 'Räder weg butzt. On dr Abbodeeger Römmig vom Marktplatz hôt gmoint, dass er sein Universalwei' en dr Kleenig verkaufa soll. Dia Deggter kennteat sich nach dr*  *Obberazioh damit d'Händ dessinfizara ond d Zôhärzt kenntat an verschreiba – zom Gurgla, wäga saera* **a d s t r i g i e r e n d a** *Wirgong. Dee sei' uffällefäll besser als Malebrin, rot......- on g'sender!"*

Zurück in der Kelter empfängt Berthold die beiden Säumigen mit den Worten:

Mô senn denn ihr zwoi Glufamichel so lang mit deem Scheißkarra, Heilandsak aber ao nô môl!? Deesch jô donderschläächtig wia lang i h r fort senn! Mr kommt doch et erscht anno Dubak daher, wenn de andre uff oin waartet! Komme heit et, komme morga, ha? Dô hairt sich doch ällas uff! Kreizgrabbasack! Wa hennen

*ihr sooo lang doo? An Deller Oxamaulsalad gfressa bei
der Emma Kempf, oder waa.....? Ihr Hongermugga.
Oder wommeeglich an Schwardamaage oder a Silzle
mit `ma Bismarckhäreng denn, ha?*
„Mier....?"
*Gell, schmatza ond kobba kennat ihr, aber koin Fuurz
verheeba! Wellat ihr's Michele mit mir treiba, oder
waa? Uich Daagdiab ghairt doch dr Dibbl bohrd! Uich
sott mer an ganza Dag lang driggna wia an nassa
Lomba. Aber dess hett jô ao koin wäärd bei uich zwee.
Ihr senn jô scho lengscht heerdschlägich......"*
„Ha, waas wenn mir dô hann: mein Moscht en Keller
naa g'schleichlet. Was'n suscht?"
„Ja, m ô denn? En Däradenga duss, oder wo? Oder
bei de Sa´dbäuch?"
„Noi! Zeerscht bei de Eichhernla** on nô bei de
Haiärsch en Haagaloch – woisch, bei de
Saua***.............. Morom hôschn du soo an Läbbdaag?
Isch äbbas bassiert –oder pressierts bloß weils pressiert?
Hôt der a Wääsa wega so a ma bissle
zbätkomma...........!"
„Noooi! Noooi! Hawah! Gar et! Ach woher doch.......!
Ha aah. Uff deen Karra waardet jô bloß nô s´Fritzle
Hartmaier, dr Schreiners Fritz, s´Fritzle Schmid, dr alt
Schmida Fritz, dr Gottfried Fritz, der Frieder
Kaltamark, dr Fitze Witzemann, dr Brodbecka Fried-
rich on d´Kehrers Frie.....del!"
„Wia? Älle h e i t nô? Ha, ihr senn jô et ganz bacha!"
„Noi. Aber morga fria glei! Dr Auguscht isch schier
nômmgschnabbt ond hôt gsait er geeng so lang nomôl.
Er hôt gmoint bis dia zwee Faulenzer dean Karra
z´ruckbrengat heeb er daweil dees Obst uff, mô bis selt
nô nôch g'waxa isch en seira Maderhald´. Der hôt fei
d´Auge verdreht wia a Rälleng uff am Leichaschraage!*

...On meine blôe Tailohr-Trauba muaße ao nô mahla. Asuscht geits dees Jôhr wieder koin reachta Raode. Ihr kennat ruich ao komma! Dr Goldpermee, dr Schlappaor, s'Pfeersichschtoiaug', s' Schwardamägle, dr Karrers Ernscht ond der Walle vo de Zwiebelkraussa senn ao dô, môrga fria! S' Arschlechle, s' Heggabeerle on der Grabbaarsch keemtat ao zom hälfa. Sogar s' Oxaboile, dr Deantau, dr Buurzamäggeler on dr Welschkornstengl henn gmoint, se keemde filleicht a Weile. Gar älle!"

„Aber oinawäg: I et! Deesch mir doch grad' tutmemschos, weil i muaß zomma Sattler nach Schtuagert!"

„Duu? Ha, wa du et saisch! Wa widdn du bei soo oim?"

„An nuia Arsch kaufa. Mei' alter hôt a Loch.........! Godnaacht."

Ich geb's zu – auch hartgesottene Raupen befleißigen sich heutzutage einer `zivilisierteren´ Ausdrucksweise...

* Sandbäuche = Übername der Lustnauer Bürger   )**
=Übername der Pfrondorfer Bürger. Sie tragen ein Eichkätzchen im Wappen   )***= wie vor, jedoch drei Wildschweine.............
)**** Friseurmeister Sindlinger in der Kornhausstraße, *****
Beerda (= schwäbischer Ausdruck für Kuchen) – Mack = Familienname des Bäckers und Wirts des `Pfauens´ in der Kornhausstraße

Das unauffällige Leben des Wilhelm Friedrich Gugel

*Das Bild zeigt einen `Leitschinder´ mit der Aufschrift AICHELER.
Die Aufnahme zeigt einen kleinen Hof in der oberen Haaggasse.
In dem Fass dürfte Raum für etwa 350 Liter Most sei*

*Das Bild rechts zeigt
Konrad Scheel in den frühen
Fünfzigerjahren.*

Konrad betrieb einst seine Schmiede in der *Mordiogasse*. Bei ihm ließen die Tübinger ihre stumpfen Sensen dengeln oder die Hacken schärfen.
Meister Scheel brannte außerdem so manchem Gaul die Eisen unter die Hufe oder die Initialen des Pferdehalters ins Fell...

Der letzte Küfer

Karl Aicheler war – meines Wissens - der letzte seines Standes in Tübingens 'Unteren Stadt'. Vater hatte bei diesem Urtübinger noch drei(!) Eichenfässer fertigen lassen, nachdem wir bereits in die Schwärzlocher Straße umgezogen waren.

Das Küferhandwerk in Tübingen starb mit Karl Aicheler endgültig aus. Zuvor hatte in der Jakobsgasse noch ein Kollege namens Schaal gelebt. Der hatte mit seinen hoch über einander gestapelten Türmen aus Eichenholzkanteln lange Zeit das Erscheinungsbild der Schwärzlocher Straße mitgeprägt.

Die Söhne des alten Küfers Schaal haben nach dessen Tod diese Lagerplätze mitsamt dem uralten, bestens abgelagerten Holz als Bauland verkauft.

Die Vorräte

Most wurde immer und von allen getrunken. Auch von uns Kindern! Natürlich erst, als wir das entsprechende Alter erreicht hatten. Bis dahin gab es für uns einfach nur Wasser (!) zu trinken und Fruchtsäfte aus Kirschen und *'raode oder schwaarze Treibla',* wie Johannisbeeren im Schwäbischen genannt werden.

Für die Saftflaschen gab es übrigens speziell für diesen Zweck geformte rote Gummikappen - wenn man nicht ohnehin leere Sprudelflaschen verwendete, die wie die Bierflaschen damals einen Bügelverschluss mit Porzellankopf und Gummiring besaßen, wenngleich in der Form leicht abgewandelt.

Ein solches Gummirengle stülpte einst Freund Wolfgangs Opa aus der Judengasse über das Mundstück seiner Tabakspfeife, weil er sie sonst nicht in seinem zahnlosen Mund hätte halten können.......

Aus den anderen Früchten wurde Marmelade – besser: *Gsälz!* – gekocht. Es gab demnach zum Frühstück beispielsweise solche Leckereien wie 'Breschtlingsgälzbrot'. Dabei steht für den Begriff „Breschtling" nichts anderes als die süße, rote Erdbeere!

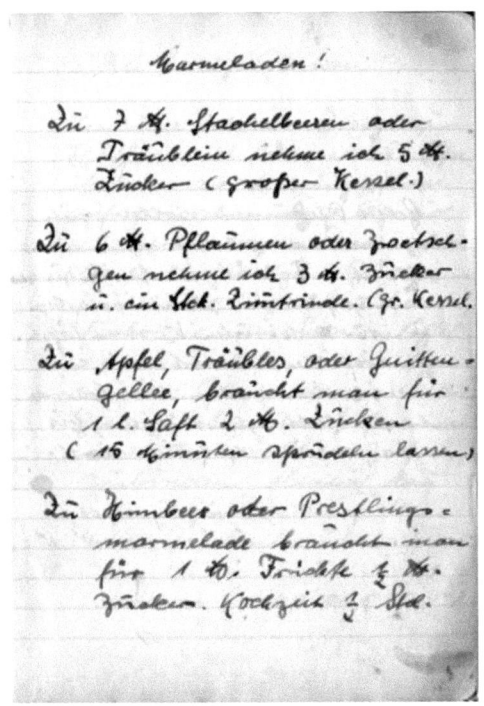

'Gsälzrezept' aus Mutters eigenhändig geschriebener Rezeptesammlung

Es gab demnach also (und das gibt es noch heute!) Stachelbeer*gsälz*, Träubles*gsälz*, Himbeer-, Pflaumen-, Mirabellen- und Kirschen*gsälz*.

Auch Rennegloda (Reineclauden), Pfeerschich (Pfirsiche), Quitten und vor allem Zwetschgen wurden eingekocht oder zu Kompott eingedünstet. Die Marmeladengläser wurden anfangs mit einem Baumwolltüchle abgedeckt, das man dann mit einem Bindfaden festzurrte.

Später wurden diese Tüchle durch eine transparente Zellophan-Haut ersetzt, die man ganz glatt über die Gläseröffnung spannte und einfach mit einem strammen 'Gommirengle' festhielt.

Gelegentlich ernannte Mutter mich zum *Hähneleswächter'* am Entsafter. Dann nämlich, wenn es galt den Saft der gelben Quitten aus dem Esslingsloh in einen Topf zu *schläucheln*. Daraus `machte` sie schließlich das glibberige *Gwiddaschilee* (Quittengelee).

Der Weck-Früchte-Entsafter mit dem abklemmbaren Schläuchle gehörte ebenso zu den Standard-Haushaltsgeräten, wie der große Einweckkübel aus dessen Deckel ein großes Thermometer herausragte.
In dem Kübel war Raum genug für ein Gestell, in das man fünf der mit den Früchten gefüllten typischen Weckgläser hineinstellen konnte, um sie, mit Wasser bedeckt, zu kochen.
Alle diese Erzeugnisse hausfraulicher Mühen lagerten im Keller! Ebenso Kartoffeln, Rüben (Rote Beete und Karotten), Lauchstangen und `Zellrich´` (Sellerie). In großen, irdenen "Ständen" gärte Sauerkraut, das man bei Frau Schaub in der Haaggasse maschinell hobeln lassen konnte. In der Zeit davor hatte man das selbst erzeugte Weißkraut mit den Händen über ein großes Schneidebrett (Krauthobel) schieben und in feine Streifen schneiden müssen. Es war dann in Schichten eingebracht, gesalzen und von den zarten Mädchenfüßen einer Irmtraud, einer Erika, einer Bärbel oder von sonst welchen `Kleinfüßlern´` in `die Krautstand´` hineingestampft worden – es ist wirklich wahr!
Danach deckte man es mit einem Baumwolltuch ab, legte ein paar passend zugeschnittene Eichenbretter darauf und beschwerte diese mit mehreren gewichtigen Granitbrocken. Daneben stand ein Gefäß, in das man frische Eier hineingelegt und mit *„Wasserglas"* übergossen hatte. In dieser gallertartigen Masse hielten sich die Eier mehrere Monate lang frisch!
In den Regalen aufgereiht lagerten Blaukrautköpfe neben

Rosenkohlstangen, Wirsing, Kohlrabi und Rettichen. Hier stapelten sich außerdem die zahlreichen Dosen, die das Fleisch und die Wurst enthielten, für die das arme Schwein, das unter der Treppe gemästet worden war, hatte sein Leben hingeben müssen...!
Über die Mostfässer hatte Vater einige Bretter gelegt. Ein Rahmen aus Latten verhinderte, dass die ausgesuchten Äpfel und Birnen herunterkullern konnten, die man auf dieser Vorrichtung säuberlich verteilt hatte.
Infrage kamen dafür nur ganz bestimmte Obstsorten, nämlich solche, die sich lange hielten, und die nicht bereits wenige Tage nach der Ernte schon anfingen zu faulen. Dennoch: gerade die Äpfel, die zuerst zu verderben drohten, hatte man als erste aufzuessen. Das galt auch für den Most in den Fässern: Der älteste wurde zuerst getrunken, auch wenn er bereits Fäden zog........
Das mag einen heute befremden, doch in meiner frühen Kindheit gab es nicht zu jeder Zeit Obst zu kaufen, so wie wir es heutzutage gewohnt sind. Hatte man das gelagerte Obst aufgegessen, oder war es ungenießbar geworden, so aß man im Winter eben keinen frischen Apfel und keine Birne! Dann war man froh, wenn man auf das Eingemachte zurückgreifen konnte!

Wie hoch im Kurs bei den Alteingesessenen der Most gestanden hat, mag die oft erzählte Geschichte belegen, die sich in einem Tübinger Haushalt abgespielt haben soll, nach der ein auf dem Sterbelager liegender Gatte die Bitte nach einem letzten Glas Zibebenwein von seiner angehenden Wittfrau abgeschmettert worden ist: „Jetzt wird nemme zibebelet, jetzt wird gschdôrba!"
Ein wahres Mostkeller-Drama wird am Ende dieses Kapitels in Gedichtform geschildert. Es ist wahrlich nicht zum Lachen!

Bananen und Orangen wurden zwar schon angeboten – beim italienischen Obsthändler *Cozza* auf dem Wochenmarkt und beim Kaufmann "*Köthner*", der in der Kornhausstraße einen Tante-Emma-Laden betrieben hat. Doch diese Früchte fand man bestenfalls zu Weihnachten auf unserem Tisch!

Mutters Aufschrieb fürs Einmachen von `Essichgirgla, die man entweder selbst im Aischbach ziehen oder für drei Pfennige(!) das Stück auf dem Markt kaufen konnte

Die Bananenkistchen erfreuten sich unter den Studenten großer Beliebtheit. Der Boden und die Seitenteile bestanden nämlich aus dünnen, geschlossenen Holzbrettchen. Die Kisten waren etwa sechzig Zentimeter lang und etwa so breit, wie hoch, jeweils etwa fünfundzwanzig Zentimeter. Und sie wurden durch eine stabile Holzplatte in zwei gleich große Fächer geteilt – ohne Deckel aufrecht hingestellt ergab solch eine Kiste ein ideales Regal für Bücher oder– mit einem aufgelegten Polster eine Sitzgelegenheit. `Cozza-Möbel´ nannte man daher eine solchermaßen zusammengesetzte Studentenbudeneinrichtung. Sperrmüll aus heutiger Sicht, den mitzunehmen sich das Stadtreinigungsamt wohl weigern würde..

Und auch das Einmachen von Bohnen hat Mutter sich notiert...

Im Übrigen bewahrte man selbst das Brot im Keller auf. Die Laibe legte man auf das dicke Brett, das an Eisenstangen von der Gewölbedecke hing, und deckte sie mit einem Tuch ab, damit die Brote für die gefräßigen Mäuse unerreichbar wurden, und sie vor allem gegen herabrieselnden Schmutz geschützt blieben!
Der Keller ist also eine wahre Schatzkammer gewesen! Dies ist durchaus wörtlich zu verstehen, denn um all diese Dinge kaufen zu können, fehlte schlicht das Geld. All das, was hier unten lagerte, war vielmehr das Ergebnis großer, vielfältiger Mühen und ist keineswegs entstanden, weil man Landwirtschaft etwa als Ausgleichssport oder Steckenpferd betrachtete!
Obwohl es hier alle diese Köstlichkeiten gab, ist der Keller nicht der Ort gewesen, an dem ich mich freiwillig aufgehalten habe.
Überall gab es die klebrigen, staubigen Spinnweben der langbeinigen Weberknechte, feuchte Wände mit Steinfu-

gen, aus denen modriger Sand rieselte, und in denen sich Heerscharen grauer Kellerasseln tummelten, abgebröckelter Putz, und ganz bestimmt flitzten hinter den Fässern hier unten Mäuse hin und her.

Die Stufen waren kurz, steil und so dick mit schwarz glänzendem, speckigem, festgetretenem Staub belegt, sodass das Begehen mit feuchten Sohlen sogar gefährlich sein konnte.

Angeblich hatte Tante Anna das schon einmal schmerzhaft erfahren müssen, als sie auf dem glitschig gewordenen Dreck ausgeglitten und die Treppe hinunter gestürzt war.

Trotz all den Ängsten, die wir Kinder beim Betreten des Kellers gehabt haben, wurden wir täglich von unserem Vater 'zum *Moscht-ruff-hola*' geschickt – egal, ob es nun Sommer oder Winter war. Und egal, ob es geregnet hat oder nicht, ob es am hellen Tag, oder wenn es schon grauslich dunkel gewesen ist. Meist machten wir uns deshalb zu zweit auf den Weg durch die finstere Nacht über der Rathausgasse - und nicht nur einmal zerbrach ein Krug auf dem holprigen Pflaster der Gasse, die wir entweder aus Furcht vor dem *Nachtgrabb* so hastig, wie möglich überqueren wollten und dabei stolperten, oder weil der Winter die Pflastersteine mit tückischem Glatteis überzogen hatte.

War man alleine und nur mit dem spärlich leuchtenden Kerzenlicht in die Finsternis hinab gestiegen, dann musste man es irgendwie fertigkriegen, den Hahn aufzudrehen, den Krug darunter zu halten und trotzdem das Licht bloß nicht ausgehen zu lassen. Die Kerze so zu halten, dass das Licht von oben kommt und gleichzeitig Most zapfen? Natürlich ging das nicht! Zumindest nicht immer.

Man ließ also ein paar Tropfen Kerzenwachs auf das für Darmol-Kerzenhalter zu schmale Schließ des Türchens fallen und 'klebte' die Kerze darauf fest. Trotzdem konnte man nur ahnen, wo die Hahnmündung sich befinden musste. Deshalb tastete man mit den Fingerspitzen über das feuchte Holz des Fasses nach unten, bis man den Knebel des Hahns spürte – und fasste dabei in den ekligen, Faden ziehenden Schleim darunter,
der sich aus tropfendem Most und Spinnweben gebildet hatte...
Dann stellte man den Krug auf den Boden darunter.
Der Hahn war aus Holz gefertigt. Er klemmte gelegentlich. Wollte man ihn öffnen, dann brauchte man dazu Kraft! Ich jedenfalls musste immer meine ganze kindliche Kraft aufwenden, um den knarzenden Hahn aufdrehen zu können. Ich brauchte dazu beide Hände.
Wann der Krug voll gewesen ist, zeigte sich, wenn der Mostspiegel die Spitze des Zeigefingers erreicht hat, den man dazu in den Krug gesteckt hat – oder am Plätschern des Überlaufs........
Saß der Hahn zu fest und man musste daran ruckeln, bis er sich drehen ließ, dann konnte es passieren, dass der Knebel aus dem konischen Loch herausrutschte. Das war gleichbedeutend mit einer Katastrophe! Super-GAU im heutigen Sprachgebrauch!
Dann rauschte nämlich das kostbare Gesöff literweise ungehindert in den finsteren Orkus und spritzte auf Gesicht, Hände, Hemd und Hose, bis der Knebel wieder fest in seinem Konus gesessen hat.
Nein, man hatte es nicht leicht gehabt als Kind - beim *Moscht-ruff-hola'en dr Rôthausgass*....
Saudumm ist es gewesen, hat man den Krug zu voll gemacht und deshalb einen Teil davon auf der Stiege verschüttet. Wie Schmierseife so glitschig ist der schwarze,

Jahrzehnte alte und festgetretene Dreck auf den Stufen dann geworden. Um nichts überschwappen zu lassen, hat man dann mit der einen Hand die Krugöffnung zu oder den "Darmol"-Halter drüber gehalten, während man mit der anderen Hand den Henkel verkrampft festhielt.

„Hosch au da Hahna richtig zuadreht, ha? Et dasser trialat wia a allds Weib. Wenn et, nô gôsch' grad glei nommol na on gucksch!" Mit diesen oder mit so ähnlichen Worten wurde man danach in der Stube `begrüßt'. Nie im Leben habe ich wieder so heftig und mit größerer Überzeugungskraft mit dem Kopf genickt......

Unser Mostkrug hatte eine graue Glasur mit dunkelblauem Muster. Tante Liesels Krug hingegen war gelb mit schwarzen aufgemalten Ringen. Dadurch sollte der Eindruck erweckt werden, es handele sich um ein Gefäß aus hellem Holz und nicht um Steinzeug. Außerdem war er innen weiß. Dieses Design gibt es noch immer! Doch ich verwende in meinem Haushalt nach wie vor solch einen grau-blauen Krug. Die Zweckbestimmung ist noch immer die gleiche, auch wenn der Most, den ich aus ihm in die Gläser schenke, zuvor aus einer Flasche hinein gegossen wird...

Wolfgang Großmann, mein einstiger Mitschüler in der Hölderlinschule, erinnerte sich kürzlich an unseren Mostkrug noch so genau, dass ich mich darüber nur wundern konnte – und lächeln. Es muss wohl an einem jener heißen Sommertage gewesen sein, die es damals noch gegeben hat, als ich *Grossy* unseren tiefen Keller zeigte. Dort unten war es kühl - und auch der Most ist es gewesen! Ich ließ Wolfgang kosten - und er war begeistert, sehr begeistert sogar von diesem kühlen Trunk!

Natürlich bin ich kein *Säufer* gewesen, sondern ein Knabe, dessen Leben bis dahin höchstens zehn Lenze gezählt hat – genau wie 'Wölfi' Großmanns eben auch. Doch immerhin hatte ich schon gelegentlich an einem Gläschen Most nippen dürfen. Es machte mir also 'nichts aus', ein paar Schlucke davon zu trinken. Den kleinen Wolfgang aber hat der ungewohnt reichliche Genuss des Gugel'schen *Leib- und Magengesöffs* förmlich umgehauen, wie er noch heute, belustigt und nicht ohne zu schmunzeln, versichert.

Nach zwei rasch hintereinander weggekippten Gläsern sei seine 'Birne' damals heißer noch gewesen, als der im hellen Sonnenschein der hochsommerlichen Rathausgasse heiß gewordene gusseiserne Schachtdeckel!

Trotz all dieser Beschreibungen über die Arbeit, die meine Eltern, meine Verwandten, meine Nachbarn und auch viele meiner Bekannten im Haus und auf den Feldern zu leisten hatten, fühlte ich mich nicht als *Bauernbüble!*

Mein Vater war Tiefbauunternehmer mit einer kleinen eigenen Firma; die Landwirtschaft lief gewissermaßen nebenher. Sie war wichtig gewesen und erleichterte das Überleben der Menschen in der 'Unteren Stadt' erheblich.

Natürlich konnte Vater uns Kinder nicht in dem gleichen Maße 'beschäftigen' wie es Mutter tat – oder tun musste! Doch die Arbeit auf den Feldern prägte – zumindest mich als den jüngsten Spross der Familie Gugel – stark. Noch heute arbeite ich gerne in meinem Garten, und ich mag die Arbeit auf meiner *ererbten* Obstwiese sehr.

Übrigens: Sollte es dem Leser noch nicht aufgefallen sein – ich bin überzeugter Schwabe! Und ich werde 'einen Teufel tun', mir meine Muttersprache abzugewöhnen!

Tübingen ist meine Heimatstadt. Hier wurde ich geboren. Ich lebe nur wenige Steinwürfe vom *geografischen Mittelpunkt Baden-Württembergs* entfernt.

Im `Elysium´, dem oberen schattigen Talabschnitt des *Käsenbachs,* befindet sich just an der idyllischsten Stelle ein steinerner Kegel auf einer geneigten, runden Scheibe, der genau diese Tatsache belegt. Geografisch gesehen bin ich somit der *erste Architekt des Landes*............

Und deshalb rede ich, gewissermaßen als *Zentral*schwabe, so, wie die Menschen hier seit undenklichen Zeiten reden: Schwäbisch! Und das nicht ohne Stolz!

Ich denke nicht daran, meinen Dialekt zu unterdrücken. Einerseits versuche *ich,* mich verständlich auszudrücken. Ich verlange aber andererseits *von meinen unschwäbischen Gesprächspartnern,* dass sie mir aufmerksam zuhören und sich ruhig dabei ein wenig anstrengen. *Ja freilich. Ha, wo semmer denn!?*

Ich mag die schwäbische Mundart sehr! Sie zeigt sich in ihrer Ausdrucksweise ungemein variantenreich, in der Wortauswahl treffend, und durch ihre farbige Lautmalerei geradezu genial sparsam. Und während so mancher große Dichter für die Schilderung des ach so traurigen Schicksals eines dem Tode geweihten "Gôgen" gleichwohl einen viele hundert Seiten füllenden Band beanspruchen würde, gelingt es zwei Schwaben ohne Mühe und mit nur wenigen wohlgesetzten Worten, eine wahre Tragödie abzuhandeln:

Mitte Mai tritt ein "Gôg" in der "Kronenstraße" aus dem Hausflur des altstadtbekannten Arztes "Dr.med. Wacker", nach dem dieser ihm eine verheerende, eine endgültige, besser: d i e endgültige Diagnose eröffnet hat.

Er trifft auf seinen Nachbarn:

Dialog mit tödlichem Ausgang

"So, ao....?! (Sieh an, auch unterwegs?) Der Patient nickt nur unmerklich mit dem Kopf.
"Ond – was mointer?" fragt der Nachbar mit einem angedeuteten Ellbogenzucken zur Praxis hin).
"............Haaaaaaaaaaa" Der Patient wiegt mit hoch gezogenen Brauen und gesenkten Lidern den Kopf hin und her. Der Nachbar ist sofort im Bilde - und schockiert:
" Aaaaaah wá!? Ja wah?"
"Er wois ao et gnao! Em Grend denna. Scheiße halt...............!"
"Doch ao, gell!"
"Ha jô scho!"
"Ja, seit wann?"
Patient zuckt mit den Schultern.
"Ach, was wois denn i?"
Pause. Dann der Nachbar:
"Wa moinsch............hôsch nô lang?"
"Uff älle Fäll dees Jôhr nô!"
"Ja nô.......... Nô machs halt guat - bis selt nô!"
"Jô. Mer sieht sich - bei der Leich.........."
"I d i vielleicht schao...... Und nach einer kurzen Pause:
"Moinsch i brauch´ an Mantel?"
"I hoff´........"

Doch selbst dieser geschwätzige `Dialog´ könnte nach der Meinung eines Tübinger Puristen noch kürzer ausfallen, indem der Nachbar fragt:

"Ond, muasch naa?" *(In die Grube hinab) fragt der Nachbar.*
"Jô. Morom?" *fragt der Patient.*

Und es ginge selbst ohne Worte!

Der Nachbar schaut mit hochgezogenen Brauen und mit nach unten gedrehtem Daumen dem Patienten fragend in die Augen.
Der andere nickt mit geschlossenen Augen langsam mit dem Kopf.
Beide gehen langsam weiter: Der eine trüb´, der and´re heiter...................
........nô wär dees ao g´schwätzt
Ich mag meine `Gôga´ mit ihrem raupen-räsen Humor – und ihre unnachahmliche Sprache – auch, wenn diese von einem Hochdeutschen bloß als `seltsames Geräusch´ wahrgenommen wird!

Die Marktgasse, wie sie sich in den frühen Fünfzigerjahren zeigte:
Auf der runden, rotweißen Tafel steht `Gesperrt für Radfahrer´. Der Heilsarmee folgte Karl Kosts Gaststätte "Fässle". Im Nachbarhaus flickte der Schuster Josef Baur für seine Kundschaft die Stiefel. Hinter den hohen Fenstern bot man Krefelder Krawatten an und rechts neben dem glänzenden Zigarettenautomaten verkaufte Wilhelm Huber

die Vorhänge und Stores, die Tante Liesel auf Bestellung genäht hat. Noch weiter unten in der Gasse befand sich das kleine Viktualiengeschäft der alten Frau Hecker. Ganz unten im Eckhaus zur "Kornhausstraße" hatte sich die Familie Klein ein Textilgeschäft eingerichtet.
Das von der Sonne beschienene Gebäude gab dieser Straße ihren Namen: das Kornhaus. Heute beherbergt es das Tübinger Stadtmuseum. Damals diente es der Rotes Kreuz- Organisation als zentral gelegener Stützpunkt. Im Erdgeschoß warteten die Sanitätsautos auf ihren Einsatz...
Im vierten Haus von links eröffnete einst die Kultkneipe "Chez Michele" ihre Pforten. Hier verkehrten zwei Jahrzehnte lang alle Jugendlichen bis hin zu den Mittelalterlichen aus der Tübinger Szene. Nach dem Tod des französischen Wirtes betrieb dessen Sohn noch einige Jahre lang die Kneipe unter dem Namen seines Vaters.

Schließlich hatte ich die Ehre, die Galträume im Erdgeschoss umzubauen. Der Name hatte sich in "Franky´s" geändert.

In der Dachgeschosswohnung lebte ein hoch talentierter Kunstmaler, den ich sehr schätzte.

Er zog aus dieser Wohnung aus, und ich leitete die fälligen Renovierungsarbeiten.

Eine Unachtsamkeit des Künstlers führte in seinem neuen Domizil – einer Scheune an der Reutlinger Straße - zu einem gewaltigen Brand.

Im Verlaufe der Löscharbeiten verloren zwei Feuerwehrmänner ihr Leben.

Manfred Rommel erzählte in einem seiner Büchlein die nachstehende Anekdote:
Entgegen der landläufigen Auffassung ist bei dem Schwaben die Neugier wesentlich stärker entwickelt als Trägheit und Sparsamkeit. Er ist also nicht verwundert, wenn er an den unmöglichsten Orten auf dem Globus schwäbisch angesprochen wird, und wenn durch die ungewöhnlichste Sprache der schwäbische Ursprung des

Sprechenden in Gestalt unverlierbarer Nasale durchkommt. Nein, er wundert sich nicht, wenn auch andere schwäbisch können.*
An einem Empfang des amerikanischen Präsidenten soll einmal ein Schwabe teilgenommen haben. Als der Präsident zu ihm kam und sich vorstellte: „Kennedy", meinte der Schwabe: „I glaub' net."

*Einem Büchlein von Ernst Wintergerst aus dem Jahre 1939 habe ich nachstehendes Gedicht entnommen:

A Schwäble kommt nach India nei',
on kehrt glei' en Kalkutta ei.
Er frôgat en dem Wirtshaus nôôch:
„Isch wirklich koi Diebenger dô?"
Nô Schreit dô so a ind'scher Denger:
„Ha noi - aber a Däradenger!"
Für die Knappheit der schwäbischen Sprache könnte der gar nicht einmal so unromantische Wortlaut eines Heiratsantrages Zeugnis ablegen, der da lautete:
„Däätsch Du mi nemma, wenn i die wella dät?"

Die auf das zögerlich gehauchte „S' keet schao sae......" folgende Verlobungszeit könnte man mit den Worten beschreiben:
Zeerscht Hand en Hand
Nô d'Hand an ebbes – nô ebbes en der Hand
ond nô ebbes en ebbes.........

Auch das nachstehende Zitat eines Standesbeamten, das dieser so – oder so ähnlich - während der Trauzeremonie auf dem Tübinger Rathaus zu Besten gegeben haben soll, mag ein beredtes Beispiel sein für echt schwäbische Maulfaulheit:

„*Wenner anander wänt,
nô gänter anander d' Händ!* (Sie tun es.)
*Im Namen des Gesetzes –
Aahhh - ....so, nô hätts dees.*"
Sollten die solchermaßen Vermählten einmal Streit gehabt haben, so könnte sich die Versöhnung wie nebenstehend abgespielt haben:

Die Fortsetzung des Geschehens in der ehelichen Bettstatt könnte man in Anspielung auf den spärlich ausgebildeten Sprachschatz des maulfaulen Standesbeamten zusammenfassend so ausdrücken:
Nuff, nei – hôdda!

Oder
„*Soodale*   *(vorfreudentrunken)
................jjjjeeeeddsaddle (zittrig)......hodda (erleichtert)!*"Dees denn Männerleit mit Weiberleit zor 'Kuahnaachtszeit' zom Zeitvertreib.....

Em Berthold sei' Bäsawirtschafd

Die mittelalterliche Kelter wurde einst in unmittelbarer Nähe zur Stadtmauer im Tal der Ammer erbaut.
Die Ammer fließt noch heute nur einen Steinwurf vom alten Fachwerkbau entfernt vorbei. Höchstens drei Meter tief hat sie sich in den urzeitlichen Grund des Keltervorplatzes eingegraben.
Ein Keller unter der Kelter hätte wesentlich tiefer angelegt werden müssen – und er hätte deshalb niemals trocken sein können.

Albert Bertholds Weinberge lagen am Südhang des Spitzberges. Dort lebten er und seine Familie in einem kleinen Häuschen - auf halber Strecke zwischen Tübingen und Hirschau. Zu weit außerhalb, als dass man dort mit vielen Gästen hätte rechnen können.
Als Vorstand des *"Tübinger Keltervereins"* richtete er seine Besenwirtschaft im Obergeschoss der Kelter ein – in jenem Saal, der jahrein jahraus dem Weingärtner Liederkranz als Singstunden-Übungsraum genutzt wird.

Dass eine Besenwirtschaft im Obergeschoss einer Kelter – und nicht wie sonst im Keller einer solchen – nicht nur ungewöhnlich ist, sondern auch einen unter Umständen Knochen brechenden Nachteil haben kann, dürfte dem unerfahrenen Besenzecher zunächst nicht aufgefallen sein.
Immerhin: Diese lange, lange Treppe führt nicht nur von unten nach oben, sondern – wie es Treppen nun einmal so an sich haben - auch von oben wieder nach unten.
In diesem Falle steigt man diese legendär-steile Stiege in Abhängigkeit von dem erreichten Grad der Alkoholisierung entweder vorwärts aufrecht, nur mit den Fersen auftretend und achtsam vor sich hinblickend hinunter, oder

mit gebeugtem Rückgrat Stufe um Stufe rückwärts – je nachdem, wie groß der Mut zum Abenteuer noch (oder inzwischen *schon*) gewesen ist.
Für die 'Hans.guck-in-Lufts' dieser Welt gibt es eine dritte Möglichkeit: man bewältigt den Höhenunterschied zwischen Gaststube und *Hohentwielgasse* im mehr oder weniger 'freien Fall' – und dies auch nur mehr oder weniger frei*willig*
Die Frage, ob so oder anders rum abwärts, drängte sich jedem Gast spätestens dann auf, wenn er in der berechtigten Erwartung auf Schmerzlinderung im Blasenbereich die Tür zum Gastraum hinter sich zugezogen hatte und der Blick nun auf das weiße Täfelchen mit dem dürren Pfeil und den beiden Buchstaben *W* und *C* fiel.
Die Zeichen standen unzweideutig auf „Abwärts".
So mancher leicht beduselte Zecher hat da oben stehend beim Blick in die Tiefe – noch immer die Chancen für die am meisten Erfolg versprechende Gangart abwägend – schließlich resigniert geseufzt: *„Oh je, oh je – g l e i' benn e heh. Wenn e Gligg han......"*
Die Stiege *musste* so oder so überwunden werden, wenn man einem menschlichen Rühren nachzukommen hatte. Die Toilette befand sich nun einmal im Erdgeschoss.........
Hatte man die Stiege und das 'Geschäft' schließlich unfallfrei hinter sich gelassen und war die Hose wieder ordnungsgemäß zugeknöpft oder der Rock glatt gestrichen und wieder richtig hingezupft, dann empfahl es sich, vor dem Aufstieg zuerst nach oben zu blicken. Nicht etwa nur der interessanten Unter-Rock-Perspektive wegen, nein, die Treppe war so schmal, dass man allem, was auf die eine oder andere Art von oben kam, nicht hätte ausweichen können.
Jeder, der schon einmal diese Himmelsleiter 'überschlägig' hinuntergepurzelt war – egal ob die Gründe dafür im

Krug mit dem Roten oder mit dem Weißen zu suchen waren – hat im Stillen gehofft, die Türe unten würde wenigstens geschlossen sein. Man rumpelte in diesem Falle zwar gegen das hölzerne Türblatt – immerhin fände der `Abstieg´ mit diesem harten Anschlag wenigstens ein – wenngleich schmerzhaftes - Ende.

Stünde die Tür jedoch offen, oder würde sie unmittelbar vor dem Erreichen des Tiefpunktes - etwa von einem Klosettheimkehrer - geöffnet, so ginge das muntere Einsammeln von `blauen Flecken´ weiter. Zwar erführe der rasante Niedergang eine kurze Unterbrechung, indem man zunächst noch über die Natursteinschwelle, eine einzelne Stufe vor der Türe, fällt. Gleich danach allerdings kullerte man ziemlich sicher noch über das Podest der im rechten Winkel nach rechts schwenkenden fünfstufigen Freitreppe. Beinahe immer bisher reichte der Schwung obendrein noch aus für den Durchrutscher unter der untersten Geländerstange hindurch. Der sich unvermeidlich anschließende *wirklich* freie Fall über einen guten Meter hinab auf das buchstäblich *stein*harte Pflaster war zwar gewissermaßen der Ritterschlag für jeden Gast des "*Albert Bertholdschen Besens*". Er war indes wirklich nur sehr schwer und nur von Menschen in äußerst robuster körperlicher Verfassung zu verkraften – auch seelisch.

Dieser ultimative Sturz machte einen Besuch in Bertholds `Bäsawirdschafd´ zu einem möglicherweise nicht *einmaligen* aber ganz bestimmt zu einem *unvergesslichen* Erlebnis...

Ganz bestimmt ist diese Vokabel genau die passende für einen aus Reutlingen stammenden Studenten aus
der Historikerfakultät.

Folgende Geschichte – wahr oder nicht wahr – wird seit jener Zeit immer wieder bei passender Gelegenheit erzählt: Dieser junge, sehr von seinem Urteilsvermögen überzeugte

Mann hatte sich - umringt von einer überwältigenden Mehrheit Alttübinger - im Verlaufe eines jener ergebnisoffenen aber immer mit größter Kampfeslust geführten Dispute angeblich über die Vorzüge des Reutlinger Weines gegenüber dem der Tübinger Raupen ausgelassen. Allein den hierauf mit großem Nachdruck vorgebrachten Widersprüchen hatte er sich schlussendlich nicht mehr anders als verbal-trotzig zu erwehren gewusst - höchst leichtsinnig zwar, aber immerhin nur *verbal*.

„*Wenn man euren Wein trinkt, dann kann man nach dem ersten Schluck nur noch höchstens `fünfundfünfzig´ sagen, nicht mehr `achtundachtzig´, weil einem die viele Säure die Lippen zusammenzieht........* "

„*Worom saufschn nô em Ooferschdand, wenner so hondsmisraabl isch?* " hatte ein Tübinger Altstädtler furztrocken, aber mit gefährlich leise schnarrender, am Ende leicht ansteigender Stimme gefragt. Weil ihm auf diese einfache Frage keine befriedigende Antwort eingefallen ist, hat sich das Reutlinger `Hirschhörnle´ – um vom eigentlichen Thema abzulenken - in seiner Not und wohl auch unter dem Einfluss des von ihm so geschmähten Rebensaftes schließlich zu der *wirklich* ehrenrührigen Behauptung verstiegen, Nero habe Rom nur deswegen angezündet, weil es Tübingen noch nicht gegeben hat.

Es heißt, drei für ihre unendliche Geduld bekannte Kollegen des Besenwirtes, vielleicht namens Gugel, Kehrer und Waiblinger, hätten - obwohl bei ihnen der Geduldsfaden schon *am `Fatzen´* war - dennoch die schier unglaubliche Güte besessen, dem Maulhelden aus der Nachbarstadt nicht nur zu helfen, den Ausgang aus der Besenwirtschaftsstube zu finden, sondern ihm noch dazu den Beweis geliefert, dass der kürzeste Weg zur Hohentwielgasse ausschließlich unter dem untersten Podestgeländerstab hindurchführt...

„*Mir lenn ôns doch vo s o oim et fenferla*" - knurrte der eine – „*Vo s o oim lôt mer sich doch et schalluh macha*" - versuchte sich der andere selbst ruhig zu halten. „*Verdilledäbbla kô m i e dees Schtudenda-Moschtkepfle vo deam Echazflegga dô dieba scho zwoimôl et*", redete sich der Dritte selbst ein.

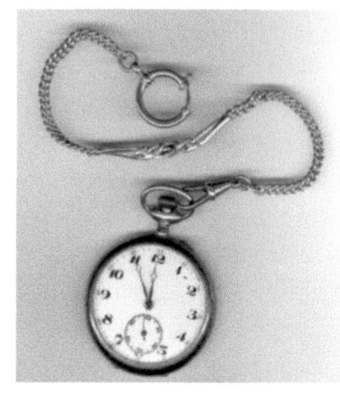

„*Achtbar, achtbar......fir an Reidlenger. Doch, doch! Was wôhr isch muass wôhr bleiba.*" soll ein Vierter namens Schramm aus dem "*Süßen Löchle*" anerkennend gemurmelt haben, als er gesehen hat, wie der Studiosus sich aufgerappelt und sich mit gebeugtem Rücken vom Ort des Geschehens geschlichen hat – zum Steinerweichen jammernd.

„*Hoffentlich hôts däam Glender nix dao.....*" verlieh Frau *Sinner* aus dem *Karrengässle* ihrer Besorgnis Ausdruck.
„*Dees wär nô no fei´ `s Idibfale, gell!*" bestätigte mit hochgezogenem Kinn Frau *Karrer* aus der *Mordiogass´*.

Es gibt bis heute nur wenige Reutlinger, denen die Ehre zuteilgeworden ist, diesen Ritter*schlag* zu erhalten

„*Berthold! So oin lôsch nô s´nägschtmôl fei´nemme rei, gell!* Der Daggl soll s´näggschd môl liaber Rhabarberschorrle saufa – dahoim! ......Hôt der ieberhaupt zahlt, der Hongerleider, der erdamend?"

Übrigens: Man munkelte, dass bereits Tage bevor der Wengerter seinen Besen raushängte, von den Apothekern der Tübinger Altstadt in Erwartung gehäuft auftretender Verstauchungen, Prellungen, Gliederverrenkungen, Hautabschürfungen und Knochenbrüchen, nebst einer nennenswert großen Stückzahl von elastischen Binden, Pflaster, blutstillenden Mitteln und Kanistern *essigsaurer Tonerde* zugleich kiloweise Kopfschmerztabletten geordert worden sein sollen.

Auch meinen Vater fand ich eines Morgens notversorgt in bemitleidenswertem Zustand mit verbundenen Handgelenken und Fußknöcheln rücklings auf dem Sofa liegend vor.

„*Ausg'rutscht uff der 'Schleifezde'*", die sich angeblich um das löchrige Regenwasser-Fallrohr der Kelter gebildet haben soll, hieß es. „*S' gôt am greizliadrich......... Dia Pflaschterschtoi senn so glatt gwää wie em Merktbronna-Neptun sei Fiedale......*"

Aber es war nicht Essig, nach dem es im Wohnzimmer gerochen hat. Nein: Eine dünne Duftfahne von Alkohol zog durch die kachelofenwarme Stube.....

Mit dem Einwurf, man habe die Kompressen unter den Verbänden mit 'Vorlauf' vom Aicheler getränkt, begegnete man dem Misstrauen des schnuppernden jugendlich-naiven Fragestellers.

Und überhaupt: Jemand solle doch bitteschön nachsehen, ob nicht vielleicht neben der Freitreppe in der Hohentwielgasse noch seine Taschenuhr läge.

„***Dui hanne geschtern beim Berthold neemlich nô g'het g'het...***" (Sic! Und 'Quod erat demonstrantum.')Fünf vor Zwölf - wie auf der zuvor abgebildeten Uhr - war es für jeden *Nicht*-Tübinger, der den nachfolgenden Text gesungen hat ohne sich zuvor vergewissert zu haben, dass ihm beim Absingen der so genannten **Raupen-Hymne** nicht eine solche zuhört - oder er sich wenigstens mit seinen Bekannten in der mindestens *abschreckenden Überzahl* befunden hat, sollte ein oder mehrere Vertreter dieser ganz speziellen Unterstadt-Spezies anwesend sein. Raufhändel wären dann nämlich nicht gänzlich auszuschließen gewesen...

Karle, schmier dae
Bruscht mit Lätte,
ziag dae Scheißdrecks-
Wammes ô,
dass da ao wie and´re Raupe

Scheißdrecksbudda trage kôsch!

En dr Neggerhalde sieba
ischt a Scheißhaus eba´ vool.
Ônd nô sait dr Herr Professer,
daß mer´s Scheißhaus leera soll.

 Ônd dr Karle nemmt sae Schapfa,
ruadlet rom en sell´ra Briah.
Ônd dees schtenkt granadamäßig
Schao des Morgads en dr Früah.

Ob deem G´schtank
zuiht d´ Frau Professer
Da Zenka nuff als ob se´s beißt.
Doch dr Karle tuat´ra z´ wissat,
daß ao sui koin Balsam scheißt.

En der Neggerhalde sieba
ischt a Scheißhaus wieder leer.
Ônd vom Scheißdreck vom Professer
Werdet Bräschtleng graoß ond schwer...

Der Text der ersten beiden Verse gilt als Volksgut. Die dritte, vierte und fünfte Strophe stammen aus der Feder des Herrn Dr.Phil.Heinz-Eugen Schramm.

Es gäbe da *noch* einen Liedertext, der es wert ist, unter die Leute gebracht zu werden. Vor allem dann sollte man sich ihn ins Gedächtnis bringen, wenn der Besuch einer Besenwirtschaft beabsichtigt ist und der Mann, dessen ganze Vorfreude den zu erwartenden Trunkfreuden gilt, auf den Namen Friedrich hört...

„Oh, Frieder, du Wei´dag..."

Willsch wieder fort, Du Wei´dag, willsch wieder fort?
Gib glei dae Briafdasch her!
Willsch wieder saufa ganga? Duat´s dr emmer nô et langa?
Dir komme glei mim G´wehr!
Machsch du daen Zahldag nieder, i sag´s dr, lieber Frieder,
nô geit´s an schlemma Mord!
Dir wurde nô schao helfa, wenn d´ net dô bisch bis am zwelfa,
Oh Frieder, Du Wei´dag, willsch scho´ wieder fort?

Komm´ du bloß hoim, du Wei´dag, komm du mir hoim!°
Jetzt hôt´s grad zwelfe g´schla´.
I hau de mit am Besaschtecka, dass da moinsch, da mischt verrecka!
I schmeiß´ de d´Schtiaga na!
Hosch wiedern Jesasballa, moinsch gao, i dät´s net schnalla.
Dae Portmannee isch leer.
Dir dure s´Kreiz aushenka, na i schla´ de uff da Zenka.
Oh, Frieder, du Wei´dag, gang´ du mir bloß her!

Bisch wieder dô, du Wei´dag, bisch wieder dô?
Wia siehsch denn du bloß aus?

Dae´ Hemmad isch verrissa. Hôsch wieder buabla missa?
Ziag de jetzt nô glei´ aus.
Dô kô ne nemme lacha! ....Soll´dr a Teele macha?
Dees duat dr guat, i wett´.
Jetzt wurd´s deem ao nô iebel! Dô drieba schtôt dr Kiebel!
Oh Frieder, du Wei´dag, jetzt gôsch glei´ ens Bett!

*Christel Glück hat diesen einfühlsamen Text verfasst für
ihre `RIVERSIDE JAZZBAND´*
Man findet ihn abgedruckt auf der Schallplattenhülle

Es ist wahrlich nicht zum Lachen......
(schwäbisches Fast-Drama)

Der Gottlieb isch an alter Mô
Wo nemme so viel schaffe kô.
Sei´ Buckel wurd allmählich kromm.
Er schäfflet halt dahoimda rom.

Em Kopf, dô hätt ers scho no ghet,
Bloß d´Ärm ond Füess, dia wellet net.
Ond ´s Herz duat manchmôl arge Stöß –
Der Gottlieb moint: s´ isch nemme dees.......!

Dô isch´s a Gligg ond wahrer Troscht:
Em Kähr donn liegt sei´ Biramooscht!
Deen ka der Gottlieb nô vertrage,
Ganz b´sonders uf en schwere Mage.

So kommt´s au vor, dass en dr Nacht
Sei Mage eam Beschwerde macht.
Drom stellt am Obad sich der Mô
Da Moschtkruag uf da Nachtisch nô.

Dô langt er nachts bloß nebe nomm
ond holt sich g'schwend sei' Krüagle rom
on trenkt nô von sei'm Moscht en Schoppe
ond ka dô druf halt *soo* guet koppe!

Ond wenn er koppt hôt, schlôft er sachte
Ond friedlich durch bis morgets achte.

Doch jetzat, mittle en der Nacht
Dô isch der Gottlieb z'môl verwacht
Ond holt sich g'schwend sei Krüegle her
Ond merkt: dees Krüegle isch jô leer!

Jetzt, Sapperlott, *dees* hôt nô g'fehlt,
wer hôt dees Krüegle *leer* nôg'stellt?
Er knipst sei' Nachttischlämple ô,
guckt nach der Alte nebe dra.

„Mei' Krueg isch leer" so brommt er nomm.
„Was isch? Ach lass' me schlôfa, komm!"
„I sag', mei' Krueg isch leer, zom Donder!
Jetzt muass mer en da Keller nonder!"

Dass *sui* den Moscht holt glaubt er net.
Bloß – *er* möcht halt au net aus em Bett.
Dô fangt se au nô a, eahn z'foppe:
„Gang selber naa, *i* will et koppa!"

Dees hôt en g'äergert, s'isch koi Wonder.
Er schlupft en d'Schlappschua ond gôht nonter.
Em Naachthemd stôht er vor am Fass.
Er friert ond isch a bissle blass.
Er buckt sich nonder, dreht am Hahne
On denkt, als dät ers Ôheil ahne;

„Wenn dô jetzt nix meh drenne wär....!"
Ond schlag me s´Blechle: `S Fass isch leer!

Ja, Hemmel-Stuagert-Sapperment!
Nemmt dees heut ieberhaupt koi end?
Der Krueg leer, s´Fass leer, s´Weib tuat foppe!
...ond i sott doch so naidich koppe!

Der Gottlieb ischt en alter Mô,
wo nemme so viel schaffe kô.
Em Köpfle aber hôt ers ghet,
Ond uffgea tuet der Gottlieb net!

S´oi Fass ischt leer. Was tuet mer nô?
Mer sticht dees andre Fässle ô!
Er stellt sei´ Krüegle nebe nom
Ond guckt sich nach em Werkzeug om.

En Hahne holt er aus der Kischt.
Er woiß au, wo der Hammer ischt.
En Oimer stellt er sorglich onter.
Dr Gottlieb wird dabei ganz monter.

De Hahne legt er uf da Hocker.
Nô macht er sacht de Sponda locker.
Er weiß, dass´ jetzt nô glei´ pressiert.
Wennst dô net uffbasch, ischs passiert!

De Sponda raus! De Hahne her!
Ja, Leit, wenn dees so oifach wär!
Der Moscht schiesst raus, jetzt nei de Hahne.
Sei´ Hemmad wedlet wie a Fahne.

S´ wird leider au a bissle nass......
Dr Hahn´ isch aber drenn em Fass!
Jetzt schnauft dr Gottlieb – guat isch´s gange!
On will sich g´schwend sei´ Krüegle lange.

Er tuet sich nôch der Seite wende.
Dô hebt en wer am Hemmet hente.
Er guckt – jetzt hat er vo seim Hemd
A Stück ens Spondaloch nei´ klemmt.

Heut hôt er Pech, dees muess mer sage.
Der Gottlieb gibt sich langsam g´schlage.
Er setzt sich uf da Hocker na
Ond guckt sei´ nei´ klemmts Hemmed a.

Jetzt waa? Da Hahne nommôl raus?
Dees schafft er nemme – dô isch´s aus.
Er guckt sich nach sei´m Krüegle om.
Dees langts grad no, ond holt sich´s rom.

Er füllt sich´s voll ond trenkt an Schoppa
Ond tuet a paarmoôl g´heerich koppa.

Ond richtig – glei´ druf wird´s em leichter.
Er lächlet – amma Engel gleicht er!
Nô trenkt er´s Krüegle vollends aus
Ond schlupfet aus sei´m Hemmad raus.

Dô hangt´s am Fass, er stôht daneba,
Ka selber s´Lache net verhebe.
Jetzt füllt er nô sei´ Krüegle uf,
Steigt monter d´Kellerstaffel nuf.

Ganz nacket isch er – bis auf d´Schlappe
Ond auf em Kopf sei´ Zipfelkappe;
So kommt er en sei´ Schlôfstub´ nei.
Dô schalt´ sei Alte s´Lämple ei´.

„Ja, Gottlieb!" schreit se, ond isch wach.
„Was machsch´en du heit Nacht für Sach´?
Mr moint ja grad! – Was du nô wölltsch.....!
Komm rei´, daß du di net verkältsch!"

Dr Gottlieb guckt sei´ Alte ô,
stellt´s Krüegle uf da Nachtdisch nô.
Nô hôt er schnell *sei´* Decke g´lupft
Ond ischt en *sei´* Bett eineg´schlupft.

Sui denkt em Stilla vor sich nô:
„Ja, wia mer sich doch täuscha kô..........!"

Quelle unbekannnt

4.) Kind Willi

Nicht alleine das Haus mit der `13´ ist wichtig für mich gewesen. Die Menschen, die in der gleichen Gasse wohnten und lebten, waren es im gleichen Maße.

Nachbarkinder

Von links nach rechts: Gudrun, Walter, Bärbel, Willi, Erika in der Rathausgasse

Links im Bild: Viel Arbeit für den Holzsäger Herrn Köhnlein...

Natürlich waren es die Kinder aus der unmittelbaren Nachbarschaft, mit denen ich spielte, mit denen ich die ersten kindlichen Auseinandersetzungen hatte und mit denen ich aufwuchs.
Es lebten recht viele Kinder in den wenigen Häusern der *Rathausgasse*. Und die Zahl wurde noch größer, wenn sich die Buben und Mädchen aus den benachbarten Quartieren ebenfalls im `Hintergässle´ einfanden – so nannten die `Eingeborenen´ ihre Rathausgasse.
Walter S. jun. ist nur wenige Tage nach mir geboren.

Irmtraut kam ebenfalls 1951 zur Welt. Ihr Bruder *Jochen* war zwei Jahre älter als ich und gehörte somit dem gleichen Jahrgang an, wie mein Bruder *Paul*. *Erika* wiederum war ein Jahr älter als diese beiden Jungs. *Walters* Schwesterchen *Lore* wurde drei Jahre nach ihm geboren und Erika bekam ihren Bruder *Karl* als sie vier oder fünf Jahre alt gewesen ist.

Meine Schwester *Barbara* ist fünf Jahre älter als ich, mein Vetter *Eugen* sechs. Noch älter sind Eugens Bruder *Hermann* und seine Schwester *Erika*.

Die Brüder *Hans* und *Werner B.* – sie lebten im gleichen Haus wie Buchers, nur einen Stock über ihnen – sin.d deutlich älter gewesen als ich. Während ich noch ein kleiner Junge war, gehörten Hans und Werner schon der `Halbstarken-Generation´ an! Hans besaß zum Beispiel bereits eine `HEINKEL *Perle*´! Ein legendäres Moped, das heute längst von dem gleichen Mythos umgeben ist, wie der berühmte `Brezelkäfer´.

Hans schraubte in jeder freien Minute an seinem Gefährt herum. Irgendetwas musste immer repariert oder angebaut werden, und wenn es sich dabei auch nur um einen buschigen Fuchsschwanz handelte, den man an einer Art Antenne festmachte und der durch sein Wehen im Fahrtwind demonstrieren sollte, wie schnell man auf einer `Perle´ unterwegs sein konnte...

Der kleine *Karl* störte bei diesen Arbeiten! Ständig hatte er Hans´ Werkzeug in den Händen und immer genau das, welches der Freizeitmechaniker gerade am dringendsten brauchte! Total entnervt hatte Hans den kleinen, strampelnden Kerl eines Tages schließlich an den Trägern seiner Lederhose gepackt und ihn daran an die Haustürklinke gehängt, bis die Arbeit getan war. Karls Mutter hat getobt, als sie es bemerkte hatte..

Streit war – trotz der Enge - ganz gewiss nicht an der Tagesordnung in der "Rathausgasse" – gegeben hat es ihn aber doch!
Einmal hießen die Streithähne Herr *D.* und *B.* Der eine ein hochfahrender ´Bruddler´, der andere ein eher klein zu nennender, zartgliedriger Schneider mit großer Nase und runzeligem Gesicht! Worum es damals bei dem Streit ging, ist längst vergessen.
Sehr amüsant war die Auseinandersetzung dieser beiden für die unbeteiligten Nachbarn besonders deswegen, weil der eine dem anderen lauthals damit drohte, er würde ihn zusammen mit einem *zweiten* Saitenwürstchen im ´Sauerkraut fressen´! Ausgerechnet in Sauerkraut! „*Pfui Deifel...........*"

Im Haus Nr. 11 direkt neben uns lebte ´*Opa A.*´, an den ich mich nur noch schwach erinnern kann. Er war damals schon ein Greis mit weißem Haar und beeindruckendem Schnauzbart – aber immer noch äußerst mit Energie geladen!

Inge, Sigrun (+2009) Bärbel, Günter, Jochen, Rosel (vorne)

Im Erdgeschoss seines Häuschens hielt der alte Mann sich ein paar Ziegen. Ihr gelegentliches Gemecker war deutlich zu hören, wenn ihnen der Sinn nach Futter stand, oder wenn sie gemolken werden wollten. Häufig sah man den Opa mit einem klapprigen Leiterwägelchen und einer Sense losziehen, um für seine Tiere frisches Futtergras zu holen. Ein, zwei Stunden später kam er wieder zurück, die voll beladene Karre hinter sich herziehend.
Immer trug er `sei *schwaarze Schildkapp´* auf dem Kopf - ganz so, wie es sich für eine echte *"Raup"* eben geziemte – man möge mir diesen Ausdruck vergeben!
Seine Tochter *Sofie* hatte ihrerseits einer Tochter mit Namen *Inge* und einem Sohn *Günter* das Leben geschenkt. Beide sind mindestens im gleichen Alter wie meine ältesten Vettern. Vor allem der freche Lausbub Günter war ein wahrer Sargnagel für seinen Opa: Ständig neckte er ihn mit kecken Sprüchen, oder er spielte hundertmal hintereinander die Platte von *Mister Acker Bilks* Klarinettenmusik ab – in einer Lautstärke, die weit über der Verträglichkeitsgrenze des alten Herrn gelegen hat- versteht sich!

„*Opa, Du muasch zur Bundeswehr, Opa dô griagsch a Schpatzagwehr.......*" Mit diesem Text, gesungen nach der Melodie des River Kwai –Marsches brachte Günter seinen greisen Großvater schier zur Weißglut! Immerhin: Man besaß schon einen Plattenspieler...........
Den Vater des Geschwisterpaares habe ich niemals kennengelernt.
Sofie war im *"Economats"* beschäftigt. Das war ein Warenhaus in der Alexanderstraße, in der vorzugsweise die Angehörigen der in Tübingen stationierten französischen Militärs einkauften. Sofie hatte dort im Umgang mit den Kunden peu á peu die französische Sprache erlernt.

Eines Tages beobachtete ihr Vater hinter einem Sprossenfenster seines Hauses stehend, wie sie einem ihrer Familienbesuche dabei half, dessen Auto, das direkt neben der nach Ziegenkügelchen stinkenden Miste geparkt war, aus der engen Rathausgasse heraus zu 'bugsieren'. Opa rief in unverkennbar urschwäbischer Tonart: *„Maender nôch räächz!"* oder *„Nô mae lengs nomm, auf!"*
Sofie rief abwechselnd **„à droite"** (gesprochen wie: *a droaat*) oder **„à gauche"** (gesprochen wie: *a goosch*). Opa 'konnte' kein Französisch! Den letzten Ausdruck fasste der alte Armbruster deshalb irrtümlich als recht unhöflichen, an ihn gerichteten Befehl auf, seine *Gôsch* zu halten! Entsprechend ungehalten benahm er sich an seinem Fenster: Außer Rand und Band fuchtelte er wütend mit seinem Gehstock in der Luft herum. *„Heebatme!* (haltet mich zurück!) *"Omsgottshemmelswilla, Heebatme! Heebatme bloß!"* schrie er – es fehlte gar nicht viel und der aufgebrachte Alte wäre mitsamt dem Fensterkreuz in einem Satz auf die Gasse hinunter gesprungen! Es wäre seinem ungebrochenen jugendlichen Elan durchaus zuzutrauen gewesen...

Im Haus Nummer sieben wohnte die Familie *B*. Auch hier gab es Kinder, die ebenfalls durchweg älter als ich waren. *Fritz, Traugott, Sigrun und Gerhard ('Jimmy')* hießen die Geschwister – oder waren es sogar noch mehr Baumännle? 'Hemme', Genovefa, Monika.....?
Obwohl das alte Familienoberha im Allgemeinen '*kein Guter*' gewesen ist (besser: mit ihm war nicht gut Kirschen essen), so zögerte er doch nicht eine Sekunde (nur mit einem Bademantel angetan und mit Hausschuhen an den Füßen!) den Blut überströmten Paul auf Händen tra-

gend zuerst zum Taxistand auf der Krummen Brücke und dann zur Kinderklinik in die Rümelinstraße zu bringen, nachdem der Kleine im Schlaf von einem Holzbänkchen heruntergekullert und mit dem Kopf auf dem Pflaster aufgeschlagen war.

Das Eckhaus *Rathausgasse/Gambrinusgässle* wurde damals von *Rosel D.*, ihrer Schwester *Anni* und ihrem Vater bewohnt. Mutter Dewald lebte nicht mehr, doch der Vater hatte wieder eine Frau gefunden, die sich mit den beiden Töchtern bestens verstanden hat und die im hohen Alter gar von ihren Stieftöchtern aufopfernd gepflegt wurde.
In dem betagten, beeindruckend großen Haus, das direkt unterhalb des Rathauses noch immer steht, lebten außerdem die Familien *S.* und *A.* Die Damen und Herren dieser Namen sind untereinander irgendwie verwandtschaftlich verbunden gewesen, doch wie genau, das hat in der Nachbarschaft vielleicht nicht jeder so richtig verstanden! Die Kinder `Bella´ (Isabella), ihr Bruder `Dick´ (Dietmar) und der etwas größere `Wälde´ (Waldemar) aus diesen Familien waren allesamt jünger als ich, sind jedoch Nichte, Neffe und Onkel gewesen – wobei der Neffe älter war, als der Onkel...
Die Lebensläufte der Menschen im *Gambrinusgässle* waren durch die vorausgegangenen Kriegsjahre stark beeinflusst und auf ebenso wundersame Weise ineinander verschlungen wie die Brezeln des Bäckermeisters Renz in der *Kornhausstraße*. `Sischwiaiebral´ heißt es nicht umsonst.
Im gleichen Haus wohnten noch die Brüder *Peter* und *Siegfried* M. Möglicherweise waren auch sie verwandt mit `Dick´ und `Bella´, ich kann es nur vermuten
`Sigge´ ist ein großer Bewunderer des King of Rock`n

Roll gewesen, mit *fit* aus der blauen Tube im Haar (eine stark parfümierte Pomade der Firma "Schwarzkopf"; es gab auch *flott* in der rosa Tube - für die Wasserwellen der modebewussten Frauen) hatte er zumindest die Frisur mit seinem Idol gemeinsam............

Hairspray gehörte zu den ersten Englischworten, die ich als Kind vernahm. Die junge Dame sprühte das klebrige, stark parfümierte Zeug auf die zuvor mit einem Stielkamm toupierte Hochfrisur, bis die Haare so steif und formhaltig geworden waren, wie es der *Petticoat* unter ihrem Rock oder Kleid gewesen ist, auf den kein modebewusstes Mädchen damals verzichten wollte.

Aber auch meine Haare hätten nach reichlich (und heimlich aus Bärbels Dose) aufgesprühtem *Taft* einem Schlag mit dem Federballschläger mühelos standgehalten.....

Nicht so wirkungsvoll empfanden die lästigen Stubenfliegen und Spinnen diesen 'Schutz'. Die habe ich nämlich mit 'Hôôrschbree' eingenebelt; die waren dadurch so steif geworden, dass man sie hinterher mit einem 'Muggabatscher' aus einer zusammengerollten "BILD"-Zeitung wesentlich leichter erlegen konnte...

Die Scheunen

Zwischen der *Rathaus"-* und der *Judengasse* standen in meinen Kindertagen mehrere Scheunen. Die Abstände zwischen den einfachen Bauten waren gering; sie maßen - von einer Ausnahme abgesehen – durchweg weniger als einen Meter. Man nannte diese engen Durchgänge auch 'Winkele'.

Die Sockelmauern dieser windschiefen, jahrhundertealten Bauwerke bestanden aus unregelmäßigen Feldsteinen, die nur von recht minderwertigem Mörtel zusammengehalten wurden. Das morsche, wurmstichige Holz des

Fachwerkes faulte seit Jahrzehnten ungestört vor sich hin, denn die Verantwortung für den Erhalt des Gemeinschaftseigentums lag bei allen Miteigentümern gleichermaßen. Geld für Sanierungsmaßnahmen wollte keiner ausgeben! Der Grund: Man hatte keines.......

Genutzt wurden die Scheunen nur noch zum Unterstellen von großen aus Holz gefertigten Leiterwagen ('*Haiwäga*') mit langen Deichseln und Waagscheiten für die Zugpferde.

Am hinteren Ende dieser Gefährte befand sich unterhalb der Ladepritsche eine dick mit roter Karrensalbe eingeschmierte Gewindespindel mit einem quer eingebohrten Loch, in dem eine Art Knebel aus einer etwa dreißig Zentimeter langen Eisenstange geführt wurde. Mit dieser Vorrichtung konnten auf die mit Eisenreifen beschlagenen Hinterräder Bremsklötze aus massivem Hartholz gepresst werden, wenn ein Weg einmal steil nach unten führen sollte.

Dieser Knebel – oder besser Hebel, oder noch besser: '*Driebel*' - der aussah, wie ein langer Knochen, weil man beiden Enden eine dicke Stauchung angeschmiedet hatte, konnte in der Spindel hin und her oder auf und ab bewegt werden, wobei es jedes Mal einen ordentlichen, lauten Schlag tat – wenn man nicht, wie ich ein paar Male, unvorsichtigerweise die Finger dazwischen klemmte...

Einige landwirtschaftliche Geräte waren hier abgestellt oder hingen an den Wänden. Pflüge, Eggen und hölzerne Gestelle aus Latten, deren Umriss die Form einer Melitta-Filtertüte hatten, und die man hinten und vorne in den Wagen einstellte, wenn man zum Beispiel eine große Menge Heu einbringen wollte. Auch Geräte, die man für den Weinbau brauchte, warteten hier '*en de Schuira*' auf ihren Einsatz. Ich erinnere mich an ein paar Butten mit längst mürbe gewordenen Lederriemen und an eine grün angestrichene Traubenraspel mit der Aufschrift *Josef Gugel.*

Das Regenwasser lief frei und ungehindert von den Scheunendächern in die `Winkel´ ab - ohne Regenrinnen, und weil in diese Ecken auch im Sommer die Sonne niemals hineinschien, roch es hier beständig modrig nach morschem Holz, feuchtem Mörtel, nach Moos, nach Katzenpisse und nach noch Schlimmerem! Gelegentlich erleichterten sich nämlich die Marktfrauen in diesem heruntergekommenen, verdreckten aber gerade deswegen so `stillen´ Quartier, das man allgemein `*die sieben Winkele*´ nannte. Die Damen – die meisten von ihnen waren Bäuerinnen aus den umliegenden Gemeinden - hatten sonst keine Möglichkeit, diskret auszutreten. Die öffentlichen Toiletten unterhalb der steilen Auffahrt zur "*Haaggasse*" und zum "*Wienergässle*" hat man erst viele Jahre später dort eingebaut.

Immerhin nahm die eine oder andere von ihnen eine Milchkanne voll Wasser aus dem Marktbrunnen mit ins Labyrinth. Ansonsten - der nächste Regenguss spülte den zurückgelassenen Unrat aus `*Epflbutza*´, fauligen Tomaten, Tempotaschentüchern und kleinen, blauen Schächtelchen mit dem Aufdruck "*Blausiegel Gummiwaren*" dann schon irgendwo hin...

Die Scheunen erfreuten sich bei uns Kindern als Abenteuerspielplatz trotzdem großer Beliebtheit! Für unsere Eltern jedoch waren sie gerade deshalb ein Graus.

Von dem `Winkel´ zwischen den Haaggassenhäusern und der Scheuer neben dem Haus der Frau K. aus konnte man durch eine Luke ins Innere der Scheuern klettern. Fenster gab es nicht, nur die eine oder andere nicht zugemauerte Öffnung im Fachwerk, die durch Läden verdeckt wurde, von denen jedoch nicht ein einziger (mehr) abgeschlossen werden konnte.

Elektrisches Licht im Inneren gab es nicht. Nur die spärlichen Sonnenstrahlen, die durch irgendwelche Ritzen oder durch einzelne Löcher im Dach hereinfielen, und in deren Schein der aufgewirbelte Staub leuchtete, ließen uns sehen, wo wir hintraten.

Hier lauerten auf Schritt und Tritt vielerlei Gefahren!

Ausgetretene Treppenstufen und wurmstichige Leitersprossen konnten brechen, irgendwelche Dinge konnten von den Wänden herunter fallen und einen verletzen, oder man stürzte durch eine Decke, deren morsche Dielen selbst unter dem Gewicht eines Kindes nachzugeben jederzeit drohten. Ein Geländer, auf das man sich stützte, konnte nachgeben oder eine Latte löste sich, an der man sich gerade festhielt, wenn man an den Gattern, die das Zugloch eigentlich einrahmen sollten, halsbrecherisch von einem ins nächste Geschoss hocharbeitete!

Doch an solche Dinge dachte man als Kind einfach nicht! Meistens beschränkten wir uns ohnehin darauf, von einer höher gelegenen Decke in das weiche, seit vielen Jahren hier liegende Heu hinunterzuspringen.

Verfüttern konnte man diese völlig verstaubte Masse ganz gewiss nicht mehr – nur noch aus den Kleidern heraus klopfen und aus den Haaren waschen.

 Passiert ist gottlob nichts, auch dann nicht, als wir den zuweilen wirklich lästig werdenden Zwerg Karl `Bubi´ Bucher an den Hosenträgern seiner kurzen Lederhose (er trug diese praktisch immer!) mehrere Meter in die Höhe zogen! Wir hatten den Sohn des Änderungsschneiders kurzerhand auf den Haken der Lotteranlage genommen und nach oben gehievt, doch sein jämmerliches Geschrei ließ uns schnell einhalten in unserem schändlichen Tun...

Eines Tages allerdings gab es doch ein fürchterliches Geschrei. Einer der W.-Buben (Umzugsfirma "Walter & Söhne") hatte sich beim heimlichen Spielen in der Scheuer an einem rostigen Eisen verletzt. Er blutete aus einer Schnittwunde und schrie nun völlig außer sich und in großer Panik: *„Hilfe! Hilfe! Helfet mer doch! I verbluade, i verbluade! I v e r r e c k........"*
Zu seinem größten Erstaunen weilt er – soviel ich weiß - bis zum heutigen Tage nach wie vor unter den Lebenden.........

Erich Willi, Jochen, Walter,`
Maie' vor einem der `Löwen'-Kinoausgänge
in der Rathausgasse

Die drei Gugelkinder

Dass das `Elfenbein´- Medaillon des Brustriegels meiner Lederhosenträger gefehlt hat, hat mich stets geärgert. Doch ich hatte keine Wahl...

Paul vor der Holzbeige Walter S. Die Schnur spannte man von Haus zu Haus, um Federball zu spielen

Spielplatz Rathausgasse

Doch nicht nur das laute Geschrei des gepeinigten `Bubi´ drang aus diesem von Legenden umrankten AltstadtlabyriDnth. Gelegentlich konnte man als Kind, in einer der Scheuern versteckt, leises Flüstern und verlegenes Kichern hören, wenn sich ein Pärchen in die zwar unromantisch, aber immerhin verschwiegenen *Winkele* zurück gezogen hatte, um zu schmusen. Natürlich wurden derartige Lauscherlebnisse sofort und brühwarm an die Spielkameraden weiter erzählt. Danach warteten im gleichen Versteck noch viele Tage danach die anderen Kinder darauf, Ähnliches aufzuschnappen - vergeblich.
Immerhin boten die Winkele mit ihrer Unübersichtlichkeit für allzu wissbegierige Buben und Mädchen genügend Verstecke an, die es zuließen, allererste verbotene und deshalb verstohlene Blicke auf die primären Merkmale des anderen Geschlechtes zu tun.
„*Woisch waas? Zerscht zeigsch du mir dei´ Schlitzle, nô zeig i dir mei Schpitzle...........*"

Im `Zwengele´(Zwingel) nahe beim ehemaligen *Haagtor* und direkt neben der alten Stadtmauer gelegen, hatte man zu meiner Kinderzeit den (so viel ich weiß) ersten Kinderspielplatz eingerichtet. Mit Sandkasten, Klettergerüsten, Sitzbänken und einem entrindeten Kletterbaum. Wir Kinder aus der Rathausgasse waren eher selten dort zu Gast. Und als *Irmtraud* eines Tages von einem Ast heruntergefallen und auf dem Bauch gelandet war (`se hôt an Bauchpflatscher g´macht´), gaben wir den "Sieben Winkele" wieder den Vorzug vor........
Überhaupt, die `Wenggala´: Keines war gleich dem anderen. Das zwischen Scheuer und unserem Nachbarhaus gelegene war mit groben Steinen so gepflastert, dass sich

eine mittige Kandel bildete, in der das Regenwasser ablaufen konnte. Das `Wenggale´ war in sich so schief, dass man schon gut aufpassen musste, um sich beim Durchrennen nicht die Füße zu `verknaxen´.
Dann weitete sich dieser Winkel ein wenig und eine kleine Fläche tat sich auf.
Hier bestand der Boden nur aus festgestampftem Lehmboden mit ein paar wenigen glatt gescheuerten Steinbrocken dazwischen. Ging man nach rechts, so stand man nach ein paar Metern vor einem kleinen Podest, das sich oberhalb einer kurzen Treppe mit nur vier, fünf Stufen anschloss.

Hinten: Vetter Eugen, meine Schwester Bärbel, Erika, Elke L. und ihre Schwester Ellen,
dann links: Walter S.jun. und Irmtraud.
Davor: Willi Gugel, Bella mit Gips am Bein, Lore, `Bubi´, mein Bruder Paul, Jochen.

Die Türe, die sich hier befunden hat, gehörte zu einem kleinen, mit einem flachen Blechdach abgedeckten Lager des Ladens der Frau Bernhardt. Siw verkaufte in einem kleinen Geschäft neben Schulheften, Schreibpapier, Geha-Tintenfüllern und der Bild-zeitung auch Walt Disneys Micky Maus - Heftchen.
Frau Bernhardts Papierwarengeschäft wurde eines Tages zum Tatort meines ersten und deshalb äußerst dilettantisch durchgeführten *Ladendiebstahls!*

Wie schon oft zuvor hatte man mich losgeschickt, um die mit 10 Pfennigen billig zu nennende "BILD-Zeitung" zu kaufen. Dieses Blatt erfreute sich in jenen Tagen ganz allgemein großer Beliebtheit. Es hatte damals vermutlich noch deutlich mehr verantwortungsbewusste, seriös arbeitende Redakteure in seinen Schreibstuben, als in späteren Axel Springer- Jahren.
Ich blätterte also in einem Micky Mausheftchen, das dann `aus Versehen´ irgendwie zwischen die Seiten der Zeitung geraten sein musste....
Frau Bernhardt ließ mich gehen.
Die fünfunddreißig Pfennige für das Heftchen lies sie sich einen Tag später von meiner Mutter bezahlen. Ich weiß noch genau, wie mies ich mich auf dem Weg nach Hause gefühlt habe. Erst da wurde mir klar, dass ich das Heft nur heimlich würde lesen können. Jeder wusste, dass ich kein Geld besaß – auch *Walter* und *Jochen* und *Paul* und *Bärbel* und – meine Mutter. Die wurde erst böse, als ich ihr die Lügengeschichte mit dem `versehentlich dazwischen gerutscht´ aufzutischen versuchte.
Doch nun war das Heft bezahlt, und die Freunde hatten ihren Spaß daran.
Ich nicht. Und es ist nicht gelogen: Ich kann mich nicht erinnern, während meiner Kinderzeit jemals wieder etwas

gestohlen zu haben. Insofern hat die landläufig (zurecht) als ›*Lugablättle*‹ verschriene Tageszeitung eine nicht zu verleugnende hohe erzieherische Wirkung auf mich ausgeübt...

Später übernahmen erst die Tochter und dann ein Enkel der alten, freundlichen Frau Bernhardt das Geschäft. Ihr Familienname: "Helmrich".

Der schmale Durchgang zwischen der Giebelwand des Gugelhauses und des Bernhardt'schen-Lagers führte direkt gegen die Wand der Backstube vom Bäcker ›Renz‹. Dieser Winkel war fast nicht begehbar, weil er zusätzlich durch die Abortgrube unseres Hauses verengt worden ist. Noch weniger breit war der Winkel zwischen unserem Haus und Sofies Elternhaus. Wer sich hier hinein begeben musste, war wirklich gestraft. Es ging hier so *phäb* zu, dass es für den ›*Gilleleerer*‹ jedes Mal ein Graus gewesen sein musste, den Saugschlauch von seinem ›*Gilleauto*‹ bis zur Gugel'schen Jauchegrube zu verlegen. Und derjenige, der versehentlich den Fußball über die schmale Abschlusstüre gekickt hatte, musste sich ein überhaupt nicht mehr freundlich zu nennendes *„Du bleeder Seggl! Kôsch du et uffbassa!? Deen holsch' jetzt aber selber dô wieder raus, gell! Sonscht griagsch oine g'schteckt, dasses zäpft........"* gefallen lassen.

Die Winkelestür zur *Rathausgasse* hin wurde von unserem betagten Nachbarn stets verschlossen gehalten. Den Schlüssel zu dem Maderschloss rückte er nur dann heraus, wenn etwas vom Fenstersims oder von einer Wäscheleine den Winkel hinabgestürzt war – oder eine hilflose Katze keinen Ausweg finden konnte und jämmerlich um Hilfe miaute........

Rechts: das Gugelhaus. Die dunklen Ecksteine im EG bezeichnen die Stelle, an der sich einst die Abortgrube befand. Vor der Tür mit dem gelben Hinweisschildchen befand sich das Podest.

Das verglaste Oberlicht gehörte zum Lager der Frau B. (im Haus mit dem einseitigen Dach und den beiden schwarzen Fensterlöchern betrieb sie ihr Papierwarengeschäft)

Das erste `Fensterchen´ im Obergeschoss gehörte zum Klosett, das zweite, später eingebaute zum `Kämmerle´, das hintere zum Schlafzimmer meiner Eltern. Darüber (mit dem geöffneten oôgnehm gräa ôg´schtrichana Fäaschterlada) befand sich Tantes Wohnzimmer. Der dunkle Winkel führt zum Haus der "Bäckerei Renz".

Hinter dem frei gelegten Fachwerk des Westgiebels erkennt man die schmale, steile Treppe, die zur Bühne hinaufführte. Eine abgebrochene Scheuer reichte bis neben die weiß angestrichene Wand des Papierlagers. Neben der Südwand (Schüttrohr) hatte das Haus der Familie Sofies gestanden. Ganz rechts erkennt man das weiß gestrichene Fenster im Treppenhaus vor Tante Annas Wohnungstüre.

Deshalb haben wir Kinder uns eine Stange oder irgendeinen anderen Stecken genommen und damit versucht, auf dem Bauch liegend unter der Türe hindurch den Ball möglichst weit nach hinten, also zu den Scheunen hinüber zu `schucken´, damit der mit feuchten, verstaubten Spinnweben verhangene Weg für den `bleeda Seggl´ so kurz wie möglich war.

Immerhin: Weil sich in die Nähe des Podestes doch gelegentlich ein Sonnenstrahl verirrte, wuchs hier in dieser Abgeschiedenheit allerlei Unkraut: *Bettsoicher, Kletta on Dischdl*. Und ein Holunderstrauch, der die grünen Munitions-Beeren für die Blasröhrchen aus Glas lieferte, die man für fünfzehn Pfennige beim Laborbedarf-*Bühler* in der Neustraße kaufen konnte.

Der Winkel zwischen *unserer* Scheuer und der, die von der Schreinerei "Rilling" genutzt wurde, besaß ebenfalls nur so wenig Breite, dass man sich bereits schmutzig machte, wenn man ihn nicht mit ägyptisch verdrehen Schultern passierte. Außerdem musste man über die hineingefallenen Steine klettern, die irgendwann einmal aus dem Fach einer höher gelegenen Wand herausgefallen sind.

Dann trat man auf eine betonierte Rinne, die man sinnvollerweise mit einem feinen Glattstrich versehen hatte.

In diesem Winkel, er maß kaum einen Meter in der Breite, floss das Abwasser von den Häusern der "Haaggasse" hinunter bis zum Ende des kleinen Hofes, der sich seitlich von der "Judengasse" hinüber zu den Scheuern der Rathausgasse erstreckte.

Das Gefälle dieser Rinne war kein geringes.

Wir Kinder nutzten es im Winter als Schlitterbahn – also als `Schleifezde´.

Es gehörte eine große Portion Mut dazu, auf dieser vereisten Bahn aufrechtstehend hinunter zu schlittern. Stürzte man nämlich dabei, so holte man sich am ganzen Körper blaue Flecken, weil man praktisch nie nur auf den Hintern plumpste, sondern weil man sich noch im Fallen an den groben Natursteinwänden sämtliche Glieder anschlug – den `Deez´ keineswegs ausgenommen!

Doch sollte man die Schlitterpartie bis hierhin tatsächlich unbeschadet überstanden haben, so drohte am Ende dieses Winkels eine tief in den Glattstrich eingelassene Dole, über die es sich noch hinwegzusetzen galt. Und selbst dann, wenn einem auch dies gelungen sein sollte, wenn man also außerdem an der waagerecht, in Hüfthöhe geführten Regenwasserfallrohr vorbeigekommen ist, dann konnte es zu guter Letzt doch noch eine Bruchlandung geben, denn die Pflastersteine des Höfchens waren winters oft mit einer zentimeterdicken Eisschicht überzogen, die eine problemlose Landung höchst selten zu ließ...

Dennoch versuchte der eine oder andere besonders Waagemutige die *Schleifezde* mit Schlittschuhen an den Füßen zu überwinden – oder mit Rollschuhen. Im Sommer. Dankenswerterweise schüttete Erichs Mutter und auch `Fuzzi´ H. Oma die Asche aus ihrem Kanonenofen auf diese vereiste Fläche, im Winter, denn die sieben Winkele wurden trotz allem von vielen Unterstadtbewohnern gerne als direkte Verbindung zwischen Judengasse und Marktplatz genutzt, das ganze Jahr über.

Der eigentliche Spielplatz ist jedoch die *Rathausgasse* selbst gewesen!

Natürlich haben wir Jungs am liebsten Fußball gespielt – auf *ein* `Tor´. Eine *Mannschaft* bestand oft notgedrungen aus nur zwei `Mann´ oder gar nur aus einem! Torwart gab es nur einen – oder eben überhaupt keinen! Jeder war

dann eben gleichzeitig Stürmer und Verteidiger und vor allem auch noch Schiedsrichter. Dann spielten die Gegner auf ein leeres Tor, zu dem man meist die massive Mauer der `Miste´ (hochdeutsch: Dunglege!) vor dem Haus mit der Nummer sechs.
Doch, wenn er Zeit und Lust dazu hatte, stellte sich `Jimmy´ B. ins Tor! Dem grauste vor nichts – auch nicht vor Knochenbrüchen! Denn die riskierte er ungerührt und jedes Mal, wenn er mutig nach dem Ball *hechtete* und dabei seinen Körper auf das harte Pflaster warf. `Jimmy´ ist viele Jahre Torwart in der TSG – Fußballmannschaft gewesen; sein stolzer Vater Linienrichter.............
Es ist vorgekommen, dass meine älteren Vettern und selbst unsere Väter mitgekickt haben. Dann war `richtig´ was los in der *Rathausgasse!*

Übrigens Pflaster: Als man die Häuser in den letzten Jahren des fünften Jahrzehntes endlich an die öffentliche Kanalisation anschloss, grub man selbstverständlich die Rathausgasse zwischen *Gambrinusgässle* und *Kornhausstraße* metertief auf. Dann wurden neben den Abwasserrohren auch die Wasser- und Gasleitungen verlegt, waren die Gräben wieder verfüllt, rückten endlich die `Pfleschterer´ an. . Das waren handfertige Männer, die immer dann zum Einsatz kamen, wenn es galt, eine aufgerissene Gasse wieder mit Pflastersteinen zu befestigen. Diese Leute hatten *gut zu tun,* denn in der Tübinger Altstadt waren so gut wie alle Gassen gepflastert.
Das typische Klingen der Hämmer gehörte zum Alltag in Tübingen. Und die Männer, die die Fertigkeit besaßen, die schweren Quader in ordentlichen Reihen oder gar in den schön geschwungenen Bögen mit `Katzenköpfen´ aus schwarzem Basalt - wie zum Beispiel in der *Wilhelm-* oder *Rümelinstraße* – zu versetzen, standen ob ihrer Ge-

schicklichkeit in nicht geringem Ansehen.

Natürlich waren die Kinder aus dem 'Hintergässle' interessierte Zuschauer bei diesen Arbeiten. Nachdem die Männer am Abend aufgehört hatten zu schaffen, hockten wir Jungs unverzüglich auf der eingeebneten Split-Fläche und versuchten nun selbst, die Steine in Sand zu versetzen. Das Ergebnis unserer Bemühungen hatte allerdings nur kurze Zeit Bestand: Die 'Pfleschterer' rissen am nächsten Morgen unser Werk ungerührt einfach nieder.Und schimpften sogar...
Während sie die Steine versetzten, saßen Männer auf einem einbeinigen hölzernen Hocker, der aussah wie eine riesige Reißzwecke, und sie benutzten einen schweren Pflasterhammer, dessen eine Hälfte wie ein Fäustel geformt war, während die andere die Gestalt einer kleinen Schaufel hatte. Damit verteilten sie geschickt den Sand, in den man den nächsten Würfel hinein setzte und festklopfte oder man schaufelte damit Sand in die Zwischenräume.
Angelockt vom begeisterten Geschrei kamen etliche Jungs aus der *Judengasse* zu uns herüber.
Burschen, wie die Söhne des Fensterputzers *Holz*, der junge *Bölzle* von der Druckerei, der kleine *Neeth*, dessen Eltern das Haushaltswarengeschäft *Marquardt* auf dem Marktplatz betrieben, fanden sich ein. 'Fuzzi' H., sein stimmgewaltiger Vetter *Erich H.*, der in meinem Alter war, die Brüder *Werner* und *Wilhelm H.* wurden ebenso in die Mannschaften aufgenommen wie die Jungs *Fred A.* mit seinem älteren Bruder und deren Cousin *Günter* (von der Umzugsfirma Firma Walter & Söhne) aus der *Haaggasse*.
Wolfgang, dessen Nachttischleuchte aus einem Totenschädel bestand, den er bei Ausschachtungsarbeiten nahe

der Jakobuskirche gefunden hatte, kickte ebenso gerne auf das Scheunentor bei Frau K. wie `Gädde´ aus der Judengasse. Er trat nicht nur auf dem Pflaster der Rathausgasse gegen das runde Leder, sondern spielte als passionierter Kicker in der TSG Fußball.

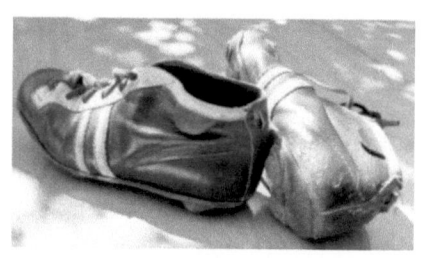

Von ihm erwarb ich einst im Tausch gegen die Vorlage eines komplett voll geklebten Rabattmarkenbüchleins und einer `Käppselespistole´ mein erstes Paar Kickschuhe – mit aufgenagelten Lederstollen und schienbeinbrechender Stahlkappe! Schuhgröße: 24!! –sowieso von Anfang an - und bereits nach ein paar Monaten erst recht - zu klein! Aber ich musste sie unbedingt haben! Die winzigen Schühchen stehen als originelles Andenken an diese Zeit im Büroregal neben mir.

Die Rathausgasse: Die Miste und der Eingang zum Keller.
Die Aufnahme entstand am Tag der Konfirmation Bärbels. In der Bildmitte: Willi. Rechts: Bärbel

Das unauffällige Leben des Wilhelm Friedrich Gugel

Auch *Hermann* und mein Mitschüler *Peter P.* aus der Volksschulklasse, samt Schwester *Monika* kamen ebenso von der Marktgasse herüber, um sich am Spiel zu beteiligen, wie die beiden katholischen* Schwestern *Gaby und Monika S.*

*) *Die Menschen in der Altstadt waren überwiegend protestantisch. Katholiken galten fast schon als Exoten.*

Gelegentlich fanden sich *Hermann S.* und seine Schwester *Gerda* in der Rathausgasse ein. Die beiden sind im `Süßen Löchle´ zuhause gewesen, jenem verwinkelten, seit Jahrhunderten im Schatten liegenden ehemaligen jüdischen Wohnquartier neben der Judengasse. Sie waren ebenso mit unseren Nachbarn aus dem Haus Nummer sechs verwandt wie *Kurt, Helmut* und deren Schwester *Ursula,* die wiederum im `Kleinen Ämmerle´ Schwester *Ursula,* die wiederum im `Kleinen Ämmerle´ zuhause gewesen sind. Selbst die zwei rotgesichtigen, einfältig wirkenden Söhne des Lumpensammlers und ihre Schwester waren nicht die Letzten, die dem Ball hinterherliefen.
Und auch die beiden Schwestern *Elke und Ellen L.* und *Helga F.*, die Tochter eines passionierten Feuerwehr-Oberen aus der *Kornhausstraße*, spielten gelegentlich auf dem Pflaster der Rathausgasse oder häkelten auf dem Stein vor unserer Haustüre sitzend Jäckchen Strampelhöschen, Söckchen oder irgendwelche anderen Sachen für ihre Puppen.

Das Bild zeigt die Häuser im `Süßen Löchle´.

Dass so viele Menschen unterschiedlichen Alters miteinander gespielt haben, war natürlich die Ausnahme, dennoch kam es nicht wirklich selten vor!
Die Altwarenhändler besaßen damals ein so genanntes Dreirad – eine Art Kleinlaster, der vor der Kabine eine spitz zulaufende Motorhaube hatte, an der seitlich zwei unförmige Scheinwerfer befestigt waren und unter der wiederum ein einziges, im Durchmesser recht großes Vorderrad montiert war. Gelenkt wurde das Gefährt mit einem Bügel aus Stahlrohr. Hinter der zweisitzigen Kabine gab es eine Pritsche auf der die Schrotthändler ihre eingesammelten Metallabfälle (*Lomba, Alteise ond an Sack vool Sch........*) durch die Gegend karrten.

Das Hasengässle zwischen Haaggasse und Ammergasse. Im rechten Eckhaus wohnte die direkte Konkurrenz der Schrotthändler: der Lumpensammler Direkt neben der Dachrinne –für kleine Klingelputzer nicht erreichbar – war der Klingelknopf angebracht
Das kleine Eckhäuschen gegenüber gehörte einst Frau W.
Ich habe während meines späteren Architekturstudiums eine Arbeit darüber verfasst

Ihrer barschen Art wegen sind die G. nicht eben beliebt gewesen. Erst recht schlecht gelaunt waren die Kerle, wenn sie wieder einmal ihre Karre ʼauf die Seite gelegtʼ hatten und ihre Ladung wieder mühsam haben von der Straße aufklauben müssen, weil das Dreirad in der Kurve nur zu leicht dazu neigte, einfach umzukippen – und dies dann gelegentlich auch tat!

Wir Kinder trugen deshalb den Inhalt unseres Lumpensackes lieber ein paar Häuser weiter. Dieser freundliche Mann wohnte im Eckhaus Ammergasse / Hasengässle im zweiten Stock.

Hatte man bei ihm geklingelt, so beugte er sich weit aus dem Fenster und schaute sich von oben unsere ʼLieferungʼ an. Er taxierte ihren Wert durch Ferndiagnose und warf dann - je nach dem - zehn, zwanzig, dreißig oder -

wenn's hoch kam - fünfzig Pfennige in Zeitungspapier eingewickelt zu uns herab. Damals waren selbst diese kleinen Beträge durchaus der Rede wert. Die Menschen hatten nur wenig Geld zur Verfügung und deshalb konnte man den Spruch durchaus verstehen, der gelegentlich zu hören war: `*Ich habe so einen Hunger, dass ich vor lauter Durst nicht weiß, wo ich heute Nacht schlafen kann. So friert's mich - ohne Hemd und ohne Hose´*.....

Einen Lumpensack gab es damals übrigens in fast jedem Haushalt. Darin sammelten sich im Laufe der Zeit Stoffreste vom Hemdennähen, Stoffstreifen von gekürzten Hosenbeinen, wenn eine Hose vom älteren auf den jüngeren Bruder übertragen wurde, Klamotten, die man trotz unzähliger Flicken nun beim besten Willen nicht mehr tragen konnte oder wollte. Auch Reste von Pullovern fanden sich in diesem Sammelsurium, wenn sich das `Aufziehen´ nicht mehr gelohnt hat, weil die Wolle zu sehr verfilzt war. Manchmal landete auch ein herausgeschnittener Unterhosen-Hosenboden in diesem Lumpensack...

Spiele

Die Spiele, die wir spielten, sind wohl die gleichen gewesen, wie man sie wohl überall auf der Welt kennt: *Fangis, Soilhopfa, Federball, Versteckis* mit Befreien (auch bekannt unter dem Begriff `*Stäckelesverband´*), `*Himmel und Hölle´* und `*Räuber und Bolle´* `*Kaiser wieviel´ Schritte gibst Du mir?´* (*bei dem wieder einmal Walter Sinners Miste das Ziel gewesen ist*) oder `*Faules Ei´* (*bei dem es mir infolge überhöhter Kurvengeschwindigkeit nicht nur einmal die Beine weggerissen hat...*).

„Machet auf das Tor, machet auf das Tor, es kommt ein gold'ner Waa-ha-gen. We-hen will er denn, we-hen will er denn? Er will Charlotte ha- ha-haben......"

Als der ˈHula – Hoopˈ - Reif bekannt wurde, wollte natürlich jedes Kind solch einen Plastikreifen haben, um ihn um die Hüfte kreisen zu lassen. Er kostete im Kaufhaus *Schlossberg* (an der Ecke Marktplatz/Kirchgasse) fünfundneunzig Pfennige!

Brachte man damals ein nach vielen Wochen mit Rabattmarken voll geklebtes Heftchen zu *Imhoffs Lebensmittelgeschäft*, so bekam man dafür eine Mark und fünfzig Pfennige in bar ausbezahlt. Das reichte für einen solchen Reif – und man hatte noch etwas Geld übrig! Für die bunten ˈGluggerˈ nämlich. Das waren *Kiegala* aus Ton mit einer einfachen Farbglasur. Je mehr man von diesen Dingern hatte, desto höher war man bei den Spielkameraden angesehen. Gespielt habe ich mit den bunten Dingern nicht. Aber gesammelt haben wir sie, und ich kann mich noch daran erinnern, dass meine Geschwister und ich ˈa ganz Kärrele vollˈ (=ein kleiner Handwagen für Puppen) davon im Laufe der Zeit zusammengetragen haben.
Etwas ganz Besonderes war das Diabolo-Spiel von Erikas Mutter.
Dieses Spielzeug kannte ich nur ˈvom Sehenˈ auf dem Jahrmarkt. Ich habe Bubis Mutter sehr für ihre Geschicklichkeit bewundert. Wie sie dieses taillierte Gummiding auf der Schnur tanzen lassen konnte oder es gar in die Luft schleuderte, indem sie mit den beiden Stöckchen diese Schnur ruckartig straffzog. Dann fing sie den Kreisel sogar wieder auf! Genau wie im Zirkus...

Jochen und seine Schwester hatten Stelzen geschenkt bekommen – aus Holz und bunt lackiert.
Wir anderen mussten uns damit begnügen, auf leeren Konservendosen unter den Füßen einher zu ʼstelzenʼ. Damit man die Büchsen unter den Schuhsohlen halten konnte, haben wir jeweils Löcher in die Dosen gebohrt, eine kräftige Kordel hindurch gesteckt und verknotet. Zog man die Schnur mit den Händen neben den Beinen zu sich hoch, so konnte man mit lautem Geklapper entweder langsam wie der Storch im Salat oder schnell und sogar um die Wette über das grobe Pflaster der Gasse staksen – bis Jochens Oma ihre dringenden Bitten wieder einmal mit einem gepressten „*luag*" beendete...

Mit Blechdosen konnte man aber auch gewissermaßen von Haus zu Haus telefonieren.
Dazu bohrte man ein Loch in den Boden einer entleerten Blechdose, steckte eine Schnur hindurch und band an deren Ende einen Nagel, der das Durchrutschen der Schnur verhindern sollte. Auf der anderen Seite der Rathausgasse und am anderen Ende der Schnur tat Walter S.jun. im Hause Rathausgasse sechs das gleiche. Nun musste man nur noch die Schnur straff spannen. Und während der Willi in die blecherne Muschel hinein flüsterte, hielt der Walter die andere Dose an sein Ohr und konnte hören, was sein nachbarlicher Freund im Hause Rathausgasse dreizehn zu sagen hatte. Die Oma von nebenan zeigte sich darob gelassen und lachte höchstens kehlig, wenn einem von uns beiden die Dose aus der Hand und auf die Gasse hinabgefallen ist – aber nicht schadenfroh! So war sie nicht.
Ich glaube, es ist Jochen gewesen, der als Erster von uns Kindern einen ʼLuftrollerʼ geschenkt bekommen hat. Der hatte richtige Reifen mit ʼ*Fenndill*ʼ zum Aufpumpen,

Spritzbleche vorn und hinten, Gepäckträger, eine Fuß- und eine Handbremse und einen Bügelständer zum Abstellen, während wir anderen bestenfalls eine hölzerne 'Radelrutsch' der Firma HAUSER besaßen – mit Vollgummireifen und einem Zeiger auf der 'Lenksäule', dessen Schraube mit der Zeit so *ausgelottelt* war, dass er ständig hin und her baumelte.....
Es muss wohl noch in einer Zeit gewesen sein, die noch vor dem Zeitpunkt gelegen haben muss, an dem meine Erinnerung einsetzte, als Vater für seine Kinder ein *Dreirädle* mit Speichenrädern und Vollgummireifen mit nach Hause gebracht hat. Es war ein Geschenk der Familie Zundel, die auf dem Berghof oberhalb Lustnaus lebte!
Eines Tage brachte Vater auch für mich einen Tretroller mit Luftreifen nach Hause. Allerdings war dieses Model im Vergleich zu der STAIGER-Version Jochens ein eher spartanisch ausgestattetes Rollerexemplar: Das Trittbrett war aus einem an den Kanten abgenutzten massiven Brettchen aus Buchenholz gearbeitet - nicht wie Jochens aus Sperrholz mit Gummiauflage. Mein Roller hatte weder Schutzblech noch Gepäckständer. Er hatte eigentlich überhaupt nichts, *koi 'Glock' on koi Migge'*. Bloß zwei Räder und eine Lenkstange und selbst das Brett war an nur einem einzigen unten hindurchlaufenden Stahlrohr befestigt – nicht an zwei nebeneinanderliegenden Rohren wie bei Jochens Luxusfahrzeug. Aber: *Mein* Roller war robust! Und wie. Mit ihm konnte ich herrlich über die Randsteine der Trottoirs schrammen oder über die obersten Stufen der Treppen in der Rathausgasse oder auf dem Marktplatz. Ich musste nicht aufpassen, dass der Lackierung nichts passierte, wenn ich die Karre einfach hinschmiss, um meine Spielkameraden zu Fuß weiter zu verfolgen – oder vor ihnen abzuhauen...

Irmtraut bekam zu ihrem Geburtstag am 19. April (am gleichen Tag wie Paul) HUDORA-Rollschuhe geschenkt. Für ihren Mut, mit diesen unter die Schuhe geschnallten Dingern mit Rädchen aus Aluminium über das Pflaster der Rathausgasse zu rollen, bewundere ich sie noch heute.

Stäckelesverband wurde bereits gespielt, wenn nur mehr als vier Kinder zusammengekommen waren. „*Dreihölzlesspiel*" wurde es auch genannt. Einer warf die drei Stöckchen in verschiedene Himmelsrichtungen und der, der beim Abzählen verloren hatte, musste sie nun zusammenklauben und so aufstellen, dass sich ein labiles, aufrecht stehendes Dreibein bildete, bei dem sich die oberen Enden berührten. Die anderen Kinder versteckten sich unterdessen. Hatte `der wo se war´ (also der Suchende) ein Kind in seinem Versteck gefunden, so musste er zum Dreibein zurück rennen und mit der Fußspitze so zwischen die aufgestellten Stöckchen treten, dass diese nicht zusammenfielen. Taten sie dies nämlich, so durften die zuvor Entdeckten sofort wieder *abhauen* und sich wieder irgendwo verstecken, während der Sucher die Stöckchen mühsam wieder aufstellte.
Das durften die Kinder auch dann, wenn eines von ihnen aus dem Versteck rannte und den Stäckelesverband über den Haufen kickte, während der `wo se isch` auf der Suche nach den anderen gewesen ist, oder er einfach nicht schnell genug bei seinen Stöckchen sein konnte.
Eine andere Art das Suchspiel zu beginnen bestand darin, dass der Suchende sich mit dem Gesicht zu einer Wand stellte oder sich mit den Händen die Augen zu hielt und dabei bis hundert zählte. Natürlich linste der Sucher dabei gelegentlich durch die Fingerritzen.

„*Du hôsch'g'schpickalat! I hann's genau gsäa! Dees gildat net. I dua jetzt nemme mit.....*" lautete dann der Vorwurf des zuerst Entdeckten.

Ein außerordentlich beliebtes Spiel war `Iklak´!
Ich kenne heute die Regeln nicht mehr detailgenau, aber ich bin sicher, dass es sich dabei um eine Kombination von Fangen und Versteckspielen handelte.
Jedenfalls gab es einen, den man zum *Iklak* ernannte – nach einem Auszählreim wie zum Beispiel: „*Enne denne dubbe denne, dubbe denne dalia ebbe bebbe bembio bio bio buff.........*" Alle diejenigen, die von `der Silbe `buff´ getroffen wurden, schieden einer nach dem anderen als *Iklak* aus...... Beim übrig Gebliebenen hieß es schließlich: „*Du bischs!*" Es ging auch mit „*Enserle, zenserle, zenserle zäh - eichele, beichele gnell.....*"
Dabei hatte jedes Kind beide Fäuste nach vorne zu recken gehabt, auf welche der Auszähler bei jedem `Wort´ sachte draufschlug. Jedes Kind hatte also zweimal die Chance gehabt, `sie´ zu sein. Die Kurzfassung eines Auszählreimes lautete „*Zick, zack, ab!*" Sie ist aber weniger spannend gewesen und wurde im Besonderen dann ausgesprochen, wenn sich sehr viele Kinder zum Spielen in der Rathausgasse eingefunden hatten.
Der *Iklak* lief zunächst durch das *Gambrinusgässle* zur *Marktgasse* hinüber, dann diese abwärts, die *Kornhausstraße* entlang und schließlich wieder die *Rathausgasse* hinauf – immer `im Kreis herum´- und nur in diese Richtung! Nicht etwa in die entgegengesetzte.
Die anderen Kinder liefen ihm zunächst hinterher, versteckten sich jedoch eines nach dem anderen und mussten nun vom *Iklak* auf seinen Runden gesucht oder gefangen werden. Der `Iklak´ blieb auf seiner *ersten Runde* gelegentlich und plötzlich stehen, um sich umzusehen – offen oder nur verstohlen.

Wilhelm Friedrich, Barbara Renate, Paul Georg Gugel

Dabei konnte er, wenn er Glück hatte, gerade noch sehen, wie und wo sich eines der nachfolgenden Kinder versteckte. Auf der *zweiten* Runde konnte er dieses Kind dann in seinem Versteck erhaschen – wenn dieses nicht zuvor weglaufen konnte. War der *Iklak* an einem 'Verborgenen' allerdings vorbeigelaufen, so konnte dieser sein Versteck bis zur nächsten *Iklak*-Runde beibehalten oder es verlassen und durfte vom *Iklak* nicht mehr 'nach hinten' gefangen werden. Erwischte der aber ein vor ihm laufendes Kind oder überraschte eines in seinem Versteck und berührte es kurz mit der Hand, so musste dieses ertappte Kind ausscheiden. Sieger war das Mädchen oder der Junge, der sich am längsten versteckt halten konnte. Das zuerst gefangene Kind musste als nächstes die Rolle des *Iklak* übernehmen. Oder es wurde neu ausgezählt: *„Enne denne dubbe denne.......... Ich und du, Müllers Kuh, Müllers Esel – der bist du!" „..........und du bist raus. Raus bist du noch lange nicht, sag' mir erst, wie alt du bist!" „Elf!" „......Eins, zwei, drei, vier..........neun, zehn, elf. Dussa!"*

Ein interessanter Aspekt bei diesem Spiel ist gewesen, dass die Kinder, die sich in Winkeln, hinter Klappläden, Holzbeigen oder sonstigen Verstecken so gut verborgen hielten, dass sie gänzlich unentdeckt blieben, mit der Zeit nicht mehr wussten, vor wem sie sich eigentlich in acht zu nehmen hatten; weil die übrigen Mitspieler nicht mehr hatten warten wollen, bis das letzte Kind entdeckt worden war, gab es bereits einen neuen *Iklak*.

Manchmal – vor allem dann, wenn sich sehr viele Kinder zum Iklak-Spiel eingefunden hatten - wurde das 'Spielfeld' um ein paar Gassen erweitert (z. B. um die *Schulstraße*, die *Neustadtgasse* bis hinüber zur *Frosch-* und *Hirschgasse*. Oder man nahm die obere *Rathausgasse*, die *Haaggasse* und den *Marktplatz* dazu!). Dann dauerte das Spiel mitunter bis tief in die Dunkelheit hinein und wurde erst dann abgebrochen, wenn die besorgten Eltern nach ihren säumigen Zöglingen schauten *("Wenns donkel, nô wird kommat er hoim - sonscht holt eich dr Nachtgrabb!")*.

Eigentlich ein schönes Spiel! Man brauchte eben möglichst viele Kinder dazu. Die gab es damals! Heute dürfte dieses Spiel den wenigsten überhaupt noch bekannt sein – *Iklak!*

Doch man spielte nicht nur *Spiele*, man spielte natürlich auch mit Spiel*sachen*!

Spielzeug

Für die Buben gab es selbstverständlich nicht Wichtigeres als einen Ball! Die Mädchen hingegen liebten das Spiel mit den Puppen. Sie saßen oftmals in kleinen Grüppchen zusammen, um für ihre 'Kinder' Kleidchen zu häkeln oder zu stricken, und dabei zu singen!

Wir Jungs bastelten aus bedruckten Papierbögen und mit

Uhu-Alleskleber bekannte Gebäude nach: das Ulmer Münster, das Heidelberger Schloss, auch das Tübinger Rathaus und den *Hohenzollern*. Flugzeugmodelle bastelte man aus Plastikteilen, die man als Bausätze kaufte, um sie anschließend mit *Faller-Bäbb* zusammen zu kleben.
Später war es `Jimmi´, der uns fast jede Woche mit Revell-Modellen vom *Sherman*-Panzer, von einer Kanone, einer Selbstfahrlafette, eines Hubschraubers, Spähwagens und noch anderem Kriegsmaterial zu beeindrucken vermochte.
Auch Paul und ich frönten ein paar Jahre lang diesem Modellbauhobby. Allerdings setzten wir lieber `Faller-Fliegerle´ oder Kirchen, Häuschen und Bahnhöfe für unsere kleine Modell-Eisenbahn-Anlage zusammen, mit der uns Vater an einem Heiligen Abend überrascht hatte. Eine kleine Märklin-Dampflock (`Sechzehner-Löckle´ - weil sie 16 DM kostete!) zog dort ein paar Wägelchen durch das künstliche, mit grünem Streumehl übersäte Gelände.

Auf dem Jahrmarkt – wir Kinder unterschieden damals nicht zwischen Georgi- und Martinimarkt – konnte man zudem Raketen (oder Fallschirmspringer) aus Plastik kaufen, die man mit einer Zwille in den Himmel schießen konnte, und bei denen ein primitiver Mechanismus das Entfalten eines kleinen Fallschirmes auslöste. Oder auch nicht! Im ersten Fall landete das Ding sanft auf dem Pflaster der *Rathausgasse*. Im zweiten Fall zerschellte der fragile Flugkörper auf den Steinen................
Mein Fallschirmspringer verhedderte sich in den Spanndrähten der Straßenleuchte, die sich vom Nachbarhaus zur *Rathausgasse 13* spannten. Er hing dort tatsächlich über mehrere Jahre hinweg, weil es für mich keine Möglichkeit gegeben hatte, das Plastikkerlchen von dort he

unter zu holen, denn die Stromleitungen der Funzel waren nicht isoliert und deshalb im wahrsten Sinne des Wortes spannungsgeladen. Erst als unter dem verrosteten Lampenschirm eine der beiden Glühbirnen kaputt gegangen war, stieg ein Elektriker der Stadtwerke Tübingen auf eine sehr hohe Bockleiter, um die Glühbirne auszuwechseln und warf das Spielzeug achtlos auf die Gasse herunter.

Paules `Köpfer´

*„Ein Mädchen, das ins Wasser plumpst,
ist sauber, wenn man es dann..... `rauszieht!"*

Dieses `Zötchen´ - Zitat von *Ingo Insterburg (& Co.)* – mit einem roten Wachsstift auf den Rand des Neptunbrunnens gekritzelt – erinnerte mich an eine viele Jahre zurückliegende Begebenheit mit Paul. Sie zeigt, dass sein Missgeschick auch noch heute `Nachahmer´ findet.........

Das Gitter unter der Wasseroberfläche, das Pauls tiefes Tauchen nach seinem Köpfer hätte verhindern können, gab es noch nicht in den späten Fünfzigern.

Aus Holzbrettchen hatten wir Kinder einfache Schiffchen zusammengenagelt, die wir dann im Neptunbrunnen auf dem Marktplatz vom Stapel laufen ließen.
Immer wieder angestupst umrundeten die ʿOzeanriesenʾ unablässig das Oktogon des Brunnentroges. Allerdings fand dieses Spiel eines schönen Spätherbsttages ein jähes Ende! Paul war über einen der doppelten Eisenträger gestolpert, auf denen als Blumenzierde Kästen mit Geranien standen, und zwischen denen das Wasser aus den bronzenen Speiern vergurgelte. Er ist kopfüber ins Wasser gestürzt, gänzlich untergetaucht und anschließend auf der anderen Seite des Trägers japsend wieder an die Oberfläche hochgekommen! Sein Vetter Eugen hat ihn nach dem Auftauchen geistesgegenwärtig gepackt und aus dem Trog gezogen.
Der Schrei *„Dr Paule isch en Marktbronna g'hagelt!"*, vom vorauseilenden Leichtmatrosen Walter Lutz, einem Jungen aus der Nachbarschaft, mit gellender Stimme ausgestoßen, löste bei unserer Mutter Bestürzung aus! Paul zitterte vor Scham und Kälte am ganzen Körper, als er in quietschenden Schuhen klitschnass vor ihr stand. Das Wasser dürfte an diesem Tag in der schon stark ʿverstrickjäckletenʾ Jahreszeit (es war der 13. November!) nur wenig mehr als 15° C ʿwarmʾ gewesen sein..

Links neben dem Brunnen:
eine aufgeständerte ʿLambrettaʾ

Deutlich wärmer allerdings dürfte sich Bärbels Wange angefühlt haben. Sie hatte angesichts ihres verunglückten Brüderchens nämlich gelacht, als der wie eine aus dem Wasser gezogene Katze vor ihr gestanden hatte – und bekam dafür von unserer schockierten Mama imAffekt(!) *eine gelangt*.......
Paul hat das genaue Datum bis heute noch in der Erinnerung behalten. Und Bärbel die Ohrfeige........
Paul zitterte vor Scham und Kälte am ganzen Körper, als er in quietschenden Schuhen klitschnass vor ihr stand. Das Wasser dürfte an diesem Tag in der schon stark `verstrickjäckleten´ Jahreszeit (es war der 13. November!) nur wenig mehr als 15° C `warm´ gewesen sein......
Deutlich wärmer allerdings dürfte sich Bärbels Wange angefühlt haben. Sie hatte angesichts ihres verunglückten Brüderchens nämlich gelacht, als der wie eine aus dem Wasser gezogene Katze vor ihr gestanden hatte – und bekam dafür von unserer schockierten Mama im Affekt(!) *eine gelangt*.......
Paul hat das genaue Datum bis heute noch in der Erinnerung behalten. Und Bärbel die Ohrfeige........

„Der Willi hôt de ganz Milch naus g´schlenkrat!" hingegen war ein Schrei meines Freundes Walter, der mich zum Einkauf bei der Milchfrau *Rebmann* begleitet hatte (Milch wurde damals noch nicht in den später typischen Flaschen mit *aufgebäbbtem* Alufoliendeckel – Milch blau, Sauermilch grün, Sahne rot - gehandelt sondern von Hand in eine Kanne aus Leichtmetallblech mit Henkel und aufgesetztem Deckel gepumpt). Den Quark für den Käsekuchen bekam man üblicherweise als einen auf Butterbrotpapier geklatschten Klumpen mit auf den Heimweg – es sei denn, man hatte ein `Schissele´ dabei gehabt...

Übermütig schwang ich auf dem Heimweg die Milchkanne wie ein Hammerwerfer erst im Kreis herum und dann auch rauf und runter, wie bei einem Riesenrad. Dabei schlug ich sie versehentlich gegen das Einbahnstraßenschild, das man über meinem Kopf an einer Hauswand angebracht hatte. Es hat kurz gescheppert – und ich wurde sofort weiß geduscht!
Mutter hätte die Milch zum Marmorkuchenbacken dringend gebraucht...
Sie schickte mich nach ausgiebigem Haare waschen und Spülen mit Essigwasser also noch einmal los.
„Ja wia! Hôt dei' Muater dui ganz Milch schô verschafft?" fragte mich Frau Rebmann, als ich ihr die verbeulte Kanne heute bereits zum zweiten Mal zum Füllen hinhielt.
„Jô. Dees hôts glei' gheet. Aber s' war halt a bissle z'weenig, was e hoim brôcht han!"

Wintersport

Kalt sind auch die Winter damals noch gewesen und deutlich schneereicher, als sie es heutzutage sind. Auch in der *Rathausgasse* lag an manchen Tagen die weiße Pracht so hoch, dass man auf ihr ohne weiteres Schlittenfahren konnte! Wer es sich zutraute zog seinen Holzschlitten sogar bis zur *Haaggasse* hinauf.
Das Tempo, das man während der Abfahrt erreichte, war so groß, dass man sein Gefährt nur mit Mühe zum Halten bringen konnte, bevor man die *Kornhausstraße* erreichte, wo immerhin wenigstens gelegentlich ein Auto fuhr – von Ost nach West selbstverständlich!
Besonders Waghalsige steuerten ihren Rodel sogar über eine Schanze, die man vor dem Torbogen unseres Kellers aus festgestampftem Schnee gebaut hatte. Manch einer

schoss sogar bäuchlings auf seinem Schlitten liegend über das nicht ungefährliche Bauwerk oder hatte gar noch einen Mitfahrer auf seinem Rücken sitzen! Man tat dies allerdings nur *ein* Mal, denn die Landung nach einem solchen `Hopser´ ist alles andere als sanft gewesen...

Die verschneite Burgsteige als Schlittenbahn

Schlittenfahren konnte man natürlich ebenso die *Burgsteige* und das `Kapitänswegle´ hinunter – oder vom oberen Teil des *Schänzles* hinab bis vor den Fuß des *Haspelturmes*. Dort führte die Piste `haarscharf´ an der Stützmauerkrone entlang, die den Hang oberhalb der `Schlossbergstäffele´ absicherte. Diese Schlittenbahn war nur etwas für `Filigrantechniker´ und Könner, denn die Absturzhöhe betrug an manchen Stellen mehr als vier Meter...

Apropos Jahrmarkt: Im Gegensatz zu heute bauten die Händler ihre Verkaufsstände in der *Uhlandstraße* auf. Einer neben dem anderen reihten sie sich vom Kiosk neben dem *Wildermuth-Gymnasium* bis vor zur Neckarbrücke. Auch der Platz um das Uhlanddenkmal beherbergte damals den Markt.

Zu kaufen gab es damals bereits die gleichen Dinge, die man auch heute noch im Frühjahr oder Herbst dort bekommen kann. Das braune Magenbrot und die gebrannten Mandeln bekommt man heute allerdings das ganze Jahr über irgendwo angeboten. Nur die Zuckerwatte, und der vom rosa und weiß gefärbten Block geschabte 'Türkische Honig' ist noch etwas Besonderes geblieben.

Was man heutzutage wohl nicht mehr bekommt, sind die so genannten 'Zwitscherle'. Das waren kleine Plättchen aus gegen Spucke resistentem Pappendeckel, einem dünnen Metallhaltestreifchen und einer hauchfeinen Membrane aus Kunststoff.

Hat man das 'Zwitscherle' im Mund richtig platziert und leitet die Luft beim Ausatmen richtig über die Membrane, so kann man damit das Vogelgezwitscher sämtlicher Piepmätze der heimischen Wälder *täuschend echt* nachahmen – sagte der fliegende Händler. Ein unverzichtbares Hilfsmittel zur Verständigung für jeden anschleichenden Indianer, der etwas auf sich hält, sei dieses Ding.

Bei mir hat's nicht gezwitschert – erst recht nicht am anderen Ende meines Körpers nachdem ich das nichtsnutzige Ding während eines der vielen vergeblichen Versuche das Plättchen *richtig* zu platzieren versehentlich verschluckt habe.............

Das jedenfalls konnte nicht passieren mit einem anderen Vogelstimmenimitationsgerät. Eine Art von Maske aus zweifarbigem Bakelit gab – angeblich - ebenfalls *täuschend echt* den Ruf eines Kuckucks wieder, wenn man es richtig vor Mund und Nase hielt und dann Atemluft *richtig* hindurch hauchte.

Nach „*Kuckuck*" hat das Ding nie geklungen. Das einzige Geräusch, das ich diesem Instrument entringen konnte, klang eher nach dem allerletzten Krächzer einer sterbenden Nebelkrähe als die Ferse des Kriegers *Wütender Stier* vom Stamme der Sieben-Winkeles-Indianer das widerspenstige Kuckucksding zornig in den blutgetränkten Rasen des *Schänzle* stampfte... „*So a Glomp, aber ao, so a verreckts!*"

In den Siebzigerjahren ging man dazu über, die Buden und Stände in der *Marktgasse*, der *Kornhausstraße*, auf dem *Marktplatz*, der *Kirchgasse*, auf dem *Holzmarkt* und in der *Neuen Straße* aufzubauen.
Ich find's heute schöner als damals!

Spielplatz Schloss Hohen Tübingen

Wir Buben spielten natürlich trotzdem gerne und oft `Kobboy on Indjahner`!
Dazu eigneten sich die *Sieben Winkele* allerdings eher weniger!
Der Österberg mit seinen weiten Prärien, den Postkutschenpfaden und den undurchdringlichen Wäldern war zwar beliebtes Spielgelände, aber es war zu weit abgelegen von der Altstadt. Wir wichen deshalb gerne auf das *Schänzle* aus, dem Gelände auf der Westseite des Schlosses, hoch oberhalb der Altstadt gelegen.
Um dort hin zu gelangen, mussten wir lediglich die steilen Stufen am Ende der Judengasse hinauf steigen, eine kurze Strecke der *Haaggasse* in Richtung *Haagtor* folgen und direkt neben dem alten, mit Moos überzogenen Sandsteintrog des mittelalterlichen Brunnens ins *Kapitänswegle* einbiegen.
Auf der linken Seite ragten nur zwei, drei mächtige, alte Gebäude in den Himmel. Eines davon ziert noch immer

ein wunderschönes, schmiedeeisernes Schild, das auf die Glaserei Schmid hinweist, einen traditionsreichen Familienbetrieb, der noch heute existiert. Auf der linken Seite reihten sich die Rückseiten der Häuser aneinander, die zur *Haaggasse* gehörten.

Um den Hang abzustützen und um Platz zu schaffen für die Häuser hatte man zum Teil hohe Stützmauern errichten müssen, gegen die die Bewohner der unteren Etagen zeitlebens zu blicken hatten. Kein schönes Wohnen in diesem Dämmerlicht unterhalb der mächtigen Schlossanlage mit seinen hoch aufragenden Nord-Bastionen. Immerhin bot sich für die Leute hier die Möglichkeit, kleine Gärtchen für Blumen und Gemüse anzulegen.

Der Nordhang unterhalb des Schlosses war überwuchert mit Gestrüpp und einem Wildwuchs von zum Teil überaus großen Büschen und Bäumen der unterschiedlichsten Art. Bereits hier begann also unser Spielgelände.

Folgte man dem schmalen Asphaltweg weiter nach oben, so gelangte man nach etwa fünfzig Metern zu dem engen und niedrigen Durchlass in der alten Stadtmauer. Man verließ deshalb mit dem Durchschreiten durch die Stadtbefestigung das ehemalige Gebiet des mittelalterlichen Tübingens. Die abgestufte und gut einen Meter dicke Mauer verlief in gerader Linie vom Nordflügel des Schlosses hinunter zum längst abgebrochenen *Haagtor*. Nach weiteren ungefähr hundertfünfzig Metern erreichte man das besagte `Schänzle´. Es ist die schmalste Stelle jenes Bergrückens des `Spitzberges´ der das *Ammertal* vom *Neckartal* trennt.

Doch nicht nur die Wiese mit seinen Büschen und der überwucherte Hang wurde von uns Kindern als Karl Mays *Prärie* oder Tarzans *Urwald* ins Abenteuerspiel mit einbezogen, sondern natürlich ebenfalls das Schloss selbst, das unserer Fantasie Raum bot für ganze Heerscharen von herumgeisternden Rittern, verwunschenen Prinzen und Burgfräuleins, unschuldig eingemauerten Jungfrauen oder verhexten Kinderseelen!

Übrigens: Die Bambusstange für den Indianerbogen kaufte man beim Seilhändler 'Harant' in der *Kornhausstraße*. Und auch die Bogensehne aus einer Anglerschnur erhielt man dort. An beiden Enden trieb man einen Nagel durch den Knoten der Stange und spannte die Nylonschnur. Die Pfeile bastelte man aus bolzengerade gewachsenen Stängeln, die man sich 'im Schilf' im *Ammertal* unterhalb "*Schwärzlochs*" schnitt. Ein weiteres Abenteuer-gelände, das zu durchschreiten nur der verwegenste Spielkamerad sich zu trauen gewagt hat........

Für die Pfeilspitzen verwendeten wir kurze Stücke der Forsythie, die innen hohl sind und auf die Schilfstängel gepasst haben.

Gut gerüstet stand ich einst als tapferer Rittersmann *Wilhelm Oßwald von Gugelus* meinem altersmäßig überlegenen Gegner *Joachim von N., Edler der K. vom Hintergässle* Aug' in Aug' gegenüber.

Ich hielt in der Linken einen Schild aus zusammen genagelten Nut- und Federbrettchen (Reste vom Boden des kürzlich ins Heuloch eingebauten Wasserklosetts), die ich zuvor mit einem dunkelblauen Fetzen Tuch bespannt hatte. Den Fetzen hatte ich mit der Schere aus einer Schutzdecke geschnitten, die einst wärmend und vor Regen schützend auf dem Rücken eines Pferdes oder eines Ochsen gelegen hatte. Befestigt hatte ich den groben Stoff mit Ziernägeln aus der Sattlerwerkstatt Onkel Willis. Und ich hatte mit übrig gebliebenen, sündhaft teuren *Schminckes-Feinste-Künstler-Ölfarben* (die – weil nicht verdünnt - wochenlang nicht wirklich trocknen wollten...) den Kopf eines Falken drauf gemalt. Als Schwert 'Excalibur' diente mir ein Gerät aus hellem Eschenholz, das tatsächlich ausgesehen hat, wie ein richtiges, orientalisch anmutendes Schwert. Ich vermute, dass man dieses Utensil früher bei der Getreideernte eingesetzt hat, um nach dem Dreschen die restlichen Ähren von den Halmen zu schlagen.

Um es gleich vorwegzusagen: Der Spross derer zu *Gugelin* errang einen glorreichen Sieg über den grimmig dreinblickenden Edlen *Joachim von und zu Hintergassien!*

Erstens ist mein Schwert länger gewesen als Jochens zierliches Rapier aus zusammen genagelten 'Drachenstäbchen' (Kieferleisten 20 x 8 mm, die man zum Bau von Drachen verwendete), und zweitens gab sich mein Zweikampf-Kontrahent deswegen schon früh geschlagen, weil ihm nach dem ersten Hiebtreffer buchstäblich der Schädel brummte. Jochen hatte nämlich aus einer großen aufgeschnittenen Blechbüchse, die ursprünglich Essiggurken der Firma *Hengstenberg* enthalten hatte, einen Helm gebastelt. Die Marketenderin *Jaggy* hatte dieses essigsaure Gemüse in ihrem Trossgeschäft einzeln an Tübinger Unterstädtler für wenige Kreuzer feilgeboten.

Joachim, der tapfere Recke, hatte einen Sehschlitz ins Blech geschnitten und halbrunde Dellen in den Rand getrieben, damit das gelblich glänzende Blechgebilde bequemer auf den Schultern aufsitzen konnte.

„*I ben jetzt hee!*" Mit diesen in der Tat niemals wahr sein könnenden Worten gab Jochen, der Ritter von der traurigen Gestalt, kleinlaut den gnadenlos geführten Schwerterkampf bereits nach zwei, drei gegen seinen nicht gepolsterten und obendrein hellhörigen Helm geführten Streiche auf. Die Ohren mögen ihm bei jedem Schlag so hell geklungen haben, als stünde er sonntagmittags um zwölf auf der engen Spindeltreppe direkt neben der *Gloriosa*-Glocke im Stiftskirchenturm.

Jochen ist ganz sicher einer aus der großen Schar derer, die den Namen *Hengstenberg* aus voller Überzeugung bis heute noch für überaus *klangvoll* halten.........
Dafür gab es allerdings einen weiteren Grund: Jochen aß mit großer Vorliebe schon als Kind Butterbrot mit dick aufgetragenem Senf. Seine Mutter Lilo war darob in großer Sorge, denn sie hielt diese Marotte ihres `Ritters´ für mindestens genau so bedenklich, wie ungesund.......
Auch im Drachenbasteln haben wir Kinder uns geübt. Die Bespannung bestand aus gelb-, rot- oder grün gefärbtem Transparentpapier, das Frau *Bernhardt* in großen Bögen verkaufte. Das Kreuz bestand aus leichten Drachenstäbchen (s. o.), das man mit einem dünnen Bindfaden umspannte. Das Papier faltete man drum herum und klebte die Papierstreifen mit umweltverträglichem *Mehlbäbb* zusammen. Wirklich: Der Kleber bestand aus Weißmehl und Wasser. Nur Snobs verwendeten den teuren UHU-Alleskleber oder den weißen *Pelikan*klebstoff. Zum Drachensteigenlassen rannte man wie verrückt die Rathausgasse hinunter. Erhob sich die zerbrechliche Konstruktion tatsächlich zwischen den Häusern der windgeschützten Gasse in die Luft, so ist es vorgekommen, dass der Drachen meinem am Stromdraht hängengebliebenen Fallschirmspringer Gesellschaft leistete......
Nebenbei: Die Drachenschnur hätte nicht nass sein dürfen!

Private Schlossbesichtigung

Meine beiden Freunde *Hans-Peter (Pedro)* und ich hatten uns eines Tages wieder einmal hier oben eingefunden, um aus den vertrockneten Stängeln einer schnell wachsenden Schlingpflanze (vermutlich handelt es sich bei dem Kraut um den gemeinen Knöterich) kurze Stücke herauszuschneiden, die von sehr feinen Kanälchen durchzogen waren und die man, am einen Ende zum Glimmen gebracht, als Zigarettenersatz benutzen konnte. *'Judenstricke'* nannte man dieses Zeug. Es wurde einem speiübel, wenn man in mehreren Zügen den Rauch eines noch nicht vollständig getrockneten Stückes in seine Lungen sog. Gelegentlich konnte man deshalb beobachten, wie ein eben noch stolzer Indianerhäuptling nachhause flitzte und wenig später eine einzelne, frisch gewaschene Knabenunterhose zum Trocknen an der Wäscheleine hing...

Bei einer solchen Gelegenheit mag es zu einer (Gôgenwitz-)Szene gekommen sein, die sich hätte *so* zutragen können: Nach dem Genuss eines noch nicht völlig getrockneten Stückes *Judenstrick* hatte ein Knirps mit den bereits angedeuteten Folgen zu kämpfen gehabt und fragte noch während er sich eine frische Unterhose hochzog seine Mutter, ob sie lieber waschen oder Löcher stopfen würde. Auf die Antwort: „*Ha, flicka due schô liaber!*" erwiderte der Knabe sichtlich erleichtert:*„Gott sei Dank! Nô han e's recht g'macht. I han mer nehmlich en d'Hos' g'schissa on den dreckata Hosaboda glei' mit der Schär 'raus g'schnidda...*"

Unser Streifzug hatte uns über das *Schänzle* geführt. Von dort aus überblickte man den tiefen Graben vor der Westbastion mit dem runden Haspelturm. Am Fuße der mächtigen Mauer befindet sich ein steinerner Bogen mit einem Tor aus massivem Holz. Das Tor ist immer verschlossen gewesen. Noch niemals hatte ich es anders als abgeschlossen gesehen. Diesmal stand es weit offen, und wir fassten spontan einen Entschluss. Spornstreichs sausten Pedro und ich heim und besorgten uns eine Ausrüs-

tung aus Seil, Kompass, Bleistift und Papier, Kerzen, Streichhölzern, einer Flasche Sprudel und ein paar Schmalzbroten. Hans-Peter brachte sogar eine Taschenlampe mit zum Treffpunkt.
Vom *Schänzle* aus folgten wir dem Weg zum Haspelturm, gelangten in das Schloss, indem wir durch das Tor unterhalb der alten Pechnase traten, und stiegen dann die Treppe innerhalb des Turmes hoch. Hier gibt es einen kleinen offenen Platz, von dem aus man über das ʻ*Gängle*ʼ direkt in den Schlosshof gelangen kann. Überwand man stattdessen die Mauerbrüstung, so konnte man zwischen dichtem Gestrüpp hindurch bis in den Graben vor der Bastion hinunterklettern – ohne gesehen zu werden.
Uns hat keiner gesehen! Weder beim Abstieg hinunter in den Graben, noch beim Überklettern der Absperrbretter vor dem steinernen Bogen!
Jetzt standen wir beide unvermittelt im Halbdunkel eines feucht-modrigen Tunnels zwischen Wänden aus Sandstein auf einem glitschigen mit groben Brocken gepflasterten Boden, der steil nach oben in eine völlige Dunkelheit führte. Trotzdem zögerten wir nicht eine Sekunde, sondern folgten mutig unserem Entdeckerdrang!
Um die Batterien zu schonen, zündeten wir jeder eine Kerze an und folgten dem Gang mit unsicherem Tritt in die Finsternis.
Natürlich spürten wir die Angst kalt im Nacken! Der Zugang zum Schlosskeller ist zu dieser Zeit schon seit Jahren für Besucher gesperrt gewesen. Vor allem die Einsturzgefahr – das wussten wir - aber auch andere Gründe mögen dafür den Ausschlag gegeben haben.

Das riesige Weinfass – man nennt es poetisch ʻ*das große Buch*ʼ - der tiefe Brunnen, das Femegericht – nichts konnte man mehr besichtigen! Doch als ganz kleines

Bübchen hatte ich einst mit meinen Eltern an einer Führung durch den Keller teilgenommen und den Geschichten gelauscht, die der Schlossführer damals zum Besten gegeben hatte.

Abenteuerliches wurde mit Schauerlichem vermischt, und ein paar der grauslichsten Schilderungen blieben mir im Gedächtnis haften. Von Folter und Richtern mit spitzen Kapuzen ist die Rede gewesen und von Verurteilten, die man bei lebendigem Leibe angeblich hier unten eingemauert haben wollte.

Jetzt standen Pedro und ich unvermittelt und alleine in diesen finsteren Gelassen, nur mit einer Kerze in der Hand, die man mit der zweiten Hand davor schützen musste, von einem Luftzug ausgeblasen zu werden.
Ganz schön unheimlich!
Vorsichtig bewegten wir uns weiter durch die Dunkelheit, stiegen Stufen hinauf, die wir nur ertasten, aber nicht sehen konnten, schlugen mit dem Kopf gegen ein Hindernis, wischten uns ekelhafte, feuchte Spinnweben aus dem Gesicht und lauschten angespannt auf ein Geräusch, das uns vor einer drohenden Gefahr hätte warnen können. Natürlich redeten wir nur im Flüsterton miteinander! Schließlich sind wir ja Einbrecher gewesen.........
Ein wenig Licht gab es dann endlich im eigentlichen Schlosskeller.
Dieser riesige Gewölberaum, unter dem Nordflügel des Schlosses und direkt unterhalb des Rittersaales gelegen, erhielt seine spärliche Beleuchtung durch kleine Fensteröffnungen hoch oben innerhalb des Gewölbes gelegen. Der Lichtschein war gerade ausreichend, um die Größe des gewaltigen Eichenfasses zu erfassen, das hier seit Jahrhunderten auf seinem Lager aus mächtigen Balken ruht.

In einem Nebenraum des riesengrossen Kellers, wiederum in totaler Dunkelheit, stießen wir auf den runden Brunnenschacht, von dem es hieß, er reiche bis hinunter zur Sohle des Neckars.

Natürlich wollten wir sehen, ob das auch wirklich stimmt! Mit der Kerzenflamme steckten wir das Butterbrotpapier an und warfen es - genau so, wie der Fremdenführer es damals gemacht hat - in das gähnende, bodenlose Loch. Gespannt verfolgten wir den brennenden Papierfetzen auf seinem Fall in die Tiefe, doch den Grund des Schachtes konnten wir nicht erkennen. In der Mauer hinter dem Fass entdeckten wir ein Loch. Wir krochen hindurch. Von irgendwo drangen Stimmen an unsere Ohren! Wir tasteten uns durch ein, zwei weitere völlig dunkle Räume, stiegen eine Treppe hoch - und fanden uns plötzlich in einem kreisrunden Raum wieder, durch dessen Schießscharten ein heller Lichtstrahl fiel, und der sich scharf in die Finsternis schnitt! Gottlob reichte dieser Schein aus, um die Dunkelheit hier wenigstens so weit aufzuhellen, dass wir das runde Loch im Fußboden hatten gerade noch rechtzeitig erkennen können, in das wir sonst mit Sicherheit hineingestürzt wären!

Danach leuchteten wir mit unseren Taschenlampen in die Tiefe, doch von dem angeblich bis zur Wurmlinger Kapelle führenden Geheimgang war auch hier nichts zu entdecken...Wir befanden uns im Nordostturm des Schlosses!

Als wir durch die Scharten spähten, erkannten wir, dass uns gegenüber, auf der anderen Seite des Grabens, der Schlossgarten mit seinem kleinen Observatorium lag.

Offensichtlich wurde dieser Turm gerade umgebaut, denn der Boden, auf dem wir standen, war aus Beton gegossen und noch ganz neu. Wären wir durch diese Öffnung gefallen, hätte uns wohl keiner mehr helfen können.

Auch solche Quartiere zählten zu unseren `Spielplätzen,´ Hier: Ammerkanal zwischen Frosch- und Neustadtgasse)

Der Fußboden des Geschosses unter uns lag mindestens fünf Meter tiefer als derjenige, auf dem wir Jungs gerade standen, und er war übersäht mit grobem Bauschutt.
Wir schlichen zurück zu der Stelle, von der aus wir die Stimmen gehört hatten.
Eine Tür führte zu der Wendeltreppe in der Nordostecke des großen Hofes, und wir verließen erleichtert das geheimnisvolle Gemäuer, wie gewöhnliche Besucher.
Dass man uns unabsichtlich hätte einschließen können – daran hatten wir nicht gedac....

Nachbar Walters `Hakorette klein´

Im Erdgeschoss des Hauses Nummer sechs gab es genügend Platz, um eine Tischtennisplatte aufzustellen – vorausgesetzt *Walter S. sen.* hatte seine `Hako´ Maschine gerade nicht dort stehen! Die `Hako´ ist ein seltsam anmutendes Gerät gewesen. Eigentlich war es ein Motor, an den man zwei Räder anmontiert hatte. Es sah aus wie ein Balkenmäher ohne Messerbalken.

Am hinteren Teil gab es eine Vorrichtung, die so etwas wie eine Deichsel aufnehmen konnte. An diese wiederum angeschraubt, war eine Pritsche mit vier Seitenbrettern. Über dem vorderen befand sich ein breites Sitzbrett mit niedriger Rückenlehne, das Platz bot für zwei Menschen, die sich nebeneinandersetzen konnten. Unter der Pritsche lief eine Achse durch, an deren Enden sich zwei Räder drehten.

Gestartet wurde der Motor mit einem Seil, das man jedes Mal wieder um eine Scheibe wickeln musste, wenn einmal die Maschine nicht gleich anspringen wollte!

Gelenkt wurde das Vehikel mit einem Lenker, der ebenfalls am Motor festgeschraubt war, und an dem sich ein Hebel fürs Gas und für die Kupplung befand. Geschaltet wurde nur auf vorwärts oder rückwärts. Ein kompliziertes, mehrgängiges Schaltgetriebe tat nicht Not. Die Geschwindigkeit wurde geregelt, indem man mehr oder weniger am Gashebel zog. Mit diesem Gefährt erreichte man eine Höchstgeschwindigkeit von sage und schreibe 20 km/h! Mehr war auch nicht zulässig. Einen Führerschein dafür brauchte man nicht.

Den hätte man folglich dem *Vetter-Maddees* auch nicht abnehmen können, als der nach einem feuchtfröhlichen *Bismarckturm-Fest* in angeheitertem Zustand auf eben so einem Vehikel sitzend die Lichtenberger Höhe hinunter fuhr und mit den Worten: *„Der Herrgott wird's scho lenka! I loit'* (leite oder besser: lenke) *jetzt uff älle Fäll' nemme!"* die Hände vom Lenker nahm und sich anschickte, es sich auf der Pritsche hinter sich bequem zu machen. Statt des Burgholzweges nahm das führerlose Vehikel ums Haar die *direkte Fahrtroute* über die Wiesen zur *Schwärzlocher Straße* hinunter. Seine Söhne *Richard, Rudolf und Manne* konnten geistesgegenwärtig die Schussfahrt in letzter Sekunde verhindern...

Feldarbeit im `Aischbach´

Tempo 20 reichte allemal aus, um `aufs Feld´ zu kommen!
Doch die Fortbewegung war nicht die eigentliche Zweckbestimmung der Hako! Auf dem Feld angekommen, wurde der Anhänger meist abgenommen und aus dem Fahrzeug wurde im Handumdrehen ein Arbeitsgerät, mit dem man den Boden umpflügen oder die Krume mit der anmontierten Fräse oder einer Egge verfeinern konnte.
Auf dem flachen Anhänger fuhr unser Nachbar schließlich die Ernte ein. Darunter waren auch Saurüben, die Walter an seine Tiere verfütterte.
Wir Kinder allerdings *borgten* ein paar dieser Ackerfrüchte aus – um zur `Laternen´-Zeit daraus Saurübengeister zu schnitzen! Dazu schnitt man den oberen Teil der Rübe ab und höhlte den Rest so aus, dass man eine Kerze hineinstellen konnte. Dann schnitt man mit dem Messer Augen-, Mund- und Nasenöffnungen aus, zündete den Docht an, setzte den Deckel wieder oben auf - und hatte ein schaurig-schönes Geistergesicht, das man auf die Fensterbank stellen konnte, und das so lange in der herbstlichen Dunkelheit leuchtete, bis der verrußte, stinkende und durch die Hitze der Kerze verschrumpelte Deckel ins Innere des Geistes fiel und das Licht `erschlug´.........
Immer noch besser, als dass einem der Lampion abbrannte, den man an einem Stöckchen aufgehängt vor sich hertrug und dabei *„Laterne, Laterne, Sonne, Mond und Sterne.....“* gesungen hat. Das *„brenne auf mein Licht, brenne auf mein Licht...“* wurde von mancher Kerze nur allzu schnell wörtlich genommen – bevor noch die Worte *„...aber nur meine liebe Laterne nicht!“* folgten.

Fahrzeuge wie die Hako*rette* waren in der damaligen Zeit häufig auf den Wegen um Tübingen anzutreffen. Oft handelte es sich jedoch um die Geräte der Firma *Holder* oder *Agria*. Doch diese sind in der Regel größer und stärker motorisiert gewesen, als Sinners Hako*rette*. Außerdem hatten die `Holder´ einen grünen Anstrich, während die Hako-Geräte in einem modern anmutenden Orange glänzte.

Die Holder-Geräte kannte man im Übrigen besser unter dem Begriff `*Raupenschlepper´*, denn einen `richtigen´ Schlepper - also einen Traktor - leisteten sich bestenfalls `richtige´ Bauern! `*Der Schwärzlocher´* oder *`der Lösel´* betrieben solche großen Höfe.

Nebenerwerbs-Landwirte hatten dafür weder das Geld noch die notwendigen Ländereien.

Ich wusste natürlich, dass Walter und seine Frau Helene im Gewann `*Aischbach´* ein Feldgrundstück besaßen, zu dem ein festes Häuschen gehörte.

Nicht nur die notwendigen Gerätschaften waren dort untergebracht. Helene hielt dort zahlreiche Hühner in einem großen, eingezäunten Gehege.

„*Hähr fiatra*" (Hühner füttern) hieß es deshalb an jedem Abend. Das hieß auch, dass jemand an jedem Tag „*en Aischbach naus*" musste, um diese Aufgabe zu erledigen.

Oft genug war es Walter junior und ich, die abends losgezogen sind, um das liebe Federvieh in ihren Stall und auf die Stangen zu treiben.

Das Wasser für die Hühner und für das Gemüse, das man dort anbaute, pumpten wir zuerst in ein großes, rostiges Ölfass, aus dem wir es dann in eine Gießkanne füllen konnten.

Wasser gab es in Hülle und Fülle, denn die Äcker der *Aischbach*-Felder lagen im *Ammertal* nur wenig mehr als einen halben Meter über dem Grundwasserspiegel.

Auch *meine* Familie besaß dort ein Feld. Allerdings war schon damals eine große Fläche für den Lagerplatz der Firma *Kürner & Gugel* geopfert worden.

Eine Schwengelpumpe, wie *Sinners* eine hatten, gab es bei uns nicht! Wollte Mutter ihre geliebten Zinnien und Astern gießen, so musste sie in einen der Entwässerungsgräben hinuntersteigen, um die Kannen mit zusammengelaufenem Oberflächenwasser zu füllen.

Gab es einmal wirklich kein oder zu wenig Wasser, um es aus den Gräben schöpfen zu können, dann mussten wir das Wasser zum Gießen der Pflanzen aus Helenes Ölfass holen. Man schleppte die schweren, verzinkten Blechkannen dann jedes Mal mehr als hundert Meter weit über den Feldweg.

Meine Eltern bauten auf diesem Grundstück eine ganze Reihe unterschiedlicher Gemüsesorten an: Kohlrabi, die ich am liebsten roh aß, Blaukraut, Weißkohl, `Hockerbohnen´, die in kleinen Sträuchern am Boden wuchsen oder solche, denen man in die Erde gerammte Stangen vorgab, an denen sich die Triebe nach oben winden konnten – Stangenbohnen eben! Außerdem hatte Mutter zahlreiche Setzlinge für Kopfsalat, Wirsing, Rote Beete und Rosenkohl in die lockere Erde gesetzt. Natürlich rankten sich an gut und gerne zwanzig Stecken auch noch die mit Härchen dicht bestanden Triebe der Tomatenpflanzen der Sonne entgegen.

In die zuerst mit einem Eisenrechen fein bearbeitete und dann mit der Hacke (`mit am Häckle´) in diese lockere Erde gezogenen Reihen („Roiala") rieselten aus kleinen Tütchen Samenkörnchen für Karotten, Petersilie (Peterleng), weißen `Wintergruß`- oder `Eiszäpfle´-Rettichen und Radieschen.

In lockerem Wurf hingegen brachte man die Sämereien für den Feldsalat (Ackersalat) aus. Die kleinen Steckzwiebelchen drückte man einzeln in den Boden.
Doch neben Spinat, Lauch, Sellerie und Endiviensalat zog meine Mutter eine ansehnliche Auswahl an Blumen hoch. Außer den bereits erwähnten Zinnien und Astern wurden im *Aischbach* Gladiolen und Dahlien, Löwenmäulchen, Freesien, Tulpen und auch Sonnenblumen angepflanzt. Einzelne dieser bunten Sträuße wurden auf dem Marktplatz verkauft! Der Strauß für eine Mark – höchstens!
Auch wenn das bisher Gesagte diesen Anschein erwecken sollte: Ein Idyll ist diese Angelegenheit ganz gewiss nicht gewesen. Im Gegenteil! Für meine Mutter stellte diese Arbeit – auch, wenn sie gerne im Garten arbeitete – eine ständige Mühsal dar! Schließlich hatte sie eine Familie zu versorgen, bei der unser Vater sie nur allzu oft nicht unterstützen konnte, denn seine Arbeit und seine Firma ließen ihm dazu schlicht zu wenig Zeit.

Der Lagerschuppen

Während Mutter sich um ihr Gemüse und die Blumen kümmerte, spielten Paul und ich im Inneren des großen Lagerschuppens.
Hier wurde das gesamte bewegliche Gut der Firma Kürner & Gugel aufbewahrt! Dicke Bretter und Sprieße aus robustem Stammholz dienten zum Abstützen der oft einige Meter tiefen Leitungsgräben. Zahllose Holzkeile, Schaufeln und Spitzhacken wurden hier gelagert. Schalungstafeln, Bügelsägen, Drahtrollen, Bauklammern aus Stahl, Zangen, Hämmer in allen Größen, Nagelpackungen – solche Dinge gab es hier zu finden.
Doch nicht nur Werkzeuge lagen hier in Regalen geord-

net. Noch interessanter für uns Jungs waren die Maschinen, die man hier untergestellt hatte.

Kompressor-Aggregate mit meterlangen, zu Schlauchrollen geformten Pressluftschläuchen hatten hier ihren Platz genau so, wie die zentnerschwere DELMAG-Ramme, deren lautes Knallen durch die Gassen lärmte, wenn Vater damit den Schotter oder das Erdmaterial verdichtete, das nach Abschluss der Leitungsarbeiten von Hand dort in die Gräben verfüllt worden war. Der grau-braune *Magirus*-Laster mit seiner markanten, runden Motorhaube hatte hier seine Garage. Dieser Laster ist untrennbar mit dem Namen *Kübler* verbunden – dem Fahrer, einem Mann, der viele Jahre für Vater gearbeitet hat. Vor allem jedoch stand hier in seiner ganzen Mächtigkeit der für unsere Begriffe riesige KRUPP-DOLBERG-Seilbagger! Ein Ungetüm aus vergangenen Tagen – hellblau und weiß gestrichen!

Die Glieder seiner Raupen schienen mir als kleinem Jungen so ungeheuer schwer zu sein, dass ich kaum glauben konnte, man könne damit überhaupt fahren! Genau so dachte ich über den mächtigen Baggerlöffel aus Stahl mit den angenieteten Zähnen. Mühelos fand ich Platz in dieser großen Schaufel, selbst wenn Paul und sogar noch sein Freund Hermann Ottmann mit mir zusammen in sie hineingekrochen sind. Wie konnten so schwere Dinge nur bewegt werden mit so dünnen Drahtseilen, wie sie an den Rollen dieser Maschine zu finden waren!

In mehreren Kanistern wurde eine ansehnliche Menge Petroleum aufbewahrt, das man zum Teil für die Maschinen benötigte. Vor allem jedoch befüllte man damit die vielen roten Laternen, mit denen jede Baustelle nachts gesichert werden musste.

Gerade dieses Petroleum ist es gewesen, das zusammen mit Öl und Dieselkraftstoff diesen so typischen Geruch erzeugte, den ich sofort in der Nase zu spüren glaube, wenn ich nur an den Lagerschuppen denke!

Etliche Jahre später schaffte sich die Fa. *Kürner & Gugel* einen `John Deere´*-* Raupenlader an, mit dem man große Massen Schotter oder Erdmaterial mit kleinem Aufwand in die Rohrgräben einfüllen konnte. Die breite Schaufel schaffte das in Minutenschnelle, wofür bisher die Arbeiter viele Arbeitsstunden aufzuwenden hatten. Am Heck der Maschine konnte außerdem ein Greifarm montiert werden, mit dem man die Aushubarbeiten schneller und genauer erledigen konnte.
Von unschätzbarem Vorteil war die deutlich geringere Größe des neuen Gerätes. Vater konnte deshalb auch Aufträge annehmen, die in den engen Gassen der Altstadt anstanden.
Dort waren in den Sechzigerjahren bei Weitem noch nicht alle Haushalte an die Kanalisation angeschlossen! Auch nicht die in der Rathausgasse!
Bis dahin war es üblich, dass alle paar Monate ein stahlblau angestrichener Tanklaster vorfuhr, der die stinkende Brühe aus den Jauchegruben pumpte. Ein Schauglas auf der Tankrückseite zeigte an, wie hoch die Fäkalien im Inneren schwappten, wenn das Fahrzeug losfuhr. Natürlich lief nach jeder Leerung aus dem dicken Schlauch ein Rinnsal von Restjauche heraus auf das Pflaster der Rathausgasse und erfüllte sie mit einem unverkennbaren Odeur; es stank noch tagelang jämmerlich nach Kloake...
Die Noch-Landwirte der Rathausgasse erledigten diese äußerst unappetitliche Leerung der Güllegruben noch von Hand, mit einer so genannten `Soichschapf´.........
Die Gülle, die während der Zeit anfiel, in der die Felder nicht gedüngt werden konnten, wurde in eine Art von Zisterne verbracht, die man in der Nähe oder gar auf

seinem eigenen Grundstück gebaut hatte.
Den riesigen alten Bagger verschrottete die Fa. *Möck* an der Reutlinger Straße. Die Firma *Kürner & Gugel* begann sich mehr und mehr zu entwickeln.
Leider brauchte man dazu mehr Stellfläche.
Für das Abstellen des Tiefladers wurde ein ausgedehntes Stück von Mutters Gemüsegarten eingeebnet und mit einer dicken Schicht Schotter zugedeckt und verdichtet.
Die große Betonmischmaschine wurde in die Scheune im Erdgeschoss meines Elternhauses geschleppt. Dort stand sie viele Jahre unbenutzt herum und diente nur uns Kindern als Spielgerät.

Vater auf der Baustelle seiner Schwester Liesel und seines Neffen Hermann in der Schwärzlocher Straße(im Burgholz)

Sie wurde meines Wissens erst wieder eingesetzt, als Tante Maries Sohn Hermann in der *Schwärzlocher Straße* sein Haus baute.

Vater

Auch am Bau des Freibades war Vaters Firma beteiligt

Außerhalb des Schuppens stapelten sich viele Meter lange Gleisstücke! Auch die dazu gehörigen Loren reihten sich eine hinter der anderen.

Diese Gerätschaften hatten vor einigen Jahren dazu gedient, das Gelände des neuen Freibades im Neckartal einzuebnen, Mutterboden für die Rasenflächen und Liegewiesen zu verteilen und den Beton für das Schwimmbecken an Ort und Stelle zu schaffen.

Vaters Firma war damals am Bau des Tübinger Freibades beteiligt, als man ihm mitteilte, seine Frau Gretel habe einem weiteren Sohn das Leben geschenkt: **mir!**

Der Schuppen bestand aus einer reinen Nagelbinder-Holzgerippe-Konstruktion, die durch Schrauben, Bolzen und Metallbänder zusammengehalten wurde. Die Wandverschalung hatte man aus Brettern hergestellt, die mit dunkelbraunem, penetrant nach Teer stinkendem *Karbolineum* gestrichen waren. Auch dieses Holzschutzmittel leistete zu dem Kanon der Gerüche des Schuppens einen wesentlichen Beitrag. Das Dach war mit grauen Welleternitplatten eingedeckt.

Die Holzkonstruktion forderte uns Kinder geradezu auf, in ihr herumzuklettern! Vor allem die Gitterträger der Dachkonstruktion reizten uns! Natürlich ist es gefährlich gewesen dort oben ʹherumzuturnenʹ, fünf, sechs Meter über dem Boden. Getan haben wir es trotzdem!

ʹ*Die Aufklärung*ʹ
oder
Hermanns Sexualkundeunterricht

Dennoch ist es nicht diese Gefahr gewesen, die Mutter eines Tages dazu bewog, unserem Treiben ein abruptes Ende zu setzen.
Mit Zornesröte im Gesicht und mit sichtbar unterdrücktem Unwillen war sie durch das Tor in den Schuppen getreten.
Ihre unsteten Blicke wanderten von einem Knaben zum anderen.
„*Mir ganget jetzt gleiʹ hoim!*" hat sie damals nur gesagt.

Sie stellte ihr Hacke und was sie sonst noch an Gartengeräten gebraucht hatte, ohne sonst noch etwas zu sagen in die Ecke. Wortlos sperrte sie das Tor mit einem Vorhängeschloss ab und hängte den Schlüssel an einen Nagel, den man von innen in ein Brett der Verschalung geschlagen hatte – was natürlich niemand wissen sollte.
Paul und sein Freund Hermann waren bereits mit dem Fahrrad nach Hause gefahren. Ich hatte mich wie immer

in den kleinen Bollerwagen gesetzt – mit dem Rücken in Fahrtrichtung und die Schuhabsätze auf dem Weg schleifend – und ließ mich von meiner beharrlich schweigenden Mutter ziehen.

Der mittlere Weg des Aischbachgeländes führte damals von der kleinen Brücke über den *Himbach* (dort entstanden erst einige Jahre später die ersten Häuser der Sindelfinger Straße in gerader Linie bis hin zur *Rheinlandstraße*. Dort führte ein kurzes aber steiles Wegstück den Rain hinauf zu der Straße, die nach Unterjesingen führt – die heutige B 28.

Der Weg war nicht 'befestigt'; zwischen den beiden geschotterten Radspuren wuchs Gras, wie es auf Feldwegen üblich ist. Hier musste ich aussteigen. Mutter konnte das Leiterwägele mitsamt ihrem Sprössling nicht alleine hinaufziehen - ich musste schieben.

Die *Rheinlandstraße* hingegen trug eine Teerdecke. Einen Gehweg daneben gab es nicht. Nur einen Trampelpfad über den meine Mutter nun ihr Wägelchen zog. Die Brücke über die Ammer wurde eingesäumt von zwei dicken Brüstungen aus grobem Beton. Die Straße war schmal und hatte auf beiden Seiten jeweils einen ebenfalls schmalen Gehweg, dessen Bordsteinkannte mit einem Stahlwinkel versehen worden war. Dann führte uns der Heimweg weiter durch die noch 'junge' *Dürrstraße* mit ihren nach dem Krieg aus
grauem Tuffstein errichteten Häusern. Das Gelände ist aufgefüllt worden mit dem Erdmaterial, das beim
Aushub des Freibades angefallen war!

Hier gab es entlang des Bretterzaunes neben dem Werksgeländer des Baugeschäftes *Steinhilber* einen Gehweg. Der endete allerdings vor der *Max-Eyth-Straße*, jenem kurzen Stück zwischen der *Dürrstraße* und der ESSO-Tankstelle *Genkinger*.

Gegenüber dem mit herrlichen Kastanienbäumen bestandenen Volksgarten wohnte in seinem Häuschen der Holzsäger *Köhnlein*. Seine Maschine stand dort unter dem Dach eines offenen Schuppens.
Gemeinsam setzten wir unsere ʻWanderungʼ fort, bis wir in der Rathausgasse angekommen sind. Bei kleineren Steigungen unterstützte ich Mutters Wagenziehen durch kräftige Stöße mit den Füßen.

Der Grund für ihr seltsames Verhalten an diesem Tag bestand darin, dass sie unbeabsichtigt unsere Gespräche belauscht hatte, als sie auf dem Feld neben dem Schuppen gearbeitet hat.
Nur durch die Bretterwand getrennt, hatte sie jedes Wort mit angehört, mit denen Hermann seine beiden wissbegierigen Zuhörer ʻ*aufgeklärt*ʼ hat!
Hermann war ja selbst noch ein Knabe gewesen – höchstens zwölf Jahre alt! Entsprechend ʻsachverständigʼ muss man sich seine kichernd vorgetragenen, detailgetreuen, bildhaften und vermutlich recht fantasievoll ausgeschmückten Ausführungen vorstellen... Jedenfalls dürften der Verlauf und die Art des Gespräches ganz bestimmt nicht den Vorstellungen unserer Mutter entsprochen haben! Welche Gefühle sie auf unserem Heimweg bewegten, kann ich heute nur ahnen. Sonderlich wohl gefühlt wird sie sich dabei nicht haben! Ich denke, es hat sie am meisten gestört, dass sie über den richtigen Zeitpunkt, an dem solche heiklen Gespräche für gewöhnlich geführt werden, nicht selbst hatte bestimmen können. Darin hatte sie ganz sicher recht gehabt, denn ich war damals vermutlich gerade einmal sieben, acht Jahre alt.

Dass es *Männer* und *Frauen* gibt, wusste ich bereits. Schließlich trugen Frauen Röcke und Männer lange Hosen! Auch, dass die Sache mit dem Storch, dem Stückchen Würfelzucker auf dem Fensterbrett und mit den Bienchen und den Blümchen so ganz vielleicht doch nicht stimmen würde, ahnte ich in groben Zügen - man hatte so seine Verdachtsmomente!
Aber, dass sich Männer und Frauen angeblich *so* verhalten sollen, wie Hermann es sich ausgedacht hat - nun ja! Er mochte ja recht gehabt haben! Geschadet hat *mir* sein Geschwätz wohl nicht.
Allerdings: obwohl ich nicht leichtgläubig bin, achte ich noch immer streng darauf, *dass mir ja kein Würfelzuckerstückchen gar niemals nicht irgendwo versehentlich auf keinem Sims nicht liegen bleiben tut......*

Immerhin: Als die Rathausgasse und die Kornhausstraße aufgegraben waren, weil dort die Leitungen ausgewechselt oder neu verlegt werden mussten, und weil deshalb aus breiten, stabilen Holzplanken Stege gebaut und über den Graben gelegt werden mussten, damit die Passanten von der Löwen-Hausecke zum Blumen-*Hamm* auf der anderen Seite der Gasse gelangen konnten, kauerten die

Diese witzige Bildgeschichte stammt aus Michael Spohns Büchlein von 1977

nun umfassend 'aufgeklärten' Buben im Graben unter den Dielen und sahen durch die Ritzen nach oben.

Da zu dieser Zeit bekanntlich der Petticoat modern und die Röcke deshalb weit geschnitten waren, erlaubte uns diese Mode gelegentlich forsche(nde) Blicke direkt auf die wundersame, geheimnisvolle Welt der Dessous derjenigen Damen, die ahnungslos über die Bretterstege schritten.

Als sich im Laufe der Zeit aber die Ohrfeigen-Angebote der aufmerksameren männlichen Begleiter zu häufen begannen, obsiegte schließlich der Selbsterhaltungstrieb über die kindliche Neugier......

Ihm selbst, also Hermann, hat das Geschwätz allerdings schon geschadet, denn unsere Mütter haben sich ein paar Tage später über ihre Sprösslinge unterhalten. Entsprechende Bemerkungen, die ich aufgeschnappt habe, ließen diesen Schluss zu.

Frau O. hätte es ihrem Sohn wohl kaum verbieten können, über das Thema Sex zu schwadronieren. Es war deshalb gewiss nicht sinnvoll, sie deswegen 'zu schneiden'. Trotzdem verhielt Mutter sich seit jenem Tage recht zurückhaltend, wenn man auf *die Familie O.* zu sprechen kam.

Hermann hatte bei meiner Mutter fortan einen schweren Stand gehabt. Sie sah es überhaupt nicht mehr gerne, wenn ich zusammen mit Paul und Hermann losgezogen bin. Sie konnte halt nicht anders.

Ihre Vorbehalte gegen Hermann sind natürlich so verständlich, wie unbegründet gewesen. Hätte *er* nicht seinen Freunden die Grundzüge der menschlichen Geschlechtlichkeit aufgezeigt, so hätte früher oder später eben eine andere 'Koryphäe' auf diesem heiklen Gebiet die Rolle des Aufklärers übernommen.

Die Sexualität `an und für sich´ hatte man ohnehin längst schon selber entdeckt...............

*Jochen mit Paul und Willi vor der Schlosslinde. Die auffällig gleiche Frisur hatte der Haarschneider `Latte´ in der Kornhausstraße zu verantworten.
Der Friseurmeister ist noch heute bekannt unter dem Pseudonym `Staffelkapitän.Als `Kopfgeldjäger´ würde man heute wohl die Vertreter dieses haarigen Berufes bezeichnen.*

Mit Hermann sind wir dennoch fast täglich zusammen gewesen, denn er war häufig alleine. Sein Vater lebte nicht mehr, und seine Mutter musste für den Lebensunterhalt sorgen. Der große Bruder war deutlich älter.
Die Mutter war still und in sich gekehrt, fast wortkarg - und verhärmt! Die wenigen Worte, die sie sprach, klangen nicht schwäbisch. Ganz sicher stammte die kleine Frau nicht aus Süddeutschland. Ihr Leben war hart.
Ich habe sie niemals mit anderen Menschen zusammen gesehen, weder auf der Straße, noch bei irgendwelchen Festlichkeiten, die es damals gab.
Obwohl ich oft als Gast in Ottmanns Wohnung war, kannte ich nur die dunkle Diele. In die Zimmer sind wir

nie gegangen, wenn wir mit den unzähligen Soldatenfiguren gespielt haben, die Herrmann als viel bewundertes Spielzeug zu bieten hatte. Diese Figürchen waren aus Ton gemacht, hatten ein Drahtgestell im Inneren, damit sie nicht so leicht zerbrechen sollten und waren recht sorgfältig und von Hand bemalt – selbst solche Kleinigkeiten wie Orden und Uniformknöpfe sind gut erkennbar gewesen. Allerdings war bei etlichen Figürchen von einem Bein, einem Arm oder von einem Karabiner oft nur der Draht übrig- geblieben, an dem noch die Hand oder ein Stück vom Fuß hing.

Heute wären solche Dinge wohl sehr begehrte Sammlerstücke! Damals betrachteten die Erwachsenen sie eher mit Skepsis, oder hatten sie gleich weggeworfen. Verständlicherweise, denn die schlechten Lebens-umstände, mit denen sich die meisten Familien in Fünfzigern abzufinden hatten, ließen sich auf *die* Zeit zurückführen, in der viele Jahre lang Soldaten und Krieg die wichtigste und zugleich furchtbare Rolle im Leben spielten.

Natürlich *fuggerten* wir mit Hermann genau so gerne, wie mit anderen Nachbarkindern. `Fuggern´ bedeutete nichts Anderes, als das Tauschen von irgendwelchen Dingen. Zum Beispiel Wackelbildchen aus viereckigen Kaugummipäckchen oder sechs mal sechs Zentimeter große Walt Disney Sammel-Bildchen, in die eine Kugel Dubble- Bubble-Kaugummi eingewickelt war. Man sagte übrigens *Dubblebubble* auf Deutsch - nicht etwa `Dabblbabbl´ wie im Englischen...

Immerhin konnte Mutter sich überwinden, um der Bitte Frau Ottmanns nachzukommen, Paul zusammen mit ihrem Sohn für ein paar Tage ins Siegerland reisen zu lassen. Sie hatte Verwandtschaft dort, die sie besuchen wollte und wäre froh gewesen, wenn sie in den wenigen Tagen für Hermann einen Spielkameraden hätte finden

können.
Viel lieber war es unserer Mutter, wenn wir mit *Jochen* zusammen gewesen sind.
Seine Mutter *Lieselotte* lebte getrennt von ihrem Mann, was in der damaligen, noch überaus spießigen, zugeknöpften Zeit der 50er Jahre gewiss nicht einfach war!
Geschieden zu sein, war für die Frau damals gleichbedeutend mit sitzen gelassen worden zu sein. Demnach hatte der Mann 'eine Andere' - einen anderen Grund konnte oder wollte man sich in der Nachbarschaft nicht vorstellen! Es galt das Schuldprinzip, und der Vater hatte zu bezahlen! Die Kinder blieben grundsätzlich bei der Mutter.
Jochens Vater lebte in einer Wohnung auf der 'Krummen Brücke' und verdiente sein Geld als Taxifahrer. Lilo arbeitete als Wäscherin und Bügelfrau bei der *Fa. Mühlan* in der *Haaggasse*.
Ich beneidete Jochen stets wegen seiner *Texashose* - 'Bluhdschiens' sagten damals nur diejenigen, die bereits *Peter Krauss*-Filme gesehen oder Stücke von *Elvis Presley* gehört hatten...
Jochen, Irmtraut und ihre Mutter Lieselotte wohnten zusammen mit der Großmutter ebenfalls in der Rathausgasse, gewissermaßen am Eingang zu den 'Sieben Winkele'.
Frau K. war schon damals Witwe. Ihr auffälligstes Merkmal war ein dicker Kropf und ein verunstaltender Klumpfuß, der sie zwang, entweder mit großer Mühe (wohl auch unter Schmerzen) zu 'hobben'(humpeln), oder eben zu Hause zu bleiben! So war es fast immer. Sehr zum Leidwesen von uns Kindern. Denn wenn wir spielten, dann taten wir dies nicht, indem wir uns besonders leise verhielten!

*Jochen,
Paul,
Willi*

Hatten sich ein paar Jungs zum Fußballspielen zusammengefunden, und man konnte zwei Mannschaften bilden, dann erklärten wir die ʿMisteʾ zu dem einen, das genau gegenüberliegende große Scheunentor zum anderen ʿTorʾ.
Neben dem Geschrei der Kicker störte Frau Krauss das ständige Knallen des Balles, wenn der gegen das klapprige Scheunentor flog. Dann wurde sofort das Fenster im oberen Stock aufgerissen! Frau Krauss zeterte und keifte und befahl uns mit fast erstickter Stimme, auf der Stelle mit dem unerträglichen Lärm aufzuhören.
„*Dô wuurd jetzt nemme rommgrakeelat, gell! I komm' glei' nabe, wenn er net uff dr Schtell' uffheerat, mit deam Radau! Was glaubet denn ihr? Nô isch der Baal aber fort, dees sag' i eich, luag!*"
Mit diesem ʿ*luag*ʾ beendete sie fast jeden Satz. Sie war bekannt für diese Marotte. ʿLuagʾ hieß wohl so viel, wie ʿ*schau*ʾ oder ʿ*guck*ʾ oder ʿ*dann werdet ihr schon sehen*ʾ (schwäbisch: *Nô wenn er schaô säa!*).
Bella (höchstens fünf Jahre alt) rief eines Tage zurück: „*Vor dir Hobbas* Und ihr Brüderchen, der Dreikäsehoch Dick (noch jünger), ergänzte – altersbedingt noch kaum des Sprechens fähig: „*Halt du dei' Doss dô doba!*"
han i frei' koi Angscht!"

Hier rollte der Reifen, hier glitten die Schlitten, hier endeten Rennfahrerkarrieren, noch ehe sie begannen...

Diese beiden Damen verkauften mir Erdnüssein Spitztüten -100gr. für 15 Pfennige.

Rechts: Frau Jaggy, links: Frau Hartmaier Die Aufnahme entstand genau vor dem höchst gefährdeten Schaufenster mit dem beschriebenen Holzkasten

Das unauffällige Leben des Wilhelm Friedrich Gugel

Natürlich nahmen wir diese Drohung nicht sonderlich ernst, denn bis die alte, kurzatmige Frau sich rückwärts die Stiege heruntergequält hätte, hätten wir genügend Zeit gehabt, zu verschwinden. Ihr verkrüppelter Fuß hätte es niemals zugelassen, auch nur einen von uns Jungs zu erwischen - den Ball schon gar nicht!

Außerdem konnte Frau Krauss ihre „Bitten" ohnehin nur leise vorbringen, denn lautes Schreien verhinderte ihr gewaltiger Kropf, der ihre Sprache stets ʿgequetschtʾ und kehlig klingen ließ!

Der Reifen

Doch nicht alles, was sich ʿauf der Gassʾ zugetragen hat, kann man mit dem Wort ʿSpielʾ umschreiben. Nicht alles war nur harmlos!

So ist es zum Beispiel ganz bestimmt *kein* Spiel gewesen, als ein Junge, der mit ʿ*Jimmy*ʾ *B.* befreundet war und den man nur ʿ*Barthe*ʾ nannte, eines Tages einen ausgedienten Autoreifen von der *Haaggasse* aus das steile ʿ*Hintergässle*ʾ hinunter rollen ließ!

Ob das mit oder ohne Absicht geschah, wusste hinterher niemand zu sagen. Jedenfalls war dieses Geschehnis kein ungefährliches Unterfangen – ein harmloses schon gar nicht, denn der Reifen nahm auf seiner Talfahrt ein beachtliches Tempo auf!

Wäre ein Mensch von diesem rasenden Pneu in dem Augenblick erwischt worden, in dem er vor sein Haus trat oder, wenn er vom *Gambrinus-Gässle* aus die *Rathausgasse* betreten hätte, es hätte ihn bestimmt umgerissen und verletzt! Der Reifen vollführte tollkühne Luftsprünge, und die ließen ihn gefährlich durch die Luft ʿeiernʾ.

Unglücklicherweise, weil, ohne anzuschlagen oder abgelenkt zu werden, schoss die abgefahrene ʿSchlappeʾ

schnurstracks auf die Front des kleinen Tante Emmaladen der in der *Kornhausstraße* zu. (*Immhof* stand als Namenszug über der Ladenfront. Doch betrieben wurde das Geschäft zu Beginn meiner Erinnerungen von einem Herrn namens *Fenema*. Später übernahmen die Eheleute *Köthner* das Geschäft, die es wiederum etliche Jahre später an Frau *Jaggy* übergaben).

Dort wurde das ´Geschoss´ allerdings, ohne nennenswerten Schaden anzurichten, gebremst.

Vor den Brüstungen der großen Schaufenster links und rechts der Ladeneingangstüre hatte der Inhaber breite, grün angestrichene Holzkisten angebracht – ähnlich den Blumenkästen, in die man Geranien einzupflanzen pflegt. Man hatte sie zum Glück aus sehr stabilen Brettern hergestellt, damit sie dem Gewicht standhielten von all den Gurken, Kopfsalaten, Kartoffeln und Spargelstangen oder von ganzen Bananenbündeln, Kokosnüssen und Ananasfrüchten, die man darin anbot.

Einer dieser Kästen nahm dem heranfliegenden Reifen die Wucht und warf ihn gleich mehrere Meter weit zurück bis in die *Rathausgasse*, wo er schließlich liegen blieb. Hätte der Randstein des Trottoirs ihn noch ein Stück höher geworfen, so hätte der Reifen vermutlich die Schaufensterscheibe zertrümmert und einen gewaltigen Schaden angerichtet, denn hinter der Scheibe boten die Imhoffs in gut gefüllten Regalen Wein, Sekt, Liköre und allerlei weitere Spirituosen an. ´Mampe Halb & Halb´ stand in weißem Schriftzug auf dem Schaufenster.

Nicht auszudenken wäre auch gewesen, wäre das profillose Gummimonster durch die stets offen stehende Tür ins Innere des Lädchens gerollt. Außer der Kundschaft hätte es vermutlich Regale, zu Türmen übereinandergestapelte Konservendosen oder gar den Ladentisch samt darauf stehender Registrierkasse umgeschmissen!

Der `Barthe´ hat in den folgenden Wochen und Monaten die *Rathausgasse* und ihre Bewohner gemieden wie der Teufel das Weihwasser und das gesamte Quartier weiträumig umgangen...

Jimmys Cabrio

Nicht weniger dramatisch gestaltete sich eine ganz andere Talfahrt, nämlich die des `*Jimmy*´.
Sein Vater hatte für seinen Sprössling, als dieser noch ein Bub gewesen ist, ein Tretauto aus dünnem Metall besorgt. Auf ebenen Gehwegen als Rennpiste eine tolle Sache! Weniger geeignet war das fragile Blechvehikel mit seinen `ungefederten Massen´ für Fahrten auf der mit äußerst grobem Pflasterbelag versehenen Rathausgasse! Jimmys Füße waren vom Tretgestänge abgerutscht.
Das Gefährt folgte nur den allgemein anerkannten Gesetzmäßigkeiten der Physik, indem es rapide - und seinen Fahrer samt dessen vergeblichen Lenk- und Bremsversuche völlig missachtend - unaufhaltsam den steilen Kopfsteinabhang hinunterratterte! Im Gegensatz zu dem Reifen von `Jimmys´ Freund, der erst ein paar Jahre später den gleichen Weg nehmen sollte, wurde *Gerhards* Talfahrt ebenso wie sein Traum vom sieggewohnten *Rennfahrer Bieberle* jäh durch einen heftigen Aufprall seines Boliden gegen den Vorbau des Gugel'schen Kellerhalses gestoppt und nachhaltig-nachteilig beeinflusst.
Weil er im wörtlichen Sinne `die Nase voll´ hatte von unebenen Flächen – er trug eine äußerst schmerzhafte Fraktur des Nasenbeines davon – erlernte er später den Beruf des Fliesenlegers...
Immerhin ließen Paul und Jochen sich mitnichten von derartigen Unfällen davon abhalten, Seifenkisten zu basteln.

Für die Konstruktion des Chassis bedienten sie sich des Fahrgestelles meines Kinderwagens. Unsere Eltern sind nicht dagegen gewesen. Offensichtlich vertraten sie die Ansicht, drei kleine Gugels seien genug, und man könne daher getrost künftig auf den Kinderwagen verzichten.

Eine elektrische Bohrmaschine gab es in der gesamten Nachbarschaft nicht. Bestenfalls hätte Nachbar Walter eine derartige Maschine bei den Stadtwerken besorgen können – wenn er sie *selbst* benötigt hätte. Für die beiden jugendlichen Konstrukteure blieben für irgendwelche Bauteil-Verbindungen deshalb nur Nägel oder Stricke übrig. Entsprechend unstabil, kurzlebig und unfallträchtig blieben deshalb die zerbrechlichen Vehikel Marke Eigenbau.

Anstelle des an vier Lederbändern aufgehängten Kinderwagenaufbaues hing da nun ein Stück einer ausgemusterten Baudiele der *Firma Kürner & Gugel*. Auf das dicke Brett hatten die beiden den ausgedienten, gefederten Sattel eines Motorrad-Sozius-Sitzes mit rundem Haltegriff aufgenagelt. Die Lenkung funktionierte wie bei einem Panzer: durch einseitiges, unmittelbares Abbremsen eines der beiden Hinterräder mittels beweglich befestigter Dachlatte.

Eindeutig die Originalität abzusprechen ist somit der Äußerung des Jahre später tödlich verunglückten Formel 1–Piloten Jochen Rindt, der einmal behauptet hat: *„Wenn du von Deinem eigenen Hinterrad überholt wirst, dann weißt du, dass du in einem LOTUS von Colin Chapman sitzt!"* Schon viele Jahre zuvor nämlich lautete der Spruch: *„Wenn dir auf einen Schlag alle vier Räder von den Achsen springen und du dich mit je einem Stück Dachlatte in der Hand von einem Augenblick auf den anderen bewegungslos und auf einem weich gefederten Motorradsattel auf dem Pflaster inmitten einer schwäbi-*

schen Gasse wippend wieder findest, dann hast du dich nur wenige Sekunden zuvor in ein Fahrzeug der Konstrukteursvereinigung Paul & Jochen begeben........"
Beide Fahrzeugbauer haben sich übrigens in späteren Jahren tatsächlich dem Ingenieurwesen zugewandt. Der erste wurde Bauingenieur, der zweite verschrieb sich der Elektrotechnik.
Weniger verletzungsgefährlich war das ʾFuchsenʾ.
Man rollte mit den Fingern Pfennigstücke aus einer Entfernung von etwa ein, zwei Metern auf möglichst ebener Fläche (sic!) so gegen eine aufsteigende Kante, dass das Geldstück möglichst nahe vor diesem Hindernis zu liegen kam. Wessen Pfennig dann den geringsten Abstand zu dieser Kante aufwies, war der Sieger und hatte die Pfennige der anderen Spieler gewonnen. *The winner takes it all...*

Eine Stange ʾStorck-Riesenʾ kostete damals übrigens zehn Pfennige – entsprechend lange dauerte das Spiel! Man konnte allerdings in der Hälfte der Zeit zu den begehrten Karamellen kommen, wenn man statt einzelner Pfennigmünzen die Stücke mit der Prägung „2 Pfennig" einsetzte...
Als gefährlich hingegen musste ʾGädde K.ʾ aus der Judengasse das Wurfpfeile werfenʾ empfinden.
Auf Vaters altem Scheunentor hatte Jimmy mit Kreide ein paar mit Zahlen versehene Kreise gemalt. Die Pfeile hatte man sich auf dem Jahrmarkt besorgt. Aus Unachtsamkeit befand sich Gerds Kopf plötzlich genau in der Flugbahn von Jimmys Wurfgeschoss.
Die Nadel blieb zwischen Schädelknochen und Kopfschwarte stecken. Es hätte auch ins Auge gehen können!

Walter S. senior

Ganz eng mit meinen Kindheitserinnerungen aus der *Rathausgasse* ist stets auch *Walter S. sen.* verbunden.
Unser Nachbar ist aus dem gleichen Holz geschnitzt gewesen, wie mein Vater. Auch er stammte aus einer alteingesessenen Tübinger Familie. Seine Vorfahren sind vermutlich ebenfalls Landwirte oder Weingärtner gewesen. Vater war ein eher ruhig zu nennender Mensch gewesen – jedenfalls habe ich ihn selten anders erlebt. Walters Gemüt hingegen war aufbrausend, gelegentlich 'hitzköpfig'. Seinen Charakter konnte man zwar nicht gerade als einen *Querschläger der Evolution* bezeichnen, nicht im Lande der Schwaben und schon gar nicht in der 'Unteren Stadt Tübingens - aber vielleicht doch als *eine kleine Laune der Natur*.
Die Mutter seiner Frau *Helene* lebte mit Walters Familie unter einem- unter ihrem- Dach im Haus Nummer sechs- - also unserem Haus mit der Nummer dreizehn direkt gegenüber.
Walter hatte den Beruf des Elektrikers erlernt und bei den *Stadtwerken* eine Anstellung gefunden. Nebenberuflich betrieb er Landwirtschaft, z. B. auf seinem 'Stückle' im *Aischbach*.
Walter hatte im Gegensatz zu meiner Familie tatsächlich noch ein paar Kühe im Stall stehen! Außerdem grunzte mindestens ein Schwein in seinem dunklen Verlies!
Gefüttert wurde das 'Seile' mit den Küchenabfällen des Hotels KRONE. *Walter junior* holte diesen erlesenen Schweinefraß tagtäglich dort ab und karrte die damit gefüllten Kannen auf einem gummibereiften Wägelchen vom Hotel in der Uhlandstraße bis in die Rathausgasse. Oft begleitete ich meinen nachbarlichen Spielkameraden auf seinem beschwerlichen Weg und half ihm, die Karre

über die *Eberhardbrücke*, die steile *Neckargasse* hinauf, über den *Holzmarkt* und den *Marktplatz* bis zur Rathausgasse zu ziehen. Gelegentlich waren Walters Vettern *Hermann* oder *Kurt* seine Helfer - oder wir sind gar zu viert unterwegs gewesen.

Die im Kuh- und Schweinestall anfallende Gülle lief übrigens in die Jauchegrube unterhalb des Bretterbodens, eben *der* Miste, deren gemauerte Außenwand uns Buben als Torwand diente. Der Mist flog gelegentlich durch eine Fensteröffnung direkt aus dem Stall auf diese Miste und blieb dort liegen, bis *Walter* ihn mit einer Mistgabel auf die Pritsche seiner Hako*rette* lud und ihn schließlich als Naturdünger auf dem Feld im Aischbach verteilte.

Manchmal `landete´ unser Ball ebenfalls auf dem Misthaufen!
Trotzdem fand sich unter uns Knilchen immer ein Freiwilliger, der die verschmutzte `Pille´ mit spitzen Fingern und mit verzerrtem Gesichtsausdruck barg und mit dem verschmierten, ekelhaft stinkenden Ding zum Marktbrunnen lief, um es dort wieder spieltauglich zu waschen. Danach ging unser `Kick´ mit unverminderter Spiellaune weiter – allerdings wurde dann auf das Scheunentor bei Frau Krauss gespielt.

Walters Urschrei

Eines Tages fiel der Ball nicht auf *Walters* Misthaufen, sondern schoss gut zwei Meter höher und direkt durch das offenstehende Fenster in seine Wohnstube!
Walter hatte keinen Kropf!
„*Auaaaa! Ha, Heilandsak* aber ao!* (*ohne `c´, weil abgeleitet von „*Sak*rament").

Man hörte Geschirr klappern; Walter war hinter dem Tisch von seiner Eckbank aufgesprungen und ans Fenster gestürzt.
„Dr weel vô uich isch dees gweä, ha? Wer hôt dees dôô? Wa fir a Drialer kickt mir deen dreggata Baal ans Hirn nô, ha? Aber deen henner jetzt fai xäa, gell! Dees kône uich saga."

Seine wilden Schreie – denen des ›Geräderten´ in der Stiftskirchenmauer mindestens in der Lautstärke vergleichbar, als man ihn aufs Rad band - erfüllten nicht nur die *Rathausgasse*. Ihr Gellen ist vermutlich noch in weiten Teilen der Altstadt zu vernehmen gewesen!
Schenkt man den gebrüllten Worten seines Wutausbruches Glauben – und es gibt keinen Grund, dies nicht zu tun – so hat ihn der Ball am Kopf getroffen, während er gerade seine g´schmälzte Leberspätzle aus der Fleischbrühe löffelte! Um ein Haar wäre die tausendfach mit Füßen getretene Lederkugel in seiner Terrine gelandet!
Wutentbrannt hatte *Walter* wie von Sinnen mit seinem Federmesser auf unser unschuldiges Spielgerät eingestochen und damit nicht aufgehört, bis ganz sicher auch noch das allerletzte Restchen Luft aus der Gummiblase entwichen war! Erst dann hat er es uns vor die Füße geschmissen! Total schlaff geworden und von wüsten Tritten zusammengestaucht, hatte die nutzlos gewordene Hülle inzwischen die Form einer ordinären Badekappe angenommen...
„So, dô henner jetzt a Weile äbbas zom daibla! Jetzt kennater vo´ mier aus weiderkigga, wenner wellat! Ihr elende Waedääg, ihr liadriche, ihr! Siadichsdonnerwädderaberaunommôl!"
Er wischte sich ein gebratenes Zwiebelwürfelchen von der Augenbraue und warf die Haustüre hinter sich zu.

Das war nicht das, was man das entspannte Verhalten eines Erwachsenen hätte nennen können. Im Gegenteil: A bissle rabiat ond ieberzwerch isch er schô gwäa, der *Walter...manchsmôl.*
Und doch eine Seele von Mensch, wenn Not am Mann gewesen ist – genau wie seine Frau *Helene.*

Der `Gaxe´

Eines Tages ertappte – besser: *erwischte* Walter einen jungen Mann beim Rauchen einer Zigarette! Sieht man davon ab, dass dies an und für sich nichts gewesen ist, worüber man sich unnötig aufzuregen gehabt hätte, so rief die Sache unseren Walter dennoch mit einem gewissen Recht auf den Plan.
Erstens war `Gaxe´ (so nannte man den jungen Burschen für gewöhnlich. Er hatte einen leichten Sprachfehler; er *„gaxte herum"* - wie man das Stottern damals bezeichnete) noch nicht achtzehn Jahre alt gewesen. Zweitens hatte er - gerade deswegen - heimlich in einem der Winkel geraucht, wo die Brandgefahr ständig lauerte!
Beides hatte ausgereicht, um die Halsschlagader Walters bedrohlich anschwellen zu lassen.

„Ja freilich, Birschle! So siehsch Du grad aus. Zigarettla raucha, jaawoll! Dees dät dir so bassa, gell! Ausgerechnet dô henna en de Wenggala, wo´s äll fad brenna kennt wia d´Sau! Dees sieht dir gleich, du Rotzleffl, du verdorbaner! Ha, du kommsch mer doch fei´ grad g´schliffa, du Schäraschleifer! Moe dir dur i an Duck! Waartsch´ nô, i komm´ glei´ hender de, du Glufamichel mit deim gräane Schackettle on deim g´schtergta Hemmadskräägle!" schrie Walter auf die Gasse hinunter und erweckte mit diesem Alarmruf sofort

die Neugier aller Nachbarn. Die Fenster auch im Hause Nummer dreizehn flogen auf. Das der Nummer sechs wurde zu geworfen.

Gaxe blieb gelassen – noch - tat einen tiefen Zug und blies den Rauch genüsslich in Walters Richtung. Er ahnte ja nicht, in welch schrecklicher Gefahr er schwebte.....
Sein anfänglich überlegenes Grinsen wich augenblicklich nacktem Entsetzen, als Walter tatsächlich Sekunden später aus seinem Haus heraus auf die Gasse und auf ihn zu stürmte.

Gaxe gab auf der Stelle Fersengeld! Die angerauchte Stuyvesant kullerte Funken stiebend übers Pflaster. Um das Zigarettenpäckchen und das Feuerzeug nicht zu verlieren, behielt der Flüchtige die Hände in den 'Kitteltaschen'.

„*Dô komm' här, nô schlaa' der oene uffs G'weih nuff!*" schrie Walter aufgebracht.

„*......Widdu et schtanda bleiba, du a'gschlagener Siach, du schtaubiger! Ao nô abhaue wella! Dees hôt doch sowisso koin Wert. So schnell kô so a Hongermugg wia du neemlich gar et saue, wia i dir hennadrei roifle! Bleib uff der Schdell schdanda, sag'e! Sonsch geit's a Ogligg!*"

Und tatsächlich: Im Nu hatte er den flüchtenden *Halb*starken noch im *Gambrinusgässle* - genau auf Höhe der Eingangstür zum Beetsaal der Heilsarmee – am Jackensaum erwischt, sich bis zum Kragen hochgehangelt, ihn an demselben gepackt und dem kreidebleichen *Gaxe* ein paar *ganz* starke 'Schtroich' an d'Backe nô' verpasst...

„*Moe, d e e m Schäraschleifer hanne filleicht 'sei Dach ommdeckt! Sell kennader mer glauba!*" war nach der einseitig geführten Auseinandersetzung Walters Kommentar an die umstehenden Szenenbeobachter gewesen, während er dem gebackpfeiften Davonlaufenden schon

wieder grinsend hinterher sah, dabei die Kippe mit der Fußspitze zu einzelnen, winzig kleinen Krümelchen zerrieb, selbst diese noch verächtlich in den Fugen der Pflastersteine verteilte und sie endlich dort mit der Schuhsohlen-Außenkante festtrat.
Die alte Frau K. rief aus dem ersten Stock herunter:
„Walter, s´näxscht môl schreischt mer. Nô, komm e na ond helf dr. Där soll no härkomma! Nô schla mer däan gee em Vieregg romm, luag!"
*„So a Drialer aber ao, so a verreckter. Däam Hurgler hanne fei´ a baar driggnat, wa moinsch! Zom Donderwädder aber ao! I keet am grad nommôl oine bacha, wenner et schô fort wär ....bevor i me womeeglich **doch** nô uffreg´..........."*
Und mit erhobener Faust schickte er dem bereits längst aus der Sicht entfleuchten *Gaxe* noch einmal hinterher:
„Du zenndsch mer dohenna nommôl a Schdreichhelzle ô, gell..."
Mit einem leise vor sich hingemurmelten *„Soma Zigainer ghairt doch ganz oifach gottsallmächtig dr Ranza verschlaaa..."* begab sich Walter auf den Weg zu seiner Arbeit bei den Stadtwerken Tübingen und pfiff nun wieder gut gelaunt die beim Liederkranz eingeübte Melodie *Das ist der Tag des Herrn, das ist der Tag des Herrn.........*
Nicht nur nach solchen Szenen hörte man Walter S.sen. gelegentlich jenen Sinnspruch stöhnen, den man im allgemeinen Theodor Heuss zuspricht:*„Oh, wenn doch nô älle andre so wäret, wia i sei´ sott´...! Haa wa!"*

Ähnlich wie dem *Gaxe* wäre es einem studentischen Radfahrer beinahe ergangen, der es gewagt hatte, die Kornhausstraße in der *falschen* Richtung - also von West nach Ost - zu befahren!

An der Wand der Gaststätte ‘Zur krummen Brücke’ angebracht, zierte - als eines der ersten in der Altstadt - ein rot-weißes Einbahnstraßenschild die Gasse (in für kreisende Milchkannen erreichbarer Höhe......).
Dessen Missachtung versetzte Gôg *) Walter sofort in Rage!
„J a w i a...! Ja was sieh'n i denn d ô schao wieder? Her-ku-lesse aber ao! ... Sag' es et!?"
Mit der gleichen Freude, die den Gallier Obelix der Anblick einer anrückenden Kohorte römischer Legionäre zu erfüllen pflegte, lief Walter schnurstracks auf den arglosen Jungakademiker zu!
(Man muss wissen: *Gôgen* und *Studentla* stehen sich *en Diebenga* seit alters her in innigster Feindschaft gegenüber**).
„Widd Du et glei' aaschteiga...!?"
Kurzerhand packte unser aufgebrachter Nachbar den Verkehrsrowdy energisch an den Schultern und zerrte ihn vom Rad! Er erklärte ihm – ohne ihn loszulassen - mit gesetzten aber dennoch ausdruckstarken Begriffen seinen begangenen Frevel und entließ danach den nun ziemlich eingeschüchterten Mann samt Knickerbocker (auch unter *Epflschtählerhos'* bekannt) und ramponierter Tweed-Jacke – jedoch nicht ohne ihm vorher zu zeigen, wie man in Tübingen ein Rad ordnungsgemäß zu schieben hat und auch nicht, ohne ihm durch unmissverständliche Gesten zu verdeutlichen, welche Konsequenzen es nach sich ziehen würde, solle er *ihm*, Walter Sinner, wohnhaft in der Rathausgasse Numero sechs in Tübingen, nochmals die Kornhausstraße falsch herumradelnd begegnen!
Das reichhaltige Sühne-Angebot reichte vom ‘*d'Gôsch vool haue*’ (Ohrfeigen verabreichen) und ‘*d'Laef a schla*’ (die Läufe, resp. die Beine abhacken) über ‘*s'Kreiz aushengga*’ (das Rückgrad brechen) bis zum ‘*I verhopps*

de´ (ich trampele auf dir herum); `*I schlag´ de an dein Grend nô´* (ich schlage dich auf den Kopf), `*...uff da Riasl nuff´* (....auf die Nase...) oder `*ô´gschbitzt en Boda nei.....´*(!?) und schließlich das allem ein Ende Setzende „*`Nô bisch hennadrei´ lang heeh - neemlich...!* (bist du tot bis zum jüngsten Tag – amen.)"

Auch auf die schüchtern vorgebrachte Frage: „*Entschuldigen Sie bitte, aber darf ich fragen, wer S i e denn überhaupt sind, bitteschön? Sie sind doch nicht der Schutzmann. Das Ganze geht sie doch wohl eher einen feuchten Kehricht...*"

„*Ha?! Waawiddu?*"

Walter unterbrach die Widerrede und stellte dem Herrn Studiosus genau zwei Möglichkeiten zur Auswahl. „*Dô hanna gibbds blos oin, mô ebbas frôgt – on dees ben i! On i frôg di iatsadle: widd glei´ a baar g´heeriche mit am Debbichbatscher an da Ranza nô oder erscht emma Weile mit am Farraschwanz a Donderschläächdige uffs Hirn nuff.... Wiesawaldi, dubbalicher!?*"

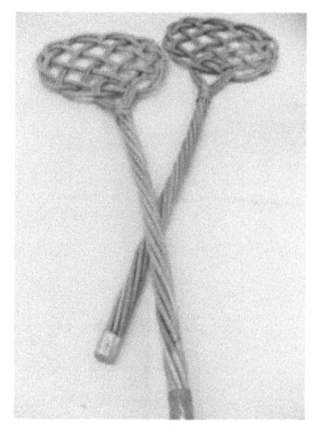

„*Wie bitte.?*"

„*Grasdackel! Aber dees hanne me et traut zom saa. Ihr senn jô emmer glei beleidigt, ihr G`Schtudierde......*"

Kurz: Man gab aufeinander Acht und sorgte eigenhändig für die öffentliche Ordnung in den lauschigen Gassen der Unterstadt einer kleinen schwäbischen Provinzstadt namens Tübingen!

*) `Gôgen´ sind allgemein *alle* in Tübingen geborenen Bürger – möglichst mit Eltern, die auf den gleichen Abstammungsort hinweisen können. Als `Raup´ hingegen bezeichnet werden durfte nur – wenn überhaupt! – wer den Beruf des Landwirtes oder Weingärtners (Wengerter) ausübte. Einen traditionsbewussten Tübinger mit diesem *Titel* anzusprechen war und ist indessen nicht ungefährlich! Ein in solcher Situation spontan vom auf diese Art Angesprochenen ausgeteilter Nasenstüber wird von einem durch Kenntnis des Lokalkolorits geprägten Richter möglicherweise als straffreier Akt der Notwehr ausgelegt...

**) hierdurch erklärt sich der *Platz und Gemütlichkeit schaffende* Ausspruch: *„Sodele! ...ond jetzt nô so a Schdipendiaschdudentle verklopfa!"* den die Sängerinnen und Sänger des Weingärtner-Liederkranzes von sich zu geben pflegten, wenn sie im Anschluss an die wöchentliche Singstunde beim *Violinbeck* Einkehr hielten und nach dem Genuss eines Tellers sauren Ochsenmaulsalates mit reichlich Zwiebelringen gerne unter Ihresgleichen sein wollten. Wobei sie das Wahrmachen ihrer unverhohlenen Drohung gewissermaßen als Nachtisch oder `Betthupferle´ betrachteten.

Mit einem höflichen an die jungen Herren gerichteten *„Ihr ganget jetzt!"* unterstützte der Wirt das freundliche Ansinnen seiner sangesfreudigen Gäste.

Gelegentlich setzte er seinen Violinenbogen als Hieb- und Stichwaffe ein, um seinen Argumenten mehr Nachdruck zu verleihen

Eine alte Aufnahme in einem der zwischenzeitlich zahlreich angebotenen Bildbände von meiner Geburtsstadt zeigt die Markt*gasse* vom Markt*platz* aus fotografiert. Deutlich erkennt man auf dem Bild eine runde, rot-weiß

lackierte Verbotstafel mit der Aufschrift *Für Fahrräder Verboten.*
Die Gasse war einfach zu steil, um die Abwärtsfahrt mit den damals noch primitiven Vorderradbremsen zu verlangsamen! Auch am oberen Ende der noch deutlich steileren Rathausgasse hing eine solche Tafel. Wie unser wackerer Walter S. es allerdings hätte anstellen wollen, einen möglichen Verbotsfrevler auf seiner halsbrecherischen Talfahrt zu stoppen...
Ich bin sicher: Walter hätte Mittel und Wege gefunden!

Solcher Mittel und Wege allerdings hätte sich ein gewisser Herr Josef K. vermutlich gerne bedient – hätten sie ihm denn zur Verfügung gestanden!
Dieser Mitarbeiter der Fa. *Kürner & Gugel* wohnte damals im so genannten *Goldenen Horn* - einem Mehrfamilienhaus für sozial schwache Mitmenschen an der Einmündung der *Westbahnhofstrasse* in den *Schleifmühleweg*. Josef hatte es nämlich eines Tages gewagt, sich den steilen Zankerbuckel von der *Schwärzlocher Straße* aus buchstäblich hinabzustürzen!
Mit seinem Fahrrad Marke *Vaterland* nahm er dieses Wagnis auf sich, um den deutlich längeren Weg über die *Schwärzlocher Straße*, die *Gerstenmühlstraße* und den *Schleifmühleweg* abzukürzen – oder das Rad den Berg hinabzuschieben. Seine Fahrt wurde jedoch derart rasant, und es war schon nach wenigen Metern klar, dass die Kurve zum Bahnübergang unterhalb der Raupp´schen Mühle im Kupferhammer nicht mehr zu meistern sein würde. Mann und Rad vollführten tollkühne Bocksprünge. Ihre Schussfahrt wurde schließlich jäh von einem stabilen, unnachgiebigen Stahlrohrgeländer am unteren Ende des Buckels gestoppt!
Josef K. war mit einem `Affenzahn´ dagegen geknallt

und flog jetzt mit unverminderter Geschwindigkeit und in hohem Bogen über das Hindernis, nur, um sich Sekundenbruchteile später mit ziemlich heftigen Blessuren auf den Schwellen und dem Schotterbett zwischen den Bahngleisen der Ammertal-Bahnstrecke wieder zu finden.
Eine Fahrradreparatur lohnte sich nicht mehr...

Veränderungen

Die *Rathausgasse* veränderte sich.
Menschen starben, zogen weg und manche Häuser wurden abgebrochen.
Wir Kinder erfuhren vom Sterben der Großmutter von Jochen und Irmtraud und sahen die Trauer, die ihr Tod bei deren Mutter Lilo und ihren Kindern auslöste.
Helenes Mutter starb ebenfalls in den späten fünfziger Jahren. Auch hier war die Trauer groß gewesen. Mein Vater ging damals selbstverständlich zur Beerdigung der alten Frau, die seine Tante gewesen ist - die Schwester seines Vaters nämlich.
Jimmys Familie zog von der *Rathausgasse* weg in die `Silberburg´, einem respektablen Haus direkt am Marktplatz. In das frei gewordene Haus zog eine `neue´ Familie ein, die den Namen *Pfauss* trug. Es waren arme Leute, einfache Leute *mit kleinem Bildungshorizont*, wie man heute sagen würde.
In diesem Haus wohnte auch eine Zeitlang ein Mann, der seine (Stief-?) Tochter jämmerlich verprügelte.
Seine Sache, dachten wohl die meisten Nachbarn und unternahmen nichts.
„*Pack!"* nannte man die Leute wohl recht voreilig und selbtgefällig. Geholfen hat dem bedauernswerten Mädchen nämlich niemand!

Ganz links: Gugel-Haus Rathausgasse 13. Im Haus mit dem Bogenfenster war bis 2006 das Kino `Löwen´ untergebracht
In der Bildmitte: Rathausgasse 6,
Rechts: Unter dem Pultdach des Hauses mit den grünen Klappläden verbirgt sich der Hals unseres Kellers. Im ersten Stock wohnte Erikas und `Bubis´Familile. Eine Etage höher lebte Frau B. mit ihren beiden Söhnen und ihrer Tochter.
Hinter den drei weiß gestrichenen Fenstern wohnte die Familie von Rosel D. .. Im Haus rechts daneben lebten die Eltern von `Wälde´ und von `Dick. In der Dachwohnung des gleichen Hauses – jedenfalls glaube ich mich daran erinnern zu können – In der Dachwohnung des gleichen Hauses – jedenfalls glaube ich mich daran erinnern zu können – wohnte ein Ehepaar, zu dem ich allerding keinen Kontakt hatte.
Im grauen `Zwergenhäuschen´ hatte im Erdgeschoss die Heilsarmee ihren Versammlungsraum. Die dunkelste Stelle rechts der Bildmitte markiert zugleich die Stelle, an der Gaxe seine schwärzeste Stunde erleben durfte – und Walter S.sen.s eine seiner Sternstunden............

Nicht die, die das Wort `Pack´ so leicht über die Lippen gebracht haben und auch nicht wir Kinder!
Wir sind immer traurig gewesen und empfanden beklemmendes Mitleid mit ihr, wenn wir das herzzerreissende Weinen des Mädchens hörten. Dann fragten wir unsere Eltern wieder, warum der Mann denn seine Tochter schlägt.
An eine Antwort kann ich mich nicht erinnern........

Aber ich weiß heute, dass das Verhalten von uns Kindern dem Mädchen gegenüber schon das gleiche war, wie das, welches mich ein paar Jahre später selbst so verletzen würde: Um nichts falsch zu machen, nichts Falsches zu sagen, sprach man einfach überhaupt nicht mit dem Mädchen und vermittelte ihm dadurch womöglich das Gefühl, die Schläge des Vaters sogar verdient zu haben!
Auch diese Familie zog eines Tages wieder weg und das wurde als eines der ersten Häuser in der Rathausgasse abgebrochen.
Nach dem Tod des alten Herrn, der im Haus rechts meines Elternhausaes gelebt hat, wurde nun auch das verlassene, für Tübingen typische Weingärtnerhäuschen mitsamt der davor gebauten Miste direkt neben unserer Nummer dreizehn abgebrochen.

So sah die Rathausgasse am 23.8.1961 aus.
Die Markierung der Stellplätze zeigt den Platz, an dem das Kuttergratt-Haus gestanden hat. Der dunkle Mauervorsprung und die beiden Fenster mit den Blumenkästen davor (rechts im Bild), sind Teil des Hauses der alten Frau Krauss. Vor Sinners Miste lehnt – Deichsel nach oben- das Wägele mit dem Walter und ich die `G'schnipf-Kannen gefüllt mit Schweinefutter (Küchenabfälle des `Hotel Krone') heran geschafft haben.Es galt als Mutprobe, sich nur auf den Zehenspitzen vorwärtstastend und sich mit den Fingerspitzen in den Mauerfugen festkrallend auf dem schmalen Fenstersimsvorsprung des Ratstubensaales, um die Ecke herum zu bewegen. Musste man aufgeben und abspringen oder fiel man gar herunter, so konnte man sich dabei r i c h t i g wehtun. Sich den Knöchel zu verstauchen war dabei sicherlich die harmloseste Verletzung.

In der Bildmitte: Mutter, ein Jahr vor ihrem Tod.....

Dieses Quartier war die Heimat des kleinen Willi und seiner Freunde. Hier spielten sie Iklak, hier versteckten sie sich in den 'sieben Winkele'. Hier fiel man in den Marktbrunnen. Hier wurde Most getrunken und literweise Milch verschüttet...

Der Abbruch

Die nutzlos herumstehenden Scheunen verkaufte man für wenig Geld an die Stadt. Der Abriss auch dieser uralten Gebäude war dann nur noch eine Frage der Zeit.
Den umliegenden Wohnhäusern kam dieser radikale Schnitt zweifellos zugute! Alles wurde heller und die ungesunden Zustände in den Winkeln nahmen ein Ende. Die Sonnenstrahlen fielen auf Stellen, die sie seit Jahrhunderten nicht mehr hatten mit ihrem Licht beglücken

können.

Allerdings traten nun die teilweise sträflich vernachlässigten Fassaden zutage! An diesem unschönen Anblick sollte sich viele Jahre nichts ändern.

Die frei gewordene Fläche bedeckte schließlich eine schwarze mit grauem Splitt bestreute Teerdecke. Genutzt wurde der Platz als Abstellfläche für die Fahrzeuge der im Rathaus beschäftigten Angestellten und Beamten – und zwar ausschließlich für diese!

Die Anwohner sind darüber ganz und gar nicht glücklich gewesen. Häufig entdeckten sie nämlich einen Strafzettel, den ein städtischer Ordnungshüter mit wenig Sinn fürs Sensible im Umgang mit den ehemaligen Besitzern des Grundstückes ausgestellt und ihnen hinter den Scheibenwischer gesteckt hat.

Über viele Jahre hinweg war diese Parkplatzwüste inmitten der Altstadt ein echter Schandfleck und manch einer mochte sich gefragt haben, ob es nicht besser gewesen wäre, die Scheunen stehen zu lassen und eben nicht abzubrechen.

Ich gehöre durchaus zu den Menschen, die diese Meinung vertreten.

Aus heutiger Sicht stellt dieser Abbruch eine beachtliche städtebauliche Sünde dar. Entsprechend saniert hätte dieses Scheuern-Ensemble ein wahrhaft schmuckes Bauwerk für das Quartier im Zentrum der `Unteren Stadt´ sein können. Doch damals lautete die Devise: Die Altstadtquartiere müssen *entkernt* werden!

Unser derzeitiger Bürgermeister vertritt noch immer vehement – und durchaus zu Recht - die Ansicht, dass zuerst die vorhandenen Baulücken zu schließen sind, bevor neues Bauland erschlossen wird. Doch erschlossenes

Bauland außerhalb der Altstadt wird dadurch immer rarer – und immer teurer.
Was die Grundstückspreise betrifft, steht Tübingen anfangs des jungen Jahrtausends mit Hamburg(!) und München(!) inzwischen auf einer Stufe!

Die Scheunen der ʽSieben Winkeleʼ wurden damals auf eine recht unkomplizierte Weise abgeräumt: Ein Bagger der Firma Steinhilber erledigte den Abbruch, indem er mit dem Greifer einmal hier zerrte, dort drückte, an anderer Stelle hochhob und wieder fallen ließ und an einer weiteren Ecke so lange rüttelte und ʽnotteltéʼ, bis die Trümmer der vereinigten Hüttenwerke am Ende des Tages kreuz und quer in einem unübersichtlichen Wirrwarr von Balken, Brettern, Stangen, Ziegeln, Steinen und Eisenteilen durcheinander lagen.
Nach Feierabend allerdings – Dieselqualm und Dreck und zu Staub zerfallenes Heu hatten sich wie ein Leichentuch über das Chaos gelegt - ersetzte fortwährendes Klirren den tagsüber zu ertragenden Lärm.

Die Jungs aus der Nachbarschaft , darunter auch ein Junge, der in der Schulstrasse wohnte, fanden auf dem Schutthaufen genügend Brocken, die sie als Wurfgeschosse einsetzen konnten. Werkstattfenster, die mit Metallrahmen und einer einfachen Scheibe Milchglas versehen waren, hatten unter den Abbrucharbeiten gelitten: Etliche der unzähligen quadratischen Scheibchen waren zu Bruch gegangen. Der Anblick dieser Zerstörungen wurden von uns Lausbuben gerne als willkommene Einladung angesehenen, es dem Bagger gleich zu tun, der *das* aus Versehen machte, was *wir* nun vorsätzlich anstellten. Es schepperte und klirrte, dass es eine Freude war - für die Jungs - und somit auch für mich!

Das unauffällige Leben des Wilhelm Friedrich Gugel

Was wir Kinder nicht gewusst haben, war die Tatsache, dass dieser Gebäudeteil gar nicht zum Abbruch vorgesehen war! Hinter Fenstern wurde zwar seit Längerem nicht mehr gearbeitet, trotzdem befand sich dahinter die Werkstatt Raab, in der einstmals – sofern ich mich noch richtig erinnere – Öfen hergestellt worden sind. Was *hinter* den Fenstern alles zu Bruch gegangen war, habe ich nie erfahren. Jedenfalls dürften sich neben unzähligen Glassplittern und Scherben ein erklecklicher Haufen Steine befunden haben... und ein darob ganz sicher aufgebrachter Werkstattbesitzer! *Vor* den Fenstern allerdings standen unsere fassungslos dreinblickenden Eltern.

Und wie einst, als Napoleon vor den Pyramiden Ägyptens gestanden hat und seine einprägsamen Worte sprach, kann ich in leicht abgewandelter Form den Ausspruch wagen: `*Furchtbares* schaut auf uns hernieder und ich kann sagen, *ich bin dabei gewesen!*

Der Schutzmann Klaiber

Die letzten vier Worte hatte ich zwei Tage später mit stockender Stimme zu wiederholen. Und zwar in einer Amtsstube der Polizei in der Münzgasse – Aug´ in Aug´ mit dem Auge des Gesetzes in Gestalt des gestrengen Schutzmannes *Klaiber,* der korpulent und mit ernstem Blick hinter seinem Schreibtisch saß.
Ihm gegenüber stand ich als eingeschüchterter Bengel neben meinem Vater; man hatte ihn als meinen Erziehungsberechtigten ebenfalls per schriftlicher Vorladung zum Erscheinen aufgefordert, um zu den Vorwürfen Stellung zu nehmen, die der Besitzer der Werkstatt in Form einer Anzeige gegen diesen zerstörungswütigen Sünderbuben Willi Gugel erhoben hat – gestützt auf die angeb-

lich glaubhaften Aussagen des ›Schulsträsslers‹, der angeblich nicht gezögert hatte, das nämliche Bürschchen – also mich – als ›*Rädlesführer*‹ hinzustellen – der ich aber wirklich nicht gewesen bin!

Meine Niedergeschlagenheit nach dem Verhör konnte nicht größer sein, als ich beim Verlassen des Polizei-Reviers dem Schutzmann auch noch artig die Hand reichen musste. Klaiber hatte nicht mit Ermahnungen gegeizt, als er endlich mit seinem Vortrag fertig gewesen ist. Er war aufgestanden und ich wusste nicht, ob es der Stuhl oder der breite mit schwarzer Schuhcreme gewichste Koppel des dickbäuchigen Polizisten gewesen ist, der dabei mehr geächzt hat........

Vater hatte den Wachtmeister persönlich gekannt. Trotzdem verunsicherte mich das heimliche Grinsen der beiden nur noch mehr, das ich bemerkte, während ›*der Klaiber*‹ sich seinen halbzentimeterdicken Ledergürtel über seinem ›Feinkostgewölbe‹ zurechtrückte und seine Schildmütze aufs kurz geschorene Haupt drückte.

Schwerwiegende Folgen hatte die Geschichte für mich nicht; und wohl auch keine finanziellen für Vater. Nichtsdestotrotz habe ich meine Lehre daraus gezogen und fortan nichts mehr zu tun gehabt mit zerbrochenen Fensterscheiben...

Als eine amüsante Fügung des Schicksals mag man ansehen: Aus dem einen Lausebengel ist ein eher dem Aufbau denn dem Abbruch sich verschrieben habender Architekt geworden. Aus dem anderen ein – Glaser!
Die Erinnerung an diesen Jahrzehnte zurückliegenden Lausbubenstreich hat immerhin verhindert, dass ich auch

nur einen einzigen Auftrag an den früheren, kindlichen Intriganten vergeben habe!

Als es sich für mich als Architekten `ums Verrecken´ nicht mehr vermeiden ließ, mit diesem Fensterbauer zu arbeiten– ich also ausdrücklich von meiner Bauherrschaft aufgefordert wurde die Fenster von dessen Firma fertigen und montieren zu lassen - fiel mir der Kerl prompt wieder in den Rücken.

Manche Kindheitserlebnisse werfen offensichtlich lange Schatten...

Die alte Rathausgasse. Links das Haus Nummer sechs,, ganz rechts das erste abgebrochene Haus.

Die Katze sitzt auf dem Stein vor der Rathausgasse 13.

Das weiß gestrichene Fenster gehört zum Haus, in dem Jimmy gewohnt hat.

Im hellen Sonnenschein erkennt man die spärliche Beleuchtung der Rathausgasse: eine Blechkiste mit zwei einfachen Glühbirnen

Längst ist die Baulücke, die durch den Abriss der Scheunen entstanden war, wieder geschlossen worden. Doch das, was anstelle der alten Fachwerkbauten gebaut wurde, ist dazu geeignet, selbst einen ausgeprägten Sanguiniker melancholisch oder gar phlegmatisch werden zu lassen – auch dann, wenn er nicht Architekt geworden und hier aufgewachsen ist!

Etliche Jahre später – ich wohnte schon lange nicht mehr in der Altstadt – riss der gnadenlose Greifarm eines Baggers das Haus der Familie K. nieder. Später schlug eine tonnenschwere Abrissbirne das Haus neben unseren Nachbarn Walter und Helene zu Klump. Hier wohnten einst die Familien Rosels und Erikas, und im obersten Stock die betagte Mutter von Hans, dem Mopedbastler, die ich gelegentlich in der Altstadt angetroffen habe. Sie hat das Haus um viele Jahre überlebt.

Das erste Haus, das in der *Rathausgasse* abgebrochen worden ist, war jedoch jenes gewesen, welches direkt neben meinem Elternhaus gestanden hatte. Es war dem Hof gewichen, der nun als Lagerplatz für die Bäckerei Renz diente. Dies geschah noch, bevor ich zur Welt kam.

Unser ehemaliger Keller ist übrigens erhalten geblieben! Das alte Gewölbe existiert noch bis in die heutige Zeit. Sein Hals wurde mit Natursteinen ummauert und mit einem kleinen Zeltdach versehen. Ich warte darauf, dass man dem verborgenen Gelass endlich die Beachtung schenkt, die es verdient, und man es wieder einer sinnvollen Nutzung zuführt.

Walters Haus steht noch.
Vor Jahren wurde es von einem Kunstliebhaber gekauft und sehr schön saniert. Auf einem Querbalken des freigelegten Fachwerkes steht zu lesen:

„Heut' dennt er s'alte schätza –
was dennt er morga schwätza?"

Mag sein, dass dieser Spruch gedacht war als ein versteckter Seitenhieb des Bauherrn und gemünzt auf das *Sonderamt für Altstadtsanierung,* das sich in der Zeit der

Gebäudesanierung äußerst schikanös, anmaßend und bevormundend verhalten hat.

BMW-Betriebe

Nicht weniger als die Häuser selbst veränderten sich die Geschäfte, die sie beherbergten. Am deutlichsten lässt sich diese Veränderung an den sogenannten BMW-Betrieben im Quartier der 'unteren Stadt' ablesen. Damit sind gemeint die Geschäfte der **Bäcker, Metzger** und **Wirte**. Die Zahl der Bäckereien und Metzgereien sind aus heutiger Sicht dramatisch gesunken. Auch die Wirtschaften sind weniger geworden. Diese hat es in meiner Jugendzeit allerdings in einer ganz erstaunlichen Vielzahl gegeben:

Beginnen will ich mit der **Lenzei** am Haagtor, **der Bäckerei im Eckhaus zur Haaggasse,** dessen Giebel noch heute eine Brezel ziert und fortfahren mit der **Bäckerei Kost** auf der rechten Seite, unmittelbar neben der **Freibank-Fleischerei**.

Am Beginn des Kapitänswegle, schräg gegenüber der **Bierbrezel,** steht ein schmalbrüstiges Häuschen, in dessen Erdgeschoss **Fleisch und Wurstwaren** verkauft wurden.

Der **Jazzkeller** existiert erst seit meiner Jugendzeit. **Die Schottei** im gleichen Haus, hingegen, gibt es schon seit vielen Jahrzehnten nicht mehr.

Im Gegensatz zur **Deutschen Weinstube** und dem unmittelbar daneben ausschenkenden **Mayerhöfle,** die beide zu den alteingesessenen Wirtschaften gehören.

In der Rathausgasse 1 bewirtete man montags nach den Sitzungen im **Rathausstüble,** die sich müde geschwätzt habenden Ratsherren – oder man tat dies im **Lichtenstein** im Wienergässle gegenüber dem Rathaus.

Gediegener als in der **Traube** ging es im Gastraum des **Hotels Hospiz** zu, das jedoch nicht über einen so herrlich mit Kastanienbäumen bestandenen Garten verfügte wie die **Gaststätte zur Pfalz** am Fuße der Neckarhalde.
Mit einem solchen Juwel konnten auch nicht aufwarten die **Forelle** in der Kronenstraße mit den originellen Wandmalereien, der **Rappen** (man kann noch heute das herrliche Wirtshausschild neben der **Bäckerei Rist** bewundern) und der **Alte Kaiser** in der Kirchgasse, schräg gegenüber der **Metzgerei Holzwart**.

Im Erdgeschoss am Marktplatz konnte man in der **Bäckerei Gauker** Brot und Kuchen kaufen und das Geschäft im Obergeschoss durch das **Café Pfuderer** (s´Pfui!) wieder verlassen. Wollte man im **Café Nass** Platz nehmen, so ging das nur im Obergeschoss des Hauses Kirchgasse 19, in dem es sich noch heute befindet.
In der Neckargasse gab es neben den **Metzgereien Völter** und **Kienle**, dem **Bäcker Schramm** und der Gaststätte **Zur Steinlach** ein weiteres Café: Das **Neckartor**, schräg gegenüber der berühmten **Neckarmüllerei**, jenem renommierten Gasthaus, direkt am Neckar gelegen, das einstmals selbst den Ansprüchen des Bundespräsidenten Theodor Heuss genügte.
Das bekannteste Café jedoch dürfte das `**Völter**´ gewesen sein. Das fand man an der Ecke Neue Straße / Hafengasse.
Ebenfalls in der Hafengasse konnte man sich im **Hades**, im **Prinz Karl** und im **Röhms** *(später das Zum Zum)* ein Glas Bier einschenken lassen. Oder in der **Stadtpost** unterhalb des Postamts, zur Metzgergasse hin oder im **Ballhaus** (heute `Wurstkuchel´), gleich neben dem **Zentral-Café** im Nachbarhaus der Familie Pietzger. Den gleichen Wunsch konnte man äußern im **Ritter** unweit der **Metz-**

gerei **Glück** und des **Bäckerladens Sinner** in der Grabenstraße, oder im **Stern** und im **Gutenberg,** beide in der Langen Gasse beheimatet, wo man im **Küfereihinterstübchen der Frau Depperich** ganz bestimmt nicht der Tür verwiesen wurde, wollte man sich dort ein Gläschen Wein gönnen.

Begann man seine Kneiptour ausgehend vom **Gasthof König** unterhalb des Frondsberges, so konnte man im *Hasen*, dem ersten Gasthaus in der Schmidtorstraße, etwas zu trinken und im **Metzgerladen Hanselmann** eine Scheibe Leberkäse kaufen, die man zwischen die Hälften eines aufgeschnittenes Weckles der **Bäckerei Wagner** in der Bachgasse legen konnte – vorausgesetzt man wollte diese Köstlichkeiten nicht beim **Metzger Schneider** und beim ʻ**Violinbäck**ʻ besorgen, der morgens mit den Händen den Hefeteig schlug und abends neben dem **Bären** in seiner **Weinstube Göhner** mit dem Geigenbogen auf die Köpfe von sich nicht ʻdegenmäßigʻ verhaltender ʻSchtudentlesbüblaʻ!

Diese wollten oft ihren Platz nicht räumen, wenn die Sängerinnen und Sänger des Weingärtner Liederkranzes nach der Singstunde im **Rössle** der Frau Beckert neben der Spittelkirche keine freien Stühle mehr vorgefunden haben und das Probierstüble bei Fritz und Frieda im **Weinhaus Schmid** in der Jakobsgasse auch schon von honorigen Zechern belegt war.

Ausweichen auf andere Lokale hätten die Freunde des deutschen Volksliedgutes schon noch gekonnt! Aufs ʻBrückleʻ *(Zur Krummen Brücke)*, aufs **Kornhausstüble** Herrn Kienles oder auf den **Löwen** nämlich. Auch **Frau Mack**, Wirtin des **Pfauen** und zugleich Bäckersfrau, hätte ihnen den Zutritt zum Gastraum vermutlich ebenso wenig verwehrt wie die Familie Haug, die Pächtern des Gasthauses **Haug zum Hirsch**, das sich allerdings nicht wie die zuvor genannten in der Kornhausstraße befanden, sondern bereits zur unteren Hirschgasse zählte.

Zeitungsanzeige vom dem Dienstag 22. September 1970

Tante Emilie Sauer, die legendäre Studentenmutter (auch `s´Mammele´ genannt), führte auf der anderen Seite der Hirschgasse **Wagners Weinstube**, bevor sie 1955 als 81-Jährige ihre Gasträume in den Zwingel direkt am Neckar verlegte. Daneben existierte lange Zeit die **Milchbar** im runden Turmbau des Gebäudes am Neckartor.

> Wir verkaufen ab heute täglich 14 Uhr
> gebrauchtes Kleininventar
> Silberchrombesteck
> Silber- u. Chromplatten
> Eisbecher und Eisschalen
> Porzellan und Gläser
> und vieles mehr günstig
>
> **Haug zum Hirsch**
> Tübingen, Hirschgasse 9
> Telefon 2 24 86

Der selbstbewusste, recht `körperhafte´ **Schlachtermeister Karl Memminger** *(der Bomberskarle)* fürchtete weder seinen Konkurrenten **Zeiher** auf dem nahen Marktplatz, noch seinen Verwandten **Lutz** in der Hirsch- und auch nicht den jungen Charly **Wetzel** in der Froschgasse! Und der ausgeschlafene Bäcker und **Konditor Renz** standen hinter ihren Ladentheken in der Kornhausstraße genau so bereit für ihre Kunden, wie dessen Kollegen in weißem Kittel und grau gestreifter Hose **Hindenach** und **Dattler** in der Ammergasse und **Gerhard Dietterle** in der Jakobsgasse.

Wie auch Frau Mack hatte die alte Frau Dattler neben ihrer Kundschaft in der Bäckerei gleichzeitig die Gäste ihres **Rebstocks** zu bedienen. Zu dem **Storchen** ist in den Siebzigerjahren des letzten Jahrhunderts noch der

Ammerschlag hinzugekommen.

In der Aufzählung fehlen neben dem **Boulanger** in der Collegiumsgasse noch der **Hölderlinturm** in der Bursagasse, die **Sonne**, das **Zum Fässle** der Frau Kost und **Der Tiegel** in der Marktgasse, der lange Jahre als `Chez Michelle´ Kult war unter der Studentenschaft Tübingens (heutzutage - nach dem Umbau durch mich! - ist die Pinte bekannt unter dem Namen `FRANKY´s).

Ganz abgesehen von all diesen Lokalen gibt es noch die **Bavaria** in der Schulstraße, das Pflügle **(Zum Pflug)** in der Neustadtgasse, das **Mauganeschtle** und den **Schlosskeller** in der Burgsteige.

In diesem Keller trafen sich als Teenager die Schüler des Tanzkurses Josef Maichle und die erinnerungssüchtigen 6a-Klassenkameraden der Albert-Schweitzer-Realschul-Abschlussklasse 1968 in Tübingen!

Wer also in Tübingen des Hungers und des Durstes litt, der musste entweder Fakir oder zumindest tot sein..........

5.) Ehne, Opa, Brezelkäfer

Die Altvorderen

Kenntnisse über die Generation meiner *Ur*großeltern aus Lehr besitze ich schlicht keine!

Mein Großvater mütterlicherseits hieß Georg *Oßwald*, die Großmutter Barbara. Sie hatte einst den Mädchennamen *Siehler* getragen.

Barbara Siehler als Konfirmandin(?)

Opa Georg Oßwald, Lehr 1914, 27 Jahre alt

Oma hatte wohl eine Schwester gehabt, denn es war oft die Rede von einer gewissen *„Siehlerbäs"* gewesen. Ich habe diese Frau niemals kennen- gelernt, auch nicht die *„Schreinerbäs"*, von der man gelegentlich hörte – jedenfalls würde an sie jegliche Erinnerung fehlen!
Opa lebte in einem kleinen Dorf namens *„Lehr"* – einer Ortschaft, etwa 600 Meter hoch und nördlich der Münsterstadt Ulm gelegen. Er war zunächst gelernter Gärtner und der örtliche Baumwart gewesen. Später wurde er dann Bauer, der einen Hof mit Milchkühen und einer bescheidenen Schweinezucht sein eigen nennen durfte. Sein Vater (also mein Urgroßvater) war wohl in den Jahren 1817 bis 1848 in Lehr Schuhmacher gewesen.
Aus Gesprächen und Äußerungen meiner Eltern, die ich als Kind aufgeschnappt habe, schließe ich, dass er unter den *„Lehrern"* ein gewisses Ansehen genossen hat. Es gab da noch eine Frau, die man mit *„Dote"* ansprach. Sie lebte zusammen mit ihrem Mann - dem *„Vetter Jakob"* – unten im Lehrer Tal in einem kleinen Häuschen. Es stand in einem gepflegten Garten mit Obstbäumen direkt an der Straße, die von Lehr nach Ulm führte.
Die beiden Leutchen sind damals schon recht betagt gewesen und werkelten oft in ihrem Gemüsegärtchen, wenn wir ihnen – fast immer unangemeldet – einen kurzen Besuch abstatteten! Besonders meiner Mutter sind diese Besuche immer wichtig gewesen, denn sie mochte ihre Patentante.
Auch wir Kinder besuchten die beiden Alten gerne
Dote hatte uns nämlich etwas Besonderes zu bieten: LIBELLA, Orangenlimonade, die es zu Hause in Tübingen bestenfalls in einer Wirtschaft für uns gab - wenn überhaupt!

Die „*Dote*" war Opas Schwester. Sie hieß mit Nachnahmen *Schneider*, was jedoch nicht sonderlich wichtig gewesen ist, denn so, wie Oma nur die „*Oma*" war, so war die Dote eben die „*Dote!*" Und der Opa der „*Opa*" – ohne weiteren Zusatz!

Barbara Oßwald mit den Zwillingen Anna und Gretel

Anne, Georg, Gretl, OmaBarbara, Opa Georg Oßwald in Lehr

Bärbels Poesiealbum

Zwei Widmungen von Oma in Bärbels Poesiealbum zeigen ihre schöne Handschrift

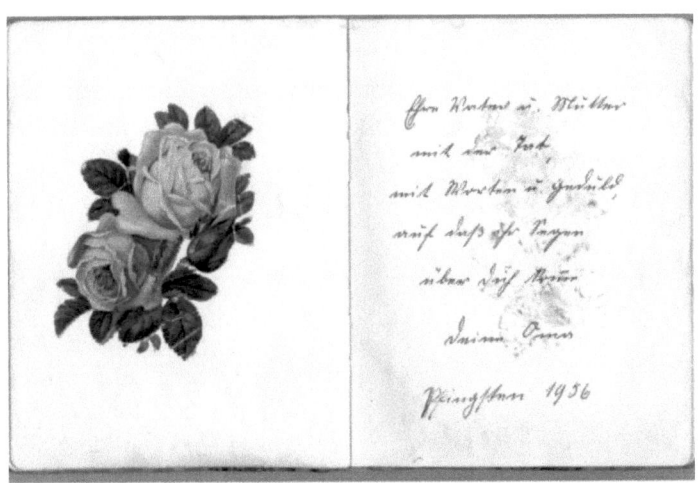

Die Gugel-Sippe

Eine Verwechselung mit den Eltern meines *Vaters* wäre –zumindest für mich- ohnehin nicht denkbar gewesen, denn die erste *„Oma Gugel"* lebte schon lange nicht mehr, als ich am 30. Mai 1951das Licht der Welt erblickte. Sie war bereits im Jahr 1941 gestorben. (Eine zweite Oma Gugel sollte es erst wieder in den siebziger Jahren und in Person meiner Stiefmutter *Mary* geben, als meine Geschwister Nachwuchs bekamen.
Auch einen *„Opa Gugel"* hatte es bisher unter dieser Bezeichnung niemals gegeben. Er war immer nur der *„Ehne"* gewesen. Doch auch er war zum Zeitpunkt meiner Geburt schon nicht mehr am Leben. Der Ehne hat seinen Enkel Willi nur um ein paar Monate „verpasst."

Von meinen Tübinger *Ur*großeltern habe ich nur diese spärlichen Daten: Der Vater vom „Ehne" hieß *Jakob Gugel*. Er war Weingärtner gewesen und hatte am 1. September 1830 Geburtstag. Die Mutter hieß *Regina Gugel*. Ihr Mädchenname hatte Bühler gelautet und sie stammte aus Kirchentellinsfurt.

Eine undeutliche, sepiabraune Fotografie zeigt den Leichnam eines Mannes mit langem Bart, aufgebahrt und im Sarg liegend.

Der Tote ist möglicherweise eben dieser Jakob Gugel.

Unter den dahinter stehenden Personen sind der „Ehne" und seine Frau Karoline zu erkennen, und bei dem jungen Mann ganz links handelt es sich eindeutig um Onkel Karl, den ältesten Bruder meines Vaters, also einem Enkel des Verstorbenen. Möglicherweise ist die alte Dame neben meinem Großvater die Witwe des Verstorbenen – sie wäre demnach meine Urgroßmutter.

Karoline und Josef Gugel oder Tochter und Vater Gottlieb Schramm?
Die `Tante´ hätte es gewusst................

Die Eltern der Großmutter Gugel waren *Gottlieb Friedrich Schramm*, Weingärtner, geboren zu Tübingen am 16. Januar 1845 und seine Frau *Karoline Schramm*, geborene Schmid. Sie hatte am 7. März 1845 Geburtstag gehabt.

Diese Angaben finden sich in der zuvor schon erwähnten dicken, schwarzen Bibel der Familie Gugel aus dem Sekretär. Sie wurde den Eltern meines Vaters - also meinen Großeltern väterlicherseits - an deren Hochzeitstag zum Geschenk gemacht.

Josef Friedrich Gugel

Der Ehne als Soldat

Karoline Gugel, geborene Schramm

In sehr schönem, schnörkeligem Sütterlin ist dort ebenfalls zu lesen:

Hausvater - Josef Friedrich Gugel, geboren zu Tübingen am 22. März 1872.
Hausmutter – Karoline Gugel, geborene Schramm, geboren zu Tübingen
am 30. Apriel 1873

Trauung in der Stiftskirche zu Tübingen am 1. Oktober 1898

Außerdem sind dort unter „Kinder" noch folgende Daten verzeichnet:

Karl Joseph Gugel, geboren am 17.Apriel 1898
Joseph Friedrich Gugel, geboren am 31.August 1900 gestorben am 18.Juli 1901 in der
Pauline Karoline Gugel, geboren am 29.Apriel 1902 Langgasse*
Maria Karoline Gugel, geboren am 23.Mai 1904
Luise Karoline Gugel, geboren am 31.März 1908
Eugen Friedrich Gugel, geboren am 20.August 1909
Albert Friedrich Gugel, geboren am 11.Oktober 1911 gestorben am 20.Juni 1912
Paul Friedrich Gugel, geboren am 14.Juli 1914 –
mein Vater!
* Vielleicht ein Hinweis darauf, dass die Familie ursprünglich h i e r und eben nicht in der Rathausgasse gelebt hat.

Im weißen Überkleidchen vorne: der kleine Paul

Angesichts dieser beeindruckenden Kinderschar ist es trotzdem unvorstellbar, wie und wo diese vielköpfige Familie in dem Haus Rathausgasse 13 gelebt hat!

Der Weingärtner Liederkranz war ein wichtiger Bestandteil im Leben der Familie Gugel.
Die Aufnahme entstand am 4. Oktober des Jahres 1925 zur Erinnerung an das 80 jährige Stiftungsfest. Die Gebäude im Hintergrund sind Teil der heutigen Kelterstraße. Sie wurden gegenüber Kelter und Feuerwehrhaus errichtet

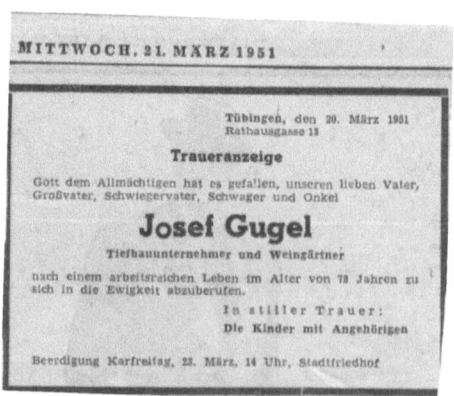

Oma und Opa in Lehr

Den „*Opa*" kannte ich natürlich nur von den seltenen Besuchen in Lehr. Er selbst konnte uns in Tübingen nicht besuchen, denn er hatte niemals ein Auto besessen – und wohl auch keinen Führerschein. Selbst mit dem Zug konnte er nicht zu uns reisen, da die Arbeit auf dem Hof und ganz besonders seine Kühe einen solchen Ausflug nicht zugelassen hätten. Die Tiere wollten schließlich gefüttert und gemolken sein.....
Die Tagesfahrten in Vaters braunem „Brezelkäfer" zu Mutters Eltern waren bei uns Kindern deshalb sehr beliebt.
Diese Ausflüge zählen ebenfalls mit zu meinen frühesten Erinnerungen!
In seltenen Fällen sind wir sogar über Nacht in Lehr geblieben. Das machten wir immer dann, wenn es in dort etwas zu feiern gab! Hochzeiten, besondere Geburtstage oder auch Beerdigungen von bekannten Menschen oder Verwandten waren Anlässe dafür. Ich denke, solche Aufenthalte hat es auch dann gegeben, wenn zwischen dem letzten und dem vorletzten Besuch zu viel Zeit vergangen war, als es für Mutter erträglich gewesen wäre, denn ich glaube, dass sie häufig unter Heimweh gelitten hat.

Opa hatte seit ich ihn kannte weißes Haar und einen ebensolchen Schnauzbart gehabt! Ich mochte diesen Mann wegen seiner ruhigen Art - ich habe ihn niemals ärgerlich gesehen.
Er war eben ein so gütiger Opa, wie man ihn sich als Kind nur wünschen konnte. Außerdem hatte er nur einen Tag nach mir Geburtstag – am *31. Mai* nämlich – 1887!
Er ist kein Mann gewesen, den man als besonders stattlich bezeichnen würde. Seine Statur würde man heute als

eher sportlich bezeichnen. Er war schlank, wettergebräunt, gut aussehend! Seine hohe Stirn trug schon immer Falten, seine Augenbrauen waren buschig, seine Augen wachsam und wirkten doch immer etwas müde.
Opa starb am 15. Juni 1964 – zwei Jahre nach seiner Tochter Gretel.
Er hatte ein hartes, sicherlich mühevolles und arbeitsames Leben voller Entbehrungen geführt, aber er ist dennoch zufrieden gewesen. Ich kann mich nicht erinnern, jemals etwas anderes von ihm gehört zu haben!
Bei *Oma* war es wohl ebenso!
Sie wurde am 15. Mai 1889 geboren und war eine durchaus stattliche Bäuerin! Sie hatte neben den vielen, vielen Arbeiten in der Landwirtschaft natürlich noch den Haushalt und die Familie zu versorgen. Sie trug ihr Haar nach hinten gekämmt und in der Mitte gescheitelt. Das betonte ihre ovale Gesichtsform mit den kräftigen Backenknochen noch zusätzlich. Zu Zöpfen geflochten und am Hinterkopf zu einem Nest gebunden trug sie ihr Haar. Ich habe sie niemals anders als mit ihrer Tracht angetan gesehen, zu der immer auch ein Schurz gehörte.
Oma starb am 2. Mai 1961.
Ich mochte die *Oma* immer gerne; doch den *Opa* hatte ich noch „*gerner*"!
Beide sprachen übrigens einen ausgeprägten, liebenswerten Dialekt, der natürlich viele Worte enthielt, die ich von Mutter kannte. Ein ´*kähler Erdafetz*´ ist ein schlimmer Bursche und wenn ´*ebber Tsätz hat zom was dô*´, so hat jemand Mut etwas zu tun. „*A glombats Glomb muama nao futt keia!*" meint: Unnützes wirft man weg.
Hörte man die Oma sagen: „*D´ Gnepfla senn g a r !*" so hieß das nicht etwa, dass die Mutschelklößchen fertig gekocht sind, es bedeutete vielmehr: „*S´ letzscht isch gfressa...*"

Legte man sich genüsslich nieder, so ist man `gära nô g´schtracket´ – und `jao´ heißt ja!

Vater sollte einst sagen müssen: *„Henner wieder ebbas hee g´macht, ihr Fiefatzlômba, ihr aag´schlagene?!* Mutters Frage hätte so geklungen: *„Häander wieder ebbes degglat, ihr Huarafetza ihr glombade?!"*
„Jao!"

Die Lehrfahrt

Die Fahrten nach Lehr sind für uns alle stets etwas Besonderes gewesen!
Als Kind im Kindergartenalter hatte ich noch keine Vorstellung davon, wie weit 100 Kilometer tatsächlich sind. Für mich bedeutete es jedes Mal, dass ich für mindestens zwei Stunden in einem engen und lauten Auto sitzen musste – eingezwängt zwischen Bruder und Schwester, die natürlich die Fensterplätze für sich beanspruchten.
Vater hatte sich den „Vauweh" als Gebrauchtwagen angeschafft. Von wem, weiß ich wirklich nicht mehr. Ich vermute jedoch, dass er ihn „beim Wetzel" gekauft hat, in einem Autohaus also, das es damals bereits gegeben hat, und welches dieser Fahrzeugmarke noch immer die Treue hält.
Ein Neuwagen kostete übrigens damals satte 5.000.- Mark – sehr viel Geld für die damaligen Verhältnisse!
Und doch grade mal so viel, wie ein Flug mit der Superconstellation von Deutschland nach New York – damals.
Aus Erzählungen weiß ich, dass Vater seinen Führerschein bei der Fahrschule WÖLFLE erworben hat. Auch diese existiert noch heute.

Der Käfer

Das Auto ist eines von denen gewesen, die als *„Brezelkäfer"* legendären Ruhm erlangten.
Dieses Modell hatte eine senkrechte Teilung in der kleinen Heckscheibe, die allerdings nur entfernt an die Form einer Brezel erinnerte. Höchstens an eine *Dauer*brezel. Die gab´s im Freibad oder in Wirtschaften.
Aus heutiger Sicht erscheint es mir wichtig, das Wägelchen näher zu beschrieben!
Ohne zu sehr ins Detail abgleiten zu wollen - es gibt schon Dinge die wert sind, erwähnt zu werden!
Zum Beispiel bestand das Gaspedal aus einem einfachen Hebel, der mit einem Scharnier direkt auf den Boden geschraubt war. Am oberen Ende befand sich ein etwa zwei Zentimeter breites Rädchen, auf das man mit dem Fuß trat, und das sich recht leicht bewegen ließ.
Die Richtungswechsel wurden durch *„Winker"* oder auch als *„Zeiger"* bezeichnete Leisten angezeigt, die aus dem Pfosten zwischen vorderer und hinterer Seitenscheibe herausklappten. Sie waren aus orangefarbenem Kunststoff gefertigt und von innen beleuchtet. Das war alles!
Dieses „Signal" musste für den Gegenverkehr genau so genügen, wie für die nachfolgenden Fahrzeuge – viele sind es damals allerdings nicht gewesen.
Die Zeiger betätigte man durch einen Drehschalter am Armaturenbrett. Die Stellung des Schalters zeigte an, ob der *„Winker"* links oder rechts ausgeklappt war oder eben nicht! Das Geräusch des Aus- und Zurückklappens ist so typisch gewesen, dass ich es sofort wieder „im Ohr" habe, wenn ich daran denke!
Es gab noch einen zweiten und einen dritten Schalter, den man zu betätigen hatte: Licht *ein*, Licht *aus* und Scheibenwischer *an* und Scheibenwischer *aus*!

Das Fernlicht schaltete man mit dem linken Fuß.
An der Lenksäule gab es - nichts! Nur das große, elfenbeinfarbige Lenkrad und den schwarzen Deckel der Hupe mit dem Wappen Wolfsburgs in der Mitte. Sonst gab es an Instrumenten nur den Tacho. Er reichte bis 120 km/h!
Vater konnte also zum Fahren die ganze Zeit beide Hände am Lenkrad lassen. Das war dringend notwendig, denn so etwas wie eine *Lenkhilfe* gab es noch nicht einmal als Idee in den Köpfen der Ingenieure; man brauchte schon Kraft in den Armen, wollte man eine Strecke von fast genau hundert Kilometern an einem Stück schaffen....
Zur Beleuchtung vorne standen nur die beiden großen, fast runden Scheinwerfer in den bauchigen, ausladenden Kotflügeln zur Verfügung, und es gab ganz vorne eine verchromte Stoßstange, die diesen Namen auch wirklich verdiente!
Hinter der durch eine ebenfalls verchromte Zierleiste zweigeteilten Kühlerhaube (besser: Kofferraumdeckel, denn der Kühler und der Motor befanden sich im Heck des Käfers!) lag verborgen ein ganz und gar unpraktisch gekrümmter Stauraum, in dem man nur ein paar Taschen unterbringen konnte. Ein sperriger Koffer – unmöglich! Außerdem war da drinnen das Ersatzrad untergebracht und – der Benzintank! Direkt unter der steilen Windschutzscheibe! Brandgefährlich - im wahrsten Sinne des Wortes - sollte es zu einem Frontalzusammenstoß kommen!
Die Haube wurde geziert durch das runde VW-Zeichen und durch das hübsche, farbig emaillierte Wappen der Stadt Wolfsburg am Griff der Kofferraumhaube.
Am Heck befanden sich außer dem „Brezel-Fenster" ebenfalls eine Stoßstange mit so genannten ʹHörnernʹ

und die mit Lüftungsschlitzen versehene Motorhaube mit der typischen 'Nase' für die schwache Beleuchtung der *Nummerntafel*. Zwei runde Rücklichter in den Kotflügeln zeigten an, wenn gebremst wurde, indem sie dann ein wenig heller aufleuchteten als während der Fahrt.
Auf den Seiten unter der Tür gab es zwischen vorderem und hinterem Kotflügel ein mit Gummi überzogenes Trittbrett! Beim Aus- und Einsteigen konnte man sich wirklich darauf stellen - es hielt!
Die Seitenscheiben waren ungeteilt. Man konnte sie mit einer Kurbel öffnen oder schließen – und brauchte dazu wiederum Kraft, denn so leichtgängig, wie heute sind die Scheiben damals nicht gewesen - wenn es überhaupt noch Fenster gibt, die nicht mit elektrischen Hebern ausgestattet sind!
Im Fahrzeuginneren saß man auf zwei aus Stahlrohren einfach konstruierten Sitzen mit umklappbaren Rückenlehnen. Das Erreichen der Rückbank wurde dadurch erheblich erleichtert. Bezogen waren die Sitze mit braunem Kunstleder.
Zum Festhalten während der Fahrt konnte man die Halteschlaufen aus Leder benutzen, die seitlich an den Türpfosten geschraubt waren.
Und es gab außerdem noch diesen unbequemen, weil sehr hohen Getriebetunnel, der denjenigen, der hinten in der Mitte sitzen musste – also mich - dazu zwang, ständig breitbeinig zu sitzen. Verkrampfte Beine, wachsende Ungeduld und wahrscheinlich nervtötendes Gequengel waren die ständigen Begleiter auf unserer Fahrt gewesen...

Die ˋRoute B 28ˊ

Gefahren wurde auf der Bundesstraße achtundzwanzig. Entweder die gesamte Strecke oder in selteneren Fällen auf der Neckartalstraße bis Nürtingen und von dort aus weiter auf der Autobahn Stuttgart – München bis nach Ulm-West. Das sparte Zeit! Aber das eintönige Rumpeln der Räder über die mit Teer ausgegossenen Betonplatten beanspruchte unsere Nerven dafür umso mehr!

Losgefahren sind wir natürlich direkt vor dem Haus in der Rathausgasse. Von da aus ging es weiter über die *Kornhausstraße, Collegiums-* und *Hafengasse.* An der *Neustraße* musste sich Vater entscheiden: Entweder rechts hoch bis zur Stiftskirche und danach die steile Neckargasse hinunter zur Neckarbrücke oder links weg bis zum *Hindenburgplatz* (eigentlich hieß der Platz schon damals „Lustnauer Tor," doch der alte Namen wurde noch lange Jahre nach seiner Umbenennung verwendet) und anschließend die *Mühlstraße* hinunter.

Fahren war damals – abgesehen von wenigen Ausnahmen - auf allen Straßen und Gassen in der Tübinger Altstadt erlaubt. In beide Richtungen. Einbahnstraßen wurden erst später eingerichtet, als das Verkehrsaufkommen zunahm.
Etwa auf der Höhe des Uhlandbades bog man nach links ab. Das Eckhaus gegenüber der Badeanstalt beherbergte damals den renommierten „Goldenen Ochsen", ein Gasthof besonderer Qualität und neben dem Hotel „Krone" das beste Haus am Platze!
Nachdem man an dem neuen erweiterten ZINSER-Bekleidungshaus in der noch bei Weitem nicht so eng wie heutzutage bebauten *Friedrichstraße* vorbeigefahren

war, ging es sanft ansteigend hinauf zur *„Blauen Brücke."* Sie überquert die Gleise der Bahnlinie nach Stuttgart. Die Stahl- und Nietenkonstruktion dieses Bauwerkes zeigte noch immer deutliche Spuren eines heftigen Beschusses durch amerikanische Jagdflieger im Zweiten Weltkrieg. Sie war übersät von tiefen Dellen, die durch die Geschosse verursacht worden sind, und manches von ihnen hat den Stahl sogar glatt durchschlagen!

Eine Allee aus Kastanienbäumen säumte die leicht abschüssige Straße auf der anderen Seite von der Brücke hinunter zur *Reutlinger Straße* und zu den Kasernen unterhalb des Burgholzhanges.

Alle Straßen und Gassen waren gepflastert; entsprechend holprig verlief die Fahrt. Allerdings wechselte der grobe Belag der Gassen sich ab mit dem wesentlich kleinteiligeren ˋKatzenkopfpflasterˊ aus schwarzen Basaltwürfelchen. Man hüpfte also nicht mehr von Stein zu Stein, dafür aber von einem *Hubbel* (=Delle) zum anderen...

Bevor man die Kasernen der französischen Besatzungstruppen erreichte, musste die *„Todeskreuzung"* überwunden werden! Sie stellte in gewisser Weise eine Seltenheit dar, denn an dieser Stelle kreuzen sich zwei Bundesstraßen, nämlich die B 28, die im Wesentlichen von West nach Ost führt, während die B 27 den Süden mit dem Norden des Landes verbindet.

Hier hatte es in der Vergangenheit tatsächlich schon mehrere Unfälle mit tödlichem Ausgang gegeben. Um die Kreuzung nachts besser einsehen zu können, hatte die Stadtverwaltung an vier Seilen eine Leuchte aufhängen lassen. Die Ausleuchtung war dennoch eher spärlich.

Zumindest auf der Hinfahrt nach Lehr spielte dieser Umstand keine Rolle für uns, denn Vater fuhr nicht gerne bei Nacht über Land. Auf der Rückfahrt ließ es sich allerdings nicht immer vermeiden. Oft hatte man sich beim

Abschied in Lehr „verschwätzt." Dann ist es bereits dunkel gewesen, als man die Kreuzung erreichte, doch war es ja nicht mehr weit bis zur Rathausgasse..........

Erst viele Jahre später wurde dieser unfallträchtige Straßenknoten durch aufwendige Brückenbauwerke kreuzungsfrei!

Die Straße auf „die Härten" hinauf, so nennt man bis heute den Landstrich zwischen Tübingen und Reutlingen, war wesentlich kurvenreicher und vor allem steiler als sie es gegenwärtig ist. Hat man die Höhe erreicht, so fällt das Gelände gleich wieder in sanfter Neigung.

Eine gerade Strecke verführte so manchen Autofahrer dazu, kräftig aufs Gaspedal zu treten! Allerdings durfte er dann das Bremsen nicht vergessen, wenn er kurz vor Jettenburg sein Fahrzeug in eine scharfe Rechtskurve zwingen musste.

In Ihrem Scheitelpunkt legten viele Jahre lang entwurzelte Obstbäume oder deren jeglicher Rindenschicht beraubte Stämme eindrucksvoll Zeugnis davon ab, dass es nicht jedem Autolenker gelungen ist, „die Kurve zu kriegen"........ Zu deren Entschuldigung muss man allerdings zugeben, dass die Beschaffenheit der Bundesstraße 28 in jenen Tagen in nichts mit der Qualität einer Straße nach den Vorstellungen unserer Zeit zu vergleichen ist!

Fährt man heute auf der modernen Straße von Tübingen nach Reutlingen, so tut man dies auf einer breiten, vierspurigen Piste, die vollkommen eben ist und die in weit gezogenen, sanft geschwungenen Biegungen um die Ortschaften geführt wird. In den Kurven ist sie überhöht und selbst bei starkem Regen entsteht nicht einmal die kleinste Pfütze. Zwischen den entgegengesetzten Fahrbahnen sind auf einem bepflanzten Mittelstreifen Leitplanken und Sichtblenden montiert; und obwohl es verboten ist, könnte durchaus Tempo 180 (!) gefahren werden.

Die Straße, auf der wir uns im braunen Brezelkäfer bewegten, war zweispurig, schmal und in der Mitte stark nach oben gewölbt, damit das Regenwasser abfließen konnte. Neben den unbefestigten Straßenrändern auf beiden Seiten standen in nur geringem Abstand Obstbäume, deren Früchte ungehindert auf die Straße fallen durften!
Der Belag bestand aus Teer mit eingestreutem Split. Im Sommer schmolz die schwarze Masse und hinterließ auf den Autos ungezählte hässliche Spritzer. In den Radkästen rasselten die aufgewirbelten Steinchen und die Räder rumpelten durch die aneinandergereihten Schlaglöcher, in denen nach jedem Regen knöcheltief das Wasser stand.
Die Fahrt führte weiter durch Betzingen, vorbei an den GMINDER - Werkshallen und den BOSCH Fabrikgebäuden. Die Straße wies den gleichen Belag auf, wie in Tübingen: Basaltpflaster.
Nach dem beschrankten Bahnübergang an der Haltestelle *Reutlingen West* bog man links ab, fuhr vorbei am Kaufhaus MERKUR und weiter bis zum Ortsausgang Reutlingens. Dann verlief die Straße parallel zur Bahntrasse in Richtung Metzingen und man passierte das alte Gipswerk mit seinem hohen aus roten Klinkern errichteten Schornstein.
Auf Kopfsteinpflaster ging es durch das kleine, von Gewerbebetrieben geprägte Städtchen. Umgehungsstraßen gab es noch nicht!
Von Weitem schon fiel der Blick auf die Ruine von Hohen-Urach. Wie gerne wäre ich einmal durch die alten Gemäuer gestreift, doch dazu fehlte die Zeit. Schließlich hatten wir noch einen weiten Weg vor uns!
Ein paar hundert Meter außerhalb des beschaulichen Städtchens trug ein Wegweiser die Aufschrift *„Zu den Wasserfällen."*

Zu einem Besuch dieser bekannten Naturlaune hat die Zeit ebenso gefehlt, wie für eine Rast in Urach selbst, welches sich seit etlichen Jahren mit dem Zusatz „Bad" schmücken darf.

Die alljährlich stattfindenden Konzerte des bis weit über die Landesgrenzen hinaus bekannten Kammersängers Hermann Prey ließen den ehemaligen Fürstensitz einen hohen Bekanntheitsgrad erreichen. Völlig zu Recht, so scheint mir, denn der historische Stadtkern mit den eindrucksvollen Fachwerkhäusern und seinem Stadtschloss ist tatsächlich eine ganz besondere Attraktion.

Hätte sich Graf Eberhard im Barte in bestimmten Situationen anders entschieden, als er es dann schlussendlich getan hat, so könnte es durchaus sein, dass die Landeshauptstadt heute am Fuße der Schwäbischen Alb liegen würde!

Die Alb

Die *„Uracher Steige"* ist jedes Mal etwas Besonderes auf unserer Fahrt gewesen.

Erstens war sie recht steil und führte ständig und auf engen Windungen gewissermaßen am Abgrund vorbei. Zweitens brachte sie uns durch einen sehr dichten Wald auf die Höhen der Alb hinauf, und drittens konnte man zwischen den Bäumen hindurch gelegentlich einen Blick auf die Sprungschanze erhaschen, die in den Hang auf der gegenüberliegenden Seite des Tales gebaut worden war. Ich konnte mir nicht vorstellen, dass es so tollkühne Menschen geben konnte, die sich trauten, mit Skiern an den Füßen über dieses Bauwerk in die Tiefe zu springen!

Nur wenige Kilometer hinter der Steige führte die Bundesstraße ein paar hundert Meter weit durch ein bewaldetes Stück, das so genannte 'Soichwäldle'. Hier wurde angehalten um zu.......... Genau! Auch auf der Heimfahrt, übrigens.

Wir erreichten die Dörfer *Böhringen* und *Zainingen*.
Dort führte die Straße durch hügeliges Gelände am Ortsrand entlang. Dies bewirkte, dass Zainingen mehrmals und nur für Sekundenbruchteile zu sehen war, bevor die Sicht auf das Dorf sogleich wieder von einer Böschung verdeckt wurde. Mutter machte daraus ein Spiel und sagte: „*Kuckuck, da bin ich!*" Und dann gleich wieder: „*... nicht mehr da!*"
Es folgten mehrere Kilometer Straße durch die freie Landschaft der schwäbischen Alb.
Die Bundesstraße führte an einem Schild vorbei, auf dem stand: *Nach Seißen 2 km!*
Der Ortsname weckte in uns natürlich Assoziationen........
(*Ein Wäldchen hätte es dort zwar auch gegeben, aber es wurde nicht mehr angehalten um kurz vor Seißen noch einmal zu...*).
Ob sich die Einwohner dieser Ortschaften wohl selbst als „*Seisser*" bezeichnen würden? Und was, wenn einer von ihnen *lischpeln* würde....... Manchmal haben wir noch gelacht, als wir bereits das enge, mit Bäumen dicht bestandene Tal der „*Blau*" und schließlich das Städtchen Blaubeuren erreichten.

Auf einer dieser Lehrfahrten hielten wir in diesem verträumten Ort ausnahmsweise *doch* einmal an, um den berühmten „*Blautopf*" zu besichtigen, den geheimnisvollen See nämlich, in dem die sagenumwobene Quellnymphe hausen soll, die man „die schöne Lau" nennt.

Ich erinnerte mich viele Jahre nur sehr lückenhaft an diesen kleinen Abstecher. In meinem Gedächtnis fand sich nur das Bild des riesigen Schaufelrades einer Mühle. Erst mit unseren eigenen Kindern sollte ich Jahrzehnte später wieder an der gleichen Stelle stehen!
Barg die Höhle zu meiner Kinderzeit noch viele Geheimnisse, so ist inzwischen von einem gewissen Herrn Hasenmeier Vieles von dem entdeckt worden, was Millionen von Jahren im Verborgenen lag. Er hatte das fließende Wasser zunächst als Taucher immer weiter verfolgt, bis ihn eines Tages die Taucherkrankheit lähmte und ihn zwang, eine Art Kleinst-U-Boot zu entwickeln, das es ihm gestattete, kilometerweit in den Karst der Alb einzudringen und dabei riesige unterirdische Hallen, Grotten, Seen und viele Tropfsteinformationen zu entdecken! Dinge, die noch nie zu vor ein menschliches Auge gesehen hatte.
Hasenmeier ist der Überzeugung, dass in den Tiefen der Schwäbischen Alb unvorstellbare Mengen heißen Wassers lagern, die über Jahrzehnte hinweg den Energiebedarf ganzer Landstriche decken könnten. Vielleicht weiß die schöne Lau nur *zu* gut, welchen Schatz sie hütet.......

Vater fuhr weiter an den Mäandern der Blau entlang. Unterwegs beeindruckten mich die schroffen Klippen mit ihrem warmen, grauen Gestein, die über die belaubten Wipfel der Bäume hinaus ragten. Auf jedem der Gipfel konnte man ein dürres Kreuz aufgerichtet sehen, und ich dachte jedes Mal, wenn wir an diesen Felsen vorbei fuhren, dass diese schwarzen (Gipfel-)Kreuze für jene verunglückten Menschen stehen würden, die hier in die Tiefe gestürzt sind und dabei den Tod gefunden haben.

Bevor wir den Ortsrand von Blaustein erreichten, überquerte eine Seilbahn mit angehängten Loren die Straße. In diesen Kübeln wurden Gesteinsbrocken von dem abseits gelegenen Steinbruch ins Zementwerk befördert, dessen Hallen sich auch heute noch direkt neben der Straße befinden.

Das Areal schloss mit einem imposanten Fels*brocken* ab, der hier viele Meter hoch aufragt. Der Fels markierte die Stelle, an der Vater nach links abbiegen musste. Die Landstraße brachte uns durch ein malerisches Tal hinauf nach Mähringen.

Der nächste Ort ist *Lehr* – da wollten wir hin!

Lehr bei Ulm an der Donau

Die Begrüßungen waren immer sehr herzlich!
Oma und *Opa* hatten schon lange nach uns Ausschau gehalten, denn sie konnten ja nicht wissen, wann genau wir eintreffen würden.

Man muss sich vorstellen, dass weder wir in Tübingen noch die Familie *Oßwald* in Lehr über einen Telefonanschluss verfügten! Die Kommunikation fand übers Briefeschreiben statt; und so ein Brief kam nicht schon einen Tag nach dem Einwurf in den Briefkasten beim Empfänger an, sondern war mehrere Tage unterwegs! Passierte es einmal, dass eine Sache unbedingt eilig mitgeteilt werden musste, so blieb als Verständigungsmittel nur das Telegramm, denn auch niemand sonst in der Rathausgasse besaß ein Telefon. Oder man setzte sich kurzerhand in den nächsten Zug und fuhr direkt zu den Menschen, denen man etwas mitzuteilen hatte; nicht mehr vorstellbar in unserer heutigen, durch weltweite Vernetzung eng gewordenen Welt, wo inzwischen jeder Mensch jederzeit und an jedem Ort auf dem Globus nicht nur zu sprechen,

sondern auch zu sehen ist – wenn er es denn will!
Aber der Bäcker und unsere Nachbarin *Frau Nisslein* hatten sich im Laufe der Zeit einen Anschluss legen lassen!
Glücklicherweise hatte auch ein Nachbar in Lehr sich einen „*Fernsprechapparat*" angeschafft. Von jetzt an ist es möglich gewesen, sich wenigstens ausrichten zu lassen, wenn der Nachbar aus Lehr bei der Nachbarin in Tübingen angerufen und gesagt hat, dass es bei den *Oßwalds* etwas Neues oder Dringendes zu erfahren gäbe – oder umgekehrt.

`Knepflessupp´

Bei eintägigen Besuchen sind wir am Vormittag in Tübingen losgefahren. Das heißt, wir waren zum Mittagessen eingeladen!
Freut man sich als Kind sowieso immer auf das Essen, so war – jedenfalls ist es bei mir so gewesen – die Freude über die Einladung Omas doppelt so groß. Sie verstand sich ganz besonders gut darauf *die* Suppe zuzubereiten, die ich am allerliebsten mochte: die `*Knepflessupp´* nämlich!

Das ist eine *echte* Fleischbrühe (nicht ein aus Brühpulver zusammen gerührtes und vergleichsweise dünnes „Sipple"), in der reichlich viele „*Knepfle*" schwimmen. Diese *Knepfle* waren nichts Anderes als unförmige Tropfen aus einem dünnen Brandteig, die man in heißes Fett hatte fallen lassen, um sie sogleich wieder mit einem Schaumlöffel herauszufischen, wenn sie leicht angebräunt und fest geworden waren.
Wer diese Dinger leichtsinnig mit schnöden „Backerbsen" verwechselt, bekommt es mit mir zu tun!

Außer den „*Knepfle*" hatte Oma etwa tischtennisballgroße Klößchen in die Brühe gegeben: mit der Hand geformte Knödelchen, gemacht aus Ulmer(!) *Mutschelmehl*, Salz und vielen Eiern – ebenfalls im Fett ausgebacken. Sie sind innen goldgelb gewesen und waren außen wundervoll appetitlich angebräunt.
Die Suppe wurde obendrein noch mit angebratenen Zwiebelwürfelchen „geschmälzt".
Für mich ein unvergleichlicher, unvergesslicher Genuss!
Waren dann zu allem Überfluss noch weiße Stückchen Rinderhirn in der Brühe zu finden ....der Wahnsinn! (An dieser Stelle nach der Angst vor BSE zu fragen wäre hundsgemeiner, unangebrachter Zynismus!)

Der Hauptgang bestand üblicherweise aus gemischten Braten (geschmortes Rind- und Schweinefleisch also), aus von Hand mit dem `Spätzlesmesserle´ direkt vom `Spatzabrittle´ ins kochende Salzwasser geschabten Spätzle und aus Kartoffelsalat. Das klassische schwäbische „Sonntagsessen" eben! Dazu gab es „*Gelberübensalat*" und – je nach dem, in welche Jahreszeit der Besuch fiel – mühevoll geputzter Ackersalat aus dem kleinen Vorgarten (den es im Übrigen noch heute gibt. Er hat allen Veränderungen um ihn herum getrotzt).
Natürlich gab es am Nachmittag Kaffee und „*gerührten Kuchen*", den man getrost auch Marmorkuchen nennen durfte – nicht etwa weil er so hart gewesen wäre! - er war vielmehr wirklich zweifarbig! Mit Kakaopulver braun gefärbter Teig, den man abwechselnd aus einer zweiten Schüssel in den mit Butter ausgeriebenen Kupfermodel goss, *schlierte* unregelmäßig durch die Kuchenstücke.
Gugellhupf zu dieser Leckerei zu sagen war verpönt - jedenfalls tat dies keiner aus unserer Familie...
Meist gab es außerdem jenen Hefezopf, für den man

meine Mutter zeitlebens rühmen sollte!
An Geburtstagen standen auf dem Kaffeetisch zu allem Überfluss neben Glasschüsseln voller gezuckerter Sahne noch die fetten Torten mit Buttercremefüllung und glänzender Fettglasur.

Es mag sich unglaubhaft anhören, aber es stimmt wirklich: ich habe mich in meinem bisherigen Leben insgesamt nur viermal (bewusst) übergeben müssen – sieht man einmal von den Milchbäuerchen des Säuglings Willi ab! Einmal war es am Ende eines vorsätzlich exzessiven Besäufnisses mit Rotwein in einer mitten im Wald unterhalb des *Hohenkrähen* gelegenen „Raubritterburg"; ein anderes Mal auf hoher See.

Hierzu seien zwei kleine Episoden eingeschoben, die sich lange nach meiner Kinderzeit zugetragen haben.

Der Jahresrausch

Zusammen mit ein paar handverlesenen Kumpanen bin ich einmal im Jahr mit dem Auto in Richtung Singen gefahren. Mehrere Jahre hintereinander – sechs, sieben Male sicher! Vielleicht öfter – ich weiß es nicht mehr genau!
„*Michel*", einer von uns Saufbrüdern war in frühen Jahren bei den Pfadfindern gewesen. Dank seinen guten Beziehungen zu diesem Klub konnte er den Schlüssel zu diesem einfachen Haus erhalten, das diesen Abend und die Nacht uns ganz alleine zur Verfügung stand.
Charley, einer meiner Klassenkameraden aus der Volksschule war dabei. Außerdem Herbert, man nannte ihn nur „*Häbbe*", ein Schulkamerad von Charley aus der Realschule. Ein weiterer Mitschüler Charleys war „*Mike*.

Außerdem dabei waren *Werner M.* und *Uli N.* Von diesen Menschen wird an anderer Stelle noch zu berichten sein.

Der Ablauf ist eigentlich immer der gleiche gewesen: Wir sind an einem Samstagnachmittag losgefahren, nachdem wir uns von Frau und Kindern verabschiedet hatten. Mal war es neben Michels `Ente´ *Häbbes* Jaguar, mal mein erster 5er- BMW, ein anderes Mal Charleys weißer Kombi-Daimler gewesen, mit denen wir auf der Autobahn nach Süden „bretterten."
Belustigt hatten wir unseren Lieben zuvor noch ins süßsaure Gesicht gelacht. Ihre Stimmung schwankte hin und her zwischen Unverständnis, Mitleid und echter Sorge um uns - wohl wissend, dass der Rückkehr von diesem Ausflug mindestens ein halber Sonntag für die Nachsorge geopfert werden musste...
Im *Hegau* angekommen fuhren wir zunächst in den Wald zur Hütte.
„Hütte" ist eigentlich eine Untertreibung, denn die *Raubritterburg* ist ein veritables, aus dicken Natursteinmauern errichtetes Haus mit immerhin zwei Geschossen! Eine mit Stahlbändern versehene, äußerst stabile Haustür und ebenso konstruierte Fensterläden machten dieses Bauwerk sicher gegen ungebetene Gäste.
Im Inneren gibt es einen Windfang und einen Raum, in dem sich eine Waschrinne befindet. Aus einem Wasserhahn lief kaltes Wasser – wenn es denn lief! So weit weg, wie das Haus von allen Siedlungen liegt, gab es dort natürlich nur Wasser aus der Zisterne! Und die ist nicht immer voll gewesen. Oder sie war eingefroren, denn das Haus stand uns nur zur Verfügung, wenn die „*Pfadies*" es nicht mehr selber für sich beanspruchten. Das bedeutet, dass unsere Herrenabende nur stattfinden konnten, wenn es bereits schon fast Winter geworden war. Tatsächlich

war es des Öfteren so gewesen, dass an dem Tag unserer Ausschweifung zum ersten Male Schnee gefallen ist! Unser Tun wirkte also nicht störend auf die Umgebung und blieb von ihren Mitbürgern unbemerkt.

Als Erstes schafften wir Holz aus dem Wald in den großen Erdgeschossraum, um den Kachelofen „anzuschmeißen." Wie gesagt, bei unserer Ankunft war es meist *saukalt* in dem ausgekühlten Gemäuer.

Oft hat es längere Zeit gedauert, bis das Feuer im Ofen brannte - und meistens hat es mehr gequalmt als wirklich gebrannt. Das Feuerholz war selten trocken! Deshalb sind wir nach dieser Anwärmaktion erst einmal ins nächste Dorf gefahren – nach *Duchtlingen* nämlich - um dort in einem Gasthof etwas zu essen.

Wir hatten bei einem der ersten Abende zunächst noch versucht, selbst zu kochen. Doch der vom „*Michel*" mitgebrachte Salzkrustenbraten verdiente seinen Namen *aber s o was* von zu Recht - er war schlichtweg nicht genießbar! Total versalzen! Und am Ende verbrannt auch noch - wir hatten die gusseiserne Kasserolle nämlich mitsamt der Soße direkt ins Feuer stellen gemusst, weil es zwar den Kachelofen und den riesigen offenen Kamin gab, aber keinen Herd mit Kochplatte, auf der man den Braten hätte ordentlich garen können.

Nachdem wir also in geselliger Runde gespeist und auch schon ein Schlückchen zu uns genommen hatten, fuhren wir angeheitert zu unserer inzwischen leidlich warm gewordenen Herberge - und das maßlose Zechen nahm seinen Lauf!

Nunc est bibendum. Ergo bibamus! So würde der Lateiner es wohl formuliert haben.....

Was nun folgen würde, war nur etwas für Leute, denen ihr Arzt hervorragende Leberwerte bescheinigen konnte!

Man prost(atate)ete sich vor jedem Schluck zu, denn man sagt: *Trinken ohne Trinkspruch ist reine Sauferei.....*
Es wurde dann über Gott und die Welt geredet, man erinnerte sich (nun schon ein wenig beschwipst) an gemeinsame Erlebnisse, man lästerte über Abwesende, schimpfte (verhalten) über faule Staatsdiener, hatte unendlich viel Verständnis für die Klage über die nach wie vor viel zu knapp bemessenen Schulferien der Lehrer; man verdammte in Bausch und Bogen alle Kommunisten, Sandinisten und Terroristen, Zaristen und Papisten, Royalisten, Pessimisten, Wählerlisten, Antiautomobilisten, Polizisten und Abfahrtspistenspezialisten - und löste ganz nebenbei sämtliche Probleme, die damals die ganze Welt in Atem hielten!
„Wenn doch der Honneker wenigstens bloß a Granataseggl wär – aber mer isch doch et glei' so a gottsallmächtigs Arschloch – mit segsafuzg!" „Worom mit segsafuzg? Woher woischn du, wie alt der Erich isch?" „Der muass so alt sei. Weil i kenn oin, der isch achtazwanz'g – on deesch a Halbdaggl............!"
So isch's nô au wieder.

Böse Menschen haben keine Lieder

Erst summte man wohlig und gut gelaunt leise die eine oder andere Melodie vor sich hin, stopfte genüsslich ein größeres Häufchen Shag in die Pfeife oder ein entsprechend winziges aus Schnupftabak in die Nase - oder bereitete den Magen prophylaktisch schon 'mal mit einem klaren Tröpfchen Kirschwasser oder dunkelbraunem *Fernet-Branca* auf die ihm unmittelbar bevorstehende Strapaze vor......
Das wohlige Summen steigerte sich dann ganz allmählich zum fröhlichen Singen.

Nach dem zweiten Glas Trollinger mit Lemberger wurden die anfänglich noch vorhandenen Hemmungen zu singen mehr und mehr und schließlich bis zur Gänze überwunden. Die Gesänge wurden mit der Zeit sogar deutlich selbstbewusster - und lauter.
Durch den fortwährenden Alkoholzuspruch leicht bezecht und darum fast schon restlos enthemmt stimmte man die Hits „*Ännchen von Tharau*", das *Madagaskarlied*" und „*ganz in Weiß.....*" von Gerd Höllerich an.
Die Lautstärke nahm noch zu.
„*Junge, komm' bald wieder......* ", „*La Montanara*", „ *der Gefangenenchor aus Nabucco.....*"
Die Qualität des Gesanges begann von nun an allerdings merklich zu leiden, doch wurden die Lieder nun umso leidenschaftlicher vorgetragen und mit noch mehr Inbrunst intoniert.........
„*Jenseits des Tales standen ihre Zelte..........*"
Gelegentliche Textunsicherheiten übersang man - ohne dafür gerügt zu werden - mit „*Tralala, tirili, tamtattatam, didödeldummdiddeldummdummdumm   oder tantaradei......*"

„**H ô t   o i n e r   v o n n e i c h   v i e l l e i c h t   d e n   K o r g a z i a g e r   x ä a........?**"

Manchmal wurden die Liedertexte nur noch von Eingeweihten verstanden, hieß es doch: „*Enn dr Näggerhalde siehihiba schtôt a Sch...ßhaus eebavohohohohl, schtôt a Scheißhaus eeebavohl....*" und weiter „*Karle, schmier dei' Bruschd mid Lähähädda, ziag dae'....,* " Feinfühlige hätten bei entsprechender Konzentration den `Rumpler' spüren können, als Graf Eberhard im Barte sich in seinem Sarkophag im Chor der Stiftskirche herumwarf......... oder „*Karle, trag' Du da Schirm....*" nach der Melodie

Lisbeths von England: `God shave the Queen......´
Wahre Sangesfreude verbreitete auch das einst von der Riverside- Jazz-Band komponierte *„Oh, Frieder, du Wei'dag, gang d u*
Kanon gefällig? *„Leck mie am Arsch, am Arsch leckscht miiee! Leck mie am Ahahahaaarsch! Am Arsch leckscht miehiehiehieeeee!" „Froh zu sein bedarf es wenig.." mir bloß her...!*
Im gleichen Maße, wie der Spiegel des Rotweines in den Flaschen gesunken ist, sank nun auch die vielfach erprobte Synchronisationsfähigkeit der einzelnen Mitglieder des Männerchores.
Die betrunkenen Sänger wurden jetzt mehr und mehr zu Solisten. Sie intonierten sogar gleichzeitig und ganz spontan unterschiedliche Lieder und transportierten sie teilweise virtuos in Kanons........" *Mändossssiehno, Mändosssssiehno,...sinoh,... sinoh...... Sie? No! Sieh nô.. Mändo, mändo........ mändo.................... oh, menno!"* .
........Aber alle waren wir gut drauf!

„S a´ m ô l , M i c h e l , w o i s c h n d e r K o r g a z i e r j e t z t s c h ô w i e d e r.......?"

Längst schon sah man vor Zigarettendunst, Zigarrenrauch und waberndem Pfeifenqualm nicht mehr von einer Zimmerecke in die andere.
Michel verfehlte mit dem mühsam auf den Handrücken aufgetürmten *Häufchen JPS-Snuff* ein ums andere Mal erst das linke und dann auch noch das rechte Nasenloch. Der Pries klebte inzwischen unregelmäßig auf der feuchten Haut verteilt überall im `Gesichtsfeld´ oder rieselte

Wer lustig ist, hat gut lachen! Man war gut drauf...

gleich aus der Dose direkt auf die Tischplatte von wo aus er, durch Michels heftige Niesattacken aufgewirbelt und in der Luft gleichermaßen als Feinstaub-emmision verteilt, bei den anderen Sängerknaben ebenfalls Niesanfälle auslöste oder höllisch in den Augen biss.....

„........Trink, trink, trink auf das, was wir lieben........tralala tralalalallll..."

„Halt", schrie plötzlich Uli, seines Zeichens Gastwirt einer Tübinger Altstadtkneipe. *„Gläser nô schtella!"*
„Gläser nô schtella!" Man sah sich verdutzt an. *„Ab jetzt wird nemme dronka!"*
„Oms Goddzwilla! Morom denn dees? Uli, wasch'n los?"
*„Ab jetzt wird bloß no **g'soffa**...............!"*

Mit *„Gute Nacht Freunde"* auf den Lippen sank endlich der am wenigsten Standhafte vom Stuhl!
Nach Ludwig Uhlands melancholisch geschriebenen und in der Tonart Moll gesungenen Zeilen: *„Droben bringt man sie zu Grahabe, die sich freuten in dem Tal......Hirtenknabe, Hirtenknahabe, Dir auch singt man*

dort einmahaal." aus Uhlands zum Volkslied gewordenen *„Droben stehet die Kapelle"* war der war der alerte Mensch Werner (er lebte in Unterjesingen und hatte die Wurmlinger Kapelle somit jeden Tag, den der Herr hatte werden lassen, vor Augen, wenn er aus dem Fenster blickte) der Erste gewesen, der hatte aufgeben müssen.

`*Luftig wie ein leichter Kahn auf des Hügels grüner Welle schwebt sie lächelnd himmelan – die freundliche Kapelle*` - so lautet das kleine Gedicht eines unbekannten Poeten, der diese Zeilen auf einen Zettel geschrieben und an einen Pfosten der Königlichen Jagdhütte genagelt hatte.

`*Undicht wie ein Stocherkahn in des Abends güld'ner Helle saicht der Michel – ganz spontan - in den Neckar - auf die Schnelle*` lautete der Text, nachdem dieser durch Mike umgeschrieben worden war..........

Nichts ahnend hatte Mike damit den Beweis dafür erbracht, dass dem Wein, wenn er nicht im betäubenden Übermaß genossen wird, kulturbildende Kräfte innewohnen, die die Kunst beflügeln indem sie die Dichterzunge lösen, Banales in reine Poesie verklären und wahrhaftige Weisheiten sich Bahn brechen lassen.....

Werner litt schon damals an einer Herzschwäche und spürte trotz der eingeschwemmten Promille bei jeder Sauferei haargenau, wann es ihm angeraten war, mit dem Einschenken aufzuhören.

„Trink, trink, Brüderlein trink! Lass´ doch die Sorgen Zuhaus´...........*"*
Den schleichenden Wechsel vom gepflegten Chorgesang aufs animalisch anmutende Raubtiergebrüll nahm der feinsinnige Ästhet Werner schon längst nicht mehr wahr.
*„...........**Koornbluuumenblau**......"*

„Du Häbbe, du Vollpfoschta, du hôsch doch beschdimmt an deim bleeda Daschamässer an ôschdendig a Korgazier drô ....!?
Häbbe schüttelte den Kopf. *„Wenne so mach', nô edda!"*
„Ha! Hannemersdochhalbadengd............"

„And I'm far, far away, with my head up in the clouds. And I'm far, far away, with my feet down in the grounds. Tirrilliiiih....... around the world, but the call of home is loud, still as loud............"

Auf einmal säuselte Charley (er wohnt übrigens in der nach dem Erzromantiker benannten *Eichendorffstraße....*) - unvermittelt von einem Glas rosa-lieblichen Interimsweißherbst in die sentimentale Phase *geschuggt* und ins romantische Liedgut übergeleitet geworden - unverdrossen und mit verklärtem Blick: *„Greensleeves was my delight, Greensleeves my heart of gold, Greensleeves was my heart of joy, and who but my Lady Greensleeves......."*
Das in für unerreichbar geglaubte Länge gezogene letzte `Grieen........sliiieeee.....eeevs´ und das mit allergrößter Hingabe virtuos angelegte Tremolo ließen wieder einmal Charleys unverkennbares Talent und seine passionierte Freude an mittelalterlichen englischen Liedern in Erscheinung treten...

Mike, lange schon völlig vertrollingert, lag inzwischen auf der Bank an der Wand - das Haupt gebettet *auf* und eingerahmt *von* delikaten, gelben Gouda-Käse-Würfelchen - und schlief einen komaähnlichen Schlaf. Er

hatte 'schwer geladen' und hörte überhaupt nichts mehr! Sein übersinnliches, sein über*irdisches* Lächeln und sein himmlisches Schnarchen bewies außerdem, dass es wahrhaftig stimmte, als wir gesungen haben: *„Wir kommen alle, alle, alle in den Himmel......"* Herr Mike wollte auch von *nichts* mehr etwas wissen – von gar nichts mehr! - weder von den speziellen Wirtswitzen, die unser Kneipenwirt Uli zum Besten gab, noch von den ungezählten Storys, die Schrotthändler *Häbbe* jeden Tag erlebte und von denen er nun, inzwischen sternhagelvoll, lallig und mit kautschukzäher Zunge berichtete:
„Pooohlen! Emmerondemmer: Blooosss dia Pohllln! Immers.... ssssends die Pooooohlen!
Dia ffffendat Ssssacha, dia wo annndre nô gar et verlooora henn! Ieber da Lll..lla..laddda..z..zzau' schschmeisssets ses nomm, dees klaode Zuigs! Muuhuuggafrech! T..t..t..thhhhonnaweis.......glei'...! I ssags ders! Oder nemmats sess mit... em Hooossssasssack, dia Heilandssss.........! Ganze Audo.........ôô zahld..........!"
„Ja, wa' duett saisch.....!"
Und selbst die von Michel geheimnisvoll raunend erzählten amourösen Geschichten und Erlebnisse, die mit Frauen zu tun hatten, ließen Mike noch nicht einmal mehr ansatzweise lächeln!
Er blieb auch völlig unbeeindruckt von dem ultimativen Gegröle der inzwischen stark verwitterten Stimmbänder Michels, der, kaum noch bei Sinnen (fast schon delirierend!), seine Adepten mit einem lieb gemeinten und seinem zu Zärtlichkeit und Sanftmut neigendem Wesen entsprechenden **„Jetzt ganget doch endlich nuff ens Nescht, ihr versoffane Gottaslomba! Oder muaß e eich erscht wieder a baar uff d'Gôsch nuff haue, wias s'letscht Môl?!"** zum Schlafengehen aufforderte – unge-

achtet dessen, dass Kneipier Uli, dessen sich der Dämon Alkohol restlos bemächtigt und mit Weingeist regelrecht gefoltert hat, auf allen Vieren rutschend unter dem Tisch unverzagt nach der letzten von Charley übersehenen und noch nicht entkorkten Spätburgunderflasche langte - und dabei lang anhaltende, röchelnde Laute ausstieß.
Fast zwangsläufig drängte sich einem ein Schüttelreim Manfred Rommels auf: `*Wer Rotwein sucht und keinen findet, den Schmerz nur schwerlich überwindet...*´
Mehrfach murmelte Uli undeutlich den Wahlspruch eines jeden *wirtschaft*lich Denkenden:

Meum propositum est in taberna mori
(Mein Wunsch ist es, in einer Kneipe zu sterben...)

In seiner Haltung glich er auffallend jenem unglücklichen Menschen, von dem Uli *selbst* noch berichtet hatte, als die schwindelerregenden Substanzen der im Alkohol enthaltenen aromatischen Fuselöle noch nicht ganz den gegenwärtigen Sättigungsgrad in seinem Blut erreicht hatten.
Dieser Unglückliche flog zu vorgerückter Stunde durch die nur kurz aufgehaltene Tür eines Tübinger Altstadtlokales und landete nach einem fulminanten Überschlag hart auf dem unnachgiebigen Pflasterstein-Belag der Gasse! Mühsam rappelte er sich auf, rieb sich Knie, Ellbogen und Kinn und schleppte sich zurück in den Schankraum – nur um Sekunden später den gleichen ´Luftsprung´ samt erneut unsanfter Landung zu wiederholen. Erstaunt und entsetzt zugleich hatte ein heimkehrender Passant die Szene beobachtet und gespannt die - nach aerodynamischen Gesichtspunkten betrachtet *ungeschickt* zu nennende - Flugbahn verfolgt.
Als der unentwegt in die Kneipe zurückdrängende Mann

zum dritten Male - wie einst Peter Scholl-Latour, als der seinen Lebensunterhalt noch als Söldner in der französischen Fremdenlegion verdient hat - auf allen Vieren kriechend durch die Eingangstür robben will, fragt ihn der Passant kopfschüttelnd und mit besorgter Miene:
„Du sag' amôl, willsch jetzt net liaber hussa bleiba? Dees kô doch uff Dauer net gsond sei', was Du dô machsch! Dô senn Deine Gnocha bald hee. Du wirsch doch so dae's Läbas nemme froh....."
„Dees môg scho sei", erwiderte der Malträtierte mit verzagter Stimme, *„aber i m u a ß doch dô nei', Mensch - ond a baar vo deene Seggl' 'naus schmeißa! I ben neemlich dr Wirt...!"*

„Mens sana in Campari Soda.........", soll der unterstädtische Bildungsbürger im Weggehen noch sinniert haben und *„O tempora, o mores........*

Um Michels gut gemeintem Rat (nämlich *dem*, ins Bett zu gehen) Folge leisten zu können, musste jeder Bacchant gezwungenermaßen erst einmal die steile Treppe überwinden, die nach oben in den dunklen, unbeheizten Schlafraum führte.
Gelang dies (und das war keineswegs immer der Fall; man schlief dann eben auf dem Fußboden vor dem Kamin!), so galt es noch - ohne Schuhe - in den engen Schlafsack *hineinzukommen* (der sich - hatte man sich unter schlimmsten Gliederverrenkungen mit der 3-fachen Kleiderschicht angetan endlich hinein gequält - anfühlte, wie ein eng anliegendes, gefühlsechtes Ganzkörperkondom!)! Und auch wieder (ganz wichtig: rechtzeitig!) *aus ihm heraus!* Dann nämlich, wenn ab und an einem menschlichen Rühren nachzukommen war – im dunklen, frostigen und von Raureif überzogenen Tann natürlich

(mit Schuhen!) und mit gebührendem Abstand zur Herberge, versteht sich! - denn eine Toilette braucht schließlich nur der dekadente *„Warmduscher"*, der emanzipierte *„Beimpinkelnhinsitzer"* und der schamhafte *„Klotürvoninnenabschließer"*, dem sich auf öffentlicher Toilette sitzend angesichts des zwei handbreit über dem Boden angeschlagenen Türblattes beim Gedanken an karibische Limbo-Tänzer innerlich alles verklemmt...
„Mensch Uli, wia hôschn du dui Ha berschlachterflasch' uff griagt - oh ne deen dubbalicha Korgaz............?"
„Ha......... mit der Naglfeil da Korga z eema gruublet on nô da Reschdschtomba mit am Domma ne i'druggd - wia emmer! Worrom?"
Noch ein Original – Rommel:
....und wär' zu Ende jetzt mein Leben, Geld könnt' ich dir keines geben.
Doch folge einem Rat von mir: Hab' stets bei dir - 'nen Korkenzieher!

Wie die Mannschaft am darauf folgenden Morgen ausgesehen, und vor allem welch scharfer Duft ihnen noch angehaftet hat, mag sich jeder selbst ausmalen – es in Worte zu kleiden gelänge ohnehin nur einem Sprachgenie wie Walter Jens!
Dieses unbedeutende Detail hielt uns jedoch keineswegs davon ab, die Kateridee Michels in die Tat umzusetzen: in dem renommierten Hotel *„Römerhof"* in Gültstein das Frühstück einzunehmen, nämlich – sehr zum Leidwesen der übrigen total versnobten Hotelgäste, wie man sich denken kann! Mit Sicherheit hätte keiner von diesen so pikiert dreinblickenden humorlosen Herren und ihren etepeteten Damen vermutet, dass sich hinter einer An-

sammlung von schlecht rasierten, unappetitlichen und offenbar völlig verwahrlosten, abgerissenen Gestalten mit den `langen Augen´ und dem von ihnen ausgehenden scharfen Gout eines Pantherkäfigs ein respektabler *Studienrat*, ein weiterer humanistisch orientierter, "weltengebummelter" *Pädagoge und echter Lebenskünstler*, ein gelernter *Steuerberater, ehemaliger Betriebsinhaber und jetziger Schrottgroßhändler*, ein für seinen pragmatischen Verwaltungsstil bekannter *Beamter des gehobenen Dienstes*, ein sensibler, hoch talentierter *Designer exklusivster Lederwaren*, ein extrem streitbarer *Altstadt-Kneipenwirt* und nicht zuletzt ein vielversprechender, junger, glänzend aussehender, aufstrebender, genialer *freier Architekt* verbargen!
Befremdend auf die Hotelgäste mag vielleicht zudem der Umstand gewirkt haben, dass sich diese unsympathische, *versiffte* Männergruppe mit den verkniffenen Minen sehr vorsichtig bewegte und sich offensichtlich nur mit gehauchten Lauten oder in der stimmlosen Gehörlosensprache unterhalten zu können schien, während einer von ihnen unablässig mit einem Korkenzieher spielte...

Schbässle g´macht

Dennoch verstand ich die beiden Witze, die Uli sich hatte nicht nehmen lassen zu erzählen:
Ein Mann rennt wie von Wölfen gehetzt und mit Schweißperlen auf der Stirn ins Lokal. Am Tresen fordert er den Wirt auf *„Du komm, mach´ mir ganz schnell a `Halbe´, bevor jetzt glei´ dui j e s a s m ä ß i g Schlägerei ôfangt!"* Etwas irritiert zwar aber dennoch nicht weniger eilfertig erfüllte der Wirt den Wunsch des offensichtlich verängstigten Gastes und stellte ihm das Glas vor die verkrampft zuckenden Hände.

Beunruhigt sah er dem Mann zu, wie dieser in einem Zug die Halbe in seinen Schlund hinein schüttete.
„Nommôl ois! Oms Hemmelswilla! Sei so guat! Dees wird fei' schlemm! Mir isch jetzt schao erdamend." Das gleiche Bild. Doch während bereits das dritte Bierglas volllief stellte der Wirt die Frage: *„Jetzt sag' Du amôl mir: w e e r soll denn bei mir dô henna en mei' ra Boiz' mit w e e m w a a s fir a Schlägerei ôfange?"*
„Ha, D u nadierlich - mit m i r! I kô dees Bier doch et zahla.....!"
Die Lachtränen flossen lautlos über Michels Gesicht.

„S a g' a m ô l M i k e, wo b r e n g s c h 'n D u j e t z t uff o i m ô l d e e n K o r g a z i e r h ä r, h a?"
„U f f d e e m han i s c h e i n t's heit nach t g'schlôfa! D e e n han e mir heit' morga uff am Rigga aus der Onder hos' zooga......"

Ein Gast hatte es sich zur Gewohnheit werden lassen, die zwei Mark sechzig für seinen genossenen Martini in Form von sechsundzwanzig *Zäapfennengstiggla* zu bezahlen in dem er sie – sehr zum Verdruss des Wirtes natürlich – jedes Mal betont lässig hinter den Tresen schmiss!
Eines Tages hatte er nicht genügend Kleingeld in der Tasche und bezahlte deshalb das Glas Wermut mit einem Fünfmarkstück.
Das war die Stunde des Wirtes!
Schadenfroh grinsend warf dieser vierundzwanzig Zehnerle in den Gastraum: *„Dei' Rausgeld!"*
Unbeeindruckt trank der Gast seelenruhig sein Glas leer, langte dann mit eingefrorener Miene - den stoischen

Blick unverwandt auf die lachenden Augen des Wirtes gerichtet - in seine Hosentasche und warf ungerührt zwei Zehnpfennigstücke über die Schulter. *„I trenk´ nô môl oin..."*
Es hatte sich indessen als sinnvoll herausgestellt, erst *nach* der Heimfahrt über die Autobahn Singen – Stuttgart irgendwo einzukehren. Im Jahr zuvor hatten wir Suffköpfe zu später Vormittagsstunde nämlich in der Gaststube eines Gasthofes unterhalb des *Hohenkrähen* Platz genommen um das Frühstück einzunehmen, doch der am Vorabend gar so arg malträtierte und vom noch reichlich vorhandenen Restalkohol angesäuerte

Der spätherbstliche Hohenkrähen

Magen hatte sich beharrlich geweigert, auch nur den kleinsten Bissen der bereits aufgetragenen Wiener Schnitzel mit im flüssigen Schweinefett herausgebackenen Pommes frites aufzunehmen...!
An einem dieser leidvollen Morgen also, den nackten Körper gewaschen mit arktisch kaltem Regenwasser, auf unsicherem Fuße wandelnd, mit bleischweren Augenlidern die Umgebung nur schemenhaft ausmachend, fern der Heimat und von unvorstellbaren Kopfschmerzen gepeinigt, musste ich mich im tiefen Wald, am Fuße einer verfallenen Burg aus dem finsteren Mittelalter - in bester Gesellschaft zwar, aber eben doch! – *ü b e r g e b e n.*

„Quod erat demonstrantum" sähe sich der Lateiner spätestens jetzt gezwungen zu sagen, heißt es doch: Manchmal greift auch der Schwabe so lange zum Humpen, bis er bricht – nicht der Humpen, sondern der Schwabe...!

Jahre zuvor widerfuhr mir das gleiche Missgeschick.
Allerdings gab es dafür deutlich ehrenvollere Gründe: Gegen Ende des Studiums war man allgemein angeschlagen. Man war übermüdet durch die anhaltenden Nachtschichten, gestresst vom Dauerdruck, unter dem man wegen der laufend abzugebenden Studienarbeiten stand und geschlaucht von den öden Zugfahrten zwischen Stuttgart und Tübingen.
Mit jedem Tag des Näherrückens der anstehenden Prüfungen hatte die Nervosität überproportional *zu*-, der Appetit dagegen *ab*genommen! Gegessen wurden nur noch belegte Brote in der Hochschulkantine. Dafür *ertränkte* man sich fast in Kaffee, der so stark war, dass es schwer fiel, zu entscheiden ob es sich dabei noch um ein Getränk oder bereits um einen Brotaufstrich handelte...
Kurz, die Übelkeit übermannte mich am Bahndamm neben den Städtischen Bauhof, wo auf dem geteerten Bahnbegleitweg in zerfließendem(n) Lachen das Frühstück sich ausbreitete, nachdem es sich mit einem freudig ausgestoßenen *'hhhuuuuuuupp, da bin ich wieder!'* ans Tageslicht zurückgekämpft hat.

Es zürnete gewaltig einst Poseidon

Die Seekrankheit ist es schließlich gewesen, die mich eines Tages dazu zwang mir das Gyros und den Großteil

des Griechischen Bauernsalat *'noch einmal durch den Kopf gehen zu lassen'*!

Skipper Uwe hatte am ersten Tag auf den Wassern des *Mare Nostrum* vor der Insel Ägina eindringlich zum Herumkauen auf rohen Ingwerstückchen geraten, um der ständig dräuenden Übelkeit ein Schnippchen zu schlagen. Da ich mich nun bereits auf dem dritten Törn befunden habe, ohne krank geworden zu sein, rühmte ich mich meiner gesunden Verfassung und vertraute ebenso wie meine Mitsegler auf meine ungebrochene Widerstandskraft gegen alles unangenehm Aufsteigende.

Doch lehrt die herbe Erfahrung, dass Poseidon genau zuhört, wenn ein Seefahrer derartig auf den Putz haut. Und je kecker die Behauptungen sind, desto spitzer ist sein göttliches Ohr. So auch jetzt! Als wir bei der zweiten Flasche Retsina in Andreas' Taverne im Hafen von Hydra saßen und uns noch stärker dünkten als nach der ersten, hatte der Herrscher über die See wohl unerkannt am Nebentisch Platz genommen und sein Notizbuch aufgeschlagen. Und je schneller wir beim dritten Retsina *mit der Gôsch'* schon in Sifnos waren, desto eifriger kritzelte er in sein Büchlein. Was da drin stand, verriet er uns am Nachmittag des folgenden Tages.

Es wäre wohl besser gewesen, wenn wir uns an den Rat antiker Seefahrer gehalten hätten, der da lautet:

Fremder, bevor du seine Wogen teilst, richte in Demut ein Gebet an Poseidon, den Herrscher über die schäumenden Wasser vor Hellas Gestaden!

Doch nichts davon! Statt ihm ein angemessenes Opfer darzubringen, gossen wir Verblendeten uns *noch* eine Flasche Retsina in den Hals! Und anstatt ihm seinen Anteil vom güldenen Weine zukommen zu lassen, *bevor* wir selbst uns dessen Genüssen hingegeben haben, gestatteten wir solches dem Gotte erst *nach* dem der geharzte

Trunk unsere Nieren durchlaufen hatte! „VINUM BONUM DECORUM DONUM" heißt übersetzt: Ein guter Wein ist ein Geschenk *der* Götter – nicht *für* die Götter! Na also.

Der folgende Morgen schien klar und hell; die Mannschaft war guter Dinge. Am Nachmittag legten wir ab.
Ein freundlicher Hauch füllte sogleich die Segel; die raume Brise würde uns rasch vorwärts bringen, meinten wir. Mit einem Kissen im Rücken und den Beinen auf der gegenüberliegenden Bank genossen wir den Anblick des vorbeiziehenden Hafenstädtchens und das Panorama, das den *Stenón Ydras* einsäumte, und dessen Schönheit an einem Frühjahrstag selbst übersättigte Augen noch das Staunen lehrt.
Dann blieb der Wind weg! Es wurde *motort*.
Als wir schließlich den Leuchtturm auf der Huk von *Akra Zoúrva* erreicht hatten, erwachte der Wind erneut. Die Spiele, die dieser windige Gott mit seinem Windsack treibt, durchschaut niemand! Auf die nächste Attraktion braucht man für gewöhnlich nicht lange zu warten, denn wenn Äolos am Windbeutel fingert, kommt selten Langeweile auf. Schon pfiff es ungemütlich im Rigg. Unsere *MARGO legte sich voll auf die Seite* und zwölf Hände klammern sich an Klampen, Steuersäule, Schoten und am Niedergang fest.

Bisher war ich verschont geblieben vor Starkwind. Umso reichlicher bekam ich ihn jetzt auf die gelb-graue von der Hand meiner Frau Rose gestrickte Pudelmütze!
Obwohl es noch immer Nachmittag ist, schlägt der Bug im Halbdunkel auf die rollenden Brecher. Da heißt es die adretten Mützchen und Käppchen zu bergen, Ölzeug, Seestiefel und Sicherheitsgurt anzulegen und sich vor den

Unbilden des Wetters in Sicherheit zu bringen.
Darauf schien der gereizte, nachtragende Meergott nur gewartet zu haben! Kaum hatte sich sein überheblicher Gast mitsamt der Tochter der Co-Skipperin in den Salon unter Deck begeben und sich so seinen Fängen entzogen, da ließ der launenhafte Herrscher unsere Nussschale dermaßen heftig schaukeln, dass sich in meinem tiefsten Inneren die Eingeweide vorkamen wie Spätzlesteig in einer einer Knetmaschine der Teigwarenfabrik Bechtle in Pfäffingen...!
Die halbe Strecke hatte uns der Grantler zurücklegen lassen, dann erst – in dunkler Nacht - hielt er seinen Spießgesellen an, den schneidigen *Meltemi* fahren zu lassen, der prompt unser Segel zerriss!
Während der Skipper wenden ließ, um nach Hydra zurückzulaufen, und er dies nur mit Mühe gegen die zeitweise von dwars anrollenden Seen schaffen konnte, hockte zusammengekauert und kleinlaut ein gewisser Wilhelm Friedrich Gugel mit grünlich-durchsichtigem Gesicht, vor Übelkeit schwitzend, dem Leben entsagend mit blankem Hintern auf einer Karikatur von einem Toilettensitz, eine Pütz zwischen die Knie geklemmt und rief - bei Poseidon für den begangenen Frevel flehentlich Abbitte leistend - abwechselnd

Uuuuuuulriiich und *Khhuuuuuuurrrt*
in den dumpfen Kübel...

Zum ersten Mal speiübel geworden ist es mir jedoch während eines Besuches bei Oma und Opa in Lehr! Die herrliche Sahne, der wunderbare Kakao und die vielen großen, fantastischen Tortenstücke waren zu viel für den kleinen Willimagen gewesen – mit den bereits angedeuteten Folgen!

Milchwegle - Milchwägele

Die Erwachsenen unterhielten sich über die vergangenen Zeiten, über die Verwandtschaft, über die Arbeit auf dem Feld und konstatierten, dass die Milchpreise sowieso zu niedrig seien, der Erlös für ein Ferkel schon immer viel zu gering gewesen ist, und dass die Kartoffelernte zwar gut, das Korn jedoch wieder einmal noch vor der Maat vom Regen niedergedrückt und dann auch noch vom Schimmel befallen worden war.
Dass die Rübenernte eine sehr mühsame ist, hatte ich ebenfalls schon mehrmals gehört.
Wir Kinder hingegen, vor allem Paul und ich, streiften durch die Scheune, kletterten an den Leitern hinauf, krochen über Strohballen hinweg und sprangen von höher gelegenen Böden ins tiefe Heu.
Was gab es hier nicht alles zu entdecken!
In einem kleinen Schuppen hinter dem Haus hatte Opa sich vor Jahren schon eine kleine Werkstatt eingerichtet.
Ganz besonders beeindruckte mich eine glitzernde Korund-Schleifscheibe. Damit wurde der Messerbalken von Onkel Georgs Mähwerk geschliffen. Das Tolle an diesem kleinen Gerät war der Übersetzungsantrieb und die schwere Schwungscheibe.
Mich faszinierte es, dass man trotz langsamem Drehen an der Kurbel die Schleifscheibe auf Hochtouren bringen konnte und dass sie noch minutenlang kreiste, wenn man die Kurbel schon nicht mehr bewegte.
Viele solche Dinge hatte sich Onkel Georg ausgedacht. Er war als Tüftler wirklich unschlagbar!
Onkel *Georg* war der jüngere Bruder meiner Mutter, Tante *Anna* seine Frau.
Die beiden haben zwei Töchter, nämlich meine Cousinen *Margret* und *Helga*.

Mit Margret verbindet mich seit eh und je eine engere Beziehung als mit Helga. Das liegt vermutlich daran, dass Helga ein noch paar Jahre jünger ist, als ihre große Schwester, die wiederum etliche Jahre nach mir zur Welt kam.

Um eine engere verwandtschaftliche Beziehung aufzubauen, blieb uns letztendlich zu wenig Zeit, denn im Laufe der Jahre wurden die Besuche in Lehr immer seltener - aus traurigem Grund.

Jedenfalls fühlte ich mich stets wohl, wenn ich in Lehr sein konnte.

Gelegentlich schickte Onkel Georg uns Kinder zur Milchsammelstelle, um die hohen Henkelkannen aus stabilem Aluminiumblech dort abzuliefern. Sie enthielten die Tagesproduktion seiner Milchkühe *Emma, Berta, Klara, Liesel* und wie sie sonst noch alle geheißen haben mögen.

Auf dem praktischen, einachsigen Handwägelchen, das wir vor uns herschoben, fanden gleich mehrere dieser schweren Kannen Platz. Aber wir schafften es gemeinsam, die Milch, ganz so, wie man uns das aufgetragen hatte, abzuliefern.

Man nahm die vollen Kannen entgegen und schüttete die Milch in einen großen Behälter aus geschliffenem Edelstahlblech. Sie wurde gewogen, und man trug den abgelesenen Wert in ein Buch ein, um ausrechnen zu können, welcher Betrag an Herrn Georg Oßwald auszubezahlen sein würde.

Danach zogen wir mit dem *„Milchwägele"* wieder los. Der Weg vom Milchhäuschen zurück zum Hof führte zunächst an der Friedhofmauer entlang. Sie war nicht sehr hoch, sodass man vom Weg aus mühelos die Gräber mit den Gedenksteinen betrachten konnte.

Nicht, dass die Gräber etwa besondere Neugier in mir

geweckt hätten – noch lag niemand aus der Verwandtschaft dort begraben – doch habe ich mich damals gefragt, wie in dem winzigen, kaum mannshohen Häuschen aus roten Backsteinen und einem Kreuz am Giebelchen ein Sarg und die Angehörigen Platz finden sollten.
Auf dem Tübinger Stadtfriedhof - ich kannte bis dahin keinen anderen - gab es 'seit eh und je' eine *richtige* Kapelle mit Turm und Totenglocke. War jemand gestorben, so nahm man in dem Kirchlein während eines Gottesdienstes Abschied von dem Verstorbenen, und alle Verwandten waren dabei. Das wusste ich schon.
Das Häuschen auf dem Gottesacker in Lehr konnte diesen Zweck unmöglich erfüllen!
Das musste es auch nicht, denn dort waren lediglich Hacken, Schaufeln, Stoßbesen, eine Schubkarre, Holzdielen und Seile untergebracht... Das wusste ich noch nicht.

Das „Gängle", so nannte man den Weg zwischen Hof und *Milchheisle,* führte uns weiter zwischen den hohen Maschendrahtzäunen von mehreren Freilandgehegen für Hühner hindurch.
Eine andere Art von Hühnerhaltung war in den späten Fünfziger Jahren einfach nicht denkbar! Legebatterien heutiger Prägung hätte unter den Menschen in Lehr Abscheu erweckt.

Ungeachtet dieser Einstellung den braun oder weiß gefiederten Eierlieferanten gegenüber, war es an der Tagesordnung, dass aus den Ställen gelegentlich aufgeregtes Gegacker erscholl, das dann buchstäblich wie abgehackt endete! Das war immer dann der Fall gewesen, wenn eine alt-gediente Henne durch das Beil gänzlich kopflos wurde und anschließend als ausgekochtes Huhn in einer Hühnerbrühe die Hauptrolle zu übernehmen hatte...

Der Hof

Im Kuhstall habe ich mich als Kind immer gefürchtet.
Zwischen der Wand und den verkrusteten Hinterteilen der Kühe gab es nur einen schmalen Gang, um von der einen Seite auf die andere zu gelangen. Ständig wedelten die großen Tiere mit ihren unappetitlichen Schwänzen um die Fliegen (und vielleicht auch kleine Jungs) zu vertreiben.
Die Schweinchen dagegen fand ich niedlich!
Die grunzten so gemütlich, und es sah so lustig aus, wenn Onkel Georg aus einem Eimer das Futter in den Trog schüttete, und die ganz vorwitzigen Säue die Kleie-Kartoffel-Mischung über Kopf und Rüssel verteilt bekamen. Dann blinzelten sie aus ihren kleinen Äuglein und wedelten mit ihren Ringelschwänzchen, dass es eine Lust war, ihnen beim Schmatzen zuzusehen und zuzuhören.
Das Beste aber war, dass sie mir nichts tun konnten, denn sie sind in ihrem Laufstall eingesperrt gewesen, und den Mut, einen Eimer voll Schweinefutter in den Fresstrog zu schütten hatte ich schon!

Der Oßwald'sche Hof `im Öschle´ in Lehr

Wenn nur der entsetzliche Gestank nicht gewesen wäre! Der störte aber die Rauchschwalben keineswegs, die pfeilschnell durch den Stall schossen. Diese brillanten Flieger fingen bei den Kühen nicht nur Fliegen in unendlicher Zahl, sie hatten hier drin sogar ein trockenes und warmes Plätzchen für ihr Nest gefunden.
Aufmerksam sah ich Tante Anna beim Melken zu. Trotzdem konnte ich mich nie überwinden, die von ihr angebotene, kuhwarme und quasi „frisch gezapfte" Milch zu trinken. Ich kann es bis heute nicht!
Onkel Georg fütterte seine Kühe mit Grünfutter aus ʿam Schtadlʾ nebenan. Eine Gabel nach der anderen warf er vor die Köpfe der Tiere, die das würzig duftende Gras mit ihren beeindruckend langen Zungen ins breite Maul schlangen. In späteren Jahren hatte Onkel Georg eine Melkmaschine angeschafft. Das „Milchwägele" hatte somit ausgedient.

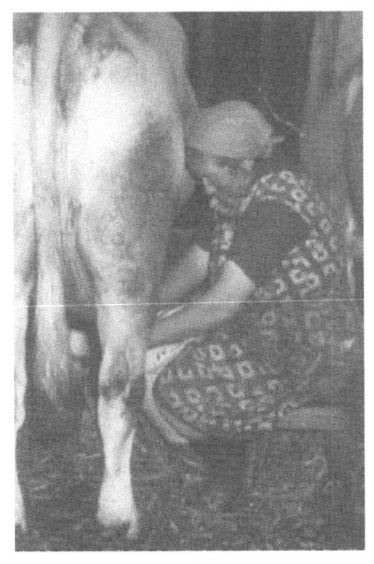

Tante Anna beim Melken einer ihrer Kühe

Ab jetzt wurde die Milch von einem Tankwagen abgeholt – und ausgestanden waren nun auch die Ängste, die Margret jedes Mal hatte, wenn sie in der Dunkelheit durchs ʿGängleʾ musste und dabei fürchtete irgend so ein ʿkähler Fetzʾ, so a ʿDooneguatʾ könne sie überfallen und ihr ʿebbas Wiaschts a doaʾ..............

Überhaupt veränderte der Hof im Laufe der Jahre sein Gesicht. Dort gab es ein neues Ackergerät, hier wurde angebaut, die Scheune vergrößert, das Wohnhaus aufgestockt, der rote Porsche-Schlepper gegen einen neuen Traktor ausgetauscht.
Vieles änderte sich.

Oma

Was sich nicht geändert hat, war die Angewohnheit Omas, uns vor der Abfahrt nach Tübingen Geschenke zuzustecken. Ein geköpftes und gerupftes Huhn, mehrere Dosen mit eingemachtem Fleisch aus eigener Schlachtung, einen Hefezopf, Tortenstücke, die von reichlich gedeckten Kaffeetischen übrig geblieben waren, Krautköpfe, Kohlrabi... Solche Dinge fanden in uns dankbare Abnehmer.
Uns Kindern steckte Oma Schokolade zu – und gelegentlich und ganz heimlich (Mama sah es nicht gerne!) - ein Geldstück! Eine Mark oder zwei. Für ein Kind damals ein großzügiges Geschenk! Es reichte zum Beispiel für eine Tafel „*Ritter Sport*" - Schokolade oder für zehn(!) Stangen „*Storck Riesen*"–Karamellen - oder für mehrere Tüten Erdnüsse bei Kötners Lebensmittelgeschäft in der Kornhausstraße. Erdnüsse, meine Leibspeise damals schon!

Wir Kinder wurden größer, die Großeltern älter.
Am 2. Mai 1961 war beim Bäcker Renz in der Kornhausstraße angerufen worden. Man möchte den Gugels bitte ausrichten, dass man möglichst bald in Lehr anrufen solle!

Oma ist gestorben!

Für Mutter ist es ein großer, großer Schmerz gewesen. Sie litt unsäglich unter dem Tod ihrer Mutter, und ihre Traurigkeit war für uns Kinder sehr bedrückend.

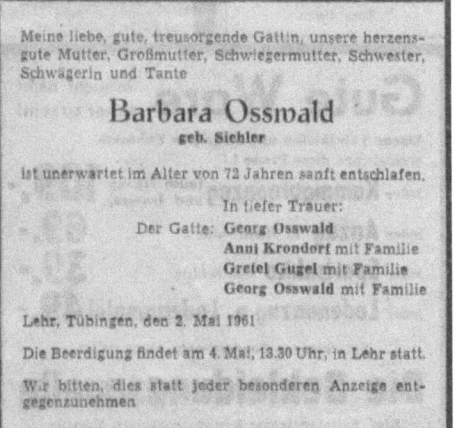

Dass Oma gestorben ist, war natürlich auch für uns Kinder schlimm, doch die Mutter leiden zu sehen ist noch schwerer zu ertragen gewesen.

Ich hatte zuvor noch nie einen Menschen verloren. Deshalb fiel es mir besonders schwer, mich damit abzufinden, dass ein Mensch wie unsere Oma einfach nie mehr „da" sein würde!

Bei ihrer Beerdigung am 4. Mai – an Mutters Geburtstag also - war ich noch zu klein. Man wollte mir dieses belastende Ereignis nicht zumuten.

Niemand konnte ahnen, dass ich schon ein Jahr später nicht mehr zu jung sein durfte, um das Schlimmste verkraften zu können, was das Schicksal einem Kind zumuten kann...

Während meine Familie nach Lehr gefahren war, wurde ich von Tante Liesel versorgt. Tags über spielte ich wie gewohnt mit meinen Kameraden. Zum Mittagessen war ich bei Tante Liesel und Onkel Willi eingeladen.

Als meine Eltern und Geschwister spät abends wieder zurückgekommen sind, habe ich längst unter Tante Liesels Wohnzimmertisch geschlafen....
Das mag sich eigenartig anhören, doch das war sogar die Regel.
Tante *Marie* ist zwar die erste gewesen, die sich einen Fernsehapparat angeschafft hat, doch die wohnte ja weit weg in der *Köstlinstraße,* fast schon in Lustnau! Dort sind wir manchmal sonntags zu Fuß hingelaufen, um fernzusehen: *„So weit die Füße tragen!"* So hieß die verfilmte Geschichte des *Clemens Forell,* eines Deutschen Soldaten, der aus einem Kriegsgefangenenlager in Sibirien geflohen war, und der sich bis nach Hause durchschlagen können hat.
Als Tante *Liesel* sich ebenfalls einen Fernseher angeschafft hat, und sie ihn auf ihren Kleiderschrank hatte aufstellen lassen, sind wir Kinder natürlich zu *ihr* gegangen, um zu gucken!
Im Laufe des Abends hatten sich dann nach und nach unsere Eltern und Vetter Eugen in *Tantes* Wohnzimmer eingefunden. Und weil es dort bekanntermaßen wenig Platz zum Sitzen gab, verzog Klein-Willi sich mit einem Kissen unter dem Kopf eben unter den Tisch, wo er bereits nach wenigen Minuten eingeschlafen ist....

Vater hatte das Glück gehabt, bei Kriegsende nicht in Gefangenschaft zu geraten. Er konnte vor den anrückenden Kriegsgegnern fliehen und sich in Lehr bei seinen zukünftigen Schwiegereltern verstecken. Er hatte also unversehrt zu seiner Gretel zurückkehren und eine Familie gründen können. Bärbel ist aus diesem Grunde in Lehr zur Welt gekommen.
Vater hatte damals mit dem Fahrrad ein paar Kilometer weit durch die Nacht bis nach Jungingen fahren müssen,

um die Hebamme zu holen. Bei seiner Frau hatten die Wehen eingesetzt und die Geburt von Barbara Renate stand unmittelbar bevor.

Vater und Mutter während des Krieges zusammen in Lehr

Wie er die Geburtshelferin damals nach Lehr gebracht hat, weiß ich nicht. Ich denke aber, dass die Sache damals ganz und gar nicht harmlos und einfach gewesen konnte. Angeblich hat Mutter in ihren schweren Stunden um Halt zu finden so heftig an Vaters Hosenträger gezerrt, dass dabei sämtliche Knöpfe von der Lederhose abgerissen wurden!
Dies blieb von den Erzählungen noch in meiner Erinnerung haften.

6.) Meine Mutter

Gretel Gugel, geborene Oßwald - ca.1956

Seine Mutter als elfjähriger Junge zu verlieren ist schwer zu ertragen! Der Einschnitt ist z u groß!

Als Kind die sich daraus ergebenden Konsequenzen abzuschätzen ist ebenso unmöglich, wie es für einen Menschen im bereits gesetzten Alter ist zu wissen, was gewesen wäre, hätte er seine Mutter *nicht* bereits so früh verloren.

Es fällt auch schwer, zu beschreiben, wie sie *denn so* gewesen ist. Ich kannte sie ja kaum! Das soll heißen, dass die Erlebnisse, die ich bis zu ihrem Tod gehabt hatte, nicht von so überragender Bedeutung gewesen sind, als dass sie sich unauslöschlich in mein Gedächtnis hätten eingraben können. Es waren Banalitäten, Alltäglichkeiten wie sie das Beibringen vom Schuhezubinden oder des Radfahrens sind.

Das Rappschüle

Mutter zeigte mir den Weg ins *Rappschüle* – immer wieder und zur Vorsicht, obwohl ich den Weg dahin schon bestens kannte - lange noch bevor ich dort überhaupt angemeldet wurde!

Das Rappschüle

Er deckte sich nämlich genau mit dem Weg ins *Esslingsloh*. Später richtete Mutter die Brote für Paul und mich und steckte sie zusammen mit einem Apfel in das gleiche `Veschpertäschle´ wie damals jedes Kind eines mit sich getragen hat. Es war ein Ledertäschchen mit einem langen Trageriemen, das man sich als Kind um den Hals hängte.

Ich bin nicht gerne in den Kindergarten gegangen! Die Spielsachen, die es damals dort zur Auswahl gab hatte man ziemlich schnell ´durch´. Es waren kleine *'Idema'*-Steinchen

Schwester Augustine

aus farbigem Kunststoff – ähnlich den später aufkommenden LEGO-Steinen, aber viel kleiner. Es gab bunte *'Steckerle'*, kleine Holzplättchen mit Ausfräsungen an den Seiten, damit man die einzelnen Stücke flächig oder kreuz und quer ineinander stecken und auf diese Art hauptsächlich kleine Türme bauen konnte. Es gab andere Plättchen mit einer kleinen Bohrung, ebenfalls bunt angestrichen, die man mit einem Holzhämmerchen und einem Messingnägelchen auf eine Platte aus weichem Kork nageln konnte. Durch die unterschiedlichen Formen der hölzernen Plättchen entstanden je nach Fantasie des Kindes hübsche Muster, ähnlich den Mandalas heutzutage. Beliebt – bei den anderen Kindern – waren kleine zylindrische Glasperlen, die man auf einen Zwirnsfaden aufreihen konnte. Fügte man die einzelnen Stränge geschickt zusammen, so erhielt man einen Untersetzer für heiße Pfannen oder Töpfe, den man mit nachHause nehmen durfte

Ich malte am liebsten mit Farbstiften Blumen oder bunte Ostereier aufs Papier – oft genug sind es Reste von Tapeten gewesen, die uns das Heimtextilien- *Schwester Augustine* Geschäft *Fritz* aus der Max Eyth-Straße jenseits der

Ammer überlassen hatte. Oder ich bemalte daheim die Rückseiten von Onkel Willis ausgedienten Tapetenmuster-Büchern.
Doch das verlor bereits nach ziemlich kurzer Zeit seinen Reiz, sodass ich oft vorzeitig wieder heim- – oder erst gar nicht hingegangen bin...

3. Reihe der Dritte von rechts: Willi. Gleiche Reihe, der 6. Von links: Walter. Direkt vor mir: Sein Vetter Kurt

Nicht nur einmal musste Mutter mich ins Schüle zurück bringen, weil ich wieder einmal ausgebüxt war. Manchmal machte ich mich einfach früher auf den Heimweg und verbummelte unterwegs so viel Zeit, dass ich gerade rechtzeitig zum Mittagessen zuhause ankam. Damals ging das noch, dass man von den Eltern oder von jemandem anderen abgeholt wurde, ist eher die Ausnahme gewesen. Die Kinder machten sich alleine auf den Heimweg – oder in Grüppchen, zusammen mit Kindern aus der Nachbarschaft. Mit Walter Sinner, Erich Hahn aus der Judengasse und Kurt Schramm zum Beispiel.

Obwohl Mutter die Zeit, in der wir Kinder vormittags versorgt gewesen sind, gewiss nicht *verbummelt* hat und sicherlich froh gewesen ist, wenn sie nicht ständig nach uns schauen musste, war sie dennoch nicht bereit gewesen, Paul oder mich in `die Erholung´ zu schicken. Dabei handelte es sich wohl um ein Programm der staatlichen Fürsorge, das es bedürftigen Kindern ermöglichen sollte, sich zum Beispiel in einem Kinderheim in Augsburg(!)gleich mehrere Wochen lang zusammen mit anderen Kindern zu erholen- außerhalb der Familie. Obwohl man ihr mehrmals angeboten hatte ihr *Willile* für eine solche Freizeit anzumelden, hat Mutter dies stets abgelehnt! Gott sei Dank, denn eine so lange Zeit des getrennt Seins hätte ich vor Heimweh ganz bestimmt nicht überstanden – und Mutter selbst wohl noch weniger.

Lilo, Jochens Mutter aus der Rathausgasse, hat ihren Sohn tatsächlich einmal in die Obhut einer solchen Freizeiteinrichtung gegeben. Er hat sich nach drei Wochen `Erholung´ sehr eindeutig gegen eine Wiederholung im nächsten Jahr ausgesprochen. „*Nie wieder Reisbrei!*", hatte er damals gesagt, als wir seinem Bericht gelauscht haben........

Wenn ich die Berichte über derartige Heime heute lese, so schaudert es mich. Was die Verantwortlichen mit den ihnen ausgelieferten Kinderseelen angestellt haben, ist in vielen Fällen des Missbrauches nicht mehr gut zu machen. Den Zwang, Reisbrei essen zu müssen war sicherlich das harmloseste `Vergehen´ an den Kindern........

Ins `Spatzennest´ hingegen - das war und ist bis heute eine Freizeiteinrichtung am Rande des Schönbuches bei Pfrondorf gelegen - ging Jochen mitsamt seiner Schwester Irmtraut gerne. Dort war für drei Wochen `schwer etwas geboten´! Die Kinder sind morgens abgeholt und

mit einem Bus auf die Höhen über Lustnau gebracht worden um dort mit vielen anderen Kindern zu spielen, zu basteln, zu kochen und gemeinsam zu essen oder sich anderweitig zu beschäftigen. Am Abend wurde die Rasselbande wieder heimgebracht. Sie war gesättigt und müde – aber sie strotzte zugleich vor Dreck und strahlte vor Glück.
Unsere Eltern wollten dieses Angebot nicht nutzen. Sie hatten auch während der großen Ferien genügend zu bieten, mit dem sich ihre drei Kinder beschäftigen konnten.

Noch gut erinnere ich mich daran, dass Mutter bei ihrer Arbeit eigentlich immer gesungen hat. Besonders dann tat sie es, während sie Treppe zum Erdgeschoss sauber gemacht hat *("d' Schtiag na g'fegt")*. Dabei hat sie oft und gerne das `Wolgalied´ gesungen: *„Hast Du dort oben vergessen auch mich ............"* oder irgendwelche Schlagermelodien gepfiffen: `Drei weiße Birken in meiner Heimat steh'n ....´, `eine Reise ins Glück.....´ `Zwei kleine Italiener....´*, Heidi Brühls *„Wir wollen niemals auseinandergeh'n ..."*, Lys Assias *„Oh ,mein Papa war eine ..."* , *„...heißer Sand und ein verlorenes Land ..."*, *„Ramona"* oder Rocco Granadas *„Marina, Marina, Marina..."* und immer wieder *„Tiritomba"*.
Ich selbst sang hingegen mit Hingabe Stücke wie *„......alles vorbei Tom Dooley! Noch vor dem Morgenrot ist es gescheh'n Tom Dooley. Morgen, da bist Du tot."*
Oder den Willi- Millowitsch-Gassenhauer *„Schnaps, das war sein letztes Wort, dann trugen ihn die Englein fort"*.
Ich sang Heinz Negers *„Heile, heile Gänsjö, es ist bald wieder gut ......"* und auch Paul Ankas *„Zwei Mädchen aus Tschörmanie, Giiisela, Mooonika /: ...oh wie sieß sind die....."*
Jedenfalls hat Annemarie Schneider dies später erzählt,

als sie sich mit ihrem Mann Wolfgang in die Wohnung eingemietet hatte, in der die Jahre zuvor Tante Anna und ihr Familie gelebt hatte.

Ich weiß auch noch, dass Mutter das Lied eines der beiden `Straßenkehrer´- Sprecher sehr nahe ging. Es war eine Radiosendung , die diesen Titel getragen hat. Darin unterhielten sich zwei pfiffige Schwaben. Der Eine von ihnen war der gebürtige Tübinger Walter Schultheiss, Werner Veith der andere.
In ihrer Muttersprache zogen sie lustig und lustvoll über irgendwelche aktuellen Probleme her - Satire, Kabarett, Komödie........). „Ich möcht´ a´môl wieder a Lausbub sein.....“ hieß es in dem Lied und:*„ Mei Mutter, dees muss ich heut´ sage, mei Mutter tät ich nicht mehr so plaga. En d´Apothek´ tät ich für sie laufe ond ihr om fenf Pfennig en Hautcrem´ kaufa.....“*

`Lausbiable´ hat sie mich immer dann genannt, wenn sie bemerkt hatte, dass ich heimlich in das *Hutzel*säckchen gegriffen oder ihr während des Backens ein Stückchen graue `Häffe´ stibitzt habe, die ich zuvor für sie um zehn Pfennige *beim Renz* besorgt und - in einen Fetzen aus dem SCHWÄBISCHEN TAGBLATT eingewickelt - heimgebracht hatte. Ich mochte den säuerlichen Geschmack dieser Back-Hefe, die sich so leicht mit der Zunge an den Gaumen schmieren ließ.

Ich sehe mich noch heute wie ein Äffchen als Ballast auf dem Blocker kauernd und mich mit beiden Händen am rot lackierten Stiel festhaltend, während mich Mutter über die glänzende Linoleumplatte hin und her schob, auf die sie zuvor - auf den Knien rutschend - Bohnerwachs aufgetragen hatte.

Das unauffällige Leben des Wilhelm Friedrich Gugel

Und ich höre noch das ständige Klicken der Metallkugel in der Aussparung der schweren Bürste. Wie oft bin ich von diesem mit blauem Hammerschlaglack gespritzten Blocker herunter gekullert, wenn Mutter zu ruckartig geblockt oder die Bürste gegen die Kante der Türschwelle gestoßen hat – absichtlich vermutlich, um mir eine Freude zu machen...

Das Muster auf der Linoleumfläche war im Übrigen einem bunten Perserteppich nachempfunden. Wenn mir langweilig gewesen ist, lag ich auf dem Bauch und habe die Formen mit dem Finger nachgefahren.

„I butz - on du derfsch mr da Lomba ausdrugga," sagte sie, wenn sie wiederum auf den Knien kauernd mit Wasser die glatten Sandsteinplatten des Öhrns gebürstet hat.

Mutter brachte mir mit eher mehr als wenig Mühe das *Zusammenzählen,* das *Wegnehmen* und später das ʻkleine Einmaleinsʼ bei. Und sie übte mit mir nach Fräulein Vetters Vorgabe das Schreiben (ʻzwei Spazierstöckle untenʼ für ʻuʼ und drei ʻSpazierstöckle obenʼ für ʻmʼ) und das Lesen. Malnehmen und Teilen gab es erst bei Herrn Maier.......

Mutter malte gerne. Besonders gut habe ich im Gedächtnis bewahren können, dass sie am Ende jedes Briefes an Oma ein Veilchen aufs Papier gemalt hat...

Und sie schrieb sogar ein Gedicht – mit viel Talent, wie ich finde. Sie hat es für Bärbel geschrieben und betitelte es ʻ*Barbara Renate*ʼ. Ihre Tochter hält es bis heute in Ehren......

Mutter kochte gut! Kaum jemand würde wohl etwas anderes über die Kochkünste der eigenen Mutter sagen! Doch bei unserer Mutter traf es wohl anerkanntermaßen Ihre `g´fillte Nudla´` (Maultaschen im selbst gemachten und von Hand mit dem Wellholz flach ausgerollten Teig), ihr `Kartoffelgmias´` (mit Selleriestückchen drinnen), ihren Spinat, ihre `Leberknepfla´` und natürlich ihre Braten zum typischen Sonntagsessen haften noch heute wie Honig auf dem Gaumen meiner Erinnerungen! Und wegen des Wohlgeschmackes ihres `Gerührten Kuchens´` und ihres lockeren `Hefezopfes´` hat so mancher Sangesbruder auf den postgesanglichen Besuch beim `Violinbeck´` verzichtet und sich dafür lieber an Mutters Leckereien gütlich getan, wenn er sich nicht außerdem am selbstgebackenen Brotlaib verlustierte, den Mutter als Teig in einem Brotkörbchen zur benachbarten Bäckerei Renz gebracht hat, um ihn dort für ein paar Pfennige mitbacken zu lassen.

Damit es keine Verwechslung mit anderen Laiben geben konnte, hatte sie in ihren Teig ein Zettelchen gedrückt, auf das sie mit Tinte und in ihrer schönen Sütterlinschrift *Paul Gugel* geschrieben hatte.

Mutter klebte Pflaster auf unsere kleinen Wehwehchen. Mutter brachte heißen Pfefferminztee in der Schnabeltasse, wenn ich über Schmerzen im Hals klagte. Mutter legte Handteller große angewärmte Kleiekisschen auf das Ohr, wenn ich dort wieder einmal Schmerzen hatte, und bettete meinen Kopf auf ein kleines Kissen mit Kapokfüllung, weil die die Schmerzen in sich hinein ziehen würde...

Mutter goss heißes Wasser in die kupfernen Wärmflaschen, damit wir Kinder es im Bett warm hatten, und sie kam sofort aus der Küche gelaufen, wenn Paul oder ich abwechselnd oder auch gleichzeitig mit den üblichen Kinderkrankheiten im Bett gelegen und sie durch Klopfzeichen alarmiert haben. Mutter kurierte unsere 'Wochendibbel' (Mumps) mit heißen, zerquetschten Kartoffeln, die sie zuerst in ein Leinentüchlein und dann in ein dickes Handtuch eingepackt und auf unseren Hals gelegt hat.

Selbstverständlich besorgte sie 'beim Römmig' (so der Name des Inhabers der Apotheke auf dem Marktplatz) PANFLAWIN-Pastillen (ich sagte immer 'Pandaflin'....), die gegen das Kratzen im Hals und bei Husten helfen sollten. Sie schmeckten gut und sie machten eine so toll gelbe Zunge...... Pull Moll oder die kleinen schwarzen Wybert-Rhomben (hart wie ausgetrocknete Lakritze) waren natürlich viel zu scharf...

Von Tante Liesel gab es für ihren *Pfiffikus'* Willi gelegentlich einen Löffel voll *Sanostol*-Vitaminsaft, ein Glas *Rotbäckchen*-Trunk oder sogar eine dreißig Pfennig teure Stange Traubenzucker-Tabletten, die es in vielerlei Geschmacksrichtungen gab. Traubenzucker hat es damals außerdem in einer ganz anderen Form gegeben: in Brocken nämlich! Die sahen aus wie Schottersteine aus weißem Jura von der Schwäbischen Alb. Man konnte herrlich mit den Zähnen feine Schichten davon abschaben, denn die Brocken waren höchstens so hart wie Kerzenwachs und schmeckten einfach wundervoll! Man bekam sie nur in Apotheken oder in der Drogerie *Bögle & Reiff* in der Belthlestraße – um dreißig Pfennige für hundert Gramm.

Plagten uns einmal heftige Kopfschmerzen, so ließ Mutter von Herrn Doktor Wacker sich ein Rezept für MELABON-Kapseln ausstellen (eigentlich nur für Erwachsene geeignet). Diese Dinger waren einfach ekelhaft! Das bittere Pulver befand sich in einer runden Kap-

sel aus einer Masse, die wie eine
Oblate vom Bäcker Renz schmeckte
und die sich - wenn sie feucht wurde - auflöste oder – besonders ekelhaft - am Gaumen festklebte.

Doktor med. Hans Wacker ist ein
Arzt der alten Schule gewesen:
Glatze mit Tonsur ähnlichem Haarkranz, runde Nickel-
brille, Doktortasche aus verschlissenem Leder und un-
endlich gütig. Er ist noch viele Jahre nach Mutters Tod
mein Hausarzt geblieben. Als ich das Alter erreicht hatte,
in dem man mich zur Musterung bestellte, ist es Dr. Wacker aus der Kronenstraße gewesen, der mich fragte:
„Möchtest du zur Bundeswehr?"
„Nicht, wenn es sich vermeiden lässt!"
„Deine Mutter hätte es ganz bestimmt nicht gewollt!"
Auf seinem Diagnosezettel stand: *Präarthrose in beiden
Hüftgelenken – eingeschränkt tauglich!* Ergebnis: Auf
dem Wehrpass stand *Ersatzreserve zwo!*
Die Diagnose war im Übrigen richtig und keinesfalls
`getürkt´. Dieses `handicap´ führte in späteren Jahren
immerhin dazu, dass ich den Fußball- und Handballsport
an den berühmten Nagel hängen musste. Ansonsten hätte
mir ab vierzig wohl der Rollstuhl gedroht! Jedenfalls
folgte das Kreiswehrersatzamt der Empfehlung des über-
zeugten Pazifisten Wacker.......... Dies ist vielleicht der
erste spürbare, wenngleich sehr zweifelhafte Vorteil gewesen, der mir aus Mutters Tod erwachsen sein mag.

Zwischen unseren Betten hatte Vater eine Spiegelleuchte
mit einem Zylinder aus Milchglas waagerecht an die
Wand geschraubt, die man mit einem Schnürchen aus-
und einschalten konnte. Am Ende dieser Schnur baumelte eine weiß gestrichene Holzkugel, die man gegen die

Wand prallen lassen konnte. Dieses Klopfen hörte Mutter auf der anderen Seite der Wand in der Küche. Sie kam jedes Mal angelaufen – auch wenn man mit der Kugel nur so zum Spaß oder aus Langeweile gespielt hat. Spätestens nach dem dritten Fehlalarm hörte dieses `Späßchen´ allerdings auf...

Mutter schleppte mich eines Tages in die Praxis des Herrn *Dr. med. Egon Witte,* dem Kinderarzt, der seine Praxis im Hinterhof des Hotels `Lamm´ auf dem Marktplatz betrieb. Ich hatte mir im Spiel nämlich eine bunte Glasperle so tief ins Ohr gesteckt, dass ich sie alleine nicht wieder herausbekommen konnte - und Mutter auch nicht.

Die Hölderlinschule

Natürlich begleitete mich Mama am ersten Schultag auf meinem Weg zur Hölderlinschule! Die am Ende spitz zulaufende Schultüte hatte Onkel Willi aus einem Stück besonders stabiler *Tapete* zurechtgewickelt. Als Besonderheit befanden sich in dieser Tüte viele, viele kleine `Wiebele´, winzige, nach Vanille schmeckende süße Plätzchen und jede Menge `*Tübinger Neckarkiesel´,* kleine Aprikosenstücke in einem Zuckermantel, der so geformt und gefärbt war, wie eben die Kieselsteine aus dem Neckar. Gleich pfundweise hatte Onkel Erdnüsse in die Tüte geschüttet und vor allem eine Tafel SAROTTI - Schokolade dazu gelegt, die sogar noch besser schmeckte als die Ritter Sport-Nuss

Neben diesen Süßigkeiten steckten natürlich die ersten Schulsachen in der Tüte!

Es waren solche Dinge wie ein `Griffelkasten´, quasi dem Vorläufer des Schulmäppchens. Bei diesem Kästchen handelte es sich um eine Art hölzernes Etui mit

Karl-Heinz und Willi im Spiel `Die Heinzelmännchen zu Köln´

verschiebbarem Deckel aus Holz, in welches man einen Griffel oder Farbstifte hineinlegen konnte.
Eine Seite des Deckelchens war rund geschnitten. Diesen Halbkreis benutzte ich als Schablone und malte damit die Kuppel der Sternwarte, die ich während eines `Lehrganges´ auf dem Waldhäuser gesehen habe.
Zuvor hatten wir Frau G. besucht. Sie wohnte damals `Am Apfelberg´ und hielt sich in ein paar vergitterten Kisten Kaninchen. Ich hatte noch nie solche Hasenkisten gesehen und malte sie zu Hause aus dem Gedächtnis auf die Rückseite von Onkel Willis Tapetenresten. Und natürlich in der Schule im Malunterricht. Von nun an war ich dort in der Klasse bekannt als der *Hasenstallmaler!*
Ich hatte zu der Zeit noch keinen Zirkel besessen, mit dem ich hätte Kreise zeichnen können. Also drehte ich nach der ersten Sternwartenkuppel den Deckel um, setzte an den ersten Halbkreis einen zweiten und hatte schwuppdiwupp einen ganzen Kreis - oder ein Ei! Unzählige Ostereier habe ich auf diese Weise gemalt. Jedes

mit einem anderen Bändermotiv, das ich mit Buntstiften auf das Papier gemalt habe.

Zu Beginn meiner Schulzeit schrieb man tatsächlich noch auf eine Schiefertafel! Korrekturen nahm man mit dem Schwamm oder mit einem kleinen Lappen vor.
Es gab auch einen *Setzkasten!* Das war eine kleine Holzkiste, in deren aufgeklappten Deckel man eine Holzplatte mit eingefrästen Rillen stellen konnte. In diese Rillen *setzte* man anschließend einzelne Plättchen aus weißem, biegsamem Kunststoff, auf denen jeweils ein schwarzer Buchstabe oder ein Satzzeichen aufgedruckt war. Von links nach rechts nebeneinander gesteckt konnte man so einzelne Worte oder kurze Sätze setzen.

Mutter hatte einst in der Frauenklinik die Ehefrau vom Fuhrmann S. kennengelernt. Die beiden hochschwangeren Frauen sollten eigentlich an gleichen Tag niederkommen. *Willi* wurde am 30. Mai, *Karl-Heinz* schließlich am 6. Juni geboren. Dieser Karl-Heinz S. aus der Bachgasse würde für die ersten vier Schuljahre mein Klassenkamerad sein – zuerst bei Fräulein Vetter, später dann, in der dritten und vierten Klasse, bei Herrn M. Zusammen spielten wir beide (ausgerechnet ich!) Metzgermeister und – Lehrling im Stück `Die Heinzelmännchen von Köln´. Das Publikum bestand aus den Eltern der Schüler und der Lehrerschaft. Der Anlass: *Rektor König* wurde Schulrat und verließ deshalb den aktiven Schuldienst.
Fräulein V. brachte uns Lesen und Schreiben bei. Mit `Spazierstöckchen oben´ lernte man die Buchstaben *n* und *m*, mit `Spazierstöckchen unten´ die Buchstaben *u*, *v*, *w*, *i* und *j*. Ich mochte die freundliche Lehrerin mit ihrem dicken Haarknoten im Nacken..

Sie ist es auch gewesen, die uns Schulkinder gelegentlich zum Feuerwehrhaus begleitet hat. Schon damals gab es nämlich angekündigte Werbeveranstaltungen.

Die Firma Maggi aus Singen am Hohentwiel kam ein-, zweimal im Jahr mit einem Kastenwagen auf dem *Kelternplatz* vorgefahren. In dem Lastwagenaufbau befand sich eine Suppenküche. Hinten wurde Maggis klare Fleischbrühe ausgeteilt, auf der Seite weiter vorne war die Brühe trübe.

Die Suppe bekam man in Pappbechern zugereicht und zu jedem Becher gab es obendrein eine winzig-witzige Plastikfigur zum Anstecken. Ein begehrtes Sammlerobjekt unter den Erstklässlern.

Kenderschüler – Subbatrialer...

Unsere Lehrerin begleitete aber vor allem die Mädchen bis ins Feuerwehrhaus. Dort gab es einen Raum, in dem *Frau Grabert* den Mädchen Handarbeitsunterricht gegeben hat: Häkeln, Stricken, Strümpfe stopfen und sie zeigte ihren eifrigen Schülerinnen den Umgang mit der *Strickliesel* – und später das Nähen mit der Nähmaschine.

Vor wenigen Monaten rief mich die Schwester meiner ehemaligen Lehrerin an. Sie fragte mich, ob ich das Klassenbild haben wolle, das sich im Nachlass der Schwester befand. Ich verneinte, weil ich das gleiche Gruppenbild von damals *selbst* noch besäße. Hinterher habe ich es bedauert, das Angebot ausgeschlagen zu haben, denn neben dem Namen 'Rudolf Ehehalt', dessen Familiennamen die Schwester erkannte, (und den sie an- gerufen hatte), und der sie an mich verwiesen hatte- standen natürlich alle anderen Namen der Mitschüler auf der Rückseite des Bildchens. Ich hätte sie vermutlich den Kindergesichtern auch noch nach fünfzig Jahren zuordnen gekonnt. Schade.

Hinten ganz rechts: Gaby H., davor Wolfgang B. und Gilbert K., im weißen Hemd: `Kegel´ Thomas E.,daneben (mit schwarzer Bluse): Petra S. Vorne: Brigitte W., Inge .S., Annemarie B., Herta G.

Jahre zuvor hatte ich die Einladung zu einem Klassentreffen der ehemaligen Schüler und Schülerinnen der zusammengeworfenen Restklassen erhalten. Damals war daraus die Klasse Herrn M. entstanden – meine fünfte Klasse. Man traf sich in einem Wirtshaus in Lustnau. Unsere allererte Lehrerin ist dabei gewesen – in ihrem Aussehen fast unverändert.

Als sich die Klasse erneut zusammenfand – diesmal im `Waldhäuser Hof´ war Fräulein Vetter nicht mehr dabei.

Klasse4 in der Hölderlinschule

Hintere Reihe:Lehrer M., Willi Gugel, Jürgen H., Manfred V., Ferdinand P., ??, Klaus L., Wolfgang G., Klaus M., Rudolf E., Wolfgang B., Dieter E.,
3. Reihe: Peter P., Gilbert K., Werner S., Manfred H., Wilfried H., K.-H. S., Ute Z., Moni R., Renate K., Rosemarie S., Edith H.,
2. Reihe: Bärbel S., Renate W., Roswitha K., Annelise Jazak, Inge S., Hedi V., Inge B., Ilse R., Ingrid S., Bärbel W., Monika B., Margot R.,
Vordere Reihe: Thomas S., Jochen C., Rainer H., Reiner S., Willi W., Georg ?, `Kegel' Thomas E., Yussuf H.M.

Herrn M. mochte ich nicht! Obwohl er mir vielleicht sogar wohl gesonnener gewesen ist als den meisten anderen Buben, fürchtete ich mich vor den Schlägen, die er mit seinem berüchtigten, kurzen Stock häufig an uns ausgeteilt hat!

Er nannte mich stets nur *`Paules Bruder'!* Und ich hasste ihn alleine schon *dafür!*

Paul hatte bereits die beiden Schuljahre bei Maier hinter sich, als ich diesen strengen Mann zum Lehrer bekam.

So jung ich auch noch war: Ich wollte *Willi* sein – nicht der Bruder *von*, der Sohn *des* oder der *Was-weiß-ich* von *Wer-weiß-wem!*

Mutter konnte nichts dagegen machen! Obwohl ich weiß, dass sie es immer missbilligt hat, dass dieser Mann ihre Kinder schlug, fand sie kein Gehör während der gelegentlichen Elternabende, die zweimal im Jahr abgehalten wurden. Im Gegenteil: Die Kinder, deren Eltern Kritik geäußert haben an den teilweise recht rigiden Methoden der Lehrer – und Lehrerinnen! – hatten häufig die schmerzhaften Konsequenzen zu (er)tragen.
Frau S., Karl-Heinz´ Mutter vertrat die gleiche Meinung wie unsere Mama- es hat nichts genützt.

Ich vermute, dass die Eltern mit den Lehrmethoden des Lehrers meiner fünften Klasse eher einverstanden gewesen wären, als mit denen des prügelnden Vorgängers. Obwohl auch er ein gestrenger Klassenlehrer gewesen ist, der sich allerdings mit deutlich mehr als vierzig Schülerinnen und Schüler abzumühen hatte.......

Der Mensch Mutter

*Die Zwillinge
an ihrem 10. Geburtstag*

Ich weiß, wie Mutter aussah, gewiss, doch stützen sich meine Erinnerungen hauptsächlich auf Fotografien - und selbst davon gibt es nicht allzu viele. Ich weiß auch, dass ich sie lieb hatte, sogar mehr noch als meinen braunen Teddy *Robert! (Namensgeber meines `Roberts´ war übrigens der Braunbär im damaligen Tierpark neben dem Anlagensee)*

Die Oßwald-Zwillinge als Konfirmandinnen

Welches Kind würde schon sagen, es hätte seine Mutter nicht gerne! Ich weiß jedoch nichts zu sagen über ihren Charakter, über ihre Art mit Menschen umzugehen; ob sie eine gesellige Frau gewesen ist - ich vermute es – oder ob sie lieber in sich gekehrt lebte. War sie eine intelligente Frau oder ein Mensch, dem Bildung eher fremd war – oder hatte sie dazu nur keinen Zugang gefunden, weil ihr Leben zu arbeitsam gewesen ist. Ich weiß es tatsächlich nicht! Jedenfalls konnte sie auf der Mundharmonika spielen – freihändig sogar und in der Grätsche nach vorn gebeugt stehend, die Mundharmonika vor sich auf dem Boden liegend! Onkel Georg erwähnte dieses Detail in einem der vielen kleinen Aufsätzchen, die er zu seinen Lebzeiten verfasst hat, und die seine Tochter Margret zu einem Büchlein hat binden lassen.

Georg, Gretel und Anne bei der Arbeit

Als kleines Kind haben mich solche Fragen nicht berührt. Ich würde, wenn mich denn jemand danach gefragt hätte, ganz sicher nicht einmal *gewusst* haben, was man mit ʾCharakterʾ überhaupt meinen könnte.

Böse oder aggressiv ist Mutter bestimmt nicht gewesen, denn ich kann mich nicht erinnern, jemals von ihr geschlagen worden zu sein!

Das ist doch normal? Ganz gewiss nicht! Denn ein paar Klapse auf den Hintern oder eine gelegentliche Ohrfeige waren damals als erzieherische Maßnahme Gang und gäbe – und sie wurde in anderen Familien alles andere als selten angewandt!

Nicht so aber bei uns zu Hause! Ich glaube, dass unsere Mutter vielleicht deshalb mehr noch als Andere an uns Kindern hing, weil sie außer Vater und uns Dreien niemanden hatte, der ihr besonders nahe stand. Immerhin hatte sie, als sie mit ihrem Mann nach Tübingen gezogen ist, sich nicht nur von ihrer Familie, sondern auch von ihrer Zwillingsschwester Anne trennen müssen.

Ich vermute, dass die erste Zeit in Tübingen schwer für sie gewesen sein muss! Ich vermute auch, dass sie vor ihrer Heirat nur wenige Male – wenn überhaupt jemals – bei ihrem Schwiegervater in Tübingen gewesen ist. Selbst darüber, wo meine Eltern geheiratet haben, ob es ein Fest oder nur ein Verwaltungsakt auf dem Standesamt gewesen ist, weiß ich nichts. Ich kenne kein Hochzeitsbild meiner Eltern.

Vom Land in die Stadt zu ziehen war gewiss nicht angenehm – die Lebensumstände und die Wohnverhältnisse waren es womöglich noch weniger...... Im Hinblick auf die Prügelstrafe war Mutter für die damaligen Verhältnisse schon sehr fortschrittlich. Auch von Vater hatte es für mich keine 'Hiebe gesetzt', wenn ich wieder einmal *etwas angestellt*, falsch oder kaputt gemacht habe - oder frech gewesen bin! Niemals – mit einer Ausnahme allerdings!

Die ersten und die letzten Prügel

Ich hatte mich eines Tages hartnäckig und standhaft geweigert vom gekochten Sauerkraut auch nur eine einzige Gabel voll zu essen! Ich habe dieses saure und faserige Zeug noch nie gemocht - damals nicht und heute erst recht nicht! Egal, ob man es frisch zubereitet oder - wie bei Witwe Bolte - wieder aufgewärmt auf den Tisch gebracht hat! Für mich galt damals wie auch noch heute: Lieber *nichts* als *d a s!*

Ich kann mit Fug und Recht behaupten, dass ich als Kind im Alter von vielleicht acht oder neun Jahren das letzte Mal dieses angeblich in weiten Kreisen gerade der deutschen Bevölkerung so beliebte Gericht *genossen* habe! Das war *vor* den einzigen Schlägen gewesen, die mir Vater nach heißer und vermutlich sehr einseitig geführter Diskussion hat angedeihen lassen!

Den Backpfeifen sind vermutlich heftige, deutliche Worte vorausgegangen. Gleichwohl haben sie bei mir offensichtlich nicht gefruchtet, denn Vater packte mich schließlich recht unwirsch am Arm und zerrte mich widerspenstigen Bengel aus der Küche hinüber in mein kleines Kinderzimmerchen. Dort gab es dann doch noch eine 'Portion Saures' für mich – und das hatte ganz gewiss keine Fasern!

Ich kann mir vorstellen, dass die 'Prügel', die ich bezogen habe, meine Mutter mehr geschmerzt haben dürften, als mich.........

Dennoch und nochmals sei es in aller Deutlichkeit gesagt: **I c h   m a g   k e i n   S a u e r k r a u t !**

'Hexaheisle'

Die *Weihnachtsbreetla* allerdings aß ich umso lieber! *Kokosflogga, Butter-Essla, Ausstecherla, Zimtstern', Haselnussbreetla, Wanillbreetla* (manchmal gar mit *Fiasla*) - und *Läbbkuacha* mit Kunsthonig, *Oranschad*, Zitronat und Hirschhornsalz! Den zähen Teig wellte sie direkt im Backblech aus, um ihn im Rohr des neuen Herdes zu backen

Das musste Mutter gleich mehrmals wiederholen, denn nicht nur für uns zu Hause, sondern auch für gute Freunde und vor allen Anderen für ihre Familie in Lehr bastelte sie aus den Lebkuchenplatten – *Hexaheisla!*

Es sind Pfefferkuchenhäuschen gewesen nach dem Vorbild des Märchens von Hänsel und Gretel. Aus ausgesuchten Erdnüssen und buntem Papier bastelte sie die Gestalten und aus Watte den Rauch, der aus dem Kamin aufstieg. Die Fensterausschnitte wurden halbiert und als Klappläden mit Zuckerguss auf die Hauswände geklebt. Das Dach wurde ebenfalls mit Zuckerguss überzogen und sah aus wie mit Schnee bedeckt. Mit kleinen Schokoladenplätzchen, die mit winzigen bunten Zuckerperlen bestreut sind (die Plätzchen gibt es heute noch) verzierte Mutter das Ganze.

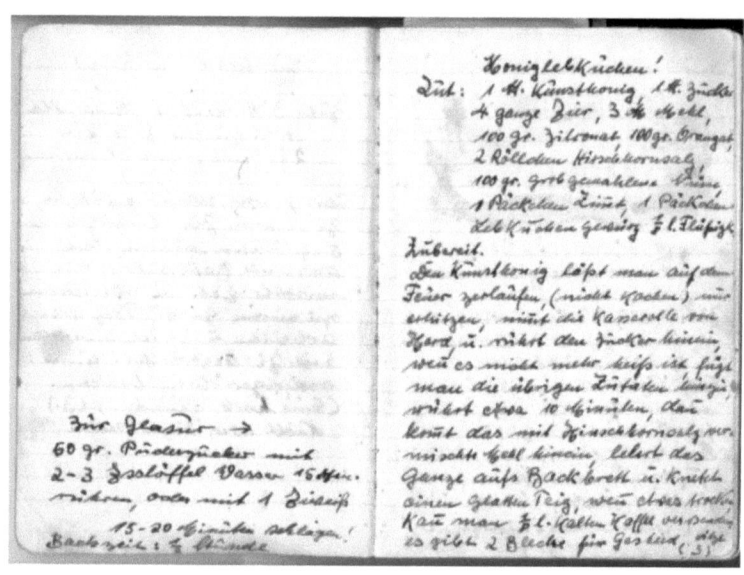

Lebkuchenrezept aus Mutters von Hand geschriebenem Kochbüchle

Fein säuberlich in einen nicht mehr gebrauchten Schuhkarton gepackt und gut mit Papier und Holzwolle ausgestopft wurde ein solches Paket nach Lehr geschickt – zu Oma, Onkel Georg und Tante Anne.

Die gestrenge Mutter

Streng ist Mutter zumindest *einmal* gewesen – zu Paul! Der kleine Hosenscheißer wollte nämlich partout nicht *sauber* werden! Und als er wieder einmal anstatt ins Töpfchen in die Hose gemacht hatte - die Windeln bestanden damals aus Baumwolltüchern, die nach jeder `Füllung´ von Hand gewaschen und zum Trocknen auf der Bühne aufgehängt werden mussten – reichte es Frau Gugel! Das Maß war mindestens so voll wie die Windel! Gretel Gugel hatte ja auch sonst nichts zu tun...

„*Wenn du es jetzt nicht v o r h e r sagst, dass du ein `A A´ musst´, dann kommst du zum Säule in den Stall hinein!*" hat sie angeblich gedroht!
Damals haben meine Eltern, wie an anderer Stelle bereits erwähnt, in einem dunklen Koben unter der Treppe ein Schwein gemästet.
Als Paul bei nächster Gelegenheit erneut breitbeinig vor seine Mutter hintrat - er hatte *wieder* nichts gesagt – machte Mutter ihre Drohung war: er landete prompt für ein paar Minuten hinter Schloss und Riegel! Dort war er mit dem Rüsseltier ihrer Meinung nach in guter, gleich gesinnter und gleich `duftender´ Gesellschaft......
Diese Geschichte kenne ich natürlich nur vom `Hörensagen´. Paul dürfte damals noch zu klein gewesen sein, um sich heute selbst daran erinnern zu können – und *mich* hat es damals - wenn überhaupt - noch nicht lange gegeben.
Paul hat´s geschafft – und ich offensichtlich ebenfalls! Und zwar ohne `Sau´ als Erziehungs(ge)hilfe!
Schwein gehabt...

Die erste Erinnerung

Meine allererste Erinnerung an den Beginn meines Lebens ist tatsächlich mit meiner Mutter verbunden.
Sie dauert nur wenige Sekunden!
Immerhin sehe ich mich von ihr hochgehoben und in den Kinderwagen gesetzt. Damals gab es ein `Geschirr´ aus zusammen genieteten Lederriemchen, das man den Kindern um das Oberkörperchen legte und dann mit zwei kleinen Karabinerhäkchen an den Seitenteilen des Wagens festmachte.

*Walter, Bärbel, Erika, Irmtraut, Willi, Eugen, Paul
Im Hintergrund: die Rathausgasse mit der Hausecke des `Löwen*

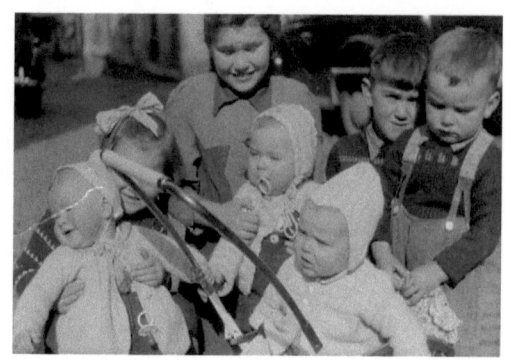

Damit sollte natürlich verhindert werden, dass der kleine Insasse nicht während des Spazierganges aufstehen und aus dem Wägelchen fallen könnte.

Diese kurze Szene spielte sich im Erdgeschossflur unseres Hauses in der Rathausgasse 13 ab.
An ein *noch* früheres Ereignis kann ich mich nicht mehr erinnern und ich habe keinen Anhaltspunkt dafür, wie alt ich damals gewesen bin. Auch nicht für das, als ich zusah, wie Vater sich auf sein Fahrrad geschwungen hat, das er für gewöhnlich hinter der Haustüre im Flur abgestellt hatte.
In dieser ebenfalls sehr weit zurück- reichenden Erinnerung trug er jedenfalls noch die langen schwarzen Lederstiefel, in die er seine Füße nur unter Zuhilfenahme zweier Haken und zweier Schlaufen hinein bekommen konnte, die man in die Stiefelschäfte genäht hatte.

Vor dem Haus neben der Rathausgasse Nr. 13

Das unauffällige Leben

In der Allee

Mein erster Impfschein
Ich bin gerade einmal ein Jahr alt

Vaters `Klamotten´

Vater trug über dem (von Mutter geschneiderten) Hemd stets eine schwarze Weste aus Cordsamt. In einem Täschchen hatte er immer eine Taschenuhr einstecken. Die dazu gehörende Uhrenkette prägte sein Erscheinungsbild mindestens genau so stark wie sein zerbeulter Hut, den er während der Arbeit getragen hat und die hochgekrempelten Hemdsärmel (eine Angewohnheit, die ich wohl von ihm übernommen habe
– auch ich kann Hemden mit zugeknöpften Manschetten

fast nicht ertragen!).
Im Täschchen auf der anderen Seite steckten Streichhölzer und ein Päckchen *Goldhut*-Zigaretten. Im Laufe der Jahre änderten sich die Marken. Sie hießen dann Reval, Kurmark und Ernte 23.

Vater mit seinen Mitarbeiter bei Kanalisationsarbeiten in der Tübinger Bursagasse

Später trug Vater unter seiner schwarzen Cordhose die deutlich bequemeren aber dennoch recht derben Stiefel, die ihm bis über die Knöchel reichten.
So angetan kannte ich meinen Vater eigentlich zeit seines Lebens. Außer in seiner Freizeit natürlich.

Auf dem Bild links sitzt Vater auf einer alten Seilwinde, die man einst im Freibad eingesetzt hatte. Die Aufnahme entstand auf der Baustelle in der Schwärzlocher Straße 69. Dort zog die Winde eine offene Aufzugsplattform nach oben.

Mutters Kleider

An Mutters Kleidung erinnere ich mich nur insofern, als dass ich sie niemals in Hosen gesehen habe. Mutter trug Blusen und Röcke oder Kleider. Frauen in langen oder gar in kurzen Hosen konnte man in meiner Jugendzeit bestenfalls im Kino sehen. Mutter ist im Hinblick darauf also keine Ausnahme gewesen. Lieselotte allerdings scherte sich um derartige Ansichten keineswegs. Sie trug schon damals lange Hosen – mit *seitlichem* Reisverschluss, versteht sich...

Im Gesangsverein mitgesungen hat Mutter wohl nicht. Vermutlich wollte sie uns Kinder abends nicht alleine lassen. Doch bei den offiziellen Veranstaltungen des *"Weingärtner Liederkranzes"* war sie immer mit von der Partie – sei es an den Stiftungsfesten, den Jahresausflügen oder an sonstigen Feierlichkeiten.

Die Bertonas

Ich bin mir nicht ganz sicher, dennoch glaube ich, dass die erste Partnerschaft, die die Stadt Tübingen mit einer anderen Stadt eingegangen ist, die mit *Monthey* war, einer kleinen Stadt im Schweizer Kanton Wallis, unweit des Genfer Sees gelegen. Nach dieser Stadt ist im Übrigen der Platz mit dem Uhland-Denkmal benannt, den man mit einer großen Feierlichkeit so getauft hat: Platz der Stadt *Monthey*.
Ich denke, dass diese Verbindung im Jahre 1959 geknüpft wurde. Im Zusammenhang mit dieser Städtepartnerschaft ergaben sich gegenseitige Besuche von Menschen in oder aus der Schweiz. Die Stadtverwaltung hatte deshalb bereits mehrmals darauf vertraut, dass die

Tübinger ihren Freunden aus der Eidgenossenschaft Quartier in ihren Häusern anboten – vor allem waren *die* Menschen angesprochen worden, die in irgendwelchen Vereinen organisiert gewesen sind. Zum Beispiel in einem Gesangverein. So kam es, dass eines Tages im Hause Gugel zwei Musiker aus *Monthey* beherbergt wurden. Es war William, ein Trommler, und ein gemütlich wirkender Trompeter namens *Louis Bertona*. Dieser kleine, lustige Mann, der kein Wort deutsch verstand, verstand sich dafür umso besser mit meinen Eltern und es entstand eine Freundschaft, die sich über viele Jahre hinweg

Nur wenige Monate später trugen Paul und ich an den Ärmeln unserer ersten Jacketts schwarze Trauerbänder.

Unsere Eltern hatten uns anlässlich des Besuches aus dem Wallis im Bekleidungshaus Tressel in der Kronenstraße neu eingekleidet. Hinter mir : Clothilde Bertona

erhalten sollte.
Zunächst besuchte Louis uns noch einmal alleine in Tübingen, als es hier erneut ein organisiertes Treffen gab, und Vater reiste mit dem Verein ebenfalls mindestens einmal ins Tal der Rhône. Eines Tages brachte Louis seine Frau *Clothilde* mit nach Tübingen.

Das war in jenem Sommer des Jahres 1961 gewesen, in dem in Berlin
die Situation zu eskalieren drohte, und die dann schlussendlich zum Mauerbau geführt hat.

*Mutter, Paul und Clothilde
vor der Abreise der Bertonas*

Meine Eltern sind durch die damaligen Geschehnisse sehr bedrückt und wohl auch verängstigt gewesen. Sie konnten es nicht fassen, dass die beiden *Bertonas* spontan erklärten, dass, sollten sich die politischen Verhältnisse noch weiter verschlechtern oder zuspitzen, die Familie Gugel selbstverständlich in *Monthey* willkommen sein würde!

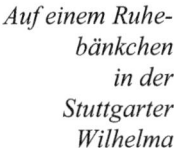
*Auf einem Ruhebänkchen
in der
Stuttgarter
Wilhelma*

Die kleine Ausflugsfahrt nach Stuttgart in die Wilhelma, zur Weissenhof-Siedlung und zum erst vor wenigen Jahren fertiggestellten Fernsehturm, die meine Familie mit den beiden *Bertonas* unternahmen, war wohl die letzte, die Mutter erleben durfte. Es war im Frühjahr 1962 gewesen.

Mutters Tod

Es macht keinen Sinn danach zu fragen, weshalb Mutters Leben nur so kurz hatte dauern dürfen und was gewesen wäre, hätte sie nicht so früh sterben müssen. Dennoch ist der Wunsch gelegentlich übermächtig gewesen, genau darauf eine Antwort zu erhalten. Doch wer hätte die geben können?

„Warum gerade *unsere* Mutter – und warum *jetzt*?"
Vater wusste die Antwort nicht und auch nicht all unsere Onkels und Tanten. Nicht die Menschen in der Nachbarschaft und auch nicht die Ärzte in der Klinik. Die kannten nur die medizinischen Befunde und die Argumente, die dafür sprachen, dass Mutters Krankheit zu ihrem Tod führen würde.
Mutter starb an Krebs.
Doch warum hatte ausgerechnet *sie* diesen `Krebs´ bekommen müssen? Eine Mutter mit drei kleinen Kindern! Ich hätte `Mama´ doch noch gebraucht, mit elf Jahren!
Ich wollte nicht begreifen, warum das hatte geschehen müssen.
Ich hatte schon nicht begriffen, was das zu bedeuten gehabt hatte, als eines Tages Vater mit meinen Verwandten in der Küche saß. Alle hatten sie ernste Mienen getragen, und die Sache schien mir irgendwie unheimlich zu sein.
Paul und ich standen neben dem Ausguss. Uns war `mulmig´ zumute, und wir spürten deutlich, dass etwas Wichtiges vor sich ging.

Man hatte uns gerufen, und nun wussten wir nicht, worüber die Tanten und Vater so ernsthaft miteinander sprachen. Jedenfalls war die Stimmung bedrückend gewesen und ich weiß noch, dass ich eine lustige und gerade deshalb für Vater wohl so schmerzlich unpassende Bemerkung gemacht habe, als dieser sich nach langem Zögern und ganz sicher schweren, schweren Herzens dazu durchgerungen hatte, uns mit der schrecklichen Wahrheit zu konfrontieren und uns damit wohl das denkbar Furchtbarste beizubringen, das ein Vater seinen Kindern überhaupt je beizubringen hat!

Ich weiß nicht mehr, wie Vater begonnen hat und was er bereits angedeutet hatte, als ich diese verhängnisvolle Bemerkung machte. Bestimmt hatte man uns nur die halbe Wahrheit gesagt.
Man schickte uns zwei Buben danach jedenfalls wieder aus der Küche. Vermutlich hatte Vater nicht die Kraft besessen, noch einmal zu versuchen, seinen Kindern zu erklären, dass ihre Mutter würde sterben müssen!
Ich kann mir denken, dass er sogar froh darüber gewesen ist, dass ich so kindlich ʹdummʹ reagiert hatte, denn dadurch hatte er Zeit gewonnen und die Gelegenheit erhalten, noch einmal anzufangen.
Vielleicht hatte er aber auch erkannt, dass es unmöglich ist, einem Elfjährigen zu erklären, was er selbst nicht begreifen konnte!
Alle dachten sie vermutlich so, denn von der Verwandtschaft hatte gleichfalls niemand den Versuch unternommen, in dieser so schwerwiegenden ʹSacheʹ unseren Vater zu unterstützen. Ihnen fehlte dazu genau so der Mut wie ihm.
In den nächsten Tagen sprach niemand auch nur *ein* Wort, das den Zustand unserer Mutter betraf.

Ich weiß, dass ich mich sehr unwohl gefühlt habe, als ich mit Paul im Kinderzimmer auf unseren Betten saß. Ich schämte mich, weil ich offensichtlich irgendetwas falsch gemacht, etwas Falsches gesagt hatte, ohne jedoch zu wissen, was das gewesen sein könnte. Ich hatte einfach nicht verstanden, worum es eigentlich ging, bei dieser so ungewöhnlichen Zusammenkunft in der Küche.

Mutter lag zu diesem Zeitpunkt in der Klinik.
Das war nichts *so* Ungewöhnliches, denn das hatte sie in den vergangenen Jahren schon mehrfach gemusst. Das ist zwar nicht gerade eine sehr schöne Zeit für uns Kinder gewesen, denn in diesen Tagen kümmerte sich die Tante um uns – und ihr Essen konnte sich mit dem, das unsere Mutter kochte, nicht messen. Doch man hatte diese Zeit nun einmal zu ertragen gehabt. Sie würde ja vorübergehen – wie immer.
Dieses Mal allerdings lag Mutter wieder im großen Hauptgebäude der Universitätsklinik in der Liebermeisterstraße.
Als sie damals zum bisher vorletzten Male im Krankenhaus gelegen hatte, war sie im so genannten ʻHäusleʼ untergebracht worden, einem etwas abseits und unterhalb der Frauenklinik gelegenen Gebäude, das im Ruf gestanden hat, gewissermaßen, als Endstation für unheilbar Kranke zu dienen!
Was offensichtlich nicht stimmte. Jedenfalls hat Mutter das eines Tages *so* zu Vater gesagt, als wir sie an einem Sonntagnachmittag gemeinsam besucht haben.
Ich vermute, dass Mutter schon viel früher geahnt oder gar gewusst hatte, wie es um sie stand. Vielleicht hat sie ihre Krankheit unterschätzt.
Vielleicht hat sie sich deshalb nicht so oft untersuchen lassen, wie es notwendigerweise hätte geschehen müssen.

Vielleicht wollte sie auch nur nicht ihre kleine `Biabla´ so oft alleine lassen...
Auch das ist eine Frage, auf die es keine Antwort gibt.

Mutters `Biabla vor der Rathausgasse 13
Das Ziegenhaus mit der   Nummer 11 war bereits abgebrochen

Vater legte an diesem Ferientag jedenfalls großen Wert darauf, dass seine beiden Jungs zuerst ihre Mutter im Krankenhaus besuchten bevor sie mit ihren Freunden Jochen Nisslein und Gerd Keckeisen ins Freibad gehen durften. Paul macht sich noch heute Vorwürfe, weil er so ungeduldig war, als wir vor Mutters Krankenbett gestanden haben. Er wollte seine Freunde doch nicht warten lassen.
Wir konnten beide ja nicht wissen, dass es soeben das letzte Mal gewesen sein sollte, dass wir unsere Mutter lebend gesehen haben!

Noch viele Jahre nach Mutters Tod habe ich von dieser Szene immer wieder geträumt. Es kommt selbst heute gelegentlich noch vor - nach fast fünfzig Jahren! -, dass ich mich wieder an ihrem Krankenbett stehen sehe.........
Ich habe mich immer wieder gefragt, ob Mutter es geahnt oder gar gewusst hat, dass es auch für sie das letzte Mal gewesen ist, als sie ihre beiden Bübchen zum Abschied umarmte und über ihre Köpfe gestrichen hat.

Was wäre, wenn sie wirklich *gewusst* hätte, dass ihr Leben nur noch in Stunden gemessen wurde? Mit welchen Gefühlen hätte sie uns nachgesehen, als wir von ihrem Bett zur Tür gelaufen sind, um möglichst schnell ins Freibad zu kommen? Wie hätte sie den Augenblick ertragen können, als die Türe hinter ihren kleinen Söhnchen zugefallen ist?
Wie hätten auch die anderen Damen, zum Beispiel die vornehme alte Frau Guoth und die Frau des Malermeisters Kronmüller aus der Burgsteige, die mit Mutter im gleichen Zimmer gelegen haben, reagiert, wenn sie gewusst hätten.........
Ich will hoffen, dass unsere Mutter wenigstens zu diesem Zeitpunkt *nicht* wusste, wie schnell ihre Zeit schon um sein würde!

In der Nacht vom 6. auf den 7. August 1962 ist sie gestorben.

Die letzten Bilder meiner Mutter, vermutlich 1961 und 1962 in Stuttgart

Paul und ich lagen in unseren Betten im Kinderzimmer und schliefen. Doch das laute Schluchzen und Weinen unserer Schwester Bärbel riss uns aus dem Schlaf. Wir vernahmen das leise, verhaltene Sprechen unseres Vaters. Wir hörten auch seine ungewöhnlich zitternde Stimme, der man anmerken konnte, dass nicht nur Unsicherheit und Angst, sondern Trauer und großer Schmerz in ihr mitschwangen. Vater hatte Bärbel geweckt und sie gebeten, sich anzuziehen. Wir konnten hören, wie sich die Wohnzimmertüre leise schloss – danach war alles wieder ruhig gewesen. Den Schicksalshauch, der vielleicht durchs Zimmer geweht ist, haben wir nicht gespürt.
Paul und ich schliefen weiter.

Am darauffolgenden Morgen erwarteten völlig überraschend Tante Liesel und Onkel Willi uns beide am Frühstückstisch, und es dauerte nicht lange, bis Papa und Bärbel aus dem Krankenhaus zurückkamen und uns sagten, dass wir nun keine Mutter mehr haben!

        Diesmal hatte ich begriffen..............

Plötzlich gesagt zu bekommen, dass man nun keine Mutter mehr haben würde, dass man ab jetzt ohne den Menschen weiterleben müsste, den man gerade als Kind am meisten geliebt hat, ist eine so ungeheuerliche Botschaft, dass sie jeden Menschen bis ins tiefste Innerste treffen muss, und die ihn sein Leben lang begleiten wird. Sie wird unauslöschliche Spuren auf der Seele hinterlassen und ich habe am eigenen Leib erfahren, dass sie mich bis heute nicht losgelassen hat. Sie brennt noch immer in mir, als eine beängstigende, ja schreckenerregende Vorstellung, die mich noch immer unablässig verfolgt.
Damals, als ich ein kleiner elfjähriger Bub gewesen bin, nahm ich diese furchtbare Nachricht nicht nur als einen ungeheuren Schrecken wahr. Nein, ich fühlte mich verlassen, unendlich alleine gelassen. Und ich hatte Angst vor jedem Tag, der nun kommen würde. Ohne meine Mutter fühlte ich mich völlig hilflos. Und schon als kleiner Junge fühlte ich mich andern Menschen ausgeliefert. Ich war angewiesen auf die Hilfe von anderen Menschen, das spürte ich schon damals, am 7. 8. 1962.

Der Verlust

Wie sehr uns Mutter fehlte, stellte sich schnell heraus!
Unser aller Leben war wie auf den Kopf gestellt!
Die ersten Tage nach Mamas Tod müssen furchtbar gewesen sein! Vor allem natürlich für unseren Papa und Bärbel!
Beide müssen tief traumatisiert gewesen sein von den letzten Stunden, die sie an Mutters Bett zugebracht hatten.
Wie groß die Belastung für Mama selbst gewesen sein musste, den Mann und die Kinder zurücklassen zu müssen, kann man nur ahnen – und auch wie schwer es für Bärbel und unseren Vater gewesen sein musste, den letzten Worten Mutters zu lauschen......... Seine Welt war aus den Fugen geraten.
 Trotzdem hatten die beiden jetzt alles zu erledigen, was mit der Beisetzung in Zusammenhang stand! Obendrein musste sich jemand um Paul und mich kümmern; ich war elf, Paul dreizehn Jahre alt. Ich erschrecke immer wieder - auch heute noch - wenn ich ein Kind im Alter von elf Jahren sehe! Es erinnert mich jedes Mal aufs Neue daran *wie sehr* Kind man in diesem Alter doch noch ist und auch *wie sehr* man seine Mutter
da noch nötig hat!
Wenigstens sind Schulferien gewesen, die großen Sommerferien! Das bedeutete, dass wir ein paar Wochen lang Gelegenheit hatten, uns auf die Begegnung mit unseren Mitschülern vorzubereiten.

*Bärbel Poesiealbum mit Mutters Eintragung
Sie hat es am 1. April 1956 angelegt*

Mutters Beerdigung

Die Beerdigung war schier unerträglich!
Sie ist noch bis heute das Schlimmste, was ich bisher erleben musste!
Vaters Gesangverein stand fast vollzählig vor der kleinen Kapelle und stimmte die traurigsten Lieder an, die es für mich je gegeben hat.

Diese Büste werde ich niemals im Leben vergessen

„Heilig, heilig, heilig. Heilig ist der Herr.
Heilig, heilig, heilig. Heilig ist nur er........"

Gut ein halbes Hundert Männer und Frauen sang Mutter zu Ehren das berühmte ʾ*Halleluja*ʾ, das sie so gerne gehört hatte.

Von dem Aussegnungsgottesdienst fehlt mir jegliche Erinnerung. Umso deutlicher sehe ich das geneigte, dornengekrönte Haupt der Büste Jesu, das auf mich von der Säule eines Grabmals heruntersah, während ein paar Männer an Seilen den Sarg in die Grube senkten. Das Grabmal mit der Säule liegt der Grabstelle unsrer Eltern gegenüber. Ich fragte dieses steinerne Gesicht während der Trauerrede des Pfarrers immer wieder, weshalb es mir meine Mutter weggenommen hat. Warum hat er mich so jung schon auf diesen Kreuzweg geschickt? Das steinerne Antlitz blieb bis heute stumm.........

Erst vor wenigen Tagen stellte ich überrascht fest, dass ich i h m die gleiche Frage immer noch stellte, als ich zum letzten Male vor dem Grabstein meiner Eltern stand...

Wie viele Menschen uns an sich gedrückt oder uns die Hand gereicht haben, weiß ich nicht mehr. Doch dass alle ausnahmslos geweint haben, weiß ich sicher – auch die Männer.

Der anschließende ʾLeichenschmausʾ fand im ʾ*Pflügle*ʾ statt, der Wirtschaft ʾZum Pflugʾ also. Emma Kempf, eine Verwandte Tante Maries war dort die Wirtin. Ganz besonders unverständlich war für mich gewesen, dass die Menschen während des Kaffeetrinkens lachen konnten. Ich war mir sicher, dass ich das in meinem ganzen Leben nie mehr würde tun können...

Mutters Todesanzeige im Schwäbischen Tagblatt

> Tübingen, 7. August 1962
> Rathausgasse 13
>
> Meine treue Lebensgefährtin, unsere liebe Mutter
>
> **Gretel Gugel**
> geb. Oswald
>
> ist heute nach schwerer Krankheit unerwartet sanft entschlafen.
>
> Paul Gugel
> mit Kindern
>
> Beisetzung: Freitag, 10. August 1962, 13 Uhr, Stadtfriedhof

Viele Jahre konnte ich die Kapelle auf dem Stadtfriedhof nicht betreten! Ich *konnte* es einfach nicht! Ich konnte selbst den steilen Weg, der vor den fünf kleinen Totenkammern hinaufführt, nicht gehen, weil ich den Anblick des Fensterchens nicht ertragen konnte, hinter dem Mutter in ihrem Sarg aufgebahrt gelegen hatte. Als das zweite von links wird es mir immer in Erinnerung bleiben – auch deshalb, weil es das einzige gewesen ist, dessen Rahmen nicht wie die anderen drei grau gestrichen, sondern natur belassen war.

Noch bis heute glaube ich den kühlen Duft der Blumen und Kränze wahrnehmen zu können, den diese verströmten, als wir Kinder mit unserem Vater in diesem winzigen und trotz des herrschenden Sommers kalten Räumchen am Sarg standen, um von Mutter zum letzten Male Abschied zu nehmen.

Der allerschlimmste Moment für mich war der, als sich der Deckel über Mutters totem Körper schloss und die städtischen Sargträger die Messingschrauben, die wie

Schlüssel ausgesehen haben, zudrehen! Diese gnadenlose Endgültigkeit, die sich in dieser Handlung zeigte, schnürte mir die Kehle zu und lies mich völlig verzweifeln!

Ich kann solche Augenblicke noch heute nur mit größtem Widerwillen akzeptieren!
Es fällt mir seit damals nach wie vor unglaublich schwer, selbst offensichtlich unabänderliche Tatsachen hinzunehmen – egal worum es sich dabei handelt. Auch wenn etwas wirklich unumstößlich zu sein scheint – ich hoffe beharrlich auf einen Ausweg.

Das Grab

der Grabstein des elterlichen Grabes

Vor wenigen Monaten wurde das Grab meiner Eltern aufgelassen. Es war von 1962 an bis 2008 ein Ort des stillen Andenkens gewesen – bis zwanzig Jahre nach Vaters Tod.
Diesen Ort zu besuchen gehörte - wie so vieles andere auch - zu den Selbstverständlichkeiten unseres Lebens. Auch zu dem Leben unserer Kinder.
Die Stelle, an der meine Eltern begraben liegen - vor der ihre Kinder fast über die Dauer eines halben Jahrhunderts innere Einkehr gehalten haben - ist nun wüst und leer und ahnungslose Menschen trampeln achtlos darüber hinweg.
Ich kann diesen Anblick schier nicht ertragen!

Bärbel hatte nun unseren Haushalt zu führen! Sie hatte die Realschule verlassen müssen, um ihre Brüder und ihren Vater versorgen zu können.

Auch wenn sich für unsere Mutter im Laufe der vergangenen Jahre manche Erleichterung ergeben hatte - für ein sechzehnjähriges Mädchen war die Aufgabe einen Haushalt zu führen auf Dauer nicht zu lösen!

Zu viel Arbeit war zu erledigen gewesen. *Zu* viele Entscheidungen galt es zu treffen, die Bärbel schlicht überforderten: Mein Schulwechsel stand an, ich musste dazu angehalten werden, meine Zahnspange zu tragen, die ich in der Zahnklinik angepasst bekommen hatte, nachdem man in der Schule während einer zahnärztlichen Untersuchung festgestellt hatte, dass es mit meinen Zähnen nicht zum Besten stand; *jemand* musste sich um meine Schulaufgaben kümmern. *Jemand* musste mit uns Schuhe und Kleidung einkaufen. *Jemand* musste nach den beiden Jungs sehen, damit die nichts Schlimmes anstellen konnten. *Jemand* musste sich um unseren niedergeschlagenen Vater kümmern und ihm das Gefühl geben, dass daheim alles in Ordnung sei, so wie es ist....... Jemand. Es war natürlich Bärbel, die dies alles nun bewältigen musste.

Tausend Dinge gab es zu tun, die sie unmöglich alle zu erledigen in der Lage sein konnte. Natürlich wurden etliche Aufgaben uns Buben übertragen: Abwechselnd mussten Paul und ich die `Stiege hinunter kehren´; einmal spülte ich das Geschirr ab und dann wieder war es Paul, der dies erledigte. Mit dem Abtrocknen verhielt es sich genau so. Und mit dem Wäscheaufhängen, und mit dem Einkaufen, und mit dem Schuhe putzen...

Ob die gelegentlich von den Tanten geäußerte Kritik an dem, was unsere Schwester tat – oder nicht tat – immer gerechtfertigt oder hilfreich war, darf ganz bestimmt angezweifelt werden!

Außerdem darf man nicht vergessen, dass Bärbel nicht nur unsere Schwester gewesen ist, sondern gleichzeitig ein *Backfisch,* eine allmählich heran wachsende, *er*wachsen werdende junge Frau mit eigenen Interessen...
Bärbel hatte einfach nicht die Zeit, sich so um mich zu kümmern, dass ich die unzähligen alltäglichen Dinge lernen konnte, die sich im Zusammenwirken mit einer Mutter normalerweise fast spielerisch und wie selbstverständlich ergeben hätten.
So saß ich zum Beispiel eines Wintertages von 14°° Uhr an im Wartezimmer der Zahnklinik.
Es verging eine Stunde nach der anderen. Längst hatte ich alle Bücher durchgeblättert oder gelesen, die auf einem Tisch lagen. `Hänschen im Blaubeerwald´, `Das Sportfest im Walde´, sämtliche Comicsbücher von `Vater und Sohn´, von `Globi´, von `Pucki´, das Buch mit den ausgestanzten Löchern in den dicken Kartonseiten, aus denen an stets wechselndem Platz ein Pferd heraus schaute – ich konnte sie nicht mehr sehen. Auch nicht die Micky Maus–sammelbände, die ich selbst schon in *Hans Merks* Leihbücherei in der *Collegiumsgasse* für 15 Pfennige die Woche ausgeborgt hatte und auch die gezeichneten spannend-lustigen Nick Knatterton – Geschichten Wolf Schmitts konnten mich über die quälend langsam vergehende Zeit unterhalten.
Immer wieder kamen Mütter mit ihren Zöglingen und wurden in die Behandlungszimmer gebeten. Ständig kamen andere Kinder und wurden dran genommen – nur ich nicht! Ich wusste einfach nicht, wann die Reihe an mir gewesen wäre. Niemand hatte mir beigebracht, worauf ich zu achten gehabt hätte. Hat man mich gefragt, ob nun nicht ich an der Reihe gewesen wäre, dann habe ich wohl nur mit den Schultern gezuckt – und weiter gewartet.

Erst als außer mir wirklich niemand mehr im Wartezimmer saß und längst schon das elektrische Licht eingeschaltet worden war, kam ein dunkelhäutiger Mann aus einer Türe und sagte zu mir, dass nun niemand mehr behandelt werden würde. Weshalb ich denn immer noch da wäre, und auf wen ich denn warten würde?
Als ich endlich unverrichteter Dinge heimgehen wollte, brannte auf den Fluren und im Treppenhaus nicht einmal mehr das Licht. Der Hausmeister, der zufällig aus dem Keller heraufgekommen ist, musste die Tür zur *Bursagasse* wieder aufschließen...
Mit Mutter wäre so etwas nicht passiert.
Als ich damals weit nach 18^{00} Uhr unverrichteter Dinge nach Hause kam, schämte ich mich zuzugeben, dass ich überhaupt nicht behandelt worden bin.
Einen neuen Termin hatte ich natürlich auch nicht bekommen, und als dann viele Wochen später eine Erinnerung ins Haus geflattert kam, wusste Bärbel überhaupt nicht, wovon darin eigentlich die Rede war! Ich wollte keinen neuen Termin mehr haben und warf die blöden Zahnspangen einfach weg! Niemand hatte mir nämlich bis dahin erklärt, wozu diese lästigen Dinger überhaupt nütze gewesen sind. *Zahnregulierung. Prothese.* Was sollte das denn sein?
Wie lange meine Mutter mich gestillt habe, hatte der schwarze Mann mich gefragt. Er wollte wohl die Gelegenheit nützen, seinen für eine Studienarbeit ausgearbeiteten Fragebogen ausgefüllt zu bekommen. Ich erinnere mich noch genau an diese eine Frage und auch daran, dass ich bis über die Ohren errötet bin.
Dieser Zustand konnte so nicht lange bleiben...

Die fünfte Klasse in der Hölderlin-Schule

Natürlich wussten alle Schüler meiner Klasse in der Hölderlinschule, dass ich meine Mutter verloren hatte. Das war schon schlimm genug! Als ähnlich schlimm empfand ich aber, dass ich nun von Menschen, die nicht unbedingt meinem engeren Bekanntenkreis angehörten, zum Beispiel zu Geburtstagsfeiern eingeladen wurde, an denen ich ohne diesen Schicksalsschlag wohl niemals hätte teilnehmen dürfen. Das störte mich! Ich fühlte mich irgendwie vorgeführt, ausgestellt, angegafft.

Geburtstagsparty bei Thomas `Kegel´ Egan

Thomas Egan – man nannte den Buben nur `Kegel´ - wohnte auf dem `Sand´. In der fünften Klasse saß er zwar neben mir in der Bank, in den Klassen zuvor hatten wir beide allerdings nur geringen Kontakt zueinander gehabt.
Thommis Mutter hatte mich überraschend zu seiner Geburtstagsparty eingeladen!

Ich war noch nie zuvor gebeten worden, an solch einem Fest teilzunehmen und hatte deshalb keine Ahnung davon, wie man sich dabei benimmt, was man mitbringt, was man tut, was man nicht tut, was man sagt. Ich wäre viel lieber daheimgeblieben! Doch Bärbel meinte, ich müsse unbedingt dort hingehen.

Ich machte mich nur widerstrebend auf den weiten Weg. Zu Fuß natürlich, denn ein Fahrrad besaß ich nicht, und wie die Sache mit dem Busfahren funktionierte, hatte mir noch niemand gezeigt.

Immerhin wusste ich, wo der Amselweg zu finden war – in der *Wildermuth-Siedlung* auf dem ʿSandʿ nämlich. Das ist ein Neubaugebiet, welches in unmittelbarer Nähe des Versorgungskrankenhauses geplant und gebaut worden ist, und das seine Entstehung einem Wohnungsbauprogramm der Nachkriegszeit verdankt. Es besteht noch heute fast ausschließlich aus Reihenhäuschen und liegt auf einem Bergrücken zwischen Lustnau und Waldhausen.

Wie ich dort hingelangen konnte, war mir bekannt. Ich bin zuvor bereits mehrmals mit Karl-Heinz auf dieser Höhe gewesen, um zusammen mit *Jürgen H.* in einer Schlucht unterhalb des damaligen Exerzierplatzes zu spielen und nebenbei Hunderte leer geschossene Patronenhülsen aus französischen Gewehren einzusammeln. Das Gelände des ʿExeʿ wiederum erstreckte sich über das Gebiet, auf dem sich inzwischen ein ganzer Stadtteil entwickelt hat: Waldhäuser Ost.

Ich fühlte mich nicht wohl bei dieser Geburtstagsfeier, obwohl ich die meisten Kinder kannte, die sich im großen Wohnzimmer versammelt hatten. Neben Thommis Bruder Patrick und deren großer Schwester Evelyn(?) nahmen Jürgen, Ute, Anneliese Jazak und Karin an der Party teil. Die ersten drei besuchten jetzt bereits das Gymnasium, was mich als zu dumm dafür aussehen ließ. Karin verunsicherte mich, weil ich sie erst seit wenigen Tagen kannte und nicht wusste, wie ich mich diesem Mädchen gegenüber verhalten sollte. Alles hier war so ganz anders, als das, was ich gewohnt war – drinnen wie draußen.

Vor dem Haus gab es Wiesen, Licht und viel freien Platz zum Spielen - statt Misthaufen und verschattete Altstadtgassenenge! Thommis Haus war neu, die Möbel hatten völlig andere Formen aus als die Tische, Schränke und

Stühle bei uns zu Hause; alles war hell und freundlich - auch die Menschen.

Thommi klimperte auf dem Klavier (!) den 'Flohwalzer' und forderte mich auf, es ihm nachzutun.

Alle waren fröhlich - nur ich nicht!

Ich traute mich nicht zu fragen, ob ich dies oder das zu essen oder zu trinken bekommen könnte, obwohl ich Vieles gerne gehabt oder versucht hätte. Ich schämte mich, weil ich nicht so schicke Kleider anhaben konnte wie die anderen; in meiner Hose hatte schon mein Bruder Paul gesteckt! Statt eines Gürtels, wie die anderen Buben trug ich Hosenträger (!) mit Clipsen; mein grau-grünes Trachten-Jankerchen war von meiner Mutter selbst auf der *Knittax* gestrickt und auch mein Hemd ist von ihren Händen genäht worden. Thommis Vater war als Handelsvertreter für die Tübinger Fa." Ackel" unterwegs, einem Hersteller für Herrenhemden(!) in der Schaffhauser Straße... *Kegel* spielte völlig unbefangen mit den Mädchen, die ich mich höchstens anzusehen nicht aber anzusprechen getraut habe. Vor allem nicht *Karin* ... Alle redeten *nach der Schrift!*

Ich hingegen genierte mich, weil ich nur die Sprache der Altstadt beherrschte und sagte deshalb lieber überhaupt nichts - was die anderen dann prompt wiederum meiner

vermeintlichen Traurigkeit zugeschrieben haben.
Es ist wahr: in diesen ersten Wochen und Monaten nach dem Tod Mutters prägten Trauer, Melancholie, Verunsicherung und Schüchternheit mein Wesen.
Thommi erzählte freudestrahlend vom Urlaub am blauen Mittelmeer in Italien, von der *Adria*(?) und vom sonnigen Strand!
Ich hatte nicht einmal gewusst, dass das Meer `in´ Italien unterschiedliche Namen hatte. *Riviera, Lagune von Venedig...*
Die größten Ansammlungen Wassers, die *ich* kannte, war die Füllung im Trog des Marktbrunnens, die braune Lache im Anlagensee, die Ammer und die träge fließenden Fluten des Neckars......... und das war noch nicht einmal Salzwasser.
Ich spürte zum ersten Male deutlich, in welch ärmlichen Verhältnissen ich eigentlich lebte!

Karin und Thomas

Um halb fünf müsste ich wieder zu Hause sein, log ich, denn Bärbel hatte keine Uhrzeit genannt, als sie mich losgeschickt hatte. Es hätte auch keinen Sinn gehabt, denn ich besaß damals natürlich auch keine Uhr! Also schätzte ich einfach die Zeit und hoffte, dass ich nicht mehr allzu lange bleiben musste.
Mit dem Bus nach Hause fahren konnte ich nicht. Vermutlich hatte Bärbel mir kein Fahrgeld mitgegeben – wozu auch, denn ich kannte mich nicht aus mit Fahrplänen und Haltestellen. Ich hätte außerdem nicht gewusst, in welche `Linie´ ich hätte einsteigen müssen, oder was damit überhaupt gemeint war.
Die `Sandkinder´ fuhren natürlich *schon immer* mit dem Bus zur Schule und trugen alleine schon deswegen

selbstverständlich alle eine eigene Uhr am Handgelenk. Ich hingegen richtete mich an jedem Tag nach dem Geläut der Spitalkirche oder nach den viertelstündlichen Glockenschlägen des Bürgerheimglöckleins. Oder ich fragte jemanden wenn ich wissen wollte, wie spät es ist.

Die Frage nach der Uhrzeit hätte übrigens folgendermaßen lauten können (jedenfalls wird dies von jemandem berichtet, der es *so* gehört haben wollte): *„Kennet Se mir s'Kelerettle gäba?"*

Dieser Ausdruck gemahnte zunächst stark an ein Skelett, das der Befragte aber gerade nicht dabei hatte (außer dem eigenen und das war ihm verständlicherweise nicht zugänglich). Es stellte sich indes heraus, dass es sich bei dieser Frage um einen Brocken eingeschwäbelten Französischs handelte! Aus dem *„quel heure est-il?"* hatte sich die Frage nach der Zeit in einer Form erhalten, die das *„il"* durch das mundartgerechte Suffix *„le"* ersetzt hatte...

Kegels Fahrrad

Weil mich Frau Egan nicht zu Fuß nach Hause laufen lassen wollte, überredete sie ihren Thomas, mir sein rotes Jugendrennrad zu leihen (insgeheim bin ich froh gewesen, dass ich wenigstens bereits gelernt hatte, Rad zu fahren!).
Überglücklich und stolz radelte ich heim.
Thommis Mutter hatte mir am Ende der Feier -ohne es zu wissen- einen Traum erfüllt! Einmal auf einem solchen nagelneuen Rad zu fahren, nämlich! Mit Gangschaltung! Ich genoss diese Fahrt sehr – auch wenn die Sattelhöhe für mich zu gering eingestellt war, und ich beim Ein-

schlagen des Vorderrades fast in jeder Kurve meine Fußspitzen vom Pedal riss.

Am nächsten Morgen dann der Schock!
Ich hatte versprochen, auf Kegels Fahrrad gut aufzupassen, es daheim wegzuschließen, und es am nächsten Morgen in die Schule mitzubringen. Nun war das Rad spurlos verschwunden! Obwohl ich es gestern im ehemaligen Stall eingeschlossen habe, war es jetzt fort! Es war weg. Es ist einfach nicht mehr da gewesen!
Es ist zu der Zeit damals gar nicht mal so selten vorgekommen, dass ein Fahrrad gestohlen wurde. Dennoch konnte ich mir keinen Reim darauf machen. Ich wusste nicht, wie das hatte geschehen können.

Wie sollte ich Thommi jetzt nur erklären, dass man mir über Nacht sein Rad geklaut hatte? Er hätte mir den Diebstahl doch niemals geglaubt, so glücklich, wie ich gewesen bin, als er es mir geliehen hat. Sicher würde 'Kegel' jetzt davon überzeugt sein, ich hätte sein tolles Fahrrad mit dem geschwungenen Lenker selbst verschwinden lassen, weil ich es einfach nicht mehr hergeben und es stattdessen für mich behalten wollte!
Das stimmte natürlich überhaupt nicht!
Woher hätte ich jetzt bloß Ersatz bekommen können für 'Kegels' ganzen Stolz?!
Ich hatte panische Angst davor, ihm unter die Augen zu treten. Ich wollte vor Scham in den Boden versinken.
Doch es half ja nichts – ich musste hin zu ihm!
Völlig niedergeschlagen zog ich los. Verglichen mit meinem Gang zur Schule muss der berühmte Büßergang nach Canossa für Heinrich IV nachgerade ein vergnüglicher Sonntagnachmittags-Spaziergang gewesen sein.

Am Ende ging die Sache dann aber gottlob ganz glimpflich aus. ʽKegelʼ hatte - von Ungeduld und vielleicht auch von Misstrauen getrieben - sein Rad bereits selbst geholt! Da mein Vater wie immer bereits sehr früh zur Arbeit aufgebrochen war, hatte Thommi die Türen unseres Hauses unverschlossen vorgefunden, sein Eigentum an sich und das Rad kurzerhand mitgenommen!

Falsches Mitgefühl

Als ich einmal mit Paul und seinen Freunden auf dem Weg ins Freibad gewesen bin, bemerkte ich, wie hinter uns und vor uns getuschelt wurde. Manch einer der Spielkameraden aus den benachbarten Altstadtgassen hielt nun Abstand zu uns, weil sie nicht wussten, wie sie mit uns umgehen sollten.
Eigentlich wollte man schon mit uns reden, traute sich aber nicht, weil man glaubte, die Fragen könnten uns verletzen. Niemand wollte als neugierig erscheinen oder uns Seelenqualen bereiten. Folglich mied man uns eben; damit machte man nichts falsch. Oder eben doch!
Diese Verhaltensweise trifft man auch in der heutigen Zeit bei Erwachsenen häufig an. Darunter litt ich sehr. Ich fühlte mich ausgegrenzt – und das schmerzte fast genau so sehr, wie Mutters Tod selbst!
In den vergangenen Jahren gab es in meinem Bekanntenkreis Situationen, die mich wieder an das damalige Verhalten denken ließen. Bei Ehescheidungen oder Todesfällen kann man beobachten, dass sich Freunde und Bekannte von demjenigen distanzieren, der eigentlich Wärme und Zuwendung nötig hätte.
Seltsamerweise ist man als ʽHelferʼ jedoch sehr schnell *selbst* derjenige, von dem Abstand genommen wird, weil man hinter dem ʽsich kümmernʼ irgendwelche dubiosen

Interessen vermutet – selbst von der Person, der man helfen will! Eigentlich müsste ich mich bei Thommies Mutter entschuldigen...

Wir Geschwister wussten natürlich ganz genau, in welch fürchterlicher Situation unser Vater sich befand – obwohl wir noch Kinder gewesen sind. Besonders ich!

Deshalb haben weder Bärbel noch Paul und auch ich ihm jemals Vorwürfe gemacht, als er ein Jahr nach Mutters Tod bereits eine Frau gefunden hat.

Kinderarzt Dr. Witte

Zu diesem `Onkel Doktor´ hatte meine Mutter großes Vertrauen

Dr. med. Egon Witte betrieb seine Kinderarztpraxis in einem Haus direkt am Marktplatz.

Der Zugang zu seinen Praxisräumen befand sich im Hof hinter dem Hotel Lamm. Auch heute gibt es diesen Hof hinter den imposanten Häusern der Marktplatzfront und zwischen Hirsch- und Marktgasse wieder.

Das Hotel Lamm mit seinem geländerumwehrten Flachdach, das tatsächlich wie ein Fremdkörper zwischen allen anderen giebelständigen Gebäuden gewirkt hat, wurde längst abgebrochen durch einen modern gestalteten, sich gut in das übrige Ensemble einfügenden Neubau ersetzt

Dr. Witte entfernte – wie bereits erwähnt – eine Murmel, die ich mir so tief ins Ohr gedrückt hatte, dass Mutter sie nicht mit eigenen `Bordmitteln´ hatte mehr entfernen können.

Wer hätte damals ahnen können, dass einst dieser kleine Patient Willi Gugel es sein würde, der als Architekt das Haus seines Doktors in der Hallstattstraße 27 an einen Käufer vermitteln sollte, der mich schließlich mit dem

Auftrag betraute, es umzubauen.
Anstelle eines Vermittlerhonorars bat ich meinen ehemaligen Klassenkameraden und Sohn des Arztes *Bernd Witte* darum, mir das Bild eines über den Nordatlantik segelnden Dreimasters zu überlassen, das im Arbeitszimmer seines Vaters gehangen hatte. Ich halte es in hohen Ehren – genau wie den schwergewichtigen Atlas, den ich mir aus der umfangreichen Seefahrerbibliothek herausgenommen habe.

`Das Bild der Erde´ steht fett gedruckt und in goldenen Lettern auf der tiefblauen und in Leinen gebundenen Umschlagseite des Werkes. Herausgegeben von Dr. Ernst Ambrosius und Dr. Konrad Frenzel, im Verlag von Velhaben & Klasing in Bielefeld und Leipzig 1930.

Bernd hatte es mir freigestellt, mich am gesamten Hausrat zu bedienen, der ein paar Tage später von einem professionellen Verwerter übernommen und abtransportiert worden ist.

Nachruf
Dr. med. Egon Witte

Der Kinderarzt Dr. Egon Witte genoss in Tübingen nicht nur hohes Ansehen, sondern er erfreute sich auch großer Beliebtheit.
In einem Nachruf im "Schwäbischen Tagblatt" wird seine Person gewürdigt als ein Arzt, der es verstand, das Vertrauen seiner kleinen Patienten und deren Mütter zu gewinnen.
1914 in Kiel geboren, studierte er Medizin in Göttingen, bis zum Kriegsende diente er als Marineoffizier.
1942 heiratete er und machte seinen Facharzt an der Kinderklinik der Universität Tübingen.
Anschließend eröffnete er seine kinderärztliche Praxis, die er, trotz seiner schweren Erkrankung, die ihn später hart traf, bis zu seinem Tode als väterlicher Freund seiner kleinen Patienten ausübte.

7.) Mein Vater

Vater hat aus seinem Leben nicht viel, und das Wenige nicht gerne berichtet.
Während meiner Kinderzeit hatten solche Erzählungen nicht zu *den* Dingen gehört, über die ich mit Vater gesprochen habe.
Er hatte immer viel zu tun und war morgens bereits aus dem Haus, bevor wir Kinder aus dem Bett gekrochen sind. Abends ist er natürlich müde gewesen von der schweren körperlichen Arbeit, denn obwohl er Chef seiner Firma war, hat er *doch* Tag für Tag zusammen mit seinen Arbeitern im Graben gestanden, um den Aushub mit der Schaufel und von Hand herauszuschaffen, wenn dies mit dem Bagger-Ungetüm nicht möglich gewesen ist.
Mit der Spitzhacke (`...mit am Biggl!´) löste man damals die Steine und Felsbrocken aus dem Erdreich.
Die wenigen Tagstunden, die ich einmal während der Schulferien bei meinen Vater auf der Baustelle
Im Rotbad zubrachte, boten ebenso wenig Gelegenheit, mit ihm über seine Vergangenheit zu reden, wie es sie `auf dem Feld´ gegeben hat; auch dort wurde viel gearbeitet und wenig geredet!
In dem Gebäude, das an der Einmündung in die *Goethestraße* stand, gab es ein kleines Lebensmittelgeschäft. Dorthin schickten mich die Arbeiter gelegentlich, damit ich für sie Zigaretten der Marke *Zuban, Salem ohne (Filter), Eckstein, Mercedes* oder eine Flasche
Schwabenbräu-Bier
besorgte.

In diesen Ladengängen erschöpften sich dann auch die interessanten Momente meines Baustellenbesuches.
Ansonsten gestaltete sich das bloße, stundenlange Zusehen eher langweilig. Das Interesse daran, solche Gesprächsgelegenheiten zu suchen, kam bei mir als kleinem Bub deshalb gar nicht erst auf.

Freilich war ich auch neugierig!
Ich habe Mutter natürlich gefragt, was Vater als Kind erlebt hatte, ob er Freunde hatte, was für Streiche er gespielt und was er mit seinem Vater unternommen hat. Mutter hat mir darauf vermutlich die eine oder andere Antwort geben können. Doch sie sind mir nicht im Gedächtnis haften geblieben - ich habe sie vergessen!

Von ihm selbst weiß ich, dass er als Kind die ʼBubenschuleʼ besucht hat – jene Silcherschule in der Weststadt nämlich, die von den Alteingesessenen liebevoll zum *Raupengymnasium* ernannt wurde, wohl wissend, dass diese Bezeichnung eine frech in Kauf genommene Hochstapelei war. Doch so konnten die Buben aus den einfachen Tübinger Familien immerhin mit einem gewissen Recht von sich behaupten, Schüler eines Gymnasiums zu sein...
Davon, dass die Lehrer streng gewesen sind und die Klassen groß hat er ebenso erzählt, wie er über den Umstand berichtete, dass während einer Schulstunde Schüler in unterschiedlichen Altersstufen von einem Lehrer gleichzeitig unterrichtet wurden. Auch dass es die Prügelstrafe selbstverständlich gegeben hat und er sich gelegentlich deren ʼsegensreicherʼ - wenngleich in ihrer Nachhaltigkeit eher zweifelhaft zu nennenden - Wirkung versichern durfte....

Paul Friedrich Gugel aus der Rathausgasse 13 ist auf diesem Bild vierzehn Jahre alt
v.l.n.r.: die Geschwister Liesel, Paula, Karl, Marie, Eugen.
Vorne: mein Vater Paul Friedrich an der Hand seiner Mutter

Vater in seiner dreiundvierzig Köpfe zählenden (!) Schulklasse (in der 3. Reihe von vorne ist er der zweite Schüler von rechts)15.März 1929, vor der `Bubenschule´

Das unauffällige Leben des Wilhelm Friedrich Gugel

Was Vater nach seiner Schulzeit getan hat, geht aus seinem von Hand geschriebenen Lebenslauf hervor. Wann und für welchen Zweck er diesen verfasst hat weiß ich – wie so Vieles - nicht.

Vaters Lebenslauf

Das ist ein handschriftlich verfasster Lebenslauf meines Vaters.

Erst als auch schon Bärbel `aus dem Haus´ gewesen ist und Vater mit seinen *Buben* die Samstage auf den Feldern verbrachte, erzählte er gelegentlich aus vergangenen Tagen – wenn wir ihn danach gefragt haben. Er hielt dies auch noch viel später so. Nachdem ich mich als Architekt selbständig gemacht und mir im Untergeschoss seines Hauses im Schleifmühleweg 94 den Abstellraum zum Büro ausgebaut hatte, klopfte er erst selten, dann fast täglich mit seinem Gehstock an das Oberlichtfenster. Er unterhielt sich dann eine Weile mit mir, bevor er seinen Spaziergang fortsetzte.

In diesen Minuten gab er manchmal einzelne Mosaikstückchen seiner Jugendzeit preis. Selten genug! *Zu* selten, als dass ich auch nur annähernd ein wirklich zutreffendes Bild von ihm hätte zeichnen können.

Auch über seinen Vater – meinen Ehne – verlor er nur höchst selten ein Wort. Wer war *dieser* Mann? Ich weiß es nicht. Nur, dass er dem Gemeinderat angehörte, der nach Hitlers Machtübernahme aufgelöst wurde. *) Seine Mitglieder sind teilweise verfolgt worden oder hatten geschäftliche und gesellschaftliche Nachteile zu ertragen.

Das Bild zeigt den Ehne ganz links in einer Chaisse sitzend, zusammen mit mehreren Honoratioren.
Die Aufnahme wurde 1935 vermutlich während eines Festumzuges gemacht, denn Josef Gugel trägt die Tracht des Weingärtner Liederkranzes. Vielleicht war es eine Jubiläumsfeier des Vereines, der 1845 gegründet worden war. Von dem Mann, der neben ihm sitzt, wusste zu diesem Zeitpunkt niemand, dass er im Januar 1947 in Jugoslawien wegen begangener Kriegsverbrechen gehenkt werden würde. Es handelt sich um den damaligen Oberbürgermeister Tübingens Ernst Weinmann, der die Stadt von 1939 bis 1945 repräsentierte. Dessen Vorgänger Scheef sitzt ganz rechts im Bild.

Vaters Zeugnis für seine Schulzeit in der Silcherschule in Tübingen

Vaters Mit-Konfirmanden

So steht es geschrieben auf der letzten Seite des Verzeichnisses der Konfirmanden, auf dem man unter der Nummer 12 auch den Namen Vaters aufgeführt findet. Um 10 ½ Uhr wurden am gleichen Tag noch weitere 19 Knaben und 36 (!) Mädchen in der Stiftskirche vom damaligen Dekan Faber konfirmiert.

Tübingen

Verzeichnis der Konfirmanden 1929
Sonntag Judica, 17. März 1929

✶

Stiftskirche
Konfirmationsfeier vormittags 8 ½ Uhr

3. Seelsorgebezirk: Stadtpfarrer Haug I

Knaben:
1. Gerhard Uhlig, Schloß
2. Hans Greiter, Stielmeyerstraße 4
3. Fritz Boeckmann, Herrenbergerstraße 10
4. Hans-Ulrich Mertle, Hauffstraße 10
5. Wilhelm Kürner, Bachgasse 14
6. Wilhelm Henke, Wilhelmstraße 8
7. Gerhard Endriß, Wildermuthstraße 30
8. Wolfgang Hoch, Wilhelmstraße 14
9. Gottlob Dieterich, Bachgasse 6
10. Walter Griesinger, Grabenstraße 7
11. Wilhelm Klett, Hirschgasse 16
12. Paul Gugel, Rathausgasse 13
13. Paul Bayer, Langegasse 18
14. Gottlob Hipp, Lange Gasse 11
15. Hermann Baumann, Lange Gasse 22
16. August Karrer, Nauklerstraße 37 a
17. Karl Schnaith, Metzgergasse 9
18. Karl Riedle, Schlachthausstraße
19. Wilhelm Maier, Wildermuthstraße 42
20. Heinrich Nonnenmacher, Nauklerstraße 31
21. Helmut Siebeck, Staufenstraße 30
22. Friedrich Weimer, Lazarettgasse 9
23. August Kehrer, Lazarettgasse 13
24. Felix Buck, Grabenstraße 1
25. Wilhelm Holz, Marktplatz 1
26. Hans Jacob, Waldhäuserstraße 28
27. Wilhelm Beckert, Grabenstraße 27
28. Walter Winkler, Nauklerstraße 47
29. Kurt Bartholomä, Oesterberg 12
30. Wilhelm Krebs, Froschgasse 10
31. Ernst Schnaith, Froschgasse 12
32. Eugen Geiger, Herrenbergerstraße 2
33. Otto Tritschler, Wilhelmstraße 60
34. Fritz Schlotter, Gartenstraße 24
35. Hermann Haußer, Nauklerstraße 48
36. Erich Rentschler, Gartenstraße 87
37. Karl Laurmann, Zollernstraße 3
38. Erich Jäger, Kaiserstraße 14
39. Ernst Deile, Nonnenhaus 9
40. Ferdinand Müller, Nauklerstraße 27

Verwandte:
1. Ursula Keßler, Lustnau Aeulestr. 40
2. Eva Keßler, Lustnau Aeulestraße 40
3. Otto Schott, Lange Gasse 26
4. Gertrud Schott, Herrenbergerstraße 35
5. Hans Fritz, Lange Gasse 32
6. Hedwig Fritz, Lange Gasse 32
7. Hans Kürner, Marktplatz 1
8. Liese Essele, Metzgergasse 4

Mädchen:
1. Irmgard von Huene, Zeppelinstraße 10
2. Emma Hipp, Nonnenhaus 7
3. Liselotte Götz, Zollernstraße 23
4. Anneliese Meyer, Nauklerstraße 9
5. Hedwig Kostenbader, Grabenstraße 5
6. Gerda Burkhardt, Olgastraße 8
7. Almine Hämmerle, Judengasse 6
8. Anna Maier Hirschgasse 1
9. Else Beckert, Nonnengasse 16
10. Anneliese Riberer, Wilhelmstraße 25
11. Fides Weise, Denzenberg 6
12. Irma Bechtle, Gartenstraße 39
13. Mathilde Schaal, Keplerstraße 6
14. Ilse Bauer, Hindenburgplatz 4
15. Ruth Löwenstein, Hölderlinstraße 17
16. Hildegard Dieterle, Melanchthonstraße 26
17. Irmgard Zeller, Gartenstraße 27
18. Hildegard Klink, Waldhäuserstraße 17
19. Martha Seyboldt, Marktgasse 5
20. Hildegard Schreiner, Lange Gasse 54
21. Maria Schmid, Judengasse 14
22. Dorothea Karrer, Badgasse 8
23. Suse Rörich, Zeppelinstraße 16
24. Hedwig Mayer, Schafthausenstraße 45
25. Margarete Gölz, Hauffstraße 10
26. Gertraud Sinogowitz, Reutlingerstraße 2

Das unauffällige Leben des Wilhelm Friedrich Gugel

Polizeidirektion Tübingen.

Führungs-Zeugnis.

~~Herrn~~/Frau Paul Gugel *Jungzüchter*
geboren den 19.7.1914 in Tübingen
wird zum Zweck *des Besuchs der landwirtschaftlichen Meisterschule*
bezeugt, daß während *seines* hiesigen Aufenthalts
vom *Geburt bis jetzt*
~~vom~~
_____ nichts Nachteiliges über
ihn bekannt wurde, insbesondere in den polizeilichen Listen eine Strafe nicht verzeichnet ist.

Den 26. Oktober 1931.

I.A. *[Unterschrift]*
Polizeidirektor

Gebühr 2 RM.
K.G.O. Nr. 49.
Verz. Nr. 735

Dieses Führungszeugnis benötigte Vater vermutlich, um sich für einen Platz an der Reutlinger `landwirtschaftli-chen Meister-schule´ zu bewerben

Vaters Werdegang in der Landwirtschaft

Seine Bewerbungsschreiben hatten Erfolg: Er bekam den begehrten Studienplatz an der Württembergischen Landwirtschaftsschule in Reutlingen. Dort stellte man ihm am Ende ein außerordentlich gutes Abschlusszeugnis aus nach dem er die Schule in den Winterhalbjahren 1931/32 und 1932/33 besucht hatte.

Für `Verhalten´, `Fleiß´ und `Aufmerksamkeit´ erhielt er jeweils die Noten *vorzüglich*.

In den übrigen (insgesamt weiteren neunzehn) *I Landwirtschaftlichen Fächern* und *II Allgemeinen Fächern* wurde er vierzehn Mal mit *sehr gut*, vier mal mit *gut* und einmal wiederum mit *vorzüglich* für seine Leistungen belohnt!

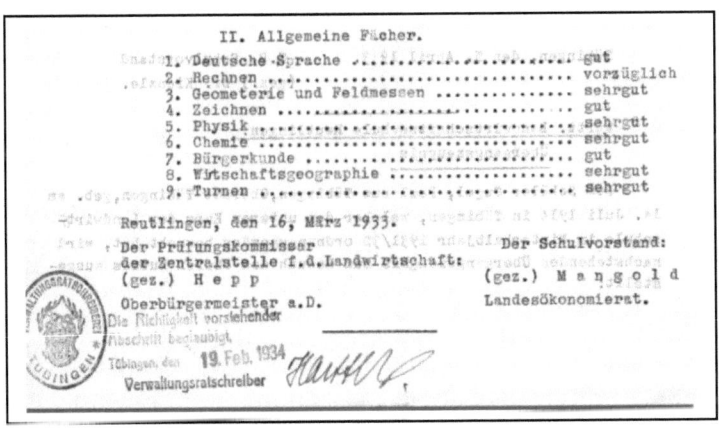

Diese Angaben habe ich dem Abschlusszeugnis der Schule entnommen, das am 16. März 1933 ausgestellt und am 19. Februar 1934 beglaubigt wurde.

Diese Aufnahme zeigt den Schüler Paul Gugel als Dritten von rechts in der vorletzten Reihe
Heute beherbergt dieses Gebäude direkt neben der Marienkirche in Reutlingen das Naturkundemuseum

Der Volontär

Die Sommermonate dieser Jahre verbrachte der Volontär Paul Gugel auf mehreren Hofgütern – in der Fremde. Dabei muss man bedenken, dass der junge Mann gerade einmal siebzehn Jahre alt gewesen ist, praktisch keinen Lohn erhalten hat (also nur für Kost und Logis arbeitete) und deshalb monatelang seine Familie nicht sehen konnte! Das Geld für die Zugfahrt hatte er nicht – und für einen Fußmarsch nach Tübingen war selbst Ludwigsburg noch zu weit...
Die Trennung von seiner Familie ist ihm ganz sicher nicht leicht gefallen.

Vater bei den `Roten Hessen´

In seiner letzten Stellung auf einem Gut in Hessen war Vater ganz und gar unglücklich!
Vater erzählte mir von den vielen Briefen, die er seiner Mutter nach Tübingen geschrieben hat. Er wurde schlecht behandelt, musste hart von früh morgens bis spät abends arbeiten und wurde auf eine ziemlich üble Art ausgenützt. Sein Vater, der Ehne, dem die Schilderungen seines Sohnes endlich `zu bunt´ wurden, fuhr schließlich zu seinem Sohn um sich von den Missständen selbst zu überzeugen. Mit den Worten: *„Bei deene Hessa bleibsch du mir net! Ommasonscht schaffa kôsch au dahoim!"* machte er dem Ganzen ein Ende.
Vater Josef Gugel und sein Sohn Paul fuhren gemeinsam nach Tübingen zurück.

Immerhin hatte Vater während seiner Volontariatszeit den Umgang mit Pferden
gelernt.

Die Aufnahme rechts zeigt ihn mit seinem Pferd Peter

*Die Aufnahme zeigt Vater nach seiner Rückkehr aus Hessen.
Neben ihm vermutlich seine Schwester Marie mit ihrem Söhnchen
Fritz auf dem Arm.
Das Bild zeigt die sehr ländlich geprägte Rathausgasse
in den Dreißigerjahren*

Von der Leitung seiner so überaus ungeliebten Arbeitsstelle im Hessenland, die er vermutlich gerne aufgegeben hat, liegt verständlicherweise kein Nachweis vor...

Eines Tages wurde Vater zum Kommis einberufen.
Wo er die Jahre 1935 bis 1937 verbringen musste, weiß ich nicht. Eine Fotografie zeigt ihn in seiner Uniform zusammen mit seiner Mutter. Auf dem Bild erkennt man Vaters Hand auf dem Griff des Zierdegens ruhend, den ich noch viele Jahre in Ehren gehalten und dann weitergegeben habe.
Von der Knopfleiste zur Schulterklappe schwingt sich - die Aufnahme zeigt es deutlich - die schmucke silberne Schützenschnur, die sich bis heute um den Griff des Degens schlingt.

Abschrift.

Zeugnis.

Der Landwirtschafts-Lehrling Paul G u g e l aus Tübingen wurde mir zur Betreuung und Erlernung der Landwirtschaft und des Weinbaus übergeben. Seine Lehrzeit dauerte vom 1.4.32 bis 1.11.32. Während dieser Zeit hat er sich tadellos geführt und seine ihm aufgetragenen Arbeiten mit Liebe und Sorgfalt erledigt was mich veranlasst, ihm die besten Wünsche zu dem weiteren Ausbau seines neuen Berufes mitzugeben.

Seifersheim, den 1.11.1932.   (gez.) Ernst N o e b u s .

Zeugnis.

Otto Gebhard   Den 30. 8. 1933.
Domäne Monrepos
Post Ludwigsburg.

Herr Paul G u g e l aus Tübingen war vom 15.3.33 bis heute auf meinem über 200 ha grossen Gutsbetrieb als Volontär in Stellung. Er hat während dieser Zeit Gelegenheit gehabt, alle vorkommenden Arbeiten mitzumachen und dieselben kennen zu lernen.

Gugel war stets willig und fleissig und hat die ihm aufgetragenen Arbeiten nach besten Wissen und Können ausgeführt. Sein Betragen war immer einwandfrei und gab zu keinem Tadel Anlass. Der Austritt erfolgte auf eigenen Wunsch.

(gez.) Otto G e b h a r d
Domänepächter.

Die Richtigkeit vorstehender
Abschrift beglaubigt.
Tübingen, den 19. Feb. 1934
Verwaltungsratschreiber

Die Aufnahme entstand zu Pfingsten 1935, Vater wurde zwei Monate später 21 Jahre alt

Vater hat erzählt, dass seine Mutter ihn damals besucht hat, doch ich habe vergessen, wo er seine Militärzeit verbrachte. Es könnte Ludwigsburg gewesen sein.

In der Zeit zwischen seiner aktiven Militärzeit und dem Beginn des Krieges war Vater als landwirtschaftlicher Berater in Ulm tätig. Seine Arbeit brachte es mit sich, dass er die umliegenden Höfe zu betreuen hatte.
Während eines solchen Beratungsgespräches hatte er eines Tages auch die Bekanntschaft mit *Georg Oßwald* gemacht. Dieser hatte seinen Posten als örtlicher Baumwart aufgegeben und betrieb inzwischen einen eigenen Hof neben der Kirche und gegenüber dem Rathaus der Ortschaft Lehr – einer Gemeinde auf den Höhen Ulms. Bei seinen Besuchen hatte der *Schlingel* vom Landwirtschaftsamt schon bald sein ganzes Augenmerk auf das Wohlergehen der Zwillingstöchter des Bauern gerichtet und sich wohl mit ganz besonderer Hingabe der Betreuung einer der beiden Schwestern gewidmet. Sie hieß Gretel...

Die Begegnung dieser beiden Menschen sollte sich für mich als von geradezu existenzieller Bedeutung erweisen: Sie wurden meine Eltern.

Ihre glückliche Zeit ging allerdings viel, viel früher zu Ende, als die beiden es sich wünschen konnten. Hitler begann seinen unseligen Krieg - und Paul Friedrich Gugel wurde erneut zu den Waffen gerufen.

Meine Eltern während Vaters Zeit in der Wehrmacht

Vaters Mutter starb während des Krieges.
Ob Vater zu ihrer Beerdigung nach Hause fahren durfte?

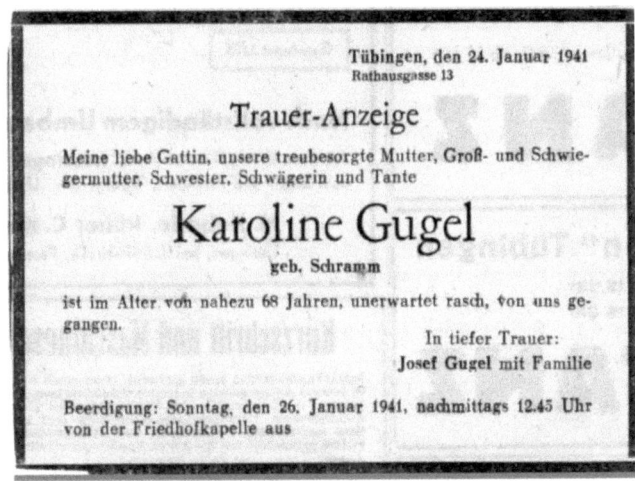

Zu welcher Waffengattung man ihn befahl und an welche Front – ich weiß es nicht. Seinen Rang gab er mit *Hauptwachtmeister* an. Ich kann damit nichts anfangen; ich vermute, dass es vielleicht einem Obergefreiten heutiger Prägung entsprechen könnte.

Über seine Zeit bei der Wehrmacht hat Vater so gut wie nichts erzählt. Unendlich erscheinende Birkenwälder, das Memelland, die Wolga erwähnte er und von Riga, von Königsberg und Ostpreußen hat er gelegentlich gesprochen.

In knappen Sätzen und mit melancholischen Worten erinnerte er sich an eine schwer verwundete Frau, die er aufgefunden hat. Eine Vene in ihrer Leiste war zerrissen worden und Vater hatte zusehen müssen, wie die Frau verblutete und schließlich starb. Die Erinnerung an diese `Begebenheit´ setzte ihm offensichtlich auch noch nach vielen Jahren stark zu.

An ein weiteres Geschehnis, von dem Vater berichtete, erinnere ich mich ebenfalls noch.

Vater hatte das laute Geklapper der Gerätschaften, die ein zurückweichender Soldat aus seiner Kompanie bei sich trug, gehört. Völlig überrascht erkannte der den Wachtmeister Gugel auf seinem einsamen Beobachtungsposten und warnte ihn vor den heranrückenden Feinden. Ohne diese zufällige Begegnung wäre Vater vielleicht in russische Kriegsgefangenschaft geraten – oder es wäre noch Schlimmeres mit ihm passiert.....

Auf der Rückseite der Fotografie steht zu lesen Wosskressenskoje(?) 1943
Sie zeigt den Turm einer zerschossenen Kirche, deren Schiff in Trümmern liegt.
Rechts im Vordergrund: die Kreuze von Gefallenen

In kindlicher Naivität habe ich ihn einmal gefragt, ob er denn auch Leute totgeschossen habe *„Ha, worom denn et...!?"* hatte seine für mich sehr irritierende Antwort gelautet. Er sah nicht glücklich aus, als er das sagte.......
Irgendwie hat er es auf dem Landweg geschafft, sich bis in seine Heimat durchzuschlagen.

Seine Augen glänzten, als er mir erzählte, wie sehr sich seine Gretel bei der so völlig überraschenden, vor allem sicheren Rückkehr ihres *Landwirtschaftsberaters* gefreut hat...

Man könne sich nicht vorstellen, wie groß und wie ungeheuer belastend die Sorge um den geliebten Menschen, um die Familien zu Hause oder draußen im Feld gewesen ist. Keiner wusste vom anderen mit Bestimmtheit zu sagen, ob er oder sie überhaupt noch am Leben ist.
Auf dem Lerchenfeld hätte Vater eines Tages doch noch sein Schicksal ereilen können.
Ausgerechnet auf einem der Äcker des Vaters seiner zukünftigen Frau wurde er von amerikanischen Soldaten gestellt.
Mit der Ausrede, er sei Zivilist und müsse für das Sanitätslager Medikamente besorgen, ließen die ihn wieder laufen. Vermutlich war ihm auch diesmal das Schicksal gnädig und er konnte wiederum der Gefangenschaft entrinnen. Dieses Mal der amerikanischen.
Nach dem Krieg kehrte Vater zurück nach Tübingen – verheiratet und mit einer kleinen Tochter. Bärbel war am 10. Mai 1946 in Lehr zur Welt gekommen.
Bruder Eugen ist auf tragische Weise noch während der letzten Tage des Krieges in Tübingen gefallen. Der junge Vater Paul hatte an seiner Stelle den Betrieb seines Vaters übernehmen müssen.
Einer ähnlichen Verpflichtung hatte wohl der junge Walter Kürner nachkommen müssen. Er ist der Sohn des alten Karl Kürner, der bisher zusammen mit dem Ehne das Geschäft *Kürner & Gugel* in Tübingen betrieben hat. Walter hatte das Optikerhandwerk erlernt......

Zurück in Tübingen

Die erste Zeit in seiner Heimatstadt Tübingen ist für Vater und seine kleine Familie eine schwere gewesen. Vermutlich für alle Menschen, die im Haus Rathausgasse 13 lebten.

Es ist sicher alles andere als erfreulich gewesen jeden Tag der Witwe seines Bruders zu begegnen, die ihren Mann verloren hatte und die nun mit ihren drei Kindern im Hause ihres Schwiegervaters leben musste. Sie wiederum musste zusehen, wie ihr Schwager den Platz ihres Mannes als Firmeninhaber einnahm. Annas Witwenrente war bescheiden und sie musste noch obendrein Miete in einem Haus bezahlen, das eigentlich ihrem Eugen hätte einstens zugestanden.

Ob Mutter immer glücklich war mit ihrem Schwiegervater zusammen in einer Wohnung zu leben, wage ich zu bezweifeln! Er hatte ja noch nicht einmal ein eigenes Zimmer für sich haben können. Ich nehme an, dass er sich aus den familiären Angelegenheiten meiner Eltern nicht herausgehalten hat und wohl auch nicht aus den geschäftlichen Dingen seines 'Nachfolgers'.

Noch enger wurde es in der Wohnung, als am 19. April 1949 Paul junior geboren wurde und erst recht, als ich 1951 das Licht der Welt erblickte. Doch zu diesem Zeitpunkt lebte der Ehne bereits nicht mehr. Er ist nur wenige Wochen zuvor im gleichen Jahr gestorben.

Auch für Mutter ist es wohl schwer gewesen, sich in ihrer neuen Heimat zurechtzufinden. Sie war natürlich ihrem Mann gefolgt, der sich nun hier eine neue Existenz aufbauen musste.

Das Leben in der Stadt ist schon damals ein anderes gewesen als das auf dem Land. Sie hatte bisher nichts anderes als die Landwirtschaft ihres Vaters gekannt; *sie* musste jetzt ihre Bekannten, ihre Freunde, ihre Familie in

Lehr zurücklassen – wie einst unser Vater in seinen jungen Jahren, und *sie* musste sich nun einen neuen Freundeskreis aufbauen. Ich denke, dass auch meine Tanten ihren Ehemann oft mit ihren Sorgen belasteten. Schließlich hatte auch Vaters Schwester Marie ihren Mann Hermann, den Vater ihrer vier Kinder, durch den Krieg verloren.

Die Zeiten besserten sich

Es war mein Vater, um den sich die große Familie scharte. Vater war gewissermaßen der einzige Mann in der ganzen Verwandtenschar; Onkel Karl lebte in Heilbronn; mein *Döte* – der Mann von Vaters Schwester Paula – in Pfullingen; Onkel Willi lebte mit uns zwar unter einem Dach und er war beliebt - doch er stammte nicht aus Tübingen! Er hatte nicht die Verbindungen zu anderen Menschen, wie mein Vater sie besaß. Außerdem führte er ein eher in sich gekehrtes Leben. Onkel Willi war durchaus eine Frohnatur, aber große Gesellschaften sind seine Sache nicht gewesen. Ich bemerke an mir selbst, wie ich ihm in dieser Hinsicht ähnlich zu werden beginne........
Mutters Bruder Georg lebte in Lehr und war deshalb ebenfalls für Ratschläge nicht erreichbar.
Doch mit zunehmendem Alter seiner Neffen und Nichten verlor sich Vaters Status als `Sippenführer´. Ich glaube allerdings nicht, dass ihn das sonderlich beunruhigt hat.

Ich denke, dass die schönsten Jahre, die mein Vater erleben durfte, wohl *die* zwischen 1955 und 1962 gewesen sind. Die Schrecken des Krieges waren verflogen und hörten auf, das zaghaft aufkeimende Alltagsleben unter seinen dunklen Schatten zu ersticken. Wir Kinder waren aus `dem gröbsten´ heraus, der Betrieb lief, man musste nicht mehr `jeden Pfennig umdrehen´ bevor man ihn ausgab und man konnte es sich nun in zunehmendem Maße leisten, Geld für Dinge auszugeben, die man nicht unbedingt zum Leben brauchte. Man konnte uns Kinder getrost einmal alleine lassen, den Abend zu zweit verbringen und Ausflugsfahrten unternehmen. Ich denke, dass meine Eltern damals ein glückliches Paar gewesen sind!

Vaters Führerschein

Nach der 1955 bestandenen Fahrprüfung kaufte sich Vater einen gebrauchten braunen 'Brezelkäfer'- VW.

Vaters Führerschein. Dieser als 'Lappen' bekannte Schein entsprach zusammengefaltet in etwa DIN A 5

Mit diesem Vehikel fuhren wir dann nach Lehr
Vater kannte von Berufswegen viele Menschen und seine sonstigen Aktivitäten trugen zu einer bescheidenen Prominenz bei. Ich glaube, dass er in gewisser Weise stolz auf sich hat sein können. Mutter ist es bestimmt gewesen!
Vater nahm gerne an den zahlreichen Festlichkeiten des Weingärtner Liederkranzes teil und er besuchte alle Treffen seines Jahrganges 1914.
Von beiden Freundeskreisen wurde er schließlich zum Vorstand gewählt. An den jährlichen Vereinsausflügen nahmen unsere Eltern regelmäßig teil. Damals fanden sich in Gesangsvereinen hauptsächlich junge Leute. Das Singen war ein weitverbreitetes Vergnügen in der damaligen Gesellschaft, das man sich gönnte, das Freude bereitete und das viele Gemeinschaftlichkeiten förderte – und das wenig kostete.

Das Bild zeigt eine frohe Runde am 5.2.1955

Für diese Widmung in Bärbels Poesiealbum nahm er sich gerne die Zeit

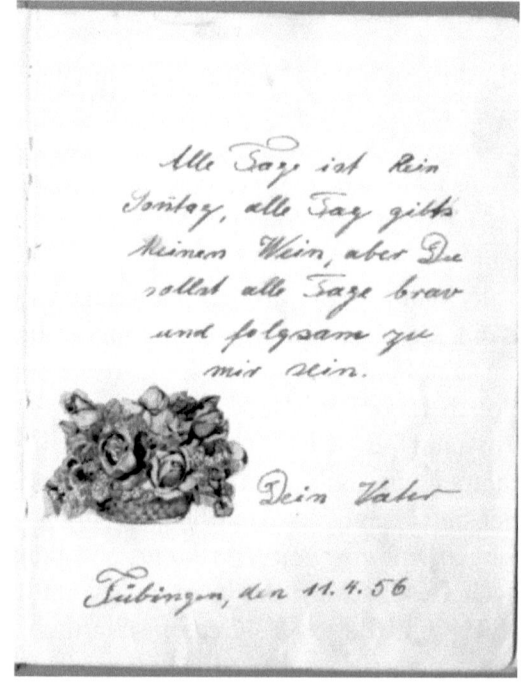

Auch die Treffen des Jahrganges 1914 brachten Abwechslung in den Alltag vor allem unseres Vaters.
An einzelne Namen von Vaters Bekannten kann ich mich noch erinnern, weil sie entweder besonders gut mit ihm befreundet gewesen sind, oder, weil sie sich gelegentlich bei uns zuhause eingefunden haben.
Da war zum Beispiel ein Mann, dem der Krieg eine Hand so übel zugerichtet hat, dass er sie nicht mehr gebrauchen konnte. Er war der Kassier der Jahrgänger gewesen und blieb jedes Mal stundenlang in unserer Wohnstube sitzen, wenn es etwas zu besprechen gab. Oft zum Leidwesen unserer Mutter, die das Fläschchen Wein gerne mit Vater alleine getrunken hätte...
In der Dürrstraße betrieb *ein weiterer Vierzehner* ein kleines Uhren- und Schmuckgeschäft. Rose und ich erstanden dort 1974 unsere Trauringe.
Frau Zeiher war die Inhaberin des Spielwarengeschäftes Dauth in der Hafengasse.
Herr von B. führte in der unteren Hirschgasse ein Metallwarengeschäft. Er verkaufte nicht nur viele Dinge, die Vater für sein Baugeschäft benötigte (Bauklammern, Draht, Schaufeln, Petroleumlaternen....) sondern außerdem Werkzeuge für Kinder. Drillbohrer, Hämmerchen und Laubsägen samt den bedruckten Sperrholzbrettchen zum Aussägen mit Motiven von Walt Disneys Figuren darauf, wie zum Beispiel ʻStrolchiʼ, fanden das ungeteilte Interesse von den beiden Gugel-Buben.
Lissi E., die Schwester unserer Metzgerfrau Memminger aus der Kornhausstraße zählte ebenso zu den Personen, die ich im Gedächtnis behalten konnte wie der Maler D., der später die Malerarbeiten im Haus Schleifmühleweg 94 ausführte und dabei vom Dach fiel...

Die noch vollzählige Familie an einem Sonntnachmittag im Garten der `Rosenau

Der Unternehmer Paul Gugel

Für Vater hätte das Leben nun wieder in `geordneten Bahnen´ verlaufen können. `Hätte!´ Wären da nicht die ständig auftauchenden Für Streitereien gewesen, die sich aus eben diesen Unterschiedlichkeiten fast täglich ergaben.
Sie rührten oft genug von mir her. Ich gebe es zu.

Von 1965 bis 1966 wurde das Haus im Schleifmühleweg gebaut. Den Bauschutt beseitigten Paul und ich ungezählte Male. Die vielen Lastwagenfuhren Mutterboden für die Rasenfläche und den Garten
verteilten wir beide mit Schubkarre und Schaufeln. In späteren Jahren bauten wir beide außerdem eine dritte neben die bestehende Doppelgarage. Vater ging wie gewohnt seiner Arbeit nach. Er hielt seine Kinder `bei der Stange´, indem er sie mit den vielen alltäglichen Arbeiten reichlich eindeckte, die wir dann gemeinsam erledigten.

Vater bei seiner anstrengenden Arbeit

...*und im Gespräch mit der Bauherrschaft*

Zunächst noch zu viert, später waren es dann nur noch Vater, Paul und ich, die sich Arbeit teilten.
Die Jahre vergingen.
Vater wurde krank.
Ein Herzinfarkt ließ ihn eines Tages auf der Baustelle zusammenbrechen und nur das beherzte Eingreifen eines seiner Mitarbeiter rettete ihm vermutlich das Leben!
Die Fa. Kürner & Gugel erledigte einen Auftrag im Zusammenhang mit dem Klinikum auf dem Schnarrenberg.

Hermann Hirneise bediente zu dieser Zeit den Bagger und sah Vater in sich zusammensinken. Kurzerhand lud er sich seinen Chef auf die Arme und trug ihn die wenigen hundert Meter hinüber ins Krankenhaus, wo die Ärzte ihn sofort versorgen konnten.
Hermann hat die Kraft gehabt, um Vater auf diese Weise zu `transportieren´. Er trieb zusammen mit seinem Zwillingsbruder Adolf über viele Jahre erfolgreich Rasenkraftsport! In jungen Jahren sammelten die Brüder zahlreiche Meistertitel im *Kugelstoßen,* im *Hammer-* und später im noch mehr kräftezehrenden *Steinwurf.* Vermutlich besitzen die beiden Sportler sämtliche Meistertitel in ihrer Altersklasse.

Vater trat seine Firmenanteile schließlich an Walter Kürner ab.
Paul wollte Architektur studieren, während ich mich für Maschinenbau entschieden hatte.
Einen Nachfolger für seine Firma gab es unter seinen Söhnen also nicht. Ob Vater darüber enttäuscht war – ich weiß es nicht. Wie so vieles blieb auch dies unausgesprochen.
Vater wollte, dass seine Felder in Ordnung gehalten und gepflegt wurden. Darüber hinaus hat er wenig von uns verlangt. Er nahm regen Anteil am Leben seiner Kinder und war glücklich, sie gut versorgt und `in guten Händen´ zu wissen. Er unterstützte uns so gut er konnte und so gut er es eben verstand.
Streit mit seinen Kindern hatte er nie! Ich kann mich an keine Szene erinnern, in der Bärbel, Paul oder ich jemals unsere Stimme gegen ihn erhoben hätten. Wir achteten `Babba´ – auch, wenn wir nicht immer mit ihm gleicher Meinung gewesen sind.

Wir liebten unseren Vater.
Bis er starb.
Am 1. Januar des Jahres 1988 war sein Leben zu Ende.

Der eigene Vater

Den Charakter des eigenen Vaters zu beschreiben ist schwer. Jeder Mensch, der mit ihm zu tun hatte, sieht ihn wohl aus einem anderen Blickwinkel. Vermutlich würden die Beschreibungen selbst von meinen Geschwistern andere sein, als die meine.

Vater war nicht hart!
Er war es nicht zu seinen Kindern; er war es auch nicht zu anderen Menschen. Vater war – so glaube ich sagen zu können – stets um Ausgleich bemüht. Er war harmoniebedürftig. Vielleicht haben die schicksalsschweren Erlebnisse in seinem Leben ihn so werden lassen............
Vater trat nie als ein Mensch auf, der sich in den Vordergrund drängte und der anderen seinen Willen aufzwang. Er war für andere da – vor allem natürlich für seine Familie.
Er war ein guter Vater. Ich mochte ihn – und ich habe ihm dies auch gesagt! Spät sagte ich es ihm. Aber nicht *zu* spät! Ich sagte es ihm während meines letzten Besuches in seinem Krankenzimmer als ich fühlte, dass es an der Zeit war, ihm zu danken für alles, was er für uns getan hat.
Ich wollte einfach, dass er es einmal gesagt bekommt – von mir. Gespürt hat er es wohl ohnehin.
Ich habe nicht geahnt, dass es *überhaupt* das Letzte sein sollte, das er von mir hören würde; noch weniger habe ich geahnt, dass er mit den Worten 'haltet bloß Frieda ondranander' nicht nur einen Herzenswunsch geäußert

hat, sondern mit ihnen zugleich seinen `Letzten Willen´ formuliert gehabt haben würde...

Ich denke, dass Vater als jüngstes Kind in seiner Familie nicht verwöhnt worden ist.

Wenn man bedenkt, wie wenig Zeit für meine Geschwister und mich geblieben ist, in denen sich unsere Eltern um uns haben kümmern können – um wie viel schwieriger muss es für Vater gewesen sein, die nötige Zuwendung zu erhalten! Denn das Leben vor und in der Zeit während des Ersten Weltkrieges ist ein sicher noch viel härteres gewesen, als es das in meiner Kinderzeit für *mich* war. Die Empfindungen sind die gleichen geblieben. Menschliche Wärme oder menschliche Kälte zu empfangen, gestreichelt oder geschlagen, geachtet oder betrogen, geliebt oder nicht beachtet, geachtet oder übergangen zu werden – nichts hat sich geändert.

Vater wurde 1914 geboren – also eben in dem Jahr, in dem der erste große Krieg begann.

Von Ehnes Geschick in dieser Zeit weiß ich nur, dass ein Steinsplitter eines seiner Augen hat erblinden lassen, als ein Fliegergeschoss in das Straßenpflaster eingeschlagen hatte. Ob er deshalb während des Krieges zu seiner Familie zurückkehren durfte oder ob er überhaupt eingezogen worden ist, weiß ich nicht. Es gibt allerdings ein Bild vom Ehne, das ihn in Uniform zeigt - als Rekrut während seiner Kommisszeit oder als Soldat im Krieg?

Viel Zeit für seine sechs Kinder wird er sich wohl auch dann nicht haben nehmen können.

Ein großes Selbstvertrauen konnte sich Vater nicht aufbauen. Zumal seine Zeit in der Fremde angeblich von sehr herrisch auftretenden, willkürlich handelnden Menschen bestimmt worden sein dürfte.

Seine Schwester Liesel und vor allem natürlich seine

Mutter haben den kleinen Paul gemocht – das hat Vater einmal zu mir gesagt. Deshalb und auch, weil er nach dem Tod seines Bruders Eugen und dem Wegzug Karls nach Heilbronn der einzige Mann in der Familie gewesen ist, der die *Männer*arbeit leisten musste, fiel das Grundstück auf dem Heuberg (heute bekannt unter dem Gewannnamen Ursrainer Eggert) einst an *ihn* und nicht an seine Geschwister. Seine Mutter habe es so gewollt.

Vaters Schicksal hing oft von dem ab, was andere für das beste für ihn gehalten haben. Entsprechend schwach ausgeprägt dürfte sein Durchsetzungsvermögen gewesen sein. Der Wille dazu war wohl gebrochen – oder nie vorhanden.
Menschen dieses Schlages sind im Allgemeinen beliebt bei ihren Mitmenschen. Sie tun oft Dinge, die sie für sich selbst *nicht* tun würden – nur um anderen einen Gefallen zu tun oder weil sie eine Bitte nicht ausschlagen möchten. Sie opfern viel von ihrer Zeit um anderen behilflich zu sein und sie helfen gegebenenfalls sogar mit Geld aus, wenn sie glauben, dem Bittsteller sei damit geholfen und er könne dadurch eine schwierige Situation überwinden.
Manche machen oft dabei den Fehler, die Probleme der anderen zu ihren eigenen zu machen! Haben sie diese Probleme dann *selbst* zu lösen, so findet sich allerdings selten ein Helfer. Wer wüsste es besser als ich?!

In seinem Berufsleben gab es gewiss manche Niederlage zu verkraften! Wenn zum Beispiel ein begehrter Auftrag an einen anderen Bieter vergeben wurde.
Wie schwer es sein kann mit ansehen zu müssen, wie die Konkurrenz davon zieht und man selbst scheinbar nicht vom Fleck kommt – noch einmal: Wer wüsste es besser als ich.

Nachgiebig sein und sich dabei stets dem fortwährenden Existenzkampf ausgesetzt zu wissen, zerrt alleine schon an den Nerven. Kommt dann noch ein schwerer persönlicher Schicksalsschlag hinzu, so ist man in großer Gefahr alles ʻhinschmeißenʼ zu wollen. Dies wiederum ist nicht möglich, weil man seinen Kindern gegenüber eine größere Verantwortung fühlt als für sich selbst! Das Leben ist nicht leicht!

Ich glaube, dass die vielen Entscheidungen, die Vater in seinem Leben hat treffen müssen, sein Wesen vermutlich mehr beeinflusst hat, als er es sich selbst eingestanden hat.

Das am *tiefsten* einschneidende Ereignis in seinem Leben war ganz sicher der Tod seiner Frau!

Er verlor sie zu einer Zeit, wo es wirtschaftlich endlich aufwärtszugehen schien. Ein bescheidener Wohlstand zeichnete sich ab; seine Art sich zu geben, sein Umgang mit anderen Menschen fand Anerkennung; er wurde von seinen Vereinskameraden geachtet und selbst mit den Stadtoberen verband ihn eine gewisse Nähe – all dies waren sichere Anzeichen für ein angenehmes, solides, glückliches, unbefangenes und in gewissem Sinne durchaus verdientes Leben.

Gewiss empfand er die Zeit nach Mutters Tod als eine schwere Belastung – für sich und erst recht für seine Kinder.

Dass ihn außerdem seine Krankheit früher aus seinem Geschäft drängte, als er es sich wohl gewünscht hätte und auch die Tatsache, dass keiner seiner Söhne bereit gewesen ist, seine Nachfolge in der Firma anzutreten, ließ ihn sicher betrübt sein

*Vaters Personalausweis
Ausgestellt am 7. Mai 1986 vom
Bürgermeisteramt Tübingen*

Umso mehr schätze ich seine Großzügigkeit, die er bewies, indem er weder Paul noch mir irgendwelche Vorschriften machte, an denen wir unsere Berufswahl hätten orientieren müssen.
Er ließ `uns machen`! Er konnte uns vertrauen – und er tat dies auch. Und wir haben ihn nicht enttäuscht.
Alle drei waren wir uns darin einig, dass wir unserem Vater keine zusätzlichen Sorgen bereiten durften – obwohl wir uns dies gegenseitig niemals sagten. Das war nicht nötig gewesen – wir spürten, was richtig oder falsch war.

Vater als Erziehungsberechtigter

Wir machten unserem Vater *keine Schande*. Und wir hielten auch untereinander Frieden! Vater musste niemals

erzieherisch eingreifen. Er erzog uns nicht – wir erzogen uns selbst; jeder für sich. Er ließ `uns machen´.
Er ließ auch *mich* `machen´!
Meinen Entschluss, die Lehre bei Majer abzubrechen um Maschinenbau zu studieren hieß er ebenso gut wie die Entscheidung, sie überhaupt beginnen zu wollen.
„*Gucksch halt, wia Du´s nô brengsch.....!*"

Während der Schulzeit hieß der Spruch :„*Muasch halt gucka, dasses as näxschte Môl a bissle besser wird.......! Wo muaß es onderschreiba?*"(das Zeugnis).
Ich hatte bereits zehn *Zweien* und ein paar *Einser*....
Als ich zum Architekturstudium überwechselte
„*Machschs halt! Du wirschs schô nôbrenga! Muasch hat gucka.....!*"
Ich hab´s *nô brôcht! I han halt guckt....!*

Die Eheleute Paul und Maria Gugel im Sommer 1987 während eines gemeinsamen Ausfluges

Seine Kinder waren versorgt oder sorgten für sich selbst: Bärbel und Erich ging es gut; Paul und Gaby lebten in auskömmlichen Verhältnissen und sie hatten zwei Söhne, die den Namen Gugel weitertragen würden.

Ich selbst hatte bei Gunter Mauer eine verantwortungsvolle Anstellung als Architekt gehabt und hatte inzwischen bereits meine Selbstständigkeit als Freier Architekt erreicht – und wir hatten alle drei unsere Häuser gebaut.
Paul Friedrich Gugel hatte nichts mehr vom Leben zu erwarten. Er durfte gehen – zufrieden, irgendwie. Ich bin sicher.
Wir liebten unseren Vater – vielleicht oder gerade wegen seiner Nachgiebigkeit, aber ganz gewiss wegen seiner Güte.

....und *ich* habe es ihm gesagt!
Am ersten Weihnachtstag 1987.

Gott sei Dank!

 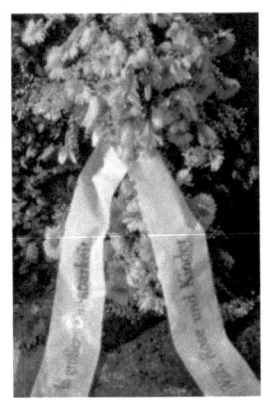

Nachruf auf Vater:

Das "Schwäbische Tagblatt" würdigte meinen Vater in einem Nachruf und beschreibt seinen Lebensweg in Tübingen nach dem Krieg, unter dem Titel:

"Ein Unterstädter"
1947 trat er an die Stelle seines Vaters und wurde Kompagnon in der Firma Kürner & Gugel.
Er und Walter Kürner beschäftigten bis zu 20 Mitarbeiter.
1976 musste er aus gesundheitlichen Gründen aus dem Unternehmen aussteigen.
Obwohl er beruflich sehr eingespannt war, engagierte er sich im "Weingärtner Liederkranz", dem zweitältesten Gesangverein Tübingens. 1947 war er bei den ersten Sängern dabei, als die französische Militärregierung die Erlaubnis gab, die Arbeit des Chors wieder aufzunehmen. Von 1960 bis 1972 hatte er die Leitung des "Weingärtner Liederkranzes" inne und wurde 1972 bei seinem Abschied zum Ehrenmitglied ernannt.

Tübingen, 1. Januar 1988
Schwärzlocher Straße 74

Nach langer, mit Geduld ertragener Krankheit ist am Neujahrsabend mein lieber Mann, unser treusorgender Vater und Schwiegervater, unser guter Opa, Bruder, Schwager und Onkel unerwartet für immer von uns gegangen.

Paul Gugel
* 14. 7. 1914

Wir nehmen Abschied in Liebe und Dankbarkeit.
Maria Gugel
Bärbel Zeeb mit Familie
Paul Gugel mit Familie
Willi Gugel mit Familie
Doris Schnitzler mit Familie

Beerdigung am **Freitag**, 8. Januar 1988, um 13.30 Uhr auf dem **Stadtfriedhof** Tübingen.

Das unauffällige Leben des Wilhelm Friedrich Gugel

Das Kondolenzschreiben des Oberbürgermeisters Hans Gmelin

Dieses Schreiben des damaligen Oberbürgermeisters Hans Gmelin hat Vater drei Wochen nach dem Tod seiner Frau erhalten.

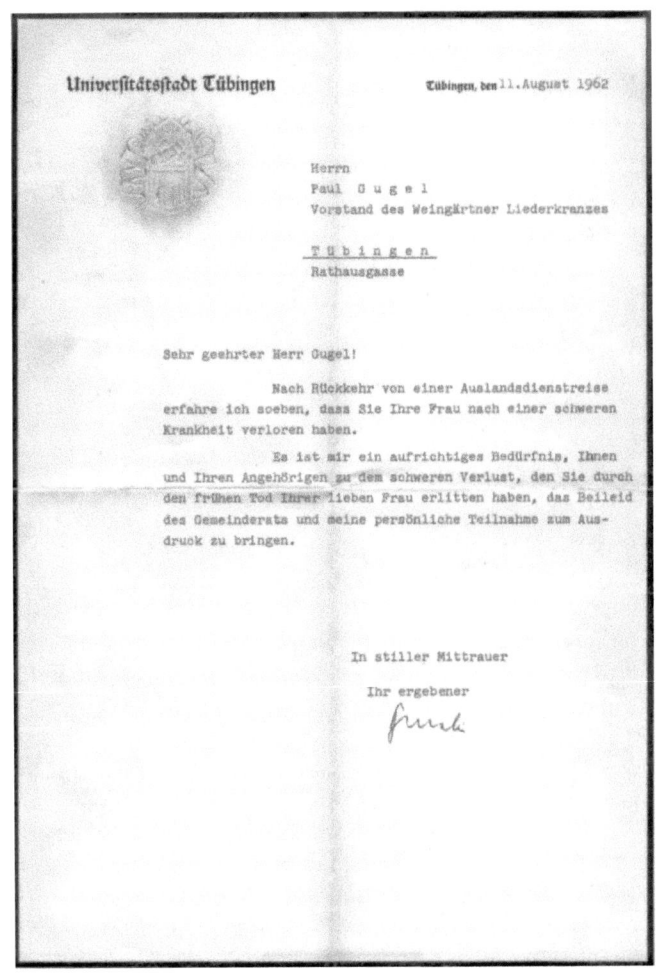

Die Urkunde im Grundstein des Georgsbrunnens

Bürgermeisteramt der Universitätsstadt Tübingen

Tübingen, den 28. August 1962
Sachbearbeitende Dienststelle: Kulturamt

Absender: Bürgermeisteramt Tübingen, Postfach 565

Herrn
Paul Gugel
Tiefbauunternehmer

Tübingen

Rathausgasse 13

Anlagen: 1
Ihr Schreiben vom: -
Ihr Zeichen: -
Ruf 46 11 Nebenstelle 241
Gesch.-Zeichen 41:362-06

Betreff: Urkunde "Georgsbrunnen"

Sehr geehrter Herr Gugel,

die seinerzeit beim Abbruch des St. Georgbrunnens bei der Stiftskirche gefundene Urkunde konnte durch einen Stuttgarter Restaurator wieder hergestellt werden. Ich lasse Ihnen auf Ihre seinerzeitige Bitte als "Finderlohn" in der Anlage eine Kopie dieser Urkunde zukommen.

Mit vorzüglicher Hochachtung

[Unterschrift]

Oberbürgermeister

Das Faksimile der Urkunde wird von mir seit Vaters Tod mit großer Sorgfalt aufbewahrt und in Ehren gehalten. Es gibt keine weitere Kopie davon

Die schmalen Seiten zeigten einen Stich mit der Ansicht Tübingens. Im Inneren sind Angaben gemacht über die Anzahl der Seelen, die in Tübingen damals lebten, wie viele Studierende die Stadt beherbergte, und wer Mitglied des Gemeinderates war. Es wird berichtet, wie viele Gulden der Brunnen gekostet hat, und es gab eine Preisliste über den Liter Wein, über einen Simmeri Erdäpfel, den Zentner Weizen und vieles andere Wissenswerte mehr aus der Zeit um den 8.7.1842.

Die Urkunde aus dem Grundstein des gusseisernen Georgbrunnens, der unterhalb der Stiftskirche gestanden hatte, ist ein unersetzliches Dokument und vor allem anderen ein ganz besonderes persönliches Andenken an meinen Vater.

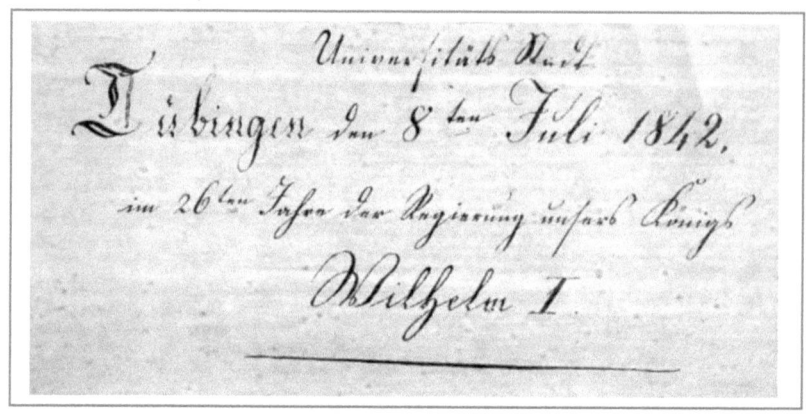

Anmerkung zum `Ehne

Josef Gugel, mein Großvater väterlicherseits, gehörte tatsächlich dem Gemeinderat der Stadt Tübingen an, dem demokratisch gewählten Stadtparlament, das im Zuge der Gleichschaltung im März des Jahres 1933 aufgelöst wurde, alle 28 Stadträte wurden ihrer Ämter enthoben.
Mein Ehne war Mitglied der DDP gewesen, also der Deutschen Demokratischen Partei. Diese Partei vertrat das liberale Bürgertum im damaligen Tübingen.
 Im Jahre 1931 hatte diese Partei sechs Vertreter.
Ihr Vorsitzender war der jüdische Rechtsanwalt Dr. Simon Hayum.
Die weiteren Mitglieder: der Baumeister Friedrich Dannenmann, der Studienrat Prof. Dr. Friedrich Eppensteiner, der Weingärtner Josef Gugel, der Bahnobersekretär Paul Löffler und der Uhrmacher Paul Schott.
Nachdem das Stadtparlament im darauffolgenden Monat neu und verkleinert nach dem `Gleichschaltungsgesetz´ gebildet worden war, war die DDP infolge zu wenig erhaltener Stimmen nicht mehr vertreten und ihre Vertreter

waren zwangsweise ausgeschieden. Die Nazipartei, die NSDAP, hatte sich gewaltsam die Oberhand verschafft und aus der Hochburg der bürgerlichen Demokraten eine Hochburg der Nazis gemacht, die hier als erste Stadt in Deutschland ihren jüdischen Mitbürgern den Zutritt zum Freibad verweigert...
Mein Großvater war zuerst von 1919 bis 1925 im Tübinger Gemeinderat und gehörte diesem Gremium dann wieder von 1928 bis zu seinem zwangsweisen Ausscheiden im Jahre 1933 an.

Josef Gugel, geboren 22.11.1872 in Tübingen, verheiratet, sechs Kinder, evangelisch, Landwirt und Weingärtner.

Josef Gugel war lange als Weingärtner tätig. Er repräsentierte mit seiner Weingärtnertätigkeit im Haupt- und später im Nebenberuf die *Untere Stadt* des Weingärtnermilieus.
Seit April 1925 hatte Josef Gugel in der Rathausgasse ein kleines gut gehendes Tiefbauunternehmen inne und fusionierte 1933 mit der Firma Kürner zum Unternehmen Kürner & Gugel,wurde kein NSDAP-Mitglied. Er starb am 20. März 1951.

8.) Die Felder

Urschoi und *Esslengsloh* und *Aischbach* und *Eulenhalde* und *Burgholz* und *Schnarrenberg*...

Den *Aischbach* habe ich bereits vorgestellt.
Meine Eltern besaßen außer diesem flachen Stück Ackerland im Ammertal noch zwei weitere Grundstücke, die sie bewirtschafteten. Da war zum einen der ehemalige Weinberg im `Esslingsloh´ und zum anderen der `Urschoi´.
Im Gegensatz zu dem Aischbach-Grundstück - welches vollständig eben da lag - zog sich der Wingert vom engen Geländeeinschnitt des *Zwehrenbühls* steil den Hang hinauf – so wie es sich für einen anständigen Weinberg geziemt.

Der Ursrain

Worauf der Begriff *Urschoi* letzten Endes zurückzuführen ist, weiß ich nicht. Mit dem Begriff *Urschroi* – etwa im Sinne der urigen Schreie in der Rathausgasse – dürften sich kaum Zusammenhänge herstellen lassen...
Folgt man den Einschrieben in den Grundbüchern der Stadt, so lautet der richtige Name dieses `Gewannes´, das im nördlichen Teil Tübingens liegt, `Ursrainer Eggert´, ein Name, der vielleicht einmal von `unsereiner Egger´ oder `unsere Äcker´ hergeleitet worden sein mag.
`Urschoi´ ist – so steht zu vermuten - die verballhornte Fassung dieser Bezeichnung.
Vater sagte zu dieser Baumwiese gelegentlich auch `Haiberg´ (Heuberg), wohl deshalb, weil auch seine Mutter Karoline diesen `Platz´ so genannt hat - früher, als sie selbst noch hier oben auf der Höhe gearbeitet hat.

Auf dieser Wiese reckten zwei Reihen alter Obstbäume auf zum Teil mächtigen Stämmen ihre Äste in den Himmel. In der Mehrzahl handelte es sich dabei um Birnbäume, die ausnahmslos jedes Jahr reiche Früchte trugen. Es waren alte Sorten, deren Bezeichnungen ich nur noch vereinzelt kenne. An eine *'Schweizer Wasserbirne'*, eine *'Palmstbiere'* oder an eine *'Goldnestel'* erinnere ich mich. Bei den Apfelsorten fallen mir die Bezeichnungen *'Jakob Löbel'*, *'Goldparmäne'*, *'Gewürzluike'* und *'Boskop'* ein – 'Lederäpfel' sagten wir zu den Letztgenannten, der lederfarbenen und recht festen Fruchtschale wegen.

Obst auflesen!

Vater ließ – ganz Schwabe! - 'nichts verkommen'. Das bedeutete, dass das Gras mehrmals im Jahr gemäht, und dass das anfallende Obst sorgfältig aufgelesen werden musste. Sogar das Obst, das von unseren *Urschoi* - Bäumen auf das umzäunte Nachbargrundstück gefallen ist, hatten wir aufzusammeln gehabt. Man hob kurzerhand den unteren Teil des Maschendrahtzaunes an einer passenden Stelle leicht an, sodass der jüngste Gugel-Spross, der Willi nämlich, darunter hindurch- schlüpfen konnte! Vater reichte mir einen Korb herüber, den ich dann gefüllt mit aufgelesenem Fallobst x-mal über den Zaun wieder hinübergab. Dass ich das tun musste, zählt ebenfalls mit zu meinen frühen Kindheits-erinnerungen.

Noch weiter zurück in meinem Gedächtnis reichen die verschwommenen Bilder, die eine mehrere Meter tiefe Mulde auf dem nördlichen Nachbargrundstück zeigen. Sie hatte sich von Zeit zu Zeit mit eingesickertem Regenwasser gefüllt, auf dessen Oberfläche sich, wie ein

dichter grüner Teppich eine geschlossene Fläche aus unzähligen winzigen Seepestblättchen ausgebreitet hatte.
Mutter hatte uns strikt verboten in der Nähe dieser Grube zu spielen, denn die Böschungen ringsum waren steil und die Erde aufgeweicht und sumpfig. Für ein Kind wäre es schwierig gewesen, sich aus dem Wasser ans Ufer zu retten.
Diese Grube barg einstmals den Keller des `Herbstenhofes´. Ich erinnere mich daran, dass Vater einmal erwähnt hat, dieser einstmalige Aussiedlerhof sei einem furchtbaren Brand zum Opfer gefallen. Heute erinnert noch der Name einer Straße in meiner unmittelbaren Nachbarschaft an dieses ehemalige Anwesen: `Beim Herbstenhof´.

Einer der Besitzer der südlich unseres `Urschoi´ gelegenen Grundstücke hatte auf seiner eingezäunten hatte auf seiner eingezäunten Baumwiese übrigens mehrere Bienenstöcke aufgestellt.
Die schwarzgelb gestreiften Tierchen waren allgegenwärtig, das heißt, man musste genau sehen, wo man hinfasste. Von allen Insektenstichen, die ich bisher zu erleiden hatte, stammten die meisten aus diesen Kindertagen – und selbst dafür konnte der Hobbyimker nichts. So gut wie alle Stiche, die ich jemals zu erleiden hatte, bekam ich von Wespen, die sich –angezogen von dem unwiderstehlich süßen Duft des Fruchtsaftes - förmlich auf die heruntergefallenen Früchte gestürzt haben.
Vor allem die kleinen gelben Birnen (es waren die des Baumes ganz hinten links) waren so gezüchtet worden, dass sie möglichst viel Saft und viel Zucker enthielten. Sie sind deshalb matschig-weich gewesen und platzten allesamt auf, wenn sie vom Baum auf den Boden gefallen sind. Ihr weißes, *grieseliges* Fruchtfleisch (es erinnerte in

seiner Art stark an das Innere einer reifen Feige) verfärbte sich innerhalb weniger Minuten nach dem Aufplatzen in ein unansehnliches braun.

Hatte man die weichen Früchte schließlich in Säcke gefasst, und hatte man diese anschließend in den VW - 'Bully' meines Vaters gehoben, so konnte man, nach dem man bei der Kelter angekommen war, anhand der klebrigen Tropfenspur zurück verfolgen, von wessen Grundstück die Birnen stammten! Der braune Saft war unter der Autotür hindurch auf die Straße gelaufen...

Die Bienen des Hobbyimkers gehörten dem Vater meines Klassenkameraden Uli. Er war außerdem der Besitzer des Friseurgeschäftes neben dem 'Raupengymnasium'. So mancher Friseur jener Tage pflegte sich beim Haarschnitt vor allem an Kinderköpfen nicht übertrieben viel Mühe zu geben. Das Ergebnis stellte deshalb einen sehr einfachen Schnitt dar, der recht zügig und deshalb sehr preiswert ausgeführt werden konnte, sah aber besch...... - nicht gut aus. *„Hôsch dr wieder a Käpsele schneida lasse, ha?"* wurde man gelegentlich gefragt. 'Käpsele' hieß: Kochtopf auf 'die Rübe', was an Haaren darunter hervorschaute, wurde abrasiert, was stehen blieb drastisch eingekürzt!

Das hat der *'Bachmüller' so* natürlich nicht gemacht! Doch das Ergebnis ließ diesen Schluss durchaus zu. Die halbe Bubenschaft der Altstadt trug mehr oder weniger freiwillig diesen Einheitsschnitt. Ausnahmen gab es nur, wenn die Eltern ihrem Zögling mit einem Kugelschreiberstrich direkt auf die Kopfhaut eine klare Trennlinie zwischen Haaransatz und rasierter Haut vorgezeichnet hatten. Der Kulistrich, nach dem Schnitt nun auch für Unbeteiligte sichtbar geworden, hielt sich im Übrigen trotz intensiver Waschungen mit Kernseife noch mehrere Tage auf der Haut...

Werner Müller – Friseur

Werner Müller trat im Übrigen gelegentlich in einer ganz anderen, sogar in einer außerordentlich prächtigen `Aufmachung´ in Erscheinung: Müller senior - angetan mit der schmucken Uniform der `Tübinger Stadtgarde zu Pferd´ - saß mit angespannten Schenkeln hoch zu Rosse und fest im Sattel und schlug dabei mit dem weißen Filz der Trommelschlägel auf die gespannten Felle seiner Kesselpauken! Zu beiden Seiten des Pferdehalses hatte Müller die auf Hochglanz polierten kupfernen Pauken seines Fanfarenzuges gehängt und führte mit seinem Pferd den Paradezug der Stadtreiter an. Die zogen bei besonders festlichen Anlässen schmetternd und gefolgt vom tirilierenden Spielmannszug durch Tübingens Straßen. Von Weitem hatte man bereits das Klappern der eisenbeschlagenen Hufe über das Pflaster der Altstadtgassen vernommen und dann alles stehen und liegen gelassen, um dieses Ereignis ja nicht zu verpassen.

Auf dem Marktplatz angekommen schmetterten die Fanfarenbläser mit rot angelaufenen Gesichtern ihre zackigen Weisen zu Ehren irgendeiner Persönlichkeit oder eines besonders geschichtsträchtigen Ereignisses wegen.
Müllers Arme flogen nur so auf und nieder und die weißen Hirschlederhandschuhe mit den breiten Stulpen strahlten förmlich in der Sonne! Mit starrem Blick hielt er inne – und die gekreuzten Trommelschlägel verharrten vor seiner Stirn. Schweiß lief über das Gesicht des Trommlers, dessen Helmzier aus rot gefärbtem Rosshaar schon im leisesten Windhauch flatterte.
Die Menschen liefen in Strömen aus den benachbarten Gassen der Altstadt zusammen, um dieses seltene Spektakel zu genießen. Kaum einer, der nicht unbedingt

Wichtigeres zu erledigen hatte, lies sich dieses Schauspiel entgehen. Wir Kinder schon gar nicht!

Die Fläche unseres Grundstückes betrug immerhin mehr als fünfzehn Ar, also etwas mehr als 1500 qm! Um diese Fläche gemäht zu bekommen, bedurfte es natürlich mehrerer Helfer.
Ich glaube mich erinnern zu können, dass vor allem die Söhne meiner Tanten Marie und Anna in meinen frühesten Kindheitstagen zu diesen Helfern gehört haben.
Später mähte ich das Gras auf dieselbe Weise – ich hab's noch nicht verlernt!
Diese Art zu mähen änderte sich erst nach Mutters Tod.
Vater fand schließlich einen Schäfer, der das Gras von seinen Schafen abweiden ließ.
Etliche Jahre später schaffte sich Vater einen Balkenmäher an, mit dem Paul und ich diese Arbeit wesentlich bequemer bewältigen konnten.
Dieses Mähen war für viele Jahre *die* Tätigkeit, die vor allem meinem Bruder und mir den größten Teil unserer samstäglichen Freizeit raubte!

Fast jeden Samstag hieß es bei Vater: *„Auf, mer gôt uffs Feld!"*
...zum `Mähen´. Oder zum `Furchputzen´ oder zum `d'Beemschneiden´ oder zum `Obstuffläsa´ oder zum `Hacken´ oder zum `Ôkraut `raus dô´ oder zum `Schôra´ oder...oder...oder....
Vater kannte kein Mitleid!

Das Gras des `Urschoi'- die Wiese neben dem Louise-Wetzel-Stift.- wurde erst von Hand, dann mit dem Balkenmäher gemäht. Heute steht an dieser Stelle die Albert-Schweitzer-Kirche.

Allerdings verhinderte er auf diese Art und Weise, dass seine Buben auf *dumme Gedanken* kommen konnten.
Aus heutiger Sicht muss ich zugeben, dass er mit dieser Erziehungsmethode Erfolg hatte!
Mit unserem Vater verband uns deshalb möglicherweise eine engere Beziehung, als sie es zwischen anderen Vätern und ihren Söhnen gemeinhin der Fall sein könnte.
Bei diesen Arbeitseinsätzen ergaben sich nicht selten offene Aussprachen zwischen ihm und seinen beiden Söhnen, von deren Gesprächsinhalten nicht jeder und nicht immer erfahren musste...
Allerdings fiel es wirklich oft schwer, seinen Anordnungen Folge zu leisten, denn während die Nachbarskinder zum Schwimmen ins Freibad oder in den Neckar(!) gingen oder wenn im Fernsehen die Serien `Abenteuer unter Wasser' mit Mike Nelson (Lloyd Bridges), `Ivanhoe' (der junge Roger Moore), `Rintintin', `Fury', `Lassie',

`Inspektor Garret`, `Am Fuß der blauen Berge`, `die Laubenpiper` mit Willi Rose und Berta Drews (der Mutter von Götz George) oder wie diese Fernsehserien alle hießen, gezeigt wurden, dann hatten Paul und ich `die Zähne zusammenzubeißen` und mussten (damit knirschend) und mit unterdrücktem Zorn mit unserem Vater *aufs Feld*...

Vaters Baustellen

Oft schickte Vater uns beide außerdem zum `Laternenanzünden`!
Das hatte dem Sinne entsprechend an den Wochenenden zu geschehen – zwar nicht ausschließlich in den Wintermonaten mit ihren langen Nächten, sondern auch im Sommer, aber in der Kälte waren diese Einsätze ganz besonders unangenehm.
In den frühen siebziger Jahren gab es noch keine elektrisch betriebenen Warnleuchten für Baustellen! Jedenfalls hatte die *Fa. Kürner & Gugel* noch keine angeschafft.

Die Gräben in den Straßen wurden abgesichert, indem man auf rot und weiß angestrichenen Dreibeinen ebenso angestrichene Bretter legte. Mit zusammen gezwirbelten Drähten daran aufgehängten Petroleum-Laternen warnten in der Nacht durch ihre roten Lichter vor den Gefahren der Gräben, die hinter diesen Barrieren drohten. Vorausgesetzt, die rußenden Funzeln brannten!
Dazu mussten Paul und ich zuerst eine Kanne mit dem Brennstoff aus einem Kanister befüllen. Diesen und einen Trichter holten wir zuerst aus dem tunlichst abgeschlossenen Bauwagen heraus.

Hat der Schlüssel nicht an seinem verborgenen Platz gehangen oder hatte man ihn zu Hause versehentlich liegen gelassen, dann hieß es umzukehren und den Weg noch einmal zurückzulegen! Dabei lagen Vaters Baustellen ganz gewiss nicht immer in der unmittelbaren Nachbarschaft unserer Wohnung, sondern zum Beispiel in der *Rappenberghalde, im Rotbad* oder *am Denzenberg...*

Wir füllten das Petroleum aus der Kanne in den kleinen, runden Tank unter dem roten Glaszylinder.
Nie gelang dies problemlos!
Wehte starker Wind, so schaukelten die Laternen tückisch hin und her. Der Strahl verfehlte den Einfüllstutzen und das stinkende `Rohöl´ ergoss sich auf den Boden. Oder es lief über meine Finger, wenn Paul nicht genau abschätzen oder sehen gekonnt hatte, wann der Tank voll gewesen ist. Im Nu bildete sich eine kleine in allen Regenbogenfarben schillernde Lache auf der meist gefrorenen Erde. Zumindest aber stanken unsere Schuhe nach dem Petroleum, auf die es getropft war...
Gab es in dem Bauwagen Lappen oder einen Klumpen Putzwolle, so konnte man daran wenigstens die Hände abwischen.
Hatten die Kürner & Gugel-Leute diese Dinge vergessen, so konnte man auf dem Nachhauseweg noch nicht einmal die steif gefrorenen, ölverschmierten Hände in die Hosentaschen stecken, ohne sie zu beflecken.

Ein ganz besonderes `Vergnügen´ ist es gewesen, die Dochte anzuzünden!
Es konnte geschehen, dass man für eine einzige Laterne die Hälfte der Streichhölzer einer Schachtel verbrauchte.
Immer wieder blies der Wind das Flämmchen aus! Besonders ärgerlich ist es gewesen, wenn dies gerade in

dem Augenblick geschah, in dem man den angehobenen Glaszylinder absenkte, um das so mühsam entzündete Licht darin 'einzusperren'!

Dass wir beiden uns um diese Arbeit wirklich nicht 'gerissen' haben, wird um so verständlicher, wenn man bedenkt, dass es währenddessen oft geregnet oder gar geschneit hat und es dazu obendrein manchmal bitterkalt gewesen ist - und dass es je nach Art der Baustelle galt, bis zu zwanzig Laternen anzuzünden!

Die samstägliche Vorfreude, diesen Akt am Sonntag wiederholen zu dürfen hielt sich bei Paul und mir in denkbar engen Grenzen...

Eine besondere Gemeinheit aber ist die gewesen, wenn jemand aus Übermut die Dochte so weit zurückgedreht hatte, dass man die Zündstelle erst einmal wieder herrichten oder den Dochtstreifen gar mit einem Draht mühevoll aus dem Tank fischen und wieder in seine Führung einfädeln musste – mit klammen Fingern, versteht sich.

Manchmal mussten wir feststellen, dass man von den fünf vorgeschriebenen Laternen gleich mehrere schlicht gestohlen hatte! Oder jemand hatte die gesamte Warnanlage einfach in den Graben hinunter gestoßen, ohne dabei zu bedenken, in welch bedenkliche rechtliche Situation er Vater und seinen Kompagnon damit gebracht hat.

Diese Erfahrungen haben uns beide gelehrt, erst über die Konsequenzen nachzudenken, bevor wir irgendjemandem einen Streich spielten. Das ist so!

Der Schnarrenberg

Fährt man heutzutage die breite vierspurige Schnarrenbergstraße hinauf zum Universitätsklinikum, so erkennt man hinter den hochgewachsenen Sträuchern und einem Buswartehäuschen nicht mehr das Grundstück, das

Paul und ich zusammen mit unserem Vater viele Jahre lang `umgetrieben´ haben. Es ist längst völlig verwildert.
Der *Schnarrenberg* ist eine Streuobstwiese, die `in Erbgemeinschaft´ an die Nachkommen des *Ehne* gefallen war. Weshalb jedoch immer nur Paul und ich `*die Dummen*´ gewesen sind, die das Grundstück bearbeitet haben, frage ich lieber nicht...
In den Jahren, in denen die Bäume nur wenig Obst getragen haben, wurde gelegentlich die Frage gestellt: *„Onkel Paul, können wir auf u n s e r e m Schnarrenberg`a bissle Obst fir da Môscht´ auflesen?"* Das Grundstück liegt auf der rechten Seite der Strasse und grenzt an die Klinge, die zwischen unserem Grundstück und dem einzigen privaten Wohnhaus ins Gelände eingeschnitten ist.
Das Oberflächenwasser, das durch diese Klinge abgeführt wird, mündet in jenes Bächlein, welches durch das Elysium gurgelt, den *Käsenbach* nämlich.

Nur weniger als die Hälfte der Grundstücksfläche war mit Obstbäumen bestanden. Allerdings war es gerade *die* Fläche, deren Gefälle sich zur Klinge hinneigte. Deshalb ist es ein recht ungeliebter `Job´ gewesen, das den Hang hinunter gekullerte Obst dort unten aufzulesen, wo Gestrüpp und lästige Brennnesseln den glitschigen Boden vollständig bedeckten und was dem `*Aufklauber*´ nicht nur das Einsammeln der Äpfel erschwerte, sondern ihm außerdem das mühsame Hochtragen des gefüllten Korbes abverlangte.
Als die Stadtverwaltung eines Tages zum wiederholten Male die Erbengemeinschaft aufforderte, der geplanten Straßenverbreiterung wegen eine weitere Grundstücks-Teilfläche abzutreten, hatte es Vater satt!
Wenn schon, dann solle die Stadt gleich das gesamte Grundstück übernehmen!

So geschah es – und keiner ist deshalb unglücklich gewesen. Am wenigsten wohl Paul und ich.

Die Eulenhalde bei Roseck

Die Freude über die vermeintlich gewonnene Freizeit jedoch war eine verhaltene! Weitblickend und gewissermaßen zum Ausgleich hatte Vater nämlich längst schon ein ʽWochenendgrundstückʼ unterhalb des Schlosses ʽRoseckʼ erworben........
Dieses Grundstück liegt in leichter Hanglage recht idyllisch an der Gemarkungsgrenze zwischen Unterjesingen und Entringen.
Sich dort aufzuhalten macht wirklich Freude – heute! In den Jahren, nachdem Vater die ʽEulenhaldeʼ erworben hatte, war dem ganz gewiss nicht so! Zunächst galt es nämlich die alten Bäume abzuholzen, die der Vorbesitzer seit Jahren nicht mehr zurückgestutzt hatte.
Vater hat es dann nicht etwa dabei bewenden lassen, die Stämme einfach abzusägen! Nein, es mussten anschließend mühsam die Stümpfe freigelegt, die Wurzeln gekappt und die Stumpen unter großen Anstrengungen ausgegraben und nach und nach auf dem Grundstück verbrannt werden. Das restliche Holz, also den Stamm und die starken Äste, nahm man mit nach Hause, nach dem Paul und ich diese zuerst einmal in handliche Stücke zersägt hatten – mit der Hand- bzw. Waldsäge! Diese Prügel wiederum wurden von Herrn Köhnlein in etwa fünfundzwanzig Zentimeter lange Stücke gesägt, die dann zu guter Letzt von uns beiden mit dem Beil gespalten wurden!

Natürlich blieb die *Eulenhalde* nach diesem Akt nicht `leer´! Schon im darauffolgenden Jahr hielt Vater seine beiden Söhne an, zahlreiche Pflanzlöcher für neue Obstbäume auszuheben – zweiundzwanzig Löcher um genau zu sein! Jedes etwa einen Meter im Durchmesser und gut und gerne einen halben Meter tief!
Das alles geschah erst nach dem Tod unserer Mutter. Sie hat den Kauf der `Eulenhalde´ nicht mehr erlebt.

Nach Vaters Tod im Jahre 1988 habe ich das Grundstück übernommen und pflege es seither. Obwohl ich es stets zum Gedenken Vaters in Ehren gehalten habe, fällt es mir nun von Jahr zu Jahr zunehmend schwerer, die *Eulenhalde* `in Schuss´ zu halten.
Die Bäume sind inzwischen riesig geworden und bedürften intensiverer Pflege, als ich sie ihnen angedeihen lassen kann. Das mehrmalige Mähen passt immer weniger in meinen Zeitplan – und es fehlen mir mindestens zwei Söhne als Helfer...
Die jungen Bäumchen wurden damals unglücklicherweise in einem zu geringem Abstand voneinander gepflanzt. Ihre Kronen durchdringen sich inzwischen und durch das nur spärliche Sonnenlicht beginnen bereits einzelne Äste abzusterben.
Eigentlich wäre es nun an der Zeit, den einen oder anderen Baum zu fällen...
Es quält mich der Gedanke, das Grundstück irgendwann einmal aufgeben zu müssen! Immerhin gedeihen dort neben *Reineclauden, Zwetschgen, Mirabellen* und herrlichen *Kirschen* die unterschiedlichsten *Birnen- und Apfelsorten*, auf die zu verzichten mir wirklich schwerfällt...

Das Esslingsloh

Als Mutter noch lebte, war `das Esslingsloh´ das Feld, das am meisten *aufgesucht* wurde. Vor allem der untere, flache Teil – das `Vorlae´- ist sehr intensiv genutzt worden.
Meine Eltern besaßen ein so genanntes `Loidrawägele´, also eine kleine Karre aus Holz mit vier eisenbereiften Speichenrädern, einer Deichsel und mit zwei Seitenteilen, die aussahen wie Leitern. Zusammengehalten wurden diese `Leitern´ von je einem Spriegel, einer vorn, der andere hinten.

Da ich der jüngste Spross der Familie war, bin ich es gewesen, der Mutter wohl am häufigsten ins *Esslingsloh* begleitete. Paul ging entweder ins `Schüle´ oder in die Volksschule. Er ist also *versorgt*, respektive beaufsichtigt gewesen, während das Nesthäkchen Willi von der Mutter eben mit aufs Feld genommen wurde.
Ich wurde folglich kurzerhand ins `Wägele´ gesetzt – Blickrichtung nach hinten – und es ging los.
Fast möchte ich glauben, dass sich diese Ausrichtung prägend für mein späteres Leben ausgewirkt hat: Noch heute blicke ich lieber zurück auf das, was war, als dass ich mich auf die Zukunft freuen würde............

Der Weg

Über die Kornhausstrasse, die Krumme Brücke, die Jakobsgasse, vorbei an der Spittelkirche (Jakobus-) und über das Kleine Ämmerle gelangten wir bis zur Kelternstrasse.

Der Brunnen auf der Krummenbrücke vor dem Bürgerheim

Foto rechts: Im Eckhaus rechts befand sich dieBäckerei Dieterle. Auf der Grasflächevor der Spittelkirche spielte ich als Kind Fangis mit Petra oder versteckte mich hinter den aufgestellten Brettern einer Schreinerei

Von hier aus führte unser Weg entweder auf der Nordseite der Silcherschule entlang bis zum *Frisseer Miller* , dort über die Straße und an der `Darlehnskass´ vorbei, oder vor dem `Farrenstall* zwischen den Häusern durch in die *Weberstraße,* weiter vorbei *am August* (Kehrer) bis zur Rappstraße.

Dort ging es dann nach rechts und beim `Genkinger´, der die damals einzige ESSO-Tankstelle in der*Westbahnhofstraße* betrieb, über s´Ammerbrickle zum Rappschüle.

Mutter hatte nun das Wägelchen mit ihrem Söhnchen Willi nebst verzinkter Gießkanne, Henkelkorb mit Vesper und einer Hacke bestückt, die leichte Steigung zur *Herrenberger Straße* hinaufzuziehen. Von hier aus zog sie *das Kärrale* weiter durch die *Stöcklestraße* bis zum Anfang der *Friedrich Dannemann-Straße*. Hier begann die *Zwerenbühlstraße*, die allerdings damals bestenfalls ein *Weg* war.

Leider auf diesem Bild nicht zu erkennen ist der akkurat gepflegte Gemüse- und Blumengarten der Frau.... und ihr kleines Häuschen. Ebenfalls nicht zu sehen ist das Haus der `Nachtigall'. S'Luisle Kürner fiel durch das ausgeprägte Vibrato in ihrer Stimme gelegentlich angenehm auf, wenn der `Gmischtakohr' des "Weingärtner Liederkranzes" einen seiner Auftritte hatte.

Auf dem Kelternplatz angekommen bot sich dieser Anblick:
Das linke Eckhaus war die Schreinerei Schmid (die Tochter des Hauses wurde später meine Mitschülerin in der Hölderlinschule), Das Haus in der Mitte war einst der Wohnsitz des Scharfrichters. Später wohnte darin der Wärter des Farrenstalles. Das Stallgebäude sieht man ganz rechts.
Ich erinnere mich genau an den groben Beton der Umfassungsmauer des Silcherschul-Pausenhofes mit seiner Kronenabdeckung aus roten Backsteinen.

Zwischen diesen beiden Häuschen musste Mutter das Loitrawägele die kurze Steigung hinaufziehen bis zum Feuerwehrhaus.

„Jetzt muasch a bissle ô schugga, Willile".

Das Wegstück von der Einmündung der Stöcklestraße in die Herrenberger Straße - oder genauer ausgedrückt von der Gaststätte `Marquardtei´ an - bis zu unserem Grundstück, hat sich in der Zeit bis heute so stark verändert, dass meine Mutter (könnte sie denn vom Himmel herunter steigen) den Weg ins *Esslingloh* ganz gewiss nicht mehr finden könnte!

Der Garten der Wirtschaft mit seiner hohen Mauer und den herrlichen Kastanienbäumen sind längst dem Bau eines Studentenwohnheimes gewichen. Ebenso das hübsche Wohnhaus, das einst in den Hang über dem unteren Ende der Stöcklestraße gebaut worden war, und das Wegstück von der Einmündung der Stöcklestraße in die Herrenberger Straße - oder genauer ausgedrückt von der Gaststätte ʻ*Marquardtei*ʼ an - bis zu unserem Grundstück, hat sich in der Zeit bis heute so stark verändert, dass meine Mutter (könnte sie denn vom Himmel herunter steigen) den Weg ins *Esslingloh* ganz gewiss nicht mehr finden könnte!

Der Garten der Wirtschaft mit seiner hohen Mauer und den herrlichen Kastanienbäumen sind längst dem Bau eines Studentenwohnheimes gewichen. Ebenso das hübsche Wohnhaus, das einst in den Hang über dem unteren Ende der Stöcklestraße gebaut worden war und in dem eine Kindergartengefährtin und spätere Mitschülerin, gewohnt hat. Sie ist ein hübsches, zurückhaltendes Mädchen gewesen, mit Spangen in ihren halblangen, blonden Haaren. Ich erinnere mich, dass sie oft ein hellblaues Kleidchen aus handgestrickter Wolle getragen hat, das die gleichen eingestreuten weißen Maschen zeigte, wie sie auch meine Mutter in meine Pullover eingearbeitet hat. Auch ihr Bruder besuchte die gleiche Klasse wie sie und ich. Und er hatte es nicht leicht mit unserem damaligen Lehrer. Ich bezweifle noch heute, dass der Bub die Schläge immer verdient hatte, die er viel häufiger als wir anderen verabreicht bekommen hat.
 Unseren Lehrer interessierte das ʻnicht die Bohneʼ. Er schlug lieber drauf! Er durfte dies, damals. Lange darüber nachgedacht hat er deswegen wohl nicht, und Gewissensbisse dürften ihn kaum geplagt haben.

Selbst dann, wenn das ʻVergehen´ des Bestraften nur darin bestanden hat, im Schwimmunterricht nicht den Mut aufgebracht zu haben, sich kopfüber ins Wasser zu stürzen, setzte es Schläge mit dem Stock. Kein Startsprung – also Hiebe! Die gab es auch – sogar in der Luft – wenn ein Schüler im Turnsaal des Raupengymnasiums den einfachen Sprung über den Bock nicht schaffte.

Ich gehörte ebenfalls zu diesen *Nichtskönnern* - wie viele andere auch. Vielleicht waren es sogar die meisten, die den Kopfsprung nicht wagten, weil sie sich davor noch mehr fürchteten als vor den schmerzhaften Stockschlägen unseres gemeinen Lehrers.

Wir alle sind damals nicht älter als höchstens neun Jahre alt gewesen.

Viele Mütter hatten nicht den Mut aufgebracht, ihre Kinder in diesem Alter bereits alleine ins Freibad ziehen zu lassen, wo sie diesen Sprung - oder das Schwimmen überhaupt - hätten ohne Angst haben zu müssen, lernen können. Außerdem fehlte in vielen Familien das Geld für häufige Freibadbesuche – Kinder, Schüler und Studenten fünfzehn Pfennige, Erwachsenen dreißig..........

Ob ich nur um meines Lehrers Anforderungen zu genügen oder des eigenen Ehrgeizes wegen es wagte, direkt neben der Rutsche im Freibad im 85er-Bädle (Wassertiefe gleich 85 cm) mit einem Kopfsprung vom Beckenrand aus senkrecht ins Wasser zu springen, weiß ich heute nicht mehr. Ich schlug jedenfalls (trotz der über dem Kopf zusammen gelegten Hände) mit dem Kopf auf dem Beckenboden auf! Um ein Haar wäre ich bewusstlos geworden. Wie benommen bin ich die Stufen hoch getorkelt. Mein Freund Walter ist ernsthaft besorgt gewesen, als ich minutenlang reglos im Gras gelegen habe. Es hätte tatsächlich etwas Schlimmes passieren können.

Mit ein wenig mehr Einfühlungsvermögen, seitens meines Lehrers, hätte man mir den `Startsprung´ sicherlich beibringen können – ohne Gefahr zu laufen, sich dabei zu verletzen.

Die Jungs mussten sich nach vorne über eine Tischplatte beugen und bekamen mit dem Stock eins übers Hinterteil gebraten – die Mädchen hatten sich eine `Tatze´ abzuholen. So nannte man den Schlag mit dem Stock auf die ausgestreckte Handfläche.

Hedi und Manfred - zu Hause Schwierigkeiten, in der Schule geschlagen?

Der `Stecklesmô´

Auf der linken Seite des `Stöckles´, dort, wo sich heute ein modernes Wohnhaus mit einem Restaurant im Erdgeschoss befindet, war lange Jahre ein hübscher Garten angelegt gewesen, in dem für mich so exotisch anmutende Pflanzen zu sehen waren wie etwa die `Lampionblume´ mit ihren eigenartig geformten Blüten und mit dem erbsengroßen `Knubbel´ in ihrem Inneren.

Ich glaube, dass dieser Garten einst dem `Stöckles - ´ oder auch *`Blümles-Mô´* gehört hat und der sich ein Zubrot zu seiner spärlichen Rente verdienen konnte, indem er an der Ecke Kornhausstraße / Rathausgasse selbstgepflückte Blumensträußchen verkauft hat. Auch er hatte ein `Leiterwägele´ hinter sich hergezogen.

Der alte Mann hatte aus zwei übereinander montierten Platten ein Gestell gebastelt, das er über die Seitenteile des Wägelchens legte und in deren obere Platte er zahlreiche Löcher eingeschnitten hatte. In diese Löcher steckte er ausgediente, mit Wasser gefüllte Konservendosen, um darin seine Blumensträuße frisch zu halten.

Viel verdienen konnte er damit wohl nicht.

Die Menschen hatten zu Beginn der späten Fünfzigerjahre nicht viel Geld. Dennoch gaben sie es gelegentlich für ein kleines Blumensträußchen aus.
Es war eine andere Zeit!
Es gab auch einen `G´schichtles-Mô´, aber das wäre `a G´schichtle´ für sich!

Die Stöcklesstraße

Nach dem gerade erwähnten Haus gab es noch zwei weitere Gebäude auf dieser Seite der Stöcklestraße bis zu Einmündung der Charlottenstraße, einer Seitenstraße, die in die Justinus Kerner-Straße überging.
Die Häuser stehen heute noch! Eines von ihnen besitzt sogar einen turmähnlichen Erker mit aufgesetztem Pyramidendach.
Die Brücke über die Frondsbergstraße, welche die Charlottenstraße mit dem alten Klinikum verbindet, wurde erst in den Siebzigerjahren gebaut. Ihr Bau stand in Verbindung mit der völligen Neugestaltung der heutigen Frondsbergauffahrt, die zum neuen Klinikviertel auf dem Schnarrenberg hinaufführt.
Die geschwungene Stützwand mit der Kronenabdeckung aus roten Ziegelsteinen neben der Charlottenstraße bei der Einmündung ins `Stöckle´ zeigt sich immer noch in dem gleichen ungewöhnlich grobkörnigen Beton wie damals.
Zwischen dieser Betonwand und den erwähnten Häusern der Stöcklestrasse gab es damals einen steilen Hang, der mit einem Wildwuchs von Sträuchern und Bäumen überwuchert war. Mit der dahinter anschließenden Wiese stellte er aber einen herrlichen Abenteuerspielplatz für alle Kinder dar, die in dieser Umgebung zu Hause waren!

Die Wohnhäuser links hinten und in der Mitte zählen zur Stöcklestraße. Klaus steht links, Hans rechts. Vorne posiert Roswitha

Nun teilte sich die Stöcklestraße auf: Geradeaus führte die Friedrich Dannemann-straße weiter nach Westen, rechts begann die Zwehrenbühlstrasse
Auf der linken Seite gab es eine große Wiese (über die ein ausgetretener Trampelpfad führte) – sonst nichts.
Das Haus der Familie Schmid, Baugeschäft, (im Bild rechts) und noch ein paar weitere kleine Häuschen in der Gösstraße sind noch viele Jahre die letzten gewesen, die gewissermaßen den westlichen Stadtrand bildeten. Die übrigen Gebäude gehörten zu den Gärtnereien *Sinner*, *Biesinger* und *Hamm*.

Schon lange ist aus dem Trampelpfad (links im Bild zu erkennen) zwischen Stöcklestraße und Herrenberger Straße eine vollgeparkte Verbindungsstraße geworden, und die Gärtnereiflächen – auch die der Familie Stephan, rechts vom Schmid'schen Wohnhaus zu denken – sind längst mit Wohnhäusern überbaut.

ʾS Zwehrabiel

Auch hier am Beginn des Zwehrenbühls gab es einen mit Gestrüpp und wilden Obstbäumen überwucherten Hang, an dessen Fuß sich ein vom Regenwasser ausgeschwemmter Graben entlang zog.

Zwischen diesem Hang auf der rechten Seite, einer tief eingeschnittenen Klinge und einem Betriebsgebäude der Gärtnerei Hamm auf der linken, führte ein ansteigender Hohlweg bis zu einer weiteren Weggabelung.

Ging man geradeaus, so erreichte man nach ein paar hundert Metern das *Esslingsloh*. Folgte man hingegen dem Weg nach links, so gelangte man zur der sehr steilen *Hasenbühlsteige* und zu der Sandgrube, die vor vielen, vielen Jahren die Existenz der Familie Storz bedeutete. Sie hatte damals einige Kaltblütergäule in ihrem Stall in der *Belthlestraße* stehen und hielt mit ihnen über viele Jahre einen Fuhrmannsbetrieb aufrecht, der die Familie leidlich ernährte. Mit den Pferden hatte man den gebrochenen Sand vom Hasenbühl aus an jede gewünschte Baustelle gebracht. Würde man der Steigung noch weiter den Berg hinauf gefolgt sein, so hätte man schließlich den *Steinenberg* mit seinem stählernen Aussichtsturm erreichen können.

Der Fuhrunternehmer in der Rümelinstraße

Am Beginn des Hohlweges machte Mutter stets eine kleine Rast. Hier plätscherte das Wasser eines einfachen und gewiss nicht schön zu nennenden Brunnens: Am Ende eines grob behauenen Sandsteintroges hatte man einen im Laufe der Jahre stark verwitterten Eichenbalken in den Boden gerammt. Auf dessen Rückseite führte ein dickes Eisenrohr einen halben Meter hoch, bevor es waagerecht durch den Eichenstock geführt wurde.
Aus dem Rohr floss jahraus, jahrein frisches, klares Quellwasser, das eine willkommene Erfrischung nach dem anstrengenden Weg bis hier her gewesen ist und zugleich eine Stärkung vor dem bevorstehenden Reststück war. Ich schmecke es noch auf der Zunge, wenn ich daran denke...
Genau hier, wo das Wasser über das dicke Moospolster des Trograndes lief und anschließend in einer Dole vergurgelte, hörte meine persönliche Bequemlichkeit auf. Von dieser Stelle an hatte nämlich auch das kleine Bübchen Willi den Weg auf Schusters Rappen weiterzugehen.
Nur vereinzelte Häuser standen auf der rechten Seite des Weges, mit großem Abstand zu ihm.
Es waren bescheidene Häuschen mit gepflegten Vorgärten. Ihre Besitzer hatten sie einst mit viel Mühe und viel Handarbeit für sich und ihre Familien auf dem flachen Stück unterhalb ihrer Weinberge gebaut, damit sie möglichst nahe an ihrer Arbeit wohnen konnten, denn, wie bereits erwähnt: es gab nur sehr wenige Autos zu dieser Zeit in Tübingen. Jedes Grundstück musste zu Fuß erreicht werden. Und die Wege waren weit, wenn man in der Altstadt gewohnt und gleich mehrere Grundstücke außerhalb der Stadtmauer besessen hat.

Mein Großvater zum Beispiel, der *Ehne* also, bewirtschaftete eigene Grundstücke am Nordhang des Österberges, zwei im Ammertal unterhalb des Schwärzlocher Hofes (einen davon nannte man ʾ*den Straßburger*ʾ- er gehörte später Onkel Karl), das *Esslingsloh*, den *Aischbach*, den *Heuberg*, einen sehr großen ʾPlatzʾ in der Schwärzlocher Straße (den man ʾ*das Burgholz*ʾ genannt hat, und den der Fabrikant Zanker doch gar so sehr gerne für seine Villa gekauft hätte...), einen weiteren Weinberg am Südhang des Neckars unterhalb des Bismarckturmes (das sogenannte ʾ*Hennental*ʾ am gleichnamigen Weg) und die Baumwiese am *Schnarrenberg*.

Ob ein weiterer Platz in der ʾ*Maderhalde*ʾ (nahe dem ʾ*Elysium*ʾ) und noch ein weiterer unterhalb des ʾ*Öhlers*ʾ ebenfalls ihm gehörte, weiß ich nicht mit Bestimmtheit zu sagen, denn als ich das Alter erreichte, in dem solche Dinge mich interessierten, wurden sie bereits von meinen Tanten und deren Kinder genutzt. Gut möglich aber auch, dass solch ein ʾPlatzʾ vom jeweiligen Partner in die Ehe eingebracht worden war.

Das letzte Stück des Weges verlief gut einen Meter tiefer als das umgebende Land. Vermutlich hatte man diesen ursprünglichen *Zwehrenbühlweg* deswegen so tief ins Gelände eingegraben, um ihm die Steilheit zu nehmen. Allerdings hat man darauf verzichtet, die Böschungen durch Mäuerchen zu sichern.

Wenn es einmal regnete, dann lief das Wasser durch diesen Hohlweg und fraß beständig an dessen Rändern. Die Erde, Teile des Teerbelages und Split vom Zwehrenbühl fanden sich nach jedem starken Regenguss denn auch prompt dort wieder, wo es mit der Hasenbühlsteige zusammentraf.

Unser Esslingsloh

Unser Grundstück war durch ein Trockenmäuerchen gesichert, allerdings nur auf der rechten Seite, wo sich der Weinberg erst flach, dann immer steiler werdend, den Hang bis zur heutigen Medizinischen Klinik hinauf zog.
Links vom Weg gehörte ein Stückchen Land ebenfalls noch zu unserem *Esslingsloh*: eine Wiese, kleiner als ein Ar, mit zwei Bäumchen drauf. Darauf stellte Mutter das Leiterwägelchen ab.
Hier saß ich manchmal tatsächlich stundenlang alleine unter dem Apfelbaum und träumte in den Tag hinein. Manchmal schlug ich mit einem faustgroßen Stein kleine Muster aus Kieselsteinen in den lehmigen Wegesrand. Ich baute kleine Staudämmchen in das spärlich fließende Rinnsal, das am Ende der winzigen Wiese vorbeigurgelte. Ich kletterte in die dichten Weidenbäume oder tat - in Gedanken versunken - einfach nichts!
Auf diesem kleinen Teilgrundstück wuchsen – wie gesagt - zwei Bäumchen. Das eine trug Äpfel, war schon recht alt und hatte trotzdem keine allzu große Höhe erreicht. Sechs bis sieben Meter höchstens ragten seine Wipfel in die Höhe.
Die Sorte wusste selbst mein Vater nicht mit Namen zu benennen. Doch die fein gestreiften Äpfel mit dem zartgelben Fruchtfleisch schmeckten mir von allen am besten! Mutter verwendete sie ganz besonders gerne, um sie in der heißen Luft des Kachelofens in trockene `Hutzeln´ zu verwandeln.
Das andere Bäumchen war noch kleiner als das erste und vermutlich aus einem `verirrten´ Kern entstanden. Gepflanzt hat diesen `Wildling´ sicherlich keiner. Doch auch diese Früchte aß ich ausgesprochen gerne!

Es sind längliche, rötliche Pflaumen gewesen mit einem unvergleichlichen, säuerlichen Aroma!

Gegenüber, auf der anderen Seite des Weges, stieg das Grundstück zunächst sanft an. Es mögen die ersten etwa fünfzehn, zwanzig Meter gewesen sein, die man intensiv genutzt hat.

Ich erinnere mich daran, dass meine Eltern hier etliche Reihen *Sieglinde*-Kartoffeln angebaut hatten. Erdbeeren hatte man hier ebenso ernten können wie kleine Gürkchen, deutlich größere `Gugommern´ (Schlangengurken), Tomaten und Bohnen. Und genau so wie im Aischbach zog Mutter hier neben Radieschen, Karotten, Rettichen und Roter Beete auch Blumen.

Das Gießwasser entnahmen wir entweder dem winzigen Bächlein hinter dem Apfelbäumchen oder der Wasserleitung der Familie *Klatter*.

Die Klatters

Herr und Frau Klatter hatten rechts der Furche ein kleines und für die Fünfziger Jahre typisches Häuschen gebaut: der hintere Teil des Erdgeschosses bot Platz für den Keller, den Kohlenbunker und einen Abstellraum. Im vorderen südlichen Teil gab es zwei Studentenzim- merle. Darüber wohnte, kochte, aß oder schlief man. Im Dach gab es zwei kleine Kinderzimmer mit schrägen Decken und schmalen Dachgaupen. Das Häuschen – es besteht noch immer in unveränderter Form – hatte einen hölzernen Balkon auf der Südseite. Auf dessen Brüstung sonnte Frau Klatter ihre Bettdecken.

Im aufgeschütteten und immer sehr gepflegten Vorgarten glänzte in schönstem Himmelblau ein nierenförmiger Goldfischteich zwischen `Ewiger Liebe´, `Tagetes´ und Stiefmütterchen!

Hinter ihrem Wohnhaus hatten Klatters eine breite Terrasse angelegt und sie teilweise mit einem mindestens zwei Meter hohen Maschendrahtzaun umgeben. Ein Hundezwinger! Hier wurden zwei Boxerhündinnen gehalten. *Aska* und *Bessi* - Mutter und Tochter.
Gelegentlich führte Herr Klatter seinen Tieren einen ausgesuchten Rüden zu. Dann gab es Nachwuchs, und ich konnte es nicht glauben, dass man den kleinen Hündchen die Schwänze abschnitt! *Kupieren* nannte man diesen barbarischen Hundezüchterkniff.
Dennoch – Herr Klatter liebte Tiere! Er war deshalb engagiertes Mitglied im Kleintierzüchterverein.
Herr Klatter hielt außer den Hunden in einem Extrahäuschen Kaninchen, Angorahasen und eine große Zahl Perlhühner. Allesamt harmlose Tiere – bis auf das ʽGöckeleʼ! Dieses kleine aber äußerst aggressive Zwerghähnchen jagte uns Buben Angst und Schrecken ein! Natürlich nur dann, wenn es ihm zuvor gelungen war, aus seinem Gehege auszubrechen.
Das geschah leider recht oft!
Gerade dann war das Biest ausgebüxt, wenn Paul oder ich am Wasserhahn die Gießkanne zu füllen hatten! Kaum hatte ʽdas Göckeleʼ uns erspäht, so raste es wild, kampflustig entschlossen auf uns zu (man sah förmlich, wie es die nicht vorhandenen Ärmel hochkrempelte) und hackte auf alles ein, was nicht durch Kleidung geschützt war: Füße, Knie, Ellbogen – selbst am Hals und im Gesicht hatte man Kratzer, wenn das wilde Kerlchen, in dessen Hühnerbrust das Herz eines Adlers zu schlagen schien, mit einem fertig war...
Auch auf der linken Seite unseres Grundstückes stand ein Haus – und es steht dort ebenfalls noch unverändert.
Das hat einen Grund: Es ist auf allen Seiten mit grauen Schieferplatten verkleidet! Solchermaßen ʽverblendeteʼ

Fassaden gibt es in Tübingen äußerst selten. Ein `W´ und ein `H´,Initiale, sind einst aus weißen Platten `geschrieben´ worden, die man dazu geschickt zwischen die grauen Schuppen eingepasst hat.
Den alten H. habe ich als ganz kleines Bübchen noch kennengelernt.
Wie unser Nachbar in der Rathausgasse sah man diesen uralten Mann niemals ohne seine schwarze Schildmütze auf dem Kopf. Doch am stärksten in meiner Erinnerung haften geblieben ist, dass der Alte anstelle einer Hand am linken Arm nur einen Stumpf besaß! Dieser Unterarmstumpf steckte in einer recht unansehnlichen, plumpen Manschette aus schwarzem Leder, in die ein schwerer und vermutlich ziemlich unpraktischer Messingring eingearbeitet worden war.

Nach dem flachen Erdbeer-Kartoffel-Tomaten-Blumen-Feld wurde unser `Esslingsloh´ steiler. Es folgte auf die Fläche mit brauner Erde ein Stück Wiese, auf deren unterem Teil ein stattlicher Zwetschgenbaum gedieh und der seine Äste hoch in den Himmel reckte. *Bühler Zwetschgen* nannte Mutter diese Sorte.
Die Früchte ergaben die allerbeste Marmelade, die ich je zu essen bekommen habe!
Da man damals noch keinen Gelierzucker verwenden konnte, um das `Gsälz´ einzudicken, nahm Mutter desto mehr vom *normalen* Zucker und kochte die Masse so lange ein, bis sie zähflüssig und fast schwarz geworden ist. Die Fruchtschalen der Zwetschgen rollten sich dabei zu kleinen, festen `Stäbchen´ auf, die trotz des vielen Zuckers ihren säuerlichen Geschmack nicht verloren haben. Ich liebte Mutters `Zwetschgagsälz´ mehr als jedes andere.

Vor dem Verschließen der Marmeladengläser mit einem Baumwolltüchlein und einem Bindfaden deckte Mutter die Masse mit einem kreisrund geschnittenen Blättchen Pergamentpapier ab, das sie zuvor in Zwetschgenschnaps eingeweicht hatte. So blieb die Marmelade länger haltbar. Hatte sich trotzdem einmal eine Schimmelschicht gebildet, so zog man diese mit dem Papierstückchen einfach ab. Den Rest entfernte man mit einem Löffel. Kein Kind würde heute davon noch essen! Geschadet hat es jedoch keinem von uns.

Der nächste Baum trug 'Klaräpfel'- eine Sorte, deren Früchte sehr früh reiften. Er war nicht sehr hoch gewachsen, und seine Äste setzten nur etwa anderthalb Meter über dem Gras an seinem Stamm an.

Die Enden der mit Früchten behangenen Äste reichten bis zum Boden und man konnte die Äpfel deshalb auch als Kind mühelos erreichen. Grün und noch nicht ganz ausgereift schmeckten mir diese ansonsten fast weißen Äpfel am besten!

Die Wiese reichte bis zum Fuße eines Trockenmäuerchens, dessen sorgfältig aufgeschichtete Steinquader vollkommen von Efeu und hellgrauem Hornkraut überwuchert waren. Etwa in der Mitte war ein Teil der Mauer eingestürzt. In diese Lücke war Erde 'nachgerutscht', und man benutzte diese Stelle gerne als bequemen Durchstieg zur nächsten Terrasse, deren Fläche man paradoxerweise als 'Graben' bezeichnete.

Die Gräben und die 'Furch'

Durch die mühevolle Arbeit des Terrassenanlegens wurde der Hang bereits im Mittelalter abschnittsweise abgeflacht. Dadurch sollte verhindert werden, dass durch das Arbeiten mit Hacke und durch Witterungseinflüsse die

Krume abgetragen wurde. Trotzdem 'arbeitete' sich der Boden im Laufe der Jahre von oben nach unten. Dann wurde die Erde tatsächlich in Butten, die die fleißigen Weinbauern wie bei der Weinlese auf dem Rücken getragen haben, wieder über die Wengertstäffela nach oben geschafft.

Das *Esslingsloh* meiner Eltern zog sich ursprünglich vom Tal des *Zwehrenbühls* bis hinauf zur Ebene des Schnarrenberges. Es gehörte also zu dem von der Sonne beschienenen Südhang unterhalb des heutigen Klinikums.

Als dieser Krankenhauskomplex am Ende der fünfziger und zu Beginn der sechziger Jahre gebaut werden sollte, mussten meine Eltern den oberen flachen Teil des Grundstückes an das Land Baden - Württemberg abtreten.

Da das natürliche Gelände nicht nur nach Süden, sondern auch nach Osten ein Gefälle aufweist, ist es notwendig gewesen, die Mäuerchen nicht bloß parallel, sondern auch in der Längsrichtung des Hanges anzulegen. Der obere Teil des Grundstückes der Familie Glötter lag demzufolge etwas tiefer als das meiner Eltern.

Zwischen den beiden Nachbargrundstücken verlief die 'Furch' mit ihren teilweise sehr unregelmäßig angelegten 'Wengertschtäffela'. Diese Furche diente aber auch zur geordneten Ableitung des Oberflächenwassers. Natürlich gedieh in den Fugen zwischen den eingelegten Steinstufen das Unkraut ganz hervorragend! Das bedeutete, dass immer dann, wenn Vater glaubte, seine beiden Buben frönten allzu offenkundig des Müßiganges, er sich dazu verstand die Order auszugeben: *„Auf, ganget naus ens Esslengsloh, wenner et wissat, was er do sollet! Dô sott mr môl wieder d'Furch butza! On de selle zwoi* (er meinte Jochen Nisslein und Hermann Ottman) *kennat ruich ao*

mit!" Zu deutsch: Es täte Not, die Weinbergstiege vom Unkraut zu befreien! Und die beiden von Langeweile geplagten Kameraden fänden dort eine sinnreiche Abwechslung in ihrem tristen Alltag.........
Diese ungeliebte, weil als vergängliche und deshalb außerdem als recht unnütz angesehene Arbeit war, in der Tat, eine recht anstrengende! Nur mit den bloßen Händen und einer unhandlichen Hacke kratzte man die eingeschwemmte Erde und das fest verwurzelte Unkraut aus den Fugen. Die `chemische Keule´ E 605 war verpönt! An manchen Stellen war der Abstand zwischen den seitlichen Mäuerchen so gering, dass man mit den Knöcheln der Hände an dem groben Sandstein entlang schrammte und sich die Haut blutig riss!
Bedenkt man, dass der Weinberg fast zweihundert Meter lang gewesen ist, so kann man sich leicht vorstellen, welche Herkulesarbeit hier zu leisten war! Nur, wer diese Arbeit einmal erledigt hat, weiß, was gemeint ist, wenn von *Sisyphusarbeit* die Rede ist...

Während einer solchen Tätigkeit könnte es zu der Szene gekommen sein, die typisch ist für einen schwer schaffenden Tübinger Ackerbürger:
Ein lustwandelnder Pfarrer lobt solch einen fleißigen `Grubber´, der einen verunkrauteten Wengert in einen fruchtbaren Weinberg zurück verwandelt hat, mit den anerkennenden Worten „Da sieht man, was mit Ihrer und Gottes Hilfe geleistet wurde." Darauf der Gôg: „Sie hättet amôl des Stickle sehe solle, wo´s onser Herrgott no alloi omtrieba hôt...."

Natürlich haben wir es trotz aller Anstrengungen nicht geschafft, die Furche jedes Jahr sauber zu halten!
Eines Tages sollte sich die Mühe allerdings lohnen.

Zu dritt hatten wir ein gehöriges Stück der Furche `geputzt.
Jochen war mit Paul und mir bereits auf dem Nachhauseweg gewesen, als uns eine Frau angesprochen hat. Sie bat uns, die eben angelieferten Holzscheite in geflochtenen Weidenkörben vom Garten zu ihrem Haus in der Hasenbühlsteige zu tragen.
Jeder von uns bekam dafür zwei Mark fünfzig(!) als Lohn – viel Geld für kleine Jungs.
Nebenbei: Wir kannten diese Frau bestenfalls `vom Sehen´. Man stelle sich die Reaktion heutiger Buben vor, wenn sie von einer Frau darum gebeten würden, körbeweise einen Raummeter Brennholz von der Straße hinter das Haus einer eigentlich wildfremden Frau zu schaffen...

Gerade an der rechten Mauerecke des ersten Grabens und just dort, wo uns das gemeine `Göckele´ aufzulauern pflegte, war unsere Mauer mannshoch, die Furche eng und durch üppig wucherndes Efeu und süß nach Honig duftendem Hornkraut fast unpassierbar geworden. Man benützte deshalb gerne den Mittelweg über die Stelle bei der eingestürzten Mauer. Erst recht, wenn es zuvor geregnet hatte. Sonst wäre man hinterher vom abgewischten Wasser klitschnass gewesen.
Nun befand man sich unter dem Blätterdach eines Quittenbaumes, der hauptsächlich aus einem fast waagerecht geneigten Stamm bestand, und der mir viele Stunden als Abenteuerspielplatz gedient hat. Wie ein Löwe auf einem *Baobab* in der afrikanischen Savanne lag ich oft bäuchlings auf der glatten, hellgrauen Rinde und ließ alle Viere nach unten baumeln, während Mutter mit der Hacke den Boden bearbeitete.

Viel lieber habe ich hier bequem und nur wenig mehr als einen Meter über dem Boden zwischen den gelben Quitten gelegen als auf den hohen, knorrigen, mit moosüberzogenen Ästen des benachbarten Birnbaumes, dessen kleine, wunderbar süßen und mit einem unvergleichlichen Aroma ausgestatteten *Peters*birnen allerdings jedes Risiko wert gewesen wären.

`S Heisle

Direkt hinter dem `Löwenbaum´ stand das `Häusle´, eines der unzähligen, winzigen und typischen Weinberghäuschen, in denen man Hacken, Spaten, Schaufeln und anderes Grabwerkzeug aufbewahrte. Man hatte für das kleine Gebäude extra eine kleine Terrasse angelegt, damit es auf wirklich ebener Fläche zu stehen kam.
Drahtrollen, Bast zum Anbinden der Reben, Hammer und Krampen, `Pfahlhapen´ und Beile zum Anspitzen von Rebstützen, „Häple" mit krummen Klingen, große Schlägel zum Einschlagen von Pfählen, auch andere Dinge, wie zum Beispiel Packungen mit Rattengift, Hornmehl, aufgeplatzte Tüten mit Pulver zum Anrühren der Spritzmittel, Säcke mit *Nitrophoska*-Kunstdünger und Rebscheren konnte man hier drin aufbewahren um sie nicht jedes Mal aufs Neue mitschleppen zu müssen. Und auch ein Eimer für dringende Fälle fand sich im `Heisle´- und Zeitungspapier für `hinterlistige´ Zwecke lag hier in der Schublade des Tischchens bereit...
Die Hütte war winzig – gerade einmal zwei mal zwei Meter maß ihr Grundriss außen. Die Fachwerkwände sind höchstens zehn Zentimeter dick und mit minderwertigen Schwemmsteinen ausgeriegelt gewesen. Ihre Außenseite hatte man auf eine nicht gerade fachmännische Weise notdürftig mit einem einfachen Lehmmörtel ver-

putzt. Das steile Satteldach war ebenso mit unterschiedlich geformten Tonziegeln gedeckt wie der First.
Es ist ein armseliges Hüttchen gewesen - aber von mir geliebt!

Leider hatte der Bauherr (vielleicht der ʹEhneʹ?) es irgendwann aufgegeben, das Häuschen fertigzustellen, denn auf der östlichen Seite lagen aufrecht hintereinander aufgereiht dicke, quadratische Platten aus grauem Schiefer, mit denen man vermutlich den Fußboden im Häuschen hatte belegen wollen. Vielleicht ist der Bauherr gestorben, bevor er mit dieser Arbeit fertig geworden ist. Manchmal glaubte ich Wehmut in den Blicken meines Vaters zu erkennen, wenn er sich die kleinen runden Vertiefungen im Lehmputz neben der Tür ansah. Es sind die Abdrücke der Fingerkuppen seines im Krieg gefallenen Bruders Eugen gewesen..........

Nun überwucherte Efeu anstatt der ursprünglich angepflanzten Kletterrosen nicht nur die Platten und die gesamte Fläche um das Häuschen herum, er hatte bereits fast das ganze Dach mit seinen grünblättrigen Ranken überzogen.

Vater beim Rückschnitt von Wildwuchsan der Südwest-Ecke des Häusles. Das Loch in der Mauer unter dem geschlossenen Laden kennzeichnet die Stelle, an der der ʹJosuah-und Kaleb-Stein über Jahrzehnte eingemauert gewesen war.

Josuah und Kaleb

*Die biblischen Gestalten Josuah und Khaleb
in Stein gehauen und im Häusle eingemauert*

Und auch das schöne Relief eines Ofensteines wurde längst hinter dem dichten Vorhang aus Blättern verborgen. Es stellte Josuah und Kaleb mit der riesigen Traube dar, die sie aus dem Gelobten Land mitgebracht haben.
Dieser Stein trägt die Jahreszahl 1791 eingehauen und diente wahrscheinlich einstens meinem Großvater als Vorlage für die wundervolle Kachel in seinem Ofen in der Rathausgasse 13.
Etliche Jahre später brach ich diesen Stein aus seiner Wand! Ich fand ihn viel zu schön und viel zu schade, um ihn einfach der weiteren Verwitterung ausgesetzt zu lassen. Mein ehemaliger Klassenkamerad Ludwig, inzwischen längst ein versierter und als Fachmann gefragter Steinrestaurator – nahm sich liebevoll dieses kleinen Kunstwerkes an.

Er rückte ihm mit Injektionsspritzen, winzigen Spateln und ganz speziellen Materialien zu `Leibe´. Er festigte die losen Teilchen, verklebte winzige abgegangene Stückchen und formte gar einzelne Partien geschickt und auch sehr kunstvoll nach.

Das Honorar für die geraume Arbeitszeit und die aufgewendete Mühe belief sich über eine gemeinsam und bei großer Gemütlichkeit auszutrinkende Flasche französischen Rotweines...

Auf dem Nachbargrundstück wird Abfallholz verbrannt.
Die Furchenbegrenzungen und die Tritte sind ausgegraben.
Das Grundstück wird frei gemacht, um Pauls Wohnhaus errichten zu können. In der Bildmitte zieht sich die `Furch´ den Berg hinauf. Stufe um Stufe hatte man das Unkraut aus den Fugen zu rupfen und zu `schärren. Durch die Weinbergmäuerchen deutlich erkennbar: Die so genannten `Gräben´. Zehn Stück an der Zahl sind zu sehen – und es sind längst nicht alle... Vater sitzt just an der Stelle, wo sich das kurze Stück Weg befindet, das zum `Häusle geführt hat. Die Ecke ist noch gut erkennbar, auch wenn die Mauersteine bereits herausgerissen worden sind.

Die letzten Erinnerungen

Der nächste Abschnitt des Grundstückes verlief wiederum etwas flacher. Obwohl auch hier Bäume standen, wurde die Fläche zwischen dem Häusle und dem nächsten Mäuerchen mit der Hacke bearbeitet.
An diese Arbeiten sollten sich die letzten Erinnerungen an meine Mutter knüpfen........

Gleich oberhalb des Häuschens, keine vier Meter entfernt von ihm und etwa an der Stelle, an der Vater auf dem vorigen Bild sitzt, wuchsen rechts davon ein Mirabellen-, links ein Reineclaudenbaum, dessen grüne, innen goldgelbe, pflaumenartigen Früchte ganz besonders süß und saftig gewesen sind! Vater aß gerne von diesem vor Saft strotzenden, fast kugelrunden Steinobst.
Etliche Meter höher am Hang standen zwei weitere Zwetschgenbäume. Außerdem gab es hier zahlreiche Beerensträucher. Stachelbeeren sowie schwarze und rote Johannisbeeren lieferten den Inhalt für die vielen Einmachgläser und Saftflaschen, die dann im Keller der Rathausgasse aufbewahrt wurden.
Dann begann der eigentliche Weinberg.
Ein `Graben´ folgte dem anderen den steilen Südhang hinauf.
Während meiner frühesten Kindheit wurde auf der Mehrzahl dieser Terrassen Wein angebaut! Auf den unteren Gräben ließ man die Reben an mehreren parallel übereinander gespannten Drähten entlang ranken. Die seitlichen Abstände zwischen den Drähten, beziehungsweise zwischen den Pfosten (`Wengertpfähl`) betrugen wenig mehr als einen Meter, sodass zum einen genügend Platz blieb, um den Boden zu bearbeiten und ihn von Unkraut frei zu halten. Genügend Platz auch, um mit der Spritze gegen

Schädlinge auf dem Rücken durch die Reihen gehen zu können und um an den Reben selbst zu arbeiten, sie anzubinden oder die nutzlosen Triebe auszubrechen.
Zum anderen musste natürlich genügend Sonnenlicht in die Reihen gelangen!

Als Kind liebte ich es sehr, in diesen schattigen Reihen zu spielen oder auf dem Rücken liegend buchstäblich in den blauen Himmel über mir hineinzuträumen und mich im Wolkendeuten zu üben.

Hatte Vater mit der Rebschere die trockenen Triebe des Vorjahres abgeschnitten, somit lautete die Anordnung: *„Ihr Jonge derfet nô nôchher dia Schtäckela uffläsa, gell."*
Diese abgeschnittenen, verholzten Stöckchen bündelten wir nicht mehr zu `Büschela´, so wie es der Ehne zu seinen Lebzeiten noch getan hatte, sondern warfen sie auf einen Haufen und verbrannten sie – sehr zum Vergnügen von Paul und mir.
Den Saft, der aus den aus den Wunden der zurückgestutzten grünenden Trieben quoll, tupfte ich mir mit der Fingerspitze ins Gesicht. *„Davon wird man schön!"* hatte Mutter einmal augenzwinkernd behauptet.
Es hat gewirkt, wie man noch heute sehen kann...

Das Esslingsloh als zweite Heimat

Wie hart und umfangreich die Arbeiten im *Esslingsloh* gewesen sind, konnte ich erst Jahre später ermessen, als Mutter nicht mehr lebte und Vater dieses Pensum alleine nicht mehr bewältigen konnte.
Hatte zu früheren Zeiten noch die gesamte Verwandtschaft der Familie Gugel bei der Weinlese zusammenge-

arbeitet, so verlor sich dieser traditionelle Umstand mit zunehmendem Alter meiner Vettern, die nach und nach ihre eigenen Wege gingen.

Zuerst gab man die am weitesten oben angelegten einzelnen Weinstöcke auf.

Auf diesen frei gewordenen Flächen bauten meine Eltern zunächst noch Zwiebeln, Lauch und Kartoffeln an, die weniger intensiver Pflege bedurften.

Doch Vaters Firma ließ ihm immer weniger Zeit auch für diese Arbeiten.

Wir Kinder benötigten ebenfalls mehr Zeit und Zuwendung durch unsere Mutter für unsere schulischen Aufgaben. Und schließlich verfügte man in zunehmendem Maße über mehr Geld, sodass man zumindest die Lebensmittel kaufen konnte, die man zuvor noch mit viel Mühe hatte selbst erzeugen müssen.

Ich bin all die Jahre sehr gerne auf diesem `Platz´ gewesen. Mich verband sehr viel mit dem *Esslingsloh*.

Das Haus in der Rathausgasse hat einen wesentlichen Teil meiner Kindheit ausgemacht. Mit dem Esslingsloh. verhielt es sich genauso. Mehr noch: Während die Nähe zum Haus Nummer dreizehn eines Tages mit dem Umzug in die Schwärzlocher Straße endete – und damit meine Kindheit - blieb das Esslingsloh als Rückzugsort für mich als Jugendlichem erhalten. Oft war ich hier. Alleine. Hier fühlte ich mich noch `daheim´.

Das Esslingsloh war *meine* zweite Heimat. Hier wuchs ich auf – zwischen `*Zwetschgabeem, Treiblesschteck, Heisle, Furch on Pfengschtrosa*´.

Nicht nur, dass ich mir auf dem schmalen, abschüssigen Weg das Radfahren selbst beigebracht habe, von hier aus entwickelte sich außerdem meine Verbundenheit zur Natur im Allgemeinen.

Hier lernte ich, was ein Apfelbaum ist, dass es Kern- und Steinobst gibt, dass man Unkraut jäten muss, damit es nicht Überhand nimmt. Dass man viel arbeiten muss, um am Ende einen Korb voll Johannisbeeren mit nach Hause nehmen zu können. Aber auch, dass Blumen einfach nur wachsen, um schön zu sein und wunderbar zu duften.

Doch nicht nur die Erinnerungen aus meinen *Kindertagen,* sondern auch die, die ich mit meiner Freundin in Verbindung bringe, sind sehr wichtig für mich.

Die ungezählten Sommertage, die ich mit ihr lesend im Gras der oberen Gräben liegend verbrachte, ließen mich ganz besonders fest an diesem Stückchen Land hängen!

Wie schön ist es doch gewesen, auf einer Decke zu sitzen, die warme Sonne und die wundervolle Aussicht auf die Schwäbischen Alb mit dem `Hohenzollern´, dem `Kornbühl´, dem `Roßberg´ und den Blick auf die Reutlinger `Achalm´ zu genießen und dabei den Stoff für die Arbeiten in der Gewerbeschule zu verinnerlichen.

Hier oben *büffelte* ich für die Lösungen der ungezählten Aufgaben in Mathe und Physik, die man am Technikum zu bewältigen hatte.

Am letzten Tag, bevor die Zeit am Technikum begann, hatte ich wehmütig an der oberen Böschung gestanden und ganz bewusst Abschied genommen von der unbeschwerten Zeit als Jugendlicher.

Ich spürte damals, dass es nun wirklich ernst werden würde mit dem, was man `den Ernst des Lebens´ nennt!

Später feilte ich - im Schatten der Furche sitzend - an den Texten der Referate, die es für mich als Architektur-Student auszuarbeiten galt.

Aber auch körperlich arbeitete ich im *Esslingsloh!*
Die aufgegebenen ʻGräbenʼ mussten von Hand gemäht werden und Vater meinte, dass die Bäume mit der neu gekauften Motorspritze behandelt werden müssten.
Nachdem Paul sein Studium in Stuttgart aufgenommen hatte, musste ich diese Arbeiten eben alleine erledigen!
Paul konnte und wollte sich vor seinem Abschluss nicht mehr um diese Arbeiten kümmern. Ich hingegen tat dies trotzdem; *ich* musste diese Zeit eben erübrigen, denn Vater war dazu längst nicht mehr in der Lage.
Wie oft bin ich zu Fuß losgezogen - Arbeitskleidung, ein Handtuch und eine Flasche ʻApfelsaft mit Sprudelʼ im Matchsack - und wanderte den Zankerbuckel hinunter, über die Ammerbrücke, durch die Aischbachstraße hinüber ins Zwehrenbühl. Sense und Wetzstein fand ich im ʻHäusleʼ.
Am liebsten war es mir, wenn ich freiwillig hier sein konnte – ohne dazu aufgefordert worden zu sein.

Die letzte Ernte

Noch heute denke ich gelegentlich an so manche kleine Szene, die ich in den Kanälen meiner Erinnerungen angestaut habe, um jetzt darüber nachzudenken.
Dicke Sträuße wunderbarer, tiefroter Päonien wurden mit Bast aus dem Häusle zusammengebunden und nachHause gebracht, um sie später auf das Grab meiner Großeltern zu bringen.
Ein schneeweißer Marmorgrabstein mit einer sorgfältig herausgehauenen Weintraube zierte die Ruhestätte von *Karoline* Gugel, geb. Schramm und *Josef* Gugel auf dem Tübinger Stadtfriedhof.
Josef übrigens mit ʻ*f*ʼ geschrieben, nicht mit ʻphʼ, wie bei den Katholiken üblich. Dass man ihn einst auf diesen

Vornamen taufte, war außergewöhnlich, denn der Ehne war eben *nicht* katholisch, sondern evangelisch gewesen – und keiner aus meiner Verwandtschaft konnte sagen, wer von den Altstadtbewohnern Tübingens überhaupt den Vornamen *Josef* getragen hat.

Auch zartrosa gefärbte Pfingstrosen wuchsen in breiten Stauden zwischen den Beerensträuchern im *Esslingsloh*. Mutter hatte deren wundervollen Duft besonders gerne gemocht.

Vater hingegen hatte die lieblichen Blüten der pinkfarbenen Moosröschen gerne, die auf einem ausladenden, Jahrzehnte alten Rosenstock in der linken Ecke des ersten Grabens gediehen. Sie hatten einen womöglich noch stärkeren, noch mehr betörenden Duft gehabt als Mutters Lieblingsblumen.

Unterhalb eines verdorrenden, knorrigen Birnbaumrestes, der große, goldgelbe aber sehr ʼhutzeligeʼ (unförmige) *Glocken*birnen trug, kümmerte seit vielen Jahren ein zwergwüchsiges Pfirsichbäumchen ʼvor sich hinʼ. Seine wenig mehr als Pflaumen große, von dichtem Flaum und häufig von grauen Flecken überzogenen Früchte waren von einem so ausgeprägten, unvergleichlich kräftigen Aroma gewesen, dass man es niemals mehr vergessen kann, wenn man erst einmal von ihnen genossen hat!

Ein Fliederbusch auf dem Nachbargrundstück sorgte ebenso für einen Augen weidenden Farbtupfer, wie es ein riesiger, weiß blühender Schneeballstrauch auf unserer Seite tat.

Reminiszenzen

Im Garten meines Hauses blüht ein Fliederstrauch; ich habe auch nicht die Vorliebe meiner Mutter für Pfingstrosen vergessen: Neben weißen, in tiefem Rot leuchtenden und duftenden rosaroten erstrahlen sogar gelbe Blüten in unfassbarer Pracht – unter einem Baum mit Weinbergpfirsichen, dessen Äste einem Rebstock Halt und Heimat geben. Selbst Vaters Röschen blühen auf einem kleinen aufgeschütteten Hügel über einem Trockenmäuerchen, welches zudem allmählich von dem gleichen nach Honig duftendem Hornkraut überwuchert wird, das es auch im Esslingsloh gegeben hat. Und eine gelbe Kletterrose rankt sich an einer Hausecke hoch – gerade so, wie einstmals eine ihrer Artgenossinnen am ʾHäusleʾ es tat.

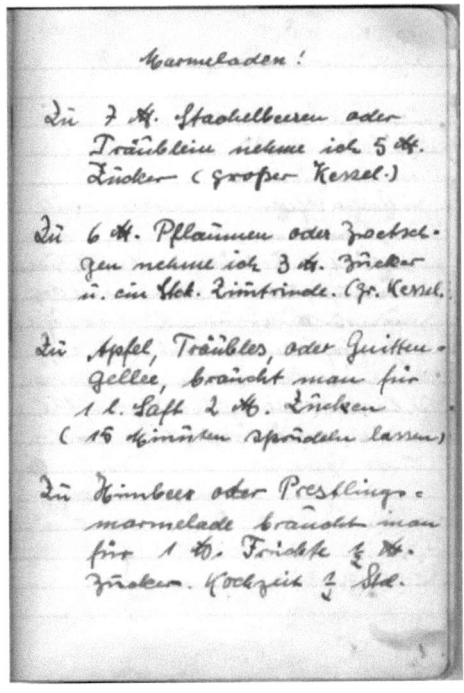

In keinem der Vorgärten meines Wohngebietes findet sich ein Beerenstrauch. Ich habe – auch dies eine Reminiszenz an unseren einstigen Weinberg – rote und schwarze Johannisbeer- und Stachelbeersträucher gepflanzt......

Das Jahr und die Arbeiten im Freien fanden ihren Abschluss im *Esslingsloh!*

Die Baumwiesen am Schnarrenberg und auf dem Ursrainer Egert waren abgemäht und abgeerntet. Im *Esslingsloh* hin gegen verbrannte man zu guter Letzt die abgesägten trockenen Äste der gestutzten Bäume.

Man nahm die angenehme Wärme des Herbstfeuers auf und sog gerne den scharfen Geruch der rauchenden Flammen ein.

Hatte man am Ende des Tages schließlich die wundervoll gelb leuchtenden Quitten gepflückt und die eigenartig und herb schmeckenden Früchte in das weiche Graslager auf dem Boden des Weidenkorbes gebettet und diesen danach bis an das untere Ende des Grundstückes getragen, konnte man sicher sein, dass damit die Feldarbeit für diesesJahr abgeschlossen war. Genau wie die Tür des Häuschens im Weinberg.

Der Schlüssel hing nun an einem Nagel unter der Dachrinne und würde dort bleiben, bis die Zeit gekommen sein würde, um die Erde wieder darauf vorzubereiten, Blumen, Gemüse, Beeren, Obst und Trauben hervorzubringen.

Nur noch *einen Frühling* sollte es für unsere Mutter geben – aber keine Ernte!

Es war an einem der ersten Tage des Sommers im Jahr 1962, als Mutter sich mit Söhnchen Willi zum letzten Male auf den Weg ins *Esslingsloh* gemacht hat.

Immer wieder hatte sie ihre Arbeit unterbrechen müssen, weil die großen Schmerzen in ihrem Bauch sie quälten. Es gelang ihr nicht einmal mehr, sich in der Stille des Häuschens zu erleichtern! Zu sehr hatte sich ihre Krankheit bereits ausgebreitet.

Immer wieder hatte sie den Kopf ihres Jüngsten sanft gegen ihren Bauch gedrückt, um ihm zu zeigen, wie unnatürlich hart dieser sich bereits anfühlt.

Nur eine starke Verstopfung würde sie plagen, so sagte sie, und, dass das hoffentlich bald vorbei sein würde...

Ein paar Tage später musste sie sich dem Rat des alten Dr. Wacker beugen und sich ins Krankenhaus begeben, aus dem sie nie mehr zurückkehren sollte..

9.Meine Pubertät und meine Stiefmutter

Vater war durch den frühen Tod seiner Frau in eine schlimme Lage geraten, das wussten alle, die ihn kannten. Und trotzdem hat das Schicksal es auch im Folgenden nicht gut mit uns gemeint!Dieses Schicksal wollte es, dass zwischen der Schwärzlocher Straße und dem tiefer liegenden, uralten Ammerkanal ein Graben gezogen und ein Betonrohr für einen Regenwasserüberlauf verlegt werden sollte. Die Stadtverwaltung vergab den Auftrag an die Firma Kürner & Gugel. Dies geschah zu Beginn des Jahres 1963 – weniger als ein Jahr nach Mutters Tod.Vater wurde bekannt mit der Besitzerin des Hauses, das auf dem Nachbargrundstück des Kanales stand. Aus dieser Bekanntschaft ist mehr geworden.Auf jeden Fall wollten wir Gugel-Kinder auf der Hut sein, wenn es einmal darum gehen sollte, dass Papa eine neue Frau kennenlernen würde! Dass dies früher oder später der Fall sein würde, war uns klar gewesen. Vater hatte noch nicht einmal die Fünfzig erreicht.*„Mir passet aber auf, wenn der Papa a andere Frau hôt!"* höre ich uns noch sagen. Doch offensichtlich hat unsere Vorsicht nichts genützt!
Die Dame – sie hatte ebenfalls ihren Ehepartner verloren - wurde unsere Stiefmutter. Ich - vielleicht weniger noch als Bruder und Schwester – hatte in all den folgenden Jahren ein harmonisches Verhältnis zu ihr bekommen können. Das ist wohl meine ganz persönliche Tragik. Alternativen für unseren Vater hätte es durchaus gegeben! Doch solche Überlegungen stellte ich natürlich erst Jahre später an.
Ob Vater sich um eine Frau `bemüht´ hat, weiß ich nicht. Ich war zu jung, als dass ich in der Lage gewesen wäre, solche Bemühungen zu bemerken. Wie auch, waren doch weder ich noch meine Geschwister dabei, wenn die bei-

den Menschen sich getroffen haben. Bestimmt habe ich es mir nicht vorstellen können, dass es für Mutter überhaupt jemals einen Ersatz geben könnte.

Um der Gerechtigkeit die Ehre zu geben: Auch jede andere Frau hätte es wohl schwer gehabt, meine Zuneigung und die meiner Geschwister zu gewinnen. Die Gefühlswelt unserer 'neuen Mutter' war ohne Wärme – jedenfalls habe ich das so empfunden. *Sie* konnte das Kunststück, unsere Sympathie zu gewinnen, nicht vollbringen. Ihr fehlten dazu die Voraussetzungen.

Wenn man den Erzählungen glauben schenkt, dann hatte sie keine schöne Kindheit gehabt. Ihre Eltern müssen demnach kalt und hartherzig gewesen sein. So wie es in den frühen Zeiten wahrscheinlich nicht gerade selten üblich gewesen ist. Ein großes Maß an Herzenswärme hat sie bestimmt nicht erfahren. Sie wurde ein Kind ihrer Erziehung. Dafür konnte sie nichts.

Wir aber auch nicht!

Wir drei Gugel-Kinder wurden von unserer Mutter liebevoll und zärtlich umsorgt 'aufgezogen' - und sind Gott sei Dank mit dem gewissen Maß an Intelligenz ausgestattet geboren worden, die es uns immerhin ermöglichte, über vieles nachzudenken und entsprechend zu handeln. Was gut oder schlecht gewesen ist, konnten wir schon bald unterscheiden! Wir lernten schnell zu erkennen, wann es sinn*voll* war, zu streiten oder wann es völlig sinn*los* gewesen ist, eine Diskussion weiterzuführen.

Die Schwärzlocher Straße

Jedenfalls lebten wir nun seit 1963 im Haus meiner Stiefmutter in der Schwärzlocher Straße, wo im Treppenhaus neben der Haustüre für die Gugels jeweils ein Paar Filzlatschen bereitgestanden haben........

Paul und ich teilten uns ein Zimmer in der Zweizimmereinliegerwohnung im Untergeschoss.

Bärbel hat dort für sich sogar ein eigenes Zimmer erhalten.

Das war fraglos eine schöne Sache, wenn man bedenkt, wie die Verhältnisse dagegen in der Rathausgasse gewesen waren!

Auf diese Weise konnten wir drei Geschwister *unter uns* bleiben, denn die beiden `Kinder´- Zimmer gehörten zu einer kleinen Zweizimmereinliegerwohnung mit eigenem Bad und einem kleinen, wenngleich unmöbliertem Küchenräumchen. Wir konnten uns, so oft wir es wollten, miteinander unterhalten, ohne dass uns jemand dabei zuhörte.

Die ersten paar Jahre verliefen – abgesehen von den üblichen, alltäglichen Ärgernissen, die es überall auszuhalten gilt - relativ ereignislos. Ich ging jeden Tag zur Schule - genau wie Paul.

Bärbel arbeitete als Verkäuferin bei der Firma Kaiser.

Ich habe nie ein gutes Verhältnis zu meiner Stiefmutter aufbauen können. Ihre Art zu leben, war mir zu eng und zu fremd – und sie wusste mit einem jungen, renitenten Burschen wie mir nicht umzugehen. Es gab keine Gemeinsamkeiten, die uns hätten irgendwie verbinden können.

Urlaub in Monthey

Immerhin hat es einen (einzigen) gemeinsamen Urlaub gegeben. Zu viert. Bärbel war bereits zu erwachsen, um noch mit der Familie wegzufahren.

Clothilde und Louis Bertona, ein Ehepaar, das uns noch

zu Lebzeiten meiner Mutter in der Rathausgasse besucht hatte, hatte nun uns Gugels zu sich ins Schweizer Wallis eingeladen. Nur Paul und ich begleiteten unsere beiden ›Alten‹ damals nach Monthey. Auch dieses freundliche Paar lebte mit seinen beiden Töchtern Renée und Marcelle in bescheidenen Verhältnissen – und zwar in der Rue de Clossillon im Kanton Wallis.

Wir zwei Jungs waren in einem Haus in der Nachbarschaft einquartiert worden, weil im Haus unserer Gastgeber nicht genügend Platz vorhanden war. Wir zwei haben dies ganz gewiss nicht bedauert!

Während die vier Erwachsenen gemeinsame Ausflüge *im Wagen* (einem weißen Opel Rekord) unternahmen, verbrachten wir zwei Brüder unsere Ferientage im Freibad, im Fußballstadion oder neben einer Rennstrecke! In einer weiträumigen Halle war zu der Zeit eine riesige Carrera-Rennbahn aufgebaut. Auf mindestens acht parallel verlaufenden Spuren flitzten kleine Formel-1-Rennwagen-Modelle nebeneinander her.

Im dortigen Freibad wagte ich übrigens meinen ersten Kopfsprung vom Fünfmeterbrett! Mit Anlauf und gefedertem Absprung! Die Anonymität eines Ausländers im Ausland erleichterte es mir, diesen mutigen Schritt zu wagen.

Das intensive Erlebnis die Härte des Wassers prompt und unmittelbar spüren und erleben zu dürfen, wenn beim Eintauchen auch nur die geringste Abweichung von der idealen Körperhaltung auftritt, überzeugte mich so stark und auch so nachhaltig, dass es mir leicht fiel zu schwören: diesen Sprung wirst du in deinem gesamten Leben nie mehr wiederholen............

Beim Verlassen des Schwimmbades wurde ich freundlich gegrüßt – von Inge L., einer Nachbarin aus der Schwärzlocher Straße, die im Zuge einer internationalen

Schüleraustauschaktion nach Monthey gereist war, und die mich prompt und süffisant lächelnd zu meinem Kopfsprung *beglückwünschte...*
Einen weiteren gemeinsamen Urlaub zu viert hat es nie mehr gegeben.

Pubertät?

In dem Alter, in dem ich damals war, greift im Allgemeinen eine ganz andere Sache Raum: *die Pubertät* mit all ihren (nicht nur für die anderen!) *anstrengenden* Randerscheinungen und Auswirkungen.
Mich an Vater zu *reiben* verbot sich mir durch das gemeinsam erlebte Schicksal. Um den `Sparringspartner´ für seinen aufmüpfigen Sohn `abzugeben´ war *er* die am wenigsten geeignete Person. Es wäre sinnlos gewesen, denn wäre es `darauf´ angekommen, so hätte er vermutlich sowieso nachgegeben, um neben unserer Mutter nicht auch noch die Liebe seines Jüngsten zu verlieren. Das Gen `Streit vermeiden´ hat er mir offensichtlich vererbt. Noch heute fällt es meinen Mitmenschen schwer Streit – ich meine: richtigen Streit! – mit mir zu bekommen. Getraut hätte ich allerdings mich schon! Erst recht, weil Paul und ich stets das Gefühl hatten, mehr als andere Jungs unter der *Fuchtel* eines Vaters zu stehen. Ein Ausdruck, der möglicherweise ein wenig zu scharf formuliert ist. Besser wäre es wohl gewesen, öfters *„Nein!"* zu sagen, ihm öfters zu widersprechen! Vielleicht hätte ich mich auf diese Weise früher von meinem Vater `abnabeln´ können - vielleicht sogar müssen. Doch das Gefühl, ich würde ihn alleine zurück und ihn somit im Stich lassen, hinderte mich stets daran, dies zu tun. Ich hätte ihn niemals verletzen oder beleidigen können – und schon

gar nicht *wollen*.

Aber Vater war nicht der Mann, mit dem ein junger Bursche wie ich den richtigen Umgang mit Mädchen hätte besprechen wollen. Um Ratschläge in solchen Fragen erteilen zu können, fehlte ihm die Kompetenz einer Mutter. Und meiner Schwester die *geheimsten* Gedanken anzuvertrauen, zog ich nie in Betracht. Das verhielt sich 'anders herum' schließlich genauso........

Fraglos waren Mädchen in den folgenden Jahren ein wichtiges Thema für mich gewesen – natürlich!

Ich kannte etliche Mädchen aus der Realschule, die hübschen Mädchen, die in der Nachbarschaft lebten, die mit mir zusammen den Konfirmandenunterricht genossen, die Mädchen aus dem Sportverein und noch später die reizenden Wesen, die ich im Tanzkurs anfassen durfte und im Arm halten *musste*. Ich mochte alle diese *meine* Mädchen und ich freute mich sehr, wenn ich mich mit ihnen unterhalten konnte und dabei spürte, dass die eine oder andere mir durchaus ihre Sympathie entgegenbrachte.

Ich habe meinem Vater gegenüber nie von meinen späteren Freundinnen *Inge* oder *Karin* etwas verlauten lassen. Das fehlte noch! Nichts von den beiden ließ ich ihm zu Ohren kommen. Das war meine Sache!

Dass sich im Bekanntenkreis seines Sohnes auch Mädchen 'tummelten', erkannte Vater höchstens daran, dass gelegentlich eine Gisela, eine Herta, selten eine Evelyn oder die beiden Lachmöwen Elli und Hannelore aus der Parallelklasse am Telefon 'den *Willi*' zu sprechen wünschten - die dann aber, sobald dieser sich am Hörer meldete, kichernd auflegten. Inge und Karin wussten, dass ich mit ihnen bei meinen Eltern hinter dem Berg

halten wollte. Ich kann mich an keinen Anruf von ihnen erinnern...
Mit der Zeit lebte ich daheim mehr und mehr nur noch für mich!
Wichtig für mich waren nur noch meine Freunde aus der Klasse 6a in der Realschule, die wenigen Freunde aus der Rathausgasse, meine Geschwister und mein Vater. Doch selbst *der* verärgerte seinen Jüngsten zunehmend durch die ständigen Dienste, die er von ihm und seinem Bruder Paul immer wieder aufs Neue einforderte. Immer stärker verspürte ich das Gefühl, wir müssten *seine* Hobbys betreiben, für die er selbst nicht mehr die Kraft besaß.

Sämtliche Arbeiten, die 'ums Haus herum' in der Schwärzlocher Straße entstanden sind, hatten wir beide zu erledigen: den Rasen mähen, im Herbst den Garten umgraben, die Gemüsepflanzen gießen, die Ligusterhecke *hinter* dem Haus und die mächtige Thuja-Hecke *vor* dem Haus zurück und in eine exakte Form schneiden! Von Hand natürlich, mit der großen Heckenschere, denn eine elektrisch betriebene habe es dazu nicht gebraucht...
Auch Vaters Haus im Schleifmühleweg brachte viel Arbeit mit sich: Die Wiese zwischen Zaun und Ammer musste gemäht werden, der Jägerzaun verlangte jedes Jahr nach seinem stinkenden Karbolineumanstrich, die Setzungen der Gehwegplatten mussten mit Split und Sand wieder ausgeglichen werden...
Und natürlich waren da noch die übrigen Grundstücke.
Konnte Vater denn nicht auf eine andere Art und Weise zeigen, wie groß der Zusammenhalt der Gugels untereinander war? Merkte er denn nicht, wie schwer es vielleicht gerade für mich geworden ist, dieses Leben auszuhalten?

Immer sollte *ich* es allen recht machen! Gefragt, welche Vorstellungen ich selbst eigentlich von unserem Zusammenleben habe, hat mich niemand gefragt. Nie!
Die Tatsache, so total abhängig zu sein, machte mich unzufrieden und oft auch wütend.
Immerhin versuchte ich zumindest meinen Anteil am allgemeinen Ärger so klein wie möglich zu halten, indem ich nicht bei Vater, sondern gelegentlich bei Tante Liesel ´den Kropf leerte´ - oder bei Herrn und Frau K. Rat suchte.
Dieses ältere Ehepaar, beide etwa im gleichen Alter wie die Tante, hatte lange vor dem Einzug der Gugels in der Schwärzlocher Straße ihr Häuschen gebaut - nur etwa fünfzig Meter östlich entfernt von unserer neuen Heimat. Die beiden führten dort einen kleinen ´Tante-Emma-Laden´ zu dem sie ihr ursprüngliches Wohnzimmer umgebaut hatten. Oft bediente die Tochter *Luddi* die Kundschaft.
Mit der Zeit waren wir Gugel-Kinder mit diesen freundlichen Leutchen so gut bekannt, dass wir sie bedenkenlos ins Vertrauen zogen. Sie begegneten uns mit viel Verständnis.
 Viele Dinge ließen mich oft fast verzweifeln. Doch ich konnte nichts dagegen tun!
Wohin hätte ich denn gehen können? Und womit?
Die düsteren Gedanken, die Ausweglosigkeit dieser Lebenssituation wurden mehr und mehr zur schweren Last, die bleiern auf meinem Gemüt zu liegen schien.
Ich bin mir heute sicher, dass es diese Abhängigkeit war, die mir damals so widerwärtig erschienen ist und die mich in den nachfolgenden Jahren schließlich in einen freischaffenden Beruf geführt hat.
Ich konnte nicht weg von zu Hause. Die Umstände ließen es nicht zu.

Der Führerschein

Bärbel und Paul hatten ihr Erspartes zusammengelegt und sich einen gebrauchten `Alaska`- grauen
Opel Kadett A angeschafft
Als Bärbel dann heiratete, war ihr Anteil am Auto übrig. Sie wollte deshalb ihre Hälfte an uns Brüder verschenken. Da ich jedoch noch keinen Führerschein besaß, einigten wir uns darauf, dass Paul künftig alleiniger Besitzer des Wägelchens sein sollte - wenn er dafür die Kosten für meine Fahrstunden übernehmen würde.
Tatsächlich benötigte ich nur ganze sieben Übungsstunden und eine Prüfungsfahrt, um den begehrten `Karton´ zu erwerben. Das waren auch für diese Zeit ausgesprochen wenige Fahrstunden. Die dreifache Stundenzahl war damals durchaus üblich.
Die Theorie, die Fragebögen also, hatte ich schnell `drauf´ gehabt. Ich setzte mich nur *einfach so* in der nächsten Prüfungsstunde auf einen Stuhl und legte die Prüfung ab, die eigentlich für die bereits fortgeschrittenen Fahrschüler angesetzt worden war.
Ich bestand die *theoretische* Prüfung auf Anhieb - und auch die *praktische* ein paar Tage später.
Die Quittung über sage und schreibe 181,73 DM (einschließlich Mehrwertsteuer, Prüfungsfahrt und -Gebühr) habe ich bis zum heutigen Tag aufbewahrt.
Frau Taut, meine Fahrlehrerin, hatte mich kurzerhand zur praktischen Prüfung angemeldet– ohne mein Zutun. Entweder hielt sie mich bereits für so gut, dass sie meinte, ich würde die Fahrprüfung bestehen, oder die Anmeldung war ein Versehen ihrerseits!

Jedenfalls fuhr ich total ruhig durch die Straßen Rottenburgs, beachtete alle Regeln und Verkehrszeichen und blieb auch völlig gelassen, als der Fahrprüfer meinte, ich könne die zuvor `treffsicher´ und fehlerfrei angesteuerte Parklücke nun wieder verlassen. Ich sah in den Rückspiegel, blickte über die Schulter und setzte den Blinker. Als ich am Lenkrad drehte, näherte sich von vorne ein Bus. Ich parkte trotzdem aus! Der Bus kam mir mit unverminderter Geschwindigkeit entgegen – und passierte mich völlig problemlos.
„Haben Sie den Bus nicht gesehen?" fragte mich der Prüfer.
„Doch, natürlich! Weshalb meinen Sie......?"
Ich verstand nicht, was er meinte! Ich hatte ausgeparkt und ein Bus war entgegengekommen. Das war alles gewesen. Ich war auf meiner Fahrspur geblieben, der Bus auf seiner. Und jetzt hatte ich nichts falsch gemacht, oder?

„Schon nicht," hat Frau Taut gemeint, als ich das unterzeichnete Dokument in den Händen hielt, *„Aber Sie hätten ja trotzdem warten können, bis der Bus vorbei gewesen wäre – wenigstens in der Prüfungsstunde!"*

Ich war damals gleich nach Geschäftsschluss von der Lehrwerkstatt bei *Maschinen - Majer* in den Übungsraum der Fahrschule Taut hinübergegangen (noch im `blauen Anton´)und habe mich angemeldet. An der Ecke Belthlestraße / Mauerstraße hatte das Ehepaar Taut ihre Fahrschule eingerichtet.
Zu Hause wusste anfangs niemand Bescheid über den Zeitpunkt meines *Unternehmens Führerschein*.

Mein Führerschein

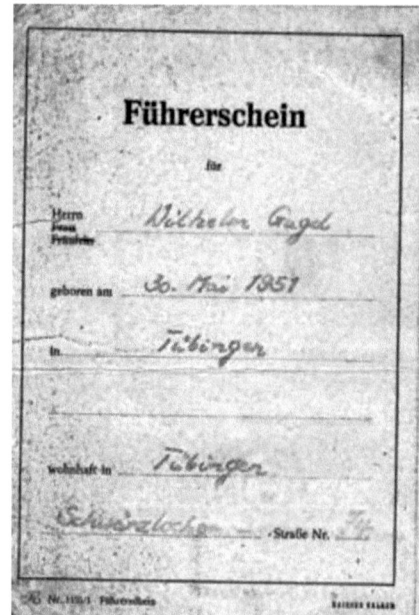

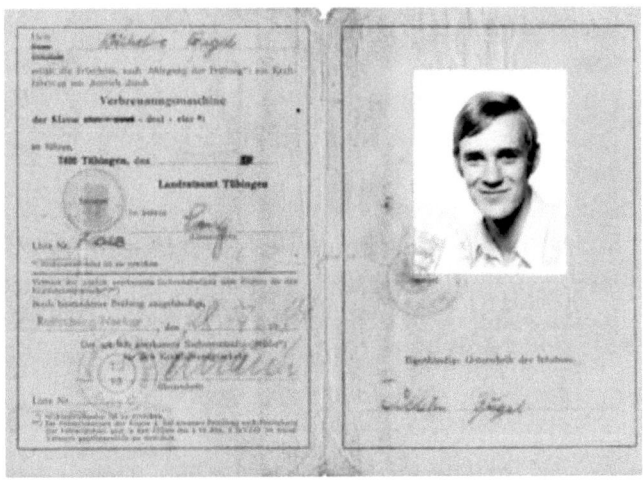

„Wieso kôsch denn Du ao schô Auto fahre?" hatte meine Stiefmutter mich mit ungläubigem Blick gefragt, als ich mich eines Tages in Pauls Kadett gesetzt habe und einfach damit weggefahren bin...

„Muasch du heit et en d'Schual?" wurde ich oft gefragt - auch noch, nach dem ich längst Student am Technikum gewesen bin.
Ob ich in der Nacht zuvor bis in die Morgenstunden hinein an einer Studienarbeit gesessen habe – so etwas focht meine Stiefmutter nicht an!
„Dees glaub' i net !I han nix g'heert ond nix g'säa." war ein häufig gehörter Kommentar zu meinem Rechtfertigungseinwand.
Es gab unzählige Szenen solcher Art. Solche und solche, die nicht so einfach zu verdauen waren. Am Ende führten sie bei mir schließlich zu der klaren Erkenntnis: Ich musste hier weg! Egal wie – und schnell wie irgend möglich. Vater hin oder her. Es war *mein* Leben...

Der Schleifmühleweg

Bereits in den ersten Jahren nach Mutters Tod hatte Vater im Schleifmühleweg ein Haus gebaut. Drei Wohnungen wurden dort vermietet.
Im Erdgeschoss lebte ein Lehrerehepaar mit Kind! Aus deren Sicht ein ehrbarer Beruf – aber eben mit all den unangenehmen Verhaltensweisen behaftet, die man Lehrern allgemein unterstellt: ewige Besserwisserei, kleinliches, bis ins letzte Detail reichendes Hinterfragen auch in der unwichtigsten Sache, überzogenes, an Arroganz grenzendes Selbstvertrauen, Bücherwissen, das oft völlig neben der Realität liegt, penetrantes Pochen auf 'mein Recht'...
Im Obergeschoss wohnte das Ehepaar *S.* mit seinen beiden kleinen Söhnen, die bereits in der Rathausgasse 13 die Wohnung Tante Annas bezogen hatte, nachdem diese nach Derendingen umgezogen war. Ich kannte also die junge Familie schon seit Jahren bestens. In der Dachwohnung lebte ein kinderloses Ehepaar.

Erdgeschoss und Obergeschoss brachen laufend irgendwelche Streitereien vom Zaun. Sie lebten in fortwährender Feindschaft. Diesem Unfrieden setzte Vater ein Ende, indem er dem Lehrerehepaar die Wohnung kündigte. Mehrere glückliche Umstände führten schließlich dazu, dass sich aus ihnen für mich eine wunderbare Gelegenheit ergab, den belastenden Zwängen zu entfliehen und der Schwärzlocher Straße den Rücken zu kehren.

Obwohl sich die belastenden Vorkommnisse auf die Jahre 1963 bis 1973 verteilten, so waren sie doch ständig gegenwärtig!

Es ist zwar *nur ein Jahrzehnt* meines Lebens gewesen, aber es war ein wichtiges! Das heißt, ich bin in dieser Zeit zwölf bis zweiundzwanzig Jahre alt gewesen. Anders ausgedrückt:

Ich verbrachte meine gesamte *Jugendzeit* in nicht immer glücklichen Umständen.

Und genau deshalb sage ich: **Ich hatte *keine* schöne Jugend!** Niemand muss mich um diese Jahre beneiden.

Der Spruch, der besagt, es sei '*nie zu spät für eine glückliche Kindheit*' ist barer Unsinn!

Dies mag als Fazit an dieser Stelle so stehen bleiben!

Meine Kindheit jedenfalls war vorbei.....

Kleine Ahnentafel

KLEINE AHNENTAFEL

Jakob GUGEL ⚭ Gottlieb Friedrich Schramm
 Sybille Bühler Karoline Schmid
  │
  Josef GUGEL ⚭ Karoline Schramm
    │   Rosine Schramm
    Pauline ⚭ Wilhelm Hoch Maria ⚭ Hermann Schmid

 Karl ⚭ Berta Josef (†) Ilse Fritz Hermann Gräfel
 Lisbeth Margret Irmgard   Bobek   Bächler
 Wulpert Brödel Kaiser

 Mirha   Sieglinde Herbert Hannelore
 Zimmermann   Heckhorn   Scherf

 Karl
 Ernst
 Wilhelm
 Herbert ⚭ W.Sinner

 Gertrud, Gerhard, Margret
 Helmut, Ursula, Kurt
 Hermann, Gerda
 Walter, Lore

 Luise ⚭ Wilhelm Huber Eugen ⚭ Anna Schmid Albert (†)
  Herman Erika   Eugen Gugel
         Reuter
                 Heiko Gugel

Paul Friedrich GUGEL ⚭ Gretel Oßwald
     14.7.1974
                     Wilhelm Friedrich GUGEL ⚭ Rosemarie Keiss
                              26.5.1953   12.7.1952
 Barbara Renate Paul Georg
 Erich   Zeeb   Gabriele Genkinger

 Jürgen Martin Olaf Lars
 Niklas Maren
         Pia
 Lena
 Emma

                 Marion Schaub Petra Mater Evelyn Gugel

                 Mayla
                   Josef + Josefa Rossner
                         1865

                 Magdalena ⚭ Georg Keiss
                 Keiss Hugo ⚭ Marianne-

                 Philipp   Wolfgang
                 Oskar Wilhelm
                             Melanie
                             Lea
                             Emma

Georg Ohwald ⚭ Barbara Siebler
        10.1.1897
  Anne ⚭ Helmut Krandorf   Georg ⚭ Anna Eberhard
                           Margret Sick Helga Schmid
       Hanne Klein
                    Ernst Sterz ⚭ Ella Weiss
                    Lieselotte Uli Arno Günter

Das unauffällige Leben des Wilhelm Friedrich Gugel

Das unauffällige Leben des Wilhelm Friedrich Gugel

BILDNACHWEISE

- Stadtarchiv Reutlingen:S.16, 128
- Stadtarchiv Tübingen: S.120,142,198,201, 212,221,253,434,435,436
- Die Werbungen sind aus den Tübinger Blättern Jahrgang 45,53,60- entnommen.
- S. 20, Familie Stöhr, Wendelsheim

Alle anderen Fotos und Dokumente sind im Privatbesitz der Familien Gugel und Zeeb.

LITERATUR

Die Quellen der Zitate sind im Text integriert angegeben.

- Auf gut Schwäbisch , Ernst Wintergert
  Ernst WintergeistVerlag ,Balingen, 1939
- Zerstörte Demokratie, zwangsweise Ausgeschiedene Tübinger Stadträte 1933/ kleine Tübinger Schriften, Heft 39
  Univ.Stadt Tübingen/Fachbereich Kultur, 2013
- Schwäbische Comics,Michael Spohn,
  Michael Schönemann Verlag 1977
- Schwäbiche Städtebilder, Band 1 Tübingen,
  Selbstverlag, Dr.J.Forderer 1949
- Das andere Tübingen, Kultur- und Lebensweise der unteren Stadt im 19.Jahrhundert
  Tübinger Vereinigung für Volkskunde e.V.Tübingen, 1978
- Sieben Jahre Landeshauptstadt, 1945-1952, Tübingen und Württemberg-Hohenzollern,
  "Tübinger Kataloge",Rauch, Zacharias
  Kulturamt der Universitätsstadt Tübingen, Nr.61/2002
- Tübingen in den 50er Jahren,
  Albrecht Faber,Solberburgverlag 2003

Das unauffällige Leben des Wilhelm Friedrich Gugel

Das unauffällige Leben des Wilhelm Friedrich Gugel